星卡大師

STAR DECK ✩ GRANDMASTER

5

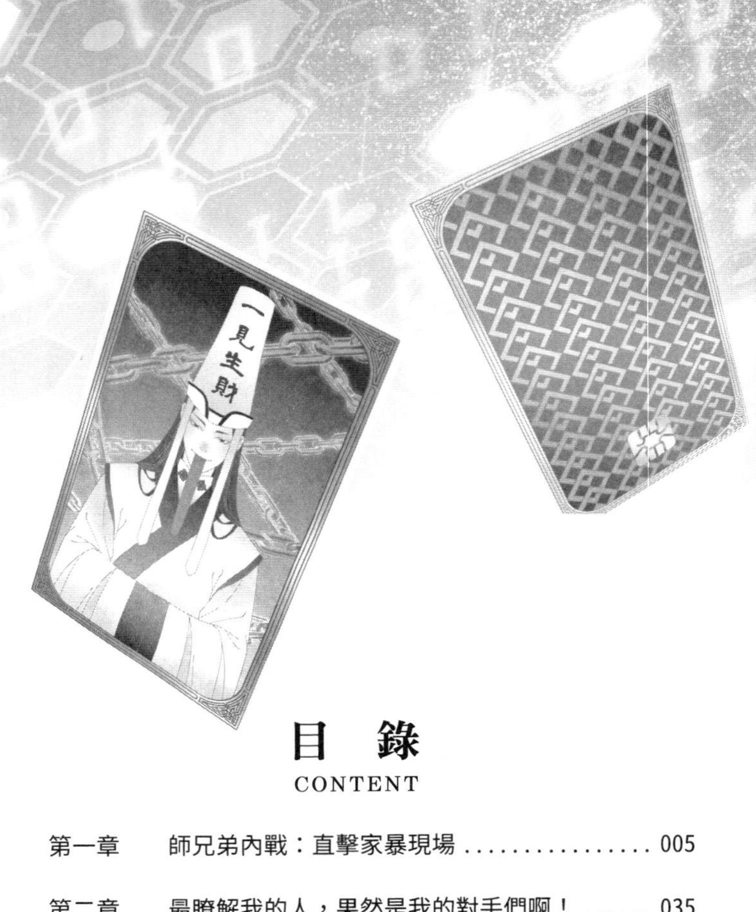

目 錄

CONTENT

天下太平

【第一章】

師兄弟内戰：直擊家暴現場

準備時間只有兩天，謝明哲和喻柯抓緊了每一分每一秒的時間練習新陣容，喻柯甚至連續兩天都只睡了五個小時，八月二十四日晚上的比賽他也沒空去現場觀戰，只在賽後瞄了一眼官網的結果。

聶遠道、山嵐二比零擊敗甄蔓、沈安組合進入四強。凌驚堂、許航以二比一戰勝鄭峰、衛小天組合，確定了第二個四強席位。

八月二十五日晚上七點，涅槃全員提前來到比賽現場，今天安排的是下半區八進四的比賽，第一場是方雨、喬溪VS.裴景山、葉竹，謝明哲和隊友們來到後臺時，發現很多職業選手都在這裡觀戰，包括已經確定晉級四強的聶嵐師徒。

謝明哲跟熟悉的大神們打過招呼，找到空位坐下，正好這時風華的選手也進來了，唐牧洲看見師弟，便主動朝謝明哲走過去坐在他的身邊，問：「準備得怎麼樣？」

謝明哲挑眉道：「你不是知道我的風格嗎？等一下有驚喜給你。」

唐牧洲輕笑，「我知道了，肯定又是驚嚇。」

大家本以為今天要比賽的這對師兄弟應該會彼此避嫌，沒想到兩人在賽前還有心情坐在一起開玩笑，似乎對這場比賽的結果都不是很在意。

很快地，大螢幕上出現了比賽畫面，方雨、喬溪和裴景山、葉竹的對決正式開始。謝明哲湊到喻柯耳邊道：「認真看比賽，放鬆一下心情，但不要被他們的打法給帶偏。」

喻柯點點頭，睜大眼睛盯著螢幕。

事實上他也很難被帶偏，畢竟方雨的風格極少有人能模仿，簡單講就是一個字——拖！

這場比賽就是「快」與「慢」的對決，方喬想拖，裴葉想快速強殺，選手們在細節的操作上都特別出彩，喻柯一邊看一邊感嘆，同樣是打輔助，方雨真是把每個細節都做到了極致！

最終，方雨、喬溪以二比一戰勝裴葉組合。

第一場結束，謝明哲、喻柯和唐牧洲、徐長風一起來到舞臺後方準備上場。

三位解說簡單總結完剛才的比賽，重點介紹第二場，吳月道：「接下來是八進四的最後一場比賽，唐牧洲、徐長風與謝明哲、喻柯的對決。這場比賽的賽前預測投票，支持唐徐獲勝的高達百分之七十，支持謝喻的只有百分之三十，不過，我們雙人賽打到現在，出現了很多爆冷門的結果，記得上次阿哲和小柯對上歸劉組合時支持率也只有百分之三十，結果最後出人意料地贏了。」

劉琛道：「比賽中會有很多變數，尤其謝明哲的戰術打法非常新穎，他會不會拿出新牌？到底會拿什麼作為暗牌？今天這場比賽我也非常期待！」

吳月道：「選手們還在調試設備，讓我們進入短暫的廣告時間，廣告之後馬上回來！」

大螢幕中插播了一則廣告——正是前不久知名電子設備廠商請明星選手拍攝的廣告。

只見螢幕分成左右兩個畫面，左邊是唐牧洲穿著西褲和襯衫坐在辦公桌前，右邊則是謝明哲穿了一身白色的運動服，笑容燦爛地一個人走在街上。謝明哲大概是看到了什麼好玩的東西，突然撥通了師兄的通訊設備，正在辦公的唐牧洲看見來電名字，唇角立刻揚起了一個溫柔的笑容。

兩人接通了視訊，眼前的全息螢幕中出現對方的身影，謝明哲興奮地拿著光腦給師兄看周圍的環境，一邊給他介紹自己的新發現，唐牧洲則一直面帶微笑，耐心地聽他說話。

短短十五秒的廣告，結束時插播了旁白，由謝明哲配音，清朗的少年嗓音認真地一字一句地說：「XX光腦，最新高科技全息模擬投影技術，絕對值得擁有！」

廣告中，師兄弟兩人穿了同色系的衣服，搭在一起感覺很配，導演也很會捕捉鏡頭，將唐牧洲溫柔的紳士風度，和謝明哲年輕活力的笑容都拍得很美，就像是從偶像劇裡走出來的男主角一樣。但是，馬上就是他倆的比賽，賽前突然放兩人合作拍攝的廣告——這賽前的緊張感全都沒了好不好？

觀眾席有人偷笑，直播間內也有不少粉絲開玩笑地刷屏。

「買買買，我們買還不行嗎？」

「我去年買了一臺，看在你倆這麼認真拍廣告的份上，給我弟弟再買一臺。」

也有人弱弱地表示：「我覺得他倆在鏡頭前很般配，超有CP感，這是錯覺吧？快打醒我！」

「我也覺得……」

但這少數「真相了」的評論很快就被「買買買」大軍給淹沒。

三位解說看完廣告後表情也有些古怪，吳月清了清嗓子，回到比賽話題，「雖然唐牧洲和謝明哲關係很好，還一起合作拍廣告，但接下來的比賽還是要嚴肅、認真地對待。我想，他們都不會給對手留餘地，這場師兄弟的比賽一定會很激烈！」

劉琛趕忙接過話題，「四位選手已經做好準備，比賽正式開始，雙方將抽籤決定主客場順序，我們看到……唐神抽到了先手。」

唐牧洲抽到先手後迅速提交比賽地圖——叢林深處。

這是風華製作的森林系列場景地圖之一，是一張很難打的動態場景圖，比賽開始後每隔一段時間，叢林深處會有各種怪獸出沒，造成不同的全場景負面效果。

「六翼飛龍」會從場景上空飛過，巨大的翅膀遮天蔽日，讓地圖陷入黑暗持續五秒；「三頭蛇」出現時，全場景卡牌群體恐懼，三秒內無法釋放任何技能，並疊加三層蛇毒，每秒掉血百分之三；「火焰鬃鼠」則將點燃叢林，使全場景卡牌瞬間掉血三萬，並使血量低於百分之三十的卡牌立刻陣亡。

唐牧洲的腦洞也挺獵奇，大概是小時候看多了「打怪類型」的動畫片，他所設計的這張地圖，讓很多觀眾感覺回到了童年。

只不過，動畫片裡是主角打怪獸，這張叢林深處地圖卻是怪獸打卡牌，卡牌們還不能還手。

三種怪獸的出現會讓比賽變得複雜，選手們的心理壓力也會越來越大，就像打副本時遇到的

Boss會越來越強一樣。

從最初的光線影響，到中段的群體蛇毒，再到最後火焰鬃鼠出現，不僅會進行全場景範圍攻擊，一旦有殘血牌還會被直接秒殺！

兩天的準備時間，謝明哲把風華上半年常規賽用過的地圖都看了一遍，沒想到唐牧洲直接從壓箱底的圖庫中選出這麼一張古老的地圖，還是總決賽中使用過的超難動態圖，謝明哲頓時有些頭痛——只是八進四的雙人賽而已，師兄你有必要這樣嗎？

蘇洋看到這張印象深刻的地圖，忍不住笑起來，「唐神還是很疼愛小師弟的，這是超級VIP待遇啊！直接把總決賽的地圖給拿出來了。」

「疼愛」這個詞是這麼用的嗎？誰想要唐牧洲這種變態的疼愛！

謝明哲完全不想要。

但是，唐牧洲既然這麼看得起他，在八進四的雙人賽中拿出了決賽用過的「叢林深處」地圖，謝明哲也只能硬著頭皮迎戰。

地圖公布倒數計時三十秒後，雙方同時公布卡組。

這次導播先把唐牧洲和徐長風的卡牌情況放大在螢幕中，吳月目光掃過一遍卡組，聲音中帶著明顯的意外：「八張卡牌中有不少新牌，而且我發現……多肉植物特別多？」

劉琛冷靜地道：「好像是純多肉植物的陣容。」

子持蓮華、廣寒宮、冰晶玉露、熊童子、桃美人、蘆薈……

謝明哲看到一排的多肉植物，不由頭疼地想：我是做了針對花卉類即死的林黛玉，但你也沒必要一張花卉都不帶吧？

蘇洋幸災樂禍地道：「星卡世界對植物的分類包括花卉類、藤蔓類、樹木類、多肉類，多肉植物是一個單獨的類別，林黛玉對多肉無法觸發即死判定。」

吳月簡直驚呆了，「唐神今天很認真啊！卡組全換……純多肉植物陣容也是聯賽史上第一次出現，他的暗牌會不會也帶上多肉？」

劉琛道：「有這個可能。八張牌中有四張群體控制牌，生石花恐懼，雪蓮、廣寒宮和冰晶玉露都是冰凍控場，三輸出、四輔助、一治療的明牌？這個比例……」

蘇洋道：「這是唐牧洲很久沒用過的終極控場打法。你們還記得，他在第七賽季總決賽用過的那張夜來香嗎？雙群控的輔助卡。」

吳月對此印象深刻：「記得，聽說後來被唐神賣了是吧？」

劉琛也想起了這件事，「夜來香的滿級卡確實被賣掉了，當時還在遊戲裡引起轟動，據說是唐牧洲做出了別的替代卡？」

蘇洋道：「你們看看新出現的子持蓮華的技能。」

大家定睛一看——雙群控！

和夜來香非常相似的雙群體控制技，資料分配達到完美，兩個群控技能相輔相成。

「子持蓮華」是一種很容易群生的多肉植物，無數球狀的蓮座盛放時會密密麻麻地鋪滿花盆，唐牧洲用了這個設計理念，在子持蓮華盛放階段，以大範圍的蓮花層層疊疊鋪開，造成群體幻覺；而每個蓮座還會對被命中的目標造成長達五秒的定身。

兩個技能一起放，就會使敵對目標在陷入幻覺的同時也無法移動，變成原地罰站的靶子。

謝明哲很快也意識到這一點，子持蓮華帶兩個群體控制技，冰晶玉露、廣寒宮是群體冰凍，生石花的群體恐懼……這麼多的群體控制技能，師兄這局顯然是要將控場打法貫徹到底。

緊跟著，喻柯和謝明哲的卡組也被公布。

吳月道：「阿哲帶的明牌有宋江、李紈、李師師、劉備……嗯，全是保護類卡牌，大概阿哲也猜到師兄會帶很多控制牌？」

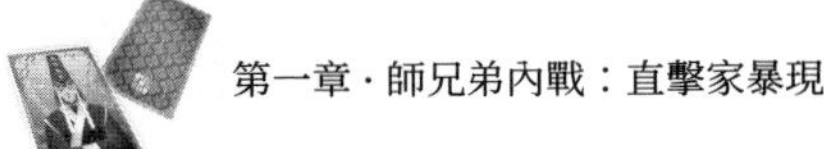

謝明哲確實猜到唐牧洲可能打控場，畢竟風華的植物牌控制技能多得數不清，但他沒想到唐牧洲會走這麼極端的終極控場路線。

謝明哲思考片刻，在暗牌中帶上「吳用」這張新做的控制牌，必要的時候把握機會打反控，這也是他和小柯練過的配合。再帶上輸出能力非常強、可群攻可單攻的燕青。

比賽正式開始。

觀眾們很快發現，所有控制牌都是由唐牧洲來操作，而巧合的是，謝明哲這局也是操作控制牌。也就是說，接下來師兄弟兩人將在控場、解控時機上，展開直接對決。這讓謝明哲難得有些緊張。

比賽開始，謝明哲先把宋江召出來保護喻柯的鬼牌，徐長風則召喚出普攻卡仙人掌、蘆薈遠距離攻擊，雙方都以試探為主。

但沒過多久，唐牧洲就召喚出了冰晶玉露。

只見晶瑩剔透如同露水的多肉植物，突然出現並遍布在腳下，而隨著冰晶玉露的擴散，範圍內敵對目標集體被凍結三秒！

唐牧洲動作太快，謝明哲根本沒來得及召喚李納免控。

徐長風也格外有默契，一見唐牧洲控住對手，立即發起全面進攻——除了仙人掌、蘆薈之外，他還召喚出一張攻擊能力極強的多肉暗牌——千佛手！

無數錐子形狀的鋒利根莖瞬間對準了聶小倩，幾乎要把她扎成蜂窩。

千佛手的大招攻擊配合仙人掌、蘆薈的集火，將聶小倩直接打到百分之三十血量以下！

謝明哲神色一變，立即讓宋江去保護聶小倩，同時召喚劉備——群體控制效果清除！絕對不能讓唐牧洲打出控制鏈。

謝明哲此時的頭腦極為冷靜，對時機的判斷也非常準確，幾乎是冰晶玉露冰凍控制結束的那一瞬間，唐牧洲就立即放出廣寒宮的群控，結果正好被劉備的解控技能給化解。

一人控，一人解控，師兄弟兩人的腦電波就像達到了同步。

見慣了激烈比賽的蘇洋也忍不住拍桌子讚道：「漂亮！神預判，一秒不差！」

解控，反控，這一切只發生在短暫的一秒內。

就連喻柯都覺得心驚膽戰，要是換成他自己，肯定沒這麼快的反應速度。阿哲不愧是阿哲！

耳邊傳來阿哲冷靜的聲音：「打！」

一波漂亮的反控暫時化解了喻柯的壓力，喻柯也不笨，立即召喚出全部的輸出鬼牌，對準徐長風的千佛手就砸了下去。

畢竟千佛手這張暗牌讓他心有餘悸，暴擊太可怕了。要是讓它再放出一次暴擊，他的鬼牌就要沒命。

三秒時間，四張鬼牌集火脆皮輸出卡，本來可以解決掉千佛手，但就在喻柯迅速將對方打殘的這一刻，天空中突然響起了刺耳的鳴叫，長著六雙翅膀的怪獸從空中飛過，巨大的翅膀遮擋了森林上空的光線，全場景頓時陷入長達五秒的黑暗！

眼前一抹黑，什麼都看不見，公孫九娘的鎖定技已經放完，非鎖定技很難命中對手。

喻柯急得想撓牆。

千佛手就差一絲絲血皮，結果這時候卻有怪獸掠過上空！他是有多倒楣啊？

但後臺觀戰的選手們卻不這麼認為。

並不是他倒楣，而是唐牧洲太變態，把場景事件的時間算得清清楚楚。

唐牧洲出手的時機距離飛龍出現的時間只差幾秒，哪怕集火失敗無法殺掉對手的卡牌，剩下不足三秒，以喻柯這幾張鬼牌的輸出量也殺不死他的植物牌。

進可攻、退可守，這個時機選得相當巧妙。

也正因為心裡很清楚對方的輸出量不足以殺死「千佛手」，所以唐牧洲完全不緊張，連治療技能都沒開，靠場景事件躲過這次集火，讓「千佛手」有驚無險地活了下來。

等天空恢復明亮的時候，千佛手已經退回到對手搆不著的安全距離。

雙方第一波交火，誰都沒能殺掉誰。

但謝明哲知道，這麼凶的開場只是試探而已——接下來師兄只會打得更凶！

如他所料，在恢復視野的那一刻，唐牧洲連續召喚生石花、子持蓮華兩張控場牌，謝明哲迫不得已強行用李紈的大範圍免控擋住一波。

但唐牧洲似乎料到他會召喚李紈，居然沒有放控制技能？

結果就是，謝明哲這次召李紈技能放空……也不是放空，至少五秒的免控是實實在在的，只是他開李紈的時候唐牧洲沒交出任何技能，召喚卡牌只是在——故意嚇他嗎？

看懂這一點的蘇洋忍不住道：「不是一家人，不進一家師門，唐牧洲真是太壞了！故意召喚兩張控場牌，騙阿哲的李紈出場。」

吳月木著臉表示：「師兄弟兩個都很壞吧！」

觀眾們：「哈哈哈阿哲難得被師兄坑了一次，喜聞樂見！」

「唐神這麼騙小師弟，小心回去被逐出師門！」

騙對手交出關鍵技能，這也是比賽時的重要技巧，謝明哲經驗比起唐牧洲還是欠缺了些。但他也沒辦法，要是不召李紈的話，唐牧洲肯定就會三連控，到時他和小柯一定會崩盤！

他是騎虎難下，必須讓李紈出來擋。

李納的無敵至少給了兩人調整的時間，喻柯立即放出鬼牌，五秒時間去把對方脆皮的輸出牌蘆薈給強行秒掉，也不算毫無收穫。

但無敵結束之後呢？

謝明哲動作極快，秒開劉備的金系護盾，全團抵擋必死傷害。

唐牧洲這邊動作更快，子持蓮華雙大招同時放出——只見無數圓球一樣的蓮座在腳下迅速蔓延，所到之處全部被「蓮花盛放」的幻覺取代，同時，被接觸到的目標全部定身！

徐長風緊跟上輸出，謝明哲趕忙召喚李師師，傾國傾城群控！

控制、破解、反控制、反破解！

這一波技能交換，讓全場的觀眾都緊張得屏住呼吸——只能說他倆不愧是師兄弟，對彼此足夠瞭解，一來二去打得也太激烈了吧！

謝明哲的粉絲頭皮都要炸了，阿哲面對師兄這麼大的壓力，居然連續頂住了三波！

蘇洋讚道：「阿哲的意識還是很強的，換成其他人打輔助或許早就崩盤了，但他把每一張牌的技能都安排得井然有序，解控、無敵、護盾、反控，沒有一個浪費，雖然剛才被師兄騙出了李納，但他還藏著李師師的群體控場和群體加血。」

危機暫時得到緩解，但謝明哲也清楚，這只是暫時的。

隨著一聲詭異的聲響，巨型怪獸三頭蛇出現在視野中——全場景恐懼、三層中毒！

所有卡牌無一倖免地被疊了三層中毒狀態，開始大量掉血。

三秒不能動，直接掉了百分之九，接下來還會繼續掉。

謝明哲一直留著李師師的群體加血技能，就等這一刻放出來，唐牧洲也同樣在三秒恐懼結束後開了桃美人的群療，但謝明哲意外地發現……

李師師放出群體大招加血，居然只回復了一點點的血量？

定睛一看，這才發現是唐牧洲召喚出了暗牌——多肉燈泡。

這張卡牌的長相很奇葩，一個碩大的淺粉色圓球，就像是放大了幾十倍的燈泡形狀，效果也很簡單粗暴：以多肉燈泡為中心的範圍三十公尺內，我方治療量提升百分之五十，敵方治療量降低百分之五十。

損人利己的buff牌，在聯賽中很常見。

但是在這關鍵的時刻出場，卻讓謝明哲頭痛欲裂！

他沒想到師兄還會有這一招，而叢林深處地圖更變態的是，三頭蛇出場後，火焰鬃鼠也會緊跟著出場，間隔時間不到五秒！

徐長風這時候終於發揮出一流選手的爆發力，輸出牌瞄準喻柯的鬼牌就是一波猛攻！

李師師治療回不上來的後果，就是大老鼠一出來直接全地圖群攻，打掉所有卡牌大量血量的同時，讓低於百分之三十血量的卡牌直接陣亡！

——原來，從一開始唐牧洲就打著這個主意。

他充分利用了動態場景地圖的特點，在前期逼出謝明哲的大量解控、免控類技能，直到關鍵時刻全團掉血，他才用暗牌降低對手的治療量，再利用怪獸的全圖群攻和徐長風的輸出，強制喻柯的鬼牌陣亡。

節奏卡得太妙了！

宋江是能保護己方的殘血牌，劉備可以抵擋一次暴擊，但問題是，李師師的治療沒把血量加起來，鬼牌直接被場景Boss秒殺了他們能怎麼辦？

從這一刻開始，謝明哲和喻柯陷入徹底的被動，唐牧洲、徐長風用連鎖控場的打法，不斷用群控技能干擾對手，一張一張地解決掉謝明哲的輔助牌，謝明哲藏起來的暗牌燕青也沒發揮出作用。

第一局，唐牧洲勝！

看到這個結果，喻柯心裡有些難受，不敢說話。

謝明哲卻深吸口氣，道：「本以為他們的暗牌可能會帶一張控制或者輸出牌，沒想到，只是簡簡單單的一張降低治療效果的buff輔助牌……師兄他確實考慮得很細緻，算到了每一種意外狀況，從頭到尾都打得很冷靜，這一局真是終極控場打法的教學比賽。」

喻柯只能呆呆地附和，「……呃，你師兄……確實厲害。」

——但是，你在比賽中這樣誇你的對手不大好吧？怎麼聽你誇他誇得這麼自然呢？

喻柯一臉茫然。

謝明哲也發現自己誇唐牧洲誇得太自然了，摸著鼻子笑了一下，迅速改口道：「他確實很強，但我們也不能任他欺負。第一局他拿出對待總決賽對手的打法，用三個怪獸的動態森林地圖對付我們……輸就輸吧，我認了。第二局要是還輸掉，零比二豈不是很丟人？」

喻柯繼續茫然臉，「好像……也不丟人吧？」

謝明哲揉揉小夥伴的頭，糾正道：「怎麼不丟人了？忘掉剛才那一局，從頭來過！」

第一局比賽不論是唐牧洲和徐長風的配合默契，還是唐牧洲恰到好處的控場，都得到了後臺觀戰職業選手們的認可，比賽結束的那一刻，後臺觀戰區的掌聲格外熱烈。

解說間內，隨著精彩鏡頭的重播，蘇洋前輩耐心地解釋了唐牧洲的打法思路，「唐牧洲帶了很多控制牌，只要控制技能銜接得好，對手會很難招架。這局比賽可以說是控場打法的經典教學，大量控制技能接二連三地放，只要有一次防不住，陣容就會被撕開缺口。」

劉琛感嘆道：「這種打法很消耗選手的精神力，實戰中連一秒都不能鬆懈，必須注意每一個控制技能釋放的時機和銜接順序，唐牧洲掌握得很好。先控一波殺掉對手一張牌，再控一波殺掉兩張牌，層層推進，一步步建立優勢，蠶食對手的生存空間，最後讓對手再也無法翻盤。」

蘇洋道：「剛才的十張多肉植物牌，真是讓我大開眼界，唐牧洲製作植物牌的創意好像永遠用

不完，我很好奇他的腦袋裡是不是藏著一本《植物百科全書》？」

吳月開玩笑道：「那謝明哲的腦袋裡一定有一本《人物百科全書》吧！」

蘇洋點頭贊同：「師兄弟兩個真是絕配！」

觀眾們：「啊？」

蘇洋前輩的用詞很一言難盡，一會兒是「師兄的疼愛」，一會兒又是「絕配」的……

劉琛瞄了眼身邊的前輩，發現他神色認真，絲毫沒意識到自己的用詞錯誤，劉琛只好輕咳一聲，迅速插話道：「第一局輸給控制打法，第二局謝明哲和喻柯會如何應對？讓我們拭目以待——接下來是短暫的廣告時間，廣告之後馬上回來！」

十幾秒的廣告，放的又是唐牧洲和謝明哲合作拍攝的那一段，觀眾們都無語了——導播你夠壞的啊！師兄弟正在激烈地比賽呢，你老放他倆笑容燦爛的廣告是什麼意思？

此時，謝明哲神色輕鬆，似乎並沒有被第一局的結果所影響。

第二局比賽在觀眾們的期待中準時開始。

這局是謝明哲的主場，他沒多考慮就提交了地圖——藕香榭。

現場的很多觀眾都有些懵逼，不少人都對這張地圖非常陌生。

相比起女兒國、劉姥姥進大觀園、姻緣樹等讓觀眾們印象深刻的地圖，藕香榭這張地圖在涅槃的粉絲群裡實在沒什麼存在感，不少粉絲愣神片刻後，仔細思考一番，才想起來涅槃上半年確實用過藕香榭，似乎是一張純水戰圖？

吳月是很專業的解說主持人，她把所有俱樂部的資料都做了筆記，看到這裡立刻解說道：「藕香榭是一張水戰圖，大片荷塘中散落著不少荷葉，所有卡牌必須站在荷葉上對決，掉入池塘的非水族卡牌每秒掉血百分之十，十秒後淹死。」

蘇洋摸著下巴若有所思，聽到這裡立刻雙眼一亮，「水戰圖啊！如果我沒有記錯的話，多肉植物都很怕水對不對？」

劉琛也反應過來，「是的，我家養過幾盆多肉植物，仙人掌、生石花這些植物都是生長在沙漠當中，它們喜歡乾燥的土壤和充足的日曬，雨水一多反倒容易死亡。」

吳月愣了愣，「你們的意思是說，謝明哲拿出這張水戰地圖，是想用卡牌種類的特性，逼著唐牧洲這一局不上多肉植物卡組？」

蘇洋嚴肅地點點頭，「我看是的。聯盟在新增每個卡牌類別時都會規定該類別卡牌的優勢和劣勢，比如，花卉類卡牌攻擊技能靠花瓣，速度快、距離遠，但防禦最弱；藤蔓類絞殺造成的傷害最高，但技能冷卻時間長；多肉植物控制多，防禦中等，但很怕水，不適合打水戰——利用地圖來限制卡組，謝明哲的這個想法很機智啊！」

卡牌具有「種族特性」，特殊場景會對某種族的卡牌產生負面影響。各大俱樂部的卡牌相生相剋，在地圖上也形成了微妙的平衡。

地圖因素的影響不會太大，遇到劣勢圖依舊可以打，但是在能夠選擇卡組的情況下，硬著頭皮上劣勢卡組確實是不理智的。

第一局，唐牧洲用十張多肉卡牌的強控體系打得謝明哲和喻柯幾乎沒有還手之力。謝明哲在想到如何對付他的強控體系之前，用場景地圖來限制是唯一的辦法。

選這張水戰地圖其實是一箭雙鵰，一來唐牧洲看到水戰圖不會再上多肉卡，緩解了謝明哲面對新牌的壓力；二來，他只要用到花卉、藤蔓類卡牌，謝明哲就有針對的方法。

地圖確定後三十秒，雙方卡組公布。

果然，唐牧洲這次一張多肉牌都沒用，卡組徹底大換血——牌多就是這麼任性！

吳月興奮地道：「卡組全換了，有四季海棠、鳶尾花、紫藤花、繡球花、千年神樹、大榕樹、柳樹、銀杏樹——是四花四樹的搭配啊！」

劉琛道：「這樣帶卡牌非常均衡，花卉我們都知道有林黛玉即死牌針對，可一旦花卉數量多了，林黛玉只能秒其中的一張，影響其實不大。帶上大榕樹，有全團無敵保護，可以在對手放控制技能的時候搶到節奏點，迅速反攻！」

蘇洋讚道：「唐牧洲意識確實強，水戰圖一出來他就搭配出一套非常適合水戰的卡組，四季海棠可群可單；鳶尾花瞬間爆發力強，繡球花是遠程普攻牌，持續輸出能力強；紫藤花和柳樹都有位移控制技能，紫藤可以讓群體目標被捆綁，柳樹長長的柳枝，還能將指定的目標捆綁起來丟到任意位置！」

吳月雙眼一亮，「把對方的卡牌捲起來丟進水裡，每秒掉血百分之十嗎？」

「應該是這個思路，柳樹的控場在這一局會非常有用。」劉琛頓了頓，緊跟著道：「銀杏是一張新牌，銀色葉片被光線照射散發出的刺眼光芒會讓範圍內的目標群體眩暈——這一局唐牧洲帶的控制牌明顯變少，但攻擊牌和位移控制牌增多，打水戰會更加靈活。」

「我很期待謝明哲和喻柯的卡組！」吳月剛說完，螢幕中就放出謝明哲和喻柯的卡組，除了大家都認識的公孫九娘、聶小倩外，喻柯帶了兩張牌，一張叫泰山王、一張叫都市王。

蘇洋看到這裡忍不住笑出聲，「又來了兩個新的王！」

觀眾們：「……」

——所以謝明哲你到底做了多少個王？

而且，這兩個新出來的鬼王技能怎麼那麼奇怪？油鍋酷刑，把指定的目標抓進油鍋裡施加懲罰？悶鍋地獄，把指定目標投入悶鍋窒息？

直播間內紛紛刷屏。

「又是油鍋、又是悶鍋的，謝明哲是要改行當廚師了嗎？」

「油炸植物，一定很好吃【口水】」

「不知道是多大的鍋？能炸聶神的老虎嗎？」

「老聶表示躺著中槍，炸獅子更好吃！」

觀眾們的彈幕紛紛跑偏。

小柯的牌公孫九娘、聶小倩、泰山王、都市王，謝明哲帶的人物牌包括盧俊義、吳用、宋江、李師師。

蘇洋仔細看完卡牌，道：「看來還是謝明哲保護、喻柯輸出，四張單體輸出鬼牌火力應該足夠殺掉對方的脆皮卡。但問題在於不僅公孫九娘的大招冷卻時間比較久，泰山王、都市王的技能冷卻時間更久。喻柯打完一波之後就沒技能了，準備原地乾瞪眼看戲嗎？」

觀眾們：「……」

經蘇洋這麼一說，大家也發現，喻柯帶的鬼牌技能冷卻時間也太久了吧？油鍋一百二十秒、悶鍋六十秒，也就是說一輪技能放完之後接下來的一兩分鐘完全沒技能，只能原地看戲？

後臺觀戰的選手們面面相覷。

一般來說，如果帶了技能冷卻時間特別長的輸出牌，其他輸出牌就必須是技能冷卻特別短、或者乾脆不用技能的普攻卡，這樣長短搭配，才不會讓攻擊節奏間斷太久，容易被對手反打。

不知道謝明哲這又是什麼套路？

葉竹很快反應過來，「暗牌，他帶的暗牌肯定有問題！」

白旭道：「不會又出現輸出很強的收割牌吧？」

兩個小傢伙湊在一起激動地討論起來，裴景山無奈扶額，他突然有種不大好的預感——唐牧洲

這局，可能會被小師弟坑得很慘！

裴景山的預感，唐牧洲也猜到了——阿哲又要給他驚喜。

這套卡組短期內爆發確實很猛，一波下去秒掉對手的一張牌完全沒問題，但爆發之後呢？那麼長的技能冷卻時間，總不能讓喻柯一直原地看戲吧？

暗牌中必定還有很強的輸出牌。會不會是燕青？阿哲最近好像很喜歡用燕青，操作難度大，但操作得好就能在逆勢翻盤。

唐牧洲賭了一把，在暗牌裡帶上食人花，準備秒謝明哲的輸出暗牌。就算暗牌不是燕青，用來秒殺盧俊義、宋江等人物牌也不虧。

卡組公布後倒數計時三十秒，比賽正式開始。

藕香榭地圖載入……

只見清澈見底的池塘裡，散落著不少面積約一平方公尺的大荷葉，每一片荷葉上最多只能站立兩張卡牌，而荷葉之間的距離有近有遠，近的可以跳躍，太遠的就只能下水游過去，只不過所有卡牌一旦落水，就會受到池塘場景效果的影響——每秒掉血百分之十。

地圖設計對雙方很公平，所以兩半邊地圖上荷葉的稀疏、分布都是對稱的。

唐牧洲、徐長風迅速召喚花卉、樹木牌，這一局是徐長風操控花卉，唐牧洲操控樹木，徐長風先召喚出紫藤花，想把喻柯的鬼牌強拉過去，但距離不夠，只能在荷葉上跳躍位移。

喻柯召喚出公孫九娘和聶小倩，謝明哲用盧俊義進行保護。

之前打小組賽的時候，盧俊義這張嘲諷牌因為太難處理，對手直接選擇以人物即死牌一換一，換掉盧俊義。但這一局，唐牧洲沒有這麼做，因為他知道，最危險的牌，永遠是未知的牌。他如果用食人花去秒殺盧俊義，那麼謝明哲接下來出場的人物暗牌就很難對付了。

必須忍住，就等小師弟的暗牌出現！

發現唐牧洲沒秒盧俊義，喻柯立刻大著膽子連續召喚鬼牌，盧俊義的小兵正好跟在鬼牌的身後，只要小兵不死，鬼牌就不會有任何危險。

唐牧洲冷靜地道：「殺小兵，泰山王身後的那隻！」

小兵很煩，尤其當五個小兵散落在不同位置的時候，想全部殺掉必須分散火力——表面上看來如此，但誰規定一定要殺掉全部小兵？只殺最關鍵的那一隻不就好了嗎？

唐牧洲選擇先殺泰山王。

他仔細看過技能，油鍋酷刑很變態，支配技無法解除，被他抓進油鍋幾乎是必死。徐長風會意，讓花卉牌的技能迅速集火強殺了保護泰山王的那隻小兵。

小兵畢竟只有盧俊義百分之二十的血量，不到三秒就死了。

而不被保護的泰山王這時候非常危險，謝明哲趕忙召喚宋江準備為他加血。但唐牧洲速度更快，銀杏樹突然出現，銀杏葉片反射的刺眼光芒照過全場，大範圍卡牌陷入暈眩！

宋江放不出技能，泰山王被集火肯定沒命。

然而觀眾們驚喜地發現，機智的小柯在泰山王被集火之前，居然放出了油鍋！

巨大的油鍋穩穩地立在荷葉之上，小柯瞄準對方的紫藤花強行抓進油鍋裡，劈里啪啦油炸植物的聲音在現場響起，可憐的紫藤花被炸得外焦裡嫩，每秒掉血百分之十，血量迅速下降！

油鍋這個技能冷卻時間有一百二十秒之久，但它的強大之處在於技能屬於強制支配，無法解控。除非這時候有一張單體治療牌瘋狂地為紫藤花加血，否則，紫藤花必死無疑。

徐長風也很無奈，剛才他一邊操控紫藤花走位一邊讓其他花卉集火泰山王，結果喻柯這小傢伙眼睛還挺尖，在距離剛好到三十公尺的那一刻猝不及防地把紫藤花給抓進了油鍋裡！

結果便是徐長風雖然迅速集火殺掉了泰山王，但紫藤花也面臨了必死的命運。

一牌換一牌，雙方都不虧。

當然，泰山王雖然在三秒內就掛了，留下的油鍋裡紫藤花還在繼續被油炸。

直播間內的彈幕又開始跑偏。

「好吃的油炸紫藤花，一串多少錢？」

「香脆的油炸紫藤花，看得我都餓了！」

「這麼大的油鍋，也可以炸聶神的老虎吧？」

「卡牌們表示：謝明哲你這個王八蛋，居然要把我們油炸，太壞了！」

看比賽的蘇洋笑著摸鼻子，「抓進油鍋裡炸，謝明哲設計的這個技能真是很……有趣。」他本來想說變態，又覺得當嘉賓還是文明點好，就用「有趣」替換了「變態」。

劉琛只好尷尬地打圓場，「小柯開油鍋開得很及時，換掉對方一張牌，並不算虧。」

除了油鍋外，喻柯緊跟著又開出悶鍋——但唐牧洲不會讓他連續兩次放出關鍵技能，早就瞄準了他的都市王，直接召喚柳樹，用柳枝將「都市王」一把拉進池塘裡！

嘩啦的一聲，都市王帶著他的悶鍋一頭掉進了水中！

唐牧洲這個控制技能用得很巧，將都市王直接拉進徐長風花卉牌的包圍圈中。非水族卡牌在水下無法釋放技能，小柯趕緊讓都市王朝最近的一片荷葉游去。但徐長風的繡球花、鳶尾花同時集火攻擊都市王，可憐的都市王還沒從池塘裡爬出來，就被對手迅速秒殺。

開局陣亡兩張鬼牌，謝明哲和喻柯看似陷入了劣勢。

好在公孫九娘和聶小倩目前都是滿血，並且有盧俊義的小兵保護著，小柯見都市王救不回來，乾脆放棄這張牌，迅速操控公孫九娘和聶小倩去強攻徐長風的花卉。

謝明哲也沒閒著，開啟李師師傾國傾城，大範圍群體控場！

但唐牧洲一直盯著小師弟的動作，在李師師出現的那一刻，果斷開大榕樹無敵護盾，擋掉這一波群控。

謝明哲和喻柯只好後撤，徐長風的花瓣追著兩人打，一時有些狼狽。

但榕樹的無敵有時間限制，在無敵結束的瞬間，看似狼狽逃命的謝明哲突然召喚出吳用。

——神機妙算，大範圍蒙汗藥群體昏睡！

謝明哲原本在逃跑，誰想到他跑到半路突然反控了一波？

徐長風手上正展開追擊的花卉卡被控得猝不及防。

同時，吳用開啟第三技能「巧奪連環」，讓徐長風的「四季海棠」和「鳶尾花」處於連環狀態，這樣一來，只要其中一張卡牌受到攻擊，另一張卡牌也會受到百分之五十的濺射傷害。

阿哲一反控，喻柯果斷跟上。

原本在逃跑的公孫九娘轉過身去，九個鬼火全部打向四季海棠，聶小倩瞬移暴擊也去打四季海棠，連環狀態的鳶尾花受到濺射傷害，轉眼間兩張牌都被打殘，被集火的四季海棠只剩一絲血皮，鳶尾花也只剩百分之三十左右的血量

暗牌要來了——唐牧洲瞇起眼睛。

喻柯的輸出不夠，阿哲肯定要召喚暗牌補足傷害！

果然，下一秒，就見謝明哲突然召喚出人物暗牌——林沖！

不是唐牧洲推測的燕青，而是林沖。

林沖可以瞬移到三十公尺內任意位置，用「三槍連環」技能對近戰目標造成金系暴擊傷害，一旦擊殺目標，立刻刷新技能，最多刷新三次——林沖正是一張可以「三連殺」的爆發牌。

此時，四季海棠殘血，鳶尾花血量也只剩百分之三十，林沖一旦擊殺四季海棠，就可以繼續收割，順勢殺掉鳶尾花——技能連續刷新三次，將打出巨額傷害！

但唐牧洲早就防著這一招。

幾乎是謝明哲暗牌出場的那一瞬間，他立即召喚即死牌——食人花！

林沖只來得及瞬移過去，就被食人花秒殺，技能都沒放出來。

唐牧洲反應快得驚人，現場響起一陣驚呼。

蘇洋嘆了口氣，道：「專門留著即死牌來針對暗牌，這也是真愛了。」

觀眾們：「……」

——前輩你去補習一下用詞，謝謝！

林沖出場就被秒殺，謝明哲的粉絲們都覺得很遺憾，私下討論著。

「唐神這是早就做好了準備吧？一直憋到現在才召即死牌？」

「阿哲每次都用暗牌取勝，唐神早有準備也很正常！」

「可憐的阿哲，這下慘了，唉……」

因為對師弟極為瞭解，唐牧洲猜到謝明哲會在關鍵時刻用暗牌收割，留著這張人物即死牌，專門等著秒殺他的暗牌，效果確實不錯。

但是……

下一刻，讓所有觀眾意外的情況發生了。

只見林沖陣亡的那片荷葉上，突然出現了一位光頭男。

男人身材魁梧，脖子上掛著一大串佛珠，手裡拿著造型奇怪的法杖，他一拳過去，殘血的四季海棠瞬間被秒殺。

緊跟著，他跳躍到最近的荷葉上，對準唐牧洲召喚出來準備開大招的千年神樹，拔起來就跑！

瘋和尚一把扛起了千年神樹，一邊在荷葉上靈活跳躍，一邊四處亂撞，將鳶尾花、繡球花、柳樹、銀杏樹全部撞進池塘裡！

這突如其來的變故讓全場觀眾目瞪口呆。

唐牧洲：「嗯？」什麼情況？

他本來想在秒掉林沖之後，看情況用千年神樹的大招配合徐長風的單攻，一波把小柯的鬼牌給殺光，結果完全沒想到，林沖剛陣亡，原地出來個叫魯智深的，直接把他的神樹給連根拔起！

魯智深，倒拔楊柳——徒手將樹木連根拔起，被拔起的樹木喪失養分供給，迅速枯萎。

觀眾們看見神樹的葉片在迅速枯萎，頭頂不斷冒出生命值減少百分之十、百分之十的提示。

唐牧洲簡直要氣笑了。

這是什麼奇葩設計？還能把樹給拔起來？

直到現在，後臺觀戰的選手們才明白——這一局，阿哲搭配的卡組是四張鬼牌、六張人物牌，而不是平時常見的五張鬼牌、五張人物。

喻柯操作四張牌，謝明哲這一局操作六張牌。

除了林沖這張人物暗牌之外，後面出場的魯智深，才是真正的戰術核心！

唐牧洲猜到謝明哲會用暗牌打收割，所以專門留著即死牌去對付師弟的暗牌。

但同樣，謝明哲也猜到師兄會留針對性卡牌來對付自己的暗牌，所以他帶上了兩張暗牌！

這就是逆向思考，你猜中了我，我也猜到你會猜中我。

林沖被唐牧洲針對得幾乎沒發揮出任何作用就掛了，但還有魯智深。

水戰位移控場，這才是第二局真正的打法！

池塘是關鍵。

掉進池塘的卡牌每秒會掉血百分之十，十秒後淹死，再強的治療牌也保不住全團掉血的局面，何況唐牧洲和徐長風這局並沒有攜帶治療卡。

魯智深的第二技能「酒興大發」可以讓他在十五秒時間內對三十公尺大範圍內的目標進行連續衝撞，每次衝撞都能造成一定傷害，並擊退目標五公尺。

荷葉的面積只有一平方公尺，擊退五公尺，必定會把目標撞進池塘裡。

而當魯智深扛起大樹到處衝撞的時候，根本就沒有單控技能可以攔得住他。因為在大樹的視野遮擋下，唐牧洲和徐長風很難迅速地判斷出魯智深的具體位置。

結果就是，魯智深在極短的時間內，把風華所有的植物卡都撞進了池塘裡！

被他連根拔起的千年神樹，正在迅速地枯萎——千年神樹一定委屈極了，作為木系最強的群攻牌，被一個瘋子拔起來扛著跑，群攻大招根本就放不出來！

喻柯的卡牌輸出不足？

沒關係，我們的池塘每秒讓你掉血百分之十，輸出可足了！

比賽開始之前，蘇洋還說「小柯的鬼牌技能冷卻時間那麼久，待會兒一波打完難道要原地看戲」——事實證明他猜對了，小柯就是打一波，收掉對手的關鍵牌，然後看戲。

這是兩人早就商量好的策略。

剛才謝明哲讓喻柯用油鍋強行收掉紫藤花，因為紫藤花是一張很強的位移群控牌。仔細觀察就可以發現，喻柯先收掉群控牌，再打殘了兩張關鍵輸出牌，謝明哲接著讓魯智深出場，直接拔掉千年神樹，並把柳樹撞進池塘。此時，銀杏的群控正在冷卻，大榕樹的無敵也在冷卻，這樣一來，唐徐兩人就無法再放技能干擾到魯智深的發揮。

喻柯的公孫九娘和聶小倩完成了任務，迅速退到遠處看戲，等待技能冷卻結束。

唐牧洲和徐長風所有的植物牌全部落水。

要同時操控數張卡牌回到荷葉上並不是件容易的事，偏偏謝明哲還在隨時觀察著池塘裡的情況，看到有植物卡快要爬上荷葉時，他就讓魯智深扛著大樹跑過來，再把對方擊退五公尺。

魯智深守在池塘中間，花卉和樹木們泡在水裡根本爬不上來。

唐徐兩位選手出道以來，從來沒有過如此狼狽的時刻。

集體變成落水狗在池塘裡掙扎，有這麼氣人的嗎？徐長風都想摔了頭盔去揍謝明哲一頓。

眼睜睜看著所有植物卡被池塘掉血打殘，喻柯的公孫九娘美滋滋地站在遠處放了幾個鬼火，輕鬆將殘血牌給收掉。

——謝明哲、喻柯勝。死皮賴臉地靠池塘磨死了對手所有的植物卡。

當螢幕中彈出「失敗」字樣時，魯智深還站在池塘中間，肩上扛著枯死的神樹，威風凜凜，像是在對唐牧洲說：「你的神樹很厲害嗎？對不起，我可以把它拔起來。」

唐牧洲哭笑不得。

——秒殺我的花，拔起我的樹，謝明哲你真是好樣的！

謝明哲的水戰位移控場打法，讓現場的觀眾大開眼界，而後臺觀戰的選手們，看到比賽結束後定格的那個畫面，大家的表情都有些複雜。

葉竹呆呆地盯著螢幕裡扛起大樹的魯智深，良久後，終於控制不住大笑起來，「哈哈哈哈，唐神的樹好慘啊，直接被拔起來了嗎……」他笑得幾乎要喘不過氣。

白旭聽到他的笑聲，沉著臉道：「不愧是謝明哲做的卡牌，技能一個比一個奇葩！」

葉竹和白旭都很同情唐牧洲，其他選手則幸災樂禍——難得看見唐牧洲打比賽打得這麼狼狽，真是「一物降一物」，謝明哲絕對是他的剋星。

裴景山摸了摸鼻子，低聲向陳霄說：「看謝明哲把他的樹給拔了，我怎麼那麼想笑？」

陳霄強忍著笑意，嚴肅道：「嗯，這家暴的方式有些特別。」

千年神樹是唐牧洲的成名卡牌，從他獲得第五賽季個人賽冠軍之後，千年神樹就被掛在職業聯盟的卡牌牆上，粉絲無數。每次千年神樹出場，都是威風凜凜，大招「死亡絞殺」一放，鋪天蓋地的樹藤襲捲而來，瞬間殺光對手的卡牌也是有可能的。

然而今天，千年神樹居然被魯智深粗暴地扛起來跑了一路？

簡直不能忍！

直播間內的粉絲紛紛為千年神樹喊冤。

「堂堂神樹居然被拔了，還有沒有天理？」

「瘋和尚快放它下來！」

「作為神級卡牌，千年神樹的尊嚴就這麼掉光了……」

以前每次提到千年神樹，粉絲們都覺得這張牌超級威風、霸氣，簡直是木系卡牌中的王者。但現在想到千年神樹，大家開始忍不住聯想到各種奇怪的畫面——比如被豬八戒搶去當媳婦、比如生下一棵神樹寶寶、再比如被魯智深連根拔起……

一代神卡，就此隕落。

千年神樹要是有意識，估計想咬死謝明哲。

此時，謝明哲正笑咪咪地和喻柯擊掌慶祝第二局的勝利。

在比賽開始之前，他其實做好了連輸兩局的準備，畢竟師兄和徐長風的個人實力都高於他們，配合默契也強過他們，在這對組合面前想贏一局都很難。

但第二局他還是贏了，歸根結底是他對唐牧洲太過瞭解，反套路打了一波，讓師兄用即死牌對付第一張出場的暗牌，再把第二張暗牌拿出來打位移控場，這個戰術很驚險，但最後證明他的選擇沒有錯——險中求勝，能贏的戰術就是好戰術。

還剩最後一場決勝局，謝明哲深吸口氣，向喻柯道：「最後一局了，加油。輸贏都沒關係，把這段時間練習的成果拿出來吧。」

喻柯興奮地點頭，「嗯嗯，我知道！」

賽前喻柯最擔心的是兩人會零比二輸掉，如今拿下了一局，他反倒輕鬆起來，不管第三局是輸是贏，至少說明他和阿哲對上大神組合也是有一戰之力的。

喻柯心裡想什麼都會寫在臉上，謝明哲看他雙眼清亮，一副躍躍欲試的神色，就知道這傢伙已

經把壓力全部放下了。

謝明哲鬆了口氣，拍拍小柯的肩膀，「準備吧。」

喻柯點了點頭，將放在旁邊的頭盔認真戴好。

解說間內，蘇洋總結道：「魯智深的技能描述是拔起指定的樹木類卡牌，聯盟裡誰的樹木卡牌最多還用問嗎？這說明，阿哲這張卡牌就是用來專門針對師兄的。」

吳月感慨地說：「平時兩個人關係好得就像是親兄弟，每次比賽結束後，唐神都會擁抱阿哲，給他兄長般的鼓勵。但是一到了賽場，兩個人就針鋒相對，誰也不給誰留情面。眼睜睜看著自己的神樹被拔掉，唐神剛才的表情顯得特別無奈。」

劉琛道：「說明他們都很敬業，職業選手在賽場上放水，才是對彼此最大的侮辱。」

吳月點頭，「這一點我贊同，所以我相信，第三場決勝局，雙方一定會拚盡全力，讓我們一起期待接下來的比賽！」

決勝局正式開始。

按照規則，系統會先隨機抽取三張地圖，由雙方各自禁用一張。

粉絲們都很期待今天系統會給他們抽到什麼地圖，隨著倒數計時的數字從十數到一，直播大螢幕上出現三張地圖的縮圖——

百鬼夜行、無盡雪原、烈焰焦土。

謝明哲有些為難，這三張圖，說實話都不好打！

百鬼夜行，小鬼負面狀態太多，一旦唐牧洲結合地圖負面效果，接上多肉植物卡組的強控打法，他和小柯將無還手之力。

無盡雪原，這張節奏極慢的地圖拚的是操作和細節，是方雨最擅長的打法。而現階段，跟唐牧洲拚細節這不是找死嗎？時間拖得越長，對他和小柯自然越是不利。

總結下來反倒是烈焰焦土的一波流打法，或許還有戲。

只是，師兄會留下這張圖嗎？

謝明哲心裡有些忐忑。

裁判讓兩人抽籤決定禁選順序，謝明哲抽到了先禁——他考慮片刻，禁掉了「百鬼夜行」地圖，免得又被唐牧洲打終極控場。

緊跟著輪到唐牧洲。

吳月道：「唐牧洲很可能會禁掉『烈焰焦土』，留下『無盡雪原』打慢節奏的消耗戰，慢慢打的話，小柯肯定頂不住壓力。」

話音剛落，唐牧洲就乾脆俐落地禁掉了無盡雪原，留下烈焰焦土。

吳月：「……」

解說每次都猜錯唐神的思路被打臉，真是心累！

蘇洋笑著圓場，「烈焰焦土和無盡雪原留下哪張都可以，一個是開場就召喚大量卡牌的一波流打法，節奏非常快；一個是拖時間的消耗打法，節奏極慢。以我的瞭解，唐牧洲是一位風格非常多變的選手，快節奏、慢節奏的地圖他都能從容應對。」

劉琛緊接著說：「但是烈焰焦土這張地圖對選手的精神力影響很大，謝明哲想藏暗牌是藏不住的，開局就要儘快召喚出來，這對他的戰術布局可能會產生一些影響。」

謝明哲喜歡藏暗牌，經常藏到大後期再突然召喚出來給人驚喜，而「烈焰焦土」會每秒降低精神力。他要是還藏著暗牌，到後期可能根本召喚不出來。

唐牧洲留下這張地圖，是「快刀斬亂麻」的做法。

謝明哲知道師兄的想法，所以第三局他也不敢再皮，留暗牌對付唐牧洲顯然不能連續奏效，決勝局他只能正面對拚，這也是最考驗選手操作和意識的時候。

卡組方面，魯智深不能再用，謝明哲乾脆拿出燕青、花榮、林沖三張輸出牌，還有控制牌吳用。小柯則拿出喬生、連城鬼牌CP，以及公孫九娘和聶小倩。

蘇洋看到公布的卡組，意外地揚起眉毛，「全是舊卡，這是以不變應萬變嗎？」

劉琛道：「習慣看阿哲帶奇奇怪怪的新卡牌上場，這一局沒有新卡牌還挺不適應的。」

吳月贊同地附和，「感覺真是復古！」

謝明哲的想法其實很簡單——他想趁這個機會檢驗一下這段時間和小柯訓練的成果。

他最近正好在練水滸這幾張需要操作技巧的輸出牌，加上小柯的輸出鬼牌，這一局他們帶的輸出牌數量是前所未有地多，他也想速戰速決，打一波暴力猛攻。

當然，純輸出陣容在比賽中是大忌，一旦被控，脆皮輸出牌很容易全面崩盤。所以除了帶吳用控場之外，另外兩張暗牌他打算根據對手的陣容帶上保護卡。

唐牧洲和徐長風的卡組也很快地公布出來了。

上一局千年神樹被拔，唐牧洲這局乾脆不帶樹木類的卡牌——直接帶了八張藤蔓！

常春藤，友方範圍內所有卡牌連在一起分攤傷害；鐵線蓮，可指定三個以內目標連鎖捆綁，傳導傷害；綠藤，單體目標捆綁、麻痹雙控制；爬山虎，分出三根藤蔓，迅速攀爬、纏繞住指定目標，捆綁目標使目標無法移動。

徐長風帶的也是藤蔓牌，包括群攻牌天門冬和百萬心，都是大範圍藤蔓絞殺卡。單體攻擊牌藤本月季，以藤條快速延伸並襲捲指定目標，用月季的刺造成暴擊傷害；凌霄這張卡牌則是依附性藤蔓花卉，可以緊緊吸附在指定目標身後，不斷地吸取目標血量。

蘇洋看到這裡，忍不住道：「唐牧洲這次帶的是八張藤蔓牌。第一局多肉卡組，第二局四花四樹，第三局全藤蔓，唐牧洲今天也太認真了吧？果然是師弟專屬的VIP待遇。」

劉琛道：「對粉絲們來說，打三局換了三套卡組，這可是難得一見的場面！」

唐牧洲告訴大家：卡牌多，就是這麼任性。

——秒我的花，拔我的樹，我用藤蔓看你準備怎麼辦？

謝明哲看到這裡，迅速換掉暗牌。

他本來想上劉備和華佗保護己方卡牌，看到師兄的八張藤蔓牌都是定身、捆綁類控制，並沒有帶混亂、冰凍之類的硬控。於是他改變主意，在暗牌上了火攻雙人組——周瑜、陸遜！

好久不見的鐵索連環和火燒赤壁。

——你想要連起來嗎？藤蔓連在一起，特別方便大火蔓延啊！

——秒你的花，拔你的樹，燒你的藤蔓，一個都不放過！

對付藤蔓，謝明哲確實沒有像黛玉、魯智深這樣針對性鮮明的卡牌。

但當初製作周瑜和陸遜，就是他打木系副本得來的靈感。在木系副本中，地面上有無數藤蔓把小怪連在一起，還動不動就捆綁住玩家，特別煩人。不如就用火攻直接燒死一整片，乾脆俐落。

所以在看到唐牧洲拿出這麼多藤蔓卡牌時，他迅速換上周瑜和陸遜。

當然，這套卡組防禦弱，一旦被對面反控會很容易死。好在燕青、林沖都非常靈活，情況不對可以位移跑路。小柯的聶小倩、喬生和連城也有位移技能，到時候所有卡牌分散站位，不至於被對面一波打崩。

【第二章】

最瞭解我的人，果然是我的對手們啊！

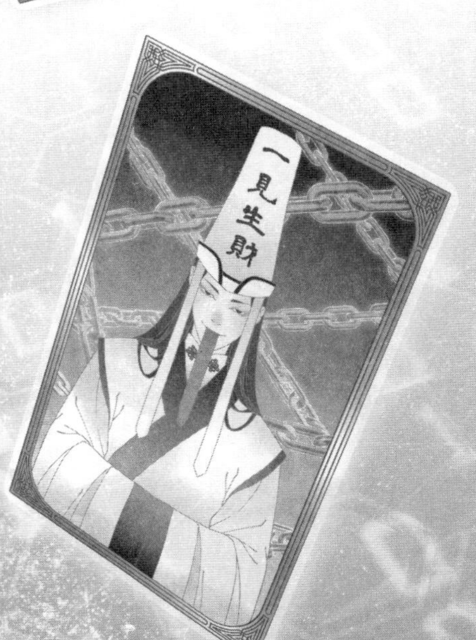

比賽開始。

烈焰焦土地圖除了地面坑坑窪窪，場景設計其實很簡單，視野也非常開闊。關鍵在於地圖載入後的「灼燒」狀態，從第一秒就開始倒數計時，每秒削減選手的精神力，因此，在地圖載入的那一刻雙方都迅速召喚出全部卡牌，瞬間形成了十打十的公然對決！

雙人賽中，難得見到這樣壯觀的場面。

十張藤蔓植物，和四張鬼牌、六張人物卡對峙，空氣中似乎充滿了濃濃的火藥味。

唐牧洲反應極快，在召喚出全部藤蔓牌的那一刻，他果斷開啟常春藤技能，讓常春藤的藤蔓將範圍內友軍全部連結起來——這是他早就想好的，因為阿哲和小柯帶的明牌中輸出牌非常多，七張輸出牌的火力實在太可怕了，如果集火殺他的藤蔓，藤蔓可能會瞬間陣亡。

均攤傷害，就能保證任何一張藤蔓牌不至於被瞬秒。

然而，連起來的那一刻他就後悔了。

因為他發現謝明哲召喚到陣容大後方的兩張人物卡，居然是熟悉的周瑜和陸遜！

謝明哲就是算準了師兄比自己反應快。

反應快當然是好事，但有時候他可以利用對手快一秒的反應，在對手行動之後再開始行動——唐牧洲這局沒帶無敵保護牌大榕樹，所以開局為了防止藤蔓被秒開常春藤的連結均攤傷害是最合理的做法，而以他的反應速度，肯定會在卡牌召喚出來的瞬間就把隊友連起來。

——等的就是現在！

謝明哲果斷開啟周瑜、陸遜大連招。

鐵索連環、火燒赤壁、火燒連營！

周瑜的大火原本只會順著鐵索傳導，結果常春藤用來連結以保護隊友的綠色藤蔓反倒成了周瑜的幫凶——變成了導火線的藤蔓，居然把烈火一路傳導開來，隊友們被坑得那叫一個鬱悶。

陸遜的技能「火燒連營」會對連接狀態下的目標造成額外的火系暴擊傷害，一時間，烈火肆虐。周瑜、陸遜這一波火攻暴擊打下去，唐徐兩人的藤蔓牌幾乎瞬間被打掉了百分之六十的血量！

現場觀眾不敢相信地瞪大眼睛。

直播間內快要刷瘋了。

「阿哲牛逼啊！」

「阿哲太強了，這是反利用師兄的快節奏，直接讓他的常春藤給周瑜當了導火線！」

對此，職業選手們也非常認可。

想到用火攻對付藤蔓，看得出謝明哲的思路非常靈活，最後換上來的暗牌顯然就是很久沒出現過的周瑜、陸遜火攻雙人組。

但是……

裴景山冷靜地道：「光周瑜陸遜的輸出，沒法把對手打團滅，接下來還是難辦。」

葉竹算了算數據，「常春藤雖然當了一次幫凶，但連起來均攤傷害的話，喻柯和謝明哲的單攻卡依舊很難強殺掉藤蔓牌，輸出會被十張牌分擔。」

這一波猝不及防的火攻確實很猛，但後續傷害又成了大問題。

就算燕青一波爆發打出八萬血，被十張牌分擔下來，每張牌也只會受到八千點傷害。

謝明哲當然知道這一點，他咬牙道：「打一波，先全部打殘再說！」

喻柯會意，立刻操作著公孫九娘，鬼火全部砸到防禦力最弱的輸出牌「藤本月季」身上。

同樣的輸出資料，打防禦十五萬的常春藤和防禦五萬的月季，當然是打後者造成的傷害更高，分攤到每張牌上也就更多。小柯習慣玩刺客，在關鍵時刻挑脆皮牌的眼光還是很銳利的。九個鬼火打下去，將所有卡牌血量打到百分之三十到四十五左右。

他讓鬼牌齊齊出動，繼續盯著藤本月季，只要鬼牌的一套技能砸下去，月季不死也殘，待會兒

找機會再讓連城打幾個普攻連擊，收掉一張是一張！

藤蔓均攤傷害，公孫九娘的大招均攤下來是八千點傷害，脆皮牌本身血量就不多，多打幾次肯定會死。但是輔助卡有十幾萬血量，均攤下來的這點傷害就只是撓癢癢了。

所以集火的目標很重要。

謝明哲看見小柯集火藤本月季，立刻跟上輸出。

他本想操作著燕青、林沖和花榮過去直接把藤本月季給打死，然而，他剛要行動，卻發現自己根本就沒法移動——密密麻麻的爬山虎，不知道什麼時候悄無聲息地順著地面迅速蔓延過來，三根爬山虎的藤蔓分三個方向攀爬，正好將這三張人物輸出牌全部綁在了原地！

觀眾們：「……」

唐牧洲看都不看小柯的鬼牌，就只盯著師弟的牌專門捆綁，這還不是真愛？

蘇洋激動地道：「唐牧洲的藤蔓捆綁play，我期待這一天很久了！」

觀眾們：「……」

劉琛無奈扶額，直接忽略掉前輩的亂用詞彙，道：「唐牧洲用藤蔓控場應該是想讓謝明哲的輸出牌無法打出傷害。尤其是藤本月季只剩下百分之十的血量，謝明哲只要一有行動，藤本月季必死無疑。」

吳月道：「你們發現了嗎？唐牧洲這局帶的暗牌也是藤蔓牌，珍珠吊蘭和千葉吊蘭！」

觀眾們這時候也注意到了這兩張卡牌。

珍珠吊蘭特別漂亮，就像是一顆顆碧綠的小珍珠串聯在一起，然而此時，那些珍珠也在以極快的速度蔓延，分裂出的枝條正好朝著謝明哲的人物卡爬過去。在爬山虎捆綁控制結束的那一瞬間，小珍珠突然原地爆炸——被珍珠爆炸波及到的目標，原地暈眩兩秒。

這是一波預謀已久的連控！

緊跟著，唐牧洲放出鐵線蓮，指定三張謝明哲的人物卡連鎖傳導傷害。同時，徐長風也終於行動了！天門冬和百萬心放出綠色藤蔓大範圍絞殺，造成群攻傷害。藤本月季的刺朝著燕青包圍過去，凌霄也吸附在燕青的身上吸血……

轉眼間燕青陣亡！

而同時，喻柯讓連城拚命放普攻，也終於殺掉了殘血的藤本月季！

開局還不到一分鐘，雙方就打得如此激烈，觀眾們看著也大呼過癮。

只可惜，謝明哲的人物卡被師兄捆綁在原地無法移動，在珍珠吊蘭爆炸後暈眩控制結束的那一刻，唐牧洲緊跟著開出千葉吊蘭的控制。

又是藤蔓捆綁，還附帶被捆綁目標防禦降低、每秒掉血百分之五！

謝明哲要是再被綁住，估計要捧頭盔揍人了。

上一局拔掉師兄的神樹，這一局遭到報應，被師兄一路捆綁，動都動不了。

謝明哲的粉絲都有些心疼阿哲，其他粉絲都在幸災樂禍。

然而……謝明哲早就料到唐牧洲會這麼幹。

師兄不綁則已，一綁就是連控，直接被他綁到比賽結束都是有可能的。

謝明哲當然不會坐以待斃，眼看暈眩控制即將結束，他立即開啟吳用的控場技能——神機妙算，大範圍蒙汗藥昏睡！

恰到好處的反控，讓唐牧洲的藤蔓全部睡著。

正爬過來準備捆綁林沖和花榮的藤蔓，爬到一半呼呼大睡，謝明哲趁機開啟林沖的「發配滄州」技能瞬移過去，配合小柯的喬生、連城和聶小倩，直接收掉了徐長風的輸出牌天門冬！

林沖的「三槍連環」技能刷新，他剛要繼續殺下一張，結果又被率先甦醒的綠藤給捆住。

綠藤是防禦力中等的卡牌，它有個被動技能「控制類技能隨機免疫」，其他藤蔓剛才被蒙汗藥影響，但它沒事。因此林沖只來得及收掉一張卡牌，綠藤就迅速控住林沖，讓林沖無法繼續收割。

謝明哲很想爆粗口：你綁個沒完了是吧？

走一步被綁一步，師兄的藤蔓捆綁打法真是比流霜城的水珠彈彈樂還要煩人。

林沖這邊斷了節奏，小柯只能繼續擊殺其他卡牌，但是下一刻，綠藤開啟了第二個技能，釋放毒素讓連城原地麻痺……

喻柯還沒反應過來是怎麼回事，徐長風就讓凌霄吸附在連城的身上吸血，而唐牧洲也開啟了珍珠吊蘭的第二技能，讓幾顆碧綠珍珠同時在連城腳下爆炸，造成巨額木系單體傷害，直接收掉連城！

這個轉折讓喻柯猝不及防，現場觀眾也有些懵逼。

本以為這局唐牧洲是盯著謝明哲的卡牌打，沒想到捆綁住林沖後，他突然轉火，瞬間秒了小柯的鬼牌連城？

這轉移目標也太突然了吧？

蘇洋讚道：「珍珠吊蘭設計得非常靈活，小珍珠碰到對手卡牌爆炸後造成暈眩，可以群控也可以單控，群控時間是兩秒，單控是四秒；而幾顆小珍珠同時在一個位置爆炸，則會對該位置的目標造成木系暴擊傷害，傷害量和珍珠爆炸的數量相等。」

劉琛道：「剛才唐神看似用珍珠吊蘭去控對手的三張人物牌，但其實他早就暗中操作另一枝珍珠藤蔓朝小柯的鬼牌逼近，趁著綠藤控制住連城的時機，堆積在附近的珍珠迅速聚集並且爆炸！粗略估計，爆炸的珍珠至少有六顆，造成的傷害很高，直接秒殺連城！」

兩位解說的分析讓觀眾們更加清楚地意識到剛才發生了什麼事，紛紛為唐牧洲的意識點讚。

珍珠吊蘭確實是一張操作難度極大的卡牌，幾根藤蔓到底要朝哪個方向爬行？群攻還是單攻？都需要選手極強的意識和操作相結合。唐牧洲剛才瞬間聚集六顆小珍珠，配合隊友暴死鬼牌，這樣

的操作也贏得了全場觀眾的熱烈掌聲。

連城一死，喻柯和謝明哲就面臨著輸出太少、很難秒掉藤蔓牌的窘境。常春藤的連鎖分攤傷害發揮了極大作用，哪怕某張牌只剩下百分之十的血量，但只要沒有連城、燕青這樣的爆發連擊牌在場，等公孫九娘的技能冷卻好起碼要等一分鐘，還是殺不死對手！

謝明哲察覺到不妙，立刻叫上小柯撤退。

但小柯的聶小倩剛要後撤，結果又被甦醒的千葉吊蘭給綁在原地！

一分鐘後，謝明哲的卡牌技能冷卻結束，對方的藤蔓牌全部殘血，他和小柯的卡牌也被打得差不多了，謝明哲再次放出周瑜、陸遜的火攻連招！

但唐牧洲這次做好預判，在周瑜開火攻之前，突然解鎖常春藤的藤蔓連接。

大火燒得很旺，燒死了三張殘血牌，卻沒能傳導下去。

同時，唐牧洲以千葉吊蘭的大範圍捆綁束縛加降防、珍珠吊蘭的大範圍爆炸，再配合徐長風的藤蔓絞殺，將謝明哲和喻柯的輸出牌全部殺光！

最後對手還剩三張牌，謝明哲卻只剩下花榮。

局面已經很難挽回，謝明哲靠著花榮的吸血掙扎了半分鐘，最後被唐牧洲的珍珠吊蘭炸死。

——唐牧洲徐長風二比一勝！

比賽結果出現在大螢幕上，喻柯失落地垂下腦袋，謝明哲倒是摘下頭盔，豁達地拍了拍隊友的肩膀，微笑著說：「沒事，早就做好心理準備了，接受現實吧。」

喻柯只好點點頭，故作輕鬆地「嗯」了一聲。

是做好準備了，但親眼看到比分感覺難受也很正常——今年的雙人賽，他們只能止步於此。

坐在對面旋轉椅上的唐牧洲，雖然贏了比賽，但他的臉上並沒有笑容。

親手終結謝明哲和喻柯雙人賽的腳步，這種感覺並不好受。

但是，身為職業選手在比賽中拿出最厲害的陣容和戰術——是他對謝明哲的尊重。只有強大的對手才值得他這樣對待，主場用上總決賽用過的地圖，三局連換了三套陣容，沒有任何一張卡牌重複出現——做到這種地步、準備得如此充分，他想，阿哲應該會理解。

唐牧洲摘下頭盔，輕輕揉了揉太陽穴，快步走向舞臺對面。

謝明哲正好摘了頭盔仰起頭看師兄，兩人目光相對——阿哲的眼裡並沒有任何埋怨，有的只是坦然和豁達。他微笑著站起來，伸出雙臂，朝唐牧洲說：「恭喜，我輸得心服口服。」

唐牧洲用力抱住了對方。

這就是他喜歡的人，贏得漂亮，輸得坦然，始終以積極的心態面對一切挫折。

他讓謝明哲的雙人賽無法更進一步，但他知道，謝明哲一定會繼續走下去。帶著涅槃團隊，一往無前。

唐牧洲微微一笑，溫柔地揉了揉阿哲因為汗水而有些濕潤的頭髮，低聲在他耳邊說：「在最大的團賽項目上，希望能在總決賽見到你。」

謝明哲聽到這句話，雙眼格外的明亮，「借你吉言，我會努力的。」

不需要說太多廢話——決賽見，就是對彼此最大的鼓勵。

採訪區設立在大舞臺和觀戰後臺之間的通道處，謝明哲和小柯路過時果然被記者攔下，有一位男記者很直接地問道：「八進四的比賽被師兄淘汰，阿哲你現在心情如何？會不會很難過啊？」他的語氣裡帶著明顯的嘲諷。

謝明哲笑咪咪地道：「你看我像是難過的樣子嗎？」

大家仔細一看，他確實神采奕奕、笑容如常，沒有一絲沮喪的神色。

謝明哲的目光坦然掃過全場，「我和小柯組成搭檔還不到半年，師兄和徐長風是配合過五個賽季的老隊友，再說，光論個人實力，我現在也不是師兄的對手。在這一場比賽開始之前，我們就做好了輸的準備，這個結果也在我們的預料之中，沒什麼好難過的。」

記者們都很喜歡謝明哲，因為每次賽後採訪他都會大大方方地回答大家的問題，有禮貌、有風度——十九歲的選手能做到這一點真的很難得。

剛才那位提出尖銳問題的記者遭到同行的白眼，立刻有位溫柔的女記者上前道：「其實兩位今天發揮得已經很好了，尤其是第二局，給大家留下了深刻的印象。阿哲你的魯智深把唐神的神樹給拔了，你設計這個技能，是專門針對師兄的嗎？」

謝明哲毫不避諱地說：「聯盟裡就他樹木卡牌最多，我設計出魯智深，確實是為了拔掉他的神樹。」

記者玩笑道：「不怕你師兄生氣嗎？」

謝明哲道：「他沒那麼小氣吧？他還用藤蔓綁我呢，我也沒生氣。」

記者感嘆道：「你們師兄弟感情真好啊。」

謝明哲得意地揚眉，「那是當然，師兄對我特別好。」

唐牧洲和徐長風此時剛走下舞臺，走廊裡也有一個大螢幕，可以即時看到直播。唐牧洲聽到阿哲的這句話不由輕笑出聲，徐長風在旁邊若有所思地看著他，「你們到底什麼關係？」

唐牧洲面不改色，「師兄弟關係。」

徐長風當然不會信，但從謝明哲的表情也看不出別的，心裡不禁困惑。

記者道：「今天這一場比賽，你覺得自己發揮得怎麼樣？對你師兄又有什麼評價呢？」

謝明哲道：「我和小柯盡力了，但還有很大的進步空間。至於我師兄，他真的很強，不愧是師父的繼承人，木系代表選手，三場比賽三套植物卡組，每一套卡組都有不同的打法，製作的新卡牌也讓我特別驚豔。不管是卡組的選擇、戰術的布局，還是隨機應變的能力和現場指揮的意識，唐牧洲絕對是當之無愧的頂尖大神。」

記者們目瞪口呆，「……」

花式誇師兄，就服謝明哲！

唐牧洲的粉絲們：「啊？」

「謝明哲你要爭當我們唐神的頭號粉絲嗎？」

「唐牧洲粉絲後援會的會長表示：我都不好意思這麼誇我家男神。」

「這一波彩虹屁我是真的服，哈哈哈！」

謝明哲的粉絲們本來還對這位師兄有些怨念，覺得他終結了阿哲的雙人賽之路，結果聽謝明哲這麼一誇，大家心裡的不痛快也都消失殆盡——算了，反正他把唐牧洲當「哥哥」，輸給唐牧洲總比輸給其他大神好接受一些。

喻柯自始至終茫然地站在謝明哲旁邊，直到阿哲誇完師兄，記者們採訪他的時候，他才回過神，尷尬地說道：「呃……我輸得心服口服，以後會繼續努力。」這是他早就想好的發言稿，說出來時表情僵硬如同機器人，語氣平淡就像背課文。

跟阿哲聲情並茂的彩虹馬屁比起來，真是差得太遠，應該打回去重練。

謝明哲也不想應付這場面，迅速回答了幾個關鍵問題就拉著喻柯溜了。

唐牧洲和徐長風緊跟著走進採訪間，記者們先是恭喜兩人順利晉級四強，接著問：「唐神對小師弟上一場的表現怎麼看？」

唐牧洲微微一笑，說：「阿哲是一位非常有天賦和潛力的選手，他總是在比賽中令大家驚喜，他對卡組的排兵布陣很有研究，戰術素養也很強，第二局用暗牌騙出我即死牌的操作非常聰明，雖

然最後他輸了，但沒有人能否認他的實力，再給他一段時間好好磨煉，我相信他會走得更遠。」

謝明哲的粉絲們：「啊？」

「看來頭號粉絲的位置可以讓給唐神了。」

「作為阿哲粉，聽唐神這麼誇，我都有些不好意思……」

「商業互吹，你倆商量好的吧？」

「唐神這一波彩虹屁也是強，跟謝明哲不是一家人、不進一家師門！」

徐長風站在旁邊忍笑忍到內傷——這對師兄弟也是夠了，互誇也要點臉行不行？

於是，謝明哲和唐牧洲在接受採訪時互相誇讚的這一片段，被粉絲們截取之後做成了影片，標題為：商業互吹的終極姿勢，快來學習！

結果這段影片居然被頂上了當日熱搜。

無數路人在影片下面留言。

「誇得好！」

「專業互吹，其他選手也學習一下。」

白旭轉發影片並附帶一句評論：我學到了好多誇對手的臺詞【大拇指】。

其他選手緊跟著轉發。

「學到了！」

「學到了+1。」

原本準備賽後互罵的粉絲們滿臉尷尬。

謝明哲的粉絲本來還想著，阿哲輸掉比賽後，唐神的粉絲會湧過來嘲諷，大家早就做好應付的準備，結果兩人這麼互相一誇，兩邊的粉絲頓時覺悟了：我男神這麼喜歡你男神，我們粉絲也要和諧共處，親如一家人！

唐牧洲粉絲後援會關注了謝明哲粉絲後援會。

謝明哲粉絲後援會也關注了唐牧洲粉絲後援會，並給「男神晉級」的最新消息點讚。

也有部分路人黑跑來謝明哲的網頁下面留言嘲諷。

「小組賽全勝看把你威風的，結果還不是輸了？」

「謝明哲就會做奇奇怪怪的卡牌嘩眾取寵，實力很一般。」

「我覺得他個人賽連十六強都進不去，團賽更是一日遊，他也就靠那些奇葩的卡牌吸引一些腦殘粉。」

還有一些趁機煽風點火的留言。

「謝明哲論實力、人氣，跟唐牧洲沒法比，天天蹭唐牧洲的熱度臉皮真厚。」

「唐牧洲就知道倚老賣老，我看他早晚會被阿哲超越。」

個人網頁下面烏煙瘴氣，轉眼間多了幾萬條留言。

然而，這些留言全被唐、謝兩家的粉絲聯合起來統統懟了回去！

——小組賽和八進四對手不一樣，拿小組賽和淘汰賽比的人，是瞎了嗎？

——阿哲靠卡牌吸了很多粉，你卻連一張卡牌都做不出來。不服氣就憋著吧。

——唐神和阿哲關係很好，你們就算再挑撥離間，粉絲也不會上當的！

那些黑粉戰鬥力和唐、謝兩家的聯合粉絲完全沒法比，轉眼就被轟出去了。

謝明哲早就知道比賽輸掉會有人跑來嘲諷，不過，網路上的留言他一向不在意，直接發了條聲明：我贏得起，也輸得起，謝謝大家的關心。今天的比賽中我確實存在一些指揮、操作上的失誤，回頭會認真研究和反省。期待下一場比賽吧，愛你們。【比心】

粉絲們激動地湧上去表白。

果然是大家熟悉的阿哲，根本不理那些冷嘲熱諷，特別淡定。換成其他年輕選手可能會心態崩潰氣得炸毛，但謝明哲每次遇到大事都很冷靜。粉絲們更愛他了，再加影片被刷上了熱搜，謝明哲的關注量直逼八千萬大關，已經躋身全聯盟人氣選手排行榜前五名了。

雙人賽將在八月底結束，時間緊迫，謝明哲也沒心情製作新卡牌，乾脆將這段時間的比賽影片全部下載仔細研究，包括A到H小組賽的所有比賽他都看了一遍，遇到疑惑的地方就和師父討論。

以旁觀者的角度看完全部比賽，他確實發現了不少問題，對自己的戰術思路也會有一些提升——如師父所說，他還是欠缺經驗，在比賽中的反應不夠敏銳，這些都需要慢慢累積。

八月二十六日，雙人賽的半決賽正式開打。

涅槃四位選手和教練都來到後臺觀戰，在這裡碰見了很多熟人，謝明哲發現之前被淘汰出局的選手，如葉竹、歸思睿、白旭、易天揚等，全都跑來看比賽。顯然，大家也是抱著和謝明哲同樣的心思——學習大神們的打法，順便湊湊熱鬧。

葉竹和白旭坐在一起，看見謝明哲後，表情有些複雜。

謝明哲走過去坦率地一笑，道：「我被淘汰了，你們不是應該幸災樂禍的嗎？怎麼不說話？」

葉竹彆扭地移開視線，小聲道：「我還不是照樣被淘汰了啊……」

白旭心想：你好歹進了八強，我十六強就被淘汰，嘲諷你豈不是自己打臉？

謝明哲大大方方地坐在前排，留給他倆一個後腦杓。兩個小傢伙渾身不對勁，總覺得前排坐了個Boss，於是觀賽的全程都閉著嘴，生怕自己說錯話被謝明哲笑。

結果，謝明哲自己倒是笑得很開心，「漂亮！聶神這一波操作太優秀了。」

畫面中，聶遠道放出獸群迅速走位拉開距離，方雨的水珠彈彈樂還沒來得及彈起來，空中就傳

來金鵰尖銳的鳴叫聲，山嵐放出飛禽牌，以迅雷不及掩耳之勢撲倒喬溪的水母，聶遠道的野獸牌像是背後長了眼睛，立刻咬中水母，瞬間就把那張牌給秒殺了。

——完美的陸空配合。

師徒兩人的默契真是讓人嘆為觀止，就好像所有的卡牌都是一個人在操作。

方雨和喬溪想要拖節奏，聶遠道和山嵐卻想速戰速決。

這一場比賽，聶嵐毫無疑問地贏得了勝利。

謝明哲看得很是過癮，感慨道：「不愧是冠軍雙人組，真的很有默契。」

陳千林讚道：「他倆的默契不是一般人能比的，基本上山嵐控一張，聶遠道就能殺一張，天上、地下同時行動，速度太快，對手很難防得住。」

第二場比賽很快開始。

唐牧洲、徐長風對上凌驚堂和許航，賽前預測的觀眾投票難得變成了百分之五十對百分之五十勢均力敵的局面，顯然雙方旗鼓相當，誰都有勝算。

第一局唐徐想打藤蔓控制流，但凌驚堂的兵器暴擊太厲害，開局就強殺藤本月季，唐牧洲和徐長風落後一局，謝明哲看著真是揪心。

自己比賽不緊張，看師兄比賽反倒緊張起來……

大概是關心則亂？明知道師兄有辦法應對，但還是擔心出現意外被二比零。

好在唐牧洲在落後一局的情況下迅速穩住心態，第二局用植物遠端疊毒打法耗死了凌驚堂。決勝局又用大榕樹的無敵頂住了凌神最關鍵的一波爆發，反敗為勝！

謝明哲激動地鼓掌，「漂亮！太帥了！」

坐在旁邊的裴景山唇角微揚，道：「你師兄晉級，你好像比他還開心？」

謝明哲被說得耳根一熱，裴景山知道他和唐牧洲的關係，他剛才確實激動得有些明顯。謝明哲乾咳一聲，故作淡定地道：「師兄確實打得好。」

裴景山笑而不語。他發現唐牧洲和謝明哲互相當對方的粉絲，這樣的關係還挺融洽。作為好友，暫時不用擔心他倆會分手。

採訪的時間有些長，唐牧洲來到後臺時，其他選手已經相繼離開，他主動走到謝明哲幾人的面前，隨口問道：「雙人賽決賽是八月二十七日，個人賽要到九月一日才正式開始。這段時間你們有什麼打算？準備個人賽還是做卡牌？」

陳霄玩笑道：「植物牌都被你做光了，我也做不出什麼花來，還是專心準備個人賽吧。」

謝明哲抵著下巴若有所思。唐牧洲也沒繼續追問的打算，轉移話題，在阿哲耳邊輕聲問：「之前說要增加的仙族牌分類，做完了嗎？」

謝明哲回過神來，道：「還沒，我近期沒靈感，需要再好好想想。」

唐牧洲目光溫和地鼓勵道：「不急，還有時間。」

大家一起回了俱樂部，謝明哲在宿舍睡不著，乾脆登陸自己的遊戲帳號——結果發現大半夜的喻柯和秦軒都在線上，好友清單上顯示兩人正在自建擂臺。

謝明哲好奇地進去看了一眼，原來兩個人在認真對戰，一張一張地練習俱樂部的卡牌。由於謝明哲知道他倆平時開擂臺的密碼是八八八八，輸入密碼後直接進入，悄無聲息的，兩人都沒發現他。

謝明哲看了很久，喻柯和秦軒一邊練習、一邊討論。

深夜了，他倆居然還沒有睡覺的打算。

謝明哲看著時間，凌晨兩點半。眼眶一時有些發熱。

他知道，自從涅槃的兩個雙人賽組合都被淘汰後，網上就有很多非議，喻柯和秦軒一直在承受「你們是拖油瓶」的網路暴力。其中甚至還有一些是陳霄、謝明哲的不理智粉絲，覺得他們拖累了自家男神，害得男神雙人賽被淘汰。

秦軒和喻柯表面上什麼都不說，私下卻在努力加訓……

凌晨兩點半，他倆還在認真地研究每一張卡牌的資料。

謝明哲看著這一幕，心裡真是難受。

他們兩個都是被謝明哲拖下水的。

當初用「幫你做鬼牌」的理由把小柯騙過來，用「做場景」的藉口拉秦軒入隊，如果不是謝明哲的話，喻柯和秦軒也有機會成為其他俱樂部的職業選手。

雖然秦軒和小柯現在距離一線選手還有一些差距，但謝明哲一直相信，以秦軒的冷靜、小柯的鋒銳，都會變成為涅槃最強大的武器。而作為指揮官、使用武器的自己，絕對不能再出現雙人賽中的失誤了。

既然把人拖下水，就該負責到底。

小柯和秦軒現在面臨著前所未有的壓力，如果涅槃的團戰再打不出成績，網上對他們的聲討只會更多，到時候百口莫辯，謝明哲也會覺得對不起隊友。

師兄今天提到，雙人賽結束後個人賽馬上要開始。

在這樣緊密的賽事安排下，謝明哲根本沒太多時間思考怎麼製作卡牌，完善卡組。而個人賽之後馬上就是團戰，他還需要研究對手的團戰套路……

原以為自己的時間還有很多，但真到了要比賽時才發現時間完全不夠用。

而且個人賽和雙人賽最關鍵的區別在於——對手都很強，是從全聯盟篩選出來的頂尖選手！

個人賽每三天就有一場比賽，第一天研究對手，第二天練習，第三天上場，反覆循環——這樣下去，他哪有時間做卡牌？怎麼準備團賽？但他又不能為了做卡牌隨便應付個人賽的對手，那是對比賽的不尊重。

怎麼做才能兩全其美？

謝明哲退出小柯和秦軒的擂臺房間後，陷入沉思。

次日傍晚，大家一起來到總決賽的現場。

聶遠道、山嵐VS.唐牧洲、徐長風，這一場雙人賽打得格外激烈。

總決賽增加了局數，為了收視率和精彩程度，變成了BO5的五局三勝制。雙方從開局就咬得很緊，聶嵐拿下一局，唐徐扳回一局，變成一比一，然後唐牧洲靠藤蔓控制打法贏下了第三局，比分反超，結果聶嵐在第四局又追了回來，變成二比二。

決勝局隨機抽到的三張地圖有兩張是絕殺圖，唐牧洲禁掉一張，但聶遠道留下了另一張。山嵐靠飛禽靈活的空中擊退，將唐牧洲和徐長風逼入絕境，最終驚險地獲得勝利。

唐牧洲很有風度地走過去和聶遠道握手，「恭喜。」

聶遠道笑道：「最後一屆了，還算圓滿。」

山嵐跟在師父的旁邊眼眶發紅——這算不算是師父退役之前留給他最好的禮物？真的很捨不得師父離開，但是聶遠道做出的決定沒有人能改變。

唐牧洲知道聶神準備退役的內幕，心底輕嘆口氣，拍了拍山嵐的肩膀，玩笑道：「三連冠，足夠你驕傲很久了。」

山嵐勉強擠出個笑容，「謝謝，跟著師父躺贏的。」

聶遠道挑眉，「說什麼呢？你也很厲害，去年個人賽的冠軍白拿的？」

山嵐低下頭有些不好意思，徐長風附和道：「就是，我去年還輸在你手裡，只拿下亞軍，嵐神就別謙虛了。」

山嵐笑了笑，跟唐徐兩人握過手，跟著師父回到後臺。

見唐牧洲回到後臺，謝明哲走上前開玩笑道：「差一點就贏了，需要安慰嗎？」

唐牧洲點頭，「需要，你打算怎麼安慰我？」

謝明哲苦思冥想了一番，道：「請你吃飯，就我們兩個人。」

唐牧洲欣然同意。

兩人沒去外面的店，而是打包宵夜回到唐牧洲的別墅。溫暖的光線下，兩人坐在餐廳吃飯，其樂融融，就像回到了自己的小家。

唐牧洲突然輕握住謝明哲的手，問道：「怎麼了？心情不好，是因為師兄沒拿到冠軍嗎？」

謝明哲抬頭道：「你跟徐長風早就拿過雙人冠軍，今年只拿到亞軍也沒什麼，就當是收集不同顏色的獎牌了，我怎麼會因為這個心情不好？」

唐牧洲的目光更加溫柔，「那是怎麼了？你從半決賽那天就低著頭發呆，想什麼呢？」

謝明哲的異常大家都沒發現，沒想到唐牧洲還是注意到了，眼前的這個人果然是最關心他的。他心裡有話不敢跟師父說，跟師兄說說或許會好受些？想到這裡，謝明哲便清了清嗓子，問道：「星卡聯盟，有沒有選手在個人賽棄權的先例？」

唐牧洲怔了怔，微微皺眉，「個人賽你想棄權？」

謝明哲點頭，臉上的神色有些矛盾，「我其實挺想打個人賽，但時間不允許，我們的卡組還沒完善，個人賽競爭激烈、賽程安排又很緊密，很難分出時間製作卡牌。隊友都特別努力，如果團賽

階段我指揮失誤，我會更內疚。」

唐牧洲沉默地看著他。

謝明哲低下頭，繼續說：「人的精力有限，什麼項目都參加，結果什麼都拿不到好成績，還不如去專攻一個項目……我想著，我還年輕，下個賽季照樣可以打個人賽。但是團戰如果第一輪就被淘汰，我們做了那麼多卡牌，一整年的努力感覺都白費了……」

「嗯。」唐牧洲的聲音低低的，在深夜溫馨的小家裡顯得格外溫柔，「你的想法也沒什麼錯，在擔心什麼？怕師父失望，怕粉絲失落？還是怕被網友罵？」

謝明哲怔了怔，抬起頭，對上唐牧洲溫柔的眼眸。

男人乾燥溫暖的掌心輕輕揉了揉他的頭髮，柔聲道：「個人賽棄權，影響的只是你自己。團賽輸掉，影響的是整個涅槃。你為大局考量，我認為沒有錯。時間緊迫，專攻一項確實更容易打出成績。只要你堅定信心，師兄永遠挺你。擔心師父不同意，我去幫你說。要是網友罵你，我幫你罵回去。」

謝明哲：「……」

心底深處一下子就暖了起來。自己做出的決定，他總是無條件的支持，能遇到理解自己的戀人，真是莫大的幸運。

之前的煩惱一掃而空，謝明哲的臉上再次恢復了燦爛的笑容。他看著唐牧洲，認真地道：「沒錯，決定的事情，就不要瞻前顧後，我這次豁出去了，為了團賽準備了那麼多卡牌，我可不想季後賽一日遊就被淘汰！」

唐牧洲見他恢復活力，微微一笑，握住他的手，「好了，先吃東西，買的宵夜都涼了。」

謝明哲掃了眼桌上的食物，立刻埋頭狼吞虎嚥起來。

唐牧洲看著這樣的少年，目光愈發溫柔。他為團賽放棄個人賽的決定讓唐牧洲有些意外，每個

選手都想站到個人賽的冠軍領獎臺上，但以阿哲現在的實力，個人賽奪冠確實很難，而要兼顧個人賽和團戰，只會分散精力兩邊都不討好。

他能及時反應過來，專注於一個項目，唐牧洲其實很欣慰。一旦三項都參加，最後肯定三個項目都拿不到好成績。雙人賽的失利算是一次警鐘敲響了謝明哲，而他也做出了最冷靜、理智的決定——關鍵時刻拿得起、放得下，知道從長遠考慮，這樣的阿哲更讓唐牧洲欣賞。

決賽上見，不是開玩笑。

謝明哲是真的想把涅槃帶到總決賽的舞臺上。

只有這樣，才不浪費自己製作的那麼多團賽卡組，才不辜負隊友們對自己的信任。

次日清早，謝明哲八點整就精神抖擻地到辦公室門口等師父。

陳千林來到教練辦公室，看見小徒弟正在門口等他，他意外地道：「有事找我嗎？今天起這麼早，是打算抓緊時間練習個人賽？」

「不是。師父我有話跟你說。」謝明哲跟著師父進了辦公室，順手關上門，認真地道，「個人賽我不想打了。」

「不想打？」陳千林疑惑。

「嗯，我準備棄權。」謝明哲神色嚴肅，完全不像開玩笑的樣子。

正說著，外面突然響起「咚咚」的敲門聲，謝明哲暫停下來，轉身打開門。推門進來的是陳霄，手裡端著一杯熱好的牛奶，見謝明哲也在，他愣了一下，隨即故作輕鬆地微笑道：「哥，我給你拿了杯熱牛奶，喝下去暖暖胃。」

他把牛奶放在桌上，看向謝明哲，「阿哲你怎麼也在？這麼早找教練有事商量？」

謝明哲本想先跟師父商量，既然陳哥來了，他也就不再隱瞞，直說道：「陳哥，個人賽我想棄權。我的精力有限，接下來要是再打一個月的個人賽，我完全沒時間製作團賽卡組，更沒時間研究

團賽的對手。」

陳霄看向哥哥。後者眉頭微微皺著，聲音卻很平靜，「你想清楚了嗎？」

「我也是仔細考慮之後才做的決定。」謝明哲的神色很堅定，「團賽需要充分的準備，提前研究對手、安排卡組、制定戰術，這些都需要時間。個人賽結束之後緊跟著就是團戰，如果不好好準備，到頭來我們做了一大堆的卡牌，打季後賽時可能在第一輪就被淘汰。努力了一整年，我想，大家都不希望看到這樣的結果。」

陳千林和陳霄對視一眼，理智上都很認可謝明哲的說法。團賽代表的是一家俱樂部的整體實力，如果涅槃第一輪就被淘汰，這麼長時間的努力確實白費了——至少進前四強吧？不然怎麼對得起這段時間精心製作的團賽卡組？

陳千林想了想，道：「如果你已經考慮清楚了，師父會支持你。」

謝明哲聽到這話，總算鬆了口氣，臉上也露出笑容，「謝謝師父。」

陳霄捏捏眉心，低聲道：「突然棄權，可能會有很多人罵你。個人賽是聯盟選手的個人實力排行，今年參賽的大神很多，你不參加十一賽季的個人賽，實在有些可惜……」

謝明哲坦然道：「沒關係，下個賽季還可以再來。目前我們俱樂部的卡組還不夠完善，我要做的仙族牌也沒做完，我想把更多的時間留出來研究團賽的卡組和戰術……個人賽，你跟小柯代表涅槃去打就好，我就做一個觀眾，關注你們的每一場比賽吧。」

陳霄不知道怎麼反駁，他們一起建立了涅槃俱樂部，對這家俱樂部大家都有感情，當然不希望象徵俱樂部整體實力的團賽在第一輪就被淘汰。阿哲在這時候決定專攻團戰，陳霄的心裡大為感觸，他忍不住道：「這樣的話，要不我也放棄個人賽算了，我們一起研究……」

話沒說完就被陳千林打斷，「你們一個接一個的放棄，還怕爭議不夠大嗎？」

被哥哥嚴厲的目光掃過，陳霄立刻乖乖垂下腦袋，「那……哥，你說怎麼辦就怎麼辦。」

看陳霄這乖乖的樣子，謝明哲差點笑出聲來，別看陳哥在大家的面前一副「大哥」的成熟模樣，還抽菸耍酷。每次遇見陳千林他就乖得跟孫子似的，一句話都不敢反駁。

陳千林看著低下頭的弟弟，沉默三秒，這才嚴肅道：「陳霄和喻柯專攻個人賽，去練操作和賽場意識；阿哲和秦軒專攻團戰，準備卡組和團賽戰術。等團賽開始前我們再集訓，這樣既不耽誤你們練操作，也不耽誤團戰的卡組製作。」

謝明哲心下一喜，果斷點頭同意，「我覺得可以！」

陳霄對這個決定自然不敢有意見，跟著點頭道：「就這麼辦吧。」

陳千林道：「另外，既然阿哲要專攻團賽，近期我會跟他多交流一些團賽的戰術打法，季後賽的團賽總指揮就由阿哲來擔任，陳霄你做副指揮，沒意見吧？」

陳霄搖頭，「沒意見，就是要辛苦阿哲了。」

謝明哲看向他道：「客氣什麼？陳哥你信得過我的話，就專心去打接下來的個人賽，團賽方面交給我和師父吧！」

「我當然信得過你。」陳霄按住謝明哲的肩膀，「一起努力吧。」

下午的時候，涅槃全員開會，陳千林宣布了謝明哲個人賽棄權的消息。喻柯和秦軒都很意外，但聽了阿哲的解釋之後，他倆也覺得這個做法合情、合理，就沒再反對。

謝明哲按照聯盟的規定下載了棄權申請表，發到官方信箱，很快收到回覆：理由充分，可以批准。但比賽開始前還有反悔的機會，請慎重考慮。

當晚，他在個人網頁公布了消息：我將放棄第十一賽季的個人賽項目，已經向聯盟提交申請並得到批准。對於期待我個人賽表現的粉絲們，非常抱歉。但這是我考慮很久之後的決定，接下來的時間，我會專心研究團賽的卡組，希望大家理解。

這條消息讓謝明哲的粉絲們瞬間炸了。

巧合的是，緊接著，聯盟的官網突然發布了個人賽分組名單。

星卡聯盟第十一賽季個人賽安排表——

A組衛小天、許星圖、喻柯、鄭峰；B組陳霄、劉京旭、喬溪、甄蔓；C組白旭、歸思睿、唐牧洲、葉竹；D組方雨、凌驚堂、沈安、謝明哲……

謝明哲此時還不知道分組名單已經發布在官網上，他棄賽的消息一發出去，瞬間多了好幾萬的留言，除了死忠粉表示理解之外，還有不少路人很是疑惑。

「棄權？該不會是見到同組有凌神就認慫了吧？」

「D組確實是死亡之組，凌神、方雨和沈安都不好對付，但其他的小組也好不到哪裡去，個人賽全是高手，你這時候棄權實在讓粉絲們很失望。」

「不是說贏得起、輸得起嗎？就算你輸了也沒人怪你，但你棄權？」

「還沒開打就提前認慫，你這操作也是強！」

謝明哲察覺到留言的風向不對，回頭掃了眼官網，果然看到了分組名單。他在D組，凌驚堂、方雨兩位大神都很強，這時候棄權確實有當逃兵的嫌疑，謝明哲真是哭笑不得。

但棄權是他早就做好的決定，不會因為對手是誰而改變。如今公告已經發了，騎虎難下，網友們的質疑謝明哲也不想再解釋。

職業聯盟群裡，葉竹直接跳出來找他：@謝明哲個人賽棄權？為什麼啊？

雖然是謝明哲的頭號黑粉，但是看網上那些人罵謝明哲，葉竹快要爆炸，頗有種「我要黑的人怎麼能讓你們隨便罵」的憤怒。

葉竹劈里啪啦打了一段字：我和小白所在的C組更可怕，有唐牧洲、歸思睿兩位大神，個人賽每個小組都競爭激烈，沒必要直接棄權吧？你雙人賽輸得不是挺豁達的嗎，這是怎麼了？

白旭緊跟著發來一串問號：棄權？

謝明哲不知道怎麼回覆，結果唐牧洲主動站了出來：你們兩個不知道情況就別瞎說。阿哲有他自己的考慮，他想棄權的事早就跟我提過，不是看到分組名單才決定的。

葉竹更不懂了：那是為什麼啊？

很多老選手看到這裡，都隱約猜到了原因。

山嵐回頭問師父，「謝明哲是不是想抽出一個月時間，專門做團戰的卡牌？」

聶遠道點頭，「涅槃的卡池太淺，季後賽無盡模式不好打，謝明哲做出這個選擇很理智，只不過，他會承受巨大的輿論壓力。」

山嵐點開謝明哲的個人網頁看了一眼，「……被罵得真慘。」

謝明哲的個人網頁湧入大量路人黑，在短短幾分鐘內突破十萬條留言，百分之八十都是在罵他，有些還罵得挺難聽。

謝明哲出道以來一直爭議不斷，喜歡他的粉絲很多，看不慣他製卡風格的網友更多，但這一次動靜有些大。他這條聲明直接被罵上當日熱搜，甚至有一些粉絲自動開除粉籍，說是對他的決定非常失望，從粉轉黑。

棄權的風波鬧得沸沸揚揚，沒過多久，唐牧洲第一個站出來力挺師弟：阿哲並不是怕輸，他有自己的考慮，棄權的事他早就跟我說過了，不是臨時決定的。願意相信他的粉絲，希望你們繼續支持他，陪他到團賽。

師兄的力挺讓謝明哲心生暖意，沒想到，同樣分在D組的凌驚堂大神也轉發了棄權聲明：謝明哲不可能因為怕我而棄權，私下訓練賽我們有交過手，他對上我並不是沒有勝算。

方雨緊跟著轉發，惜字如金地道：+1。

沈安也積極地轉發：支持小師叔！小師叔最棒，加油！

山嵐也轉發了：謝明哲才不慫，他要是慫，就不會用王昭君秒我的大雁了。【悲傷】

連聶遠道都轉發了：棄權是挺可惜的，不過你還年輕，以後機會多得是，期待你未來在個人賽登頂。

全體網友震驚！

連聶神都出來挺謝明哲？還期待他登頂？可見在聶神心裡謝明哲潛力有多大。

謝明哲這是給全聯盟發了一個洗腦包嗎？他是妖怪吧？是不是帶了一個「讓所有大神幫我說話」的群體混亂控制技能？

不管網友罵得多凶，職業選手卻一個個地幫謝明哲說話。

聶神、凌神在聯盟的地位不是一般，兩人一轉，其他選手也紛紛站出來。

蘇洋前輩很直率地道：這不是很明顯嗎？個人賽棄權，團賽就要放大招了啊！上半年團賽在B組的你們還好嗎？是不是都在擔心這傢伙憋著什麼大招？

鄭峰道：上半年在A組的無所畏懼。【哈哈大笑】

裴景山：B組的團賽對決還沒出來，到時候抽籤，大家記得洗手。【看我真誠的眼神】

職業選手們迅速排隊歪樓，反倒把最初罵謝明哲的評論壓了下去。

粉絲們都有些意外——阿哲的人緣不知不覺這麼好了，居然這麼多人出來幫他說話？

謝明哲看著大家插科打諢的轉發，心裡特別暖。

最瞭解他的，果然是他的對手們啊！

他一棄權，大家都明白他要全力備戰團賽，而大神們之所以站出來幫他說話，是因為他們的心裡已經認可了他，把他當成了職業聯盟的一份子，並且相信他的人品。這讓他更加堅定了信心。

謝明哲在群裡冒出來，連續發幾個大紅包：謝謝大家幫我說話。【愛你們】

山嵐玩笑道：感動吧？你少做一些針對我飛禽的牌，我以後天天幫你說話。

謝明哲道：嵐嵐你不知道嗎？打是親、罵是愛，我們關係這麼好，我不做牌針對你怎麼行？放

心吧，我又做了八張。

山嵐發了個吐血身亡的表情。同時不忘迅速搶紅包，連續幾個都是手氣最佳。

葉竹又一次搶到零點零零六晶幣，鬱悶自己手氣差，更鬱悶自己的智商——別人都看出來了，他怎麼就沒看出來呢？還以為謝明哲是怕了D組的對手才棄權的。當黑粉都這麼不專業，開除黑粉籍算了！

謝明哲在群裡跟大家聊了一會兒。

唐牧洲發來私聊說：「懂你的人很多，大家都相信你。所以，不要為那些不理解你的陌生網友生氣。」

謝明哲揚起唇角，「我知道。還是那句話，師兄加油，決賽見。」

他早就做好了被罵的心理準備，所以網友們不管罵得多難聽，他都不會去反駁。自己問心無愧就夠了，跟不明真相的網友爭論，打口水戰，那不是他的風格。

就讓他們使勁地罵吧，且看將來。

職業選手想要證明自己，靠的不是嘴上的辯駁，而是比賽戰績。

他相信，不久的將來，由他帶領的涅槃戰隊，會讓今天罵他的那些人——全部閉嘴。

或許是因為放下了肩上的擔子，謝明哲整個人都輕鬆不少，回到宿舍後，他躺在床上仔細考慮團賽的卡組，製作新卡牌的靈感也漸漸湧上腦海。

次日一大早，他就戴著頭盔登入遊戲，來到熟悉的卡牌陳列室。

做完八仙套牌，雷公、電母、風伯、雨師，再加上之前做過的那些神仙族牌，還差七張，他就

可以獨立出一個「仙族牌」的分類了。

但謝明哲並不想只做七張就收手，他打算多做一些再提交大類別的審核。之前做上古神仙卡的時候做了盤古、女媧、伏羲和神農，這套牌其實並不齊全，因為跟他們同期的，還有兩位名氣極大的神仙——火神祝融、水神共工。

共工的形象是人面蛇身，有一頭紅色長髮，性情暴躁。他手下有兩名惡名昭彰的神明，一個是「相柳」，全身青色，性情殘酷貪婪，以殺戮為樂；另一個是凶神惡煞的「浮游」，據說能看透人的心思，從而對人施以蠱惑。這兩位小跟班，謝明哲打算設計成召喚物。

共工這張牌的設計與水有關，大範圍水系群攻可以做控場用，也能打出群體水系傷害。

共工（水系）

等級：1級

進化星級：★

使用次數：1/1次

基礎屬性：生命值700，攻擊力1600，防禦力700，敏捷30，暴擊30%

附加技能：滔天巨浪（共工被稱為「水神」，祂可以掀起一片寬約10公尺的滔天巨浪撲向指定方向，將直線路徑上的所有敵對目標集體擊飛5公尺；冷卻時間20秒）

附加技能：浮游相柳（共工有兩名非常忠心的屬下，相柳和浮游）

相柳：擁有技能「貪婪殺戮」，可於23公尺遠距離攻擊指定的單體目標，造成150%水系單體傷害，擊殺目標時立刻刷新技能並進入貪婪狀態，提升50%攻擊力，冷卻時間20秒。

浮游：擁有技能「讀心」，可看透對手的心思，並施加蠱惑。指定對方的單張卡牌，使其在接下來的5秒內不對我方釋放任何技能，冷卻時間30秒）

附加技能：怒撞不周山（共工撞倒了不周山，導致洪水氾濫成災，人類差點滅絕。當共工出現時，比賽現場邊緣自動生成不周山，一旦共工撞倒不周山，則天崩地裂，全場景被洪水淹沒，敵我雙方所有卡牌陷入洪水當中，全體減速70％，且每秒掉血5％，持續20秒；限定技，一場比賽只能使用一次）

設計完共工這張卡牌，接下來就是他的宿敵，火神祝融。

在祝融這張卡牌的設計上，謝明哲打算彌補火系群攻牌對付對手站位分散時比較乏力的缺陷，讓祝融在小規模團戰中也可以打出不俗的傷害，技能判定不要太複雜，把傷害做足，一波下去就夠對手頭疼。

祝融（火系）

等級：1級

進化星級：★

使用次數：1/1次

基礎屬性：生命值700，攻擊力1600，防禦力700，敏捷30，暴擊30％

附加技能：不滅神火（祝融是用火的能手，可以隨意操控火元素，被稱為「火神」。能製造不滅神火，永不熄滅，給人類帶來恒久的光明——祝融在指定位置燃起不滅神火，照亮全場景地圖，讓神火附近23平方公尺範圍內的隱身目標自動現出行蹤；限定技，一場比賽只可使用一次）

附加技能：烈火燎原（祝融操控熊熊烈火，對前方23公尺範圍內敵對目標瞬間造成一次300％火系群體暴擊傷害，並對其中生命值最低的目標造成一次額外的80％火系傷害；冷卻時間35秒）

附加技能：烈焰灼燒（祝融對23公尺範圍內敵對目標釋放一次烈焰灼燒，使所有目標身上自動附加「灼燒」負面狀態，每秒降低10％攻擊和10％防禦，持續5秒，並在灼燒狀態消失時，造成一次群體2秒的火系暈眩控制；冷卻時間30秒）

烈焰灼燒加上烈火燎原的大連招，瞬間的爆發力絕對是火系最強群攻卡應有的水準。

由於「水火不容」，水神共工和火神祝融兩張卡牌屬性一水一火，無法做成連動技，只能做單卡。在普通模式下，兩張牌無法同時出場，技能會互相抵觸，水神的洪水有可能把火神的烈火給撲滅。但是在無盡模式下，他們可以根據形勢，先後出場。一會兒洪水氾濫，一會兒烈火燎原，再搭配打雷、閃電、颳風、下雨等四位神仙，卡牌們真是無處可躲了！

製作完「水神共工」和「火神祝融」後，謝明哲在腦海中仔細思考一番，又確定了幾張仙族牌的素材。

轉眼就到了九月一日，個人賽正式開幕。

今天安排了A到D組的各一場比賽，A組小柯對上鄭峰，被零比二碾壓，輸得有些慘。好在他心態不錯，打完比賽就坐在後臺認真觀戰。

B組，陳霄遇到甄蔓。蔓姐也是在個人賽拿過亞軍的選手，實力很強，一手蛇牌用得出神入化，觀眾們都以為陳霄會輸，畢竟他離開聯盟很多年，大賽經驗不足。然而讓大家驚訝的是，陳霄抗壓能力很強，在零比一落後的情況下硬是頂住甄蔓蛇群的圍攻，靠吸血藤拖住節奏，連扳兩局，反敗為勝！

謝明哲在後臺激動地為陳哥鼓掌，回頭朝師父道：「陳哥進步真快，上半年海選的時候還沒這麼冷靜，今天打得太帥了。」

陳千林道：「大概是你棄權之後，他放下一切壓力，專心備戰的原因。」

謝明哲也希望陳哥能代表涅槃在個人賽項目走下去，B組除了甄蔓還有劉京旭、喬溪兩位對手，想出線不容易，但他相信陳哥一定會全力以赴。

C組是白旭和葉竹的比賽，兩個小傢伙平時關係好，但到賽場上誰都不客氣，最後葉竹贏了。

輪到D組的時候，比賽還沒開始吳月就解釋道：「D組本來有方雨、凌鷩堂、沈安和謝明哲四位選手，但由於謝明哲在賽前申請棄權，這個小組現在只剩下三位選手。」

劉琛道：「阿哲棄權的事，我想觀眾們應該都知道了吧？」

吳月道：「個人賽看不到阿哲確實有些可惜。不過我想，他肯定有必須這樣做的理由，我們還是應該尊重選手的決定。」

坐在後臺的謝明哲面帶微笑，對解說提到他棄權的事毫不介意。

四個小組的個人賽打得都很精彩，謝明哲只能當觀眾，確實有些遺憾。但沒關係，他正好以旁觀者的角度好好看一看聯盟一流選手的水準。

回到俱樂部後，謝明哲打開光腦新建了一個備忘錄，寫下他對今天比賽中觀察到的每一位職業選手的分析——這將是他季後賽準備團戰時的重要資料。

【第三章】

卡牌單身有什麼好難過的？

次日沒有安排比賽，謝明哲繼續安心設計卡牌。

他打算把民間傳說中廣為人知的神話故事主角製作成卡牌。

首先是「牛郎」和「織女」。

織女本是天上的仙子，由於日子過得太無聊，她偷偷下凡遇到牛郎，結為夫妻，過了一段幸福的日子。後來，她因跟凡人結合而被王母娘娘押回天庭，牛郎緊追不捨，王母娘娘劃出一條銀河隔開他們，兩人隔著河遙望哭泣，感動了天邊的喜鵲，無數喜鵲飛來用身體搭成一道跨越天河的鵲橋，讓牛郎織女在天河上相會。

從此以後，每年七月初七，銀河上就會出現鵲橋，讓牛郎和織女相聚，「七夕」也就成了情侶們相會的「情人節」。

謝明哲之前製作的卡牌「王母娘娘」其中有個技能就是劃出銀河，按照設定，牛郎是人物卡，織女是仙族牌，但不同種族的卡牌仍然可以連動，只要把卡牌屬性都做成和王母娘娘一致的「木系」就好。

牛郎（木系）

等級：1級

進化星級：★

使用次數：1/1次

基礎屬性：生命值1600，攻擊力600，防禦力1600，敏捷20，暴擊20%

附加技能：放牛（凡人牛郎跟哥哥嫂嫂一起生活，他並沒有名字，因為天天被趕去放牛，才被叫做「牛郎」，他出場時會召喚一頭老黃牛，老黃牛複製牛郎20%的基礎屬性，免疫一切控制技能，並衝向戰場最前方，替身後的友方目標抵擋一切傷害；老黃牛陣亡時，牛郎也損失20%的血量，15秒後可再次召喚）

附加技能：離別（牛郎和織女本是一對相愛的夫妻，因一個是人類、一個是仙族，他們的愛情得不到仙界的認可，迫於無奈而分離；因為無法和妻子相見，牛郎放聲哭泣，感動天邊的喜鵲，大量喜鵲出現使得範圍23公尺內敵對目標失去視野；冷卻時間35秒）

織女（木系）

等級：1級

進化星級：★

使用次數：1/1次

基礎屬性：生命值1600，攻擊力600，防禦1600，敏捷30，暴擊30％

附加技能：五彩雲霞（織女是天上的仙子，她可以用手中的織布機織成五彩雲霞——織女製作一片長10公尺、寬5公尺的彩色雲霞鋪設在指定的天空中，散發出華麗霞光，在霞光照射下，我方被霞光覆蓋的友軍攻擊力、攻擊速度、暴擊傷害全面提升20％，離開霞光範圍時增益效果失效；霞光會一直存在，冷卻時間15秒後，織女可以再次織出五彩雲霞）

附加技能：錦繡天衣（織女以織布機織出一件錦繡天衣，送給指定的友方目標穿上，輕柔的天衣以透明絲線製成，因其具有織女的法力，穿上之後可以反彈一切傷害，持續10秒；冷卻時間35秒後，織女可以繼續製作錦繡天衣）

織女是一張非常靈活的輔助卡，她的攻擊加成技能和普通的輔助卡不一樣，在天上織雲彩，被霞光籠罩的友方目標獲得加成。她織成的雲彩面積比較小，十公尺長、五公尺寬的彩雲，加成資料也只有百分之二十，但是沒有持續時間的限制，只有位置限制。

當彩霞變多後，增益加成的範圍就會越來越廣。

一旦比賽時間拖到幾分鐘之後，織女的彩霞就會鋪滿整個天空。這時候，天空中布滿五彩雲霞，我方所有卡牌都將獲得攻擊、攻速、暴擊效果百分之二十的永久加成。

織女的輔助能力，越到後期越強。

做完牛郎和織女的單體技能，接下來就是連動技。

由於「鵲橋相會」的連動還涉及到第三人「王母娘娘」，謝明哲乾脆將王母娘娘的卡牌也拿出來一起修改，最後把連動改成了一個三牌在場時同時觸發的動態事件。

連動技：七夕相會（當王母娘娘、牛郎、織女同時在場，每逢比賽戰場計時中出現任意「7」字時，三張卡牌可選擇性開啟連動技。王母娘娘可立刻刷新銀河技能，在指定位置劃出一片銀河，河上出現鵲橋，牛郎、織女將迅速移動至鵲橋上相見。情侶約會期間不該受到打擾，因此，牛郎和織女免疫任何控制與傷害技能持續7秒。周圍23公尺內所有目標都因為感受到「愛情的美好」而原地靜止，7秒內全場景卡牌停止攻擊，觀看牛郎、織女甜蜜約會的過程。一場比賽只可連動一次）

這三張卡牌連動技的設計，其實和曹丕、曹植的「兄弟相煎」技能有些相似，曹丕選擇殺曹植或不殺曹植，都會變成一個動態事件對周圍產生影響。而王母娘娘也可以選擇現在是不是七夕，讓不讓牛郎和織女相會。

每逢七這個數字，比如七秒、十七秒、七分鐘，三張卡牌都可以選擇性開啟連動，這無形中也給對手的指揮製造了極大的精神壓力——到底什麼時候開連動？遇到七就要防著牛郎和織女約會？

如果連動技能太強，官方審核會不容易通過，所以謝明哲乾脆設計成七秒的全場景卡牌原地禁足。

牛郎和織女七夕相會了，大家快來看！

全體卡牌目瞪口呆，靜靜地看他們在鵲橋上約會。

但是，停止攻擊不代表停止釋放其他技能。

其實牛郎、織女和王母娘娘的鵲橋連動設計，正確的開啟姿勢應該是我方大劣勢、被對手追著打，而很多卡牌都殘血的時候，開啟連動技能觸發動態事件，全地圖停止攻擊七秒……長達七秒的

緩衝期，還不夠治療牌把血給補回來嗎？

一邊看牛郎織女約會，一邊加血回復狀態，簡直美滋滋。

當然，對手可能會氣炸。

謝明哲又開始導演卡牌愛情片，職業選手們自己是單身漢本來就很鬱悶了，打個比賽還要原地靜止看卡牌約會？

民間廣為流傳的神話傳說，還有「嫦娥奔月」的故事。

和牛郎、織女非常相似，這對卡牌也是人類后羿與仙族嫦娥的搭配。

后羿的技能和他能射掉九個太陽相關，謝明哲打算把后羿做成傷害極高的遠端輸出牌，嫦娥作為月宮仙子，很適合做成輔助牌，她可以放出懷裡的玉兔去輔助隊友，同時，「奔月」的技能也可以讓她非常靈活地在天空中位移。

謝明哲在設計牛郎、織女的同時，連后羿與嫦娥的草圖也一起想好了，所以設計的過程非常順利。卡牌形象他會按照神話傳說來設計，后羿是個身材魁梧、容貌英俊的青年，手持長弓，身上穿著遠古時代人類常穿的毛皮衣服；嫦娥由於奔月後成了仙女，穿的是仙氣飄飄的衣裙，長袖善舞，腳下踩著雲彩出場，懷裡還抱著一隻可愛的小白兔。

后羿（金系）

等級：1級

進化星級：★

使用次數：1/1次

基礎屬性：生命值600，攻擊力1800，防禦力600，敏捷30，暴擊30％

附加技能：后羿射日（據說在遠古時代，天空中有十個太陽炙烤著大地，有一位人類男性名為后羿，箭法超群，射掉了其中九個太陽，讓百姓們過上安穩的生活——后羿拉開長弓，同時朝天空

中射出九枝利箭，每枝利箭可造成30%金系暴擊傷害。當后羿瞄準的卡牌為「太陽」時，直接擊落目標，並額外造成200%金系暴擊傷害；冷卻時間30秒）

附加技能：精確瞄準（被動技能，后羿箭法超群，連幾萬里之外的太陽都能射下來，因此他釋放技能時能自動鎖定空中的目標，使被瞄準的目標無法走位躲避）

這張遠端輸出牌專門針對「空中飛行物」，打裁決的時候，可以用來射山嵐的飛禽。打星空戰隊的時候，白旭的「太陽」遇到后羿會直接被擊落。

當然后羿對太陽的「擊落」不是即死判定，即死牌只能做一個技能，而且自身的資料太低，適用面比較狹窄。謝明哲將「后羿射日」的技能設計成針對空中飛行物，用途會更廣。

接下來是后羿的妻子嫦娥，為了連動技也得做成金系牌。

嫦娥（金系）

等級：1級

進化星級：★

使用次數：1/1次

基礎屬性：生命值1600，攻擊力0，防禦力1600，敏捷30，暴擊30%

附加技能：嫦娥奔月（嫦娥不小心吃掉了王母娘娘給的不死藥，飛到月亮上成了仙女。嫦娥出場時，會在天空中劃出一片直徑30公尺的圓形月宮範圍，在月宮範圍內，嫦娥的移動速度自動加成500%；在月宮範圍外，嫦娥失去移動速度加成效果，但她可以用「奔月」技能瞬移回到月宮，瞬移的冷卻時間為30秒）

附加技能：長袖善舞（嫦娥的舞姿極為優美，獲得了天庭中神仙們的廣泛好評。當嫦娥在月宮中翩翩起舞時，明月上的仙子舞姿讓人心曠神怡，周圍所有的仙族卡牌及月光籠罩之下的友方卡牌，立刻清除自身一切負面狀態且免疫控制持續5秒；冷卻時間25秒）

附加技能：玉兔祝福（嫦娥的懷裡抱著一隻雪白的玉兔，嫦娥可以放出玉兔讓牠在隊友間來回跳躍，可愛的玉兔跳到隊友周圍1公尺範圍時，可自動為範圍內隊友回復20%血量；玉兔跳躍的路徑由嫦娥操控，跳躍持續10秒；跳躍結束或玉兔被擊殺時，技能陷入冷卻，30秒後可以再次召喚）

嫦娥這張牌的輔助能力也很強，二十五秒一次的「長袖善舞」清除負面狀態並免控，三十秒一次的玉兔群體治療，玉兔跳躍的路徑可以自由控制，專門往殘血隊友的身邊跳，蹦蹦跳跳的小兔子很難抓死，治療能力強，操控也非常靈活。

玉兔到處「跳躍加血」的設計，目前謝明哲還沒見其他俱樂部出現過類似的卡牌，嫦娥的玉兔算是群體治療牌中的一次創新。而「奔月」的加速和瞬移確保了她的靈活性，不容易被擊殺。

至於連動技，據說嫦娥奔月成仙後獨自留在人間的后羿非常痛苦，每逢月圓之日，他就遙遙望著天空中的月亮，看著月宮中嫦娥的剪影，思念自己的妻子。后羿和嫦娥不能見面，只能用明月來寄託相思之情。

連動技的名字就叫「明月寄相思」。

后羿連動技：明月寄相思（當嫦娥出現在月宮中時，后羿可發起「明月寄相思」連動技，抬頭望向天空中的月亮，思念自己的妻子。心情悲痛的后羿，可在抬頭望月時立刻返還「后羿射日」技能50%的冷卻時間，連動技的冷卻時間為60秒）

嫦娥連動技：明月寄相思（當后羿抬頭看向天空中的月亮時，嫦娥因思念丈夫，臨時分裂出幻影來到地面協同后羿作戰，玉兔也將跟隨嫦娥降落到地面，10秒後嫦娥必須返回月宮；連動冷卻時間60秒）

這對卡牌的設計，謝明哲自己也很喜歡。到時候一旦牛郎織女、后羿嫦娥同時出現，職業選手和現場的觀眾們，嘴裡將被塞滿狗糧。

可以想像到時在實戰中，牛郎和織女觸發連動技「鵲橋相會」，全場景卡牌原地靜止看他倆公然秀恩愛。這個時候，后羿和嫦娥也不甘落後，開啟「明月寄相思」連動，嫦娥原身在月宮中靜止不動，「幻影」降落到地面，玉兔不算卡牌，不受「靜止」限制，到處蹦躂給殘血隊友加血。

等牛郎織女約會完，后羿看完了月亮，嫦娥的玉兔已經把全團的血量給奶滿。

這四張牌的連動技其實可以搭配使用，在牛郎、織女長達七秒的鵲橋相會全場景卡牌靜止下，嫦娥降落到地面用玉兔跳躍加血，真是再好用不過了。

除了這兩對知名CP外，人仙夫妻檔卡牌，自然不能少了「董永」和「七仙女」。

關於這兩張卡牌的設計思路，謝明哲也打算做成輔助牌。仙族牌中的攻擊牌非常多，之後他還會做其他的輸出牌，而仙族做成輔助卡的好處是自身很難被殺死，可以為團隊提供持續的增益狀態。

董永（水系）

等級：1級

進化星級：★

使用次數：1/1次

基礎屬性：生命值1600，攻擊力0，防禦力1600，敏捷30，暴擊30%

附加技能：賣身葬父（董永是出了名的孝子，相依為命的父親去世後，他沒錢給父親辦葬禮，於是決定賣身葬父，誰願意給他安葬父親的費用，他就願意替誰賣命——董永開啟「賣身葬父」技能後，他將披麻戴孝跪在父親的屍體旁，範圍10公尺內所有目標都將好奇地停下來圍觀他，圍觀期間禁止動用武力，持續5秒；因為沒人花錢買下董永，20秒後，董永會再次帶著父親的屍體出現，繼續賣身葬父）

附加技能：孝感動天（董永的孝心很讓人感動，範圍23公尺內所有敵對目標在攻擊他時都會忍不住手下留情——被動技能，指向董永的全部傷害，自動減弱50%）

這是一張自帶百分之五十減傷的小範圍控場卡，控制的範圍只有十公尺，但是冷卻時間很短，控制時間長達五秒，賣身葬父的技能用起來也比較靈活。至於董永父親的遺體，謝明哲也單獨畫了素材，不需要容貌和衣服設計，因為遺體是被白布蓋起來的——畫個擔架、上面躺個人形狀，再蓋上白布就好。

董永使用「賣身葬父」技能的時候，特效就是旁邊出現一個蓋著白布的屍體，而董永會跪在原地並在面前豎起一個牌子「賣身葬父」，具體動畫效果他會再跟秦軒商量如何製作。

至於七仙女，傳說中並沒有太多描述，只知道她是玉帝的小女兒，心地善良、容貌秀美，下凡嫁給董永後，兩人過得十分恩愛。

這張牌依舊做成輔助牌。

七仙女（水系）

等級：1級

進化星級：★

使用次數：1/1次

基礎屬性：生命值1600，攻擊力0，防禦力1600，敏捷30，暴擊30%

附加技能：仙女下凡（七仙女本是天庭中的仙女，純真善良，她被董永「賣身葬父」的孝心感動，決定私自下凡嫁給董永為妻。當七仙女下凡時，她降落的位置會出現耀眼的霞光，周圍23公尺內敵對目標被仙女下凡所驚嚇，群體陷入恐懼狀態持續3秒；限定技，一場比賽只能下凡一次）

附加技能：脫胎換骨（下凡後的七仙女換掉了仙族飄逸的衣裙，穿上人類樸素的服飾，偽裝成一位普通的人族女子，和董永一起過上男耕女織的生活。她的善心鼓舞了隊友，每次織布時，範圍23公尺內友方卡牌攻擊力、攻擊速度、暴擊傷害群體提升50%，持續3秒；冷卻時間15秒）

第一個技能是限定技，只能用一次，所以第二個技能的冷卻時間就可以縮短，多次釋放。官方

在審核資料時會綜合考慮，這樣更容易通過審核。

七仙女要設計兩套衣服，一套是天上穿的仙氣十足粉色紗裙，另一套則是在人間和董永搭配成套的普通婦人衣衫。在發動技能時，她會更換衣服，容貌不變，因此不算是變形。

這也是謝明哲設計過唯一一張會「換衣服」的卡牌。

董永和七仙女的連動技，就叫做「天仙配」，取自經典黃梅戲。

董永連動技：天仙配（七仙女愛上董永，並且願意跟董永結為夫妻。當七仙女走到董永的身邊時，董永喜悅至極，決定和妻子好好過男耕女織的平淡日子。兩人立刻遠離戰鬥現場，夫妻雙雙把家還，羨慕死其他卡牌。23公尺範圍內的敵對卡牌，看著他們夫妻攜手離開的背影，覺得自己單身真可憐，集體沉默持續3秒。連動技只可釋放一次）

七仙女連動技：天仙配（由於私自下凡和董永結婚的事被天庭發現，天兵天將來捉拿董永。七仙女怕丈夫受傷，決定和董永訣別——七仙女立刻飛升回天庭，恢復仙族打扮，夫妻兩人天地永隔，此生再也無法見面。七仙女悲傷的情緒感染周圍，飛升時所在地範圍23公尺內群體敵對目標陷入沉默，持續3秒；連動技只可釋放一次，必須在董永連動結束後釋放）

先夫妻雙雙把家還，再訣別。這兩人的連動必須有個先後順序，連動效果是大範圍控場。

夫妻攜手離開時讓對手羨慕，沉默三秒。夫妻訣別，又讓對手悲傷難過，繼續沉默三秒，遇到這對CP，對手不是在沉默中，就是在沉默的路上！

神話傳說的愛情故事中，除了人仙戀之外，還有經典的人妖戀故事——白素貞和許仙。

白素貞是妖族牌，許仙是人物卡。

謝明哲之所以想要製作這兩張卡牌，是因為這幾天他整理製卡思路時，想到的都是一些「夫妻」相關的素材。在經典的神話傳說中，自然少不了白娘子報恩這段故事。

白素貞的人形態是一位氣質溫雅的大美人，蛇形態則是通體雪白的巨蛇，法力無邊。謝明哲按

照妖族牌雙形態的設計來製作這張卡牌，技能方面，大名鼎鼎的白素貞輸出當然不會差。畢竟她曾經水漫金山寺，淹死無數生靈。

由於有變形能力的妖族牌必須強制被歸入土系，所以白蛇系列的所有卡牌都要設計成土系。

白素貞（土系）

等級：1級

進化星級：★

使用次數：1/1次

基礎屬性：人形態：生命值1600，攻擊力0，防禦力1600，敏捷0，暴擊0%

基礎屬性：妖形態：生命值600，攻擊力1600，防禦力600，敏捷30，暴擊30%

附加技能：化形報恩（人形態技能：白素貞在蛇妖修煉期間被許仙救過一命，她會變成人形向許仙報答恩情。人形態的白素貞，善良溫婉，一心一意想和許仙過平凡的夫妻生活，變成人形後，白素貞暫時不使用法力，增強自身防禦力50%；被動技能，人形態自動觸發）

附加技能：盜取仙草（妖形態技能：白素貞不小心喝下雄黃酒，變成蛇妖，將許仙嚇死，她迫不得已去盜取仙草救人——白素貞在妖形態，可瞬移至天界盜取一根仙草，復活丈夫許仙；限定技，一場比賽只可使用一次）

附加技能：水漫金山（妖形態技能：許仙被抓去金山寺軟禁，白素貞大怒之下施展法力，操控大量洪水直接淹沒金山寺——白素貞使用「水漫金山」技能，召喚大量水柱撲向23平方公尺範圍指定區域，對區域內敵對目標造成300%暴擊傷害，並附帶1秒群體恐懼；冷卻時間45秒）

人形態的白素貞不會主動攻擊對手，增強防禦、保證存活；妖形態的白素貞主要靠「水漫金山」這個大招來輸出，一次百分之三百的水系暴擊附帶一秒群體恐懼，能在瞬間打出成噸的爆炸傷害！

相對來說，許仙的輸出能力很弱，只能做輔助牌。許仙是個溫文爾雅的書生，外表英俊、眉清目秀，相傳他在杭州一家藥鋪當學徒，性格善良敦厚，後來在白素貞和小青的幫助下開了間藥鋪自立營生，治病救人。

許仙（土系）

等級：1級

進化星級：★

使用次數：1/1次

基礎屬性：生命值1800，攻擊力0，防禦力1800，敏捷0，暴擊0％

附加技能：保安堂掌櫃（許仙和白素貞婚後開了一家藥鋪，叫做「保安堂」，兩人一起治病救人，拯救了不少貧苦百姓。許仙可以製作藥劑，每5秒製作一瓶，最多儲存10瓶，他可隨時將藥劑交給指定的我方隊友，一次回復許仙生命值5％的血量）

附加技能：起死回生（當許仙陣亡，且被白素貞偷來的仙草復活時，許仙將立刻獲得10瓶保安堂的藥劑，並在接下來5秒內免疫任何控制）

許仙這張卡牌的急救能力很強，他出場後可以先存藥劑，多存一些，當團戰爆發的時候瞬間丟給殘血隊友，就算藥劑用完，五秒就能生成一瓶，相當於五秒一次的單體加血。

這樣的治療牌很容易被對手集火殺死，所以白素貞偷仙草救他，算是給了他第二條命。

此外，《白蛇傳》的經典角色中，還有小青和法海可以做成套牌。

小青（土系）

等級：1級

進化星級：★

使用次數：1/1次

基礎屬性：人形態：生命值1600，攻擊力500，防禦力1600，敏捷0，暴擊0％

基礎屬性：妖形態：生命值600，攻擊力1600，防禦力600，敏捷30，暴擊30％

附加技能：盜取庫銀（小青按照白素貞的吩咐盜取庫銀幫許仙開藥鋪，小青可以開啟隱身技能，持續10秒，在23範圍內瞬移至任意位置，並盜取任意卡牌身上的增益效果，轉交給白素貞；冷卻時間45秒）

附加技能：青蛇化形（小青變成蛇妖形態，攻擊力和防禦力資料互換，她可以用長長的青色尾巴襲捲向23公尺範圍內的任意位置，捲起指定的單體目標，造成一次350％絞殺傷害；冷卻時間30秒）

附加技能：姊妹情深（協戰技；當白素貞發起攻擊時，小青可以瞬移至姊姊的身邊，發起一次協戰，對姊姊技能覆蓋範圍內血量最低的目標額外造成20％單體傷害）

法海（土系）

等級：1級

進化星級：★

使用次數：1/1次

基礎屬性：生命值600，攻擊力1800，防禦力600，敏捷30，暴擊30％

附加技能：天羅地網（法海作為金山寺住持，法力高強，他可以拋出身上的袈裟，讓袈裟迅速變成23平方公尺大小，並朝指定位置籠罩而下，被袈裟籠罩的敵對目標群體陷入恐懼狀態，持續3秒；冷卻時間35秒）

附加技能：終極法印（法海撚動手中的佛珠，空中出現一個巨大法印，飄向23公尺內指定的單體目標，對目標瞬間造成200％單體暴擊傷害，並封印目標全部技能，強制目標所有技能陷入冷卻；釋放間隔30秒）

設計完四張卡牌，剩下的就是連動技了。

謝明哲原本只想做許仙和白素貞的連動，但是少了青蛇和法海，《白蛇傳》的故事就不完整。正好官方限定連動技的最高上限是四張卡牌，所以謝明哲決定把四張卡全部做成事件連動。

連動技的名字就叫「《白蛇傳》說」。

法海連動技：《白蛇傳》說（法海一向以降妖除魔為己任，他認為所有的妖怪都是邪惡的存在，必須加以降服。因此他不分青紅皂白地抓走了善良的白素貞，並且以雷峰塔鎮壓。當法海發起連動時，白素貞將被壓在雷峰塔下）

白素貞連動技：《白蛇傳》說（法海發起連動時，白素貞被雷峰塔壓住，無法移動、無法釋放任何技能，同時也不會受到任何控制、傷害類技能的影響。雷峰塔周圍23公尺內所有友方目標見白素貞被鎮壓，憤怒至極，攻擊力、攻擊速度、暴擊傷害群體提升50%）

小青連動技：《白蛇傳》說（小青與白素貞姊妹情深，姊姊白素貞被雷峰塔壓住後，小青將白素貞的全部故事告訴白素貞和許仙的兒子許士林。小青開啟連動技後，召喚卡牌許士林，許士林為救母親在雷峰塔前一步一跪，終於獲得天庭諒解，放出白素貞）

許仙連動技：《白蛇傳》說（白素貞被放出，許仙與白素貞終於相見，兩人喜極而泣，與法海也化解了恩怨。許仙、白素貞、小青、法海技能同時刷新，象徵著一個故事的輪迴）

這套卡組的連動和西遊系列有些像，西遊系列是豬八戒喊「大師兄，師父被妖怪抓走了」觸發連動，而《白蛇傳》說的連動觸發點在法海。

法海先讓白素貞被雷峰塔鎮壓，鎮壓時友方卡牌因憤怒而增加攻擊；之後在小青的協助下，許士林救母，白素貞被放出，四牌技能全部刷新，再打一輪。

至此為止，謝明哲把流傳度最廣的人妖、人仙戀愛故事都做成了卡牌。

牛郎和織女「鵲橋相會」，后羿和嫦娥「明月寄相思」，董永和七仙女「天仙配」，以及白素

貞、小青、許仙和法海共同演繹的「《白蛇傳》說」。

當這些卡牌齊齊上場，卡牌們的愛、恨、情、仇，簡直精彩得堪稱電影大片。我們到底要看牛郎和織女約會？還是看后羿嫦娥對著月亮相思？到底要為董永、七仙女攜手過田園生活而羨慕？還是要看法海、白素貞、小青為許仙展開大戰？

一雙眼睛，都快看不過來了。

對面的卡牌目瞪口呆不說，選手們估計也要目瞪口呆！

謝明哲當晚就找到秦軒，讓秦軒幫忙製作特效。

這批卡牌的技能特效非常複雜，例如董永賣身葬父時的動畫，嫦娥出場時的月宮要如何在天空中呈現，織女織出來的五彩雲霞又是什麼模樣……很多細節都需要去完善。

好在秦軒幫謝明哲做了這麼久的特效，對他卡牌的畫風已經有了足夠的瞭解。但是看到這麼多情侶牌，秦軒的反應也和陳千林一樣，冷靜地問：「你談戀愛了？」

謝明哲厚著臉皮裝無辜，「沒有，我只是做情侶牌而已。」

秦軒「喔」了一聲，沒再多問，心裡卻在想，技能描述裡的「單身卡牌好可憐」還有「看董永和七仙女攜手離開好羨慕」……這都是些什麼玩意？不是在故意刺激單身選手嗎？

他反正是吃了滿嘴的狗糧，看了成雙成對的卡牌，還有各種曲折離奇的愛情故事，他真覺得從小到大沒談過戀愛的自己，活得還不如一張卡牌呢！

不過，秦軒一向面癱，心裡吐槽著，表面上卻沒什麼表情。他跟謝明哲認真討論了特效的製作方案，並迅速在紙上畫出每個技能的特效草稿圖。

秦軒辦事效率很高，謝明哲對他非常放心，這批卡牌算是完工了。

接下來的幾天，秦軒忙著做特效，謝明哲則繼續在草稿紙上寫卡牌設定。為了不影響陳霄和喻柯的個人賽，謝明哲製作的新卡牌暫時沒給他們兩個過目，怕他們會分心。

秦軒已經摸透了謝明哲的喜好和卡牌風格，做特效的速度很快。但他沒想到的是，謝明哲做卡牌的速度比他做特效更快——這才過了三天，又拿來一大批新完成的卡牌。

這次的卡牌叫封神系列，全是仙族牌。

其實，早在做出即死牌「太乙真人」的時候謝明哲就想過把《封神演義》中的人物都做成卡牌，但當時的他對星卡世界的製卡規則還不夠熟悉，不敢浪費太多的素材，就將這些人物暫時記在心裡，打算後期再用。

如今他要成立仙族種類，這批卡牌素材簡直就是雪中送炭。

因為封神榜中的這些人物，最後全都飛升成了仙，可以直接歸入「仙族」種類，補足他仙族卡牌的數量。

他第一個要做的，是封神榜中地位超群的姜子牙。

姜子牙的形象是一位留著長長白髮、仙氣十足的老者，他有法寶杏黃旗護體，騎著一頭名為「四不像」的神鹿。

姜子牙隱居在山林間，喜歡垂釣，他很擅長使用「無餌直鉤」的釣魚法，稱其為「願者上鉤」。他老謀深算、機智過人，幫助周文王出謀劃策，還多次幫哪吒逃離險境，後來成為了周武王的智囊，被封為西周丞相。

據說姜子牙奉命代理封神榜，執掌打神鞭，深得天界的器重。謝明哲打算將這張卡牌做成很強的輔助牌。

姜子牙（水系）

等級：1級

進化星級：★

使用次數：1/1次

基礎屬性：生命值1600，攻擊力0，防禦力1600，敏捷30，暴擊30%

附加技能：願者上鉤（姜子牙很喜歡在湖邊釣魚，但是他不放魚餌，認為願意上鉤的魚會自動咬住他的魚鉤，不願意的魚強迫也沒用——當姜子牙發動技能時，他會拋出沒有魚餌的鉤子，指向23公尺內任意區域，範圍內敵對目標可自由選擇：一、願意上鉤，走到鉤子上，被姜子牙釣到身邊，自動降低防禦力50%；二、不願意上鉤，避開姜子牙的鉤子，範圍內卡牌因感動於姜子牙的仁慈，接下來3秒內不發動任何技能；冷卻時間30秒）

附加技能：封神大使（姜子牙作為封神大使，可根據卡牌的表現給予大家仙界的不同獎賞，姜子牙指定表現出色的友方仙族卡牌使其接受封賞，封賞期間免疫一切控制和傷害，5秒後封賞結束，被封賞卡牌可獲得「仙族的祝福」並選擇一種祝福狀態：一、提升攻擊力、攻擊速度、暴擊傷害50%；二、提升治療量50%；三、提升生命值、防禦力50%；祝福持續8秒，冷卻15秒後可繼續對仙族進行封賞）

除了姜子牙外，謝明哲還想製作的一張卡牌是土行孫。

誰說仙族都要在天上飄？土行孫可以潛入地下。

土行孫身材矮小，容貌可愛，本領高強，手裡拿著一根鐵棍作為武器，以「遁地術」成名。每到緊急時刻，他總是能出人意料地遁地逃跑，可以在地下日行千里。

土行孫（金系）

等級：1級

進化星級：★

使用次數：1/1次

基礎屬性：生命值600，攻擊力1600，防禦力600，敏捷30，暴擊30%

附加技能：遁地術（土行孫擁有極為高超的「遁地術」，他可以立刻鑽進地下，失去蹤跡。

當土行孫開啟「遁地狀態」時，他會鑽入地底持續10秒，在此期間內，他可以加速500%在地底移動，隨時可破土而出。在土行孫現身的瞬間，對範圍5公尺內敵對目標造成3秒恐懼，並提升自身攻擊力、攻擊速度和暴擊傷害50%，持續5秒；冷卻時間60秒）

附加技能：鐵棍（土行孫手持「鐵棍」作為武器，可揮出鐵棍持續擊打5公尺內的近戰目標，每次普攻造成20%金系單體傷害，若目標血量低於50%，則每次普攻額外造成10%金系暴擊傷害；普攻技能無冷卻時間）

這張卡牌最關鍵的技能是「遁地術」，相當於長達十秒的隱身。當土行孫鑽進地底下的時候，敵方殘血牌肯定會瑟瑟發抖——畢竟誰也不知道他會突然從哪個地方冒出來！

冒出來的土行孫不但能開啟三秒恐懼控制，還可以提升攻擊，強殺殘血牌。神出鬼沒的土行孫，將成為仙族牌中靈活的一員，負責實戰時遁地刺殺對方的關鍵牌。

做完姜子牙和土行孫，還有一位名氣極大的封神人物——楊戩。

關於楊戩的傳說有很多，他的額頭上有第三隻眼，被稱為「天眼」。他曾劈山救母、斬龍除妖，被稱為天界的戰神，法力非凡。

據說他長得儀表堂堂，容貌清俊，目光炯炯，身邊還跟著神寵「哮天犬」。

楊戩的法寶很多，但卡牌設計的時候不能把所有武器都畫上去，謝明哲決定選擇其中兩樣，一是開山斧，一斧頭下去地動山搖，能劈開一切阻攔，楊戩曾用它劈山救母。二是常用武器三尖兩刃刀，這是一把很特殊的兵器，長柄上安裝了像劍一樣的雙刃尖刀，雙刃刀的前端呈三叉狀，可以造成極強的範圍打擊。

作為仙界唯一「養狗」的男人，哮天犬當然也要有戲份。作為楊戩的寵物，可以協助主人作戰。謝明哲為哮天犬單獨畫了一張卡牌做為素材，神犬的樣子也是威風凜凜。

楊戩（金系）

等級：1級

進化星級：★

使用次數：1/1次

基礎屬性：生命值600，攻擊力1800，防禦力600，敏捷30，暴擊30%

附加技能：仙界戰神（楊戩可騰雲駕霧，瞬移至23公尺內任意位置，使用武器「三尖兩刃刀」擊打5公尺內敵對目標，造成80%、100%、120%連續三段逐漸遞增的金系群體暴擊傷害。第三次傷害結算完成時，受到攻擊的目標將被眩暈1秒；同時，楊戩的神寵「哮天犬」會跟隨主人協助作戰。哮天犬十分有靈性，可自動選擇主人攻擊目標中血量最低者，瞬間撲倒目標，並對目標進行撕咬，造成額外80%單體暴擊傷害；哮天犬始終跟隨主人並繼承主人50%基礎屬性；冷卻時間15秒）

附加技能：第三隻眼（楊戩額頭處有第三隻眼睛，也被稱為「天眼」，平時是閉目狀態，一旦睜開天眼，他可以立刻看破一切偽裝，23公尺範圍內的隱形卡牌全部現形。非隱形卡牌則被楊戩的天眼震懾，原地僵直3秒；天眼每隔30秒可睜開一次）

附加技能：劈天救母（楊戩曾經為了救母親，使用手中法寶「開山斧」劈開了一座山；楊戩使用「開山斧」用力劈向指定方向，劈開一切障礙物，包括樹木、山脈等地形阻礙都將在劈砍下碎裂，形成一條寬5公尺、暢通無阻的道路；限定技，一場比賽只可使用一次）

楊戩主要靠「三尖兩刃刀」進行輸出，加上哮天犬會自動選擇最低血量目標攻擊。帶著狗去秒人的楊戩，簡直是「神擋殺神、佛擋殺佛」，足以讓對手心驚膽戰。

「天眼」作為群控技能使用，「劈山救母」則是場景限制技，一旦遇到某些俱樂部用障礙圖放風箏，楊戩一斧頭下去，可以直接劈掉地圖上的障礙。

當然，總不能讓楊戩把一片森林給劈成平地，那樣太bug，所以做成限定技，關鍵時刻劈一斧頭，讓我方卡牌瞬間通過障礙區域打一波爆發。

姜子牙、土行孫、楊戩三張封神系列卡牌做完後，仙族牌的數量其實已經夠了。

但提起封神榜，怎麼能漏掉哪吒一家子？

謝明哲打算把哪吒一家也全部做成卡牌。

李靖作為金吒、木吒、哪吒的父親，謝明哲將他設計成一個容貌端正的中年男子形象，他的手中捧著法寶「玲瓏寶塔」，號稱「托塔天王」，技能也與這座寶塔有關。

謝明哲單獨繪製了一張玲瓏寶塔的素材，寶塔的每個細節都畫得極為精緻，就算放大數倍也看不出瑕疵。玲瓏寶塔縮小時大概三十公分高，可以被李靖輕鬆地托舉在手中。放大時，則會變成三公尺高、足以壓死其他卡牌的巨塔，周身散發著柔和的金色光芒。

李靖（金系）

等級：1級

進化星級：★

使用次數：1/1次

基礎屬性：生命值1600，攻擊力800，防禦力1600，敏捷30，暴擊30%

附加技能：托塔天王（李靖的手裡擁有一件珍貴的法寶「玲瓏寶塔」，因此號稱「托塔天王」，李靖將「玲瓏寶塔」縮小並托舉在手中時，可以在天空中瞬移至23公尺內任意指定位置；李靖將玲瓏寶塔放大並投擲出去時，他將進入施法狀態，無法移動、無法被控制，防禦增強50%；被動技能，根據李靖的手中有沒有寶塔而改變相應的屬性）

附加技能：寶塔震魔（李靖的玲瓏寶塔有降妖鎮魔的作用，他可將玲瓏寶塔投擲到空中，使寶塔體積迅速放大十倍，震懾敵對目標。寶塔周圍23公尺範圍內敵對目標看到天空中突然出現的金色巨塔，集體陷入恐懼持續3秒；冷卻時間30秒）

附加技能：寶塔除妖（李靖將金色寶塔投向指定區域，放大十倍的寶塔突然降落到地面。被寶

塔籠罩的10平方公尺區域內，全部卡牌將被強制關進寶塔當中。被關進寶塔的卡牌在接下來10秒內無法離開，並且受到塔內烈火灼燒的影響，每秒掉血5％，持續10秒；冷卻時間35秒）

玲瓏寶塔是李靖的一個道具，手裡有寶塔的時候他處於「備戰」狀態，一次瞬移的機會能讓他迅速調整走位，找到最合適的位置去控制、關押對手。當寶塔投擲出去的時候，他處於「施法狀態」，原地不能動，但防禦增強，自身免控，確保讓寶塔的技能釋放不被打斷。

由於寶塔強制關押卡牌的技能太強，所以設計成敵我雙方卡牌一起關押，實戰的時候可以選擇敵對目標比較多的區域，把更多的敵方卡牌給關進寶塔當中，建立牌差優勢。

李靖的三個兒子，金吒、木吒、哪吒，謝明哲也早就做好了技能設計。

金吒的武器叫遁龍柱，又稱「七寶金蓮」，不使用的時候，它是一根短木棍上面套三個金環，一旦用起來，這根木棍可以迅速放大到三公尺高，三個小鐵環也變成巨大的鐵圈，可以把好幾個人一同扣住並且越勒越緊，直到把對方勒死為止。

金吒卡牌的技能，謝明哲根據其法寶特性，做成小範圍的控制和傷害技能。

金吒（金系）

等級：1級

進化星級：★

使用次數：1/1次

基礎屬性：生命值600，攻擊力1800，防禦力600，敏捷30，暴擊30％

附加技能：七寶金蓮（金吒手中持有法寶「七寶金蓮」，當金吒使用法寶時，手中法寶立刻變成3公尺高的巨大木柱，其上的鐵環也將放大成直徑3公尺的金圈，三個金色鐵圈可隨意落到23公尺內任意三個指定位置，將三個敵對目標強行拉到木柱旁，並捆綁在木柱上。被金圈套住的卡牌原地禁足5秒，且每秒受到70％金系暴擊傷害；金圈屬於法寶支配技能，無法解控，直到法寶被金吒

收回，卡牌才可恢復行動力；冷卻時間30秒）

別看金吒只有一個技能，在實戰中卻相當好用，尤其是打近戰牌多的俱樂部，比如對上裁決，一旦聶神的老虎、獅子等近戰牌被拋出的金圈連續抓回三張，就能瞬間中斷裁決的進攻節奏。

二弟木吒的法寶也很厲害，叫做「吳鉤」，這是春秋時期的叫法，其實這是一對彎曲的雙劍，有雌、雄之分，謝明哲打算將雙劍設計成不同技能，做成實用性較高的金系普攻牌。

木吒（金系）

等級：1級

進化星級：★

使用次數：1/1次

基礎屬性：生命值600，攻擊力1800，防禦力600，敏捷30，暴擊30%

附加技能：吳鉤劍·雌（木吒擁有法寶「吳鉤劍」，分為雌雄雙劍。使用雌劍時，木吒提升攻擊速度100%持續8秒，並對23公尺範圍內遠端單體目標造成多次飛劍普攻打擊，連擊次數達到5的倍數時，額外造成50%金系暴擊傷害，連擊被中斷則重新計算；冷卻時間30秒）

附加技能：吳鉤劍·雄（木吒使用雄劍，可對5公尺內近身目標造成一次280%重擊傷害，擊退目標5公尺並使目標暈眩1秒；冷卻時間30秒）

這張牌可近可遠，主要靠雌劍遠端普攻打出傷害。要是對方刺客牌近身，想要強殺木吒，木吒則可以用雄劍重擊對方，擊退五公尺、暈眩一秒，使對方的刺客牌無法輕易地殺掉他。

做完兩位兄長，剩下的就是最出名的哪吒了。

哪吒的人物形象塑造得要比兩位兄長要飽滿得多，這張卡牌的設計也會更加複雜。

關於他的傳說，有哪吒鬧海、割肉剔骨、蓮花化身、三頭六臂等，他的法寶也很多，如風火輪、乾坤圈、火尖槍等。由於乾坤圈「套住目標」的特徵和大哥金吒的金圈類似，一張牌最多只能

有三個獨立技能，哪吒的攻擊方式，謝明哲決定選擇最常用的「火尖槍」。

形象設計方面，謝明哲將他的本體畫成一名普通少年，紮兩個可愛的丸子頭、腳踩風火輪出場，身上戴著混天綾和乾坤圈，手持火尖槍，威風凜凜。另外還畫了一個狂暴版本，就是「三頭六臂」的哪吒，戰鬥力劇增。

哪吒（金系）

等級：1級

進化星級：★

使用次數：1/1次

基礎屬性：生命值600，攻擊力1600，防禦力600，敏捷30，暴擊30％

附加技能：風火輪（被動技能：哪吒腳踩風火輪出場，因此移動速度極快，他出場時，移速自動加成500％，並且每隔60秒可以在23公尺範圍內瞬移1次）

附加技能：混天綾（哪吒擁有法寶「混天綾」，這塊紅色的綾布可以隨意改變長短和大小，變成10公尺長的綾緞時，可拋向23公尺內指定位置束縛任意敵對目標，使目標無法行動、無法釋放技能持續5秒；變成3平方公尺的方布時，可迅速在哪吒面前立起，形成布牆保護主人，替哪吒吸收全部傷害持續5秒；操控混天綾改變狀態的冷卻時間為15秒）

附加技能：三頭六臂（哪吒可變成「三頭六臂」狂暴形態持續10秒。狂暴形態的哪吒提升攻擊力50％，腳踩風火輪，用手中火尖槍連續打擊前方5公尺內所有敵對目標。火尖槍每次刺出將造成80％金系暴擊傷害，並附帶「灼燒」效果，無視目標防禦，並使目標額外損失當前生命值5％的血量；冷卻時間60秒）

哪吒是一張綜合能力很強的近戰收割牌，有位移、有控制、有防禦、有輸出，進入狂暴時間後，三頭六臂的哪吒提升攻擊，近戰輸出能力強得可怕，無視防禦的火尖槍，將會是敵方所有脆皮

卡牌的惡夢。

這四張牌做完後，還有四牌連動，採用的便是經典故事：哪吒鬧海。

哪吒連動技：哪吒鬧海（哪吒和朋友在海邊嬉戲，正好碰上東海龍王三太子出來肆虐百姓，哪吒在憤怒之下打死三太子並抽筋扒皮。龍王得知消息後勃然大怒，降罪於哪吒的父親，哪吒不願牽連父母，在見到父親李靖後，他立刻割肉、剔骨，把肉身還給父親，報答養育之恩。之後藉由蓮花脫胎換骨，獲得新生。哪吒開啟連動後，立刻陣亡，並且在腳下生出蓮花，自動重生且刷新全部技能）

李靖連動技：哪吒鬧海（聽說小兒子居然大膽地打死了龍王三太子，李靖決定大義滅親，悲憤狀態的李靖刷新全部技能，並帶著玲瓏寶塔前去捉拿哪吒，開啟連動後，李靖可瞬移到小兒子哪吒的面前）

金吒連動技：哪吒鬧海（三弟闖下了大禍，身為大哥的金吒跟隨父親去捉拿三弟，金吒心情複雜，迫不得已刷新七寶金蓮的法寶使用技能，準備捉拿小弟）

木吒連動技：哪吒鬧海（跟隨父親、兄長去捉拿三弟，由於三弟法力高強，木吒怕打不過三弟，因此木吒提升攻擊力50%、暴擊傷害50%，持續10秒）

之前的夫妻牌連動都是撒狗糧，這次哪吒一家的連動，則是一齣慘烈的家庭倫理劇。

哪吒犯了錯，父親和兄長們迫不得已要捉拿他，這一幕畫面看著很是熱鬧。然而，你們上演家庭大戰，為什麼要刷新技能、提升攻擊？倒楣的全是對手啊！

秦軒剛做完情侶卡牌的愛恨情仇特效，接下來還要做封神系列的特效、姜子牙的魚竿、楊戩的哮天犬，以及哪吒一家子的各種法寶。謝明哲交給他的又是一項大工程。

親自製作卡牌特效，正好可以加深記憶。

這批卡牌特效全部完工時正是九月中旬，個人賽的小組賽已經接近尾聲。

陳霄在B組以一比二輸給劉京旭，以二比一戰勝喬溪和甄蔓，以小組第二名的成績出線，進入

十六強。A組的喻柯輸給鄭峰和許星圖，卻驚險地戰勝了鬼獄的新人衛小天，雖然他在小組排名第三，無法進入十六強，可是能贏一場，他已經很滿足了。

結束小組賽後，大家開開心心地去吃飯，由陳千林做東。

飯局上，謝明哲舉起杯子，道：「恭喜陳哥進了十六強！」

陳霄笑著表示：「小組賽運氣不錯，接下來我會全力以赴，儘量再往前走一步。」

小柯確定被淘汰出局，但他沒什麼好抱怨的，陳哥能進十六強他也很開心，「陳哥代表涅槃繼續加油吧。我接下來不用準備個人賽了，阿哲你的新卡牌能不能給我看看？這些天強忍著好奇心，我都快憋死了！」

「看吧。」謝明哲乾脆地打開光腦，把最近做的仙族卡找出來，道：「暫時只有這些。」

陳霄和喻柯的腦袋湊在一起，看著光腦裡一張張卡牌技能描述，三觀頓時碎裂了。

陳霄神色複雜地看了眼謝明哲，沒說話。喻柯是個直脾氣，直接吐槽道：「這麼多談戀愛的情侶卡？什麼叫『單身很難過』啊？卡牌單身有什麼好難過的，我還是單身呢！」

秦軒：「……」他也是這樣想的。

陳千林：「……」師父也單身，師父一點都不難過。

在看到《白蛇傳》系列時，喻柯忍不住感嘆：「愛恨情仇好精彩，白素貞真美啊！蛇妖怎麼就不能和人類在一起了？這個法海真的多管閒事，白素貞好慘啊，被壓在塔下面……」

看到哪吒一家時，他瞪大眼睛不敢相信地道：「等等，一家人互相追殺？把肉身還給父親，然後原地復活，哪吒這技能也太無賴了吧？」

謝明哲笑咪咪道：「我做的牌當然無賴。不無賴怎麼好意思打上我的製卡logo呢？」

喻柯：「……」

能把「無賴」說得這麼理直氣壯的人，也就謝明哲了。

喻柯捧著謝明哲的光腦，認真地數了數有「仙族」標注的卡牌，數完後他雙眼猛地一亮，道：「阿哲，你的仙族牌已經超過了三十張，是不是達到仙族獨立分類的條件了？」

這句話也引起了陳霄的注意，他立刻從喻柯手中接過光腦，仔細一數，仙族牌確實超過了三十張，陳霄笑著看向謝明哲道：「阿哲，你的效率也太高了吧？什麼時候提交審核？」

「我還要做幾張新卡，最遲下週吧。」謝明哲道。

「還要做新卡？」喻柯好奇地問：「也是系列套牌嗎？」

「嗯，這批是諸天星君系列。」見喻柯滿臉迷茫地看著自己，謝明哲耐心解釋，「在很久以前，人類社會的科技沒有這麼發達，人們對宇宙星空的認知很有限，所以就將天上的日月星辰想像成神仙，我要做的卡牌就是星星演變成的仙族，叫『星君』。」

「喔喔。」喻柯點點頭，然後說：「我還是沒明白。」

「……」沒明白你點什麼頭啊？謝明哲哭笑不得地揉了揉他的腦袋，感覺真是雞同鴨講。

這個時代的人從出生開始就是高科技社會，到處都是懸浮公路，人類的足跡遍布在宇宙各大星系，沒有人會把星星和神仙聯想在一起。

不過星卡官方只限制卡牌資料，對卡牌的製作創意沒有嚴格規定，謝明哲可以放心大膽地製作星君系列卡，只要能在設定上自圓其說就行。

陳霄感興趣地道：「星君？我大概明白了，就是星星化身的仙族。你這次要做幾張？」

還是陳哥比較好溝通，謝明哲無視了在旁邊撓著頭苦思冥想的喻柯，笑著朝陳霄說：「這次做一套牌，總共七張。另外還有幾張散卡，我抓緊時間做完，先把仙族給獨立出來。」

陳霄讚賞地點頭，「你加油做卡，個人賽這邊就交給我了。」

【第四章】

他不只會做人物卡，還做出了一個新種族

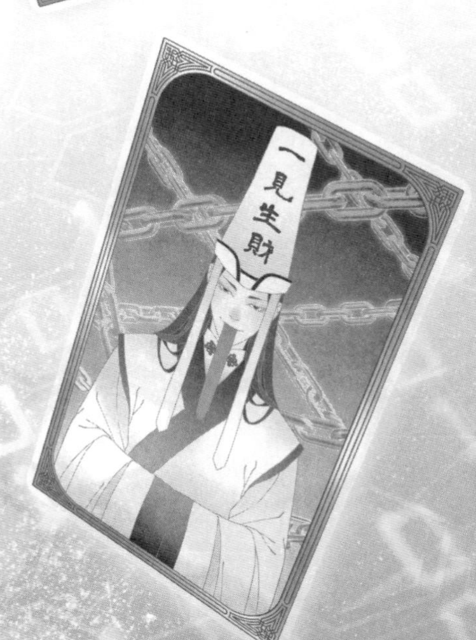

接下來的幾天，陳霄繼續全身心地投入到個人賽的準備，秦軒忙著做卡牌特效，謝明哲繼續做新卡，無聊的喻柯也被陳千林安排了任務，開始一張一張地熟悉謝明哲最近製作的仙族牌。

遠古時代，人們研究天文學時，總喜歡用各種神話故事來解讀天空中日月星辰的變化，很多星星被人們想像成各種神仙，其中最出名的就是「北斗七星君」。

以「北斗七星」為原型的七位神祇，分別是貪狼（天樞）、巨門（天璇）、祿存（天機）、文曲（天權）、廉貞（玉衡）、武曲（開陽）和破軍（瑤光）。

七位星君各自具備了不同的職能，謝明哲根據傳說所描述的特徵，分別為他們設計了不同的技能。

貪狼星君是智星、和平之星，象徵著強而有力的「統治管理能力」，並且在某些時刻，他會以降世的方式度化眾人，給人們帶來和平與希望。歷史上有好幾次貪狼降世、終止戰亂的傳說，這張卡牌很適合做成控場輔助。

貪狼屬陽，但星卡世界的屬性只有金木水火土，沒有陰陽之分，因此在設定卡牌屬性時，謝明哲出於血量上限的考慮，將貪狼歸入土系。

貪狼星君（土系）

等級：1級

進化星級：★

使用次數：1/1次

基礎屬性：生命值1800，攻擊力0，防禦力1800，敏捷0，暴擊0%

附加技能：智慧之星（貪狼星君是仙界的智慧之星，擁有強而有力的統治、管理能力，可以選定23公尺內任意敵對目標，強行支配對方釋放一個自身攜帶的技能；冷卻時間60秒）

附加技能：貪狼降世（當人世間戰火不斷，貪狼星君在必要時刻降臨人世，為大家帶來和平與

希望——貪狼星君從仙界降落到地面，23公尺範圍內所有敵對目標、友方目標停止攻擊，持續3秒；冷卻時間60秒）

強制支配對手卡牌放技能，瞬間打亂對手的節奏。比如，當對方全體滿血的時候，卻讓對方治療卡開群加大招，直接浪費掉一個群加。或是當我方開無敵的時候，卻強行讓對手輸出牌放大招，也是一個浪費對手技能的方法。這個支配技雖然只對單體目標生效，但實戰的效果非常強大，可以靈活操作。

巨門星君，作為「是非之神」，掌管口舌糾紛。他能「化氣為暗」，如果下降到人間，將發揮自身光芒，成為口才極佳的辯論高手。

巨門星屬陰，星卡遊戲沒有陰陽屬性，出於血量考慮，也設計成土系卡。

巨門星君（土系）

等級：1級

進化星級：★

使用次數：1/1次

基礎屬性：生命值1800，攻擊力0，防禦力1800，敏捷0，暴擊0％

附加技能：是非難辨（巨門星君是「是非之神」，對卡牌們之間的是是非非、恩恩怨怨，都可以做出正確的分辨；一旦敵我雙方卡牌發生戰鬥，巨門星君可以讓雙方暫時停下打鬥，好好問一問他們之間的恩怨，問清楚之後再告訴大家誰對誰錯，問話持續5秒；冷卻時間30秒）

附加技能：化氣為暗（巨門星君擁有「化氣為暗」的本領，擅長遮蔽他人身上的光芒，並顯露自己的光芒。當巨門星君開啟技能時，身體周圍發出刺眼的光輝，其他卡牌的光芒將被徹底遮擋，23公尺內敵對卡牌所釋放的一切技能全部失去效果，持續3秒；冷卻時間60秒）

這張超強的輔助牌，若作為群體輔助，可以當成三秒無敵技能使用，若作為單體輔助，一旦我方殘血牌被對手卡牌追殺，巨門星君可以強制大家停止戰鬥並問出是非曲直。被問話的卡牌估計會被氣死——有什麼恩怨？這是比賽，殺你家卡牌還需要恩怨？

第三星「祿存星君」是大吉星，五行屬土。據說他有逢凶化吉、解除厄運的功能，同時主管財運。根據民間傳說，祭拜祿存星君的百姓都會發大財。

祿存星君（土系）

等級：1級

進化星級：★

使用次數：1/1次

基礎屬性：生命值1800，攻擊力0，防禦力1800，敏捷0，暴擊0％

附加技能：吉星高照（作為北斗七星君中的大吉星，祿存星君可以提升好運、減弱厄運，當開啟「吉星高照」技能時，23公尺範圍內我方輸出類卡牌的運氣變好，攻擊力增強50％；敵方輸出類卡牌的運氣變差，攻擊力減弱50％；冷卻時間40秒）

附加技能：財源滾滾（祿存星君主管財運，被護佑的人可以發大財。祿存星君將「財源滾滾」狀態施加給指定友方目標，需要存儲道具的卡牌，將加快道具存儲速度200%，持續10秒；冷卻時間30秒）

這張卡牌可以搭配「儲存道具」卡牌使用，比如，華佗需要儲存「麻沸散」，董永需要儲存「藥物」，王母娘娘也要儲存「蟠桃」。這些卡牌被財源滾滾加持之後，儲存道具的速度會加快一倍，團戰激烈時的治療、保護能力也會提升一個層次。

北斗第四星「文曲星君」五行屬木，這是人們最熟悉的北斗七星君之一，文曲星主管文運，古代把文章寫得好、考上狀元的才子認為是文曲星下凡，後來，民間也有長輩向文曲星祈禱，希望子孫考上好大學。有一手好文采的人，據說都是得到了文曲星君的保佑。

這位星君的卡牌形象設計，謝明哲畫成了風度翩翩的「文人墨客」模樣，並且在設計中加入了「筆、墨、紙、硯」文房四寶的傳統元素，象徵祂主管「文學」的神仙身分。

文曲星君（木系）

等級：1級

進化星級：★

使用次數：1/1次

基礎屬性：生命值600，攻擊力1200，防禦力600，敏捷30，暴擊30％

附加技能：筆墨紙硯（文曲星君主管文運，據說有一手好文采、寫得一手好字的人都得到文曲星君的護佑，他的手中有筆、墨、紙、硯四種法寶，可以隨時切換使用，切換間隔時間為15秒。

筆：文曲星君可操控毛筆，隔空書寫文字，對書寫路徑上的敵對目標造成80％群體傷害，書寫持續5秒。

墨：文曲星君將烏黑的墨水灑向指定23平方公尺區域，使這片區域內所有卡牌眼前一片黑暗，失去視野持續3秒。

紙：文曲星君將柔滑的紙張放大為23平方公尺大小，鋪設在地面上，覆蓋池塘、陷阱等一切地形，並使位於紙張上的所有敵方、友方卡牌群體加速500%，紙張存在5秒後消失。

硯：文曲星君將巨大的硯臺砸向指定單體目標，對目標造成200%暴擊傷害並暈眩3秒）

這張卡牌使用起來會非常靈活，筆墨紙硯隨意切換，需要群體輸出的時候可以一直用筆書寫；想要單體輸出就砸硯臺；需要控場，可多次以墨水糊掉對手視野；當身處危險地形時，還可以用紙張鋪路，讓群體加速。

由於技能設計得太靈活，文曲星的基礎屬性偏低，容易被擊殺。當然，祂也可以躲在團隊的後方，在隊友提供保護的情況下輸出或者控場。

第五星「廉貞星君」五行屬火，又稱殺星、囚星。「殺」在古代代表的是性格衝動、做事不經大腦，行事常帶有一些「邪氣」；而「囚」則是指過於驕傲，容易走向極端，總是畫地為牢，一意孤行。

廉貞星君（火系）

等級：1級

進化星級：★

使用次數：1/1次

基礎屬性：生命值800，攻擊力1800，防禦力800，敏捷30，暴擊30％

附加技能：殺星廉貞（廉貞星君性格衝動，容易暴怒，被稱為「殺星」，開啟技能時會自動進入暴怒狀態，提升自身攻擊力、攻擊速度、暴擊傷害50％，持續10秒；冷卻時間30秒）

附加技能：畫地為牢（廉貞星君驕傲自負，從不對人低頭，做事也十分極端。當廉貞星君開啟「畫地為牢」技能時，將圈出一片7平方公尺範圍的牢籠，所有卡牌都不能離開這個牢籠。同時廉貞星君會對牢籠內的敵對目標進行多次普攻打擊，每擊殺一個目標，提升怒意值，攻擊力、攻擊速度額外加成10％；除非自己陣亡、或者範圍內的敵對目標被殺光，才會停止攻擊；冷卻時間60秒）

當廉貞星君開啟狂暴狀態「畫地為牢」時，對方被圈起來的卡牌就要小心了，要麼被廉貞星君殺光，要麼儘快合力殺掉祂——不是你死、就是我亡。廉貞做事的極端也體現在了卡牌設計當中。

第六星「武曲星君」五行屬金。如果說古代高中狀元的才子都是文曲星下凡，那麼在前線衝鋒殺敵、戰功赫赫的名將自然就是武曲星下凡。武曲星掌管的是天下習武之人的武運，據說這位星君本身的性格也是剛毅堅強、勇敢果決。

武曲星君（金系）

等級：1級

進化星級：★

使用次數：1/1次

基礎屬性：生命值1500，攻擊力500，防禦力1500，敏捷30，暴擊30%

附加技能：忠勇之星（武曲星君掌管「武運」，所有攻擊力高強的卡牌都能得到祂的垂愛，當武曲星君使用技能時，友方10公尺範圍內所有輸出類卡牌技能冷卻立刻重置。若某張輸出卡牌自身帶有「技能重置」類的設定或連動技，則無法再次享受技能重置的效果；冷卻時間90秒）

附加技能：戰功赫赫（武曲星君很欣賞立下赫赫戰功的卡牌，我方任意卡牌擊殺敵對目標時，武曲星君可開啟技能對該卡牌進行賞賜，殺敵有功的卡牌受到武曲星君的護佑，在接下來2秒內免疫任何控制和傷害技能；冷卻時間30秒）

第七星「破軍星君」五行屬水。破軍以爭鋒、破壞為目的，有「先破後立」的意思，破軍星君也是北斗七星君中戰鬥力最強的一位星君。

破軍星君（水系）

等級：1級

進化星級：★

使用次數：1/1次

基礎屬性：生命值600，攻擊力2000，防禦力600，敏捷30，暴擊30%

附加技能：衝鋒陷陣（破軍星君是北斗七星中最愛戰鬥的一位，每當大戰觸發時，總愛衝在最前面作為先鋒——當破軍星君開啟技能時，會立刻瞬移到戰場的最前方，對面前5公尺內的所有敵對目標造成一次300%群體暴擊傷害附帶1秒暈眩；冷卻時間35秒）

附加技能：不破不立（破軍星君的破壞能力極強，祂相信「不破不立」的道理，當祂所在的23公尺範圍內有任何屬性的護盾存在時，破軍星君可立即以法術遠距離打破該護盾，並且將該護盾複

製到我方任意指定單體卡牌的身上；冷卻時間60秒）

七張星君牌設計完成，仙族牌的設計已經算是超額完成任務。

但謝明哲決定再設計一張仙族牌，正是仙界必不可少的掌權者——玉皇大帝。

玉皇大帝既然是天界最高掌權人，親自動手去打對手的卡牌就有些過分了。因此謝明哲對這張卡牌的設計思路，與當初為小柯製作鬼界掌權者「酆都大帝」一樣——設計成召喚牌，讓他召喚天兵天將協助作戰。

玉皇大帝（金系）

等級：1級

進化星級：★

使用次數：1/1次

基礎屬性：生命值800，攻擊力1800，防禦力800，敏捷30，暴擊30％

附加技能：天帝威儀（被動技能、限定技能：玉皇大帝是天界最高掌權者，當玉皇大帝卡牌降臨賽場的那一刻，周圍光芒閃爍，全場景所有敵對目標、友方目標被祂的威儀所震懾，集體停止一切行動仰望天帝的威儀，持續2秒；每場比賽出場時自動觸發，一場比賽只觸發一次）

附加技能：天兵天將（玉皇大帝可指揮天界精銳部隊，召喚一批天兵天將協助作戰，天兵天將可以到達天空、水域、地面等任意地形，不受地形限制，對指定23公尺範圍內敵對目標造成一次300％群體暴擊傷害，並將範圍內指定單體卡牌強行帶回天庭聽候玉帝發落；冷卻時間40秒）

附加技能：金童玉女（玉皇大帝身邊有一對可愛的金童玉女，金童可跟隨指定仙族目標，為其抵擋傷害，持續5秒；玉女可跟隨指定仙族目標，每秒為目標回復20％血量，持續5秒；當金童玉女跟隨同一目標時，目標身上出現抵擋一切傷害的金系護盾持續5秒，並瞬間回復滿血；召喚金童玉女冷卻時間30秒）

這張卡牌完工之後，謝明哲又做了一張仙族牌——華岳三娘，也被稱為「三聖母」，她是玉皇大帝的外甥女，楊戩的親妹妹，沉香的母親。

三聖母是一位溫柔美麗的神仙，長駐於西嶽華山。天氣乾旱的時候，會呼風喚雨、幫助百姓。遇到洪水氾濫時，也會盡力施救。在祂的關照下，華山地區風調雨順、五穀豐登，百姓們很感激祂。

三聖母保管著女媧的法寶「寶蓮燈」，燈高九寸，通體潔白，底座像是盛開的蓮花，宛如冰雪。這法寶功能強大，它一共有七片花瓣，具有治療傷患的能力，可以保護非正常死亡者的元神使其復活，同時它還能洗盡世間的一切污濁，牽引世間萬物去任何地方。

謝明哲將寶蓮燈這個法寶設計得非常精緻，每一片蓮花花瓣都仔細地繪製。通體雪白的寶蓮燈，被美麗溫柔的三聖母持於手中，由三聖母操控這個法寶來協助隊友。

三聖母（水系）

等級：1級

進化星級：★

使用次數：1/1次

基礎屬性：生命值1200，攻擊力0，防禦力1200，敏捷30，暴擊30%

附加技能：寶蓮燈（三聖母負責保管天界超強法寶「寶蓮燈」，寶蓮燈有不同的功效，三聖母可將寶蓮燈投擲到任意區域，並隨意選擇該法寶的一個功能：一、寶蓮燈散發出柔和的綠色光芒，照亮23公尺內區域，並對區域內目標瞬間回血50%；二、寶蓮燈散發出紅色光芒，使非正常死亡的卡牌立刻復活，復活技能冷卻時間10分鐘；三、寶蓮燈周圍出現純潔白色光芒，化解世間一切污濁，清除23公尺範圍內所有負面狀態；四、寶蓮燈飄浮於空中，可將任意指定卡牌牽引到它身邊。使用寶蓮燈復活技能間隔時間為10分鐘，其他技能間隔時間為15秒。每使用一次，底座的一片蓮花

花瓣會變成黑色，當七片花瓣全部變黑時，寶蓮燈失去法力，3分鐘冷卻後恢復成初始狀態）

附加技能：人燈合一（當三聖母的血量低於20%時，祂可以選擇「人燈合一」，讓自己與寶蓮燈合為一體。合體時寶蓮燈的七片花瓣瞬間全部變黑，所有功能陷入冷卻，寶蓮燈作為法寶，免疫任何控制、攻擊類技能。3分鐘後，三聖母和寶蓮燈重新歸位，三聖母回復滿血狀態，並刷新全部寶蓮燈法術技能；限定技，一場比賽只可使用一次）

三聖母的寶蓮燈技能非常厲害，不但協助工具齊全，操控也非常靈活。因此三聖母本身的血量設計在輔助卡中算是比較低的，但是人燈合一的技能又讓祂有了第二條命，在實戰中可以活久一點來幫助隊友。

做完玉皇大帝和三聖母後，謝明哲將目前製作完成的所有仙族卡牌再次整理了一遍。

上古神：盤古、女媧、伏羲、神農、水神共工、火神祝融，共計六張。

《西遊記》系列神族牌：如來佛祖、觀世音菩薩、送子觀音、王母娘娘、月老，以及修成地仙的鐵扇公主，共計六張。

呂洞賓等八仙系列仙族牌，共計八張。

雷公、電母、風伯、雨師等天氣系列仙族牌，共計四張。

神話傳說系列的織女、嫦娥、七仙女，共計三張。

《封神演義》系列的姜子牙、土行孫、楊戩、哪吒一家，共計七張。

北斗七星君、玉皇大帝、三聖母，共計九張。

至此為止，謝明哲製作的仙族牌數量已達四十三張——遠遠超過了申請卡牌種族獨立的「三十張」門檻。

是時候讓官方開始審核「仙族」這個新種族了，儘快確定，也算是了卻一件心事。

謝明哲將所有的四十三張仙族牌全部整理好，交給秦軒。

一週後，秦軒做完了特效，謝明哲抓緊時間提交了早就寫好的「卡牌獨立種族——仙族審核申請表」。

除了四十三張仙族牌之外，還有董永、牛郎、后羿、白素貞、許仙、小青、法海這七張新卡牌。這次一口氣提交了五十張卡牌進行審核。

有舊卡牌的新分類審核，也有新卡牌的資料、技能審核，真是麻煩官方的資料師們了！

距離謝明哲上次提交新卡牌審核已經過去一個多月了。官方審核部門最近很清閒，卡牌資料部的員工們難得過了一個月「朝九晚五」準時下班的日子。

只是大家的心總是懸著，畢竟謝明哲之前放棄了個人賽。他為什麼放棄？答案是顯而易見的，肯定是要花更多的時間製作新卡牌。結果個人賽的小組賽全部打完，謝明哲居然還沒有動靜。是做卡牌遇到瓶頸？還是他留了什麼大招？

這天正好是週五。

中午吃過飯回來，大家閒著無聊坐在辦公室聊天。老張說道：「個人賽的十六進八比賽馬上就要開始，涅槃就剩陳霄這個獨苗了。」

劉姐皺眉，「快別提涅槃，好不容易清靜一個月，想起謝明哲我就頭大。」

老張無奈聳肩，「頭大也沒辦法，該來的遲早要來，他放棄個人賽回去做卡，也不知道做成什麼樣了？」

鄒曉寧收起桌上的光腦，笑著說道：「製卡大魔王這一週依舊沒有動靜，說不定我們又能愉快地過一個週末了！」

話音剛落，耳邊突然傳來熟悉的系統機械音：「緊急通知，有五十張卡牌被提交到人工審核通道，請儘快完成審核。」

眾人：「啊？」

沒聽錯吧？剛才系統說的好像是……五十張？

鄒曉寧臉色一白，「騰」地從座位上跳起來，以百米衝刺的速度衝到大螢幕前，聲音顫抖著問：「多少張？你再說一遍！」

系統機械音毫無情緒地說：「五十張。」

資料師們：「……」謝明哲你要上天是吧！五十張？

大魔王謝明哲這麼久沒動靜，果然又放了一個終極大招！

所有人臉上立刻換上沮喪的表情，有人捶胸頓足，有人咬牙切齒，如果謝明哲此時在現場，說不定大家會一擁而上把他揍成豬頭。

總監周佳瑤深吸口氣，儘量以冷靜的語氣說：「五十張卡牌，今天肯定審核不完，週六全部留下來加班。想想公司給你們的高額加班費，是不是更有動力了？」

眾人：「……」

鄒曉寧最近一直在查找「生髮攻略」，例如「年紀輕輕老是掉頭髮怎麼辦」或是「用什麼洗髮精不容易掉頭髮」……如今她發現，查這些資料都沒有用，與其去找好用的洗髮精，不如去求求謝明哲——您能不能別一次提交這麼多卡牌？打個商量，給我們一條活路？

聽著同事們的嘆氣聲，周佳瑤很是心虛，她發現自己犯了個大錯。

以前謝明哲老是半夜提交卡牌，一次三到五張，大概這和他的習慣有關——早上起來做卡，晚上確認完工後順手提交。周佳瑤嫌他大半夜提交卡牌害大家加班，於是在某次發審核通知給他時提醒了一句：請儘量在上班時間提交卡牌。

謝明哲很配合地回覆：好的，我以後多累積一些再提交。

從那以後，他就不在半夜提交卡牌了，改成一段時間後再批量提交。

之前的十殿閻王、八仙系列套牌已經讓資料師們焦頭爛額，結果這次喪心病狂，累積了五十張一起提交——五十張啊！某些二流俱樂部的總卡牌數量都沒有五十張！

周佳瑤真想打開謝明哲的腦袋，看看裡面裝了些什麼。眼看時間已經是下午兩點半，周佳瑤迅速冷靜下來，道：「老張、劉姐，你們先過一遍五十張卡牌的技能，看看有沒有地圖、特技、音效需要審核，我好確定要不要把其他幾個部門也留下來加班。」

獨自加班不如大家一起加班，這種週末賺加班費的「好事」，怎麼能讓他們卡牌資料部單獨倒楣……不，單獨享受呢？

老張和劉姐都是在星卡總部工作多年的資深資料師，劉姐道：「智慧資料庫一次性把五十張卡牌都提交人工審核，最關鍵的原因是這個。」她將一張審核申請表放大在螢幕中，指給大家看，「謝明哲要成立一個新的卡牌種族。」

眾人：「……」

大家還是把謝明哲想得太簡單了。以為他只會做人物卡？不，他要做出一個新種族！

周佳瑤感興趣地走過來，「獨立種族？仙族？」

眾人都好奇地湊到大螢幕前仔細看去。

謝明哲描述的仙族外貌和人類相似，但不會生病、老死，仙族擁有數百萬、千萬年的長久壽命，可以騰雲駕霧、上天入地，同時法力高超、呼風喚雨，這是仙族的共同特徵，根據這個共同特徵他對鐵扇公主、月老、王母娘娘等舊卡進行了調整，卡牌出場可以浮空，腳下出現象徵仙族的雲霧或者法寶。

而後期製作的八仙牌、雷公、電母等，顯然是因為謝明哲已經想好要申請獨立出仙族，因此在卡牌設計中加入了雲霧、聖光、法寶等仙族特色。

謝明哲寫的這份仙族獨立申請表，內容情感真摯，理由充分。雖然資料部的同事都很痛恨謝明哲讓他們加班，但不得不承認，這傢伙還是挺有才華的。

辦公室內陷入沉默。

良久後，周佳瑤才揉著脹痛的太陽穴道：「曉寧，妳去請地圖部、特效部、音效部、工程部的主管到我這裡開會，這五十張牌中有一些舊卡，新牌也不少，接下來的週末有得忙了。」

鄒曉寧只好苦著臉去叫人。

片刻後，其他部門的員工黑著臉來到會議室，周佳瑤還沒說話，大家就不約而同地道：「又是謝明哲吧？這次他又提交了多少張卡牌？」

周佳瑤說：「五十張。」

「喔，五張的話還好。」察覺到不對，年輕人立刻瞪大眼睛，「等等！多、多少張？」

周佳瑤面無表情地重複，「五、十、張。」

辦公室內響起整整齊齊的抽氣聲。

片刻後，工程總監小聲吐槽道：「謝明哲怎麼不上天啊。」

周佳瑤微微一笑，「他這次真的上天了。」

眾人一臉的莫名其妙，謝明哲怎麼上天了？一向冷靜的周總監居然說出這樣的話，莫不是被謝明哲給氣瘋了？結果下一刻，周佳瑤就把仙族獨立申請表放大在投影屏幕中，說道：「他做的這一批卡牌要獨立成『仙族』，按照他申請表中的描述，這個新種族就是可以上天的卡牌。」

眾人：「……」謝明哲你是真的要上天啊！

看著其他部門憋屈的眼神，周佳瑤心裡莫名有些愉快，笑著說：「這是我們星卡資料部成立十一年以來，單次審核卡牌數量最多的一回，值得紀念。」

地圖部的總監苦著臉道：「五十張全是新牌嗎？幾張和地圖有關？」

周佳瑤的回答勉強給了大家一點安慰，「這批卡牌大部分都是舊卡，因為要申請獨立成為仙族卡，才重新提交人工審核。新做的卡牌只有二十多張，大家有沒有覺得輕鬆一點？」

二十多張也沒輕鬆多少吧？

不過比起五十張來說，已經很值得大家開心了。

周佳瑤雷厲風行地把舊卡分下去讓大家優先審核。其中八仙系列、雷公電母系列都是最近審核過的，卡牌也沒有任何改動，只是需要最後確定種族的歸屬，可以暫時放在一邊。

鐵扇公主、王母娘娘、月老這批卡牌，修改了卡牌形象，增加「雲霧」等仙族元素設計，略微調整了部分技能和資料，審核起來也非常容易。

舊卡在下班時間審核完畢，讓大家鬆了口氣。

吃飽喝足的眾人在晚上七點半統一回到辦公室，周佳瑤開始按順序審核新卡牌，「牛郎、織女，以及改動後的王母娘娘，這三張卡牌設有連動技。」

三張卡牌被放大在螢幕中，眾人抬頭看去。

片刻後，會議室響起一陣吐槽。

「臥槽！什麼叫卡牌約會期間不允許打擾，讓其他卡牌原地靜止旁觀？」

「謝明哲真是越來越像個導演了，他怎麼不去混娛樂圈，跑來混卡牌圈浪費人才！」

緊跟著，后羿、嫦娥出現。

地圖部的人都快瘋了。

「我只見過在地上弄地圖的，在天上畫個月宮是什麼玩意？」

「也就是說，每次嫦娥出場，我們就要在天空中弄個月宮給她住？」

「他在地面上弄亂七八糟的陣法還不夠，還要禍害天空？」

看地圖部的人這麼崩潰，周佳瑤不由得偷樂。

結果看到玉兔跳躍加血的那一瞬間，她的唇角驀地一僵——我去，兔子跳著加血，這需要大量的資料驗算。究竟要怎麼個跳躍法？加血冷卻時間和每秒治療量會不會影響平衡？

辦公室裡一陣唉聲嘆氣，大家都忙得焦頭爛額，面露凶光。

週末本是輕鬆愉快的休閒時光，但是星卡總部卻熱鬧非凡。因為有好幾個部門的員工同時留下來加班，更誇張的是大家直接睡在公司，家都沒回！

加班到半夜，回家沒意思，不如睡在公司第二天起來接著幹活。

在星卡總部工作的人，大部份都是單身年輕男女。這群人精力十足，週六大清早就來到卡牌資料部的辦公室，擼起袖子準備繼續審核卡牌。

結果，看見這麼多恩恩愛愛的情侶牌，單身狗們一大清早地又被塞了滿嘴的狗糧。

「看董永和七仙女攜手離去，單身卡牌好難過，好羨慕……謝明哲這是找打吧？」

「我也是單身，我週末還要加班，我更難過！」

「我活得還不如一張卡牌？」

週六早晨，其他人還在溫暖的被窩裡，他們不但要大清早爬起來加班，還要被迫看一齣「卡牌愛情故事」，技能描述裡都是些「因為單身好難過，群體沉默」不然就是「看他倆攜手離開好羨慕，群體沉默」——大家本來就很鬱悶，看到這裡，真想把謝明哲抓過來暴打一頓。

等審到了《白蛇傳》系列卡牌，大家又看了一齣恩怨情仇的精彩大戲。

鄒曉寧忍不住道：「《白蛇傳》說拍成電視劇的話我一定看。白素貞很美，蛇妖變成人來報恩嫁給許仙，小倆口安安穩穩過日子有什麼錯？法海為什麼非要拆散他們？」

劉姐推了推眼鏡，好奇道：「不知道這批卡牌公布之後，會不會有導演想拍這個題材的電影？謝明哲自己也是當導演的料，乾脆讓他發展一下副業，去拍一部《卡牌愛情故事》？」

眾人紛紛贊同——大家真是為謝明哲操碎了心，已經替他考慮好退役之後的出路。

好不容易審核完《白蛇傳》，結果又遇到哪吒一家。

哪吒鬧海的連動太複雜，李靖瞬移，哪吒自殺復活，金吒刷新技能，木吒提升攻擊，資料師們頭大如牛，光是演算資料就花了一上午的時間。

審核完這批卡牌後，又是一批北斗七星君！

鄒曉寧崩潰地抓頭髮，「十殿閻王，北斗七星君，他能不能別老是做這種套牌啊啊啊！」

什麼貪狼星君、文曲星君、武曲星君，技能設計得五花八門，名字都分不清。文曲星君的筆墨紙硯四個技能要分開驗證，還要考慮冷卻時間、技能平衡——大家光是算數據就要算到禿頭。

三聖母的寶蓮燈審核也費了一番工夫，寶蓮燈可以加血、復活、清除負面效果、還能牽引指定目標，算是功能最全面的輔助卡，而且冷卻只有十五秒，實在太bug了。

資料師們集體提出反對意見，顯然這張卡牌強得太過分。

周佳瑤仔細考慮過後，建議道：「我提一個修改方案，去掉復活技能，畢竟復活有十分鐘的冷卻時間，放在寶蓮燈上不大合適。保留群體加血、群體清除負面效果以及單體牽引的功能，另外，寶蓮燈使用的冷卻時間，從十五秒增加到二十五秒。」

眾人按照總監的說法再次演算，發現能將寶蓮燈的資料控制在合理的範圍內。

雖然寶蓮燈功能齊全，但它有個極大的缺陷——每使用一個技能，花瓣就會變黑，七片花瓣全部變黑時，寶蓮燈會失去作用。也就是說，它的技能有「使用次數」的限制，在一定程度上已經削弱了寶蓮燈的強度。

至於玉皇大帝這張卡牌，天兵天將的數量被限制成十位，最多同時攻擊十個目標，可以把攻擊目標中血量最低的帶回天庭，而不是隨便把誰都帶回天庭被天上的卡牌集火。

週末兩天，大家忙得腳不沾地，連上廁所的時間都沒有。

直到週日晚上十點半的時候，這一批卡牌總算是審核完成了。辦公室被哀怨的氣氛籠罩，周佳瑤拍了拍手，道：「辛苦大家了，我請大家吃宵夜。」

死氣沉沉的辦公室內才恢復一些活力。

眾人來到公司附近的燒烤攤大吃一頓——化悲憤為食量！

吃飽喝足後，大家心情好多了，鄒曉寧回頭問總監：「周姐，謝明哲提交的仙族獨立申請，妳覺得可行嗎？」

周佳瑤道：「從申請程序來說沒有任何錯漏，卡牌數也遠遠超過了三十張的基本條件，但是有個關鍵……我覺得他的仙族，和眾神殿的神族，特徵是不是有些類似？」

劉姐冷靜地說：「確實很像，都可以浮空，壽命很長久之類的……」

周佳瑤道：「所以我擔心，總部會不會通過他的申請？」

官方資料師們對謝明哲讓大家加班很有意見，但是大家的心裡都很認可謝明哲的才華。他的卡牌都是大家親自審核通過的。所以在感情上，大家還是希望謝明哲的仙族牌獨立申請能夠通過——這樣大家這個週末才不是白忙一場啊！

鄒曉寧忐忑地道：「周姐妳有辦法嗎？」

周佳瑤聳肩，「我只有一票投票權，具體的結果還要看上面的意思，以及謝明哲自己的理由論述……如果我沒猜錯，官方可能會請他來參加論證大會。」

次日早晨，謝明哲收到官方發給他的郵件——他提交的卡牌大部分已經通過審核，只有幾張需要修改一些細節，改動不大。他很配合地依照官方建議完成修改。郵件中還提到：仙族獨立申請表已經提交給上級，請等待官方通知。

謝明哲禮貌地回了句謝謝，接下來能做的也只有等通知。

兩天後，謝明哲接到官方發給他的消息，請他週四下午到總部參加論證大會。

謝明哲很困惑，只好問師父，「為什麼要我親自去論證大會？我記得師兄說過，裴景山當初申請蟲蟲牌獨立的時候，直接提交申請表就可以了。」

陳千林猜測道：「大概是遇到些問題，需要你親自解釋為什麼要將仙族獨立出來。」

謝明哲點點頭，仔細整理了自己的仙族牌，提前想好自己要說什麼。

週四下午，謝明哲來到官方總部，他見到了職業聯盟的周主席，還有好幾位傳說中的官方高層，以及地圖部、卡牌資料部、工程部、特效部等部門的總監以及一些來旁聽的員工。

這次會議是祕密舉行，外界沒聽到任何風吹草動。

會議室裡坐滿了人，謝明哲走進去的時候，發現所有人都在看他。

一般選手見到這種場面估計會緊張，謝明哲倒是臉皮厚，朝大家微微一笑，完全不怕生。

會議主持人道：「關於獨立仙族卡牌的論證會，現在正式開始。首先，請謝明哲詳細講述獨立『仙族』種族的理由。」

謝明哲點點頭，走到臺上清清嗓子，將自己申請表上列出的理由一字不差地複述一遍。

這個理由大家都看過了，請他過來顯然是覺得理由還不夠充分，接下來的自由提問時間才是關鍵，如果謝明哲無法說服官方負責人，仙族獨立的計畫很可能就要泡湯。

果然，臉色嚴肅的官方卡牌總負責人秦總冷靜地問道：「按照你的描述，這批卡牌和眾神殿的神族卡非常相似，為什麼不直接歸入神族？」

謝明哲平靜地說：「這批卡牌的特徵和眾神殿的神族牌是有些相似，但是在背景故事、文化習俗上並沒有任何相同之處。眾神殿的神族牌，採用的是北歐神話、希臘神話中的傳說故事，我設計

的這批仙族牌，和他們是完全不同的神話體系，不能歸入同一個類別。」

說罷還拿出自己早就準備好的對比圖，道：「大家可以仔細看看，眾神殿的神族牌，很多神的背後都長著翅膀，白色的天使翅膀、黑色的惡魔翅膀，用的武器也是以法杖居多。」

「而我設計的仙族牌，能騰雲駕霧、御劍飛行，武器有樂器、木棍、花瓣等，仙族的服飾、容貌、畫風也和路西法、米迦勒等神族牌有明顯區別。」

停頓一下接著道：「我將這批卡牌獨立起來，不但是對自己設計成果的尊重，同時也是對眾神殿卡牌設計師的尊重。我們的設計風格差異太大，一旦我設計的這批卡牌被強行加入眾神殿的『神族牌體系』只會顯得不倫不類，粉絲們會覺得奇怪，眾神殿的選手也不會認可。」

他目光誠懇地看向在場的眾人，「希望各位能仔細考慮我的提議，通過仙族獨立的申請。以後，我還會做出更多的仙族卡牌，豐富星卡世界的卡池。」

周佳瑤：「……」

——你可不可以饒了我們？

資料部的鄒曉寧心情複雜，雖說謝明哲做的卡牌很討厭，但他本人真的……好帥啊！

面對一大群官方高層人員和聯盟主席，這位十九歲的年輕選手一點都不怯場，站在臺上侃侃而談，理由說得頭頭是道。

確實，眾神殿的神族牌和他的仙族牌畫風差異太大，神族牌穿的都是鎧甲、戰袍，背後有複雜華麗的大翅膀，看上去更威嚴；他的仙族牌穿長袍、紗裙，騰雲駕霧，感覺更飄逸靈動。

其實把兩批卡牌放在一起作對比，特徵確實明顯不同。強制歸入一個種族，只會讓雙方粉絲吵架，誰也不服誰……

官方高層看到謝明哲做的細節對比圖後，也發現了這一點，私下討論了一番。大家交換了意見，都覺得獨立種族的事情可行。負責卡牌統籌的秦總最後問道：「你以後打算完善這些仙族牌的

故事背景嗎？」

謝明哲微笑著點頭，「會的。等這個賽季結束，我就抽時間把這些卡牌的故事詳細整理出來，形成一套完整的仙族牌傳說體系。」

幾位高層對視一眼，都沒有再提問。

接下來要進行現場表決。謝明哲心裡緊張得要命，但表面上他還是維持著風度，只是偷偷地把拳頭握了起來，直到看見現場記票器上顯示——全票通過！

謝明哲鬆了口氣，立刻朝大家鞠躬，「謝謝！」

會議室內響起熱烈的掌聲。

職業聯盟的周主席笑咪咪地站起來，拍拍他的肩膀道：「你之前個人賽棄權的時候，我就猜到你會有大動作，沒想到你還真的給了大家一個驚喜——仙族，真不錯，卡牌界又有了新的種族！期待你在團賽的表現，加油。」

謝明哲激動點頭，「我會的，謝謝主席！」

離開會議室時，有不少人在看他，神色頗為複雜，幾乎要把他的頭頂盯出個洞。謝明哲不知道這些人正是被他折磨到頭禿的審核團，他朝大家友好地笑了笑，鞠了個躬，這才轉身跑了。

眾人：「……」你鞠躬也沒用，我們不會原諒你的——我們更想揪掉你的頭髮。

離開總部的謝明哲激動得手指都在發抖，他立刻把這個好消息告訴涅槃的大家，「論證會全票通過，從今天起，仙族卡牌可以正式獨立成一個種族！」

陳霄、喻柯、秦軒和陳千林也很為他高興，紛紛發來鼓掌的表情。

謝明哲心裡頗為感慨，從做出第一張即死牌林黛玉，到如今直接獨立出一個卡牌種族「仙族」，他總算從一個製卡界的小透明，變成星卡世界的頂級製卡師。

以後，印著他製卡logo的卡牌會越來越多，這些卡牌將活躍在星卡世界的各個角落。所有人都會知道有個叫謝明哲的人做了很多稀奇古怪的卡牌，而關於這些卡牌的故事和傳說，會在這個星際世界裡廣為傳播，直至家喻戶曉。

這是他最初製作卡牌的目的，他也一直不忘初心。

讓這個世界的人，通過卡牌喜歡上那些精彩的故事，他會繼續朝著這個目標努力下去！

自從阿哲在個人賽棄權之後，這段時間陳千林把大量時間花在喻柯和秦軒的訓練以及阿哲的卡牌資料上面，陳霄幾乎完全被放養。

戰術布置、卡組選擇，全都是陳霄自己一個人琢磨著決定的，偶爾也想問問陳千林的意見，但每次去辦公室看到哥哥那麼辛苦，陳霄又不好意思打擾。

在小組賽階段，陳霄遇到喬溪、甄蔓、劉京旭三位勁敵，這三人都是在個人賽拿過獎的選手，劉京旭還是第八賽季個人賽的冠軍得主。賽前預測時，只有百分之十的網友支持陳霄出線，他被分在這樣的「死亡之組」，出線希望確實非常渺茫。

然而，陳霄在小組賽的表現卻是出人意料地出色，他兩次都在零比一落後的情況下連扳兩局、逆襲翻盤，以二比一擊敗甄蔓和喬溪，最後以小組排名第二的成績進入十六強。

出線的過程讓人心驚膽戰，陳霄也從中學到了很多東西。

五年前的他，還是個意氣風發的少年，夢想著有一天自己能站在舞臺上，成為優秀的職業牌手，和哥哥組成雙人組合，攜手並肩拿下職業聯賽的雙人冠軍。

那時的他太單純，只要能跟哥哥在一起，讓他幹什麼他都願意。但是現在，他的心境已經徹底變了。他喜歡這個賽場、喜歡這些卡牌，他組建涅槃俱樂部重新回到聯盟，不是為了哥哥陳千林，

而是為了圓一個夢，年少時沒有實現的夢。

——他想站在職業聯賽的領獎臺上，親手捧起獎盃！

這種迫切的渴望，隨著小組賽的結束，在陳霄的心裡無限放大。阿哲棄權，小柯出局，涅槃只剩他一個獨苗，如果他在個人賽拿不到獎，涅槃今年在雙人、個人兩個項目上可以說是全軍覆沒。粉絲們殷切的期待著，這幾天他的網頁下面滿是「陳哥加油」的留言，他壓力很大，卻也充滿了動力。

明天就是個人賽「十六進八」的比賽，AB、CD、EF、GH，兩兩小組捉對廝殺，作為B組第二名，他的對手是來自A組第一名的鄭峰。

對上老鄭這位經驗豐富的選手，怎麼看他都沒有勝算。這兩天陳霄一直在認真準備，想發揮出最強的水準。

但他沒想到，賽前這一天，陳千林居然主動找他。

陳霄單獨跟著哥哥來到會議室。房門一關，偌大的會議室只剩兄弟兩人，陳霄心裡有鬼，不敢看對方的眼睛，只好側過頭故作輕鬆地道：「哥，要不……你先看看我挑的卡組？」

陳千林平靜地說：「嗯，你連上投影螢幕給我看看。」

陳霄把準備好的兩套卡組方案放大在螢幕中，陳千林神色嚴肅地看過一遍，很快就說道：「把吸血藤換下來，鄭峰的卡組防守能力很強，這張治療牌太拖節奏。另外，群攻換成單攻，帶上死藤、金魚草，還有你後期製作的新牌黑鸚鵡、午夜祕密和黑色百合。」

陳霄意識不差，聽到他的話，眼神驀地一亮，「你的意思是，直接打一波秒殺流？」

陳千林點頭，「鄭峰是全聯盟防守能力最強的選手，你跟他拖下去他是不會給你任何機會的，只能抓住關鍵的時機拚一波，帶走他的輸出牌，你就贏了。」

陳霄不大自信地道：「可是新做的這幾張牌，我實戰次數不多，不是特別熟練。」

陳千林看著他，「我相信你可以。」

陳霄愣住了。

陳千林淡漠的眼神裡，浮現了難得一見的溫和。

就像是小時候他在班上被人欺負、被老師冤枉，回到家偷偷生悶氣，陳千林知道後，走過來蹲在他的身邊，輕輕揉揉他的腦袋，說：「陳霄，別難過，哥哥相信你。」

那一刻的溫暖，在很小的陳霄心裡生了根，這麼多年一直沒法忘記。

如今再次聽到「我相信你」這句話，陳霄甚至有種眼眶發熱、想要落淚的衝動。他深吸口氣穩住了情緒，迎上哥哥的眼睛，果斷又堅定地道：「我會盡力的，不讓你失望。」

陳千林唇角微揚，「好。讓阿哲陪你練練，我想，他也很樂意看看你新卡牌的威力。」

陳霄用力點頭，「嗯，我這就去找阿哲！」

在比賽前一天才指導陳霄，時間確實很緊迫，但陳千林對這個弟弟格外瞭解——陳霄就是那種把自己逼到極限之後反而會突破自己的人。

記得國中時，他生了一場大病，缺課一個月，回到學校後很多課程都跟不上，父母擔心影響他考高中，建議他休學養病，明年再重考。結果他硬是帶著病回去上課，熬夜苦讀，考上了最好的學校。陳霄身上就是有這樣一股狠勁兒——對自己夠狠！

否則，他也不會因為合約問題離開聯盟，默默無聞，沉寂了整整五年才復出。

看著弟弟離開時高大挺拔的背影，陳千林在心底輕嘆口氣，給唐牧洲發了一則訊息說：「明天陳霄和老鄭的淘汰賽，你覺得陳霄有希望贏嗎？」

唐牧洲道：「師父一向冷靜，對比賽結果也最看得開，怎麼這時候反倒不淡定了？」

陳千林也說不清是為什麼，心頭總有些不安。陳霄是因為他才陷入合約糾紛，失去了最好的五年。他希望弟弟這次能實現夢想，如果十六進八的個人賽被淘汰出局，陳霄一定會很難過，他並不

想看見弟弟的臉上出現難過的表情。

唐牧洲很快又回道：「我覺得陳霄有希望，他在小組賽表現特別好，對上甄蔓、喬溪都贏了，輸給劉京旭的那一場只是運氣差了些。他會是個人賽最強的黑馬。」

「希望如此吧。」陳千林鬆了口氣，放下光腦便轉身來到隔壁訓練室。

次日，謝明哲、喻柯很早就起來，自覺地陪陳霄訓練。作為涅槃個人賽僅剩的獨苗，陳霄的待遇當然是VIP級的。

如陳千林所料，在時間緊迫、壓力巨大的情況下，陳霄果然突破自我，在短期內迅速掌握這套新卡組的技巧，並且越打越凶，越打越順。

直到陳霄穩定地保持住這種凶悍狀態，陳千林才叫了停，帶大家提前來到賽場。

今天，十六進八的比賽有兩場，第一場就是陳霄VS.鄭峰。

謝明哲在後臺見到了久違的唐牧洲，對方朝他一笑，主動指指身邊的座位，謝明哲便自覺地跑過去坐在師兄旁邊，聯盟其他選手已經見慣了他們師兄弟的相處模式，所以對謝明哲湊在師兄耳邊說話都是視若無睹。

大家根本不知道，謝明哲現在告訴唐牧洲的消息，即將震驚全聯盟，「我的仙族牌獨立申請已經通過了，我總共做了四十三張仙族牌。」

唐牧洲臉上露出一絲驚訝，但很快就釋然了，微笑著說：「恭喜。」

小師弟做卡思路靈活，能在短期內做出滿足三十張申請條件的仙族牌，他並不意外，只是他沒想到，謝明哲居然超額完成任務——做了四十多張仙族牌！

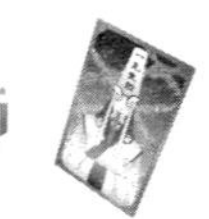

看來，季後賽階段，涅槃的卡池是足夠用了，不知道小師弟又做了什麼稀奇古怪的仙族牌？

謝明哲和師兄相視一笑，沒再繼續這個話題，扭頭看向大螢幕。

陳霄和鄭峰已經走上大舞臺，解說席介紹過兩位選手後，調出了賽前預測投票——百分之二十比百分之八十。

吳月分析道：「只有百分之二十的觀眾支持陳霄獲勝，從過去的成績來看，這個預測結果很合理，老鄭畢竟是打了十年比賽的老選手，陳霄重返聯盟後雖然表現不錯，但想戰勝老鄭還是有些困難。」

蘇洋倒是提出了不同的意見，「倒也不一定。陳霄這次回來後，開發出暗黑植物的打法，從小組賽就可以看出，這位選手潛力還是很大的——而且別忘了，站在他背後的男人。」

吳月一時沒反應過來，「站在他背後的男人？」

蘇洋笑咪咪道：「陳千林啊！他哥哥和鄭峰可是多年的老對手，千林對鄭峰的研究絕對是細緻到了每一根頭髮、每一個毛孔。有陳千林幫忙挑選卡組，絕對會把鄭峰針對得死死的，一條活路都不給。」

眾人：「……」聽著怎麼像有深仇大恨似的？

陳千林坐在後臺面無表情。

唐牧洲忍著笑道：「蘇洋前輩的解說風格真是越來越放飛自我了，不過，他說得也有道理。陳霄打老鄭，本來是四六開，有師父幫忙，可以提升到五五開。」

謝明哲贊同，「嗯，陳哥的卡組就是師父搭配的，我對他有信心！」

在觀眾們熱烈的掌聲中，比賽正式開始。

第一局老鄭主場，鄭峰選了鬼獄常用的地圖「荒漠」。

土系牌很適合沙漠地圖，老鄭帶的又是防守能力很變態的卡組，二十萬血量的白象，還有反彈傷害的石巨人、巨型蜥蜴，這些動物的顏色幾乎要和背景的沙子融為一體。

老鄭操控著土系牌打消耗戰，陳霄的植物牌很難找到突破口，不到七分鐘就輸掉一局。

觀眾席響起遺憾的聲音，涅槃的粉絲們都快哭了。

蘇洋開玩笑道：「我記得小組賽的時候，陳霄有兩次，都是在第一局落後的情況下逆襲反殺，不知道今天對上鄭峰這位前輩選手，會不會再次上演這樣的奇蹟呢？」

零比一落後，要連扳兩局反殺對手，尤其對手還是老鄭？這實在太難。

但舞臺上的陳霄，這時候心裡卻極為平靜。小組賽連續兩次落後反殺，給他帶來的最大收穫，就是不管開局多麼劣勢，他都能迅速穩住心態，把每一局都當成是第一局來打，別想太多，專注眼前——他就這樣贏了甄蔓和喬溪。

今天也是同樣零比一落後，再輸一局就完蛋。但是，他不會想這些，把第二局當做全新的開始，用哥哥幫忙挑選的卡組，用自己最擅長的地圖，發揮出自己真正的水準。

——加油，陳霄！

陳霄深吸口氣給自己打氣，按下準備。

第二局，陳霄挑選的地圖讓所有現場觀眾大跌眼鏡——夢幻泡影。

他居然挑了一張聯盟出了名難打的暗殺圖！

淘汰賽階段的主場「自選地圖」，並沒有規定必須選自家俱樂部的地圖，你也可以選別人的，只要是被收錄到聯盟資料庫的地圖，都可以自由選擇。

夢幻泡影來自暗影俱樂部的女選手邵夢晨，遍布全圖的彩色泡泡每隔一段時間爆炸，造成大量傷害，節奏極快，不帶治療牌根本扛不住。

但陳霄並沒有帶治療牌。

他就想要速戰速決！

卡牌數量七打七的個人賽，只要能一波秒掉鄭峰的關鍵牌，他就有希望贏。

陳霄銳利的眼睛一直盯著賽場，調整走位和老鄭的石頭卡牌們周旋。

在第一波泡泡即將爆裂時，他突然開始行動。

金魚草，花瓣盛開，如同骷髏魚頭一樣的花瓣散發出死亡的恐怖氣息，三十公尺大範圍群體恐懼控場，緊跟著，花瓣凋謝，三十公尺大範圍金魚草群攻！

這個連招放得恰到好處，可以說是無縫銜接。

但鄭峰不是傻子，早就猜到陳霄要打一波，所以泡泡爆裂的那一瞬他立即開了石牆——碰到石牆的傷害全部反彈！

看到金魚草的群攻被石牆反彈回去，老鄭的土系牌安然無恙，陳霄的植物卡反而掉血，觀眾們紛紛在直播間發出嘆息。

「陳霄還是太嫩了啊！」

「老鄭的反傷技能還在，他不該隨便開群攻，這下好了，自己全部殘血還怎麼打？」

「而且陳霄沒帶治療牌啊，感覺他好激進。」

正在觀眾們刷屏為陳霄惋惜的這一刻，蘇洋卻發現了不對勁——

「等等，陳霄好像只帶了金魚草一個群攻，他這是要打一波嗎？」

下一刻陳霄就給了大家答案。

七打七模式，他帶了五張單體輸出卡！

金魚草的群攻，就是為了騙掉老鄭的「石牆」技能，這屬於「以血換技能」的硬剛打法，只要石牆的反彈沒了，他就可以肆無忌憚地強殺老鄭的輸出牌。

新牌「黑鸚鵡」出場，純黑色的鬱金香在賽場盛開，邊緣的鋸齒狀花瓣，如同齒輪一樣瘋狂旋轉，轉眼間就將鄭峰的主力輸出牌石獅給包圍起來——這張牌的輸出機制設計得很有特色，每割傷對手一次，會疊加一層的出血，並降低對方防禦百分之十。

黑鸚鵡是植物普攻牌。鋸齒狀花瓣連續割傷石獅，轉眼就疊了五層出血，降防百分之五十。

緊跟著，午夜祕密出場。

密密麻麻、層層疊疊的黑色花瓣堆積在一起，如同放大了幾十倍的桑椹，真不愧是「暗黑植物」的翹楚，光是看著都讓人心裡發毛！

而午夜祕密的攻擊模式更讓觀眾膽顫心驚。

只見所有花瓣突然騰空而起，如同蜂群一樣猛地朝石獅襲捲而去，瞬間就將石獅包圍得密不透風，被黑色花瓣包裹成「粽子」的卡牌會失去行動力，並且受到持續的高額木系傷害！

石獅子本來就被降低了百分之五十防禦，再被午夜祕密的大招命中，瞬間陣亡。

——午夜盛開的黑色的花，到底會有什麼祕密？

——聽說，當它殺死對手時，它會變得更加瘋狂，黑色的花瓣染上血跡，興奮地尋找著下一個目標，將所有敵人一個、一個地吞噬。

午夜祕密的技能設計就是根據這種「收割牌」的原理，擊殺目標後，它會立刻變為「嗜血」狀態，吸收目標百分之十的血量和百分之十的攻擊力為自己所有。哪怕在場景泡泡爆裂的影響下掉了不少血，殺掉石獅的那一刻，它已經讓自己回到了滿血的狀態。

緊跟著，黑鸚鵡的鋸齒伸向旁邊的石像，午夜祕密緊隨其後，雙卡連動，一個用鋸齒花瓣切割對手降低防禦，一個用密集的花瓣包裹對手造成大量傷害，石像也瞬間被打成殘血！

這時候鄭峰卡組的恐懼效果結束，他立刻召喚治療牌。

然而，陳霄緊跟著召喚出黑色百合。

黑百合，在三十公尺範圍內散發劇毒香氣，廢除一切增益效果和治療效果。

鄭峰：「……」

怪不得陳霄打得這麼拚，原來是帶了這張廢治療的暗牌。

由於無法治療，石像也很快陣亡。

鄭峰被陳霄的拚命式打法連殺兩張輸出牌，剩下五張全是反彈、治療卡。接下來，比賽的節奏很快被陳霄掌控，他把午夜祕密撤回安全區，等下一波泡泡爆裂的時候，再放出去吸血收割。

鄭峰的防守能力很強，但現在完全沒了輸出牌，只能拖。

然而，陳霄的火力太猛，在植物卡被場景泡泡爆死之前，鄭峰的卡牌先被他給殺光了。

最後的賽場上，只剩一張血量極高的「黑百合」以及擊殺目標時可以吸血的「午夜祕密」，陳霄獲得了第二局的勝利！

難道真的要上演連扳兩局的奇跡嗎？

觀眾們紛紛瞪大眼睛，不敢相信陳霄真的能翻盤。

但事實證明，陳霄就是越打越凶，越打越順！

在第三局隨機到「魔鏡森林」這張高難度地圖後，陳霄依舊採取以暴制暴的策略，先用即死牌曹沖強行換掉高防禦的白象，緊跟著又放出大量單體攻擊牌，強殺掉老鄭的輸出。

一換一、二換二、三換三！

陳霄打得特別拚，在觀眾們看來也格外的熱血！

最後的殘局，陳霄放出黑鸚鵡和午夜祕密兩張連動牌，黑色花瓣席捲全場，完成了收割！

聯盟收割牌並不少見，但「午夜祕密」這張暗黑植物卡卻打出了不一樣的畫風，簡直跟歸思睿的食屍鬼一樣凶殘——每次擊殺對手，吸血百分之十、吸取百分之十攻擊，黑色的花瓣上帶著鮮紅的血跡，瘋狂地襲捲殘血目標，逮一個殺一個，對手根本就沒法阻擋。

比賽結束，看著大螢幕中的二比一，觀眾們完全無法相信。

直播間內的觀眾一臉懵逼。

「陳霄今天是吃了什麼？這麼凶殘？」

「陳哥行啊！凶得不要不要的！」

「我喜歡午夜祕密，黑色花瓣漫天襲捲，好帥的特效！」

「真沒想到他居然能贏下老鄭……」

「真沒想到+1。」

「逆襲大王陳霄，每次都贏得這麼驚險！」

所有觀眾都以為陳霄會輸，就連涅槃的粉絲都沒抱太大的希望。

但是，這一場比賽，陳霄給了大家太多的驚喜。

到此為止，他已經連續三場落後反殺，真不愧是「逆襲大王」。

就連老鄭在賽後也友好地拍著他的肩膀，笑咪咪地鼓勵道：「後生可畏啊！你哥看到你今天的表現，一定會很欣慰。」

陳霄眼眶發熱，他看不到哥哥的表情，但他知道老鄭說得沒錯。

哥哥會很欣慰吧？

五年了。

他總算能在職業聯賽的賽場上，痛痛快快地贏一次，贏的還是聯盟老前輩鄭峰大神！

陳霄強忍住眼底的熱淚，朝著大舞臺深深地鞠躬。

今天由於是淘汰賽，來現場的觀眾比小組賽多了好幾倍，黑壓壓的人頭擠滿了整個會場，見陳霄彎腰九十度鞠躬，現場的觀眾也毫不吝嗇地給予他熱烈的掌聲。

——陳霄回來了。

五年前，那個意氣風發的倔強少年，離開聯盟時，留給大家的只有一個黯然的背影，被無數人嫌棄和唾罵。

如今，在臺上鞠躬的青年，眼中是滿滿的自信，收穫的也是觀眾們發自內心的掌聲。

他變了。

在後臺的陳千林、唐牧洲都有這種感覺。

此時此刻，鞠完躬後站在舞臺上微笑著的陳霄，很帥氣，也很耀眼。

他的身上再也沒有年少時的青澀和倔強，取而代之的是沉穩和自信，舞臺上的聚光燈全部投射在他的身上，他就像是天生屬於這片舞臺的王者。

【第五章】

見過凶的，但沒見過這麼不要命的

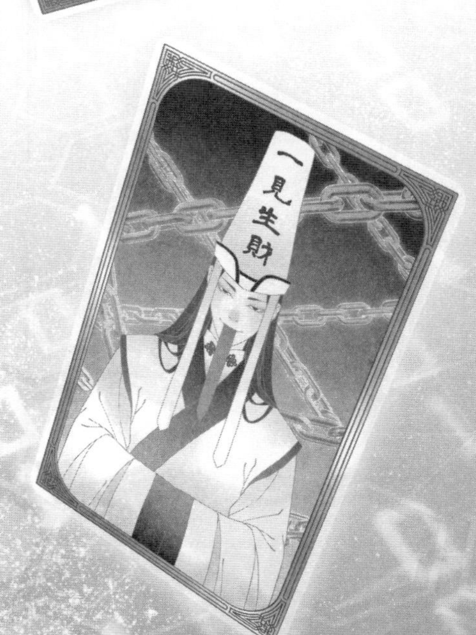

陳霄出人意料地以二比一擊敗鄭峰，進入個人賽八強。

網上有不少人認為他能贏下老鄭是靠運氣，當然也有不少記者發新聞稿表示，運氣也是實力的一部分，換成其他選手，哪怕遇到魔鏡森林地圖也不一定打得過鄭峰。陳霄重回聯盟後確實和當年判若兩人，已經不能把他和第五賽季那個打一場、輸一場的小陳霄相比了，現在的他，真是出了名的「逆襲王」。

粉絲們還拿這件事開起玩笑。

「陳哥打比賽必須先送一局人頭，不輸一局他就不會玩了。」

「每次都零比一落後，再連扳兩局反殺，看得真是驚險刺激！」

「不管怎麼說，贏了就是贏了，期待下一場！」

比賽過後，陳霄的粉絲數猛漲到五千萬，外界對他的評價褒貶不一，但陳霄並不在意，他更在意哥哥的看法。

回到俱樂部，陳千林慣例召集大家在會議室覆盤，對陳霄的表現提出了誇獎，「這一場比賽確實打得不錯，再接再厲，保持住現在的狀態，你還能更進一步。」

陳霄笑容滿面，「嗯，我會的！」已經很久沒聽見哥哥誇自己了。

陳霄心情愉悅，接下來的訓練也更加賣力。

三天後，十六進八淘汰賽全部結束，八強名單終於公布在職業聯盟的官網上，同時還公布了下一輪決賽的對陣安排——許星圖VS.陳霄、唐牧洲VS.裴景山、山嵐VS.聶遠道、徐長風VS.凌驚堂。

對手許星圖，比賽時間在九月二十三日。

許星圖這位選手比較特別，自己不會做卡牌，用的神族牌全都是眾神殿俱樂部首席製卡師葉宿遷為他量身設計，這位選手出了名的心高氣傲，不大好相處，但不得不承認，他的個人實力在目前

的職業聯盟屬於頂尖層級，一手神族牌的特色打法也很難對付。

謝明哲這段時間一直在研究每個選手的特色，其中就包括許星圖，看到賽程安排後，他主動把自己對許星圖的分析發給陳霄看，道：「陳哥，許星圖的神族牌和我的仙族牌有些相似，接下來幾天我們單挑練陣容的時候，我就用仙族牌跟你練吧！」

陳霄感激不已，攬住謝明哲的肩膀道：「謝謝。」

謝明哲爽快地說：「客氣什麼？我們是隊友啊，幫你是應該的。」

兩人相視一笑，沒再說客氣話，轉身找到陳千林商量卡組。

陳千林平靜地道：「許星圖的神族牌可以在空中飄浮，你可以多用遠距離群攻牌，再以吸血藤位移控場。黑百合也可以帶上，廢掉雅典娜的增益效果，再帶一張即死牌處理路西法……神族牌的大招威力極強，但技能冷卻時間長，可以卡節奏，在他技能冷卻的時候反打一波……」

陳霄認真地聽著，用心記下哥哥所說的細節。

接下來的幾天，他和謝明哲、喻柯和秦軒天天練習對戰。

八進四的比賽在九月二十三日正式開始。

晚上七點，山嵐VS.聶遠道。八點三十分，陳霄VS.許星圖。

官方這麼安排，大概是想吸引更多的觀眾，好賣門票，畢竟聶嵐師徒的人氣在聯盟處於頂峰，唐牧洲、凌驚堂等人的比賽錯開到了明天，這麼一來，兩場比賽的門票都被一搶而空。

現場有不少裁決的粉絲，不知道該支持小嵐還是老聶，於是舉起師徒兩個的應援標語。山嵐的表情看上去很輕鬆，還坐在聶遠道身邊笑咪咪地說話，似乎完全不介意比賽的結果。

可到了實戰中，山嵐打得也很拚，並沒有給師父留情面。

空中飛禽和地面猛獸的對決異常精彩，看得觀眾們大呼過癮。但沒想到的是，最後山嵐居然以微弱的優勢擊敗了聶遠道，讓粉絲們大跌眼鏡，山嵐自己也挺懵的，在舞臺上發呆。

直到聶遠道走過去，低聲道：「你贏了，青出於藍。」

山嵐回過神，看著師父一臉困惑，「最後那個技能你為什麼沒躲？你應該能躲掉的……」

聶遠道輕輕摸摸他的頭髮，道：「三年前的我可以躲掉，但是現在，我的反應確實沒以前那麼快，聯盟也該是你們新一代選手的天下了。」

山嵐明白了他的意思，眼眶猛然一酸。

舞臺上不好說太多，他只能用力地抱住師父，強忍住眼底的熱淚。

其實十六進八的淘汰賽陳霄擊敗老鄭的時候，山嵐就有種奇怪的感覺，老一代的選手們，伴隨了星卡聯盟整整十一個賽季，隨著年紀的增長，反應速度確實會逐年下降——這是個很殘酷的事實，在每一種競技中都會有這樣的「新舊交替」。

但換成是師父，山嵐真的很難接受。在他心裡，這個男人永遠那麼強大，隻手撐起了裁決的一片天，這樣的男人怎麼可能狀態下滑？怎麼可能呢？

贏了師父的山嵐一點也不高興，接受採訪時勉強笑著回應幾個問題，就垂著頭回到後臺。

聶遠道看穿他的心思，摟住他的肩膀低聲道：「別難過，我又不是馬上走。」

山嵐心情失落，連第二場比賽都沒看就直接回俱樂部。

粉絲們都很擔心，不知道聶神是什麼情況。倒是謝明哲很快想通了，湊到師兄耳邊問：「聶神是不是打完這個賽季就退役？嵐嵐肯定捨不得吧？」

唐牧洲無奈道：「這也沒辦法，老聶已經打了十一年比賽，他是想休息。」

謝明哲心情複雜，競技比賽中沒有永遠的王者，每位選手的職業生涯都會有結束的那一天，但

是他知道，像聶遠道、鄭峰這樣的大神，哪怕離開了，聯盟的選手和粉絲也會一直記得他們。

由於第一場師徒內戰打得太精彩，觀眾們對第二場比賽的要求自然變得更高，希望陳霄和許星圖也能為大家帶來精彩好看的比賽。

比賽還沒開始，網上就有不少人唱衰陳霄。

「雙人賽時，謝明哲和喻柯就是八進四的時候被淘汰的，我看陳霄這局也很懸！」

「上次打敗老鄭是他運氣好，我不信好運會一直跟著他！」

賽前支持率許星圖百分之六十五，陳霄百分之三十五，看好陳霄的只有涅槃的死忠粉，以及一些喜歡爆冷門的路人。但是在後臺觀戰的謝明哲，卻對陳哥充滿了信心。

這幾天，他拿出四十三張仙族牌，按照師父搭配的各種卡組和陳霄對戰，陳哥不但熟悉了他新做的仙族牌，也總結出很多對付許星圖的策略。陳哥的勝率應該能超過百分之五十。

第一局許星圖主場，地圖選定「光明神殿」，全場景卡牌免疫任何負面狀態和控制。

在不能使用控制技能和負面效果的地圖上，選手只能以實力正面對拚。陳霄第一局全力和許星圖比消耗，但木系植物牌的正面輸出能力確實比不上金系牌，而許星圖今天的運氣特別好，米迦勒、波塞頓、洛基的群攻全部觸發暴擊，陳霄遺憾地輸掉了一局。

蘇洋忍不住吐槽，「陳霄真如網友們所說，不輸一局就不會玩了嗎？從小組賽到今天八進四淘汰賽，他總共打了四場比賽，每次上來都要先輸掉一局！」

吳月笑道：「大概這就叫『先輸為敬』吧？」

直播間內不少涅槃的粉絲們開玩笑：「陳哥都是先輸為敬，再扳兩局反殺對手！」

但也有路人幸災樂禍。

「今天想反殺許星圖可沒那麼容易，他要是再二比一贏下，我直播吃頭盔。」

「直播吃頭盔的那個別走，我直播吃光腦！」

顯然，許星圖第一局打得太霸氣，勢頭正盛，理智上大家都不相信陳霄可以逆襲。

然而第二局，陳霄拿出了涅槃以煩死人出名的地圖——劉姥姥進大觀園。

久違的劉姥姥地圖出現，贏得了現場觀眾熱烈的掌聲。

這是謝明哲為陳霄挑的地圖。

親自製作了那麼多仙族牌，謝明哲當然知道仙族牌最怕的是什麼。可以浮空的仙族牌相對來說比較難殺，作為遠端炮臺，自身輸出能力很強，別人卻搆不著他們，打起來特別安逸。

而這類輸出牌最討厭的——正是頻繁的位移。

劉姥姥進大觀園場景是一個動態事件，所有卡牌必須跟著劉姥姥走。

許星圖的路西法、米迦勒等神族牌，最強的地方在於遠距離開大招的輸出能力，讓他們跟著劉姥姥不斷移動，即使是神族牌也會很頭疼。位移的過程中，稍微不小心讓陳霄抓住失誤，被拉回地面，防禦極弱的神族牌絕對不會有好下場。

這張地圖，陳霄和謝明哲演練過好多次，植物牌的勝率更高。

許星圖看到這張地圖時，只驚訝地挑了挑眉，很快他就揚起嘴角笑了。

劉姥姥進大觀園，第一次拿出來還可以打得對手猝不及防，但這張地圖上半年出現過之後，其他俱樂部已經把這地圖給研究透了，還拿出來用？真當我不知道你會控距離？

許星圖心中冷笑，覺得陳霄這個做法是在嘩眾取寵。

比賽很快開始，雙方公布了五張明牌，陳霄居然在明牌中直接帶上太乙真人。

太乙真人的「九龍神火罩」可以封印神族，算是即死類判定。但即死牌大部分選手會放在暗牌中，陳霄直接放在明牌，這明顯是要秒殺許星圖的關鍵神族。

許星圖有些意外，但他並不介意，即死牌最多一換一，就算被對方強行換掉了一張神族牌，六打六他還是能贏。

第二局正式開始。

許星圖打得很凶，他的神族牌有大量群攻技能，陳霄只要不帶治療卡，脆皮植物很難頂住神族牌的連續群攻轟炸，何況許星圖還有路西法、米迦勒的「光與暗」連動技。

陳霄開局被動防守，轉眼間他的植物牌就殘血了，粉絲們的心臟都提到了嗓子眼，生怕許星圖再來一個群攻，陳霄這邊直接團滅。

好在陳霄關鍵時刻召喚出了吸血藤。吸血藤會自動搜索範圍內的敵對目標，纏繞對方並且每秒吸收目標百分之二的血量，吸取的血量將等比例轉化成群體治療量，治療範圍內的隊友。

這張卡牌是典型的群戰吸血治療牌，對手的卡牌越多，可吸取的血量越多，治療量就越高。

此時，許星圖為了搶節奏已經召喚出六張牌，陳霄放出吸血藤，一波吸血後，讓許星圖的六張牌集體掉血百分之二，轉化成我方的治療量，相當於一次百分之十二左右的群加。

瀕臨死亡危機的植物牌，血量被強行抬了上來。

但是沒用，這點血還不夠抵路西法的一個大招。

路西法背後的黑色翅膀猛地張開，同一時間，米迦勒背後潔白的天使羽翼也揮舞起來——光與暗，神族牌連動！

眾神殿的粉絲們最期待的就是這一幕。

這兩張群攻神族牌的連動，造成的傷害幾乎能毀天滅地。

但陳霄並沒有坐以待斃。他這幾天反反覆覆研究許星圖的比賽影片，觀察這位選手的進攻節奏，在路西法張開翅膀的剎那，他就知道許星圖要開大招，於是他毫不猶豫地放出太乙真人。

——神族牌封印！

太乙真人的封印恰到好處地對準了路西法。

照理說這個封印下去，路西法就要被罩住，徹底失去戰鬥力。

但是，許星圖非常聰明，明牌中有「太乙真人」這張針對神族的即死牌，他當然要防止即死牌秒殺路西法或者米迦勒，因此，在開連動的同時他還召喚出了暗牌雅典娜。

——女神的護佑，金色護盾三秒內抵禦一切必死傷害！

只見九龍神火罩騰空而起，想封印路西法，卻撞到雅典娜的護盾，根本沒起到作用。

即死牌失效？看到這裡，現場觀眾都驚訝得瞪大眼睛。

蘇洋快速解釋道：「即死牌確實是優先判定，但是，如果有人在即死牌出手之前，提前開了無敵，照樣可以擋住即死技能，反應的速度快慢非常關鍵——許星圖的預判很精確，提前召雅典娜保護路西法，陳霄的即死技能被擋住了。」

吳月語帶遺憾，「即死牌出場，就是為了秒掉對手的關鍵牌，如果還被對方防守住就真的太虧了，血虧啊！等於白白浪費掉一張卡牌。」

劉琛微微皺眉，「陳霄應該能想到對方會帶雅典娜才對，怎麼會犯這種錯誤？」

許星圖都想笑出聲了——陳霄啊陳霄，拿張即死牌想秒我路西法，結果被雅典娜的護盾擋掉，你這招即死牌的用法可真是本屆聯賽中的反面教材啊！

太乙真人防禦極弱，出場沒能封印路西法，反倒自己被殺，白送一張牌。

而路西法和米迦勒卻開出連動技，一個群攻大招砸下來，陳霄的牌又死了兩張。

四打七，陳霄完全沒勝算！

直播間內的粉絲們焦急不安，後臺觀戰的選手都坐直了身體。

到底是什麼情況？是陳霄發揮失誤？還是實力真的和許星圖相差太多？

就在這時，熟悉的音效響起，一名衣衫樸素的老婦人晃晃悠悠地出現了——久違的劉姥姥。

劉姥姥的出場贏來了現場熱烈的掌聲，顯然大家都挺想她的。

她出場後就開始快速位移，全場景所有卡牌必須跟上她的腳步，否則會被逐出賽場。同時，劉

姥姥出於好奇，會強制選手召喚一張暗牌。

許星圖的暗牌都在場上，所以不受這個限制，立刻操控神族牌跟上她。

陳霄的植物牌也緊隨其後，並召喚出了暗牌。

這張暗牌叫「蝙蝠花」，花色「黑中帶紫」，花瓣旁有很多細長的「鬍鬚」，它的果實形狀特殊，立在花瓣上，就像是一隻倒掛著的蝙蝠。

陳霄召喚蝙蝠花的同時，立刻開啟它的技能。只見那些長長的鬍鬚就像是觸手一般猛地伸向空中，同時襲捲住七張神族牌，瞬間將祂們全部拉到地面！

這變故發生得太快，許星圖一愣，此時他的神族牌大部分技能都在冷卻，雅典娜的大招還沒放。察覺到不妙，他立刻開雅典娜的群體免控大招，想為所有卡牌套一個護盾！

然而，陳霄緊跟著召喚出另一張暗牌——黑色百合。

地面上憑空出現的黑色百合，純黑色的花瓣迎風盛開，帶著劇毒的香氣瞬間飄散到三十公尺範圍內——所有治療效果、增益效果全部失效。

雅典娜的大招瞬間被廢！

下一刻，就見吸血藤的藤蔓，密密麻麻地襲捲過來，將被強拉到地面上的神族牌全部禁足在原地，蝙蝠花的果實有如一隻倒掛的小蝙蝠，飄到空中，開始向殘血牌疊加劇毒。

陳霄最開始陣亡的兩張植物牌並不是毫無用處，至少把許星圖的兩張神族牌給打殘了。

這時候，陳霄發起全面反擊，蝙蝠花的果實迅速將許星圖的兩張殘血牌收走。

卡牌數量從四比七，拉回到四比五。

緊接著，觀眾們就看見螢幕上出現一條公告——雅典娜距離劉姥姥超過三十公尺，被逐出賽場。

觀眾們：「……」臥槽！陳哥居然是這種打法！

蘇洋很快反應過來，哭笑不得地道：「陳霄剛才並不是操作失誤，他知道雅典娜會用免死技能救下路西法，他召喚即死牌就是騙掉雅典娜的技能，讓對方放鬆警惕。他真正發起反擊的時機其實是劉姥姥出場之後，所以他把黑色百合留到了關鍵時刻，一波反擊拉回牌差，並且用吸血藤的位移控制強行放逐了雅典娜！」

劉琛道：「蝙蝠花用長鬚將神族牌全部拉到地面，黑色百合廢掉雅典娜的護盾，緊接上吸血藤的大範圍禁足——這一套連招放得行雲流水，神族牌現在全部被控！」

蘇洋道：「吸血藤可以不斷吸血，並且迅速蔓延至禁足範圍內的敵對目標，唯一能解控的雅典娜卻被放逐了。許星圖這局很不樂觀，劉姥姥還在移動，他的卡牌跟不上的話，很快又要被放逐！」

話音剛落，螢幕上又出現一條公告——洛基被逐出賽場。

許星圖真想摔了頭盔！有本事光明正大地PK啊，這算什麼！

他恨得牙癢癢，但是沒辦法，卡牌距離劉姥姥超過三十公尺就會被放逐，他現在只剩路西法、米迦勒兩張牌了，而且兩張牌的技能全都在冷卻……

這一局比賽，陳霄毫無疑問地獲得了勝利。

直播間內都有些疑惑。

「這種討人厭的打法，感覺是阿哲出的餿主意？」

「陳哥是被阿哲附體了嗎？這打法好賤啊！」

「肯定是阿哲背後搞鬼，他們是隊友嘛，陳哥才不是這種猥瑣的風格！」

導播把鏡頭拉到後臺，正好放大了謝明哲的臉。

謝明哲認真地看著螢幕，擺出一副「不關我事」的無辜表情。現場觀眾哄笑出聲——陳霄原本最愛簡單粗暴的打法，卻被阿哲帶壞了，居然就這麼坑了許星圖！

陳霄打完第二局也想笑——阿哲出的主意很好用，他對神族牌真的是非常瞭解。

大螢幕中，比分一比一。

直播間內的彈幕畫風立刻變了。

「臥槽，陳霄該不會又來一次逆襲吧？」

「都說了，我們陳哥是逆襲大王，不先輸一局就不會玩！」

「陳霄表示：我先輸為敬，再贏兩局！」

第一局落後，第二局扳平……

這熟悉的節奏，許星圖心裡有些慌了。

一定穩住！他咬了咬唇，用力攥緊拳頭，在遊戲裡按下了準備。

第三局隨機選到的三張地圖需各自禁用一張，巧合的是，這一局的系統隨機圖，出現的正好是涅槃的「女兒國」、眾神殿的「兵器密室」和暗夜之都的「蝴蝶谷」。

兩人毫不猶豫禁掉對方的主場圖，留下協力廠商地圖——蝴蝶谷。

蝴蝶谷是葉竹參與設計的，漫山遍野的蝴蝶，風景極美。只不過，比賽一開始，這些蝴蝶就會跟隨在卡牌的身後，如同「背後靈」一樣趕都趕不走，而且每一秒都在吸血，簡直煩死人。

這張對雙方而言都很公平的吸血場景圖，陳霄會怎麼打？觀眾們都很好奇。

事實證明，陳霄的打法簡單粗暴——開局居然連招七牌！

許星圖被打得一臉懵逼，見過凶的，沒見過這麼不要命的！

他趕緊召喚卡牌想要強控對手，但陳霄早有準備，打完一波之後，立刻甩出金魚草的群體恐懼，並讓其他卡牌迅速散開。

雖然許星圖強控反殺了陳霄兩張牌，但陳霄開局出其不意的一波壓場，建立的優勢太大，之後再「以命換命」完全不虧，和許星圖正面剛，硬是把優勢保持到了最後。

——二比一，勝利！

當螢幕中再次出現這個比分時，全場觀眾譁然。

直播間內，陳霄的粉絲開始狂歡。

「陳哥帥哭了！」

「陳哥真是逆襲之王，好過癮！」

「進四強了，恭喜陳哥！」

「對了，剛才說要直播吞頭盔的人呢？」

「還有人要直播吞光腦的，別慫，快開直播，光腦我們給你買！」

那些賽前對陳霄開嘲諷的，早就縮起脖子當烏龜不敢出來了。

後臺觀戰的謝明哲笑著鼓掌，陳千林的嘴角也揚起了一個笑容。

這一場比賽的勝利，不僅是陳霄一個人的努力，而是他們全體隊員的功勞。

阿哲幫忙選了第二局的主場圖，陪著陳霄反覆練習。陳千林幫忙搭配卡組，給了很多實戰意見，喻柯和秦軒也心甘情願地當沙包讓陳霄練手……

這就是團隊的力量。

賽後接受採訪時，陳霄微笑著說：「這一場比賽贏得很驚險，在這裡，我最想感謝的是我的好隊友——阿哲、小柯、秦軒，謝謝你們不厭其煩地陪著我練習。也謝謝教練陳千林給我的指導和幫助。我會帶著你們的期望，繼續走下去！」

雖然陳霄參加的是個人賽，但他一路走到現在，代表的已經不是他自己，而是整個涅槃。

今天，陳霄也讓所有人見識到了涅槃的可怕。

當謝明哲運用出色的地圖和戰術，當陳千林搭配出無懈可擊的卡組，當陳霄在賽場上發揮出百分百的實力時——就有機會戰勝任何對手。

他從小組賽中最不被看好的一位選手，順利殺出重圍，在十六進八的比賽中淘汰鄭峰，八進四再淘汰許星圖，如今已經躋身於個人賽的前四強——誰能想到，陳霄居然打進了四強？

但陳霄卻覺得，這個成績理所應當。

因為，他不是一個人在戰鬥。

而是一整個團隊在戰鬥！

九月二十四日晚上，十一賽季個人賽的四強名單正式確定——唐牧洲、凌驚堂、山嵐以及陳霄。

這份名單讓很多粉絲難以接受。

鬼獄俱樂部的老鄭、歸思睿、劉京旭一個都沒進四強。流霜城的水系選手也是全軍覆沒。裁決方面，粉絲本以為聶神會進四強，結果八進四階段師徒內戰，聶神反倒輸給了小嵐？

陳霄混在四強名單裡，看上去真是不倫不類。

本屆四強當中，唐牧洲拿過兩屆個人賽冠軍，山嵐是去年個人賽冠軍，凌驚堂作為金系鼻祖早在第二賽季就收穫了個人賽冠軍，只有陳霄從沒在職業聯賽拿過任何獎項。雖說他不算新人，在第五賽季曾打過比賽，但當年陳霄的戰績簡直慘不忍睹——五十連敗，灰溜溜地離開了聯盟！這樣的一個人，怎麼就混進四強了呢？

網上有很多質疑的聲音，認為陳霄不夠資格進四強，只是因為在賽程安排上太走運。

陳霄自己也知道，他一路走來確實有運氣的加成。但是，運氣也是實力的一部分，當上天給你好運眷顧時，能不能抓住這個機會才是關鍵。對許星圖來說，八進四遇到陳霄也是一種好運，穩贏的局，卻被他打輸了，這不就是沒抓住機會嗎？

外界的質疑聲很大，但陳霄並不介意。

能打進四強他已經很滿足，至少每一場比賽他都盡了全力，他問心無愧。

當晚比賽結束後，官方賽事負責人拿了個盒子來到後臺，將確定進四強的選手召集到一起，說：「從半決賽開始，賽制就是五局三勝制，對手也採用抽籤的方式，以示公平。請各位來抽籤決定下一場的對手吧。」

山嵐之前贏下師父後心情低落，今天被聶遠道強行拖到賽場看比賽，旁觀了兩場激烈的對局，此時的他已經調整好心態，微笑著道：「你們先抽吧，給我留一個就行。」

唐牧洲客氣道：「我隨便。」

陳霄當然不好意思先抽，於是朝凌驚堂說：「要不，凌神先來？」

凌驚堂爽快地把手伸進了盒子裡，笑咪咪地說：「行！我來。我覺得是藍色！」手伸出來，果然抽到藍色。

凌驚堂示意陳霄接著抽，陳霄抽到了一張紅色牌。

顏色不同，這就意味著半決賽他不會對上凌驚堂。陳霄心裡鬆了口氣，他的風格和凌驚堂相似，喜歡正面硬拚，如果對上這位大神，他的勝算其實很低。

凌驚堂今年已經三十歲了，但奇怪的是，這位大神的狀態從來沒有下滑的跡象，這幾年反倒有越打越凶的趨勢，而且他一直不收徒弟，真是個怪人。

陳霄拿起手裡的紅色籤，看向唐牧洲、山嵐兩人，笑道：「兩位，該你們了。」

唐牧洲讓山嵐先抽，山嵐抽到了藍色。

最後留給唐牧洲的，自然是紅色籤。他拿起紅色籤看向陳霄，笑著說：「我跟你打。」

陳霄無奈點頭：「嗯。」

半決賽，唐牧洲VS.陳霄，凌驚堂VS.山嵐。

這個結果讓很多選手心情複雜，唐牧洲和陳霄是木系植物內戰，陳霄想贏他可沒那麼容易。但唐牧洲的師父、師弟全和陳霄在一隊，陳霄也不是完全沒有希望。

抽籤的結果很快在官網上公示，半決賽將在三天後舉行。

陳霄和隊友們離開時，唐牧洲突然叫住他，低聲道：「陳霄，還記得五年前，你離開聯盟的時候，我跟你說的那句話嗎？」

陳霄怔了怔，不願想起的那些往事瞬間湧上心頭——當年他在個人賽五十連敗，遇到五十連勝的唐牧洲，為了儘早離開聖域，陳霄在和唐牧洲的對決中並沒有發揮出自己的實力，而是想方設法地計算好唐牧洲的技能釋放時機，「恰到好處」地掉鏈子連輸兩局。

當時很多觀眾都在罵他，說他給哥哥陳千林丟臉，說他不配當職業選手，現場充滿了刺耳的噓聲，陳霄黯然轉身離開，卻聽見唐牧洲在他的身後說：「等將來你回到聯盟，我希望，我們之間能有一次真正的較量。」

陳霄當時並沒有回答，對哥哥的愧疚、誤簽合約的自我厭惡，讓他根本無法在唐牧洲的面前抬起頭來。他只能灰溜溜地離開，逃避網上的一切唾罵。

但是今天，他終於坦然對上了唐牧洲的目光，微笑著道：「我記得。」

唐牧洲也微笑起來，拍拍他的肩膀，「加油，賽場見。」

陳霄目光堅定，「賽場見。」

三天準備一場比賽，時間上很緊迫。

對手是唐牧洲，也不知道這算倒楣還是好運。

第五賽季，唐牧洲在個人賽連勝奪冠，陳霄連敗遺憾地離開，當時網上充滿了「木系只能靠唐牧洲」以及「陳霄滾出聯盟」的評論，但唐牧洲很清楚，當時的陳霄，實力其實不輸於他。

但那是當時。現在的唐牧洲，早已不是當初那個跟著陳千林學習製卡的少年。

陳霄心裡很清楚，唐牧洲經過這麼多年大賽的磨煉，不管是臨場反應的能力、應變的速度，還是經驗的累積和戰術素養，都遠勝於他這個離開聯盟五年的選手。

這就好像，當初的他們站在同一條起跑線上，實力旗鼓相當。但是，這五年，唐牧洲一直在向前奔跑，陳霄卻原地停下了腳步。

如今想再追上他，可不是那麼容易的事。

除了沒心沒肺的喻柯保持著樂觀的心態外，涅槃其他人都覺得這一局凶多吉少。

謝明哲不敢多說什麼，怕影響到陳哥的心態。

但陳千林卻很直接地在開會時說道：「陳霄，你打唐牧洲的勝算最多四成，他從第五賽季到第十一賽季沒有缺席過任何一屆比賽，而你卻整整五年沒打過職業聯賽，他光憑豐富的大賽經驗就可以壓制你，我希望你能認清楚這個現實。」

謝明哲：「……」師父真是一點面子都不給，說的話也太打擊人了。

好在陳霄完全不介意，聽哥哥這麼說，他反倒一笑，目光坦然平靜，應道：「我知道我和他之間整整五年的差距沒那麼容易追上，比賽的輸贏並不重要，當年我和唐牧洲約好了，等我回來，再跟他來一次真正的較量——我只要不像五年前輸得那麼狼狽，只要能堂堂正正地發揮出自己的實力，就足夠了。」

大家聽到這裡都有些意外。

陳千林也回頭看向他，似乎不大相信這是陳霄說的話。

弟弟確實長大了，不再是當年那個叛逆偏激的少年。

沒錯，他想要的，只是一場真正的對決而已。

不再因為合約壓抑自己，而是堂堂正正的，跟最好的朋友打一場比賽，不論輸贏。

陳千林鬆了口氣，「你能這樣想最好。五年時間，他的進步你無法想像，但你的改變他也同樣無法預料。以前你跟他PK的時候打得很激進，這次，我希望你穩住，好好琢磨對戰時的細節。」

陳霄用力點頭，「我明白。」

陳千林道：「卡組方面我會給你一些意見，但我對唐牧洲的瞭解也不比五年前，只能從理論上分析，到時候隨機應變，還是要看你自己。」

他當場就幫弟弟挑了幾套卡組，謝明哲也幫忙出主意、選地圖，喻柯和秦軒表示會全天候陪陳哥練手——涅槃俱樂部的所有人集體出動，為這一場半決賽做好了充分的準備。

三天後，官方指定的比賽場館。

第十一屆個人賽半決賽正式開始！

第一場凌驚堂VS.山嵐，戰況果然如想像中一樣激烈，山嵐的空中飛禽位移靈活、攻擊迅速，凌驚堂的兵器牌暴擊夠高、壓制力極強。山嵐在主場贏下一局，但緊跟著，凌驚堂連續扳回三局，以三比一獲得勝利！

半決賽的「五局三勝制」增加了比賽的局數，將偶然性降到最低。

三比一的比分，足以證明凌驚堂這位老選手的實力。

第二場，唐牧洲VS.陳霄。

蘇洋激動地道：「陳霄和唐牧洲，這是一場木系內戰，一個是陳千林的弟弟，一個是陳千林的徒弟，兩人都打進了四強，所以說，陳千林才是最終的贏家吧？」

吳月笑道：「導播來給我們林神一個鏡頭！」

導播配合地把鏡頭切到後臺，觀戰席上，陳千林面無表情，哪怕攝像機對著他的臉，他依舊保持著平靜，顏色偏淺的瞳孔辨識度極高，看上去清澈剔透。他擺出一副旁觀者雲淡風輕的姿態，彷彿這一場比賽和他完全無關。

粉絲們看到陳千林都尖叫著刷屏。

「林神好帥！」

「師父的臉給我舔舔。」

「這師門的顏值逆天了，陳千林帶頭，唐牧洲、陳霄、謝明哲，就沒一個難看的！」

「林神表示，長得醜就別拜我為師了！」

陳千林在大螢幕中露臉的時候，依舊面無表情，坐成了一尊人形雕像。

導播無奈，只好把鏡頭切回大舞臺。

此時，陳霄和唐牧洲已經上場，兩人在舞臺中間輕輕擁抱了一下對方，拍拍對方的肩膀，便各自回到旋轉椅上坐下。

不需要多說，今天，他們都會毫無保留地發揮出自身實力。

這是一場遲到了五年的對決，他們在年少時代的約定，終於要在此刻實現了。

半決賽「五局三勝」的賽制不存在僥倖，運氣因素也被降到了最低。

每個人都有兩次主場選圖的機會，就看誰能率先把握住。

唐牧洲抽籤抽到後手，第一局由陳霄選圖。

陳霄選的是涅槃的主場地圖「三分天下」。

這張地圖在上半年的常規賽中只用過一次，在二十比二十的團賽當中，魏、蜀、吳三塊場景中

的卡牌數量會隨機變化，以五、七、八對陣八、七、五，雙方各有優勢陣營，也各有劣勢陣營。

而在個人賽中，三分天下地圖，魏、蜀、吳三個陣營會將七張牌分割成二、三、二的數量，也就是說，魏國地盤只允許出現兩張牌，蜀國三張，吳國兩張，雙方在每個陣營的卡牌數量相等，但具體把哪張卡牌召喚到哪個板塊，就要靠選手來排兵布陣了。

這相當於將七打七的大團戰強制分割成二打二、三打三的小團戰。

陳霄之所以這樣做，是怕第一局唐牧洲直接派上雙人賽用過的「終極連控」多肉卡組，他的暗黑植物牌打多肉卡組勝算並不高，沒那麼多解控。

賽場一旦被分割，唐牧洲就不可能打終極連控。

果然，唐牧洲這局沒帶多肉卡，帶上了許多花卉牌。

陳霄帶的同樣是花卉牌，但唐牧洲的花卉色澤鮮豔，技能光效和白、藍、粉等花卉的顏色保持一致，陳霄的花卉卻是清一色的暗黑系，技能光效只有黑、深紫、血紅。

比賽開始。

蜀國陣營，陳霄的美人蕉、黑玫瑰、黑法師對上唐牧洲的沙漠玫瑰、四季海棠、繡球花！

雙方不約而同地把輸出牌都放在了三打三的板塊。

蘇洋很快察覺到不對，「蜀國陣營三打三，雙方全是輸出牌，唐牧洲帶的繡球花可以普攻，時間一長，這張牌的輸出會高於靠技能吃飯的其他花卉卡。但是別忘了，陳霄的美人蕉是可以吸血的，很難殺得死，如果讓美人蕉活到最後，勝負還不好說。」

吳月緊跟著道：「魏國陣營，唐牧洲並沒有召喚卡牌，陳霄也沒召喚；吳國陣營都是兩張輸出牌……兩人的排兵布陣很相似啊？」

劉琛道：「輸出對拚，就看誰先殺掉誰！」

三分天下這張地圖的有趣之處，在於開局時三大陣營互不干擾，魏國板塊的卡牌釋放的技能並

不會影響到蜀、吳的卡牌，板塊之間像是有透明的空氣牆，會隔絕一切技能來往。

但如果一直這樣下去，一旦某個板塊雙方都放了肉盾牌，那怎麼辦？打到比賽結束，肉盾和肉盾大眼瞪小眼嗎？

所以，謝明哲還給這張地圖做了特殊的設計——如果某板塊上的卡牌將對手的卡牌全部殺光，那麼該選手的三個板塊都會變成「解鎖」狀態，殺光對手後活下來的「功臣」卡牌，就可以自由進入其他的板塊活動。

這就是三分天下，最終合而為一。

也就是說，一旦陳霄在蜀國地盤上的三張輸出牌以最快的速度殺光唐牧洲的三張輸出牌，他就可以讓活下來的輸出牌進入魏國、吳國的領地幫忙！

小優勢可以滾雪球，變成大優勢，這就是「三分天下」地圖的關鍵之處。

魏國板塊暫時不用看，兩人都沒召喚卡牌。

吳國二打二，蜀國三打三，兩位選手同時雙向操控，一心二用，兩波小規模的團戰打得異常激烈！

由於蜀國這邊陳霄的美人蕉可以吸血，唐牧洲三張牌很難迅速強殺它，結果就是陳霄用黑玫瑰、黑法師換掉了唐牧洲的沙漠玫瑰、四季海棠——剩下兩張牌一打一，美人蕉吸血的優勢被放大，終於磨死了唐牧洲的植物普攻牌。

蜀國陣營唐牧洲三牌全滅，活下來的美人蕉迅速轉移到吳國陣營。

此時，吳國還在二打二，唐牧洲占了上風，陳霄的輸出牌已經被打殘，其中一張眼看就要掛了。

美人蕉的加入立刻扭轉了局面——瞬間將唐牧洲的兩張植物牌反殺！

雖然自己也陣亡了一張牌，但陳霄現在還活著兩張牌。

四打二，看上去是很大的優勢局。

唐牧洲場上卡牌死光，必須五秒內召喚新牌，能召喚卡牌的只剩魏國，陳霄也讓兩張牌一起來到了魏國板塊。

下一刻，只見一道白光閃過，唐牧洲猛地召喚出白罌粟——群體混亂！

陳霄的兩張牌全部被混亂！

他的輸出牌本就殘血，被混亂的情況下胡亂釋放技能，自相殘殺，轉眼就把自己人打成一絲血皮。緊跟著，唐牧洲放出招牌花卉卡——白色鳶尾！

這是一張輸出極強的單體攻擊牌，兩個技能下去，陳霄的兩張輸出牌瞬間陣亡。

卡牌比又被拉回到二比二。

但下一刻，陳霄迅速召喚出剩下的兩張暗牌——吸血藤、黑鸚鵡。

前者範圍吸血並給隊友回血，後者不斷普攻降低對手防禦……

兩張牌出現的那一刻，唐牧洲就知道自己要輸。

黑鸚鵡用鋒利的鋸齒狀花瓣邊緣迅速旋轉切割，將白色鳶尾的防禦降到百分之五十，並且不斷普攻疊加中毒，吸血藤一邊吸血一邊還能加血，唐牧洲剩下的兩張植物牌，難以戰勝陳霄的卡組。

——第一局，陳霄勝！

這個結果讓現場觀眾大為意外。

畢竟陳霄這段時間一直被叫做「逆襲大王」，總是「先輸為敬」，粉絲們都習慣了他第一局輸掉，結果今天，他第一局居然贏了？

直播間內的粉絲們都有些疑惑。

「陳哥今天不輸了？」

「說好的先輸為敬呢！我第一局競猜幣押陳霄輸，陳霄賠我的競猜幣！」

也有很多觀眾理智地分析戰局。

「這局陳霄地圖選得好，三分天下強制分割戰場，唐神的控場流打法根本沒法發揮。」

「關鍵還是美人蕉、吸血藤這兩張吸血植物牌，唐神沒帶治療牌，正面硬拚打不過吸血植物也很正常。」

解說席上，蘇洋感嘆道：「陳霄這一局打得很細節，排兵布陣方面，他留了吸血藤和黑鸚鵡打殘局，其實不管唐牧洲剩下什麼牌，這兩張牌一張能吸血、一張不斷普攻降防禦，留在殘局都有勝算。唐牧洲的想法其實也沒錯，他本意是速戰速決在蜀國陣營解決掉陳霄的植物牌，解鎖三分天下地圖，然後召喚白罌粟混亂打一波，沒想到，陳霄先解鎖了地圖，就差那麼兩秒！」

如果當時死的是陳霄的卡牌，那麼，唐牧洲率先解鎖地圖，讓普攻牌去吳國幫忙，自然能建立巨大的優勢，再讓存活的卡牌到魏國來一波混亂控場，簡直就是碾壓局。

但比賽沒有那麼多如果。關鍵時刻的一次吸血，加上對細節的把控，讓陳霄把三分天下地圖特色利用到極致，滾雪球效應將優勢保持到最後，在主場率先拿下了一局勝利。

吳月緊跟著道：「第一場，陳霄不管是戰術布置還是細節操控，都表現出了一流選手的水準。我想，那些質疑他沒資格進四強的人，看到他今天的表現，一定會對他刮目相看——我很期待接下來兩位選手的精彩對決，讓我們進入第二局，唐牧洲的主場！」

唐牧洲在第二局選的地圖叫「落日森林」。

久違的地圖讓現場的粉絲尖叫出聲，後臺觀戰的老選手也大為意外——這是第五賽季唐牧洲出道那年，他在個人賽奪冠時使用過的地圖。

深秋，傍晚時分的森林，落日的光輝透過樹葉的間隙灑下來，讓整個場景渲染上了一層金燦燦的光芒，看上去格外溫暖。

然而，看似溫暖的森林深處卻是危機四伏——比賽開始後森林內將出現大量的紫色藤蔓，這批

藤蔓會不斷蔓延，一旦碰觸卡牌就立即將之禁錮在原地，造成三秒麻痹控制。同時，每隔一段時間頭頂還會飄落秋日的楓葉，血紅色楓葉鋒利的葉片有如尖刀一般割向卡牌，造成一次性百分之二十血量的暴擊傷害。

第五賽季，唐牧洲在總決賽就是靠這張地圖證明了自己——當初那個面帶微笑的鋒銳少年，以靈活的走位技巧、精準的技能釋放，讓全場觀眾驚為天人。也是從那天起，唐牧洲取代了陳千林的位置，成為職業聯盟木系選手中的最強代表。

如今，木系內戰，唐牧洲再次拿出這張五年前的地圖，一是紀念他和陳霄的情誼，二來也是想證明自己的實力——同樣的地圖，時隔五年，唐牧洲還能像當初一樣壓制對手嗎？

粉絲們滿是期待，蘇洋也興奮地道：「落日森林，這張地圖特別考驗操作，唐牧洲只在第五賽季的決賽用過一次，後來沒有再用過。並不是說這張地圖過時，而是這張地圖真的太難打了！」

隨著地圖在大螢幕中的播放，蘇洋快速解釋道：「落日森林的難點在於，藤蔓並不是隔一段時間出現一次，而是開局就一直存在，地上不斷蔓延的藤蔓會嚴重干擾選手的走位。天空中的楓葉並不是必中，可以靠走位躲避，只要楓葉不砸到卡牌的身上那就沒事，命中了則會掉血。這樣一來，選手就要同時躲避地面的藤蔓、空中的楓葉以及對手的技能。」

吳月感慨道：「換成是我，肯定手忙腳亂，不知道往哪兒走了。」

劉琛也道：「其實最關鍵的還是藤蔓，地上的藤蔓碰觸到卡牌會造成三秒的麻痹，這三秒如果正好楓葉砸下來，那真是雪上加霜。」

蘇洋道：「落日森林還有個特點，比賽開始後藤蔓數量會越來越多，楓葉掉落的頻率也會逐漸加快——這是一張難度不斷增加的地圖，選手的壓力會越來越大。」

剛開始只有三、四根藤蔓，到了後期，腳下到處都是藤蔓，每走一步都有可能被捆綁，選手真的會頭大如牛。尤其像聶遠道這種近戰選手，最討厭的地圖就是落日森林，沒有之一。

比賽正式開始。

落日森林中灑下了金色的溫暖光線，然而，地面上卻出現危險的紫色藤蔓——這是場景自帶的藤蔓，顏色和玩家製作的卡牌藤蔓有著很明顯的區別。它們就像是有靈性的蛇一樣四處「游動」，只要碰到卡牌，就會毫不客氣原地禁足並麻痹三秒。

操控的卡牌太多，藤蔓不易閃躲，但如果召喚卡牌太少，就要面臨被唐牧洲秒掉的風險，所以陳霄開局不多不少地召喚出五張牌，一邊迅速散開躲藤蔓，一邊試探性攻擊。

唐牧洲同樣召喚出五張牌，其中就有綠藤、爬山虎和珍珠吊蘭。

只見一條細長的綠藤順著地面不斷蔓延，珍珠吊蘭綠色的球狀小葉片也在周圍聚集——二者對準的，正是陳霄的吸血藤。

吸血藤是陳霄拖後期能力極強的卡牌，每秒吸血並按比例轉化為群體治療量，一旦吸血藤陣亡，陳霄根本拖不到後期。

唐牧洲顯然迅速抓到了關鍵卡，想一波強殺吸血藤。

陳霄警覺地讓吸血藤後撤，綠藤和珍珠吊蘭依舊緊追不捨。

就在這時，上帝視角的觀眾們發現，唐牧洲居然操控爬山虎，分出三支藤蔓，以迅雷不及掩耳之勢，瞬間綁住了陳霄的黑法師、黑玫瑰和黑鸚鵡三張攻擊牌！

——聲東擊西，針對吸血藤的這一波操作全是佯攻！

在後臺看比賽的裴景山嘆了口氣，道：「唐牧洲是五線操作，陳霄防不勝防。」

他在四分之一決賽輸給唐牧洲，也是因為這傢伙關鍵時刻騙掉他一個大招。作為兩屆個人賽的冠軍得主，唐牧洲的單挑實力真的很變態。

裴景山就很難做到同時操控那麼多蟲蟲多方向位移，但唐牧洲卻做到了——五張藤蔓卡、五個方向位移，還配合地面上場景藤蔓的移動軌跡，呈包夾之勢，陳霄真是無處可躲。

一個選手精力有限，陳霄發現唐牧洲要集火他的吸血藤，自然會先保護吸血藤，誰能想到，唐牧洲只是假裝圍殺吸血藤，卻同時操控爬山虎，一分為三，強控住另三張輸出牌？

看到這一幕的陳霄只覺得頭皮發麻！

五年不見，唐牧洲的操作技巧真是強得可怕。

控住三張牌後，唐牧洲立刻跟上後續輸出，而這時，天空中開始大量飄落楓葉，血紅色的楓葉碰觸到卡牌，造成一次性百分之二十的暴擊傷害！

唐牧洲的爬山虎因為正在控制對手，不能撤退，強行吃了這一波傷害。

但完全不虧——因為陳霄的三張牌都被楓葉給砸到，三牌全部掉血百分之二十！

唐牧洲抓住機會，召喚出輸出牌，一波暴擊直接收掉「黑法師」。

陳霄立刻開出「吸血藤」的群體吸血技能給自己的卡牌回血。但是黑法師一死，他的輸出卡牌明顯不夠，加上唐牧洲多線操作，滿地的藤蔓很難躲避，陳霄這一局想要翻盤，除非能拖到大後期把唐牧洲活活給拖死。

唐牧洲當然不會給他這樣的機會。

又是一次五向操作，用分裂三支的爬山虎逼對手走位，綠藤單體強控，珍珠吊蘭的靈活被發揮到了極致，周圍的綠色珍珠葉片瞬間聚集並爆炸——黑鸚鵡也被強殺！

蘇洋看得真是脊背發涼，「唐牧洲這種多方向藤蔓捆綁的打法，實在太變態了。」

之前的雙人賽，唐牧洲出過藤蔓卡組，但當時是他和徐長風兩個人操作，徐長風無疑是優秀的選手，但比起唐牧洲還是有些差距，所以那一局的藤蔓打法並不是頂峰水準。

如今，唐牧洲一人同時操控七張藤蔓牌，也算是給現場的觀眾們好好地上了一課——什麼叫藤蔓控場打法。

密密麻麻的藤蔓，朝多個方向蔓延，逼得你根本沒地方站位！

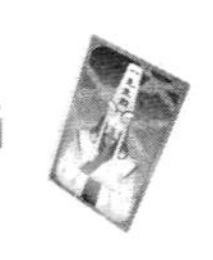

前、後、左、右，到處都是他的藤蔓，近戰選手簡直要被他逼瘋，哪怕陳霄是遠程選手，也被藤蔓群控得頭痛欲裂。

定身、麻痹，走一步被捆一步，天空中的楓葉還不停掉下來，真是煩死人！

他終於知道，為什麼在第五賽季結束後，唐牧洲那麼快就獲得了聯盟的認可。

當年的陳霄心裡還有些不服，覺得唐牧洲年紀輕輕拿下冠軍，居然取代哥哥成了木系選手的代表，他憑什麼取代陳千林？

但是現在，陳霄明白了。

第五賽季的總決賽，如果唐牧洲是用今天這種打法，逼走位，把對手控到死，那麼，全聯盟沒有任何人會質疑他的水準。多方向的操控本就很難，結合地面、天空的雙場景負面狀態，還要把握住細節，這更難。

而做到這一切的少年，他可怕的天賦和實力，已經不容任何人質疑。

唐牧洲確實有資格在師父退役後，成為新一代木系選手的代表。

第二局陳霄輸了，輸得心服口服。

在後臺觀戰的謝明哲也很佩服——控制五條藤蔓，從不同的方向去逼對手走位，這麼難的操作技巧他目前還沒法掌握。師兄不愧是師兄，在卡牌的操作技巧上毫無疑問站在了金字塔的頂端，陳霄想要贏唐牧洲，拚技巧是拚不過的，只能想別的辦法。

目前的比分一比一，第三局是陳霄的主場，謝明哲覺得陳霄有可能再拿下一局。

此時，山嵐正打開光腦，手指在螢幕上快速滑動。

聶遠道疑惑地瞄了一眼，發現他正在官網論壇的賽前預測下注，第二局他猜唐牧洲贏，投了十萬，賠率一點二，賺到十二萬。山嵐很開心，第三局他猜陳霄贏，一口氣投進去十五萬。

聶遠道問：「你一次性投注這麼多，不怕猜錯了賠光嗎？」

山嵐笑咪咪地按下確認鍵，道：「不會的，第一局陳霄的主場不就贏了？我覺得今天的比賽很大可能是陳霄主場贏一局，唐牧洲主場贏一局，前面打成二比二，最後決勝局定勝負。」

聶遠道沒說話，因為他覺得事情可能沒小嵐想的那麼簡單。

第三局很快開始。

陳霄亮出主場地圖：查抄大觀園。

和劉姥姥進大觀園一樣，查抄大觀園也是一張帶動態事件的場景圖。

比賽開始後，一群NPC會在王熙鳳的帶領下查抄大觀園，所有被點名的卡牌必須原地立正三秒，每一張卡牌都逃不過被檢查的命運。

這樣的事件干擾會反覆打斷卡組的技能銜接，唐牧洲的連續控場難以實現，陳霄也可以卡節奏反擊，雙方都有勝算。

查抄大觀園時，NPC王熙鳳會按卡牌的出場順序點名。

也就是說，先出場的卡牌要先接受檢查，強制原地立正，無法釋放任何技能。在這張地圖上，選手召喚卡牌的順序非常關鍵，關鍵的輸出牌肯定要留到後面再召喚，否則一旦被王熙鳳罰站，對手很可能抓住機會強殺你的關鍵牌。

比賽開始，雙方起初都試探性攻擊，唐牧洲先召喚的牌都是一些血量很高的輔助卡，陳霄也是同樣，輔助卡即便接受王熙鳳的檢查原地罰站，也不會立刻被對手集火殺死。

很快，王熙鳳就帶著一群NPC出場了，螢幕上也出現了點名消息。

——請「金魚草」和「曇花」接受檢查。

地圖點名的設計很有謝明哲賤兮兮的風格，臺詞很討厭，好好的植物牌被王熙鳳抓過去罰站，金魚草和曇花原地立正大眼瞪小眼。

金魚草是陳霄的群體恐懼牌，唐牧洲的曇花是群體幻覺，血量都超過十五萬。

兩張牌被罰站的那一刻，陳霄立刻發起攻擊，想先殺唐牧洲的主力輸出白色鳶尾，結果唐牧洲同樣發動進攻，強行帶走了陳霄的主力輸出牌黑法師！

雙方一波絢麗的技能交換，兩張牌同時倒下。

王熙鳳繼續點名，雙方被罰站的第二張卡牌依舊是輔助牌，但第一張牌這時候已經獲得了自由，兩人就像心有靈犀似的，同時開出群控技能——幻覺，恐懼，雙方卡牌全部被控，誰都沒法行動！

蘇洋激動得一拍大腿，「漂亮！兩位選手反應都很快，罰站結束立即開技能，但可惜他們想到一塊兒去了，誰都沒能成功搶下節奏點……唐牧洲是不是認真地研究過涅槃的地圖啊？」

吳月笑道：「畢竟師父和小師弟都在涅槃，唐牧洲怕是把涅槃的地圖都背下來了。」

查抄大觀園這張地圖的打法，和劉姥姥進大觀園完全不同。

後者是操控卡牌快速走位，只要跟上劉姥姥的腳步就不會有事；而前者，最重要的其實是卡牌的出場順序，哪一張卡牌先被罰站，必須提前安排好，否則，王熙鳳突然點名讓你的輸出牌罰站，而你正好需要輸出，豈不是節奏全亂了？

在安排自己出牌順序的同時推測對手的出牌順序，如何克制、反克制，是打這張圖的關鍵。當然實戰操作也很重要，比如剛才只要一個人的反應慢那麼半拍，被對手一波強控，很可能團戰就全面崩盤了。

由於兩人對彼此的想法很是瞭解，對方的排兵布陣都能猜到大半，因此，這一場比賽雙方打得異常膠著，陳霄連殺唐牧洲兩張卡，唐牧洲也殺了陳霄兩張卡，差距一直無法拉開。

【第六章】

聶神的烏鴉嘴屬性再次正常發揮

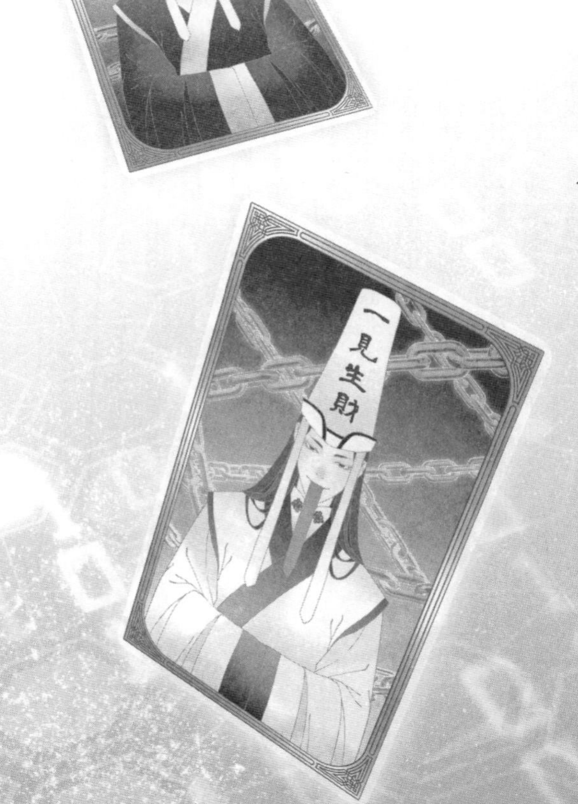

直到比賽進行到五分鐘。

場上，唐牧洲和陳霄都只剩下三牌，都沒技能了，必須召喚新牌。

陳霄召喚出黑玫瑰，這張卡牌的群攻能力極強，唐牧洲的卡牌此時剩餘血量不多，用黑玫瑰打一波群攻，壓低血線，緊跟著召喚收割牌「午夜祕密」去殺殘血卡，自然能奠定勝局。

然而，就在黑玫瑰出場的那一瞬間——

唐牧洲突然召喚出一張讓所有觀眾難以置信的卡牌。

身材清瘦的女子，纖纖玉手中捏著幾片粉色的花瓣——黛玉葬花，即死！

唐牧洲召喚林黛玉的速度極快，快得讓陳霄都沒回過神來，黑玫瑰剛放完技能就被秒殺，而與此同時，王熙鳳開始點名——請林黛玉、午夜祕密兩張卡牌接受檢查。

原本按照出場順序，王熙鳳已經查過其他的卡牌，接下來要查的是黑玫瑰。

此時黑玫瑰已經放過技能，被罰站完全無所謂。

但是，陳霄沒想到唐牧洲會突然用即死牌擾亂王熙鳳檢查卡牌的順序！

由於黑玫瑰被秒，王熙鳳點名的時候找不到它，只能順延點下一位出場者——在黑玫瑰之後出場的午夜祕密，此時還沒來得及釋放技能，結果被王熙鳳抓去原地罰站！

林黛玉被罰站並沒有關係，她作為即死牌，秒掉黑玫瑰已經算是完成了任務。

但午夜祕密被罰站，陳霄的節奏就徹底斷了。唐牧洲冷靜地用接下來的卡牌迅速殺掉午夜祕密，陳霄剩下的三張卡牌根本不是唐牧洲的對手。

——第三局，唐牧洲勝！

這個結果讓後臺觀戰的選手十分意外，山嵐更是悔得腸子都青了，「我押注的競猜幣……」

他有些鬱悶地看向師父，沒想到聶神的烏鴉嘴這麼厲害，只說了一句「不怕賠光嗎」結果自己真賠光了！

對上徒弟哀怨的眼神，聶遠道唇角輕揚，「沒競猜幣了嗎？」

山嵐鬱悶，「我花了半個月才累積到二十萬，剛才賠掉十五萬。」

聶遠道乾脆在他的光腦上登陸了自己的帳號，直接給他轉去五十萬競猜幣，道：「師父給你，接著猜。」

山嵐：「……」師父什麼時候累積了這麼多競猜幣？

看來，悶騷的聶神平時沒少玩論壇上的賽前預測競猜遊戲啊！

突然拿到五十萬競猜幣的山嵐笑得眼睛都瞇了起來，第四局他決定投唐牧洲，他覺得以唐牧洲今天的狀態三比一獲勝很合理。而且，第四局是唐牧洲主場，肯定能贏。不過為免賠光，他這次只投了十萬進去。

蘇洋遺憾地道：「其實只差一點點，要是午夜祕密的技能全部放出來，唐牧洲這邊就會團滅。但林黛玉出場的時機選得太好了，直接利用場景點名斷掉陳霄的節奏，主場輸掉，這對陳霄非常不利，因為唐牧洲現在二比一，已經率先搶到了賽末局！」

五局三勝制，贏三局就會判定勝利，唐牧洲拿到了賽末局，第四局又是他的主場，一鼓作氣三比一拿下比賽的可能性極大。

好在這一屆個人賽陳霄經常「先輸為敬」，能在落後的局面下穩住心態，是他最大的收穫。

陳霄深吸口氣，迅速讓自己冷靜了下來。

第四局，唐牧洲的賽末局。

蘇洋好奇道：「不知道他會用什麼地圖？要是繼續用落日森林，陳霄確實不好贏他……等等，他拿出來的是……永夜之城？」

吳月詫異地瞪大眼睛，「沒記錯的話，這是鬼獄的地圖吧？」

劉琛道：「全聯盟地圖中能見度最低的夜景圖，唐牧洲這是要盲打？」

現場觀眾激動地尖叫，就連謝明哲都坐直了身體。

盲打，是一種極為高超的技巧，也就是說，在視野不清晰的情況下，憑藉感覺、聽覺來判斷對手的卡牌位置和技能釋放角度，並迅速做出應對。

當然，永夜之城也不是漆黑一片什麼都看不見。這張地圖能見度不到五公尺，但是每隔十秒，場景光線會變亮一次，只持續短暫的一秒時間，給選手調整視野的機會。

地圖面積不大，沒有障礙，很考驗選手的預判意識。說不定地圖亮起的那一刻，你會發現對手的卡牌全都在你身後，這就很可怕了。

永夜之城，是最驚險刺激的一張夜景對戰圖。

很多觀眾不由得感到疑惑。

「用夜景圖不是讓陳霄占便宜嗎？他的花都是黑色，在夜裡更看不清……」

「沒用，就算是白色的花在這張圖也看不清，能見度五公尺，超過五公尺都是一團黑，地圖亮燈的時候全都能看清。」

「盲打，唐牧洲是故意為難陳霄？我都懷疑陳霄到底有沒有練過盲打？」

「懷疑沒練過+1，陳霄這局懸了。」

唐牧洲選這張地圖，確實是想看看陳霄的盲打水準。

別人不知道，他卻一清二楚。

早在少年時代，陳千林就教過他們盲打的意識，聯盟有很多卡牌是以失明、炫目、幻覺等技能來控場，這類控場技能只會讓選手的視覺出現錯亂，實際上卡牌的位置還是沒變，盲打技術強的選手哪怕在「失明」狀態下，技能也可以精確地命中對手。

當時，唐牧洲和陳霄水準差不多。陳霄這些年不知道有沒有荒廢，如果他真的沒有練習，輸給自己，那也只能怪他準備不夠充分。

競技場是很殘酷的，哪怕是多年的朋友，唐牧洲也不會對陳霄放水。

這張地圖一出現，陳霄就知道了唐牧洲的意思。

久違的對決，就像年少時一樣，他們在賽場靠聽覺、感知、預判來推測對手卡牌的位置，打得有來有回……

盲打很難，而且這一局是唐牧洲的賽末局，自己必須集中注意力，絕對不能分心。

陳霄閉上眼睛整理情緒，再次睜眼時，眼底已是一片平靜。

地圖重播結束，雙方提交卡組。

唐牧洲亮出來的五張都是靈活花卉牌，陳霄同樣是花卉牌，由於單體攻擊技能在夜景圖很難命中，兩人都不約而同地帶了更多群攻卡。至於暗牌，沒出現之前，誰都無法預料。

第四局比賽正式開始！

選手在夜景圖看不清對手的卡牌，觀眾們總不能看黑屏，所以上帝視角直播的時候開了「夜視」模式，讓觀眾們能清清楚楚地看見每一張卡牌的位置。

唐牧洲和陳霄開局召喚的卡牌正好處於對角，距離很遠。

雙方都在迅速布陣，安排卡牌的走位，防守牌站前、輸出站後，一邊移動一邊摸索。

就在這時，黑夜裡突然亮起一束光，全場景被照亮，但只是一瞬，場景圖又暗了下來。

短暫的一秒時間，能捕捉到的資訊很有限，但唐牧洲和陳霄都反應神速，一眼便看清了對手卡牌的位置，唐牧洲的四季海棠轉換群攻狀態，鋪天蓋地的花瓣猛地朝陳霄卡牌所在的位置砸過來，陳霄的黑玫瑰不甘落後，同樣放出群攻！

花瓣飄撒的音效在耳邊格外清晰。

雙方同時交群攻，在場卡牌都被打掉一截血量，唐牧洲迅速走位朝陳霄背後包圍過來，而上帝視角的觀眾們卻發現，陳霄居然原地不動。

他的卡牌，一張都沒有動。

此時，陳霄的心情格外平靜。

論操作技巧，他確實比不上經驗豐富的唐牧洲。在不確定唐牧洲行動的情況下，自己胡亂走位，很可能會自亂陣腳。所以這時候，最好的方法就是——以不變應萬變。

十秒時間結束，燈光再次亮起。

短暫的亮燈讓陳霄看到了唐牧洲的卡牌，也讓觀眾們的心提到了嗓子眼！

唐牧洲的行動果然迅速，趁著夜景操控所有卡牌包圍過來，居然從背後將陳霄團團圍住。

就像是黑夜裡，兩個高手對戰，看不見彼此，結果一回頭對手卻在身後——太驚悚了！

唐牧洲迅速繞後，開出白罌粟的群體混亂，緊跟著一波群攻技能砸下來，陳霄的所有卡牌全部被打殘。

這是一波大節奏，只是一瞬，局面就被唐牧洲完全掌控。

蘇洋忍不住感嘆：「唐牧洲的盲打能力確實厲害，剛才只是一眼，他就記住了陳霄所有卡牌的位置，迅速繞後包圍住對手。但是，陳霄一直原地不動，我覺得沒那麼簡單！」

話音剛落，就見陳霄召喚出新牌。

此時，場景已經恢復了昏暗，陳霄將卡牌召喚在五公尺之外，唐牧洲是看不到的。

他召喚的這張牌是最近常用的吸血藤，吸收對方的血量轉化為治療，可以暫時緩解他卡牌被打殘的壓力。唐牧洲雖然失去了視野，可是以唐牧洲的盲打技術，閉著眼睛放技能都能打到他的卡牌，而且還在不斷地被攻擊掉血。

召喚吸血藤回血，可以說是常規操作。

但同時，他還召喚出另外一張暗牌，空氣中散發出一股異味，耳邊傳來很奇怪的聲音，唐牧洲察覺到不妙的時候已經晚了。

並不是陳霄盲打的技術變差，不會走位躲避，而是陳霄故意原地不動，引他的卡牌聚集到一處！暗牌肯定是大範圍陣法類攻擊牌，否則自己的卡牌掉血不會這麼快。

唐牧洲迅速後撤，但他發現自己走進了吸血藤禁錮的陷阱裡，所有卡牌都沒法挪動腳步。

十秒時間很快到來，場景又是一亮。

唐牧洲這才看清，矗立在遠處的是一朵高達三公尺的巨型花卉。

只見它的花瓣呈深紫色，每片葉子都有一公尺左右大小，墨綠色的葉柄分枝上又生出了許多小葉子，明明是朵花，看上去卻像一棵小樹。

——巨魔芋，還有個更名符其實的名字「屍香魔芋」！

陳霄設計的這張卡牌，是典型的「自殺式襲擊」，它出場後，花瓣會自動開始枯萎，葉片也逐漸變黑，並朝周圍散發出植物的腐臭氣息，使範圍內目標不斷掉血，而當它掉血枯死的那一瞬間，會觸發三十公尺大範圍的屍爆劇毒！

唐牧洲看到巨魔芋的那一刻，正是它枯死的那一刻。

三公尺高的巨魔芋以肉眼可見的速度枯死，花瓣、根莖全部腐爛，巨大的花卉轟然倒塌，同時，深紫色的毒氣瞬間朝四周蔓延，對所有的敵對卡牌造成了一次高達百分之三百的群體暴擊傷害！

同一時間，陳霄放出黑法師。

黑法師可以攻擊單體目標，但溢出的傷害會轉化為群攻，陳霄目光銳利地瞄準了唐牧洲血量最低的一張牌，黑法師秒殺殘血卡，溢出的傷害全部轉化成群攻。

只聽「轟」的一聲巨響，伴隨著三公尺高巨大魔芋倒地，黑法師同時打出了暴擊——唐牧洲的卡牌瞬間被殺掉三張！

這一波變故讓現場觀眾目瞪口呆。

本以為陳霄被唐牧洲圍攻，這局必輸，結果陳霄居然原地不動把唐牧洲的卡牌全部引過來，然後開出巨魔芋的大範圍掉血陣和屍暴技能，配合吸血藤的吸血、黑法師的群攻，瞬間反殺了唐牧洲三張牌！

場景再次變暗，見陳霄開始迅速走位等待下一波時機，觀眾們只覺得心驚膽戰。

誰說陳霄水準不如何的？在夜景圖的盲打能力居然這麼強！

他把握住了唐牧洲要圍殺他的心理，故意引唐神上鉤再一波爆發反打，殺掉對方三張牌後，才讓自己的卡牌分散走位，靠吸血藤的範圍吸血慢慢磨。

可以說，這一局的陳霄，要操作有操作、要意識有意識！

陳霄在黑暗中操控卡牌快速走位，用吸血藤不斷地騷擾對手，同時留下普攻牌黑鸚鵡找機會偷襲，唐牧洲在卡牌數量落後的情況下無力回天——第四局主場，唐神居然輸了！

陳霄在唐牧洲搶到賽末局的情況下，頂住壓力，頑強地扳回了一局！

看著二比二的比分，大家都無法置信。因為在第四局猜唐牧洲獲勝的觀眾高達百分之九十，就連陳霄的粉絲都覺得，這局在唐牧洲的主場上，陳哥肯定撐不住。

沒想到，陳霄居然頑強地把比分給扳平了！

打到現在，兩個人精彩的對決讓觀眾們看得目不轉睛——大家都認可了陳霄的實力，他確實有資格和唐牧洲一戰。

今天這一場比賽確實沒讓大家失望，每一局都格外精彩！

後臺觀戰的山嵐無奈地嘆氣——他又猜錯了。

說好的主場勝利呢？唐牧洲主場居然能輸，這誰想得到？

偷偷看了眼師父，發現聶遠道也在回頭看他，嘴角似乎還帶著一點微笑，「你猜錯兩次，輸掉二十五萬競猜幣。」

山嵐耳根一紅，「今天運氣不好。」

聶遠道問：「第五局需要師父幫你猜嗎？」

山嵐立刻點頭，「嗯，還是您猜得準。」

聶遠道說：「押唐牧洲，剩下的幣全部投進去，穩賺不賠。」

山嵐沒有懷疑，把師父剛給的競猜幣全部投給了唐牧洲。

決勝局為什麼押唐牧洲？

因為聶遠道對唐牧洲足夠瞭解，經歷過無數大賽的唐牧洲，個人賽決勝局的勝率超過百分之九十。前面的四局其實仔細觀察就能發現，拚細節操作，陳霄拚不過唐牧洲，畢竟陳霄五年沒打比賽，空窗期太長，他只能靠新奇的戰術或者瞬間的爆發力來獲勝。

能贏唐牧洲兩局，陳霄今天的表現已經非常亮眼了。

但是決勝局，唐牧洲肯定不會冒險。這就意味著，唐牧洲很可能帶防守、治療牌穩後期。陳霄想要一波解決是很難的。

第五局，隨機選出來三張地圖，雙方各自禁用了一張，最後留下的是「城市廣場」。

最簡單的地圖，在遊戲裡的競技場排位賽裡也十分常見。

地圖越簡單，就越考驗選手操作上的細節。

陳霄開局想速戰速決拚一波爆發，卻被唐牧洲以常春藤的連鎖均攤傷害給強行擋住，並且用群體治療花卉回了一波血。

其實在常春藤出場的那一刻，陳霄就知道這局難贏。

跟唐牧洲打後期、拚細節，聯盟能打過他的不超過五人，陳霄雖然爆發力很強，可一旦一波爆發被唐牧洲給擋下來，沒法建立牌差優勢，想再找機會就很難了。

第五局在六分鐘時結束。

陳霄拚盡全力殺掉唐牧洲五張牌，自己全滅，唐牧洲以兩張卡牌的優勢獲得了勝利。

現場觀眾們看著三比二的比分，心情複雜。

拚到這一刻，其實唐牧洲的獲勝已經不會引起太多路人的激動讚賞，反倒有更多的路人為陳霄感到遺憾——因為就今天的比賽來看，陳霄其實是有希望贏的，陳霄的實力並不比唐牧洲差太多，他很拚、很果敢，他給大家帶來了最精彩的木系內戰，最後輸掉真的可惜。

但理智上大家也清楚，唐牧洲打了這麼多年比賽，木系最強選手的地位也不是能輕易撼動的。

陳霄用風格迥異的暗黑植物挑戰他，屢次逼平比分，這一場比賽的意義，比最終的勝負重要。

唐牧洲以前在木系是「難求一敗」的狀態，木系選手沒人打得過他，徐長風是他帶出來的，沈安也是他的徒弟，但以後不一樣了，有陳霄在，唐牧洲必須時刻警惕木系最強選手的寶座被搶走。

對喜歡植物牌的粉絲們來說，這可是個福音。

看高手相爭，總是格外過癮！

大舞臺上，唐牧洲摘下頭盔，走到陳霄的面前。

陳霄站起來，坦然伸出手，「恭喜，你比當年強太多，我心服口服。」

唐牧洲道：「你也是，這場比賽給了我很多驚喜，祝賀你終於走了出來。」

從過去的陰影中走出來的陳霄，足以讓人刮目相看。

兩人相視一笑，緊緊地擁抱在了一起。

年少時的朋友，如今終於能光明正大地來一次對決，其實，陳霄早就料到了結果，但他在乎的，從來都不是結果，而是……堂堂正正地做回自己。

他還年輕，他會和阿哲、秦軒、喻柯，還有最愛的哥哥，帶著涅槃一起努力。

再也不用壓抑自己——哪怕輸，也輸得暢快淋漓！

這種感覺真好，就像抬頭迎著溫暖的陽光，呼吸著最清新的空氣。

現場響起了熱烈的掌聲，給這場比賽的勝者唐牧洲，也給帶來精彩比賽的陳霄。

吳月激動得聲音都有些哽咽起來：「恭喜唐牧洲打進個人賽的總決賽！同時，我覺得我們也該給陳霄最真摯的敬意！離開五年後，重新回來，以挑戰者的身分站在今天的舞臺上，他的堅韌、勇敢、果斷，都給我們留下了深刻的印象！」

劉琛也激動地道：「這絕對是一場可以反覆回味的精彩比賽！第一局三分天下的切割戰場，第二局的藤蔓終極控場，第三局出其不意的即死牌擾亂檢查順序，第四局的盲打，陳霄一波流爆發……這場比賽看得真是驚心動魄，感謝兩位，給我們帶來了如此精彩的星卡盛宴！」

相比起來，蘇洋就淡定多了，笑咪咪地道：「兩位選手私下是很好的朋友，我覺得，不管輸贏，這場比賽的意義大於結果本身，陳霄今天應該沒什麼遺憾了。」

陳霄確實不覺得遺憾。

他和唐牧洲的約定遲到了五年，今天，也算是完成年少時的一個心願。

沒打贏唐牧洲，主要還是自己離開多年大賽經驗欠缺，意識方面也不如唐牧洲。但沒關係，輸給唐牧洲並不會打擊他的自信，反而會給他更大的動力。

他和唐牧洲一直是這種「亦敵亦友」的關係，互相督促，共同進步，一起完善木系植物卡牌，同時又在木系內部不斷地競爭。

或許，這就是他們最好的結局。

比賽結束後，陳霄從容地接受了記者的採訪。

有記者很直接地問道：「今天跟唐牧洲的比賽最後輸掉，你會不會覺得很失落？五年前沒能打贏唐牧洲，五年後還是打不過他，這是不是證明你確實不如他呢？」

面對這個刻薄的問題，陳霄並不生氣，反而微笑著道：「唐牧洲的個人實力擺在那裡，輸給他是正常的結果。我離開聯盟整整五年，回來之後能跟他有這樣的一場對決，我已經很滿足。至於實力，我承認，現在的我確實比不上他，但我會努力進步，將來不一定輸給他。」

沒想到陳霄如此鎮定坦然，接受採訪時自信滿滿，這讓看到採訪的粉絲們總算放下心來。

有位女記者問道：「聽說，你跟唐牧洲私下是很好的朋友對嗎？」

陳霄點頭，「是的。所以，他能打進決賽我也很替他高興。」

記者問道：「接下來還有總決賽，三天後，唐牧洲會和凌驚堂爭奪個人賽的冠軍，而你和山嵐也要打一場比賽來決定季軍的歸屬。對上山嵐，你有信心嗎？」

陳霄平靜地說：「山嵐是上賽季的冠軍，對上他，我沒有必勝的把握，但我會盡全力。」

——沒有必勝的把握，但會盡全力一搏，這就是陳霄的態度。

現場的記者為他送上了掌聲。

這是真誠的掌聲，包含著對他的期待和鼓勵。

陳千林在後臺看到弟弟接受採訪時冷靜從容的樣子，唇角不由揚起個笑容。

記憶裡的小少年已經長大了，變成了有擔當的男子漢，他這個當哥哥的也覺得很欣慰。以前的事情就讓它徹底過去吧，只要陳霄從陰影中走出來，他相信自己的弟弟一定會越來越強。

陳霄回到後臺時，謝明哲、喻柯和秦軒都主動走過去擁抱他，誇他打得好。陳千林沒任何表示，於是陳霄厚著臉皮走過來抱住哥哥，把下巴搭在他的肩膀上，笑著說：「哥，我盡力了，沒能進決賽，真是抱歉。」

陳千林拍拍弟弟的肩膀，「沒關係，回去再說。」

陳霄雖然很想再抱著哥哥一會兒，但周圍很多人看，他也不好意思抱太久，不動聲色地放開了

哥哥，跟著大家一起回俱樂部。

回去之後慣例進行覆盤，陳千林把今天的比賽從頭播放了一遍，耐心地講解細節，覆盤結束後他才問道：「下一場對山嵐，你有幾分把握？」

陳霄仔細一想，道：「四成吧。」

謝明哲插話道：「小嵐是上賽季冠軍，本賽季八進四階段還打贏了聶神，我覺得，現在的山嵐實力已經不輸於聶遠道了，只是聶神打比賽的時間長，成名又特別早，所以在人氣上一直壓過了山嵐，對吧？」

「嗯，你說的沒錯。」陳千林點頭道：「老聶打了十年比賽，三十歲以後狀態確實不如巔峰時期。另外，山嵐本身就很有天賦，老聶對他又傾囊相授，他超過師父也是早晚的事。」

喻柯撓了撓腦袋，「這麼看來，打山嵐也很難啊！」

秦軒冷靜地說：「山嵐和聶神的風格類似，但聶神打法非常暴力，山嵐更講究技巧，空襲飛禽牌確實不好對付。」

陳霄笑道：「反正我全力一搏，能贏就帶個銅獎回來，輸掉也是殿軍。」

謝明哲攬住他的肩膀鼓勵道：「陳哥，不用有壓力，聯盟厲害的選手那麼多，你能進四強已經很不容易了，你看，歸思睿、方雨、裴景山這些大神，本賽季都沒能打進四強！」

陳霄道：「這也是我運氣好。」

陳千林看向弟弟，「你能保持這種心態再好不過，下一場比賽輸贏都別放在心上，把和山嵐的對決當成是一次挑戰高手的機會，多累積經驗才是最重要的。」

陳霄認真點頭，「放心吧哥，我知道怎麼做。」

陳千林從來不想給弟弟施加壓力，他知道陳霄這些年很不容易，加上謝明哲在個人賽棄權，涅槃的擔子全部壓在陳霄的肩膀上……在和唐牧洲比賽之前，他很擔心陳霄的心理會出問題，精神會

被壓垮。沒想到陳霄比他想像的還要堅韌，一度把唐牧洲逼到二比二的比分。

個人賽只剩最後一場，他希望弟弟放下一切壓力，好好地享受這一場比賽。

三天，時間緊迫，謝明哲和陳千林一起幫陳霄參謀戰術。有謝明哲和陳千林幫忙，陳霄的卡組很快就確定下來，後續的幾天又是隊友們的陪練時間，難得的是，唐牧洲居然主動發訊息問陳霄：「需要我來陪練嗎？免費的。」

陳霄笑罵：「你是想找我給你當陪練吧？」

唐牧洲很直率地說：「反正下一場我打凌驚堂，你打山嵐，我們倆互相練練卡組，保證不洩露出去，也算是互惠互利，對不對？」

陳霄疑惑，「你自家隊裡不是有徐長風、甄蔓和沈安都可以當你的陪練嗎？」

唐牧洲無奈道：「我跟他們太熟了，他們什麼時候放什麼技能我閉著眼睛都能猜到，還是和你練比較有效果，把師父也叫過來幫我們參謀參謀？」

對方主動送上門，陳霄當然不會拒絕，將這消息告知陳千林和謝明哲。

謝明哲哭笑不得，「他這明顯是找你當免費陪練，還能順便摸清你的植物卡池。」

陳霄道：「唐牧洲的理由總是讓人無法拒絕，練就練吧，跟他對打練手對彼此都沒壞處。」

陳千林建了個擂臺房間，讓唐牧洲和陳霄對局練卡組，他和謝明哲旁觀。偶爾謝明哲也會下場打幾局。

三天時間很快過去，第十一賽季個人賽的決賽終於來臨。

九月三十日晚上，四強選手再次聚集，今天的比賽，將確定本賽季的最終排名，現場一票難求

不說，網路直播的收視率也創下了本賽季的最高紀錄！

後臺，山嵐面帶微笑，手指快速在光腦上滑動——他在參與賽前競猜。

聶遠道低聲問：「猜自己贏，還是猜陳霄贏？」

山嵐毫不猶豫回答道：「當然猜自己贏。我這次把四十萬競猜幣全部投進去，為了競猜幣我也要贏。」

聶遠道心想：那你可要加油，可別賠得傾家蕩產。你師父也就這些競猜幣，全給你了。當然，為免自己烏鴉嘴屬性發作，這句話聶遠道沒有說出來。

第一場比賽，陳霄VS.山嵐，季軍之爭！

觀眾們本以為陳霄會壓力更大，但沒想到，走上大舞臺的陳霄表情相當輕鬆。

兩人在舞臺中間碰面，陳霄微笑著道：「嵐神，請多指教。」

山嵐笑咪咪道：「別這麼叫我，真說起來，我出道時間還比你晚呢，陳哥。」

陳霄爽快地伸出手，「好吧，小嵐，讓我見識一下你的飛禽牌。」

山嵐點點頭，「嗯，跟暗黑植物卡對決，我也是期待了很久！」

兩人在迴旋轉椅上坐下，蘇洋看著他們的神色，道：「兩位都很輕鬆，山嵐在個人賽拿過冠軍和亞軍，對季軍獎盃的需求不是很迫切。陳霄看來是徹底放下了壓力，能進四強他已經算完成任務，在放鬆的情況下打比賽，今天的對決應該會很好看。」

十一賽季個人賽決賽輪，季軍爭奪戰，陳霄VS.山嵐，正式開打。

第一局山嵐主場，他選的地圖讓觀眾們大跌眼鏡——雲霄之巔！

一上來就是空戰絕殺圖！

別看兩人神色輕鬆，真打起比賽來，誰都不會客氣。

山嵐的空戰絕殺圖也是聯盟一大特色，位於雲霄之上的地圖，所有卡牌都需要站在飄浮的雲彩上面作戰，一旦腳下踩空從雲端跌落，就是必死。

這一類絕殺圖意外因素較多，畢竟被混亂、位移強控等技能命中的話，即便是滿血的卡牌掉下雲端也會直接摔死，因此選手也必須時刻保持著警惕。

陳霄看到對手的地圖，立刻換上早就安排好的卡組——賽前分析時陳千林就猜到，山嵐的主場圖很可能是絕殺圖，所以陳霄也做好了相應的準備。

他帶了控位移的「蝙蝠花」，可以在空中群拉對手，直接把對方卡牌給拉下雲端。自己掉下去的同時，拉三、四張牌同歸於盡，完全不虧。

然而，山嵐在空戰圖作戰的經驗豐富，在陳霄召喚出蝙蝠花想要強拉卡牌的時候，他突然召喚出白孔雀——孔雀開屏，純白色羽毛散發出柔和的光芒，籠罩周圍，全團免控免傷！

緊跟著山嵐召喚金鵰，伴隨著金鵰尖銳的鳴叫聲，陳霄的蝙蝠花直接被撲下雲端，瞬間秒殺！

現場觀眾尖叫出聲，山嵐的粉絲們激動地在直播間刷屏。

「嵐嵐強強強！」

「我嵐打空戰真是無人能及，超愛他的空戰打法！」

「嵐嵐笑起來好溫柔，打比賽卻好暴力！」

第一局，陳霄敗。

在空戰圖輸給山嵐沒什麼好丟人的，陳霄很快平靜下來進入第二局。

第二局陳霄選出的地圖讓觀眾們笑出聲——怡紅院！

怡紅院是在室內作戰，山嵐的飛禽牌再強，也飛不出屋子吧？

這種室內場景對山嵐的飛禽限制極大，他的鳥飛不高，陳霄的植物大範圍群攻就可以輕鬆命中。而怡紅夜宴也是陳霄最喜歡的地圖之一，夜宴開啟時的全地圖爆發，正好讓陳霄打一波流。

陳霄的一波流暴力打法有多強，上一場比賽，唐牧洲就領教過了。

大量群攻牌一波壓場，直接把山嵐給打崩，扳回比分！

兩人打得有來有往，十分精彩，第三局山嵐主場贏，第四局陳霄主場又扳平，比分從一比一來到二比二，轉眼就到了決勝局。

一局定勝負！

這時候隨機選出的地圖是關鍵。

系統隨機選出的地圖分別是兵器密室、永夜之城、無盡冰原。

永夜之城是鬼獄的地圖，上一場比賽唐牧洲選用過，陳霄在這張地圖上的盲打表現讓全聯盟刮目相看，山嵐自然毫不猶豫禁用了它。

陳霄在剩下的兩張地圖中，很聰明地禁用了兵器密室。

兵器密室是機關圖，需要大量走位躲暗器，飛禽牌速度比植物快，走位會更有優勢。而無盡冰原是來自流霜城的地圖，全地圖卡牌減速。

植物本來就不需要大量移動，原地站樁遠端攻擊，被減速的影響沒那麼大；飛禽牌大多都帶普攻技能，而且飛雁、金鵰這些都是近距離攻擊，被減速之後山嵐的節奏絕對會受到很大的影響。

蘇洋看到這裡不由感嘆道：「系統隨機的地圖會儘量保證公平，原則上，決勝局的隨機地圖要麼不出現兩位選手所屬俱樂部的主場圖，要是出現，就會一人一張。今天系統隨機選到的三張地圖都是來自其他俱樂部，但仔細分析，其實對陳霄更有利。」

吳月也道：「永夜之城這張圖陳霄三天前剛打過，還贏了唐牧洲，山嵐必須禁用。這樣一來，陳霄在剩下的兩張圖中就可以選對自己更有利的無盡冰原。」

劉琛道：「但這只是理論上有利，無盡冰原的減速對所有卡牌生效，山嵐的飛禽牌移速是百分之五百，哪怕被減速，移動速度依舊遠大於植物牌，雙方都被減速的情況下，山嵐依舊可以打快攻。」

地圖的影響只是相對的，厲害的選手即便在客場作戰也能戰勝對手，山嵐對這張地圖並沒有意見，他以前打方雨的時候也經常被減速，打這種圖的經驗非常豐富。

然而讓山嵐意外的是，陳霄的打法比他想像中還要暴力！

剛開局，陳霄就瞬間召喚出五張牌，站在不同的方位，將山嵐召喚出來的三張飛禽牌團團圍住，山嵐迫不得已只好召喚白孔雀保護。

但是，就在他剛召喚白孔雀的那一瞬間，陳霄直接讓王昭君彈奏琵琶——出塞曲，擊落空中飛禽牌，即死判定！

長著翅膀的孔雀自然也屬於飛禽牌，哪怕牠血量很高，並且有全團保護技能，但陳霄早就等著牠出現，在開出技能之前直接用王昭君將牠秒殺。

也多虧唐牧洲這段時間的陪練，讓陳霄掌握住了和高手對戰時使用即死牌的節奏。

等對手召喚出卡牌，你再用即死牌，那已經晚了。

大部分高手都可以做到同步召喚卡牌和開啟技能，所以必須提前做好預判，在山嵐召喚飛禽牌之前，先召喚出王昭君，時間差卡在零點三秒左右，這樣一來，山嵐的卡牌出現的那一刻，陳霄的即死牌早就等著了，可以先一步放技能秒殺它。

白孔雀的陣亡太出乎意料，山嵐也沒想到陳霄會這麼果斷。

緊跟著，陳霄就來了一波群攻暴擊！

先是金魚草恐懼群控，緊跟著，黑玫瑰、黑法師、血薔薇、巨魔芋集體出動，五張牌一波暴力連招打下來，山嵐的三張飛禽直接被秒殺。

雖然陳霄的卡牌技能放完需要長時間的冷卻，山嵐可以迅速用普攻牌反擊。

可是，陳霄開局一波建立的優勢太大，山嵐哪怕靠飛禽牌的敏捷快速強殺了陳霄的兩張輸出牌，卻被陳霄的吸血藤纏住，硬是拖到後期。

最後，陳霄以一牌之差驚險地獲得勝利！

三比二，陳霄勝！

蘇洋難以相信地睜大眼睛，「真是想不到，陳霄的暴力一波流打法會這麼果斷。萬一操作出現零點五秒的失誤，他很可能被山嵐反殺！關鍵時刻，陳霄還是敢打敢拚，這個季軍當之無愧！」

吳月也激動道：「賽前猜山嵐贏的觀眾高達百分之八十，畢竟山嵐是上賽季的冠軍。可是，結果再次出人意料——陳霄總是能帶給大家意外，他真是一位創造奇蹟的選手！」

劉琛道：「從小組賽中最不被看好的選手，到如今成為本賽季的季軍，陳霄上演了一次又一次的逆襲！讓我們以熱烈的掌聲，恭喜陳霄獲得十一賽季的季軍！」

比賽結束，山嵐笑得很無奈。

他的競猜幣這下全賠光了……

陳霄主動走過來跟山嵐握手，山嵐很有風度地笑著說：「恭喜陳哥。」

陳霄道：「我也是僥倖贏你一次，下回再打可沒這麼好運了。」

這話倒不是謙虛，今天確實天時、地利、人和都被他占盡。技比賽充滿了未知因素，這也正是比賽的魅力所在。

山嵐回到後臺，低垂著腦袋不好意思看師父，「我沒想到會輸……」

「無所謂。」聶遠道毫不在意，淡淡道：「師父又幫你要來了一百萬競猜幣，下一局跟著師父押，輸掉的再賺回來。」

山嵐目瞪口呆，「你從哪裡要來的？」

他疑惑之下打開職業聯盟群，就見聶遠道發的一條訊息：@全體成員，誰手裡有不用的論壇競猜幣，請轉到我論壇帳戶NYD1224，謝了。

歸思睿問：聶神要競猜幣幹麼？

葉竹：是幫嵐哥要的吧！哈哈，我知道他很喜歡玩競猜，是不是猜錯輸光了？【閉嘴，我好像知道了真相】

白旭：我有十萬，幫聶神轉過去了。

裴景山：十五萬已轉。

鄭峰：寵徒弟也要有原則啊，老聶！你找大家要競猜幣，這欠下的人情該怎麼還？

聶遠道平靜地說：賽季結束請吃飯，地點隨你挑。

鄭峰：好的，二十萬別客氣！

山嵐：「……」

看到這些聊天記錄，山嵐耳根發燙，很不好意思。他知道師父一直很寵他，沒想到師父居然去找大神們要競猜幣，這下全聯盟都知道他猜錯輸光了家當，真丟人！

山嵐紅著臉垂下頭，恨不得找個地縫把自己埋掉，直到聶遠道的聲音打斷他的思緒，「下一場，唐牧洲打凌驚堂，你反著猜，誰主場就猜誰輸，穩賺不賠。」

山嵐：「……」

好吧，他對師父的烏鴉嘴能力還是很有信心的！

唐牧洲VS.凌驚堂，這一場巔峰對決，點燃了全場觀眾的熱血。

打完比賽的陳霄也回到後臺，微笑著觀戰。

他的心情好極了，雖說打山嵐前做好了輸掉的準備，但最後決勝局的一波流策略居然發揮出奇效，讓他贏下山嵐，獲得了本賽季的第三名。

季軍，怎麼也比殿軍好聽吧！

而且還有特製的獎盃拿，到時候可以和大師賽的獎盃一起擺在涅槃基地門口的陳列櫃裡。

他已經收集了大師賽的銀獎、職業聯賽個人賽的銅獎，就差一個金獎，要是團賽能拿下金獎，這個賽季也算是滿載而歸。

當然，這只是想想，能不能實現還要大家一起努力。

比賽即將開始，陳霄放下胡思亂想，認真地看向大螢幕。

後臺所有的選手都在密切地關注這一場決賽。

凌鷲堂是一位很神奇的選手，以三十歲的年紀來說，他的狀態卻絲毫沒有下滑的跡象。而唐牧洲作為木系的代表，打法變化多端。兩位選手，一個專攻金系暴擊，一個擅長木系的全面打法，他倆的碰撞，絕對是本賽季最精彩的對決。

第一局，唐牧洲主場，用的是多肉強控卡組。

這套卡組在之前的雙人賽中謝明哲沒能破解，但凌鷲堂不一樣，他顯然研究過唐牧洲的終極控場流打法，用「以暴制暴」的方式，開局搶攻，直接在唐牧洲的控制鏈中撕開一個缺口，所有火力集中強殺多肉卡牌生石花，打斷唐牧洲的節奏，以速戰速決的方式贏下了一局！

凌神第一局氣勢洶洶，金系暴擊率快得讓人目不暇接。

唐牧洲也不甘落後，第二局直接用花卉冷卻流打法全團加速，搶先秒掉凌鷲堂的關鍵兵器牌，並且在最後關頭用治療卡抬血保命，扳回一局。

雙方打得格外激烈，卡牌數量一直緊追不捨，後臺觀戰的選手幾乎要屏住呼吸！

結果還真如聶遠道所料，唐牧洲的主場，凌鷲堂獲勝，凌鷲堂的主場也被唐牧洲反殺，兩人一直拚到二比二。

最後決勝局，隨機地圖出現。

系統隨機選到的三張都是其他俱樂部的地圖，夢幻泡影、海洋館和女兒國。凌驚堂率先禁用流霜城的海洋館，他討厭水戰。

唐牧洲緊跟著禁用夢幻泡影，留下女兒國。

蘇洋笑道：「女兒國，我們又要看到植物牌和兵器牌生寶寶了！」

現場觀眾哄堂大笑，唐牧洲在決勝局居然遇到小師弟做的地圖，這大概就是緣份吧！

女兒國這張地圖已經被各大俱樂部研究透澈，凌驚堂並不怕。

雙方開局就打得很凶，到中期時卡牌都剩下五張。

這時場景效果觸發，唐牧洲和凌驚堂同時開始複製卡牌，凌驚堂複製的是大後期收割牌「吸血匕首」，唐牧洲複製的卻是全團保護牌「榕樹」！

吸血匕首是後期越打越凶的牌，尤其在殘局作戰能力強得可怕，兩張吸血匕首那就是毀天滅地的傷害。榕樹卻是全團無敵保護，大榕樹五秒，複製出來的小榕樹二點五秒，相當於七點五秒的無敵。

這就是「矛」與「盾」的問題，到底是凌神先搶到節奏，用鋒利的匕首殺光唐牧洲的牌，還是唐牧洲先搶到節奏，用護盾擋住凌驚堂的爆發？

事實證明，唐牧洲拖後期的能力更強。

在凌驚堂複製完吸血匕首，連殺他兩牌後，他迅速開出榕樹的無敵，並用一波關鍵的混亂控場打斷凌驚堂的節奏，反殺掉吸血匕首和匕首寶寶！

——第五局，唐牧洲勝！

全場響起震耳欲聾的掌聲，唐牧洲的粉絲尖叫得嗓子都啞了。

蘇洋的聲音難得地激動起來，「恭喜唐牧洲獲得第十一賽季個人賽的冠軍！他也是職業聯盟唯一一位在個人賽獲得三次冠軍的選手！」

吳月的聲音也在發抖，「三冠王！難以置信的三冠王在今天誕生了！這一刻，唐牧洲已經創造了難以超越的歷史記錄！他的木系植物卡牌打法極為豐富，多肉終極控制流、藤蔓位移控場流、花卉冷卻流、木系疊毒流……唐牧洲確實是一位綜合能力極強的選手，他擔得起這個三冠王！」

劉琛道：「當然，凌神在總決賽的表現也值得大家給予熱烈的掌聲！打了近十年比賽，還能保持這樣鋒銳的狀態，真的很不容易！」

吳月道：「讓我們再次恭喜唐牧洲！也對凌驚堂表示敬意！」

現場掌聲雷動，在後臺觀戰的謝明哲眼眶發熱，心中猶然生起了一股驕傲。

——這就是他喜歡的人，唐牧洲。

戰術豐富，思路靈活，風格多變，哪怕只專注於製作木系植物牌，也做出了很多不同套路的卡組，也正是因為唐牧洲綜合實力的強悍，才會創下這麼多的神話——第五賽季的個人賽五十連勝，到如今的三冠王，唐牧洲所創造的歷史紀錄，或許在今後的很多年都不會有人超越！

他發自內心的佩服唐牧洲、敬重唐牧洲、喜歡唐牧洲——同樣，也想挑戰唐牧洲！

師兄這麼強大，自己當然也不能丟人。

個人賽到現在全部結束了，不論是唐牧洲的三冠王，還是陳霄的季軍，結果都比謝明哲想像的要好很多。唐牧洲和陳霄帶給了他太多的觸動和驚喜，也讓他收穫良多。

很快就是團賽了，競爭更激烈的團賽，戰術會更加豐富，卡牌的用量也完全不是個人賽、雙人賽的七牌、十牌可以比的。他希望，涅槃能在本賽季最大的團賽項目中留下名字，而不是季後賽一日遊就被淘汰出局。

謝明哲目不轉睛地看著螢幕裡的唐牧洲。

今天的唐牧洲真是帥得過分。

男人英俊的臉上帶著風度翩翩的笑容，三冠王的榮譽，並沒有讓他露出一絲一毫傲慢的神色，

他禮貌地跟凌驚堂握手，禮貌地給觀眾們鞠躬，他的眸中還是那樣的冷靜和沉穩，彷彿所有的榮譽，對他來說都是身外之物，他只是喜歡這個賽場而已。

能和這樣的人同臺競技，何其幸運？

謝明哲用力攥住拳頭，給自己加油打氣。

——團賽將至，跟師兄「決賽見」的約定，他一定會實現！

個人賽結束的當晚，唐牧洲第三次奪冠的消息很快就被頂上熱搜。

這無疑是個狂歡之夜，尤其對唐牧洲的粉絲來說，看男神創下難以打破的「三冠王」記錄，大家驕傲、激動的心情難以言表，粉絲群裡消息刷個不停，還有無數粉絲湧到官網留言祝賀，死忠粉們製作了大量的唐牧洲奪冠圖片和影片，刷爆了整個網路。

哪怕不瞭解星卡職業聯賽的圈外人，也會看到唐牧洲奪冠的消息。

風華俱樂部這邊，薛姐提前安排好了慶功宴，唐牧洲打完比賽後就被薛姐叫走，他都沒來得及跟小師弟好好聊聊，只聽阿哲在後臺跟他說了句恭喜便匆忙分開。

謝明哲也跟著俱樂部的隊員們去吃飯，個人賽徹底結束，大家可以好好總結放鬆，今晚肯定所有俱樂部都會私下聚餐。

巧的是，風華和涅槃訂的居然是同一家餐廳。

聽見隔壁傳來阿哲和陳霄熟悉的聲音，唐牧洲心頭一喜，立刻湊到薛林香的耳邊說：「薛姐，涅槃的人是不是在隔壁？不如兩家合在一起吃飯，今晚我做東。」

薛林香皺眉，猶豫道：「這不好吧？俱樂部私下聚餐哪有合在一起的道理？他們商量起戰術，

也不大方便……」

唐牧洲微笑著道：「比賽剛剛結束，今晚就不討論卡牌和戰術了，只單純吃飯。涅槃有我的恩師，我這當徒弟的剛拿冠軍，請頓飯也是應該。」

薛林香覺得有理，便答應下來，轉身去把涅槃的眾人全部邀請過來。

剛才在後臺匆匆道別，謝明哲心裡總覺得失落，沒想到吃個飯也能遇上師兄。他高興極了，卻又不好表現得太過明顯，便跟在師父的身後走進隔壁包間，故作驚訝地看著唐牧洲，笑道：「師兄，真巧啊！」

對上師弟燦爛的笑臉，唐牧洲真想把他抱過來狠狠地親一口。

礙於周圍太多電燈泡在場，唐牧洲忍耐住親他的衝動，輕輕摟住師弟的肩膀，「吃飯也能遇到，這就是緣份，坐吧。」

他特意把身邊的位置留給謝明哲，其他人也沒察覺到不對，各自找座位坐下。

風華四位主力、涅槃四位選手、陳千林坐一桌，其他風華二隊的選手和涅槃公會的管理們坐了兩桌，薛林香很快就把座位安排得妥妥當當，這位雷厲風行的經理做事確實毫無紕漏。

飯菜上桌前，唐牧洲主動倒上酒，舉起酒杯道：「我先敬師父一杯，沒有師父，就不會有今天的我。」還有一句話，他放在心裡沒敢講——沒有師父，他也不會收穫謝明哲這個好師弟。

陳千林不但是引他進入星卡職業聯盟的恩師，還是讓他得到摯愛的媒人。不過，陳千林目前並不知道大徒弟把小徒弟拐跑了，唐牧洲暫時不想說出來刺激師父。

謝明哲見師兄敬酒，立刻明白過來，也主動舉起酒杯道：「師父，我也敬您一杯。」

陳千林：「嗯？」

兩人眉來眼去的，明顯想給陳千林灌酒。

陳霄於是也舉起酒杯湊熱鬧，「哥，我也敬你。」

陳千林：「呃？」

三杯酒擺在面前，喝還是不喝？

陳千林沉默了兩秒，淡定地端起一杯水，「我酒量不行，以水代酒。」然後，不等三人有任何意見，他就把半杯水一口氣喝光——正好口渴。

唐牧洲哭笑不得，「師父您真是……」

都說物以類聚，陳千林看上去很正直的樣子，但徒弟一個比一個壞心眼，他這位木系「祖師」可絕不是單純的小白兔，酒桌上很多人敬他酒，他來者不拒卻能滴酒不沾。

唐牧洲放棄了灌師父喝酒的打算，將自己的酒痛快地一飲而盡，「我能在個人賽拿下三次冠軍，多虧師父當年的教導，這杯我乾了。」

謝明哲和陳霄也一飲而盡。

對於陳千林，三人都很是敬重和感激，唐牧洲是他帶進門的徒弟；謝明哲能這麼快掌握製作卡牌的技巧，陳千林的幫助功不可沒；陳霄更不用說，年幼時就被陳家收養，是陳千林給了他童年、少年時代最大的溫暖。

對上三人誠懇的眼神，陳千林唇角微揚，聲音卻是平靜無波，「沒必要謝我，我只做我該做的事，最後能走到哪一步，還是靠你們自己。」

「嗯，師父的話我會記在心裡。」唐牧洲放下酒杯，朗聲道：「今天我做東，誰都不要再提卡牌、比賽的事，大家單純吃飯喝酒，慶祝個人賽圓滿結束！」

包廂內響起掌聲，薛林香帶頭道：「我們來敬牧洲一杯，恭喜他拿下三冠王的榮譽！」

風華二隊的新人們各個激動地拿起酒杯，飯局的氣氛被帶動起來，謝明哲也主動跟師兄碰了碰杯，說：「恭喜師兄，我為你驕傲。」

唐牧洲目光溫柔，看著他道：「你也讓我驕傲。」

兩人相視微笑，目光對視的那一刻，陳霄感覺到自己又被塞了滿嘴的狗糧，只好頭疼地移開視線。

吃完飯後，時間已經很晚了，唐牧洲主動買單，雙方在餐廳門口道別。

看著暖黃燈光下男人英俊的側臉，謝明哲本來有很多話想跟對方說，可話到嘴邊，最後卻變成了一句：「師兄，團賽競爭激烈，祝你好運。」

唐牧洲微笑著伸出雙臂，謝明哲立刻撲到他懷裡，然後就被對方緊緊地抱住。

男人低沉的聲音在頭頂傳來，「季後賽我在A組，你在B組，只有分別拿下兩個小組的冠軍，我們才有可能在總決賽相遇，你明白這有多難？」

謝明哲點頭，「明白，這是惡夢級的副本難度，但也是一次終極挑戰，我會盡力的。」

唐牧洲沉默片刻，伸出手輕輕揉了揉師弟的頭髮，說：「我看好你。」

謝明哲學著唐牧洲的語氣說：「我也看好你。」

兩人分開，謝明哲朝唐牧洲揮手再見。

路燈下的少年笑容燦爛，明亮的眸中像是盛載著漫天的星光，唐牧洲站在原地溫柔地看著他轉身離開，雖說謝明哲有「說大話」的嫌疑，但奇怪的是，唐牧洲就是相信，面前這位樂觀又自信的選手可以不斷地給人驚喜、並且創造奇蹟。

如果，阿哲能率領「涅槃」這支全新組建的隊伍，在參賽的第一年就一舉奪下團賽項目的冠軍，那確實會是職業聯盟歷史上最大的奇蹟。

謝明哲回到俱樂部後，躺在床上輾轉反側，毫無睡意。

剛才在師兄面前說大話，信誓旦旦地表示自己會接受惡夢級的副本難度，以B組冠軍的身分去總決賽和師兄會師——這說起來容易，要做到實在太難了。

A組進入季後賽的隊伍是風華、流霜城、鬼獄和暗影。暗影戰隊實力一般，第一輪肯定會被淘汰。但流霜城、鬼獄各個都是難啃的硬骨頭，風華想奪冠，容不得一絲失誤。

B組的競爭更加殘酷，謝明哲即將面對暗夜之都、眾神殿和裁決三家俱樂部的狙擊，任何一個環節出錯都有可能被淘汰出局。想要在B組奪冠，以目前的卡組，二十打二十的暗牌模式還有些勝算，但是面對無盡模式，謝明哲的心裡完全沒有底。

無盡模式是本賽季全新推出的團戰模式，在規定的時間內，不限精神力、不限卡牌數量進行比賽——到時候會有一批又一批的卡牌上場，又一批接一批地陣亡，前仆後繼的，就跟打仗一樣，就看在規定的時間內誰擊殺掉的卡牌數量較多。

這種模式，俱樂部的卡池是基礎，排兵布陣和操作是關鍵，想要獲得勝利，除了拚團隊硬實力，毫無其他捷徑可取。

就算他目前做出了大量仙族牌，但其他俱樂部肯定也會製作新的卡牌，涅槃想要在無盡模式中贏過其他俱樂部，必須針對這些俱樂部的特色再補做一些適合無盡模式的卡牌。

十月一日，官方主頁發布了兩條公告。

首先是宣布了個人賽唐牧洲奪冠，凌驚堂、陳霄、山嵐分獲亞軍、季軍、殿軍的消息。

更讓大家關注的，則是官方發布的第二條賽前通知——

請各大俱樂部在十月十日公示卡組，本賽季大型團賽項目將於十月十七日正式啟動。

也就是說，距離卡組公示還有十天，公示之後各大俱樂部有一週的備戰時間。

看上去聯盟很仁慈，給了大家充足的時間做準備，但實際上，一週的備戰時間根本就不夠用。能打進季後賽的俱樂部卡池肯定都在百張以上，想在一個星期內研究完對手的卡池簡直是做夢，而在公示的卡池中，對手到底會用哪些卡牌？就算進行分析、推理，最多也只能推算出六、七成。

從今天開始，各大俱樂部的教練就要提前研究對手現存的卡池。

陳千林大清早起來看到了公告，事實上，他早在個人賽開始之前就已經和阿哲逐步研究其他俱樂部的卡池了，所以，卡組公示後，只需要挑出新卡牌來研究就行。

B組這邊由於常規賽出現難得一見的三家俱樂部同分，目前涅槃還不知道第一場的對手是誰，這才是最頭疼的。

陳霄看到公告後也急忙問道：「哥，聯盟那邊還沒說什麼時候抽籤嗎？沒決定對手，我們難道要同時準備打三家戰隊的策略？」

陳千林道：「我已經發消息去催了，最遲週末就能確定。」

兩人一邊聊一邊走進訓練室，發現阿哲正埋頭寫寫畫畫，臉上的表情無比認真。

兩人很有默契地駐足旁觀，並沒有打擾謝明哲。

直到謝明哲把人物形象畫完，停下筆思考，陳霄才好奇地問：「又有靈感做卡牌了嗎？」

謝明哲被背後的聲音嚇了一跳，回過頭看見陳霄和陳千林，他便直接把自己的設計圖拿給兩人看，「我想最後再補充一批卡牌，這三張是帶連動的，其他是散卡。」

陳千林瞭然道：「是為無盡模式做準備？」

「嗯，我看到公告了，距離卡組公示還有十天，還來得及補充。而且這批新卡牌，我們不一定要在第一場比賽就拿出來用，練手的時間也很充裕。」

「那倒是。」陳霄贊同地說：「你之前做的鬼牌和仙族牌，我們都練熟了，新卡牌至少要練半個月才能拿上場，十天後就要公示卡池，你想做新卡牌就抓緊時間吧，公示之後再做新卡牌就無法加入本賽季的卡池了。」

陳千林拍拍小徒弟的肩膀，有些心疼，「昨晚沒睡好吧？看你這黑眼圈。」

謝明哲揉揉眼睛，「沒事，我現在特別有精神，今天先把這套連動牌做出來給師父看。」

「好，那我就等你的新卡牌。」陳千林又看了眼設計圖，問：「三張人物牌叫什麼名字？」

謝明哲微笑著道：「這三個人，叫董卓、貂蟬和呂布。」

陳霄揉著太陽穴，「咳，聽名字就很厲害，你慢慢做。」其實他想說，光聽名字就讓人頭疼，阿哲留到大後期的這些卡牌，肯定不好對付！

兩人轉身離開，謝明哲便戴上頭盔進入遊戲，將自己設計的畫稿在遊戲裡繪製出來。

【第七章】

卡牌談戀愛居然還搞三角戀？

董卓、貂蟬、呂布的故事，在地球時代的東方文化中，可以說是家喻戶曉。貂蟬這個人物在歷史上是否真實存在無從考據，但《三國演義》裡的離間計卻是相當精彩的一段劇情。

這三張卡牌的設計，連動技自然是出了名的「離間計」，可以做成動態事件。關鍵在於各自的技能設計。

謝明哲考慮再三後，將董卓設計成一張超級難打的肉盾牌——董卓這個人物本來就很難被殺死，各方群雄為了殺他煞費苦心，而且，他肥胖的外表樣貌，也很適合做成肉盾牌。

董卓（金系）

等級：1級

進化星級：★

使用次數：1/1次

基礎屬性：生命值1800，攻擊力0，防禦力1800，敏捷0，暴擊0%

附加技能：權傾朝野（董卓手握重權、富可敵國，還建立了自己的武器裝備庫，手下有無數位猛將，人們想要反抗他，卻因為他權勢滔天而難以擊殺他——董卓可從範圍23公尺內所有敵對目標的身上各吸取2%的血量作為護盾，護盾的血量最高不超過董卓自身血量的20%，想要擊殺董卓，必須擊碎他身上的護盾，護盾存在期間，董卓會自動替血量低於20%的隊友主動吸收傷害；冷卻時間60秒）

附加技能：貪圖酒色（董卓好酒又好色，身邊必須有美酒相伴、美人作陪，一旦對方沒有獻上讓他滿意的美人，董卓會選擇性地將對手陣容中一張他看不順眼的卡牌抓過來當下酒菜，一次性地吸收該卡牌20%的血量變成自身的護盾；冷卻時間40秒）

附加技能：暴虐施政（董卓個性極為殘暴，當自身護盾破碎後，他會立刻進入「暴虐」狀態，持續5秒，反彈期間所受到的一切攻擊類技能；被動技，護盾破碎後立刻自動觸發）

董卓這張牌簡直是「護盾流」卡牌中的超級小強。第一技能「權傾朝野」大範圍吸血為自己加護盾；第二技能指定目標單體吸血為自己護盾；第三技能則是護盾破掉之後五秒反傷，防止被秒。三個技能搭配使用，可以讓董卓的護盾一直存在。想要殺掉董卓，對手需要動用大量的攻擊牌。因此只要有董卓在場，對手只會煩不勝煩。

不殺他，他會自動幫隊友擋傷害。想殺他，又太難。

無盡模式中，讓董卓出來拖一拖時間，可以保證在他的保護下涅槃卡牌陣亡數降到最低，再儘量殺掉對手更多的卡牌，這樣就能抓節奏打出極大的牌差。

做好董卓，接下來就是呂布。

呂布是三國時期出名的戰神，有「飛將」之稱，他的武力值絕對能排在三國武將前列，所以謝明哲決定將他設計成攻擊超高的金系暴擊牌，騎著赤兔馬，手握方天畫戟的呂布，出場威風凜凜，足以讓敵軍聞風喪膽！

呂布（金系）

等級：1級

進化星級：★

使用次數：1/1次

基礎屬性：生命值600，攻擊力1800，防禦力600，敏捷30，暴擊30％

附加技能：無敵飛將（呂布很擅長騎射，騎術極為高超，有「飛將」之稱，呂布出場時騎著戰馬，可在23公尺範圍內瞬移至任意位置，且在瞬移後獲得450％移速加成持續10秒；冷卻時間20秒）

附加技能：方天畫戟（呂布握有神兵利器「方天畫戟」，他可以手持方天畫戟，縱馬飛馳到指定區域，將手中的方天畫戟朝鎖定目標刺出，無視對方防禦，並一次性造成300％金系暴擊傷害；

冷卻時間30秒）

附加技能：驍勇善戰（呂布驍勇善戰，一旦擊殺目標，則立刻刷新無敵飛將、方天畫戟技能）

這是一張超強輸出牌，第一技能靈活位移，瞬移和百分之四百五十的移速加成讓呂布的速度幾乎能跟山嵐的飛禽牌相媲美；第二技能看上去是個很簡單的單體鎖定暴擊技，但一旦擊殺了目標，立刻刷新，這個設計可以讓他毫無疑問地站在聯盟收割牌的一線之列當中。

在殘局放出呂布，完全可以用方天畫戟直接一波流清場！

當然，收割牌的防禦和血量是個大問題，基礎血量才六百，即使升到滿級也不到五萬，容易被秒殺，需要在其他卡牌的保護下出場。

這時候就要貂蟬來幫忙了。

將大美人貂蟬做成輔助牌，可以配合呂布一起上場。

貂蟬（金系）

等級：1級

進化星級：★

使用次數：1/1次

基礎屬性：生命值1200，攻擊力0，防禦力1600，敏捷30，暴擊30%

附加技能：貂蟬拜月（據說，貂蟬在後花園拜月，忽然輕風吹來，浮雲將明月給遮住了，貂蟬的美貌讓月亮都自愧不如，只好藏起來不敢見她。因此，貂蟬的美貌也稱為「閉月之貌」——當貂蟬出現時，其他卡牌羞愧於自己的美貌比不上貂蟬，只能暫時躲起來。貂蟬使用拜月技能，可以做出如下選擇：一、強制對手接下來3秒內不能召喚新卡牌和貂蟬比美；二、強制周圍5平方公尺範圍內的所有卡牌暫時退場迴避，退場的卡牌可安全回到選手的手中，但不恢復血量；冷卻時間60秒）

附加技能：蠱惑人心（貂蟬是一位歌女，能歌善舞，加上容貌國色天香，容易蠱惑人心，當貂蟬使用技能時，23公尺範圍內敵對目標集體被蠱惑，無法釋放任何技能持續3秒；冷卻時間60秒）

貂蟬這張卡牌的強度，在無盡模式絕對是Boss級的。

拜月可以強制對方卡牌迴避，在我方抓節奏的時候，貂蟬可以使對手三秒內召不出任何新牌，無法救援，讓我方迅速打出牌差。

在逆風局，貂蟬可以指定五平方公尺區域內的我方殘血牌迴避，保護隊友不被強殺；也可以指定對方五平方公尺區域內的卡牌暫時迴避，比如，聶遠道剛召喚出一批獸牌想要強攻，貂蟬開啟拜月技能讓它們全部退回去重新召喚，這樣我方就有了調整節奏的時間。

因為「貂蟬拜月」可以直接決定「卡牌在場或者規避」，比任何的硬控技能都霸道，強度太高，謝明哲只為她設計了這兩個技能，蠱惑人心就做成典型的群控。

操作貂蟬的關鍵還是第一技能的運用。這張卡牌用不好會自亂陣腳，用得好絕對是抓節奏的利器——讓關鍵卡牌迴避，只要選牌選得好，說不定能在瞬間扭轉戰局。

做完三張牌，接下來就是連動了。

貂蟬連動技：離間計（貂蟬可對董卓、呂布發起連動，用美色迷惑兩人並挑起兩人的矛盾。她可以選擇：一、告訴董卓呂布欺負她；二、告訴呂布董卓要強娶自己）

董卓連動技：離間計（由於董卓被貂蟬的美色所迷，聽到貂蟬訴苦說呂布要欺負她，董卓一邊說著「美人兒別怕」，一邊立刻來到貂蟬身邊保護她，並刷新自身全部護盾類技能）

呂布連動技：離間計（呂布迷戀貂蟬，得知董卓要強娶貂蟬，呂布暴怒之下提升自身50%攻擊力，立刻去和董卓決鬥，一招秒殺董卓，並觸發「驍勇善戰」效果，刷新「無敵飛將」和「方天畫戟」技能；若23公尺內找不到董卓，則呂布憤怒之下喪失理智，見到任何敵對目標都會發起攻擊）

三人連動的觸發點在貂蟬。

要是我方被集火壓力太大，貂蟬可以和董卓連動，讓他刷新護盾技能為大家頂一波傷害，拖住局面；要是我方占優勢，需要呂布出場收割，或者呂布收割到一半被對手中斷，貂蟬可以向呂布訴苦，讓呂布增強攻擊力秒殺董卓，觸發收割刷新技能設定，繼續大殺四方。

這三人同臺，真是一場年度大戲。

貂蟬一會兒跟董卓告狀，一會兒又跟呂布訴苦，不同連動應對不同的局面，必要的時候還可以同時開啟，三卡一起連動。再加上她自己的技能「拜月」強制卡牌迴避。

這張在團戰季後賽開戰前才製作出來的人物卡牌「貂蟬」，結合了謝明哲對無盡模式的深刻理解，也將成為謝明哲在無盡模式的最強節奏點！

三張牌全部定稿後，謝明哲緊跟著設計其他的人物牌。

首先是兩位國主，蜀後主「劉禪」及吳國主「孫權」。

劉備、諸葛亮、蜀國五虎上將都是金系牌，所以謝明哲將劉禪的屬性也定義為金系。容貌方面，他按照影視劇的形象及小說中的描述來設計。

劉禪有個「樂不思蜀」的典故，據說某天司馬昭設宴款待劉禪，讓樂師故意演奏蜀國的樂曲，蜀漢舊臣想起亡國之痛，各個悲傷難忍、低頭流淚，只有劉禪面帶笑容、怡然自得，司馬昭問：「安樂公不想念蜀國嗎？」

劉禪答：「此間樂，不思蜀。」

樂不思蜀可以作為劉禪的招牌技能，讓他在異國他鄉安於享樂。

劉禪（金系）

等級：1級

進化星級：★

使用次數：1/1次

基礎屬性：生命值1000，攻擊力700，防禦力1000，敏捷30，暴擊30%

附加技能：大權旁握（劉禪雖是蜀國的國主，但並未掌握國家大權，劉禪也心安理得地讓別人來幫他處理國家大事——劉禪使用技能，將自身的攻擊力全部轉交給指定目標，讓對方幫他做事，持續5秒；冷卻時間15秒）

附加技能：樂不思蜀（由於蜀國的國力日漸衰敗，劉禪決定向敵國投降。投降之後的劉禪被封為「安樂公」。他安於享樂，並且親口說出「此間樂，不思蜀」的話——比賽開始後，劉禪可隨時向敵人投降，加入到敵軍陣營。投降後的劉禪，可瞬移到敵對卡牌陣營中的任意指定位置，且發起「樂不思蜀」技能，讓指定卡牌給他奉上美酒佳餚。由於賽場沒有美酒佳餚，可以用卡牌自身的攻擊力來取代，為劉禪獻上10%基礎攻擊力；冷卻時間15秒）

劉禪的基礎屬性，是謝明哲所有卡牌中難得一見的均衡卡，基礎生命、防禦是一千，攻擊是七百。均衡的數據，也就代表著各項屬性平庸，是製卡的大忌。

一流卡牌大部分都會有資料偏向，比如呂布攻擊高達一千八，董卓的防禦也是一千八，而劉禪這張卡牌防禦中等、攻擊中等，光看資料似乎是三流卡牌。

但這個設計，其實和他的技能息息相關。

首先劉禪這張卡牌本身沒有攻擊技能，而是把大權交給指定隊友，讓隊友去攻擊。基礎攻擊力七百看著挺少的，可一旦轉加給隊友，就能讓專注於輸出的隊友打出爆炸傷害。其次，因為他要投降進入敵軍陣營，防禦太弱容易被秒殺，所以他自身有一千點的防禦，能多活一段時間。

第二技能「樂不思蜀」可以讓劉禪主動潛入敵方後排，用「樂不思蜀」技能吸取對方關鍵輸出

牌的百分之十攻擊力，然後再「大權旁握」轉交給指定的友方目標。

劉禪的兩個技能連起來，就可以吸收對方後排輸出牌的攻擊轉給我方隊友，借力打力。

一旦劉禪投降，由於他「樂不思蜀」的技能冷卻時間很短，為免後排輸出卡的攻擊被他給吸光，對手肯定會迅速集火強殺掉他。在劉禪投降的時間，我方其他輸出牌的仇恨值就會下降，對手先殺劉禪，這在一定程度上也充當了「嘲諷牌」的作用。

看似平庸的牌，實際的輔助能力極強。

以劉禪搭配連續普攻類卡牌，絕對是一加一大於二的效果。

設計完劉禪，接下來就是吳國的國主孫權。

孫權是個非常有謀略的君主，他很懂得「唇亡齒寒」的道理，知道用平衡策略來制衡魏、蜀、吳三國之間的關係。結盟都是暫時的，為維護吳國的利益，他不會眼睜睜看著任何一方勢力坐大後吞併其他兩方。恰到好處的結盟弱勢力、對抗強勢力，保全自己，同時讓吳國的利益最大化，這真是深得「國際外交」的精髓。

孫權自身戰鬥力不足，多次受傷都是被部下搭救，所以孫權這張牌謝明哲也做成了強力輔助卡。東吳大部隊都是火系，孫權也設計成火系，和陸遜、周瑜等保持一致。

孫權（火系）

等級：1級

進化星級：★

使用次數：1/1次

基礎屬性：生命值1500，攻擊力0，防禦力1500，敏捷30，暴擊30%

附加技能：知人善用（孫權作為吳國主公，年紀輕輕卻善於舉賢任能，他可以讓屬下發揮出自己的才華，並且對他忠心耿耿——孫權使用「知人善用」技能時，可選擇我方的3張卡牌，對這3

張卡牌委以重任。被選擇的卡牌，立刻瞬移到孫權身邊，獲得孫權的信任和激勵，防禦、攻擊、生命其中一項屬性加成50％，且刷新自身全部技能；冷卻時間60秒）

附加技能：制衡結盟（魏、蜀、吳三分天下，孫權不想讓魏、蜀勢力變強後併吞吳國，因此從中制衡，結盟弱者、對抗強者，讓三方始終屬於微妙的實力平衡狀態——比賽當中，若雙方實力差異較大，孫權可隨時發起「制衡結盟」技能，強制範圍內所有卡牌停止一切行動持續2秒，並讓指定15平方公尺範圍內所有卡牌均分血量，使卡牌的血量達到平衡；冷卻時間90秒）

孫權這張卡牌的用法很多，第一個技能「知人善用」對三張卡牌委以重任，相當於三張卡牌的增益buff加成和技能冷卻刷新，同時還可以讓三張卡牌瞬移到自己的身邊接受任命。

至於第二技能的制約平衡，是範圍內平衡血量，例如我方卡牌被全面打殘的情況下，多拉幾張對手的卡牌均分血量，相當於一個群體加血大招。

或者，想集火對方的護盾卡，可惜血量太高打不動，這時候可以讓孫權去平衡，放殘血牌分掉它們的血量，方便我方儘快擊殺敵方肉盾牌。

孫權在場的情況下，我方的打法會更加靈活，具體委任哪三張卡牌、放哪些卡牌去平衡血線，都要根據現場的局勢來決定，對選手的大局觀和意識要求極高。

由於必須在卡組公示前把最後的這批散卡全部做完，謝明哲每做完一張卡牌就把卡牌發給秦軒同步製作特效。好在人物牌的技能特效不需要像仙族卡牌那樣華麗，製作起來相對簡單，秦軒效率又高，基本上次日就能定稿。

魏蜀吳的人物卡差不多都完成了，還剩幾張不屬於這三方勢力的卡牌需要設計。

第一張是張角。

東漢末年，張角以「蒼天已死，黃天當立，歲在甲子，天下大吉」為口號，率領群眾發動「黃巾起義」，雖說黃巾起義最終失敗了，但張角的起義徹底攪亂了一灘渾水，也為東漢末年的各方軍

閥割據揭開了序幕。

張角這張卡牌，可以當成團戰中的節奏點，發動卡牌起義，讓我方全團來一波爆發輸出。

張角（金系）

等級：1級

進化星級：★

使用次數：1/1次

基礎屬性：生命值800，攻擊力1600，防禦力800，敏捷30，暴擊30%

附加技能：黃巾起義（張角號召人們對暴政發起反抗，共創太平盛世，並喊出「蒼天已死、黃天當立」的起義口號——在張角號召下，我方全體卡牌同時發動起義，攻擊力、攻擊速度、暴擊傷害全部提升50%持續5秒；23公尺範圍內的敵對目標被我方卡牌的起義所震撼，進入3秒混亂時間；同時，張角作為黃巾起義的領袖，率先對23公尺範圍內敵對目標造成一次300%群體金系暴擊傷害；每隔45秒可發起一次黃巾起義）

張角只設計這一個技能，因為這是個超強一波流技能。

當張角喊口號發起卡牌起義的時候，我方全體卡牌攻擊力、攻速、暴擊傷害全面提升，同時對手會因為卡牌起義而陷入三秒混亂，我方就可以趁混亂爆發，迅速收掉對方的殘血牌。

張角自身也有不俗的群體範圍攻擊技能，再配合其他的輸出牌，這一波進攻大節奏如果能把握好，在團戰當中可以瞬間把對手給打崩。

做完張角，接下來還有一個重要人物——漢獻帝劉協。

劉協是東漢王朝的末代皇帝，後來被曹操「挾天子以令諸侯」，最後在魏王曹丕的逼迫下退位禪讓，當了一生的傀儡皇帝。謝明哲想把劉協設計成輔助牌，擁有三個技能。

劉協（木系）

等級：1級

進化星級：★

使用次數：1/1次

基礎屬性：生命值1600，攻擊力0，防禦力1600，敏捷30，暴擊30%

附加技能：傀儡君主（劉協雖是一國之君，但手中沒有任何實權，只是掛著個名號，被別人當做傀儡——劉協自身沒有任何攻擊力，但我方其他卡牌可以臨時操控劉協，讓劉協成為自己的傀儡，傀儡狀態的劉協繼承操控者50%基礎攻擊力，並自動以普攻攻擊操控正在攻擊的卡牌，每次普攻造成20%木系普攻傷害，攻擊距離23公尺；劉協成為傀儡的時間持續10秒，冷卻30秒）

附加技能：衣帶詔（劉協希望忠於自己的大臣們可以解救他，當劉協被挾持後，他不甘心繼續當傀儡，於是暗中解下自己的衣帶，用鮮血寫了一封密詔，偷偷交給指定的大臣前往救援——衣帶詔技能必須在傀儡狀態發動，劉協可將衣帶詔依次傳給指定卡牌，拿到衣帶詔的卡牌悲憤交加，戰意凜然，立刻提升自己50%的基礎攻擊力且刷新全部技能，讀完衣帶詔上的文字後，該卡牌可以將衣帶詔繼續傳給其他卡牌，直至衣帶詔被對手摧毀；衣帶詔是劉協用鮮血寫成的詔書，繼承劉協50%血量。限定技，一場比賽只可使用一次）

附加技能：退位禪讓（劉協迫於無奈最終將皇位讓了出來——劉協發起「退位禪讓」技能後可將自身全部屬性轉加給指定友方卡牌，自己主動放逐出賽場，一場比賽只可禪讓一次）

這張卡牌的設計比較複雜，當我方卡牌輸出不足的時候可以把他當成「協戰型輸出牌」來使用，讓他成為我方主力輸出牌的傀儡，繼承該卡牌一半屬性，發起遠端普攻協戰。

第二技能「衣帶詔」在傀儡狀態發動，雖然是限定技，但衣帶詔會作為一個「道具」在卡牌之間不斷傳閱，接到衣帶詔的卡牌會提升攻擊力並刷新技能，再傳給其他隊友，繼續刷新技能。對手必須儘快毀掉衣帶詔，否則這個增益buff就可以一直傳下去。

退位禪讓在迫不得已的情況下才會使用，比如我方關鍵輸出牌特別危險，眼看就要被秒殺，劉協可以把自己的血量、防禦全部讓給這張卡牌，然後自己退出賽場，相當於犧牲自己，換來關鍵牌的生存機會。這個技能用完後，劉協沒法再上場，所以一定要慎重使用。

做完「劉協」這張牌，還有群雄中名氣較大的袁紹。

袁紹的卡牌，謝明哲決定根據「界橋之戰」的典故來製作，這也是袁紹打得最漂亮的一場戰役。他用到了伏兵和弩箭，因此，卡牌的屬性也會做成金系牌。

袁紹（金系）

等級：1級

進化星級：★

使用次數：1/1次

基礎屬性：生命值800，攻擊力1800，防禦力800，敏捷30，暴擊30%

附加技能：伏兵（袁紹可以在指定的位置召喚4個伏兵，伏兵出場時便自動隱身，讓對手無法察覺，除非伏兵主動出現並攻擊對手，否則就可以一直隱身。每個伏兵手中都會攜帶弩箭，每把弩箭擁有10枝箭矢；布置一批伏兵的冷卻時間為30秒）

附加技能：亂箭（當敵對目標踏入伏兵的攻擊範圍內，袁紹可隨時下令讓伏兵出擊，袁紹發起號令後，所有伏兵解除隱身形態，立刻現形，並拉開手中的弩箭對踏入攻擊範圍內的敵對目標進行亂箭射擊。亂箭射擊持續5秒，每個伏兵每0.5秒射出一枝弩箭，每枝弩箭對射中的單體目標造成5%金系普攻傷害，若連續三箭命中同一目標，則額外造成10%金系暴擊傷害；伏兵陣亡時，該伏兵所攜帶的弩箭也會消失，冷卻時間30秒）

袁紹的伏兵技能，相當於是提前做一個陷阱，這對選手的預判能力要求較高，可以根據場上的形勢不動聲色地召喚四個伏兵隱身埋伏，在敵人退守的時候突然出來射一波亂箭。

伏兵技能冷卻時間是三十秒，理論上來說，如果是長時間的持久戰，袁紹甚至可以布置好幾批伏兵，然後同時出現打一波爆發。只不過對手看見你袁紹在場，肯定不會讓你活那麼久去慢慢布置伏兵，這也只在理論上成立。

伏兵配合亂箭，可群攻、可集火，在實戰中會非常靈活。這張牌關鍵在於「出其不意、攻其不備」，在對手後撤的路上埋設伏兵，會打得對面猝不及防。

做完這些出名的諸侯、國君，還有一張散卡是謝明哲一直想做的。

三國時代最出名的才女：蔡文姬。

據說蔡文姬是個音樂神童，九歲時父親彈琴斷掉一根弦，蔡文姬立刻說出是第二根弦，父親以為她瞎猜，彈斷又問，她居然再次猜中「第四根」，這便是蔡文姬「辨琴」的典故。

蔡文姬十六歲嫁給衛仲道，丈夫死後回到家中。南匈奴入侵時她被匈奴左賢王擄去，做了左賢王十多年的妻子，生了兩個孩子。曹操統一北方後得知好友蔡邕的女兒身陷匈奴，就花重金將她贖了回來，歸漢之後的蔡文姬又被曹操安排嫁給了董祀。

她一生三嫁，命運坎坷，也正是這些悲慘的經歷，讓她結合匈奴、東漢兩地的樂曲風格，寫出了影響力極為深遠的古琴名曲《胡笳十八拍》，這首曲子的歌詞總共有十八段，如泣如訴，講述了蔡文姬漂泊、悲涼的一生。

蔡文姬適合做輔助牌。她擅長彈琴，謝明哲就給她畫了一把古琴作為武器。

蔡文姬（金系）

等級：1級

進化星級：★

使用次數：1/1次

基礎屬性：生命值1600，攻擊力0，防禦力1600，敏捷30，暴擊30%

受。蔡文姬每秒彈奏一次琴弦，降低23公尺內敵對目標10%基礎攻擊力，持續10秒，彈奏琴音最多持續10次，被攻擊、控制技能打斷時彈奏終止；冷卻時間40秒）

附加技能：琴音（蔡文姬擅長彈奏琴曲，曲聲婉轉、如泣如訴，悲涼的樂曲讓敵對目標感同身受。蔡文姬每秒彈奏一次琴弦，降低23公尺內敵對目標10%基礎攻擊力，持續10秒，彈奏琴音最多持續10次，被攻擊、控制技能打斷時彈奏終止；冷卻時間40秒）

附加技能：斷弦（蔡文姬自幼精通音律，父親彈琴時不小心彈斷琴弦，她可以立刻辨認出斷掉的是哪一根琴弦——蔡文姬發起技能後，手中古琴的琴弦斷裂。第二根琴弦斷裂，斷弦聲會使23公尺內敵對目標集體暈眩3秒；第四根琴弦斷裂，將使23公尺內敵對目標群體降防50%；蔡文姬可自由選擇斷掉第幾根琴弦，琴弦斷裂10秒後修復，再次使用斷弦技能的冷卻時間為30秒）

附加技能：歸漢（蔡文姬身世飄零，被外族擄去，多年後才重返故土。蔡文姬發起「歸漢」技能可瞬移到23公尺內任意區域，且在歸漢的同時解除自身一切負面狀態，回滿血量，免疫控制持續3秒；限定技，一場比賽只可使用一次）

蔡文姬是一張buff輔助牌，「琴音」降對面攻擊，「斷弦」可作為群體控制技，斷兩弦，群體暈眩；斷四弦，群體降防，根據局勢靈活選擇。「歸漢」則是保命技，被集火的時候可以用來逃跑。

到此為止，謝明哲又增加了貂蟬、呂布、董卓三張連動卡，孫權、劉協、蔡文姬三張強勢的輔助牌，以及張角、袁紹兩張戰術性攻擊牌。

最後一批散卡終於製作完成，接下來就要等官方的審核了。

十月三日這天早晨，謝明哲把做好特效的八張卡牌一起提交審核。

官方資料師們大清早剛一上班，就聽到熟悉的系統音——有八張新卡提交人工審核，請儘快完

成審核。

周佳瑤想都不用想地就說：「肯定是謝明哲，大家開工！」

鄒曉寧好奇地走到大螢幕前，「會不會又是仙族牌？類似七星君、八仙這種的。」

旁邊的同事摸著下巴道：「我覺得有可能。」

周佳瑤沒說話，直接將資料庫提交的卡牌資料打開來放大在螢幕中，八張卡牌的「種族」那一欄全都清晰地標注著兩個字：人物。

鄒曉寧不由詫異，「他不做仙族牌，又開始做人物卡了嗎？」

周佳瑤若有所思，「只有三張帶連動，看來謝明哲是在補充散卡。」

提起散卡，鄒曉寧的脊背不由一陣發涼，謝明哲做的散卡技能特別奇葩，上回是牽紅線談戀愛、讓卡牌生寶寶，這次呢？大家的心裡突然生起一絲不妙的預感。

周佳瑤深吸口氣，「今天時間還早，現在才八點半，大家每人挑幾張，先進行初審，發現不合理的地方再拿出來討論。」

鄒曉寧猶豫片刻，挑了張角、袁紹這兩張牌——她覺得這兩個人光看名字似乎不大複雜。而貂蟬、蔡文姬一看名字就知道技能設計不簡單。

拿到張角後，鄒曉寧心頭一喜：只有一個技能，自己果然機智啊！

然而，仔細一看那長長的技能描述，鄒曉寧的笑容立刻僵在了臉上。

卡牌起義？這卡牌還能發動起義！

張角雖然只設計了一個技能，但這個技能超級複雜，相當於多合一的效果，當張角喊出「蒼天已死、黃天當立」的口號時會發動技能……鄒曉寧看到這裡，立刻戴著耳機聽了一下，耳邊果然響起中氣十足的口號，她的嘴角頓時一陣抽搐。

謝明哲你強啊，你還真的給張角配了句「蒼天已死、黃天當立」的臺詞！

打個比賽，卡牌們還要喊著口號發動起義，卡牌們的牌生果然比她們這些坐辦公室的資料師精彩太多了。鄒曉寧深吸口氣，穩住複雜的心情，繼續看技能。

張角發動「黃巾起義」後首先是全團攻擊、攻速、暴擊提升，這相當於buff增益。二十三公尺內敵對目標陷入三秒混亂，這也沒問題，相當於大範圍的群控——但是，給隊友加buff、讓對手混亂的同時，張角自己還能打出百分之三百的群體金系暴擊傷害，這就強得過分了吧？

鄒曉寧立刻將這部分描述用紅線標注，交給總監周佳瑤道：「周姐，張角群體增益、群體控制，同時自己還能打群攻，傷害太強，需要進一步核算。」

周佳瑤點點頭，將這張牌交給負責資料核算的齊瑞。

戴著眼鏡的年輕資料師齊瑞立刻把張角的資料導入平衡公式，很快得出結論，道：「百分之三百的群體傷害確實太強，要麼砍成百分之兩百，要麼把張角的基礎攻擊力砍到一千二。」

周佳瑤點頭，「先做好備註。」

話音剛落，就見鄒曉寧又哭喪著臉道：「袁紹這個技能也太可怕了！要是對手秒不掉他，他豈不是能一直設置伏兵？如果在全場設下五六批伏兵，對手根本就沒得打。」

周佳瑤聽到後立刻湊過去看，頭疼地揉揉太陽穴，「這張牌怎麼改，曉寧妳有什麼想法？」

鄒曉寧仔細琢磨片刻，提出建議，「讓伏兵繼承袁紹百分之十的血量怎麼樣？小兵血少會很好擊殺，對手只要用群攻技能反殺伏兵就有活路。另外，伏兵隱身的時間不得超過九十秒，這樣就限制了袁紹最多布置三批伏兵。」

周佳瑤回頭問旁邊的小齊，「三批伏兵的話，傷害量會不會超額？」

齊瑞推了推眼鏡，很快給出結果，「同時控制三批伏兵放箭，不可能讓一百二十支箭全部射中，實際傷害會大打折扣，袁紹的操作上限很高，關鍵還要看伏兵的位置。」

周佳瑤點頭，「暫時這樣吧，待會兒實戰測試一下傷害。」

隔壁的劉姐這時候也初審完畢：「總監，蔡文姬的技能沒問題，劉協這張牌出現了全新的設計，他的衣帶詔可以在友方卡牌間傳閱，拿到的卡牌增強攻擊並且刷新技能。」

周佳瑤感興趣地湊過去看，「衣帶詔？相當於一個增益buff道具？」

劉姐點頭，「有點像『擊鼓傳花』的遊戲。」

周佳瑤道：「如果衣帶詔被其他卡牌保護起來，確實太bug，妳有什麼想法？」

劉姐想了想道：「或許可以給衣帶詔的傳閱增加一個前置條件，比如三秒傳閱一次？給對手一點反應的時間。」

鄒曉寧贊同：「我覺得可行，衣帶詔迅速傳遍全場，所有卡牌技能刷新太可怕了。三秒傳閱一次，對手可以找到機會去破壞衣帶詔。」

周佳瑤點頭，「孫權這張牌呢？」

劉姐道：「第一技能是群拉三張牌，並且給三張牌增益效果、刷新技能，強度很高，但還算合理，但孫權刷新技能不可以和其他刷新技能的牌一起用，不然會造成無限刷新的bug。」

周佳瑤道：「這個當然，在描述中加入『被其他卡牌刷新自身技能，三分鐘內最多生效一次』就行。」

大家都鬆了口氣，心裡吐槽著，謝明哲這些奇葩的技能，真是不為難資料師就不舒服啊！

周佳瑤道：「老張，你那三張卡牌情況怎麼樣？」

老張揉著額頭說：「卡牌談戀愛也就算了，還他媽三角戀！」

鄒曉寧立刻跑去看熱鬧，「什麼三角戀？」

老張憤憤地指著貂蟬的連動技，道：「她跟董卓說呂布欺負她，又跟呂布說董卓要強娶她，董卓和呂布都喜歡貂蟬，這簡直就是三角戀修羅場吧！」

鄒曉寧：「……」

劉姐好奇道：「聽你這麼一說，我還挺想知道後續的。貂蟬最後跟誰在一起了？」

鄒曉寧：「我也想知道……」

「這要問謝明哲吧！」老張憤怒地拍桌子，「我們作為卡牌審核人員，居然追起了《卡牌愛情故事》，這合適嗎？」

眾人哭笑不得，眼看卡牌審核部門變成「卡牌愛情故事八卦研討會」，周佳瑤總監立刻站出來控場，「不要管這些亂七八糟的感情糾葛，看技能。老張，這三張卡牌有沒有問題？」

老張道：「根據我的初步測算，呂布的設計沒問題，典型的單體暴擊收割牌，殺死對手後刷新技能，殺不掉就沒法刷新，殘局很強。董卓的護盾還要詳細測算，群體吸血最多加自身百分之二十的護盾，單體吸對手百分之二十的血變成護盾，護盾破裂後五秒反傷，這張卡牌很難被殺。」

鄒曉寧插話道：「從護盾流嘲諷卡的設計來看，董卓的強度跟賈寶玉差不多吧？我記得賈寶玉可以召喚薛寶釵、林黛玉，薛寶釵也能一直給他加護盾。」

老張道：「關鍵在於貂蟬連動後董卓的所有護盾技能都會刷新，對手好不容易打掉他的兩個護盾，刷新技能後再吸兩個，這生存能力也太強了。」

周佳瑤皺眉沉思，考慮過後拍板決定，「首先貂蟬的連動做成限定技，一場比賽只發動一次，別讓她過個幾十秒又去和董卓、呂布訴苦，反覆觸發連動就太過分了。另外，董卓這張牌設計沒有問題，想削弱，只能削基礎資料。」

周佳瑤點點頭，「好。貂蟬這張牌呢？沒問題嗎？」

老鄭頭痛欲裂，「這張牌……唉，我也不知道怎麼說，貂蟬拜月讓其他卡牌迴避，相當於群體放逐，比任何硬控技能都要強。」

鄒曉寧仔細看過貂蟬的技能描述，瞪圓了眼睛，「因為太漂亮，其他的卡牌羞愧於和她比美，所以要迴避？那我們資料師不如她漂亮，可不可以迴避，別審核她了？」

周佳瑤哭笑不得，「謝明哲的技能描述就是這種賤兮兮的風格，不要管這些。」

貂蟬這張卡牌要不要通過，周佳瑤也覺得為難。

第二技能是範圍群控沒任何問題。關鍵是第一技能「貂蟬拜月」，強制對手三秒內不能召喚新牌，或者強制五平方公尺範圍內卡牌迴避，兩種選擇都很變態。

不管是控制技能、支配技能，都是對在場卡牌生效，貂蟬倒好，直接把卡牌逼出場外，這種設計很有新意，從感情上來說，周佳瑤其實很喜歡貂蟬的設計，但理智告訴她，這張卡牌不能輕易通過，必須經過反覆的資料測驗，否則很可能影響賽場的平衡。

初審結束時已經是中午，大家匆忙吃過午飯，下午又開始詳細的資料測算。

本以為謝明哲這次大清早提交卡牌，下班之前肯定能審核完畢，誰料這次的卡牌技能設計都很複雜，大家又一次加班到晚上十點，這才終於完成八張牌的審核。

加完班後大家一起去吃宵夜，鄒曉寧猜測道：「十月十日就要公示卡組，謝明哲今天提交的這八張牌會不會是最後一批？再做新卡牌的話，時間上也來不及了吧？」

周佳瑤道：「有這個可能。不管他會不會再做新卡牌，十月十日以後我們就徹底解脫了。」

眾人聽到總監這句話都很是感慨——解脫是好事，但為什麼心裡有些失落呢？以後沒有謝明哲奇奇怪怪的卡牌來刺激他們，資料部的生活會不會變得特別無聊啊？

周佳瑤看穿了大家的想法，緊跟著道：「別慌，還有下個賽季、下下個賽季。」

眾人：「……」

總監說得對，解脫只是暫時的，只要謝明哲繼續做卡牌，他們資料部就永遠不會無聊。

次日早晨，謝明哲一覺醒來就收到了官方的審核郵件。

這次的郵件比以往的任何一封內容都要長，一條條列出了八張卡牌的詳細修改意見，比如董卓下調基礎屬性、孫權第一技能增加「刷新技能三分鐘生效一次」的描述、張角群攻改成百分之兩百、衣帶詔設置三秒傳送一次的限制等等。

謝明哲迅速按要求修改了卡牌，並誠心地回覆郵件：謝謝各位資料師，這個賽季我做了很多稀奇古怪的卡牌，有勞你們一張一張地審核，辛苦大家了！

收到回覆的周佳瑤心中五味雜陳。

作為資料總監，發郵件給謝明哲時不能帶太多的個人情緒，但她很想說，謝明哲的大部分卡牌都經過資料部的調整，就像是資料部看著長大的孩子——她會密切關注涅槃的每一場比賽，希望謝明哲能用這批卡牌取得好成績。

謝明哲將新做的八張散卡加入卡池，至此為止，涅槃在第十一賽季的卡池全面完工。

看著卡牌陳列櫃裡一排又一排熟悉的人物，謝明哲的嘴角揚起了自信的微笑。

——團賽，我們來了！

十月五日，聯盟向四家俱樂部發出通知，請俱樂部派代表到總部抽籤決定季後賽的對手——這四家俱樂部正是B組上半年常規賽恰巧同分的裁決、暗夜之都和眾神殿，以及排在第四的涅槃。

接到消息後，四家俱樂部的代表準時來到聯盟總部。官方賽事負責人拿出早就準備好的抽籤盒子，道：「請同分的三隊一起抽，抽到一的和涅槃對決，第二和第三彼此對戰。」

涅槃不需要抽籤，但今天的抽籤結果決定著他們下一場的對手，他們也必須在現場做一個見

證，免得懷疑抽籤有水分。

盒子裡放著數字籤牌，裴景山作為後輩，主動禮讓道：「聶神、凌神，你們先抽吧，給我隨便留一個就好。」

凌驚堂笑著問：「老聶，以你的預知能力，你覺得裁決下一場的對手會是誰？」

聶遠道說：「應該不是涅槃。」

他不客氣地伸手進去抽出一張牌，上面寫著「二」，按照第二和第三對決的規則，裁決的對手不可能是第四名的涅槃——聶遠道的「預言家」技能真是從不失誤。

凌驚堂無奈聳肩，看向裴景山道：「小裴，你先抽吧。」

「那我不客氣了。」裴景山微笑著伸手進去，抽出來一個「三」。

凌驚堂：「……」真是怎麼都躲不掉第一場打涅槃嗎？

雖說涅槃常規賽排在第四，聽上去好打，可問題在於眾神殿、暗夜之都、裁決是多年的老對手，對彼此知根知柢，卡池起碼瞭解百分之八十。但涅槃的卡組到現在還是未知數，加上謝明哲個人賽棄權，誰都不知道他私下到底做了多少卡牌。

所以，季後賽的第一輪淘汰賽，誰都不想對上涅槃。

——未知的才是最可怕的，這個道理大家都懂。

凌驚堂無奈一笑，看向謝明哲，把盒子裡最後剩下的寫著「一」的卡牌抽出來亮給他。

謝明哲是來專程等結果的，看到這裡便禮貌地走上前去，笑咪咪地朝凌驚堂道：「凌神，我們是下一場比賽的對手，還請手下留情啊！」

凌驚堂忍耐著掐死他的衝動，「我連你做了些什麼卡牌都不知道！」

謝明哲繼續笑，「嘿嘿，十月十日就公布了！」

凌驚堂在心裡翻白眼，順便掃了眼旁邊幸災樂禍看好戲的山嵐和葉竹，沒好氣地道：「你們笑

什麼？裁決打暗夜之都也是淘汰賽，別忘了，輸掉就出局。」

山嵐和葉竹立刻收斂住笑容，對視一眼。

第一輪對手不是涅槃，雖然讓他們鬆了口氣，但裁決和暗夜之都的對決也是一場惡戰，回去還得好好準備。想到這裡，山嵐便走到聶遠道身邊說：「師父，抽完籤了，我們先回去吧。」

葉竹也道：「裴哥，回去了。」

賽事負責人道：「各位對抽籤結果沒有異議的話，請在這裡簽個字。」

大家乾脆地簽下字，也沒心情聚餐，各自回俱樂部準備比賽。

當天下午，官網就發布了季後賽對陣安排表，淘汰賽第一輪十月十七日週六晚上風華VS.暗影，十月十八日週日晚上眾神殿VS.涅槃。淘汰賽第二輪，十月二十四日週六晚上流霜城VS.鬼獄，十月二十五日晚上暗夜之都VS.裁決。

涅槃被安排在第一輪，距離正式開賽還有十二天，時間十分緊迫。

而十月十日的卡組公示才是重中之重。

只有知道了對手的卡組，才能安排更細緻的戰術。

所以接下來的幾天時間，大家除了研究各大俱樂部現有的卡牌外，都在抓緊練習自己的卡組陣容，還沒有完全確定團賽的戰術。

十月十日上午十點，官網終於發布了公告——

一、卡牌種族新增「仙族」種類。

二、第十一賽季團賽卡組公示，各大俱樂部卡池列表如下。

為了保持觀賽時的神祕感，公布在官網上的只有卡牌名單，並沒有詳細的技能描述。但各大俱樂部可以直接從聯盟拿到附有卡牌技能設定的詳細資料。

也就是說，選手們可以看到各大俱樂部卡牌的技能，知己知彼，針對性地布置戰術，減少出其

不意的暗牌對比賽的顛覆性影響，盡可能地達到競技公平。

但是觀眾們看到的只是卡牌名字，並不清楚卡牌技能，只有到了比賽當中觀眾們才能看到新牌的技能。

風華的卡牌是大家所熟悉的植物大全，裁決是動物世界，暗夜之都是昆蟲世界，鬼獄新增了大量鬼牌、妖牌，眾神殿出現了一些新的神族牌、兵器牌，流霜城的海洋生物進一步擴大……然而，最可怕的還是涅槃！

之前的比賽中沒出現過的卡牌，後面都會帶一個「新」字，方便大家查閱。其他俱樂部新卡牌都在二十張左右，涅槃的新卡牌數量那叫一個誇張！

秦廣王、楚江王、宋帝王、五官王、閻羅王、卞城王、泰山王、都市王、平等王、輪轉王——十大閻王套牌！

看到十張王整整齊齊列在一起，觀眾們表示：「眼睛都要瞎了，這麼多王，根本記不清！」

「王王王，我現在腦子裡只有王字！」

「阿哲強啊！居然做了十張王牌，期待十王同時上場！」

緊跟著又是一批套牌——鐵拐李、漢鍾離、張果老、曹國舅、呂洞賓、何仙姑、韓湘子、藍采和，八仙系列套牌。

觀眾們驚掉了一地的下巴。

「仙族牌？」

「臥槽，這就是官方說新增的仙族牌嗎？」

「名字好整齊，阿哲真的有強迫症。」

「仙族牌是什麼東西？看卡牌設計好像都是踩著雲彩飛來飛去的？這下有意思了！」

「能原創一個卡牌類別，阿哲好棒！」

不只八仙，還有貪狼、破軍……讓觀眾傻傻分不清的北斗七星君。

雷公、電母、風伯、雨師等聽起來就很強的新卡牌，還有什麼哪吒、姜子牙、楊戩……

大量仙族牌的出現讓看熱鬧的網友們激動不已！聯盟已經有好多年沒出現過新的卡牌種類了，謝明哲居然能原創一個種類，誰還敢懷疑他的製卡水準？

有人仔細數了涅槃的卡池，震驚地道：「仙族牌總共有四十三張，臥槽，獨立種族能做出這麼多，謝明哲真的強啊！」

「他放棄個人賽，就是在做這些吧？可以理解，這真的是驚嚇大禮包！」

「我們光看卡牌名字都要暈了，同情看到技能的選手們……」

此時，各大俱樂部的選手們都不約而同地把目光放在了涅槃的卡池。

葉竹一邊看一邊大叫：「臥槽，曹國舅這什麼陰陽法陣，我看著頭都大了！等等，哪吒一家子是什麼情況？父親追殺兒子？哪吒自殺報答父親的養育之恩然後立刻重生？這麼無賴的技能，謝明哲能不能要點臉！還有，這些談戀愛的卡牌是什麼意思，鵲橋相會？明月寄相思？夫妻雙雙把家還……謝明哲真當他是愛情片導演啊！」

裴景山聽小竹吐槽了半天，心想：還好沒抽到涅槃，不然十月十八日打涅槃真是連卡池都分析不過來。

風華俱樂部中，徐長風哭笑不得地道：「牧洲，你這小師弟真是上天了，這批仙族牌強得過分，八仙套牌，七星君套牌，還有一堆颳風、下雨、打雷、閃電的……」

唐牧洲無奈聳肩，「我也沒想到，他做的技能會這麼奇怪。」

沈安好奇地問：「師父，能不能問一下小師叔，貂蟬最後和誰在一起了？」

唐牧洲疑惑，「什麼貂蟬？」

沈安說：「我是從後往前看的，貂蟬、董卓、呂布三張牌，談了一場三角戀。」

唐牧洲：「……」小師弟你真的要讓卡牌們的生活過得如此豐富多彩嗎？

鬼獄俱樂部，歸思睿一邊看一邊笑：「人肉包子，厲害厲害，我的食屍鬼自愧不如。」

鄭峰感慨道：「這個謝明哲真是越來越過分了，幸好我們不在B組，可以安心地看好戲。抽到涅槃的是眾神殿對吧？哈哈哈，同情一下凌驚堂。」

裁決辦公室內，山嵐臉色複雜，「師父，涅槃的卡池有很多新卡牌，您看了嗎？」

聶遠道嚴肅地說：「我正在仔細看，剛剛看完八仙牌，幸好我們第一輪沒抽到涅槃。」

山嵐：「……」可憐的凌神，現在估計很抓狂。

眾神殿俱樂部。

凌驚堂大概掃了一眼涅槃的卡池，然後一張一張地仔細研究。越研究，他就越是頭疼——這麼多新卡牌，這麼多奇奇怪怪的技能，謝明哲要上天，謝明哲已經無人可擋！

為什麼倒楣的偏偏是眾神殿？第一輪就抽到涅槃？

眾神殿的神族牌數量有限，且大部分都被觀眾們熟知，涅槃的仙族牌卻有整整四十三張，而且大部分都是新卡牌！想要在短期內分析清楚涅槃的全部卡牌，這簡直就是「惡夢級」難度的任務。

八仙連動、七星君、人仙談戀愛、家庭倫理劇……

亂七八糟的卡牌關係，還有人物卡牌要發動起義？

現在給他五個腦袋都不夠用。

頭都要炸了！

凌驚堂決定用冷水洗個臉冷靜冷靜，不然，他真的想砸了手裡的光腦。

凌驚堂這天晚上根本沒有睡好，夢裡總是出現謝明哲那些亂七八糟的卡牌——他時而看見法海將白素貞壓在雷峰塔下，沒過片刻又是董永跪在面前賣身葬父，李靖怒氣沖沖地追殺小兒子哪吒，貂蟬跑去跟呂布訴苦，最後，雷公電母同時出現，天空中一道驚雷劈下，驚醒了凌驚堂。

由卡牌們親自表演的精彩劇情，讓凌驚堂被迫看了一晚上的電影。

他去洗手間用冷水洗完臉讓自己保持冷靜，轉身回到訓練室時，許星圖、許航兄弟兩人，以及本賽季出道的新人周星辰都在場，卡牌設計師葉宿遷也在，神色冷得可怕，訓練室內的氣氛似乎有些古怪？

見凌驚堂到了，葉宿遷的臉色這才緩和了些，道：「驚堂，我有話跟你說。」

凌驚堂的目光掃過訓練室，發現許星圖脊背僵硬，臉上的表情很是難看，他一下子明白了原因，朝葉宿遷點點頭，推著輪椅轉身便走。

來到隔壁辦公室關上門後，凌驚堂才低聲問：「小許在跟你鬧彆扭麼？」

葉宿遷無奈聳肩：「真是瞞不過你。昨天卡組公示，謝明哲做出仙族卡，很多網友在我們俱樂部的網頁下面留言，說他做的仙族牌會取代我們的神族牌，小許今早起來看見那些留言，就罵謝明哲是故意跟眾神殿做對，還說謝明哲居心叵測……我聽不過去，說了他幾句。」

「他還好意思罵謝明哲？」凌驚堂臉色一沉，「個人賽八進四時輸給陳霄，被很多網友嘲諷，他對涅槃一直都有怨氣，我看，他是被你這個師父給寵壞了！如果你當初不把神族牌交給他，以他自身的實力，他根本不可能達到今天這個程度。」

「收徒弟不夠謹慎，這確實怪我。」葉宿遷苦笑道：「當初看他天賦不錯，一心想拜師，我一時心軟就答應了，沒有多給他一些考驗……」

凌驚堂輕輕按住葉宿遷的肩膀，嘆口氣道：「個人賽輸給陳霄後，小許的狀態就不大對勁。我說過他很多次，但他本性難改，自負、目中無人。每次輸了比賽都不從自己身上找問題，總是找藉口開脫，不好好收拾他，我看他是不會學乖的。」

葉宿遷點頭贊同，「我也發現他最近狀態不好，被完全沒放在眼裡的陳霄意外淘汰，對他的打擊太大了……你打算怎麼收拾他？」

「這次季後賽我想把小許換下去，讓他冷靜一段時間。」

「換人？」葉宿遷怔了怔，「把他換下來，誰來操作眾神殿的神族牌？」

凌鷺堂微笑著看向對方，「你來。」

葉宿遷：「……」

凌鷺堂輕輕握住他蒼白的手指，說：「我知道你的腿不方便，這些年一直退居幕後，就連自己是許星圖的師父這件事你也不讓他提起……但是，說起對神族牌的瞭解，沒有人能比得上你，小許只學到一點皮毛，我相信，能把神族牌威力完全發揮出來的人，只有你。」

葉宿遷無法反駁，因為凌鷺堂說的一點都沒錯。

對神族牌的瞭解，沒有人能比得上他。他親手製作出這一批神族牌，賦予神族牌一個個特色鮮明的技能，作為專業的卡牌設計師，他的精神力完全可以去參加比賽，而他之所以不去參賽，退居幕後，就是因為自小殘疾的原因，不想被外人說三道四。

坐著輪椅去打比賽，肯定會引起很多人的關注，葉宿遷不想面對那些或是好奇、或是同情、抑或是嘲諷的目光。

凌鷺堂知道他的想法，在他面前蹲下來，直視著他的眼睛，柔聲說：「小葉，謝明哲製作的這批卡牌你也看到了，牌量多得驚人，技能設計也是一流水準。還有一星期時間，以小許現在的狀態去打團賽，我們眾神殿必輸無疑。如果你肯出手，或許我們還有希望。」

「可是，我和你們的配合……」

「這不是問題。」凌鷺堂打斷他，「平時的訓練你一直在參與，小周還是你帶起來的新人，我的節奏你非常瞭解，由你代替許星圖的位置，操作神族牌，隊伍磨合起來肯定會很容易。」

「……」葉宿遷繼續沉默。

「為了眾神殿，也為了你心愛的神族牌，你就不想跟謝明哲來一場光明正大的對決嗎？」凌鷺

堂低聲問：「還是你想眼睜睜看著你的徒弟，拿著一手神族牌被謝明哲給打爆？」

葉宿遷低下頭，凌鷩堂也沒再說話，只是溫和地看著他。

良久後，葉宿遷才無奈地抬起頭道：「你的口才確實很好，我說不過你。」

「這是答應了？」凌鷩堂微微一笑，看向神色蒼白的男人。

其實這個男人的天賦和才華，在職業聯盟中沒有人會否認。除了神族牌，凌鷩堂的不少兵器牌也是由他來把關資料和技能設計，「吸血匕首」這張聯盟知名收割牌也是兩人合作的產物。可惜他一直退居幕後，又收了個心態不端正的徒弟，這才讓神族牌的人氣走向下坡路。

如果他繼續逃避的話，或許，謝明哲的仙族牌將徹底取代神族牌的地位。作為神族牌的開創者，他也不希望看到自己的心血被別人碾壓。

葉宿遷深吸口氣，再次抬頭時，眼中已經換上了笑容，「謝謝你這麼信任我，我試試吧。」

凌鷩堂大喜，立刻俯身擁抱住他，「太好了！」

【第八章】

神仙打架！第一次公然對決

訓練室內，許星圖還在冷著臉刷網頁。

昨天涅槃公示卡組後引起轟動，很多網友湧到眾神殿的官方網頁下面，說什麼謝明哲做的仙族牌數量多、技能有趣，肯定會打敗神族牌……他看得咬牙切齒，開小號飛快打字，一條條懟回去。

就在這時，身後響起了熟悉的輪椅轉動聲，許星圖脊背一僵，立刻關掉網頁。

凌驚堂推著葉宿遷的輪椅走進來，淡淡道：「我宣布一個決定——小許，跟涅槃的比賽，你師父會親自上場，你休息吧。」

許星圖目瞪口呆，滿臉的不敢相信。

葉宿遷溫言道：「你最近狀態不好，凌神想讓你調整一下，如果你……」

凌驚堂打斷了葉宿遷的溫言相勸，冷聲道：「如果調整不過來，下個賽季也不用上場。」

許星圖：「啊？」

凌驚堂看向他，銳利的目光幾乎要穿透他的心底，「輸給陳霄不去好好總結經驗，打完個人賽也不好好訓練，天天開著小號和網友對罵，你真當我什麼都不知道？我是看在你師父的面子上一直沒有說你。小許，你也該好好反省反省了。」

這段話的語氣很平靜，卻讓許星圖如墜冰窖——原來一切都瞞不過凌神！

許星圖的腦袋快要垂到胸口，整個人僵如雕像。

訓練室內的空氣像是被凝固一般，葉宿遷只好主動開口打破沉默：「小許，凌神也是為你考慮，師父先替你打完下一場團賽，你也從旁觀的角度好好看一看吧。」

許星圖聲若蚊蟲：「……知道了。」

凌驚堂當天就跟職業聯盟提交了換人申請，聯盟很快批了下來——沒有任何人想到，眾神殿居然會在季後賽臨時換人。

此時，涅槃的會議室內也在準備下一場比賽。

每個賽季俱樂部提交給聯盟的選手名單都是四至十人，涅槃是新隊選手只有四人，剛剛好夠打團賽。但其他大型俱樂部選手很多，參賽選手名單通常都是十人，四個主力、六個替補，當然，大部分替補選手只是報名參賽，上場的機會並不多。

眾神殿的參賽名單，陳千林在上半年就看到過，其中有葉宿遷。然而，陳千林關注職業聯賽整整五年，從沒見葉宿遷在職業聯賽的賽場上露過面。大家都知道，眾神殿的這位設計師製卡天賦很突出，卻因為身體殘疾的原因沒法打比賽，大家都認為葉宿遷的名字放在參賽名單裡只是凌鷩堂對他的一種尊重，所以陳千林也沒有多想。

眾神殿的神族牌一直都是由許星圖來操作，陳千林根本沒想到凌鷩堂居然會把許星圖給換下去——在他看來，許星圖、許航、凌鷩堂、周星辰的四人主力隊，就是眾神殿的團戰最佳配置，也是這個賽季眾神殿從來不變的主力陣容。

陳千林認真分析了四位選手的打法風格，最後得出結論，「凌鷩堂打比賽很穩，許航是聯盟一流輔助，小周天賦極高，我們只能把許星圖作為突破口。」

謝明哲道：「許星圖這傢伙當初在遊戲裡故意狙擊我，還給我下戰書，我當時就覺得他的中二病有些嚴重，比天天嚷著要黑我的小竹子還要嚴重十倍。」

葉竹只是嘴上說，對謝明哲並沒有惡意，但許星圖這個人謝明哲總覺得他是發自內心地討厭自己，具體什麼原因謝明哲也搞不懂，不由疑惑：「他對我們涅槃似乎很有意見？」

陳霄笑著說：「他自己不會製卡，全靠設計師幫忙。你能做這麼多卡牌，加上我在個人賽擊敗了他，他討厭我們也很正常……或許是嫉妒吧。」

「他討厭你們的原因沒必要深究。」陳千林打斷這個話題，「陳霄，你和他打過個人賽，他輸給你，團賽中你繼續針對他，小柯從旁配合，以最快的速度先打崩許星圖，然後再聯手對付凌鷩堂。」

「明白。」陳霄和喻柯立刻點頭應下。

「另外，我們剛公布卡組，有大量新牌，打無盡模式的話他們會更頭疼。眾神殿的主場，很大可能會選擇『明暗牌』模式。」陳千林道：「二十打二十的明暗牌模式，陣容就按照阿哲的戰術來準備。阿哲，你跟大家詳細說說。」

「好的。」謝明哲將自己搭配好的二十張卡牌放大在螢幕中，詳細解讀起來。

時間過得極快，雙方選手都在緊鑼密鼓地準備這一場季後賽。

十月十七日，季後賽第一輪正式打響。

週六晚上是風華VS.暗影的比賽，風華以三比零俐落地拿下了勝利。

謝明哲躺在床上，輾轉反側。他一直在想針對許星圖的策略能不能行得通。好不容易迷迷糊糊地睡著了，夢裡，他突然回到全明星賽場，他以上帝視角看到了荒島求生模式中，凌驚堂一個人和鄭、歸、聶、嵐四人周旋，引得兩組師徒內鬥，坐收漁利，真是高明。

若不是謝明哲和師兄聯手，那一場比賽，凌驚堂應該是最終的贏家。

後來在人物設計中，老鄭給凌驚堂設計的技能是「沒有徒弟很傷心」……凌驚堂好像是五位前輩大神中唯一沒收過徒弟的？

謝明哲迷迷糊糊地做著夢，次日早晨醒來時，想起這奇怪的夢，心裡總覺得不安。

凌驚堂一手兵器牌，讓聯盟為他改變了金系卡的審核規則，打法極為冷銳暴力。他在全明星中的表現讓謝明哲刮目相看，凌神從不擺大神的架子，看上去很親切，還經常在群裡搶紅包，和年輕選手們開玩笑……然而，此人其實極為理智，能在困境中找到最佳的解決方案。

涅槃要拿許星圖做突破口，凌神難道會毫無準備嗎？

謝明哲在餐廳遇見陳霄和陳千林，他忍不住問：「師父，凌神沒有徒弟對吧？我記得老鄭總是拿這件事笑話他，你知道他為什麼不收徒嗎？」

陳千林怔了怔：「怎麼突然問起這個？」

謝明哲道：「我就是有些疑惑，凌驚堂就沒想過收個徒弟，把兵器牌傳給自己的徒弟？他要是想收，一定很多人搶著拜師。」

陳千林搖頭道：「他不收徒的原因我也不清楚，我和凌驚堂並不是很熟。」

五位老選手中，陳千林和蘇洋關係最好，和鄭峰、聶遠道關係一般，和凌驚堂交流最少，所以眾神殿的事情他確實不大清楚。

謝明哲只好不再追問。只是，凌驚堂這個人身上似乎有很多祕密，讓人看不透。

下午，大家再次練習了一遍戰術，晚上六點半，眾人便提前吃完飯趕來比賽現場。

此時的現場已經人山人海，擠滿了兩家俱樂部的粉絲，到處都是「涅槃加油」和「眾神殿必勝」的應援海報。

正式比賽會在七點開始。謝明哲在後臺見到了很多熟人，白旭一看見他就跑過來問：「貂蟬到底喜歡誰？是不是年輕英俊的呂布？總不至於口味奇特，喜歡董卓那個老頭子吧？」

謝明哲笑著逗他，「你和葉竹聯合起來當我的黑粉，我為什麼要告訴你？」

白旭愣了愣，嚴肅地澄清，「沒有的事，我跟葉竹不熟。」

真是個毫無原則的傢伙，謝明哲伸手揉了揉白弟弟的腦袋，道：「貂蟬最後和呂布在一起了。詳細的故事會在卡牌百科補完，你可以留意一下。」

猜對的白旭激動地問：「那白素貞和許仙……」

話沒說完，就被唐牧洲揪住後領，拎小雞一樣地把弟弟拎到旁邊，「問這些亂七八糟的影響比

賽，以後有機會讓你阿哲哥好好講故事給你聽。」

白旭的耳根微微一紅，「誰要聽他講故事！我幫葉竹問的。」

說罷就腳底抹油跑開了，似乎忘記了剛才說的「他和葉竹不熟」？

謝明哲哭笑不得，看向唐牧洲道：「親自來觀戰？」

唐牧洲微笑著說：「是啊。風華打完第一輪，下一場比賽要在半個月之後，反正閒著，我來現場親自給你加油。」

謝明哲握了一下他的手，道：「那就借師兄第一場贏下的手氣，給我點好運吧。」

兩人正聊著，眾神殿的選手也到了。

謝明哲回頭一看，就見凌驚堂推著一個輪椅走在前面，輪椅上坐著個容貌清秀的年輕男子，他身後跟著許航、許星圖、周星辰三位選手，以及眾神殿的經理。

後臺的氣氛頓時變得古怪起來。老鄭率先回過神，走過去笑道：「難得啊！傳聞中的眾神殿製卡師葉宿遷，今天也親自來現場觀戰嗎？」

葉宿遷唇角露出個淺淺的微笑，禮貌地朝他點頭，「前輩，好久不見。」

謝明哲很是意外，低聲問唐牧洲：「他怎麼來了？」

「這一場比賽意義非凡，網上都在說這是『神仙打架』，神族牌和仙族牌的第一次公然對決，他親自來現場觀戰也很正常。」唐牧洲解釋道：「不用多想，待會兒好好打。」

「嗯。」謝明哲嘴上答應著，回頭一看，正好對上了葉宿遷的眼睛。

男人的一雙眼睛清澈明亮，像是能看進人的心裡。他對謝明哲似乎並沒有敵意，反而在目光相對時主動微笑了一下，就像是很久沒見的老朋友一樣。

謝明哲走過去打招呼，「你好，葉宿遷，這是我們第一次在現實中見面吧。」

很久之前謝明哲曾在遊戲裡見過他，他跟謝明哲講述了神族牌的來歷，並且對謝明哲說：「希

望下次見面，你能拿出更多有趣的原創卡牌。等你變成職業選手，我們再較量。」

如今再次見面，謝明哲不但拿出了原創卡牌，還成立了足以和神族牌抗衡的全新仙族。

葉宿遷抬起頭看著他，「確實是第一次在現實中見面，你好，謝明哲。」

謝明哲仔細打量了一下他，可能是自小生病的原因，他的臉色比一般人要蒼白，但看上去並不柔弱。他的腿上蓋著一條毯子，薄薄的毛毯一直遮到腳踝。雖然坐在輪椅上只能仰視別人，可他的目光卻很平靜，絲毫沒有「低人一等」的感覺，眼中反而有一絲淡淡的傲氣。

謝明哲笑了笑，湊到葉宿遷耳邊輕聲說：「網上的那些評論不用在意，我做仙族牌，並不是為了取代你的神族牌，你做的神族牌我也非常認可。」

「我知道。」葉宿遷看向謝明哲，用彼此能聽見的音量說：「任何種族的卡牌都有它們存在的理由。那些討論取代不取代的人，根本不懂製作卡牌的意義。」

「所以你今天親自來到現場，不是來興師問罪的嗎？」謝明哲玩笑著說。然後，他就聽見耳邊響起葉宿遷輕柔的聲音：「我來，只是想兌現跟你的一個約定。」

「……約定？」謝明哲一臉茫然。

「你們兩個說什麼悄悄話呢？」凌驚堂微笑著打斷兩人，葉宿遷朝謝明哲點了點頭，然後就朝凌驚堂道：「該做準備了。」

「嗯，賽場見。」凌驚堂跟大家道別，推著輪椅離開。

看著他們的背影，謝明哲還是沒搞懂葉宿遷的意思。到底是什麼約定？

七點半，比賽正式開始。

雙方選手在熱烈的掌聲中來到大舞臺上。

涅槃這邊率先登場——陳霄、謝明哲、喻柯和秦軒依次上臺。

自從謝明哲在個人賽棄權之後，他已經有一個半月的時間沒在公眾面前露面，粉絲們對他很是

想念，看到他出來，全場立刻爆發出一陣尖叫，畫著謝明哲Q版頭像的海報、涅槃的應援海報都被高高地舉了起來，現場的粉絲甚至激動地玩兒起了人浪：「涅槃，加油！」

喊聲震耳欲聾。

蘇洋感嘆道：「涅槃人氣真的很高！」

吳月道：「涅槃雖然在上半年的常規賽拿下了B組第四名，驚險地獲得季後賽資格，但是現在的涅槃，早就不是當初那個連出線都很艱難的隊伍了。涅槃全員在經過半年的磨練後，實力大增，陳霄還獲得了個人賽的季軍！」

劉琛道：「除此之外，謝明哲在個人賽棄權去準備卡組，新創了仙族牌種類，涅槃這次公示的卡池真是讓我大開眼界，我到現在還記不清十大閻王、八仙、七星君的名字……」

蘇洋笑咪咪地說：「我也記不清，所以特別期待涅槃在季後賽的表現。」

吳月道：「讓我們以熱烈的掌聲歡迎涅槃的四位選手！」

大螢幕中打出四位選手的簡介，常用卡牌，觀眾們的掌聲幾乎要掀翻屋頂。

劉琛道：「接下來，有請眾神殿的四位選手上場。」

大舞臺上，隨著追光燈找到凌驚堂的身影，全場觀眾發現了一幕詭異的畫面——只見凌驚堂推著輪椅走上大舞臺，輪椅上坐著一位面色蒼白、容貌清俊的年輕男子，他的神色平靜，雙手輕放在膝蓋處，上身穿著眾神殿的隊服，白色的隊服讓他顯得很是清瘦，雙腿則被一條薄毯蓋住，毯子一直垂落到腳踝的位置。

直播間內的彈幕幾乎要刷瘋了。

「哪來的輪椅男？眾神殿有雙腿殘疾的選手嗎？」

「該不會是傳說中那位眾神殿的首席卡牌設計師吧？」

「推著設計師上舞臺是什麼意思！凌神這玩笑開大了！」

「我是在做夢嗎？這位是葉宿遷？神族牌的原創者？」

觀眾們滿臉懵逼，一時都搞不懂眾神殿的這一波操作是在幹麼。

後臺觀戰的陳千林看到這裡，臉色微微一變，「沒想到會這樣……是我低估了凌鷩堂。」

唐牧洲神色複雜，「臨陣換人，凌鷩堂這一招真是夠狠。」

謝明哲此時很想摔掉頭盔！涅槃最近準備戰術，都是以「針對許星圖」和「優先打崩許星圖」為策略，完全沒想過許星圖不會上場，而且還換成了從來沒打過職業聯賽的葉宿遷！

凌鷩堂真是出人意料。

怪不得這幾天一直心神不寧，原來最近的夢境是在警示他——不要小看凌鷩堂。

能在全明星荒島求生模式一個人活到決賽圈，並且讓鄭歸師徒和聶嵐師徒對決，坐收漁翁之利。凌鷩堂的冷靜、睿智，可不是一般人能比的——他顯然看出許星圖會成為眾神殿的破綻，於是，他乾脆換掉了這個破綻！

葉宿遷是什麼打法？沒有人知道，又該怎麼針對？

這一刻，謝明哲只覺得脊背一陣發冷。

剛才葉宿遷說，是為了兌現一個約定，他終於想明白了。

葉宿遷曾在遊戲裡告訴過他，等他成為職業選手，再來一次真正的對決。本以為對方所說的「對決」是指卡牌的製作，沒想到，對方居然親自來到了賽場！

吳月心情複雜，聲音顫抖著道：「坐在輪椅上的這位，是眾神殿的首席卡牌設計師葉宿遷，神族牌的原作者，他今天……不是來觀賽，而是來參賽的！」

劉琛道：「眾神殿今天的四位參賽選手，名單確實包括葉宿遷，凌鷩堂在一周之前提交了換人申請，本場比賽換下許星圖，換上葉宿遷。」

蘇洋只是解說嘉賓，完全不知道這件事，陡然看見葉宿遷坐著輪椅上來，他也被嚇到了，沉默

片刻後才說：「葉宿遷很少在公眾面前露面，一直是眾神殿的幕後設計師，神族牌全是他製作的，就連凌驚堂的一些兵器牌他也參與了設計，沒想到他居然……親自跑來打比賽？」

後臺，正在討論《白蛇傳》後續的葉竹和白旭立刻停下討論。白旭瞪大眼睛，「這都可以？葉宿遷不是專業的設計師嗎？他還能打比賽？」

唐牧洲低聲答道：「他也是職業選手。」

白旭扭頭看向哥哥，發現哥哥的神色極為複雜，一字一句地說：「第五賽季我跟他在大師賽交過手，他的實力不輸於我，獲得了大師賽的亞軍。只是，他當時坐著輪椅，網上關於他的爭議太多，他簽約眾神殿後就退居到幕後，不曾再以職業選手的身分打過一場比賽——但他確實是職業選手，聯盟一直有他的註冊資料。」

聽著唐牧洲的敘述，後臺觀戰的大神們面面相覷。

只打過大師賽，從沒參加過職業聯賽，大賽經驗不足會是葉宿遷最大的缺陷。

然而作為神族牌的原作者，他對每一張神族牌的瞭解絕對遠超過許星圖。況且，他還參與了眾神殿許多卡牌的設計，甚至為了針對謝明哲做出「食人花」這張即死牌，他對隊友、對手的熟悉程度，也不會低於許星圖。

團賽由凌驚堂指揮，他只要跟上凌驚堂的節奏，就可以打出完美的配合。

大家想到這裡，紛紛為謝明哲捏了一把汗。

之前，涅槃卡組公示的時候，大家都在同情凌神——可憐的凌驚堂要在短期內熟悉涅槃那麼多稀奇古怪的卡牌，頭都要炸了吧？

然而現在，大家又開始同情謝明哲——涅槃肯定沒想到凌驚堂會臨時換人，這麼一來，之前想好的戰術布置就泡湯了。指揮必須隨機應變，根據賽場形勢更改策略，難度不是一般的大。

謝明哲坑了凌驚堂，凌驚堂又坑了謝明哲，雙方互坑，打成平手。比賽還沒開始，光是心理戰

都打得這麼激烈……待會兒的比賽，看來真是「神仙打架」無疑了！

葉宿遷的突然上場不但讓職業選手們意外，也讓全場觀眾目瞪口呆，直播間內有不少觀眾發出了疑問。

「葉宿遷從沒打過職業賽，這也能上場？」

「季後賽突然換人，該不會是聯盟內部有黑幕？」

眼看輿論開始失控，劉琛立刻解釋道：「眾神殿派出葉宿遷這完全符合聯盟的規則。每家俱樂部都會有替補選手，當主力選手狀態不好、或者突然生病的時候，臨時換人是允許的，這在聯盟賽制規定中寫得很清楚。」

吳月道：「葉宿遷是職業聯盟的註冊選手，也登記在眾神殿的參賽選手名單當中。作為替補選手，眾神殿在任何一場比賽將他換上場，都符合聯盟的規定——雖然他平時從不出場，但不代表他不能出場。」

蘇洋微微皺眉，「之前的團賽中，眾神殿從來沒替換過選手，突然來這麼一齣，肯定會讓涅槃猝不及防，這應該是淩驚堂的戰術策略。」

劉琛迅速查閱了往年的報名記錄，道：「我發現過去的幾個賽季，每年眾神殿都會把葉宿遷報名為替補選手，但是自第五賽季開始，葉宿遷從來沒打過職業聯賽……不知道是什麼緣故？」

後臺觀戰的陳千林聽到這裡，臉色猛地一變。

從第五賽季到現在，每年都報名，但是從不上場，這肯定不是葉宿遷自己的意願，而是淩驚堂把他的名字給報上去的，也正因為他從沒正式上場，所以漸漸的就被大家所遺忘了，大家都認為葉宿遷的名字只是眾神殿為了十人名單放上去湊數的。

陳千林在正式的職業聯賽中從來沒見過葉宿遷，而葉宿遷曾經打過的大師賽，又因為陳千林退役後兩人再也沒交集而錯過。他不知道唐牧洲曾在大師賽遇到過葉宿遷這樣的強敵，更不知道，葉

宿遷不打職業聯賽，並不是「雙腿殘疾不能打比賽」，而是「心理因素不想打」。

——不能和不想，這兩者之間的區別太大了。

本以為葉宿遷是「不能打」，雙腿殘疾沒法適應全息賽場，因此也沒把葉宿遷當成潛在威脅。事實上，葉宿遷只是「不想」而已，只要有一天他想打，隨時都可以上場。

大師賽作為民間賽事，關注度和職業聯賽完全沒法比，何況是五年前的大師賽。陳千林這次真的是百密一疏——誰能想到，葉宿遷會是凌驚堂留在手裡的底牌！

陳千林回頭看向鄭峰，問道：「凌驚堂不收徒，是不是跟葉宿遷有關？」五位老選手中老鄭和凌驚堂關係最好，或許會知道些什麼。

果然，鄭峰聽到這個問題，神色複雜地湊到陳千林耳邊說：「這件事知道的人不多，既然你問，我也不瞞你了。其實當年，許星圖加入眾神殿後，一心想拜凌驚堂為師，但是凌驚堂覺得小許性格太傲慢，不想收這個徒弟。小許回頭去求葉宿遷，葉宿遷不知道小許被凌驚堂拒絕過，心軟之下收了他當徒弟。凌驚堂為了隊內的融洽，就說以後不再收徒了。」

居然是這個原因。以許星圖的性格，自己被凌神拒絕過，要是凌神再收一個徒弟他肯定會嫉妒對方，因此產生的矛盾說不定會將眾神殿鬧得烏煙瘴氣。凌驚堂出於大局考慮，自己不再收徒，讓葉宿遷只帶小許一個徒弟，也是最理智的做法。

葉宿遷是許星圖的師父，所以把所有的神族牌交給小許使用；凌驚堂不收徒，是因為許星圖曾想拜師，被他拒絕，又被葉宿遷收為徒弟。他為了給這對師徒留面子，就不再收其他的徒弟……前因後果終於串聯了起來。

陳千林心中懊悔萬分，如果早知道這些，他就不會這麼大意了。

鄭峰看著他的臉色，道：「也不能全怪你，葉宿遷這些年來一直占著名額卻從不上場，換成是我，我也想不到凌驚堂會突然讓他上來……只能說明你們涅槃給凌驚堂的壓力太大，逼著他把輪椅

推到了舞臺上。」

唐牧洲安慰道：「師父不用太自責，涅槃也不一定會輸，相信阿哲，就當是對他的考驗吧。」

陳千林點了點頭，冷靜下來看向大螢幕。

直播螢幕中，由於葉宿遷雙腿不便，凌驚堂將他輕輕抱起來，小心翼翼地放到旋轉椅上，還替他戴上頭盔，面帶微笑跟他說話，神色很是溫和。之前還在質疑葉宿遷水準的眾神殿粉絲們，看見凌神對他這麼好，只好暫時閉上嘴，期待他在比賽中的表現。

雙方選手準備完畢，比賽正式開始。

凌驚堂抽到先手，第一局是眾神殿主場，他毫不猶豫地選定了比賽模式和比賽地圖——明暗牌模式，地圖是「諸神的黃昏」。

謝明哲看到這張地圖後，立刻緊張地坐直身體。

諸神的黃昏，超級複雜的地圖！

知道北歐神話的他當然也清楚「諸神的黃昏」意味著什麼。這是神話世界裡最大的悲劇，諸神的道路走到了盡頭，所有的神明都將死去，整個神話世界徹底崩塌，新的世界即將產生。

葉宿遷將這個大事件，和場景地圖完美地融合在一起。

比賽開始後，場景圖色彩明亮，但浩劫正在悄無聲息地來臨。

場景最中間有一棵巨大的世界之樹，一條毒龍盤旋其上，並不斷地啃食樹根，當樹根被啃食殆盡的那一刻，便是諸神的黃昏來臨之時！

世界之樹轟然倒塌，天地變色，整個場景光線瞬間變得無比昏暗。洛基的女兒大蛇「耶夢加得」從深海的泥床裡醒來，祂翻騰著身體讓海水淹沒整個世界，造成全場景卡牌攻速、移速集體降低百分之五十，且受到一次暴擊傷害；緊跟著，洛基的兒子巨狼「芬尼爾」掙脫鎖鏈，祂的狼子狼孫們吃掉了太陽和月亮，世界陷入一片黑暗，全場景卡牌失去視野，且受到一次暴擊傷害。黑暗降

臨後不久，被眾神囚禁的「邪神」洛基終於逃了出來……

這張「諸神的黃昏」地圖，複雜程度絲毫不遜色於涅槃的「劉姥姥進大觀園」。場景NPC有三個，大蛇製造的海水全場景減速；巨狼吞噬日月全場景黑暗，戰鬥在這一刻會從明打變成盲打；而洛基的出場就像是副本最後的Boss，他不斷釋放「邪惡力量」吞噬範圍內的卡牌，血量低於百分之二十的卡牌將被黑暗直接吞噬，每隔十秒觸發一次。

經歷了之前的戰鬥，再加上大蛇、巨狼兩波全場景範圍暴擊傷害，此時，雙方大部分卡牌都是殘血狀態，洛基出場收牌，簡直就是雪上加霜！

這張地圖有三個場景NPC，打法驚險刺激。

凌驚堂平時很少使用，今天拿出來，顯然是想在主場搶分——面對做出大量仙族牌的涅槃戰隊，凌驚堂在本賽季第一次拿出了VIP待遇！

全場觀眾在看到「諸神的黃昏」地圖時，爆發出一陣激動的尖叫。

後臺觀戰的唐牧洲忍不住道：「眾神殿在第五賽季團賽中奪冠，用的就是這張地圖，葉宿遷親自設計的，師父猜到了嗎？」

陳千林道：「地圖我有想到，但是戰術……」

見師父沉默下來，唐牧洲立刻明白了師父的意思。

眾神殿最難打的地圖就是這一張，猜到地圖並不奇怪，但涅槃的眾人肯定沒想到葉宿遷會親自上場，所以，針對這張地圖所布置的戰術估計會毫無用處。

地圖播放三十秒，比賽即將開始。

謝明哲深吸口氣，語氣儘量保持著冷靜，飛快地說道：「我們之前的策略是針對神族牌，就算葉宿遷代替了許星圖上場，但眾神殿的卡組變化並不大，他肯定會繼續帶神族牌出場，我們還是按熟悉的打法，先殺神族牌。」

陳霄點頭贊同：「嗯，第一局就當是試水，先看看葉宿遷的水準和風格。」

倒數計時結束，雙方同時提交卡組。

眾神殿的卡組徹底大變樣。

觀眾們根本沒看到路西法和米迦勒的身影，反而見到不少冷門神族牌──「森林之神」維達、「眾神之主」奧丁、「愛神」弗麗嘉、「雷神」索爾、「光明神」巴德爾、「海洋之神」蒂阿茲……謝明哲仔細一數，公布的十六張明牌中，有八張神族牌、八張兵器牌。

除了雷神是群攻，其他神族牌都是輔助。

眾神殿的卡組播放完後，涅槃的卡牌也放大在螢幕中。

賽前，陳千林早就猜到眾神殿主場會用「明暗牌模式」，所以明暗牌模式的二十張卡組也準備了兩套，一套打客場、一套打主場。

這一局客場作戰涅槃拿出來的卡組包括喻柯的公孫九娘、聶小倩、喬生、連城四張單體攻擊鬼牌；陳霄的黑玫瑰、巨魔芋群攻鋪墊，黑鸚鵡單體疊毒加降低防禦，午夜祕密單體收割；謝明哲和秦軒則帶了大量仙族牌。

其中秦軒操控的包括神農、伏羲、女媧、盤古四張上古神仙輔助卡，謝明哲操控的則是雷公、電母、風伯、雨師四張仙族牌，有群攻，也有控場。

光從明牌來看，眾神殿的雙輔助打法偏向於穩住後期，涅槃的一波流打法明顯是要搶節奏秒殺對手關鍵牌。如果涅槃能搶到節奏點，迅速殺掉眾神殿兩張以上的卡牌，這一局依舊有希望贏。

大螢幕中出現倒數計時十秒的字樣，所有觀眾都緊張地睜大了眼睛。

諸神的黃昏，地圖載入。

比賽開始時正是黃昏時分，金色的陽光普照大地，全場景視野清晰，周圍也沒有任何干擾選手的NPC存在。

場景中間的世界之樹，一條毒龍盤旋其上，正在不斷地啃食樹根。

涅槃這邊，開局就毫不猶豫地搶攻。

秦軒果斷開出伏羲的群體混亂技能，陳霄和謝明哲聯手群攻把對手血量壓到百分之五十以下，陳霄放出黑鸚鵡降低對方殘血牌的防禦，喻柯立刻跟上鬼牌，四鬼同時出動，瞬間就把對面的海洋之神給秒殺了。

海洋之神，這張牌的技能是召喚海水群體減防禦、群體疊加負面狀態，結果連技能都沒開出來就被秒殺，涅槃的這一波快攻打得實在太果斷，眾神殿一時沒反應過來，率先陣亡一張卡牌。

但葉宿遷很快就穩住了局面。

愛神弗麗嘉出場，容貌美麗的愛神一頭金色的大捲髮中間夾著雪白的羽毛，身穿雪白長袍，腰間束著金色的腰帶，腰帶上掛一串鑰匙，看上去無比聖潔。

弗麗嘉開啟技能愛之守護，迅速給凌驚堂的無雙劍加了一個「免疫傷害」護盾。

本就脆皮的輸出兵器牌無雙劍，被涅槃的一波爆發打得只剩下最後一絲血皮，喻柯的鬼牌只要過來隨便放個普攻就能收掉它，葉宿遷眼明手快地保下無雙劍，同時召喚出奧丁！

奧丁作為眾神之主，自己不參與戰鬥，但他的腳下蹲著兩隻狼，分別叫做「貪婪」和「欲念」，前者可以貪婪地吸收指定卡牌百分之三十的攻擊力，並轉交給指定的隊友，後者則可以吸收指定卡牌的百分之三十血量轉交給隊友。

只見奧丁所攜帶的兩隻召喚狼同時行動，貪婪將喻柯的主力輸出牌「連城」的攻擊直接吸掉一半交給無雙劍，欲念則將秦軒所操控的治療牌神農的血量吸掉一半，轉交給無雙劍！

神農的血量幾乎是無雙劍的兩倍，被這麼一吸本來只剩一滴血的無雙劍在奧丁的兩隻寵物協助下血量瞬間回滿不說，攻擊力還獲得了加成！

蘇洋忍不住道：「召喚弗麗嘉給護盾，召喚奧丁的雙狼保護，實在是太及時了！只要慢個零點

一秒，小柯的鬼牌就可以殺掉無雙劍。涅槃的第一波快攻用掉很多技能，卻只殺掉對手一張卡牌，有些不划算。」

好在眾神殿最開始出場的五張卡牌此時都處於混亂狀態，涅槃還可以繼續攻擊。

喻柯的鬼牌被吸走一半攻擊力，但還有陳霄。

陳霄不再理會被加了護盾的無雙劍，轉移火力去打弗麗嘉——這張輔助神族牌也特別煩，加免傷護盾的技能冷卻時間極短，有祂在，其他卡牌很難殺得死。

在陳霄和喻柯的聯手爆發下，弗麗嘉很快陣亡。

三秒混亂結束，凌驚堂立刻開始行動。

作為職業聯盟出了名的快攻手，凌驚堂的兵器牌讓無數對手聞風喪膽，只見他連續召喚五張兵器牌，加上無雙劍，六張兵器牌同時朝涅槃的治療牌撲過來。

神農的治療陣太拖節奏，因此，凌驚堂決定先殺治療牌神農。

就在這時，謝明哲突然召喚出諸葛亮——草船借箭！

當初設計諸葛亮的時候就有過針對兵器牌的想法，這一局在暗牌帶上諸葛亮也是考慮到凌神一旦爆發，用草船借箭擋一波傷害，可以給隊友們調整的時間。

但讓謝明哲意外的是，就在諸葛亮出場的那一瞬間，凌驚堂突然停止了攻擊。

明明他的兵器牌正在往前撲，卻猛地踩下急剎車，就好像知道前方會有危險一樣。

謝明哲愣了愣，草船借箭技能可以借兵器、射擊類的傷害，並反彈回去，結果這次凌驚堂突然停手，草船放在那裡，什麼都沒借到？

蘇洋笑道：「凌驚堂的反應太快了，他這一波兵器猛撲的操作，只是佯攻，騙對手大招用的，關鍵時刻的急剎車踩得特別俐落。」

吳月激動地道：「諸葛亮開啟了群體混亂……但是雅典娜出來了，全團解控，秒解！」

秒解，相當於對手放完控制技，在控制技還沒來得及生效的時候就直接解掉，葉宿遷的預判意識和操作速度真是讓觀眾們大開眼界。若不是吳月眼尖地發現這一點，大家都沒看清楚他做了什麼。雅典娜除了解控外，還可以讓全團在接下來的一段時間免疫控制和必死傷害。這一張保護性的神族牌召喚得特別及時。

劉琛道：「沒想到葉宿遷反應這麼快，涅槃想打一波流，結果兩次都被他給防住了。」

第一次秒召弗麗嘉，護住凌驚堂只剩一滴血的卡牌無雙劍；第二次秒召雅典娜，全團解控、免死，防住對手的一波流爆發——葉宿遷操控的神族牌，以輔助隊友為主，卻連續兩次破壞了涅槃的進攻計畫。

凌驚堂看到這一幕，唇角不由揚起個笑容。葉宿遷還是和印象中一樣冷靜，如果不是他恰到好處地頂住這兩波猛烈攻勢，眾神殿很可能會在開局就被涅槃壓制。

防住就好。凌驚堂心中鬆了口氣，道：「準備反擊！」

比賽進行到現在，場景圖終於發生了變化。

盤旋在世界之樹上的毒龍，將世界之樹的根莖啃食殆盡。位於場景中間的世界之樹轟然倒塌！同時，天地變色，原本金色的天空陡然變得昏暗，整個場景狂風大作，帶有各種負面狀態的場景NPC也相繼甦醒！

先是洛基的女兒，大蛇「耶夢加得」舞動著自己碩大的蛇身，召喚出大量海水淹沒了整個場景，全場景卡牌受到海水暴擊傷害的同時移速、攻速全面降低！然後又是巨狼吞噬了日月，全場景變得一片黑暗。

謝明哲警覺地道：「撤！」

涅槃全員撤退，秦軒立刻開出盤古——五秒停戰。

讓盤古停戰五秒就是防凌驚堂一波爆發把涅槃的卡組打出缺口。

然而停戰只是卡牌停戰，場景效果並不受卡牌技能的影響，大蛇、巨狼兩個NPC的全場景群攻依舊生效，雙方卡牌的血量全部掉到了半血以下，秦軒果斷開啟了神農的治療陣。

上帝視角的觀眾可以發現，眾神殿由於被涅槃打了一波爆發，加上場景群攻，凌驚堂的六張兵器牌血量都只剩百分之三十左右。

但就在這樣的情況下，凌驚堂居然還操作著兵器牌迅速靠近涅槃。

——因為，他相信身後的隊友，會給他最好的保護。

果然，葉宿遷迅速為他的殘血牌集體加了護盾，並且召喚出風之女神群體加速。凌驚堂的兵器牌，以最快的速度，在黑暗中悄悄地繞到了場景的邊緣。

五秒停戰時間到，帶著金色護盾的兵器牌以迅雷不及掩耳之勢，出現在涅槃大後方！

在全黑暗的場景中，凌驚堂對於方位的記憶能力一流，他早就看準了秦軒的神農牌位置，並且推斷出涅槃的撤退路線——盤古停戰後，涅槃肯定會朝盤古劈開的溝壑反向撤退，而秦軒的輔助牌為了保護隊友，自然會撤到最遠處。

但是，再遠都逃不出場景的邊緣。

秦軒已經做得很好了，誰能想到，凌驚堂居然推測出了他的走位，依靠風之女神的加速，趁著五秒停戰時間摸黑繞到後方。

從黑暗中突然冒出來的冷銳亮光，精確地命中神農！

神農就被瞬間打到百分之二十血量以下，正好這一刻場景NPC洛基出現——容貌俊美的NPC洛基穿著一身黑色長袍，他開啟場景效果「邪惡力量」，將殘血牌直接吞噬到黑暗當中。

神農被黑洞吸走，消失得無影無蹤。

現場觀眾大驚，蘇洋看著也是心驚膽戰，「凌驚堂精確地計算好了傷害，一波爆發，正好把神農卡打到百分之二十以下的血量，場景效果觸發，神農被吞噬到了黑暗空間！」

吳月提示道：「被黑暗吞噬的卡牌，相當於放逐出了賽場，是不能復活的！諸神的黃昏，這張地圖的場景黑暗吞噬是十秒觸發一次，凌驚堂先搶到這個時間點，讓涅槃的治療牌被吞入黑暗空間，那麼他自己的殘血牌就不用怕了，至少十秒內不會再觸發黑暗吞噬。」

這也是凌驚堂敢於大膽推測對手的走位，操作六張殘血牌進行強攻的原因——他有信心在最短時間內把神農打到百分之二十以下血量。

但涅槃四人並不傻，看到地圖的時候謝明哲就知道眾神殿的策略，只是，凌驚堂在黑暗中繞後強殺秦軒治療牌的操作打得大家猝不及防。

謝明哲立刻開啟雷公、電母、風伯三張牌的群攻，轉身開始反擊。

凌驚堂繞後的兵器牌被這一波群攻給擊中，群體變成一絲血皮，陳霄立刻跟上午夜祕密的收割技能去殺凌驚堂的兵器牌。

無雙劍陣亡，噬魂劍被打到只剩一滴血！

眼看陳霄要一路收割下去，就在這時，葉宿遷再次召喚卡牌——森林之神。

春回大地，萬物復甦！

兩個技能同時放下去，之前被強殺的弗麗嘉被「春回大地」技能復活，「萬物復甦」的群體治療大招將復活的卡牌以及其他殘血的兵器牌血量抬到百分之五十以上。

陳霄沒法繼續收割，凌驚堂果斷反打，瞄準的依舊是涅槃的治療牌！

凌驚堂以極快的速度爆發猛攻！

金系鼻祖爆發力驚人，五張兵器牌在他的操作下極為鋒利，逼得涅槃只好開諸葛亮的空城計群體隱身保命。

但群隱時間有限，葉宿遷使用光明神照亮了整個場景，正好卡在隱身結束的那一刻。

凌驚堂迅速找到涅槃卡牌的位置，瞬移過去一波爆發將雨師打成百分之二十以下血量。

正好十秒時間到，場景NPC邪神洛基再次出現——黑暗吞噬！

殘血的雨師瞬間從賽場上蒸發。

觀眾們：「……」黑暗吞噬，這個場景效果真是可怕！

諸神的黃昏，這張地圖打起來確實驚險刺激。

涅槃雖然在開局搶攻打出優勢，但隨著比賽的進行，場景NPC的不斷干擾，讓涅槃的節奏反覆受到影響，加上兩張治療牌都被黑暗所吞噬，被放逐出賽場根本沒法復活，大蛇和巨狼的群體範圍攻擊傷害太高，漸漸的，涅槃的卡牌就有些支撐不住。

而葉宿還在復活弗麗嘉之後，轉眼間就給凌驚堂所有的兵器牌都套上了厚厚的護盾。

而奧丁這張牌在殘局的能力真是夠變態！祂的兩匹狼，「貪婪」可以吸走對手百分之三十攻擊力，喻柯的鬼牌連城最先被吸，聶小倩緊跟著被吸，鬼牌戰鬥力大打折扣，根本沒法做到單殺對方殘血卡。何況「欲念」這匹狼吸百分之三十血量轉交給隊友，也是非常強的單體加血技能，配合弗麗嘉和雅典娜的護盾，隊友很難被殺死。

有這麼多保鏢跟著，凌驚堂操作起兵器牌來，更加地肆無忌憚。

局面開始倒向眾神殿。

場景十秒一次的黑暗吞噬，讓涅槃煩不勝煩。

謝明哲以前用「劉姥姥進大觀園」地圖坑過很多人，這張圖的設計是距離控制；而今天，凌驚堂採用的是精確的血量控制，卡牌血量低於百分之二十就會直接被黑暗吞噬……從難度上來說，控血量其實比控距離更難。

距離控制只要有強制位移的技能，直接把對面的卡牌拖走就能實現。

但血量控制必須在洛基觸發「黑暗吞噬」的那一刻把對手關鍵牌的血量壓到百分之二十以下——對卡牌傷害的計算以及進攻時機的把握，要求都極高。

凌驚堂對「諸神的黃昏」地圖顯然無比熟悉，關鍵的兩次黑暗吞噬，正好讓地圖吞掉涅槃的兩張治療牌。

局面被拖入後期，涅槃沒治療，眾神殿有「森林之神」的治療，還有弗麗嘉、雅典娜的雙輔助護盾免死，加上奧丁的寵物不斷吸攻擊吸血，涅槃火力再猛，也打不動對手。

這場比賽，凌驚堂打出了超過一百萬的傷害，輸出極為恐怖。

涅槃最終以四牌之差落敗。

同樣是神族牌操作者，葉宿遷的風格和許星圖完全不同。

許星圖喜歡暴力群攻流，打法激進、熱血，看上去很帥，卻容易被對手抓住漏洞。葉宿遷卻極為冷靜，他用神族牌時，輔助、防守的能力簡直讓對手頭大。有他在，凌驚堂的兵器牌可以得到最好的保護。

蘇洋激動地道：「沒想到，葉宿遷和凌驚堂非常有默契，在他的保護下，凌驚堂金系暴擊牌的威力比平時高出了一倍，居然打出一百萬的輸出！」

吳月道：「活著才有輸出，尤其對金系暴擊牌來說，活得時間越久輸出就越高。這一場比賽也是凌驚堂本屆團賽中打出的最高傷害，同樣也打破了單人選手在團賽中的最高傷害紀錄！」

許航主打控制，周星辰補群攻傷害，葉宿遷保護，爆發全靠凌驚堂。

而帶著無數保鏢的凌驚堂，在這一場比賽也親自告訴大家——金系鼻祖，風采不減當年！

看著大螢幕上一比零的比分，謝明哲冷靜下來，仔細回想這一場比賽。

從這局的比賽就能看出，凌驚堂和葉宿遷對彼此的絕對信任。葉宿遷即便大賽經驗不足，但是他夠瞭解凌驚堂，可以守護好凌驚堂的背後，這就夠了。

第一局輸掉的關鍵原因是戰術安排失誤，集火殺神族牌根本行不通，兩波進攻被擋下，就像是一拳打進了棉花堆裡，加上凌驚堂推測出涅槃的撤退路線，加速繞後強行放逐神農，涅槃在沒治療

的情況下，拖後期自然拖不過眾神殿。

謝明哲打團賽以來，第一次遇到這麼困難的局面。對手有自己完全不瞭解的葉宿遷，還有一位聯盟爆發力最強的攻擊手凌驚堂，該怎麼打破他們之間的配合？怎麼做才有勝算？

好在第一局雖然輸，也不是毫無收穫。至少讓他們知道了葉宿遷的打法風格，接下來要怎麼針對，必須重新制定策略。

難得見阿哲打完比賽如此嚴肅，陳霄輕輕拍拍他的肩膀，道：「休息一下，別急。」

謝明哲深吸口氣，看向陳霄，「我們在賽前準備的策略全部行不通，葉宿遷和許星圖根本就不是一種風格。」

陳霄點頭，「賽場上出人意料的事情很多，只能隨機應變。你有什麼想法？」

謝明哲低頭考慮片刻，說：「集火葉宿遷行不通，他的神族牌防守能力太強，不如第二局我們換一種思路，直接搶攻，先殺凌驚堂的兵器牌。」他看向喻柯，「小柯你帶上孟婆，讓弗麗嘉或者雅典娜遺忘技能，這兩張牌互相加護盾，太難處理。」

喻柯贊同點頭，「嗯，全場金系護盾簡直煩死人！」

陳霄道：「再帶一張即死牌針對奧丁怎麼樣？祂的兩匹狼很煩人。」

謝明哲笑道：「我也這麼想！」

此時，眾神殿隔音房。

每一局比賽之間有三分鐘的休息時間，凌驚堂乾脆摘下頭盔，輕輕握住葉宿遷的手，關心道：「這樣高強度的比賽，你的精神狀態還適應嗎？」

葉宿遷的臉色雖然蒼白，目光卻很平靜，低聲說：「還好，不累。」

凌驚堂微微一笑，「你這些年雖然不參賽，卻一直保持著訓練。我知道，你一定可以。」

對上男人信任的目光，葉宿遷認真地點點頭，道：「放心，我會跟上你。」

具有保護性的神族牌是隊友最強的依靠，而主攻輸出流的神族牌也足以毀天滅地。

在葉宿遷看來，神族牌的打法應該具有多樣性，即便神族牌的技能設計偏華麗，但神族牌的打法卻不能用「華麗」來定義——砸群攻看上去很酷，但在比賽的時候，細節同樣重要。

這一場比賽的關鍵點其實就在弗麗嘉和雅典娜的雙護盾保護，如果不是兩位女神先後開護盾死死地護住了凌驚堂的兵器牌，光靠神族牌的群攻是打不死涅槃的。

第二局是涅槃的主場。謝明哲能不能扳回比分，觀眾們都在緊張地期待著。

而這時候，後臺觀戰的陳千林突然從座位上站起來，在職業選手們疑惑的目光中，他挺直脊背，神色平靜地走向了比賽舞臺。

吳月、劉琛正準備看賽後重播，結果，陳千林突然出現在舞臺上，兩人同時一愣。

觀眾們滿臉茫然，直播間內更是刷了滿屏的問號。

「別告訴我林神要上場去打比賽！」

「陳千林早就退役了，他上臺肯定是以教練的身分，不知道他要幹麼？」

「第一次看見林神上臺，好激動！他要幹麼？」

直到主裁判舉手示意，大螢幕上出現「暫停」的字幕。

吳月總算回過神來，激動地道：「林神是以教練的身分，請求了比賽暫停！」

比賽的中途不允許「戰術性暫停」，否則某方正在集火強殺對手，結果對手叫暫停，那就沒法玩了。為了照顧選手們調整狀態，星卡職業聯盟有個很人性化的規定——在小局比賽結束後雙方教練、隊長可以使用暫停權利，每場比賽最多一次，每次暫停時間不超過七分鐘。

也就是說，在隊員心態崩盤，或者必須調整戰術的時候，原本的小局休息時間三分鐘可以用暫停許可權拖到十分鐘。

陳千林上臺，就是使用了教練每一場比賽限定一次的暫停權。

上半年的常規賽，由於戰術都是賽前安排好的，不需要大幅修改，涅槃從來沒用過中場暫停，而涅槃的教練陳千林也極少在公眾面前露面，平時打比賽他都是坐在後臺觀戰。

今天，他終於站了出來，挺直脊背走到大舞臺上。

賽前預估錯誤，忽略葉宿遷上場的可能性，這是他身為教練的失職。

也正是他的失誤，造成了涅槃在這段時間的戰術訓練徹底搞錯了方向，布置的一切策略全部失效。第一局比賽，眾神殿打得涅槃猝不及防，如果第二局再輸讓眾神殿搶下賽點，在五局三勝的賽制中，涅槃不可能連續扳回三個賽點。

阿哲、陳霄、小柯和秦軒，正面臨著最艱難的局面。

這個時候，陳千林應該站出來，也必須站出來！

身為涅槃總教練，他要和隊員們一起面對這個困境。

阿哲身在局中，加上「諸神的黃昏」場景後期徹底陷入黑暗，他對眾神殿的打法看得自然不如陳千林這個上帝視角清楚。只有從上帝視角旁觀了一整局比賽的陳千林，才能發現眾神殿的軟肋，找出對付眾神殿的最佳方案。

——旁觀者清，當選手沒意識到自己的缺陷時，教練的存在便是關鍵。

謝明哲正和陳哥討論下一局的策略，驀然見師父上臺，謝明哲心頭一喜，原本他對接下來的比賽並沒有信心，但對上師父平靜目光的那一剎那，謝明哲懸著的心總算放回了肚子裡。

——是啊，涅槃還有林神。

凌驚堂會換人、會調整戰術，但陳千林也不是吃素的。

師父肯定有重要的話跟大家交代，上臺叫暫停就代表涅槃有了生機。謝明哲的臉上終於揚起了笑容，站起來看向陳千林道：「師父！」

陳千林拍拍他的肩膀，道：「沒想到葉宿遷會上場，這是我的失誤。」

謝明哲連忙說：「也不能全怪師父，大家都沒想到。」

陳千林的目光快速掃過眾人，「反省的事回去再說。接下來我們只有十分鐘時間調整，先把之前一週定好的戰術全部忘得一乾二淨。然後，你們再按照我的安排，用全新的戰術打第二局。」

陳霄心情激動，認真地看著哥哥，小柯和秦軒也覺得全身充滿了力量。

這種感覺就像是在黑暗中茫然地往前走，不知道方向對不對，只能硬著頭皮嘗試，就在這時突然有一個大家都很敬佩、信任的人，來到身邊說：別怕，跟著我。這如同一道亮光瞬間劈開了無盡的黑夜，四個人瞬間恢復滿血。

陳千林看向謝明哲，低聲道：「上一局，葉宿遷突然出現，你們想針對他卻又難以下手，導致被凌驚堂搶先抓住地圖節奏點。但事實上，葉宿遷並不可怕，眾神殿最可怕的人，自始至終都是凌驚堂。」

謝明哲道：「師父的意思是，上一局我們完全輸在凌神？」

陳千林點頭：「黑暗中，你們看不清凌葉兩個人的操作，但我從上帝視角看得一清二楚。你們仔細想想，第一局從頭到尾，葉宿遷和許航、周星辰兩位隊友，有沒有過漂亮的配合？」

陳霄仔細回顧片刻，很快答道：「沒有，他一直在保護凌驚堂。」

陳千林說：「這就是眾神殿最強的地方，卻也是他們最大的破綻。」

這句話，就像一語驚醒夢中人，讓謝明哲頓時醍醐灌頂。

謝明哲興奮地道：「我明白了，葉宿遷大賽經驗不足，和隊員們配合的時間很短，他雖然瞭解眾神殿的卡牌，但瞭解卡牌和親自打比賽完全不同。眾神殿換人，肯定在我們公布卡組之後，也就是說，他們只有一週的準備時間！」

陳霄雙眼一亮，緊跟著道：「一週時間，要把四人團隊配合練到爐火純青的地步，根本是不可

能的事。所以，凌驚堂採取了特殊戰略，讓葉宿遷只跟他配合！」

陳千林讚賞地點頭，「能想明白就好。葉宿遷和凌驚堂認識近六年，兩人之間極為熟悉，讓他用一週的時間練好和凌驚堂的配合，這並不難。但要他徹底融入眾神殿的四人團戰體系，這根本不可能。眾神殿上一局的戰術本質上其實是『三保一』的策略，凌驚堂作為絕對核心，葉宿遷全力保護他，許航、周星辰也在輔助他，由凌驚堂來帶動全場的節奏。」

眾神殿最強的選手，永遠都是凌驚堂。

葉宿遷很強，但他整整五年沒上過職業聯賽的賽場，怎麼可能和日夜堅持訓練的職業選手相比？他天賦高、反應快，但大賽經驗極度欠缺，有凌驚堂帶著他，他只關注凌驚堂，所以他在第一局的表現看上去特別厲害。

從謝明哲、陳霄等人的視角看來，葉宿遷預判很強、操作犀利，簡直像開了外掛。但是，只要以旁觀者的視角仔細分析，就可以發現葉宿遷全程和另外兩個隊友沒有任何配合，他一直跟著凌驚堂走——這才是眾神殿真正的軟肋！

陳千林見四人恍然大悟的表情，便輕輕按住小徒弟的肩膀道：「阿哲，之前師父一直讓你自己搭配卡組，但是今天你是當局者迷。第二局的戰術需要徹底大換血，卡組和地圖就由我來指定，淘汰賽不能有一點馬虎，這一局我們必須拿下，你明白嗎？」

謝明哲毫不猶豫地點頭，「當然，我相信師父！」

陳千林將隨身攜帶的光腦拿出來，指著上面列出的卡牌道：「卡組我在上局觀賽的時候就一直在思考，這是我搭配出來的二十張卡牌方案，地圖選『三分天下』——我們這一局，採用『先分後和』的戰略。」他在光腦上迅速畫出卡牌分配方式，一邊講解道：「二十張牌會分成七、五、八的組合，到時候看眾神殿的布置，凌驚堂去哪哩，小柯和秦軒就跟去哪裡，你們兩個的任務只有一個字——拖。」

「而另一個陣營肯定是許航和周星辰組合，由陳霄和阿哲來解決，你倆帶上大量攻擊、控場牌，爭取最快速度強殺掉他們，然後和小柯、秦軒滙合，形成以多打少的局面。」

看著師父搭配好的卡牌，謝明哲的心裡極為震撼。

——避其鋒芒，攻其軟肋。分頭擊破，先分後和！

陳千林的戰略，總結起來就是這十六字。

能在這麼短時間內通過冷靜地旁觀第一局比賽，想出對付眾神殿的最佳戰略，真不愧是自己的師父，木系鼻祖級選手。

眾神殿的最強組合，是凌驚堂和葉宿遷。

但別忘了，涅槃也有一對最強組合。

為了顧全大局，他們沒在雙人賽組合上場，但經過這麼久的相處，兩人一同製作卡牌，一起創建涅槃俱樂部，一起辛苦訓練、研究戰術，他們之間的默契，不輸於聯盟的任何搭檔；他們之間的配合，也絕對強過很久沒打比賽的葉宿遷和凌驚堂——他們就是陳霄和謝明哲！

謝明哲看向陳霄，陳霄也正好看向他，兩人相視一笑，用力地握住對方的手。

——加油陳哥！加油阿哲！下一局，我們將會以雙人賽組合的形勢，並肩而戰！

十分鐘時間到，比賽即將開始。

陳千林伸出手，四位隊員立刻配合地把手疊了上去，陳千林輕聲道：「加油。」

不像別的教練喊加油喊得那麼熱血，陳千林這句「加油」聲音很輕柔，但是四人卻會心一笑，心裡充滿了暖意——林神親自到大舞臺上鼓勵，這實在太難得了。

【第九章】

你當「木系鼻祖」是白叫的？

比賽開始，陳千林退場。但他沒有回到後臺，而是站在舞臺下方觀戰，臉色極為嚴肅。

謝明哲提交了地圖和卡組——明暗牌模式，地圖「三分天下」！

這張地圖一出現，凌驚堂就皺起了眉，果然，陳千林已經看穿了他的策略，想採用「分割戰術」強行拆掉眾神殿的「三保一」打法。

在魏、蜀、吳三分天下的地圖上，我方卡牌是七、五、八；敵方就是八、五、七。吳國是永遠的均衡國，雙方五打五，魏國和蜀國則是八打七、七打八，一方強勢、一方弱勢。整個地圖的設計非常公平，但對選手排兵布陣的能力要求極高。

通常的打法是五打五的陣營雙方暫時放棄，因為很難同時照顧三個陣營，容易崩盤。而八打七的陣營以進攻為主，儘快打出優勢；七打八的陣營以防守為主，儘量拖住時間等待隊友支援。

凌驚堂和葉宿遷不能拆開，葉宿遷跟他的節奏配合得很好，讓葉宿遷去和許航、周星辰配合很可能出漏洞，所以他必須帶上葉宿遷以最快的速度解決掉涅槃的防守方，和隊友匯合。

凌驚堂很有信心。上一局在葉宿遷的保護下，他的兵器牌生存能力極強，拖到大後期只陣亡一張卡牌。這一局既然要進攻，那就換個思路，帶上更多增加攻擊的buff牌、加速牌、控場牌，方便凌驚堂爆發。

想到這裡，凌驚堂迅速拿出第二套備戰方案。

倒數計時三十秒結束，雙方同時提交卡組。

涅槃這邊交上來的卡牌讓觀眾們大為意外，喻柯帶的鬼牌，包括秦廣王、楚江王、閻羅王、平等王——自從雙人賽為阿哲當了一次輔助後，這一場團賽喻柯再次以輔助鬼牌登場，而且直接帶出四個鬼界閻王。

秦軒帶的幾張輔助牌，包括保單人能力極強的華佗、單體治療牌大喬、群體治療和群體控制牌李師師、召喚小弟保護隊友的超強肉盾嘲諷牌盧俊義。

陳霄帶的卡牌包括黑鸚鵡、午夜祕密、黑法師、蝙蝠花。謝明哲帶的卡牌有浪子燕青、禁軍教頭林沖、近戰吸血牌花榮、遠程射擊牌后羿！

看到這裡，後臺觀戰的選手們面面相覷。

眾神殿的卡組也很快地公布在大螢幕上，依舊是八張兵器搭配八張神族。神族牌中有四張群攻明顯由周星辰來操作，四張輔助應該是由葉宿遷操控，和上一局不同的是，這次他沒帶弗麗嘉、雅典娜這種加護盾的保護神族牌，而是換成風神、月神這兩張加速、加暴擊卡牌。

蘇洋道：「上一局眾神殿是打後期，防守牌比較多，這局應該是打快攻，加速、加攻擊的節奏型輔助牌較多，看來，凌鷩堂這局想要儘快搶占優勢。」

吳月道：「阿哲帶純輸出牌，小柯帶控場輔助，這是雙人賽打法的重現嗎？」

很多觀眾也在這樣猜測。倒數計時十秒，比賽正式開始。

三分天下地圖載入，藍色的魏勢力，眾神殿限制召喚七張牌、涅槃八張牌；綠色吳勢力雙方都是五張牌；紅色蜀勢力則是眾神殿八張牌、涅槃七張牌。

吳勢力五打五，暫時分不出勝負，吳國一般都是最終決戰的地方，所以雙方都會留一些後期牌，比賽一開始，吳國被放置，雙方都不約而同地在魏、蜀勢力召喚出卡牌。

凌鷩堂和葉宿遷的卡牌同時出現在蜀國，兩人開局就打得很凶，凌鷩堂迅速召喚出四張兵器牌，葉宿遷緊跟上四神輔助，開局就是八張滿牌的壓制！

秦軒只好迅速召喚卡牌，免得牌量太少被凌神打崩。

盧俊義、華佗、李師師同時出現，緊跟著，平等王、秦廣王也出現在了賽場！

觀眾們驚訝地張大嘴巴——小柯？他和秦軒一起都在蜀國？

吳月也愣了愣，道：「這……小柯和秦軒一組嗎？」

蘇洋雙眼猛地一亮，道：「看來是，這一場比賽他和秦軒配合做防守！」

劉琛的聲音難得激動起來：「這麼說，謝明哲要和陳霄配合打雙人快攻？」

在看到喻柯用輔助鬼牌的時候，大家下意識覺得小柯輔助、謝明哲進攻的雙人賽要重演，沒想到這一局陳千林居然把兩對搭檔拆開、重組，讓陳霄和謝明哲聯手進入同一陣營！

陳霄和謝明哲聯手打快攻，這還是第一次。

涅槃的粉絲們看到這裡，不少人都快激動哭了。早在雙人賽時，很多人就在想：如果陳哥和阿哲搭檔，會不會有實力在雙人賽爭奪獎盃？今天，就是驗證這個猜想的時刻！

蜀國板塊。

在葉宿遷輔助牌的加速下，凌鷩堂的兵器牌集體出動，盧俊義召喚出來的保護小兵瞬間就陣亡了三個，導致盧俊義自身的血量也下降了百分之六十。

就在此時，喻柯強開秦廣王的孽鏡臺反彈，緊跟著使用平等王的技能——眾生平等！範圍內所有卡牌獲得平等待遇，均攤傷害，且身上出現一個平等王基礎生命百分之十的護盾。

此時，秦軒、小柯場上共有七張牌及盧俊義的三個小兵，十個單體均攤傷害，那麼凌鷩堂打出十萬傷害就會被平分成一萬，他想要迅速秒掉其中一張牌幾乎不可能。

但凌鷩堂畢竟是一流選手，對付這種均攤傷害卡牌，他自有一套打法，瞄準防禦最弱的單體集火強殺！葉宿遷也在這一刻開出「月神」的技能——月光籠罩，範圍內敵對目標集體降防百分之五十；月刃連擊，指定友方目標在每次暴擊後會觸發一次追加百分之三十傷害的連擊。

月刃這個輔助技效果很漂亮，加給凌鷩堂攻擊力最強的無雙劍，簡直就是如虎添翼。

無雙劍是一張金系暴擊普攻牌，招招暴擊，每次暴擊後再觸發一次連擊，傷害加成相當可怕，技能帶有月刃光效——只見凌鷩堂操控著無雙劍一通猛刺，瞄準的正是盧俊義的小兵。

小兵防禦極弱，攻擊小兵時打出的暴擊傷害就極高，哪怕被均攤，可凌鷩堂的攻擊實在太快太猛，不出三秒就強殺一隻小兵。小兵陣亡，盧俊義被扣血百分之二十，加上均攤的部分傷害，他的

血量只剩下百分之十五。

眼看下一隻小兵也要掛了，小兵一死盧俊義的血就會被扣光，秦軒眼明手快直接用了華佗的技能——刮骨療傷！

血量低於百分之二十的卡牌被刮骨療傷，回滿血，且重置全部技能。

盧俊義瞬間滿血，技能冷卻被重置。

秦軒又召喚出了五個小兵，保護住五個隊友。同時，喻柯強開楚江王的寒冰地獄，範圍內卡牌攻擊力降低，不離開範圍的話會一直降到零。

凌驚堂：「……」嘲諷牌搭配華佗，真是煩都能把人煩死！

而楚江王的全團降攻擊，對凌驚堂來說才是最大的麻煩，楚江王這張牌，在需要速戰速決的時候召喚出來，就像是在百米衝刺的運動員腳上綁了一團礙事的棉花。

蘇洋看到這裡忍不住感嘆，「我相信這套卡組是陳千林搭配的，也只有陳千林這樣的師父，才能教出唐牧洲這樣的徒弟。」

觀眾們不知道蘇洋是在誇人還是罵人？但是，從這一場比賽中，大家總算認清了——林神絕對是腹黑的鼻祖，才能教出唐牧洲、謝明哲這兩個滿腹壞水的徒弟。

楚江王鋪寒冰地獄降攻擊，華佗的刮骨療傷讓隊友滿血刷新技能，配上盧俊義五個礙事的小兵，還有李師師的群體治療、大喬的單體加血和強制回收卡牌在等著……一個都打不死！

凌驚堂以八打七，哪怕牌量占優勢，但再鋒利的刀劍，刺進一團棉花堆裡，也會很無力！

魏國陣營。

不同於秦軒和喻柯拚命拖節奏，陳霄和謝明哲毫不客氣，直接搶攻！

周星辰帶的神族牌飄在天上比較難打，陳霄二話不說，蝙蝠花飛到空中一波群拉，將周星辰四張神族牌全部拉到面前，謝明哲和陳哥的配合也極為默契，直接放出燕青打出一波爆發。

謝明哲對燕青這張卡牌的操作，觀眾們在雙人賽已經見識過，如今團賽中再次出現，雖然身邊的隊友變成了陳霄，但兩人的默契完全不輸於謝喻組合。

陳霄把四張卡牌拉成一條直線，謝明哲放燕青過去，熟悉的簫聲響起，燕青一波浪子回頭，迅速疊上了五層標記！

陳霄也沒閒著，黑法師群攻一開，加上謝明哲的標記爆炸，兩個群攻將周星辰神族牌的血量集體壓下去，緊跟著就是單攻牌出場！

許航心驚膽戰，立即開碎骨劍群體致殘控場。但陳霄的反應和他同樣快，在他開致殘的同時，陳霄召喚暗牌金魚草——骷髏花開，群體恐懼！

致殘是三秒，我方防禦、攻擊力全部下降，方便周星辰放群攻。但恐懼也是三秒，會讓對手放不出技能。解控可以抵消掉對手的控制，但反控，同樣可以打斷對手的節奏。

陳霄就是用反控的策略化解掉碎骨劍的致殘控場，讓周星辰趁我方防禦降低打一波群攻的計畫泡湯。三秒結束後，對方恢復了攻擊力，我方也恢復了防禦力。

許航只好開兵器治療牌給周星辰回血。

周星辰咬牙放出群攻——路西法、米迦勒、雷神、海神四張神族牌同時出動，一時間，黑白羽毛漫天飛舞，驚雷陣陣，海水氾濫，陳霄和謝明哲的卡牌集體殘血。

但殘血不一定會死——陳霄召喚出吸血藤，大範圍吸血治療！

這時候觀眾們才發現，涅槃公布的十六張明牌中，並不包括金魚草和吸血藤。說明陳霄本場比賽帶了六張植物牌，魏國勢力出現了黑法師、蝙蝠花、金魚草和吸血藤，還剩兩張牌，肯定留在吳國打終戰！

陳霄是打一波流極強的選手，但如果他和謝明哲都帶輸出牌在魏國二對二，純輸出陣容被對手反控太容易崩盤，所以在魏勢力他帶了兩張輔助，金魚草控制，吸血藤加血，蝙蝠花強拉對方神族

牌的同時也給對手疊加劇毒攻擊，黑法師群攻鋪場——而謝明哲帶的四張卡牌，都是爆發牌。

個人賽季軍得主陳霄，對局面的綜合掌握能力明顯高於周、許兩人，他甘願在二對二的組合戰中協助謝明哲，謝明哲自然不會讓陳哥失望。

燕青的傷害全部打滿，緊跟著就是花榮出場一波暴擊把對手打殘，然後是站在超遠距離的后羿——只見后羿突然拉開金色的長弓，連續九箭全部射向周星辰的神族牌！

觀眾們集體目瞪口呆！

九箭連射，箭無虛發，阿哲這一波操作簡直帥哭了！

后羿每一箭造成的傷害雖然不高，可連續命中也足以打殘脆皮的神族牌，謝明哲進行了一次分裂操作，九箭射向三個方向，三箭一組，分別命中路西法、米迦勒和海神！

許航為隊友瘋狂加血，血量一直維持在百分之八十以上，但后羿九箭連射，打出驚人的金系暴擊傷害，被射中的三牌血量再次降到百分之五十。緊跟著，林沖出場。

林沖這張卡牌大家早就見過，但之前在雙人賽中發揮並不出色，有時候直接出場被秒，根本打不出傷害。但是今天的林沖，好像不是大家之前認識的林沖——因為此時的林沖，是殘血狀態！

林沖的第二技能怒火攻心，血量越低攻擊力越高，每減少百分之十血量，攻擊力、攻速、暴擊傷害加成百分之十。

殘血的林沖每一下普攻都能造成恐怖傷害，此時，他以「發配滄州」瞬移到神族牌的面前，手中長槍對準神族牌就是一通直刺，招招暴擊，迅速將三張神族牌全部打殘！

——三槍連環！

對單體目標造成三次金系暴擊傷害，若擊殺目標，則刷新該技能，最多刷新三次。

——又一次，三槍連環！

——第三次，三槍連環！

血量極低的林沖打出的傷害簡直爆炸，三槍連環作為小型收割技能被謝明哲操作得行雲流水，禁軍教頭林沖以帥氣無比的槍法，向指定目標連續刺出三槍。路西法、米迦勒、海神全部陣亡，許航的治療卡根本就保不住隊友！

周星辰頭皮發麻，完全沒想到謝明哲打快攻居然這麼可怕。

陳霄和謝明哲的配合，簡直天衣無縫。看林沖連殺三牌，比賽現場響起了熱烈的掌聲。

魏國，謝明哲、陳霄組合直接打出了壓制效果。

而蜀國，秦軒和喻柯靠極為賴皮的治療牌和楚江王的寒冰地獄，頂住了凌葉組合的猛攻。

比賽進行到兩分鐘，謝明哲、陳霄殺光周、許兩人的卡牌，三分天下地圖解鎖。

由於對手魏勢力團滅，涅槃魏勢力的卡牌可以隨時移動支援隊友！

更可怕的是，在魏勢力二對二的組合戰中，由於有陳霄吸血藤的保護，加上謝明哲的燕青可以靈活位移，花榮又能攻擊吸血，兩人最後只犧牲了殘血的林沖、金魚草、黑法師三張牌，就換掉了對手的七張牌！

剩下的吸血藤、蝙蝠花、燕青、花榮和后羿，集體來到吳國陣營。

此時凌驚堂剛剛擊殺楚江王、盧俊義、華佗三張牌，小柯和秦軒還剩四張牌。由於秦軒和喻柯全是輔助牌，不具有攻擊力，因此葉凌組合的八張卡牌都是滿血的狀態。

原本八對四，看上去眾神殿占優勢，哪怕涅槃都是厚皮防守牌，也遲早會被凌驚堂殺光。

然而，陳霄和謝明哲趕到之後，局面瞬間發生了扭轉。

陳霄的血色藤蔓大範圍鋪開吸血治療，秦軒很冷靜地留了一個李師師的群加大招，在隊友到場的那一刻，李師師直接開大招，謝明哲和陳哥的卡牌全部被回滿血量！

九打八，涅槃反倒占優勢。

即便凌葉組合的卡牌滿血，但葉宿遷的神族牌很多技能都在冷卻，陳霄再次放出蝙蝠花，一波

強拉，將葉宿遷的神族牌全部拉到謝明哲的面前。

謝明哲果斷跟上燕青的輸出——浪子回頭疊標記，花榮近戰暴擊！

沒有技能的神族牌，轉眼就被燕青和花榮聯手打殘。

而涅槃由於有大量的治療牌在場，凌驚堂想強殺某張牌實在太難，他拚盡全力解決掉了華佗、燕青、后羿、蝙蝠花，但葉宿遷的神族牌已經團滅，謝明哲靠花榮的「攻擊吸血」設定，加上喻柯、秦軒的保護，硬是把凌驚堂的兵器牌全部拖死！

此時，涅槃蜀國板塊剩下五張卡牌，吳國板塊的五張卡牌還沒召喚。

而眾神殿只剩下吳國陣營的五張牌。

雙方同時來到最終的決戰地——吳國。

眾神殿只能五牌全上搶一波節奏。葉宿遷留了張群體混亂牌，凌驚堂在最後留的是吸血匕首這種越打越強的收割牌，涅槃有好幾張殘血卡，如果能成功收割，眾神殿依舊有希望。

但就是這時，謝明哲突然召喚暗牌——李紈，海棠詩社，全團無敵五秒！

這張牌的無敵保護，徹底粉碎了眾神殿的反撲計畫。

同時，陳霄召喚出兩張留在吳國的底牌——黑鸚鵡、午夜祕密。

陳霄和謝明哲，瞬間完成了攻守互換。

在魏國陣營，陳霄協助，謝明哲主攻，謝明哲帶爆發人物卡迅速解決掉對手。但是到了最終的吳國陣營，換成謝明哲的人物卡防守，陳霄的植物牌主攻。

兩人搭檔在一起，最可怕的就在這裡，陳霄快攻很猛，但他打法冷靜、大局觀強，做輔助副攻手同樣很強；謝明哲攻擊力強，輔助也同樣厲害，兩個綜合實力非常全面的選手組合在一起，你攻我守、我攻你守，可以隨時根據形勢來轉換身分。

謝陳今天的搭檔表現，真是讓人大開眼界！

而陳千林的布局也讓觀眾心服口服，因為，喻柯留在吳國最終戰的卡牌，正是一直沒有出場的閻羅王。

閻羅王直接復活了陳霄群攻能力最強的黑法師，謝明哲緊跟著召喚出暗牌賈元春——元春省親，全團攻擊、攻速、暴擊傷害加成百分之五十！

得到加成的黑法師一個技能砸下去，毀天滅地的傷害讓對手全部殘血！

黑鸚鵡靈活地靠近對手，鋸齒狀的葉片反覆切割，讓對手降低防禦，午夜祕密能打出大量單體傷害，並在擊殺對手後持續收割！

涅槃一波流的威力，在這一刻被陳霄發揮得淋漓盡致。

眾神殿幾乎沒有反擊之力。謝明哲、喻柯和秦軒開始三保一，將陳霄的植物牌保護得密不透風，陳霄一波流爆發，將眾神殿剩下的卡牌全部打團滅！

——勝利！

看著螢幕上彈出的金色字幕，謝明哲熱淚盈眶，陳霄的鼻子也不由酸澀，轉身和隊友們緊緊地抱在一起。涅槃的粉絲早已控制不住地流下了眼淚。

在第一局被壓得那麼慘的情況下林神及時出場調整戰略，秦軒和小柯堅強地抗住對手的爆發，陳哥和阿哲打出了最完美的配合，這才是大家喜歡的涅槃戰隊。

這一場比賽贏得驚心動魄。

謝明哲也收穫了很多。

能贏，關鍵還是師父的戰術針對和卡組分配太精妙。陳千林選擇的每一張卡牌，都有其出場的理由。涅槃沒有用奇怪的卡牌和套路，而是用巧妙的戰術布局、完美的操作配合，抓準對手的軟肋，蛇打七寸，乾脆俐落地拿下了比賽！

陳千林對涅槃的卡牌極為熟悉，在最短時間內搭配出了最佳方案。師父就是師父，五年比賽不

是白打的，卡牌的整理歸類也不是白做的。換成謝明哲，這麼短的時間內肯定做不到如此完善的布局。可是，陳千林做到了。

他在用實際行動告訴大家——他這個教練，絕不會在關鍵時刻拋下大家不管。

後臺觀戰席，白旭呆呆地看著大螢幕，自言自語道：「林神好強，卡組和戰術真是絕了。」

唐牧洲微微一笑，「你當『木系鼻祖』是白叫的？」

植物牌奠基人能不強嗎？他不強的話，能教出個人賽三冠王的徒弟唐牧洲？

只是，陳千林前期一直很低調，極少接受採訪，平時也不刷網頁、不跟粉絲互動，很少在公眾前露面，他一直在涅槃的幕後幫助四位隊員成長。

以前的比賽，放手讓阿哲自己搭配卡組，也有鍛煉徒弟的意思。

可是今天，由於他賽前判斷失誤，讓隊員們走上彎路，準備的戰術全部失效。在這樣的情況下輸掉比賽，對大家的心理會產生嚴重的負面影響。

他有責任及時將隊員們引導到正確的方向。

看著四人摘下頭盔後互相擁抱的畫面，陳千林不由微微揚起了唇角。

四個小傢伙終於找回了狀態，也找回了自信。

這樣就好。

——不用怕，不管以後遇到多艱難的局面，教練會一直和你們同在。

第二局結束後，陳千林再次來到大舞臺上，見師父上臺，謝明哲立刻站起來想擁抱他，結果陳霄搶先一步抱住哥哥，微笑著說：「哥，第二局的戰術太帥了。」

陳千林拍拍弟弟的肩膀，推開他，嚴肅地問：「下一局你們打算怎麼打？」

謝明哲仔細考慮片刻，道：「我有個想法，師父聽聽看能不能行得通？」

陳千林回頭看他，「你說。」

謝明哲道：「用張果老來對付眾神殿的護盾。」

陳千林欣慰地點頭，「你能這麼快想到，說明你已經明白了眾神殿的核心套路。我想到的也是張果老，讓他吃掉護盾，配合輸出牌的爆發，強殺凌驚堂的兵器牌。」

陳霄道：「只要凌驚堂的牌被殺，眾神殿的陣容不攻自破。當然，凌驚堂肯定會受到隊友們的重點保護，想要隔絕隊友的保護，我想到一張牌——賈詡。」

謝明哲雙眼一亮，「讓賈詡給凌驚堂寫信，他的卡牌就沒法被治療，然後我們集火強殺？」

兩人正討論著，卻見陳千林搖了搖頭，道：「別忘了，眾神殿還有一張地圖，可以全場景免疫負面效果。」

「光明神殿？」謝明哲很快想起了這張地圖。其他俱樂部的地圖大多帶負面效果，但「光明神殿」完全不同，它是地圖庫中唯一能「免疫任何負面效果」的場景圖。

在光明神殿打比賽，所有冰凍、暈眩類強控技能；混亂、位移、離間類支配技能；出血、中毒等負面效果全部失效。這張地圖名為「光明神殿」，卡牌們也必須光明正大地對決，不允許用任何負面效果來影響對手。

陳霄聽到地圖名字後，頭痛地道：「哥，你的意思是，第三局眾神殿的主場，可能會用到光明神殿這張地圖？」

「你覺得凌驚堂最怕什麼？」陳千林反問道。

「他怕被對手控制住，把他的兵器牌全部打崩。」陳霄頓了頓，道：「如果用光明神殿這張地圖，任何的負面效果都會失去作用，我們涅槃帶奇怪負面技能的卡牌太多，在光明神殿打涅槃確實是個很好的選擇。」

「如果他們真的用這張地圖，那就只能硬碰硬？」謝明哲摸著下巴若有所思。

「嗯，跟他們拚輸出，也不是毫無勝算。」陳千林看向四人，「眾神殿是凌驚堂單攻爆發、周

星辰群攻輔助、葉宿遷保護、許航治療，我們這邊，卻可以出三個攻擊手。」

「陳哥、我、小柯同時輸出，只讓秦軒一個人治療嗎？」謝明哲仔細一想，覺得這辦法確實可行，於是他在腦海中迅速想過一遍涅槃的卡牌，「秦軒帶五張治療牌怎麼樣？」

「可以。」秦軒冷靜地答道。

「單體治療華佗、大喬、鐵拐李，群體治療神農，保護性治療宋江。」謝明哲很快說出五張治療牌。在光明神殿地圖，群控、解控類技能都沒有必要，剔除這些牌後，從剩下的純治療卡牌中挑選，他能想到的最佳方案就是這五張。

陳千林驚訝地看著小徒弟，因為，阿哲說出來的卡牌和他想到的一模一樣。

小徒弟果然一點就透。能從涅槃上百張卡牌中迅速挑出五張最符合「光明神殿」地圖的治療牌，而且卡牌的技能相輔相成，謝明哲的記憶力和選卡能力似乎又上升了一個層次。

「這五張可以嗎？」謝明哲看著師父的臉色，忐忑地問。

「很好。」陳千林難得微笑起來，拍拍小徒弟的肩膀，「搭配非常合理。」

宋江幫隊友扛傷害賣血治療，神農治療陣持續抬血，大喬十五秒一次的單體暴擊治療加血量極高，緊急情況還可以強制回收殘血牌；華佗單體減傷，急救能力強；鐵拐李是很靈活的治療牌，葫蘆裡七顆藥，三秒發一顆，在凌驚堂爆發時可迅速把被集火的隊友血給加滿。

五張治療牌各司其職，凌驚堂想強殺我方卡牌可沒那麼容易。

得到師父的肯定，謝明哲笑容滿面，道：「那五張治療牌就全交給秦軒，吃護盾的張果老由我來操作，我再帶四張攻擊牌；小柯、陳哥各帶五張攻擊牌，二十張牌的陣容就確定了。」

陳霄想了想，說：「我帶黑玫瑰、黑法師兩張群攻，午夜祕密、美人蕉兩張單體攻擊，再帶上竹公子，把竹公子加入到暗牌，他的竹子可以殺殘血牌種滿全場，後期收割。」

小柯看向謝明哲，「阿哲，我帶什麼卡？」他一向很聽謝明哲的話，謝明哲也不客氣，直說

道：「你帶牛頭、馬面連動群攻，補群攻傷害；喬生、連城連動單攻打持續輸出，還有公孫九娘的鬼火，跟著我和陳哥的節奏去秒人。」

喻柯激動道：「好！」

大家積極討論下一場比賽的策略，陳千林很是欣慰——這才像一個團隊。

為了以防萬一，陳千林又道：「凌驚堂提交的地圖如果是光明神殿，我們就用這套卡組。如果不是，根據對方卡組的情況換掉治療牌，帶控制、保護卡，調整的時候隨機應變。」

謝明哲用力點頭，「明白，放心吧師父。」

三分鐘的休息時間很快就要到了，陳千林鼓勵地拍了拍隊員們的肩膀，轉身走下舞臺。

他沒回後臺，繼續站在舞臺下方觀戰。

比賽開始，螢幕中出現了熟悉的選圖介面。

凌驚堂很快選定地圖——光明神殿。

喻柯道：「哈哈，猜中了！林神真是神預言，和老聶的烏鴉嘴有一拚。」

謝明哲微笑著說：「既然眾神殿真的用這張圖，我們只能正面拚了。秦軒，比賽開始後你把治療卡全部召喚出來，反正沒有負面效果，不怕被群體混亂。」

秦軒點頭，「好。」

治療牌被混亂，加血技能會反加到對手的身上。光明神殿地圖能無視任何負面控制，那麼五張治療牌全在場的情況下，他也方便操作和走位。

三十秒倒數計時結束，雙方亮牌。

涅槃的明牌一亮出來，現場就發出一片不敢相信的吸氣聲，蘇洋皺眉道：「五張治療牌？這治療能力也太強了吧……」

然而，眾神殿的卡牌亮出來後，蘇洋都想翻白眼了，「也是五張治療牌！」

吳月感慨道：「這一場比賽該不會變成膀胱局吧！」

劉琛道：「治療牌這麼多，想迅速擊殺對手的卡牌很有難度，你加血，我也加血，而且全地圖免疫控制，這是要打半個小時的節奏嗎？」

謝明哲看到這裡也很頭疼，道：「大家做好持久戰的準備。」

雙方都有很多治療牌，這就是拚細節操作的時候了。綜合來看，雙方正面對拚的勝率應該在五五開，就看誰先把握住關鍵的機會。

倒數計時十秒，光明神殿正式載入。

潔白的雲端坐落著一座宏偉的聖殿，氣勢恢宏的神殿很有西方神話中神之領域的特色。天邊的金色陽光灑在純淨、柔軟的雲彩上，讓整個場景充滿了聖潔的氣息。

比賽的場地在光明神殿內部，大殿周圍的落地玻璃，將陽光全部透了進來，殿內寬敞明亮，一眼就能看到地圖的邊緣，沒有任何的障礙物。

這張圖特別簡單，寬闊的空地可以讓卡牌們盡情釋放技能。但實際上，免疫任何負面效果的地圖設定會讓比賽變成細節的對拚，什麼時候治療、什麼時候進攻，需要指揮對全域的節奏有最精確的掌控，否則，在治療技能全部冷卻的情況下，很可能就被一波打崩。

觀戰後臺，葉竹有些遺憾地道：「負面效果失效，看不到涅槃的奇怪戰術了，真是可惜。」

白旭道：「謝明哲肯定很討厭這種地圖吧。」

葉竹贊同，「對的，他最喜歡一些奇奇怪怪的控場，這下涅槃慘了。」

比賽開始，由於光明神殿免疫負面效果，雙方不擔心被對手控制，所以一開局大量卡牌便同時出現，眾神殿的治療牌和涅槃的治療牌全部到齊。

謝明哲的目光迅速掃過全場，眾神殿開局直接召喚出十七張卡牌，凌神帶六張輸出兵器牌，和周星辰的四張神族牌加起來是十張輸出。看上去輸出牌的數量比涅槃少，但由於輔助牌中的buff增

益和追加傷害的存在，凌驚堂的一張牌可以當成一點五張卡牌使用，整體輸出能力並不弱於涅槃。

還有三張暗牌沒召喚，顯然是眾神殿留了一手殺招。

謝明哲也留下兩張暗牌，陳霄則留下竹公子等殘局，場面上變成十七比十七。

觀眾們難得看見明暗牌模式一開局雙方就召出這麼多卡牌，現場頓時響起熱烈的掌聲。

掌聲未落，雙方就開始第一波技能對轟。

路西法、米迦勒連動開群攻，雷神、復仇之神的技能同時砸下來，涅槃的卡牌受到大量群攻傷害，血量瞬間被刷到百分之五十以下，凌驚堂立刻出手，六張兵器牌開始集火強殺華佗！

華佗不死，單牌難死！所以凌驚堂的第一目標就是華佗。

秦軒二話不說直接開啟神農治療陣，每秒回血百分之八持續十秒，穩住全團血線。

防禦弱的卡牌有大喬、鐵拐李單體補血，血量過低的還有宋江幫忙擋傷害——秦軒操作五張治療牌，冷靜地把全團的血量迅速回復上來，但治療卡加的血沒有凌驚堂的兵器牌打掉的傷害多，使得治療變得越來越吃力。

眼看華佗只剩最後一絲血皮，秦軒迫不得已，直接讓大喬將華佗收回！

大喬的回收技能相當於讓卡牌滿血復活，因此冷卻時間長達十分鐘，不能輕易使用。

但秦軒也有自己的考量，首先華佗的「刮骨療傷」是最強的單體急救，可以讓殘血牌瞬間回滿血並刷新全部技能，但它不能對自己使用。

華佗救別人很厲害，救自己能力一般。而其他卡牌扛不住凌驚堂六張暴擊牌的集火，所以秦軒乾脆讓大喬把華佗收回，逼著凌驚堂轉移火力。等凌驚堂集火別人的時候他再讓華佗出來幫助隊友，也可以拖延時間。

事實證明秦軒的選擇非常明智，凌驚堂見華佗被收回，只能轉移火力強殺大喬！

雙方都有五張治療牌的情況下，只要優先擊殺掉對手的一張治療牌，就會造成「治療失衡」的

局面——讓對手的加血量比不上我方的輸出量，最終贏下比賽也只是時間的問題。

凌驚堂的策略非常清晰，他殺華佗正是為了逼掉大喬的回收技。被回收的卡牌十秒後才能再次召喚，趁著這個機會，他的兵器牌是有可能一波帶走大喬的。

同一時間，小柯的牛頭、馬面在大範圍鋪開黃泉路和彼岸花，陳霄的黑法師、黑玫瑰花瓣飛舞；四牌聯手打出了大量的群攻輸出，美人蕉在遠距離吸血攻擊，喬生和連城同時行動，近戰普攻壓制對方——涅槃的治療壓力很大，眾神殿壓力同樣很大。

葉宿遷緊盯著凌驚堂的卡牌加血，許航來照顧全團，雙方技能接二連三地釋放，卡牌也在不斷掉血、回血，眼看大喬的血量被對面壓到百分之二十以下，秦軒立刻讓宋江過去幫忙抗傷害。

雙方你來我往地打了半分鐘，技能效果閃瞎人眼，卻沒有一張牌陣亡。

觀眾們：「……」開局打得很激烈，結果誰都打不死誰？

吳月無奈道：「我就說這一局是膀胱局吧，不知道打多久才能爆發一血。」

蘇洋笑道：「不如我們來下注，看眾神殿先死第一張牌，還是涅槃先死第一張牌？」

劉琛道：「我覺得是涅槃，畢竟凌神的六張兵器牌在獲得攻擊加成和追擊buff 的情況下，單體輸出能力太可怕了，而涅槃的單攻牌比較少，都是群攻為主。」

蘇洋搖頭，「不一定，你們注意一下謝明哲。」

吳月被前輩一提示，立刻去關注謝明哲，然後她驚訝地發現，「阿哲好像在邊緣打醬油，第一波技能交換的時候，他召喚出來的卡牌技能都沒怎麼用？」

蘇洋道：「他應該是在等待機會。雙方都有這麼多治療牌的情況下，就算放了技能，一時半會兒也很難打得死對方，現在雙方十七比十七，都留有後手。」

經解說這麼一解釋，全場觀眾不由得緊張起來。

治療牌雖多，技能卻不是無縫銜接。

雙方開局打得這麼凶，看上去就像無腦對轟，但實際上雙方都在壓榨對手的治療能力，等治療牌技能大規模陷入冷卻，跟不上節奏的那一剎那——真正的進攻才會來臨！

到底誰會先把握住這個機會？

誰又能度過這個難關？

這一場光明神殿的較量，沒有任何負面控制，拚的正是雙方對戰術、技能的精確掌控！

比賽進行到五分鐘，雙方沒有任何卡牌陣亡。

秦軒滿頭大汗。自從成為職業選手以來，這是他壓力最大的一次。五張治療牌技能要怎麼搭配，用哪張牌去幫哪個隊友加血，絲毫不能出錯。他的精神力高度集中，把五張牌的技能安排得有條不紊，但即便如此，他也漸漸地感覺到力不從心……

神農大招冷卻，大喬的單加還有八秒，鐵拐李的一波藥用完了需要重新等技能刷新，宋江殘血不能再賣血治療，華佗的麻沸散減傷已經疊到五層不能再疊了。

凌鷲堂再來一波爆發的話該怎麼辦？

就在這時，他聽到耳邊傳來謝明哲果斷的聲音：「治療牌全撤，保住神農！」

縱觀全域的阿哲注意到了他的困境。

秦軒鬆了口氣，立刻操作治療牌往後撤退，神農撤得最快。

凌鷲堂當然不會放過這個千載難逢的好機會。

此時，華佗全技能冷卻，大喬殘血、宋江殘血，凌鷲堂準備一波爆發將這幾張治療牌同時收掉。眾神殿的語音通道裡，凌鷲堂也做出了指示：「進攻準備…打！」

一聲令下，周星辰早就冷卻好的神族牌群攻大招，再次鋪天蓋地地砸了下來。

黑色和白色的羽毛混雜在一起，如同凌厲的刀子一般席捲向涅槃。凌鷲堂的刀劍同時出動，密密麻麻的刀光劍影將涅槃的殘血牌全部籠罩。

葉宿遷終於召喚出兩張暗牌。

北歐神話中的「海神」蓬托斯，祂有五個孩子，分別叫海之友善、海之奇觀、海之憤怒、海之危險和海之力量，相當於自帶五隻寵物。友善、奇觀同時為凌鷩堂的兵器牌加暴擊；憤怒、危險都是協戰型寵物，凌鷩堂打誰他們就打誰；海之力量，則是全團攻擊加成百分之二十，雖然加成不多，但全部卡牌得到加成的輸出量依舊很可觀。

另一張暗牌叫記憶女神，記憶女神只有一個技能——記憶重現。

祂可以記錄接下來三秒內我方指定卡牌的攻擊，並且在三秒後讓這部分攻擊重現到任意指定的卡牌身上——也就是說，如果凌鷩堂在三秒內打出十萬暴擊，記憶女神可以記下這十萬暴擊，在三秒後隨意指定另一張牌，瞬間爆出十萬的傷害！

這張牌等於把三秒的持續傷害變成了瞬發，可以出其不意地收掉對手的殘血牌。

海神和記憶女神的出現，徹底吹響了眾神殿全面進攻的號角！

但是，謝明哲早就防著這一點。

涅槃一向用暗牌坑人，所以在眾神殿的暗牌沒出現之前他一直不敢全面進攻。

謝明哲在秦軒撤退的那一刻，就提前召喚出呂洞賓。

他不知道眾神殿帶的是什麼暗牌，但呂洞賓的技能足以對付任何爆發類的暗牌！

在葉宿遷神族牌的輔助加成下，凌鷩堂的爆發力簡直驚人。

轉眼間，大喬被秒、鐵拐李被秒、華佗被秒……

涅槃的防線被徹底撕開了缺口！

三秒的時間很快過去——

觀眾們看到了不可思議的一幕！

此時，神農血量在六萬左右，記憶女神剛才記憶了凌鷩堂無雙劍的傷害，無雙劍在三秒內打出

的傷害遠超過六萬，只要「記憶重現」技能成功開出來，神農會被瞬秒。

然而，也不知是什麼情況，涅槃所有卡牌的血量突然開始全面恢復！

葉宿遷的記憶女神技能明明打中了神農，可神農並沒有被秒，血量反而變成八萬？

打對手一下，對手反倒回血？這是系統出了bug嗎？

蘇洋激動地道：「是呂洞賓的黃粱一夢效果觸發了！」

吳月愣了愣，「時光倒退回三秒前？」

蘇洋道：「剛才的這一波技能交換太複雜，需要四倍慢鏡頭重播才能看清。」

導播立刻將剛才的團戰在右下角的小螢幕中慢鏡頭重播，蘇洋緊跟著道：「其實，這是個非常細節的操作——謝明哲對眾神殿的進攻節奏進行了精確的預判，他猜到眾神殿要卡這個時間點爆發，所以他召喚出呂洞賓，在對方全力進攻的時候開了呂洞賓的『黃粱一夢』，三秒一到，時光倒退，全體卡牌血量回到三秒之前。」

——人生就如一場大夢，得到的不值得歡喜，失去的也不需要悲傷。

這是呂洞賓卡牌技能中的描述。

呂洞賓做了一場夢，夢境甦醒時，全體卡牌血量倒退回三秒之前。

這張牌可以應付任何對手爆發的局面，謝明哲開得太及時了。

也正因此，呂洞賓一場大夢，讓眾神殿在這三秒內打出的傷害大部分白費。神農的血量倒退回三秒前，從六萬回復到十八萬，而葉宿遷的反應比謝明哲慢了那麼零點幾秒，他放技能的時候神農血量已經回到了十八萬，所以，記憶女神的大招沒能秒掉神農，打完神農後，神農的血量變成八萬。

兩個技能的結算時間太過接近，大概只有零點幾秒的差別，所以在觀眾們看來，葉宿遷一個技能打過去，神農從六萬血變成了八萬血，就像是出現了bug。

實際上，這是因為謝明哲卡了一次非常細節的技能時間差，讓呂洞賓的黃粱一夢，在記憶女神的大招之前釋放了出來！

黃粱一夢的三秒倒退不能讓已經死去的卡牌復活，所以華佗、大喬、鐵拐李依舊陣亡。

可是，眾神殿的所有群攻大招也相當於白打。

看上去是凌驚堂瞬間爆發，把涅槃的陣容撕開了一個缺口，可實際上，謝明哲等的就是現在——此時，眾神殿群攻大招都在冷卻，治療技能也在冷卻，正是涅槃全面反擊的時刻。

謝明哲只說了兩個字：「開打！」

陳霄果斷開出黑玫瑰、黑法師的群攻，喻柯也跟上牛頭、馬面的群攻，四個群攻技能做鋪墊，緊跟著便是謝明哲仙族牌的全面壓場！

何仙姑的荷花漫天飄撒，韓湘子的簫聲響徹全場，呂洞賓召喚出大規模的劍雨。

涅槃全體群攻牌出動，眾神殿的卡牌被一口氣壓到百分之三十以下的殘血！

謝明哲掃了眼對方卡牌的血量，在語音頻道說：「準備收割。」

喻柯回答：「明白！」

謝明哲召喚出張果老，瞬移到凌驚堂的兵器牌面前，強行吞掉無雙劍、斷魂劍、旋風劍三張卡牌身上的護盾。

幾乎是同一時間，喻柯召喚出公孫九娘，謝明哲召喚后羿——九箭連射，九火齊出！

作為雙人賽的固定搭檔，小柯和阿哲早就形成了你打誰、我就打誰的默契，謝明哲的九箭分裂成了三批，喻柯的九火也分成三批，整整齊地砸向被吞掉護盾的三張兵器牌。

只見九枝箭分成三個方向，運行的軌跡和九個鬼火完全重合，整齊得如同放起了煙花，簡直像是光腦提前設定好的程式一樣……

全場觀眾目瞪口呆，完全沒想到小柯和阿哲攻擊節奏居然如此同步！

九箭、九火，從三個方向分裂，命中三個目標，將對面全部打殘。

然後，陳霄的竹公子出場。

竹公子，穿一身墨綠衣衫，風度翩翩的美男子，擬人植物牌，四君子之一。

他的技能「君子如風」加攻擊，「勢如破竹」可以造成大範圍的竹葉掃射傷害，而一旦「勢如破竹」擊殺目標，則會在目標所在的位置立即生成一株翠竹，翠竹的葉片可繼續朝周圍掃射，造成五公尺直徑圓形範圍內的木系濺射傷害。

陳霄和喻柯正好讓鬼火、九箭分成三批打三張殘血牌，讓陳霄的竹公子收割。

竹公子一波群攻下去，無雙劍、斷魂劍、旋風劍三張兵器牌全部陣亡，三個位置都出現了翠竹，無數利刃般的竹葉開始朝周圍掃射。

——勢如破竹，群攻型收割牌！

眾神殿的卡牌本就被打殘，竹公子的出場相當於給他們判了死刑。

蘇洋看到這裡都不知道說什麼才好，最終只能用一句話形容：「這一波反攻打得太漂亮了！太漂亮了！」

從謝明哲預判到對方的節奏點，召喚呂洞賓三秒時光倒退，到仙族牌、鬼牌、植物牌群攻壓場，再到謝明哲和喻柯九箭連射、九火齊出的默契配合，然後讓陳霄竹公子收割，秦軒神農自爆……在這一刻，涅槃似乎不是四個人在戰鬥，而是一個人在戰鬥。

四人的腦電波像是達到了同步，讓後臺觀賽的選手們大驚失色。

完全沒想到，阿哲的一波預判反攻，瞬間扭轉了戰局。

——第三局眾神殿主場，涅槃勝！

這個結果讓全場觀眾大為意外。

本以為這一局要打十五分鐘以上，結果突如其來的一波變故，眾神殿率先撕開涅槃的缺口，但

卻被涅槃全面反擊，殺得眾神殿猝不及防。

蘇洋總結道：「這一局，關鍵點就在呂洞賓黃粱一夢的釋放時機，搶先了對方的記憶女神。試想一下，如果記憶女神先開出技能秒掉神農，那麼眾神殿在涅槃治療牌全滅的情況下，是可以拖到後期殺光涅槃脆皮輸出卡的。但就是神農沒秒掉，還自爆開出治療陣，才讓涅槃打出了漂亮的反擊。」

劉琛也讚賞道：「阿哲抓機會的能力很強，他的賽場嗅覺非常敏銳。」

吳月道：「能在客場贏下眾神殿，這一局也不全是阿哲的功勞，四名選手配合得特別精彩，尤其是最後一波的四人聯手！」

現場響起了熱烈的掌聲。

觀戰的陳千林心情複雜。涅槃的團隊作戰能力，在這一局才真正得以體現。

如呂洞賓所說，人生就如一場大夢。時光倒流，一切重來。

而這個重來的機會——被謝明哲，緊緊地抓住了。

螢幕上的比分變成二比一，這也就意味著涅槃率先搶下了本場比賽的賽末局。

完全沒想到涅槃的四位隊員會如此給力，涅槃的粉絲們臉上的沮喪已經蕩然無存，各個笑容滿面，還有不少粉絲在討論呂洞賓的黃粱一夢技能，有人商量著回頭就去做呂洞賓的表情包——人生就如一場大夢，得到的不需要歡喜，失去了也不要太悲傷。

葉竹神色複雜地道：「裴哥，呂洞賓這張牌的技能描述，很像你的說話風格啊？」

裴景山經常說出這種很有哲理的話，比如，一個人被針對，那叫針對。所有人都被針對，就不叫針對了；輸掉這一場比賽，是為了下一場贏得更帥……葉竹每次聽他念叨都會頭痛欲裂，感覺和裴景山待在一起，靈魂都要得到昇華了。

看到呂洞賓的卡牌描述後，葉竹的第一個反應就是：謝明哲也要變成哲學家了嗎？

聽葉竹這麼說，裴景山微微一笑，澄清道：「呂洞賓的設計可不關我的事，不過，我還挺喜歡呂洞賓這句臺詞的，人生就如一場……」

葉竹立刻打斷他：「裴哥，我去上個廁所！」

白旭在旁邊愣愣地看著葉竹如風般的背影，第一次發現葉竹的逃跑速度這麼快。唐牧洲輕笑不語，只有山嵐神色糾結，心裡暗自琢磨著：失去的也不要太悲傷？他失去的可是四十萬競猜幣啊！

山嵐有每局比賽開始前投競猜幣的習慣，這個賽季也不知怎麼回事，山嵐的競猜頻頻出錯，尤其遇到涅槃的比賽——上回陳霄打唐牧洲的個人賽他猜錯賠掉十幾萬，今天的第三局是眾神殿的主場，他想凌神的主場怎麼也不至於輸吧？於是他一口氣投了四十萬。然而誰能想到，涅槃居然把眾神殿反過來給打崩？

看到大螢幕上二比一的比分，山嵐僵在座位上，變成了一尊雕像。

光腦裡彈出提示：競猜失敗，扣除競猜幣四十萬。

山嵐：「……」

人生就如一場大夢？說什麼失去的不要太悲傷？他現在很悲傷！

聶遠道發現，第三局結束後徒弟就坐在那裡一聲不吭，看著很沮喪，他一下子猜到了原因，強忍著笑意，低聲問：「上一局競猜幣投給了誰？」

山嵐脫口而出：「眾神殿。」

聶遠道將拳頭抵在唇邊輕咳一聲，看向他道：「你真是投誰，誰就輸。」

山嵐：「……」投誰誰輸，我也很絕望！

聶遠道緊跟著說：「下次遇到涅槃的比賽，你別玩了，我幫你投。」

「嗯。」山嵐乖乖將光腦遞給師父，見師父果斷將剩下六十萬競猜幣全部投給眾神殿。山嵐疑惑地問：「第四局是涅槃主場，謝明哲肯定會在主場布置一些奇怪的戰術，涅槃的主場出了名的難

打，師父怎麼會覺得這局眾神殿能贏？」

聶遠道看向大螢幕，平靜地說：「你小看了凌鷩堂，同樣的錯誤，他不會犯第二次。」

話音剛落，大螢幕中再次出現「暫停」字樣。

——是凌鷩堂叫了暫停。

吳月激動地說：「第一局結束後，涅槃這邊的教練陳千林叫暫停，現在是涅槃的賽點，凌神也叫了暫停，看來，他要多一些時間調整接下來的策略！」

蘇洋笑咪咪地道：「凌鷩堂顯然意識到了涅槃針對他們的策略，再不調整的話，這一場比賽眾神殿就懸了。」

此時，大舞臺上。

陳千林再次走上去，直接進入正題：「第四局是我們的主場，之前準備的地圖是針對許星圖的，不能用。凌鷩堂叫暫停，我們正好利用這點時間調整。」

想起全明星中凌神的謀略，謝明哲贊同地點頭：「師父說得沒錯，凌鷩堂肯定發現了我們針對葉宿遷的策略，他應該會做出較大的戰術調整，我們也必須更換地圖和戰術。」

陳千林看向兩人問：「你們好好想想，能限制凌鷩堂輸出牌的地圖，還有什麼？」

陳霄和謝明哲對視一眼，異口同聲地道：「銅雀臺？」

陳千林微笑，「嗯，和我想的一樣。」

三國系列地圖之銅雀臺，設計思路採用「銅雀春深鎖二喬」的傳說，這張地圖場景開闊，氣勢恢宏。在比賽中的設定也很特別——高高的銅雀臺上設有兩個鐵質的牢籠，每隔一段時間會自動關押雙方輸出量最高的卡牌，等同於放逐，被關起來的卡牌不能再參與戰鬥。

眾神殿的爆發輸出靠的是凌鷩堂，讓地圖把他的兵器牌給關起來，那眾神殿的輸出就會大打折扣，葉宿遷想保護凌鷩堂輸出的核心戰術，自然是不攻自破。

同一時間，眾神殿。

雖然下一局是對手的賽末局，但凌鷲堂的臉上依舊帶著微笑，他拍了拍葉宿遷的肩膀，柔聲說：「別想太多，比賽輸贏都很正常，盡力就好。」

第二局輸掉葉宿遷很自責，關鍵時刻，他的記憶女神出手速度比呂洞賓的黃粱一夢慢了零點幾秒，導致涅槃的卡牌倒帶回血，記憶女神沒能秒掉神農正是他的責任。

不過，凌鷲堂的低聲安慰讓他好受了許多，他也知道現在不是反省的時候，迅速打起精神，道：「第四局，你覺得他們會繼續用三分天下嗎？」

凌鷲堂搖頭：「陳千林不會同一個戰術連用兩次，我猜是銅雀臺。」

葉宿遷怔了怔：「銅雀臺？關押你的兵器牌，讓眾神殿的輸出節奏徹底斷掉？」

凌鷲堂點頭：「這也是對付我們的最佳方案之一。如果下一局，涅槃真用銅雀臺關押我的高輸出牌，我有一個想法，需要小葉你來配合……」

十分鐘休息時間，第四局比賽開始。

涅槃的主場，選定地圖：銅雀臺。模式：明暗牌模式。

凌鷲堂的嘴角揚起了一個微笑。

陳千林瞭解他，但他也瞭解陳千林。上一局，涅槃顯然猜到了「光明神殿」地圖，做出了精細的卡組布局；這一局，他也猜到了涅槃的「銅雀臺」地圖，並且想出了反擊的策略。

不過，戰術布局只是前提，比賽的輸贏，關鍵還要看臨場發揮。

亮牌階段，謝明哲就很是意外，原本眾神殿的八神、八兵器，變成了十一神、五兵器，卡牌的比例做出很大調整，輔助牌全部換成神族牌，兵器輔助牌則被全面撤下。

謝明哲有些疑惑，「亮出來的十六張牌只有五張輔助神族牌，如果葉宿遷來操作輔助牌的話，許航的牌全放暗牌不大可能……」他頓了頓，雙眼猛地一亮，「這一局，難道是許航操作輔助神族

牌，葉宿遷輸出？」

陳霄皺眉道：「看來是的。」

謝明哲反應很快，猜到凌驚堂的戰略調整。他也立刻做出調整，道：「葉宿遷要操作神族牌配合凌驚堂打爆發，眾神殿是三位選手同時輸出，我們暗牌也換輸出卡，以暴制暴，讓銅雀臺關押凌神的兵器，我們集火葉宿遷的輸出牌！」

謝明哲的策略其實沒錯，銅雀臺關押兵器，陳哥、小柯加上他三人聯手強殺葉宿遷的輸出，由於葉宿遷大賽經驗少，自然頂不住他們三人的集火。

然而實戰的時候，謝明哲卻發現，凌驚堂給他們下了一個套。

比賽開始後，凌驚堂先用兵器牌打傷害，輸出極為暴力。然而，在銅雀臺即將關押卡牌的那一瞬間，許航操作的輔助牌突然給葉宿遷操作的「破壞女神」加了一個「瞬間提升百分之五十輸出」的buff，破壞女神一個群攻砸下去，輸出量立刻超過了凌驚堂的無雙劍。

——銅雀臺關押了破壞女神。

——葉宿遷故意為凌驚堂擋掉了地圖的關押效果。

在臺下觀戰的陳千林，對凌驚堂「隊友擋刀」的策略十分佩服。

葉宿遷和隊友的配合確實還不夠有默契，但許航跟著凌驚堂打了五年比賽，大局觀很出色。讓許航去主動找節奏給葉宿遷的神族牌加攻擊buff，神族牌打完一波技能後由於瞬間爆發太高，會被銅雀臺關押，這就解放了凌驚堂的兵器牌，讓他可以毫無後顧之憂地輸出。

涅槃採取的也是類似策略，小柯的爆發流鬼牌如公孫九娘，打完一套技能後主動被關押，留下陳霄、謝明哲續航能力更高的牌繼續戰鬥。

雙方都計算好地圖關押卡牌的時間，把一些不大重要的輸出牌送進去。

比賽進行到七分鐘，銅雀臺關押卡牌的數量已經超過六張，雙方的輸出對拚越來越激烈！

最後一波大團戰，眾神殿的神族牌同時放群攻，雙方都傷亡慘重，只不過眾神殿陣亡牌量比涅槃少一張，最後也是這一張的差距，讓眾神殿獲得了第四局的勝利。

二比二！

後臺觀戰的山嵐無比膜拜，「師父，你這預言也太準了，凌神果然扳回一局。」

第四局涅槃主場，猜眾神殿贏的賠率高達一點五，聶遠道投了六十萬競猜幣，一下子翻成九十萬，賺了三十萬。看著徒弟開心的模樣，聶遠道把光腦遞回給他，道：「決勝局就不猜了，這次我也猜不準，無盡模式是本屆聯賽第一次出現。」

季後賽是「五局三勝」賽制，每支戰隊都有兩次主場機會，主場可以自選地圖、自選模式，今天的比賽雙方在主場都選了明暗牌模式，畢竟大家對明暗牌模式更加熟悉。

但是如果前四局打成二比二平手，第五局決勝局就會隨機選地圖，並強制進入無盡模式。

吳月道：「今天的比賽，雙方旗鼓相當，目前的比分是二比二，進入決勝局！」

蘇洋也興奮起來，「讓我們一起來期待決勝局無盡模式的對決！」

【第十章】

打比賽要考哲學、考數學，還要考音樂？

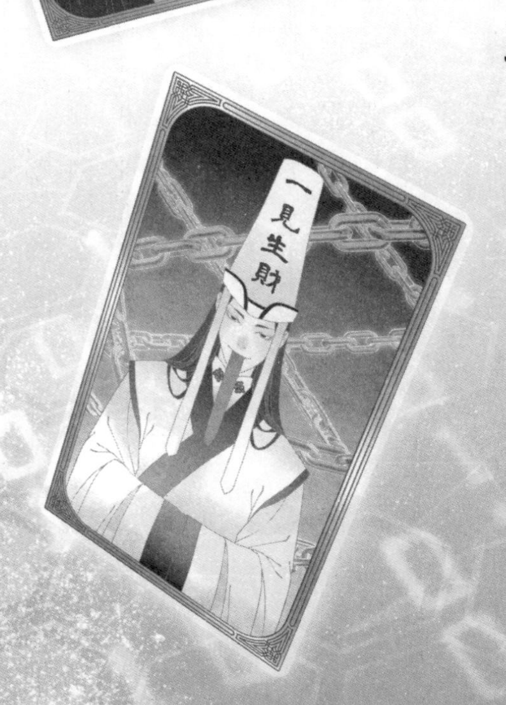

本賽季新增的無盡模式，只有季後賽才會出現。

十分鐘時間不限牌量，雙方可盡情召喚卡牌，最終以擊殺卡牌數作為判斷勝負的標準。雙方卡池都很深，根本不可能猜到對手會使用哪些卡牌，讓提前安排戰術變得很困難。無盡模式考驗選手隨機應變的能力，也更考驗指揮排兵布陣的水準。

決勝局之前的休息時間是五分鐘，陳千林再次來到了大舞臺上。

眾神殿的卡牌很多，地圖又是隨機選的，無法進行賽前預測。但陳千林還是給了大家一些提示：「記得按平時的訓練，由陳霄來算牌。」

謝明哲和陳霄對視一眼，從對方的眼中看到了信心。

為了打無盡模式，涅槃做了許多卡牌，今天終於到了上場的時候。

十分鐘的比賽時間，並不需要將涅槃上百張的卡牌全部派上場。按照正常的比賽節奏，團賽時用二十張卡牌把對手打團滅至少也要五分鐘左右，卡牌不會站著挨打，還有治療、輔助卡的保護，所以無盡模式聽起來可怕，但實際上一場比賽的卡牌用量大約在四十張左右，再多的話也操控不過來。

謝明哲笑著說：「既然今天是『神仙打架』，那在最後一場無盡模式，我和秦軒就操控仙族牌吧，陳哥和小柯依舊按自己的喜好來選牌。」

無盡模式不用提前公布卡組，俱樂部卡池共用。

也就是說，比賽開始後每個選手的牌庫中都會有自家俱樂部的全部卡牌，你可以任意挑一張上場，已經被挑上場的卡牌，其他隊友就不能再重複選用。

挑牌的時候不跟隊友衝突，並且要和隊友的卡牌打配合，這很考驗團隊的默契。

為了準備無盡模式，陳千林私下組織四位選手做了很多次選牌練習，四人將阿哲後期製作的卡牌全部練熟——秦軒、小柯和陳霄也會操作謝明哲的仙族牌、人物牌，在卡池共用的情況下，這是

必須要做到的。

比賽時隨意選牌，如果隊員之間沒有充分的默契，很可能出現失誤，比如，小柯選的牌和陳霄選的牌技能沒法配合；或者秦軒選走了謝明哲想要拿的牌，造成烏龍。

為防止這種情況出現，陳千林想到一種方法——提前搭配好幾套無盡模式的陣容，分組編號一組、二組……比賽時由總指揮謝明哲來指定卡組。

這種方法得到了大家的認可，謝明哲怕大家記不清，又改了卡組名字。

比如，戀愛組（以愛情故事為背景的仙、妖、人牌）、師徒組（唐僧、孫悟空師徒核心的控場流打法，加入鐵扇公主、牛魔王及陳霄的蝙蝠花、小柯的聶小倩等位移控場牌）、兄弟組（曹丕、曹植連動體系，郭嘉亡語爆發，賈詡、荀彧等特殊控場）……

謝明哲給每套卡組安上好記的名字，小柯、秦軒和陳霄也都記得一清二楚——雖然心裡很想吐槽阿哲的取名風格，但這麼取名，確實比一組、二組好記多了！

此時聽到師父的提醒，謝明哲果斷點頭，「明白，我會根據形勢來調整卡組。」

陳千林伸出手道：「我相信這段時間的訓練不會白費，大家加油。」

四人將右手疊放在一起，齊聲道：「加油！」

五分鐘時間很快過去，比賽正式開始。

「觀眾朋友們歡迎回來！涅槃與眾神殿的決勝局即將打響，這也是本屆職業聯賽第一次出現無盡模式，接下來是隨機地圖，讓我們將目光放回大螢幕上。」

螢幕中的小圖示不斷跳躍，最終定格。

今天系統隨機的地圖包括流霜城的「無盡雪原」、鬼獄的「恐怖密室」、暗夜之都的「蝴蝶谷」，三張圖都不算太難。凌驚堂考慮過後禁掉「無盡雪原」，他的金系兵器牌有不少靠普攻暴擊打傷害，被減速就很難獲得優勢。謝明哲緊跟著禁掉「恐怖密室」，每隔一段時間鬼魂四處飄蕩，又要卡節奏又要算牌量，無盡模式打這種圖太煩了。

最後留下的居然是蝴蝶谷。

葉竹差點激動得跳起來，「是我最愛的地圖啊！」

發現大家都在看他，葉竹臉一紅，立刻坐回去，故作嚴肅地道：「謝明哲果然有眼光，留下了這張地圖。打無盡模式，還是我們蝴蝶谷好用。」

眾人：「……」黑粉，你不覺得自己越來越像謝明哲的腦殘粉了嗎？

比賽開始，蝴蝶谷地圖載入。

葉竹對蝴蝶的執念充分表現在這張地圖的設計上，清幽的山谷中到處都是翩翩飛舞的蝴蝶，各種顏色的彩蝶美輪美奐，簡直像是童話世界。

蝴蝶認為外來者打擾了牠們寧靜的生活，因此，蝴蝶谷場景只要出現卡牌，就會有蝴蝶立刻貼在卡牌身上讓對方不斷掉血——蝴蝶附身屬於場景效果，不可以被解控。

雙方一起掉血非常公平，對無盡模式的操作也不會產生太大影響。

地圖剛一載入，眾神殿和涅槃的卡牌就密密麻麻地出現在山谷中。

凌驚堂毫不客氣地開始搶攻，第一張牌就是許航操作的兵器牌——碎骨劍！

大範圍卡牌致殘，防禦力下降百分之五十、攻擊力下降百分之五十。

同時，葉宿遷開出神族牌——死神降臨，群體恐懼！

凌驚堂和周星辰緊跟上輸出，但下一秒，就見秦軒果斷地召喚出了觀世音菩薩——觀世音手中楊柳枝輕輕拂過，普降甘霖，大範圍負面效果清除。

然後又是神農出場，開出治療陣。

涅槃的第一波防守非常及時，眾神殿想要搶攻，但因為神農、觀世音兩張治療仙族牌的存在，凌驚堂的兵器牌並沒有打出預計的效果。

緊跟著，謝明哲在語音頻道說：「元素陣！」

話音剛落，隊友們就立刻從卡池中選出相應的卡牌。

謝明哲所謂的「元素陣」是包括雷公、電母、風伯、雨師、水神、火神六張以自然元素為攻擊手段的仙族牌，以及觀世音菩薩、神農兩張解控、治療牌，控場牌伏羲和復活牌女媧。

他和秦軒操控仙族牌，小柯和陳霄則攜帶自己擅長使用的攻擊牌。

一時間，蝴蝶谷內狂風大作，暴雨傾盆！

這批仙族牌同時出場，打出的電閃雷鳴效果讓全場觀眾心驚膽戰。

何況卡牌的特效和音效都經過專業的處理，耳邊是轟隆隆的炸雷聲，天空中不斷閃爍劈里啪啦的閃電，夾雜著風聲、雨聲，響徹了整個比賽會場。

直播間內的觀眾忍不住刷屏。

「以後看比賽記得帶雨傘。」

「同情眾神殿的卡牌們，打雷颳風下雨的，真是嚇人！」

「技能效果好酷，涅槃的仙族牌是自帶特效的嗎？」

涅槃的元素陣打法，就是大規模群攻壓場，看上去無比霸氣。

除了謝明哲操作的雷、電、風、雨、水、火同時開群攻外，陳霄的黑玫瑰、黑法師也緊跟著開群攻——暴雨夾雜著純黑色的花瓣，在狂風協助下向眾神殿的卡牌猛地席捲而過，喻柯在這一套體系中帶的卡牌是牛頭馬面，三人同時出手群攻壓制，瞬間打出了成噸的傷害！

眾神殿大量卡牌全部殘血，差點就被團滅。

還好許航反應夠快，直接開了群體加血大招，驚險地把血量給抬起來。

但由於涅槃群攻的火力太猛，眾神殿有五張防禦弱的卡牌被一大波群攻技能直接砸死。

大螢幕上，眾神殿和涅槃的卡牌陣亡數發生了變化——五比零。

觀眾們都可以看到這個數字，但選手身在賽場都是第一視角，看不到陣亡計數，好在陳霄和謝明哲分頭留意陣亡牌數，陳霄立刻在語音頻道報數：「五張。」

謝明哲道：「繼續壓場，刺客出動！」

小柯和陳霄的單攻刺客牌同時出動，集火對方的殘血牌。

但眾神殿並沒有坐以待斃，涅槃這一波雷電交加的大規模群攻，造成的傷害太高，許航迫不得已開了治療大招為全團卡牌回血，葉宿遷同時開出雅典娜的群體護盾。

凌鷲堂立刻反擊——即便涅槃有觀世音菩薩、神農的回血，也擋不住凌鷲堂的全力爆發。

他瞄準的不是神農、不是觀世音，而是喻柯的脆皮輸出鬼牌，六張兵器牌同時集火同一個目標，小柯的聶小倩幾乎瞬間倒下，連加血都來不及……

轉眼間，雙方卡牌陣亡數就追平到五比五。

謝明哲掃了眼場上的局勢，緊跟著道：「上八仙！」

涅槃的元素仙族牌用掉全部大招，本來這一波壓場應該能收掉七張牌，但剛才只殺掉對方五張牌，還被凌鷲堂反應極快地追了回來——許航的治療開得太及時，出乎謝明哲的預料，他必須補充更強的卡牌，儘快建立牌差上的優勢。

只見涅槃的雷公、電母等仙族牌突然往後撤退，緊跟著八仙套牌同時出現！

呂洞賓、韓湘子、何仙姑、漢鍾離、曹國舅由謝明哲來操控，張果老、藍采和、鐵拐李由秦軒來操控，陳霄緊跟著召喚出梅、蘭、竹、菊四君子，小柯召喚四張輸出鬼牌協助攻擊。

涅槃在場的卡牌數量，多得人眼花繚亂。

眾神殿不甘示弱，立刻召喚出神族牌中的女神系列套牌。

月光女神、復仇女神、沉思女神、破壞女神、勝利女神、星辰女神、記憶女神、大地女神……

八張女神族牌，整整齊齊地列在空中，女神們穿著聖潔的長袍，手握各種顏色的法杖，頭髮以金

色、紅色和綠色為主，有的女神身後還長著翅膀。

而涅槃的仙族牌各個衣袂飄飄，御劍飛行或者腳踩雲霧，呂洞賓、韓湘子都是顏值很高的帥哥，何仙姑一身粉色長裙、手持荷花，也是美到了極致。

風格完全不同的仙族牌和神族牌在空中形成直接的對峙，宛如電影中的終極大戰即將爆發！

現場觀眾看著螢幕中的華麗景象，心頭不由震撼——這就是無盡模式？

不需要在乎一時的得失，因為對手和自己都有用不盡的卡牌。

一批死了，再上一批，只要殺掉更多的卡牌，那就能獲得最後的勝利！

八仙牌的出場，是涅槃的大節奏。

而女神族牌的出場，也證明眾神殿終於吹響了全面進攻的號角！

神族牌的威力，在葉宿遷的操作下發揮到了極致。

女神族牌中，復仇女神的攻擊力非常可怕、勝利女神的協戰追擊傷害爆炸、沉思女神的群體增益效果、星辰女神的流星持續傷害、記憶女神的記憶重現、風之女神全團加速和群體治療、冰霜女神的群體控場……

這批卡牌有輸出、有控制、有輔助、有治療，是可以直接拿去打團戰的一套體系。

眾神殿的經典女神套牌也是謝明哲非常欣賞的設計。

但是，謝明哲有八仙！

八仙牌打女神族牌，完全不怕。

在眾神殿女神族牌出場的那一刻，謝明哲就開了呂洞賓的「黃粱一夢」技能——三秒後時光回溯，眾神殿在三秒內即便打出再多的傷害，時光倒流的那一刻，所有卡牌血量會恢復到三秒之前。

凌驚堂看見呂洞賓開技能，頓時頭痛欲裂。

又來了！

人生就如一場大夢，夢醒後回到三秒前。

——同樣的招數你以為我還會上當？

凌驚堂心想，我讓你夢醒後回不到三秒前……

對付呂洞賓這種時光倒流的打法，有兩種方式，一是在呂洞賓開黃粱一夢時立刻停手，別浪費技能去打對手，等他夢醒了再打；二是在呂洞賓夢醒之前，火力集中把他的隊友給殺掉，三秒之後才會時光倒流，如果在三秒內殺掉對面的卡牌，倒流不會讓卡牌復活。

凌驚堂選擇了後者。

他一向喜歡乾脆俐落的暴擊流打法，不想跟謝明哲拖節奏，所以在這一刻，他毫不猶豫在語音頻道做出「進攻」的指示。

十張女神族牌是葉宿遷、許航和周星辰分開操作，許航開出了範圍免控技，保證隊友不被控。葉宿遷開出全團增益buff給凌驚堂的兵器牌加了追擊傷害。周星辰開出復仇女神、破壞女神等攻擊牌的爆發技能，凌驚堂則集中全部兵器牌，集火強殺神農和女媧！

哪怕秦軒治療能力再強，面對六張兵器牌的集火和大量的群攻，他再加血也加不上來。一秒加五萬，對方再打掉十五萬，這血怎麼加？

眾神殿一波技能轟炸，螢幕中的卡牌數變成八比五，凌驚堂連殺三牌，長劍氣勢如虹。

然而……

謝明哲開出呂洞賓「黃粱一夢」的那一刻，他就知道凌驚堂會採取「速戰速決」的打法，在呂洞賓夢醒之前強殺涅槃的卡牌。

無盡模式不同於暗牌模式。暗牌模式大家都只有二十張牌，需要考慮犧牲這張卡牌換對方那張卡牌值不值得的問題，但無盡模式完全不需擔心。哪怕犧牲三張不重要的卡牌，去換掉對面的關鍵牌，那也是值得的——因為卡牌可以無限召喚，下一波再把差距追回來就行。

在這種情況下，凌驚堂毫無後顧之憂，六張兵器牌不要命地頂著傷害強殺秦軒的牌，秦軒扛不住也很正常——神農、女媧、伏羲全部陣亡。

呂洞賓夢醒，全體卡牌血量倒退回三秒前，涅槃沒死的卡牌血量全部回到了安全線以上。

就在這時，螢幕上的數字又發生了變化——八比八！

因為凌驚堂打得太激進，兵器牌全部近身，陳霄和喻柯又不傻，不可能眼睜睜看凌驚堂打秦軒而無動於衷——在凌驚堂攻擊秦軒的時候，小柯和陳霄也迅速回防，去攻擊他的兵器牌，四君子和四鬼牌聯手，迅速殺掉凌驚堂的三張脆皮兵器卡，將雙方陣亡牌量又一次追平。

蘇洋忍不住感嘆：「真是夠激烈，雙方的牌量咬得很緊，目前都陣亡了八張。」

吳月道：「這麼打下去，本場比賽的陣亡牌量應該會在二十張以上，一波又一波的卡組對拚，打到後面，可能會記不清自己陣亡了多少張牌，而且在這樣混亂的局面中，選牌、調整戰術、記牌，這對指揮是極大的考驗！」

謝明哲需要縱觀全域，隨時調整卡組，讓他一個人記下全部根本不可能。陳千林早就料到了這一點，所以才讓陳霄擔任副指揮，專門記陣亡的牌量，免得決策出錯。

陳霄在語音頻道報數：「八比八，神族牌群攻全冷卻。」

為了在呂洞賓夢醒之前殺掉秦軒的治療牌，眾神殿也開了大量女神族牌的群攻作為鋪墊。呂洞賓的時光倒流救不回已陣亡的卡，但相應的，眾神殿大量神族牌技能冷卻後，必須繼續調動卡組，否則就會被涅槃控場。

果然，下一刻，凌驚堂又調出大量兵器牌。

——名劍系列套牌。

這是凌驚堂早年設計出來的金系暴擊卡，包括無雙劍、驚雷劍、冰魄劍、斷魂劍、紫雲劍、碧潭劍等等，一套牌總共十二張，這次同時出場的是六張。

而這六張，全是治療、輔助牌。

凌驚堂的策略很明確——用兵器牌防守，保護技能冷卻的神族牌不被強殺。

但是下一刻，觀眾們卻看見謝明哲讓曹國舅釋放了技能：陰陽板。

曹國舅用陰陽板在賽場劃出藍色為陰、紅色為陽的兩片區域，為使得陰陽調和，兩個區域內的卡牌數量必須相等，一旦某區域內卡牌更多，則該區域內的所有卡牌將受到持續的法術傷害，陰陽區域會在場上以順時針一圈、逆時針一圈的規律不斷地旋轉移動。

藍色、紅色的大圈同時出現，謝明哲故意把藍色圈放在對面神族牌聚集處，紅色圈放在我方仙族牌聚集處——此時，對方神族牌數量遠多於我方仙族牌，因此範圍內神族牌將持續受到傷害。

蝴蝶谷地圖，所有卡牌一出場就會被一隻蝴蝶所追蹤，本來就在持續掉血，加上曹國舅陰陽圈的傷害，眾神殿的卡牌開始大量掉血如同血崩。

現場觀眾目瞪口呆。

「這是什麼技能？兩個大圈還在不斷移動？」

「我看到了，陰陽調和！謝明哲的思想真是越來越不純潔了啊！」

「他有純潔過嗎？」

「他純潔？除非日夜顛倒，星球毀滅。」

「我們阿哲從來都不知道純潔怎麼寫。」

「阿哲賤兮兮的，他做出陰陽大法陣這種奇葩的技能，我真的一點都不意外呢。」

路人們：「……」謝明哲的粉絲，一個個的怎麼都像黑粉？

直播間內的大家已經無力吐槽。

曹國舅的陰陽陣法是從未見過的「動態陣法」技能，這個陣法一出，必須儘快離開陣法範圍，由於陰陽陣一直在移動，總會有卡牌不可避免地撞進陣中，被大量扣血。

而涅槃這邊由於曹國舅的操作謝明哲練習了很多遍，他腦海中已經形成了條件反射，可以瞬間算出陰陽兩陣的卡牌數，只要保證我方陽陣中卡牌比對面的陰陣少，那我方就不會掉血。

謝明哲不愧是前世學理科的，計算能力一流，因此他用最少的位移將兩張仙族牌挪出來，保證陰陽陣內己方卡牌數低於對手，己方就不用掉血，眾神殿的卡牌則會持續不斷地掉血。

凌驚堂：「……」媽的，打個比賽，一會兒「人生如夢」，哲學思維；一會兒「陰陽雙陣」，還要算數學！當個職業選手容易嗎？謝明哲你能不能放過大家！

凌驚堂強忍住甩頭盔的衝動，在語音頻道說：「算數太麻煩，陣內卡牌全撤，後撤十公尺！」他才不想承認，作為文科生，他的數學很少及格……

後撤，那就意味著眾神殿不能繼續發動攻擊。

這便是涅槃的絕佳機會。

謝明哲緊跟著開出曹國舅的第二技能仙板神鳴，曹國舅的玉板發出清脆悅耳的敲擊聲，周圍萬籟俱寂，只剩下他敲擊玉板的聲音，敵方聽到玉板聲的那一刻，集體陷入恐慌。

這一刻，全場突然安靜下來。

曹國舅的技能隔絕了其他卡牌的音效，只放出玉板的音效。所以觀眾們也只能聽見他在敲玉板——啪、啪、啪、啪！

偌大的會場中，就只剩下玉板的敲擊聲，清脆的聲音被麥克風無限放大。

觀眾們一臉懵逼。

什麼情況？怎麼突然安靜下來，只能聽到一種聲音？

提前看過八仙系列卡牌描述的蘇洋，忍不住吐槽道：「嗯，八仙音樂會即將開始，大家可以好好欣賞了。」

果然，曹國舅啪啪敲完玉板後，後撤的眾神殿卡牌被群體恐懼，許航反應很快，雅典娜的聖光

籠罩立刻解掉了負面狀態。然而下一刻，大家就聽到一陣悠揚的歌聲——藍采和，乘醉而歌。

範圍內所有敵對目標為了認真聽他唱歌，會停止一切攻擊，並駐足聆聽無法移動，持續三秒。這歌聲是謝明哲找師父的朋友，製作過很多音樂專輯的老師專門錄製的。

縹緲的歌聲，如同從天外傳來，咿咿呀呀地吟唱著大家聽不懂的詞句，或者說，藍采和的歌聲根本就沒有歌詞，只是一種遠古的吟唱，聲音似乎能穿透人心。

全場觀眾們目瞪口呆，不明覺厲！

居然還挺好聽的？

好聽的天籟之音讓眾神殿所有卡牌無法移動，韓湘子立刻出手。

他拿起手中的金簫，吹奏出悅耳動聽的簫聲——仙樂飄雲外，韓湘子吹奏簫曲，對範圍內敵對目標造成持續音律攻擊。金簫會龍女，吹奏簫曲時召喚一位龍女協助他作戰！

藍采和的歌聲、曹國舅的快板聲、韓湘子的簫聲，在這一刻合在了一起。

八仙系列牌操作很難，但涅槃的幾人為了將這套牌的威力發揮出來，練習過很多遍。在幾張卡牌節奏緊密銜接的情況下，可以控住對手長達五秒，並且打出爆炸傷害！

曹國舅的玉板和藍采和的歌聲要穿插使用，這樣就不會被對手的解控技能破解。

韓湘子的簫聲，徹底揭開了八仙牌進攻的序幕。

呂洞賓的飛劍從天空中落下，範圍劍陣的效果極為華麗。

何仙姑的荷花飄撒在空中打出瞬發傷害。

漢鍾離的金元寶從天而降，金光閃閃的元寶砸在卡牌的身上，打出暴擊傷害，同時漢鍾離還可以點石成金，讓對面的卡牌金屬化。

張果老吃掉對手護盾，鐵拐李用葫蘆裡的藥治療……

八仙過海，各顯神通！

連動技觸發，輸出牌的攻擊力進一步得到加成。

涅槃操作八仙牌的這一波大節奏，不但視覺效果非常華麗，聽覺效果也格外新穎。眾神殿的卡牌被曹國舅的移動陰陽陣弄得煩不勝煩，還要聽藍采和唱歌、聽曹國舅敲玉板、聽韓湘子吹簫……

許航哪怕大賽經驗再豐富，這一刻也很是頭疼！

解控解不過來。

曹國舅和藍采和不是持續控制，而是藍采和控你三秒，曹國舅穿插一秒恐懼，然後漢鍾離還穿插金屬化，對方技巧性地打出了連控，持續五秒的連控，一波大節奏，一口氣收掉眾神殿七張牌！

大螢幕上的卡牌數變成了十五比八，現場爆出一陣震耳欲聾的掌聲。

直播間內，粉絲們也激動地尖叫。

「八仙牌公布的時候我就覺得設計很帥，沒想到這麼有意思。」

「真是一場卡牌界的音樂會！」

「阿哲告訴我們，打比賽要考哲學、考數學，還要考音樂？」

「所以說，遇到謝明哲這個魔鬼，當張卡牌容易嗎？」

凌驚堂打過那麼多場比賽，這是最讓他頭痛的一場。在無盡模式中，牌量不受限制，雙方都是一波拚一波，這一批打不過，換下一批繼續打。但八仙牌的這波節奏控場，確實讓眾神殿很難應對。

凌驚堂迫於無奈，只好再次召喚名刀系列卡牌。

他做的兵器牌包括劍系列、刀系列、槍系列，還有其他雜七雜八的兵器。劍系列的綜合能力最全面，刀系列大部分是近戰重擊，爆發力最強。

伴隨著大量刀牌的出場，周星辰、葉宿遷和許航也召喚出神族牌配合。

路西法、米迦勒等熟悉的身影再次出現，同時還有眾神殿的十二泰坦系列神族牌。這套牌來自希臘神話故事，技能以大範圍群攻為主，爆發力絲毫不弱於路西法、米迦勒等神族牌的連動。眾神殿想找回節奏，神族牌壓場的畫面看上去也讓人震撼。

然而，謝明哲不會讓凌驚堂這麼快找回節奏。

涅槃立刻全面退守，這次謝明哲用的卡牌是——牛郎、織女，我們在鵲橋相會啦！

幾乎是眾神殿召喚新牌的瞬間，謝明哲就強行召喚出牛郎、織女和王母娘娘，讓王母娘娘放出鵲橋，牛郎和織女瞬移到了鵲橋上。

——由於牛郎和織女在鵲橋相會，周圍敵對目標、友方目標，都因為感受到「愛情的美好」而原地靜止。七秒內全場景卡牌停止攻擊，觀看牛郎、織女甜蜜約會的過程。

凌驚堂：「……」謝明哲你給我過來，讓我打死你！

觀眾們：「……」聽完音樂會，看牛郎和織女約會？我們還是單身狗，誰想看兩張卡牌甜蜜約會？謝明哲你過來，我們大家一起打死你！

直播間內充滿了吐槽，紛紛表示謝明哲太討厭。

好好看個比賽，強迫大家聽音樂會也就罷了，看在藍采和的歌聲、韓湘子的簫聲都很好聽的份上，可以原諒你。

但強迫大家看卡牌約會這就有些過分了，這樣很傷單身狗的心！

看比賽的蘇洋哭笑不得，「我總算明白了，在團賽模式中謝明哲就算再皮，也只能召喚二十張卡牌，數量有限。可是在無盡模式，謝明哲的皮也可以無限使用——聽音樂會，看卡牌約會，再來一波卡牌談戀愛和懷孕生子，這牌生也就圓滿了吧！」

話音剛落，謝明哲這邊果然召喚出了月老、送子觀音和嫦娥。

蘇洋：「……」謝明哲你真夠給解說面子！

方才謝明哲雖然及時用牛郎織女防住眾神殿搶節奏的爆發，但畢竟之前一波群攻太可怕，涅槃這邊也有不少卡牌殘血，所以利用牛郎織女約會的七秒時間補血，是最理智的決定。

嫦娥在空中，可以用玉兔的跳躍迅速為隊友回血。召喚后羿連動，讓嫦娥降落到地面，再給植物牌、鬼牌回血。

月老讓隊友連起來共用血量，秦軒很機智地選了小柯的連城和喬生，因為連城負責持續普攻輸出，需要近戰打傷害，容易被群攻砸到，血量很低；喬生的血量高於連城，可以幫她分擔一些傷害。

同時，送子觀音給小柯的連城送了個寶寶，給織女也送了個寶寶。

連城的寶寶會繼承母卡的特色，成為攻擊力減半但連擊依然給力的普攻牌；織女的寶寶會繼承織女的護盾技能，給隊友錦繡天衣，反彈傷害。

這樣一來，連城和寶寶可以同時普攻打出持續傷害，織女和寶寶做出大量錦繡天衣套在輸出牌身上，眾神殿接下來就很難強殺我方卡牌。

觀眾們看到這一幕，紛紛感嘆。

「連城和喬生這對鬼夫妻都有寶寶了，我還沒男朋友！」

「牛郎和織女約會完，織女有了個寶寶，嗯，這很圓滿。」

「速度是不是快了點……謝明哲設計的卡牌，一點也不矜持。」

「我們要圍觀卡牌戀愛，還要圍觀卡牌生寶寶？」

牛郎和織女約會期間，全場七秒停戰。送子觀音送的寶寶九秒就可以誕生，這麼好的機會，不用白不用。

眾神殿被迫七秒停戰，也只能默默補血。大批女神族牌飄在空中看上去氣勢凌人，可惜，此時的祂們也只能默默看牛郎和織女約會、生寶寶。

葉宿遷這一刻終於明白了為什麼那麼多人想打死謝明哲。

以前他站在旁觀角度上都是分析卡牌的技能。但到了實戰中，明明有一大把技能握在手裡，卻放不出來，只能默默看著對方的卡牌約會。

打個比賽，讓對手萌生出暴躁的情緒，想要摔頭盔的，謝明哲絕對是聯盟第一人。

七秒時間真是度秒如年。

好不容易等牛郎織女連動結束，眾神殿總算找到了機會。

這一刻，所有神族牌同時爆發，就像是憋了太久的怨氣終於釋放出來了一樣，眾神殿的火力凶猛得可怕，凌驚堂的刀牌更是刀刀見血，甚至不顧織女給隊友的傷害反彈，他也要強殺織女！

直播間內立刻有人開始為凌神加油！

「殺了那對情侶！」

「牛郎織女太討厭，快點幹掉他們！」

「凌神加油啊！」

路人們集體倒向眾神殿，紛紛舉起火把，想燒死那對公然秀恩愛的情侶牌。

凌驚堂的爆發力確實很猛，牛郎、織女、后羿、嫦娥很快地都死在他的刀下。

但緊跟著，七仙女和董永又攜手出場，董永跪在中間開始賣身葬父。

凌驚堂：「……」一齣又一齣的，謝明哲你沒完了是吧？

事實證明，謝明哲確實沒完！

眾神殿在七秒停戰後的搶攻爆發非常可怕，將剛才的牌差迅速追了上來。可是，接下來的《白蛇傳》系列卡牌出現，又為眾神殿帶來極大的麻煩。

白素貞、許仙、小青、法海連動，水漫金山大規模群攻，許仙加血，小青偷掉增益buff，法海的法印還能封印對手的技能。

陳霄的四君子此時已經陣亡，但他又召喚出大批單體攻擊植物牌，配合小柯的攻擊類閻王牌，涅槃迅速找到節奏，一波反撲將牌差再次拉開。

眾神殿失去先機，陷入了只能追趕對手的被動局面。

直播間內的討論風向卻完全變了。

「白素貞和許仙很相愛，法海為什麼阻止？」

「妖怪和人類的戀愛，聽起來很淒美，誰來把這段故事拍成連續劇，我一定追！」

「被雷峰塔壓住的白素貞好可憐，法海真多管閒事！」

路人們：「……」

這是卡牌比賽，不是電視劇分析討論會。

比賽時間已經到了九分三十秒，陳霄報數：「二十二比十八，我方陣亡牌少對手四張。」

謝明哲立刻道：「轉攻為守，全面撤退！」

還剩最後半分鐘，眾神殿想贏必須保證自己不再陣亡卡牌，並殺掉涅槃四張以上的卡牌。

涅槃這時候進行防守也是最理智的決定。

再拚輸出的話，萬一出錯被對手反殺一波那就前功盡棄了。

秦軒果斷召喚出李紈，群體無敵五秒。

李紈之後又是孫策，群體嘲諷。

孫策之後，緊跟上盧俊義、宋江；陳霄也放出了吸血藤全團回血……

大批嘲諷牌、保護牌、治療牌出場，硬生生地把最後的半分鐘給拖了過去。

比賽結束。

雙方陣亡卡牌結算，眾神殿陣亡二十二張牌、涅槃陣亡十八張牌，涅槃勝！

看到這一幕，全場觀眾集體站起來，瘋狂地為涅槃鼓掌。

這一場比賽確實打得很精彩，一波又一波的神族牌、仙族牌相繼上場，技能對轟，控制、反控，雙方打得有來有回，最後的牌量差距也只有四張。

作為本賽季無盡模式的首秀，無盡模式給大家帶來了足夠的驚喜！

上一波還是眾神殿優勢，結果涅槃突然用八仙牌控節奏，瞬間扳回局面；沒過幾秒，眾神殿刀牌出場，反控住局勢，然後涅槃又用戀愛系列卡牌將優勢擴大。

雙方你追我趕，陣亡牌數一直咬得很緊。最後眾神殿輸掉。只能說，涅槃對無盡模式的準備比眾神殿要充分，四人的配合也更加有默契，關鍵還是阿哲指揮得好，好幾次節奏點都是他掌控得恰到好處。

謝明哲設計的仙族牌有四十三張，今天出場的，只是一半而已。就這一半的仙族牌，就已經讓現場觀眾足夠震撼。

後臺，觀戰的職業選手神色複雜。

從旁觀者的角度看，這一場眾神殿輸的關鍵在八仙那一波節奏。

呂洞賓的「黃粱一夢」凌驚堂已經想到了破解的方法，但是曹國舅的陰陽陣，真的是所有卡牌技能中最煩的技能——打個比賽還要算數學，算哪邊的卡牌多、哪邊的卡牌少！

眾神殿那一波沒算好，結果就讓曹國舅的陰陽陣打出大量傷害，加上蝴蝶谷的蝴蝶也一直在施加壓力，結果就讓涅槃一口氣收掉七張牌，拉開了差距。

後期凌驚堂雖然奮起直追，但七張卡牌的差距不是那麼好追的。何況在八仙的一波控場大節奏後，緊跟著出場的約會、戀愛、生寶寶系列卡牌，徹底打亂了眾神殿的節奏。

謝明哲確實很皮，用各種氣死人的技能折磨對手的精神。

但他皮中有細，對卡組的順序安排得非常合理。先出什麼組合、後出什麼系列，或是用哪些卡牌過渡，他都安排得井井有條，顯然他對無盡模式的研究頗有心得。

本賽季新增的無盡模式，本以為涅槃會因為卡池太淺很難打。誰能想到，謝明哲在個人賽棄權，專門去做卡牌，結果反倒讓涅槃變成了最大的獲利者？

如今的涅槃，卡池深不可測。

這一場無盡模式也讓其他俱樂部的選手們心中無比震撼。

直到此刻，大家終於發現，無盡模式的涅槃戰隊，才是最可怕的終極Boss！

大舞臺上，涅槃四人擁抱在一起慶祝這場比賽的勝利。出於禮貌，大家在彼此擁抱過後便由陳哥帶領著主動走到眾神殿這邊和對方握手。

凌驚堂笑著伸出手，朝謝明哲道：「打比賽的同時，還讓我看卡牌愛情故事，這真是一次難忘的經歷，小謝你夠厲害！」

聽凌驚堂話裡有話，謝明哲一點也不心虛，反而迎上對方的目光，謙虛地說：「凌神過獎了，比起師父和師兄，我還差得遠。」

凌驚堂：「……」這話說的，你跟你師父、師兄，要把整個聯盟搞個底朝天嗎？

凌驚堂哭笑不得，只好轉身把葉宿遷拖回輪椅上，推著他過來和涅槃四人握手。

謝明哲主動伸出手，坐在輪椅上的葉宿遷也伸手和他相握。

本以為輸掉比賽會難過、甚至恐懼，但真的輸了，看著凌驚堂神色輕鬆的模樣，葉宿遷發現自己反而沒有想像中那麼難以承受——現在的他，已經不是五年前的他了。

葉宿遷抬起頭，神色平靜地看向謝明哲，「恭喜，我輸得心服口服。」

謝明哲笑道：「你打得也很好。」

葉宿遷相信謝明哲的這句話不是逢場恭維，他從這個少年的眼中看到了滿滿的真誠，以及對自己所認可對手的尊重。葉宿遷微微一笑，道：「謝謝，希望以後還有交手的機會。」

謝明哲道：「一定會的。」

其實，謝明哲對葉宿遷的出場並沒有意見，坐著輪椅來到大舞臺上他也挺不容易的。每個選手都有自己想要實現的理想，葉宿遷不過是想讓神族牌和仙族牌來一次光明正大的對決而已。不論輸贏，今天的比賽，讓觀眾們見識到了這一場盛大的「神仙打架」場面，就已經足夠了。

兩人微笑著握了手，算是給這場交鋒劃下一個圓滿的句號。

比賽結束後涅槃四人本想回俱樂部，但唐牧洲主動作東安排了慶功宴。他直接請師父賞光，陳千林也不好拒絕，就帶著大家一起去唐牧洲提前訂好的餐廳吃宵夜。

由於今天只有涅槃的四位隊員和唐牧洲五個人，飯局上也沒什麼好避諱的，大家可以暢所欲言。謝明哲直率地說：「今天葉宿遷突然上場，確實嚇了我一跳，要不是師父及時指點，我們這一場還不一定能贏。師兄你對葉宿遷瞭解得多嗎？」

唐牧洲皺著眉回憶片刻，說道：「第五賽季，我和他在大師賽交過手，但大師賽只是民間選拔賽，影響力不如職業聯賽。我只記得他當時坐著輪椅，面色蒼白，很虛弱的樣子，我還怕他比賽打一半會暈過去，結果他比我想的要堅韌，堅持了很久才輸給我。輸掉比賽後網上有很多人罵他，把他殘疾這件事拿出來嘲諷，某些人隔著網路發表的那些惡意言論確實讓人心寒。葉宿遷當年只有十六歲，年紀太小，大概是受不了那些輿論壓力，便從此退隱，轉到幕後當設計師。」唐牧洲頓了頓，道：「其實，凌驚堂突然請他出來，不一定是為了讓他和你來一次對決，或許只是把這作為契機。」

「師兄的意思是，凌神早就有請他出來的打算？」

「嗯，葉宿遷才二十二歲，如果他願意面對輿論的壓力正式轉成職業選手，現在還不算晚。」

唐牧洲道：「我猜，凌驚堂應該是想讓他打比賽，只是一直找不到機會。正好葉宿遷對你感興趣，加上許星圖輸掉個人賽狀態不好，藉著和你對決的契機逼葉宿遷出手，確實容易成功。」

「這麼說，凌神也是為眾神殿的將來考慮？」謝明哲不由感慨，比起別的俱樂部新秀百出的局面，人才凋零的眾神殿確實很不容易，也難怪凌驚堂將近三十歲還不退役，大概就是放心不下。但謝明哲相信，以凌神的能力，肯定能培養起一批厲害的新人。

眾神殿的內務謝明哲沒興趣深究，現在更應該關注的是下一場比賽的對手。謝明哲看向唐牧洲問：「師兄覺得，下一場裁決和暗夜之都的對決，誰更有贏面？」

唐牧洲微微一笑，說：「應該是裁決，猜錯了不要怪我。」

師兄的推斷，正好和謝明哲猜的一樣。

雖然暗夜之都實力很強，可那是易天揚還在時的暗夜之都，當時裴葉組合的身邊有易天揚這位神級輔助，暗夜之都拿下團賽冠軍，也有易天揚的一份功勞。

自從易天揚離開後，裴葉組合在雙人賽依舊強勢，但四人團戰就沒以前那麼厲害了。

果然，唐牧洲緊跟著道：「易天揚離開後，暗夜之都團戰的實力大打折扣，這幾年的最好成績也就是四強。但裁決依舊很強勢，我瞭解裴景山，遇到老聶這種乾脆俐落的硬碰硬打法，暗夜之都的追蹤流其實很難打出優勢。」

謝明哲贊同點頭，「我也這麼想。但比賽總有意外，結果出來之前還是不能太絕對。」

兩人相視一笑，頗有種心意相通的感覺——因為唐牧洲說的正是謝明哲所想的，而謝明哲說的這句話正是唐牧洲準備要說的。

師兄弟兩人的腦電波快要同步，其他人插不上話，只能默默吃飯。

離開餐廳時，唐牧洲輕輕攬住師弟的肩膀，低聲問道：「下週末的比賽，去現場看嗎？」

謝明哲想了想，說：「不一定，要看師父的決定。很可能我們會在俱樂部看比賽，師父要在會

議室裡隨時給大家講解。」

「去現場吧，跟其他戰隊的人一起分析討論，會更有意思。」

「可是……」

「阿哲。」唐牧洲微笑著打斷他，附在他耳邊柔聲說：「去現場，我才能見到你。不然，接下來半個月都看不見你，師兄想你了怎麼辦？」

謝明哲心頭一跳，對唐牧洲的這句話完全沒有抵抗力。

比賽階段，兩人見面確實很難，去現場看比賽是唯一的機會。

想到這裡他立刻轉身朝陳千林道：「師父，下一場比賽我們去現場看吧！」

陳千林疑惑：「為什麼突然想去現場看？」

謝明哲一本正經：「去現場，跟其他戰隊的人一起分析討論，會更有意思。」

聽師弟把自己的理由複述了一遍，唐牧洲立刻微笑附和，「師弟說的有道理，師父不如去現場看吧，我們也可以邊看邊聊。」

陳千林並沒有多想，點頭同意：「好吧，那就去現場，回來再覆盤也是一樣。」

唐牧洲和謝明哲對視一眼，有種聯手做壞事騙過家長的心虛感。

陳霄看了他倆一眼，似笑非笑地道：「到時候最好和風華的人坐在一起，方便討論，對吧？」

唐牧洲：「……」

謝明哲：「……」

——你不要說出來，我們見個面容易嗎？

陳千林回頭看向三人，這三個傢伙眉來眼去的，是有什麼事瞞著他？

涅槃四人回到俱樂部後，打開光腦一刷網頁，就看見官方發布的今日比賽影片被網友們直接頂上了當日熱門話題排行前三名。

點進話題，還能看到不少有才網友發的各種表情包和段子。

呂洞賓又一次火出了圈外。

最初，是一位網友用呂洞賓的「黃粱一夢」動態技能做了個動圖，配上文字：「人生就如一場大夢，得到的不需要歡喜，失去的也不用悲傷。」

然後又有很多網友回覆。

「路西法：牌生就如一場大夢，我以為我可以開大招秒了對手，結果，牛郎和織女突然開始約會，讓我駐足旁觀，我一點也不悲傷，呵。」

「無雙劍：牌生就如一場大夢，作為一張兵器，看到人類和仙女約會，我並不悲傷，因為我也發現了愛情的美好，決定跟修羅刀大哥來一場兵器戀。」

「千年神樹：牌生就如一場大夢，當我被魯智深連根拔起的那一刻，我並不悲傷，因為我已經談過戀愛、生過寶寶，被拔起來又算什麼？」

「紫藤花：牌生就如一場大夢，在被扔進油鍋裡油炸的那一刻，我彷彿做了一個很長的惡夢。我不是食物，為什麼要油炸我？謝明哲你做卡牌的時候有沒有良知？」

「連城：牌生就如一場大夢，我和喬生是鬼夫妻，終於有了自己的鬼寶寶，我很歡喜，但是得到的不能太歡喜，我們的鬼寶寶只活了十秒，就被無雙劍殘忍地殺死了。」

謝明哲：「……」

他一邊看一邊笑得不行，這一屆的網友們太有才了。

當然，也怪呂洞賓的技能描述太欠揍，網友們開始自由發揮，模擬各大俱樂部的卡牌展開吐槽，這條網頁下面的留言突破五位數，全是各種好玩的段子。

主題就叫：牌生如夢！

除了呂洞賓外，還有很多動圖也火了。

比如牛郎和織女鵲橋相會的場景，有網友把這幅畫面截圖並且給周圍的卡牌都P上去一個火把，於是變成「眾卡牌舉起火把圍觀兩張談戀愛的卡牌，想要燒死他們」的詭異場面。

《白蛇傳》系列套牌也有人做了連動圖，居然神奇地理清了故事的頭緒，將白蛇化成人形報恩、法海拆散白素貞許仙夫妻、白蛇被壓雷峰塔、許士林救母的整個劇情，用四格漫畫完整生動地畫出來。

網路上熱情的討論讓涅槃和謝明哲又火了一把。

網友們紛紛感嘆，以前比賽結束後大家在討論的都是各家俱樂部選手誰發揮得好，誰的戰術強，看熱鬧的觀眾就討論哪支戰隊比賽打得好看……

如今，涅槃的比賽結束後，網友們在討論的，居然全是卡牌背後的恩怨情仇？

有一位網友總結道：「我喜歡阿哲不單是因為他長得帥，做的卡牌很強，而是因為他給卡牌賦予了生命力。以前總覺得卡牌就是紙片，隨時可以用類似的卡牌來替換。但是，阿哲做的卡牌，每一張都不可取代——它們像是有了生命力，像是在星卡世界裡真實地生活著。」

這條評論得到了上萬條點讚，顯然有不少人認同。

職業聯盟的主席，在看到這些評論時，露出了欣慰的笑容。

謝明哲是個很特殊的選手，賦予了卡牌生命力。自從他出現，不但他做的人物牌、鬼牌和仙族牌有了各種精彩的故事，就連植物牌、昆蟲牌、動物牌，也像是有了生命——網友們玩的這些段子，就像是卡牌們自己發出的心聲一樣，特別有意思。

職業聯盟平靜這麼多年，但涅槃戰隊的出現卻讓沉寂的聯盟獲得了新生的力量，讓每一張卡牌都變得無比鮮活。

作為聯盟主席，他喜歡這個改變——卡牌們似乎也變得生機勃勃，不再是單純的紙片和幻象，而是陪伴在選手們身邊最好的夥伴。

一週後，季後賽第二輪正式打響。

A組流霜城VS.鬼獄，B組裁決VS.暗夜之都，涅槃的四人跟著陳千林一起來到比賽現場，唐牧洲早就安排好了座位——當然要和師弟坐在一起。

兩人對視一眼，心照不宣地一起看比賽。

第一場流霜城VS.鬼獄打得格外激烈，流霜城的團賽是出了名的強，四位師兄弟的默契無人能及，開場直接拿下了兩局，獲得賽末點。但是鬼獄的抗壓能力也出乎人意料，第三局、第四局居然拖到十分鐘以上連續扳回比分，進入決勝局。

這時候，鬼獄的卡池深度就體現了出來。

流霜城全是水系海洋生物卡，但鬼獄有鬼牌、妖牌、石靈類土系牌，以及衛小天做的符咒牌，五花八門的卡牌層出不窮，在無盡模式打了好幾波漂亮的防守反擊，流霜城最終以三牌之差落敗。

讓二追三，連扳三局，鬼獄這一場真是打得盪氣迴腸。

謝明哲激動地給鬼獄送上掌聲，緊跟著又在師兄耳邊道：「你們下一場打鬼獄可要小心了，他們無盡模式真的強！」

唐牧洲笑道：「風華也不弱。」

謝明哲轉念一想，師兄說這句話確實很有底氣，風華有甄蔓的蛇牌、沈安的水果樹系列，師兄還做了多肉卡組、藤蔓卡組、花卉卡組、樹木類卡組，以及各種苔蘚、園藝師之類的散卡——說起卡池的深度，風華是不懼任何人的。

謝明哲笑著說：「風華和鬼獄強強對抗，我押師兄贏。」

唐牧洲道：「還好你不像小嵐，投誰誰輸。」

謝明哲好奇道：「山嵐真的是投誰誰輸嗎？我要是他，下一場就把全部競猜幣投給暗夜之都。」這一點倒是和山嵐想到一起去了。

山嵐手裡目前有一百萬競猜幣，比賽開始之前他將一百萬全部投給了暗夜之都，賭這一把暗夜之都能獲勝——因為他這段時間投誰，誰就輸，簡直就像超級詛咒，所以他決定今天詛咒一下對手。

或許是一百萬競猜幣的詛咒能力太強悍，裁決果然開場就拿下優勢。

如唐牧洲所說，裁決的綜合實力強過暗夜之都，而且暗夜之都自從易天揚離開後，團戰能力不如從前，裴景山的指揮雖然冷靜，卻沒有聶遠道那麼老辣。

前三局裁決以二比一率先搶下賽末點，暗夜之都如果扳回第四局，就能進無盡模式。可惜，聶遠道並沒有給對手扳回一城的機會，在第四局乾脆俐落地終結了比賽。

——三比一，裁決勝。

謝明哲看到這裡不禁有些遺憾，前四局雙方自選模式都是暗牌模式，今天沒能看到裁決打無盡模式，這樣接下來打裁決，就沒有任何的參考經驗了。

唐牧洲皺著眉道：「沒打無盡模式，你們下一場對上裁決，只能憑想像來安排戰術。裁決的卡池非常深，你要小心。」

「嗯，我知道。」謝明哲認真地說：「回去以後，我會和師父好好準備。」

比賽結束，回到後臺的葉竹神色複雜。

輸給裁決之後，暗夜之都也被淘汰出局，B組就剩下裁決和涅槃來爭奪小組第一。

雖然不用對上涅槃讓他鬆了口氣，可奇怪的是，他又覺得心裡很是失落——不能打涅槃、不能在賽場打爆謝明哲，真的可惜！

謝明哲猜出了他的想法，笑著湊過去道：「明年再來，我會做出更多討厭的卡牌等著你。之前的薛寶釵只是針對你的一張蝴蝶牌，我下個賽季做的卡牌會針對你的所有蝴蝶牌。」

葉竹：「……」

現在就把謝明哲打死，來得及嗎？

葉竹翻了個白眼，道：「我會怕你？儘管來！」

看他恢復了鬥志，謝明哲微微一笑，揉揉小竹的腦袋道：「我會加油的，謝謝你的鼓勵。」

葉竹滿臉懵逼，「我、我什麼時候鼓勵你了！」

謝明哲道：「我從你眼中看到，你在給我加油。」

葉竹：「……」

碰瓷的終極境界，就是謝明哲的這句話：我從你眼中看到了。我的眼睛裡有那麼多東西嗎？我怎麼不知道？

葉竹想打死謝明哲，卻見他轉身去和山嵐打招呼，謝明哲走到山嵐的面前，笑咪咪地道：「嵐嵐，下一場比賽，你要把競猜幣全部投給我們嗎？」

山嵐不客氣地說：「已經投了，一百二十萬。」

謝明哲道：「我這個人皮厚，抗詛咒，你『投誰誰輸』的技能在我這裡不一定生效。」

聶遠道淡淡地說：「那我的預言呢？」

謝明哲立刻打斷他：「這個我怕，聶神您先別說話！」

聶遠道唇角輕揚，拍了拍謝明哲的肩膀，「比賽見。」

看著聶嵐師徒並肩離開的背影，謝明哲輕輕握住拳頭，給自己打氣。

職業聯盟正面作戰能力最強的戰隊，擁有大量高輸出、高爆發的火系卡，還有陸戰、空戰的完美配合——下一場的對手，正是聯盟的老牌勁旅，成立超過十年的戰隊——裁決！

時間過得極快，轉眼就到了十月三十一日，季後賽的半決賽正式打響！

風華VS.鬼獄，兩支隊伍人氣都很高，比賽現場一票難求，網上直播的觀看量打破了賽季紀錄。好在職業選手可以去後臺觀戰，涅槃的四人也在陳千林帶領下一起來到現場。

這一場比賽打得比謝明哲預想的還要膠著，比分從一比一到二比二，直到最後進入決勝局，雙方陣亡牌量也一直咬得很緊。最後在關鍵的一波團戰中，歸思睿用鬼博士吃掉唐牧洲的無敵護盾，連收風華五張牌，將雙方牌差拉開到三張。緊跟著，唐牧洲用出人意料的反控一口氣連殺鬼獄四張牌，將牌差反超一張，再用常春藤把所有卡牌連起來全面防守！

直到比賽最後一秒，大螢幕上的陣亡牌數才確定為二十五比二十四，風華獲勝！

謝明哲在後臺看得心驚膽戰。

要不是師兄足夠冷靜，在鬼獄那一波大節奏連收風華五張牌的時候，可能風華就已經崩了。可見，唐牧洲在逆風局抓機會的能力極為可怕，最後關頭的漂亮反擊戰絕對是本賽季最佳團戰排前五的經典操作。

鬼獄只能止步於此，老鄭無奈一笑，感慨道：「後生可畏，我可能真的老了！」

歸思睿笑著說：「師父您才三十，是女生眼裡最可靠的單身帥大叔，怎麼能說老呢？」

鄭峰氣不打一處來，用力拍了一下徒弟的肩膀，「可別說『單身』這個詞了，我老鄭活了三十年，還不如謝明哲的卡牌感情豐富。」

歸思睿道：「我活了二十二年，也沒什麼感情經歷。」

劉京旭面無表情，「我也是。」

眾人開始集體吐槽謝明哲，在後臺觀戰的謝明哲莫名其妙地狂打噴嚏——奇怪了，鬼獄和風華的比賽怎麼自己一直在打噴嚏？難道這是不好的兆頭嗎？

次日大清早，謝明哲精神抖擻地起來，叫上隊員們做最後的準備。

上一場打眾神殿的戰術失誤給了陳千林很大的教訓，因此在對付裁決時，他並沒有針對裁決的任何一個選手。裁決在上半年的常規賽中團戰出場的選手是聶遠道、山嵐、邵東陽，以及新人李玖或樂天雲。

聶嵐師徒的人氣是超級巨星級別，邵東陽由於長著一張放在人群裡很難認出的路人臉，加上平時為人低調，人氣明顯不如這兩位，但他的實力絕對不輸給葉竹、甄蔓等各大俱樂部的王牌選手。兩位新人，李玖是本賽季剛出道的新秀，風格偏向於進攻；樂天雲是去年出道的新人，通常操控防守、治療牌。兩個新人在上半年的常規賽中進行過幾次輪換，聶遠道大概是為自己退役做準備，這賽季一直在培養兩位新人。

對付涅槃，聶遠道到底會暴力猛攻、速戰速決，還是打防守、拚細節，不到正式的比賽誰也無法預料。裁決最強的是陸空配合的打法，陳千林只好針對這一點來制定戰術。

涅槃的賽前準備很充分，裁決同樣很充分。

這一週時間，聶遠道仔細分析了涅槃的現有卡組和地圖，對涅槃的不同戰術體系都做出大概的應對布置。

十一月一日很快來臨，雙方選手在六點鐘就來到了比賽現場。

現場人山人海，雙方的粉絲都帶了不少應援海報，裁決那邊海報上畫了好多獅子、老虎、飛鳥，如同動物園現場。

涅槃這邊則畫風詭異，海報上要麼是牛郎織女鵲橋相會，要麼是董永七仙女夫妻攜手把家還，居然還有粉絲做了一張《白蛇傳》的電影海報！

謝明哲：「……」

一邊是動物園集中營，另一邊是卡牌故事大全，今天的比賽可真是熱鬧！

山嵐特意帶上光腦準備玩賽前競猜。他這段時間猜誰誰輸，今天既然打涅槃那就毒奶一下對手好了。山嵐毫不猶豫地將一百五十萬競猜幣全部投給涅槃——每個小局誰輸誰贏他猜不中，但最終結果反過來猜涅槃贏，自己猜誰誰輸的詛咒功力一旦發動，說不定裁決就贏了。

裴景山看見小嵐低著頭認真地玩光腦，不由微笑道：「小嵐肯定把競猜幣全投給了涅槃，這種做法特別明智，要是猜對，他雖然輸給涅槃，卻贏得了競猜幣；要是猜錯，他雖然輸掉競猜幣，卻贏得了比賽。」

裴哥，你這麼說話，舌頭不會打結的嗎？葉竹滿臉嚴肅地道：「人生就如一場大夢，得到的不用歡喜，失去的也不用悲傷。不管輸了競猜幣，還是贏了比賽，我相信嵐哥都會保持淡然的態度，因為生活還是要繼續向前看的。」

裴景山詫異地回頭看葉竹，「你怎麼突然這麼會說話了？」

葉竹自己也愣了愣：「天天被你念叨，加上謝明哲的卡牌洗腦效果太可怕，我也不知道我怎麼突然說出這段話的。對了，我剛才說什麼了？」

裴景山：「……」

看來小竹的精神有些凌亂，需要好好調整。

【第十一章】

冰火二重天，這又是什麼騷操作！

晚上七點整，比賽正式開始。

今天，裁決出場的選手是聶遠道、山嵐、邵東陽和李玖，涅槃出場的選手想都不用想——可憐的涅槃只有四位選手。

雙方在大舞臺上彼此握手示意後，回到迴旋轉椅上調試設備。

解說間內，蘇洋分析道：「裁決的陣容，第四人派出了本賽季剛出道的新人李玖，李玖在上半年的常規賽中表現出色，已經徹底融入了裁決的團戰體系，他參加大師賽的ID叫九命貓，最喜歡的一張牌也是『九命貓』，是非常靈活的刺客類近戰攻擊牌。」

吳月對這張牌也有印象，「小玖的風格很有特色，他喜歡操控小動物卡牌，比如小貓、兔子、小狗、倉鼠之類，小小的動物看著都特別可愛，行動也非常靈活。」

劉琛感慨道：「其實本賽季出道的新人有很多選手實力都很強，像是星空戰隊的白旭，暗夜之都的葉彬彬、眾神殿的周星辰、裁決的李玖、風華的周小琪等等，只是涅槃的謝明哲太特別了，其他選手的關注度就沒以前那麼高。」

被點名的其他選手也不想和謝明哲大魔王同一個賽季出道好嗎！以後提起第十一賽季，大家記得的只會是謝明哲大魔王，其他的新人很難擁有姓名！

後臺觀戰的葉竹興奮地拉著旁邊的白旭，道：「小白，解說剛剛點你名了，如果沒有謝明哲的話，會原創卡牌還做了一整套星空卡牌的你，應該毫無疑問是本賽季最佳新人吧！」

白旭：「……」請不要在我的傷口上捅刀子，我們的友誼要走到盡頭！

裴景山無奈扶額：果然，沒過兩分鐘小竹就恢復了說話不經過大腦的屬性，剛才那一番「人生如夢」的言論是被謝明哲影響之下的超常發揮。

大螢幕中，抽籤框出現，雙方抽紅藍色籤來決定先後手。

謝明哲抽到藍色籤，先手。

涅槃的主場，肯定又是大型卡牌故事片了。

比賽開始，謝明哲很快就在選圖框中確認了第一局比賽的地圖和模式。

模式選暗牌模式，這也是常規打法。但地圖……冰天雪地？

觀眾們不敢相信地看著大螢幕上出現的地圖名字。蘇洋也愣了愣，道：「這不是流霜城的地圖嗎？」

吳月詫異地看著地圖框，仔細確認過後才說：「確實是冰天雪地，來自流霜城的地圖！」

現場一片譁然。涅槃主場居然選流霜城的地圖，謝明哲這又是什麼騷操作！

劉琛迅速冷靜下來，分析道：「涅槃應該是反其道而行，因為老聶肯定會研究他們的主場地圖，所以他們乾脆不選自家地圖，從其他俱樂部拿一張來用——大家都知道，聶神最煩的就是水系減速圖，而水系地圖做得最好的，毫無疑問是流霜城！」

若是主場局，百分之八十以上的戰隊都會選自家俱樂部製作的地圖，一是對這些地圖最為熟悉，二來是以自家地圖作戰，更容易配合得天時地利人和，也更容易獲勝。

但聯盟並沒有規定季後賽的主場必須選自家地圖——季後賽主場，擁有任意選圖權。所謂的任意，就是可以從聯盟的圖庫中隨意挑選，如果膽子夠大，你甚至可以挑對手的地圖！

涅槃的這個操作讓聶遠道很是意外，他以為涅槃主場最有可能的選圖是「劉姥姥進大觀園」或「查抄大觀園」，他們裁決近戰牌居多，跟不上劉姥姥的速度很容易被放逐，被查抄容易斷節奏，因此在賽前，他也針對這些地圖做了一些布置。

萬萬沒想到，裁決居然選流霜城的地圖！

陳千林和謝明哲這對師徒心眼真是夠壞的，選流霜城地圖讓裁決猝不及防。好在聶遠道對這張地圖也非常熟悉，立刻調整了幾張備選牌。

冰天雪地，這張地圖如同它的名字一樣，是一張雪景圖。它的設計包括兩個部分。

一是「雪地」，大雪紛飛，地上的積雪厚度達到一尺之深，全場景卡牌只要接觸到地面就會被減移速、攻速百分之五十，而空中飛行的卡牌也會受到正在降落的大雪的影響，同樣被減移速、攻速百分之五十。

二是「冰天」，場景中每隔十秒會刮過一陣冷風，寒風夾雜著冰雪，場景溫度驟降，並且使全場景卡牌被冰凍三秒，場景凍結狀態無法以任何解控技能解除。

大螢幕中正即時播放「冰天雪地」地圖，現場觀眾都覺得脊背冒起了一絲寒意——看著都覺得好冷！

據說方雨本人體溫偏低、性格冷漠，怪不得設計的地圖都是這種冷冰冰的風格。

地圖播放結束，雙方同時公示卡組。

螢幕中，先放出了裁決的卡牌——獅王、獵豹、獨角黑犀、牧羊犬、棕熊、金絲猴、羚羊、長臂猿、倉鼠、小白兔、九命貓、泰迪犬、白孔雀、飛雁、冰晶鳳凰、白鷺。

現場觀眾已經習慣了裁決「動物園」的畫風，但看著小白兔和獅子同時作戰，還是有種看動畫片的喜感——這也是很多小朋友特別喜歡裁決戰隊的原因。

蘇洋分析道：「明牌中，山嵐帶的冰晶鳳凰是群控卡，白孔雀是治療和保護牌，老聶的獨角黑犀是衝撞嘲諷牌，邵東陽的棕熊是被動嘲諷牌，剩下的卡牌全是輸出牌！」

吳月驚駭地道：「也就是說光是在明牌當中就有十二張輸出牌？這麼暴力的嗎！」

劉琛道：「遇到拖節奏的水系地圖，直接上暴力強攻卡組也很合理，不然在這種地圖和涅槃拖下去不會有好結果。還不如強攻，直接正面對決把涅槃打崩。比賽還沒開始我就聞到了濃烈的火藥味，接下來讓我們看看涅槃的卡組，會是什麼樣的驚喜呢？」

涅槃的卡組緊跟著公布——賈元春、賈迎春、賈探春、賈惜春、王熙鳳、巧姐、李紈、妙玉、史湘雲、秦可卿……整整十張紅樓水系卡！

觀眾們驚掉了下巴，蘇洋也很意外，「全人物卡組？」

吳月興奮地道：「美女排排站，真的很壯觀！」

很久不見的秦可卿曾勸了不少植物牌和鬼牌上吊。今天，可愛的動物們也逃不出她的魔掌嗎？想到聶神的獅子上吊自殺的畫面，觀眾們真是覺得啼笑皆非。

聶遠道看到這套卡組也很頭疼，尤其是賈寶玉，他可以召喚林黛玉、薛寶釵協助作戰，林黛玉不斷地給他加血、薛寶釵給他加護盾，他再替水系卡承傷，只要有賈寶玉在，水系牌肯定死不掉，何況水系牌還有妙玉、巧姐這兩個治療……

想到這裡，聶遠道果斷地說：「帶上即死牌秒殺賈寶玉，另外，小嵐再帶兩張解控和治療牌，免得被對方連控一波。」

倒數計時三十秒，比賽正式開始。

地圖載入，在大雪紛飛的寬闊雪地上，雙方展開了激烈的對戰。

裁決以暴力風格著稱，因此聶遠道開局就打得很凶。邵東陽的召喚流獸牌、聶遠道的猛獸普攻牌、李玖的小動物同時出現，在遠處虎視眈眈，似乎要將涅槃的人物卡全部吞吃入腹。

秦軒反應極快，直接開了李紈的海棠詩社——五秒無敵，擋住對手的第一波爆發，這也是賽前教練交代過的，絕對不能開場就落入劣勢。

聶遠道完全不急，因為裁決的很多動物牌輸出都是靠普攻——你能擋五秒，總不能一直靠無敵擋下去吧？

果然，五秒結束後，裁決繼續進攻，秦軒迫不得已召喚出賈寶玉。

此時除了關鍵時刻才能召喚的亡語牌外，涅槃其他的水系卡都已經悉數上場，賈寶玉可以保護水系牌不被擊殺，有這張嘲諷牌存在，裁決哪怕火力再猛，涅槃的牌一時也死不掉。

聶遠道就等著這一刻——食人花，即死！

作為三十歲的老選手，聶遠道的反應雖然不如唐牧洲等正值巔峰時期的大神，但經驗豐富的他，還是做好了預判，在賈寶玉出場的瞬間直接秒殺！

觀眾席響起一陣驚呼——可憐的賈寶玉難道就這樣掛了？

好在秦軒足夠冷靜，下一刻他就直接召喚出巧姐——逢凶化吉，復活己方已陣亡隊友，並刷新隊友的全部技能！

巧姐的復活，讓賈寶玉重新回到賽場。

蘇洋看到這裡不由讚道：「秦軒的意識還是挺強的，復活技能放得很及時。」

秦軒的復活放得毫不猶豫，這也是因為賈寶玉在這套體系的重要性。賈寶玉太難殺，即死牌秒他是最好的處理方式，帶復活卡給他第二條命，對手的即死牌相當於只換掉了一個復活技。

大家都知道這套體系關鍵在賈寶玉，只要寶玉掛了，脆皮的水系牌肯定擋不住涅槃猛獸的襲擊。但關鍵在於……賈寶玉沒那麼容易掛啊！

秦軒轉眼間就讓薛寶釵給寶玉套上了護盾，黛玉的治療也捏在手裡時刻準備著。

由於寶玉會替水系牌承擔傷害，在他活著的情況下，裁決打其他卡牌會打不死，所以聶遠道很快做出決定，「集火強殺賈寶玉！」

裁決一大堆猛獸全體撲向賈寶玉，山嵐的飛雁、白鷺也在空中打出普攻，賈寶玉的血量嘩嘩地往下掉，秦軒果斷召喚出暗牌華佗給賈寶玉疊減傷。

觀眾們：「……」就知道有華佗。

華佗配合皮厚的嘲諷牌，真的會讓對手抓狂，好不容易打殘，又一口奶滿……

涅槃今天打裁決，顯然是用「拖」字訣。

裁決那邊暴力猛攻的同時，涅槃這邊也沒閒著，見秦軒保護好了賈寶玉，小柯、陳霄和謝明哲也開始同時出動。

水系卡組的關鍵在於賈寶玉保護水系牌的機制，但除去紅樓系列女性人物受寶玉的保護之外，其他卡牌不受寶玉技能影響，容易成為突破口。所以在選擇輸出牌時，謝明哲挑了劉關張，讓劉備的護盾保護關羽和張飛；另外選了燕青和黃忠，前者位移靈活，不容易被抓死；後者攻擊距離超遠，可以躲在大後方慢慢放箭消耗。

這套卡組的搭配其實透露著很多細節。

涅槃水系卡組全上，看上去像是湊數，但在實戰中大家才發現一向以凶猛著稱的裁決，打了半天，居然連一張卡牌都打不死。

這生存能力簡直無敵了！

直播間內不少觀眾開始評論。

「這套卡組真的好煩啊，比流霜城的水系牌還煩！」

「打不死，皮很厚，感覺特別符合謝明哲的性格。」

粉絲們：「……」

打不死吧？賈寶玉帶著十位妹子出場，確實打不死啊！

看到涅槃這麼賴皮，大家就放心了。

比賽徹底陷入僵局。

裁決打不死涅槃的水系牌，也秒不掉其他幾張輸出牌。

但同樣的，涅槃也打不死裁決的卡牌——首先，山嵐帶了三張治療，除了明牌中的白孔雀全團免傷加治療外，還有暗牌的畫眉鳥帶超強單體急救技能、鴛鴦也帶治療技。

鴛鴦這張牌設計得很有趣，有雌、雄兩隻，密不可分。雌鴛鴦是解控加復活，雄鴛鴦是連鎖治療。在三張治療牌的保護下，裁決的卡牌生存力全面得到了提升。

李玖的小動物們也特別靈活，小白兔的技能「狡兔三窟」可以在範圍內給自己做三個窩，在三

個窩之間來回瞬移，很難抓到牠。

九命貓雖然超級脆皮，血量不到兩萬五很容易被打死，但牠有九條命，死了再復活，總共能復活九次，並且在復活時可以隨意選擇位置。

小倉鼠可以隱身，泰迪犬戰鬥力爆表，攻擊還能吸血！

邵東陽的獸群想在混亂局面找到主卡可不容易，他的金絲猴成群結隊地出現，猴王躲在大後方；羚羊也是一群跑出來群攻，老大在遠處難以近身……

相對來說，比較好殺的反而是聶遠道的猛獸牌，但憑老聶的走位技巧，除非範圍群攻技能，想用非鎖定技能命中他可不是那麼簡單的事。

何況，地圖每隔十秒來一次群體冰凍，裁決的卡牌雖然受到了影響，但涅槃的卡牌也同樣會被冰凍——雙方的攻擊時斷時續，想一波秒掉對手非常困難。

雙方僵持五分鐘，依舊沒有第二張卡牌陣亡。

但由於裁決的輸出太猛，涅槃這邊的治療越來越吃力，華佗的急救用過一次陷入冷卻，賈寶玉的血被強行打到一半——賈寶玉一旦陣亡，涅槃就會因為頂不住而徹底崩盤。

粉絲們看著很心焦，但賽場上卻很熱鬧。

王熙鳳時不時傳來「哈哈哈哈」的魔性笑聲，山嵐正好帶了一張牌「金剛鸚鵡」，技能「牙牙學語」可以跟隨指定的目標，在目標耳邊不斷地學習說話，造成持續攻擊。

金剛鸚鵡：「你好，你好嗎？你好、你好！」

王熙鳳：「哈哈哈哈！」

觀眾們：「……」簡直崩潰！

謝明哲和山嵐你們倆真是夠了，魔音攻擊這種不好的習慣請不要設計到卡牌上！

都說謝明哲的王熙鳳很煩人，山嵐的鸚鵡卻也毫不遜色——當兩張牌同時出場的時候，那簡直

就是觀眾們耳朵的災難。

後臺觀戰的葉竹神色複雜，喃喃道：「嵐哥這麼單純的人，怎麼會設計出鸚鵡這種卡牌？」

白旭頭疼地道：「王熙鳳十秒一次哈哈哈，鸚鵡一直在『你好、你好』地學人說話——這兩張卡牌真是吵死了，能不能把它們關起來，讓它倆自己去單挑！」

謝明哲也覺得山嵐的鸚鵡特別吵，完全不符合小嵐溫柔、斯文的形象。

比賽進行到五分半鐘，謝明哲掃了眼場上的局勢，做出決定：「賈寶玉一死，全面反攻！」

賈寶玉確實是一張很能抗壓的土系牌，但在治療牌的保護下抗了五分鐘，已經快到極限，此時很多治療技能冷卻，對方還留著不少大招沒放，時機差不多，老聶肯定會打一波。

果然，下一刻，局面突然出現轉機。

山嵐的冰晶鳳凰用出大招「寒冰風暴」，正好卡在劉備解控、李紈免控都冷卻的時機，只見冰晶鳳凰巨大的雙翅快速揮舞，一連串的冰雹從天而降，三十公尺範圍內集體凍結三秒。

裁決將涅槃的卡牌強行控住，三秒時間，足夠讓所有的單攻牌集火強殺掉賈寶玉。

——賈寶玉陣亡！

這張卡牌一陣亡，水系牌防禦太低很容易產生連鎖效應，瞬間崩盤死一片也是很有可能的！

聶遠道的行動極為迅速，在這一刻放出牧羊犬。

他的牧羊犬參考了警犬的設定，具有「追蹤疑犯」的能力。牧羊犬可以對指定的疑犯目標打出火系暴擊傷害，同時叫三個隊友趕來協戰。

牧羊犬叫來獅子、黑犀、獵豹，三頭猛獸同時襲向王熙鳳，防禦低的王熙鳳瞬間被秒殺。

直播間內頓時刷出無數鮮花。

「牧羊犬認為王熙鳳是嫌疑犯，罪名：噪音擾民！」

「哈哈哈，王熙鳳太吵，被牧羊犬盯上了，疑犯追蹤，強殺王熙鳳太猛了！」

山嵐的三秒群控，終於讓裁決打開了陣容上的缺口。

卡牌比從十九比二十變成十九比十七，裁決反超兩張牌。

但三秒時間一到，涅槃這邊控制解除，小柯立刻開了賈迎春的技能——迎合忍讓，三十公尺範圍內所有傷害強制吸收。亡語技，三十公尺範圍內敵對目標群體沉默，友方治療增強百分之五十！

緊接著，秦軒讓妙玉開出群療技能，將我方卡牌血量有驚無險地抬了上來。

小柯和秦軒的連招配合暫時解除了涅槃大量卡牌連鎖死亡的危機，給涅槃爭來機會。

迎春的治療增強讓妙玉把殘血隊友全部救回，史湘雲的三秒昏睡讓對面動物集體睡著，涅槃這邊立刻反擊。

謝明哲讓燕青迅速位移打群攻，小柯的探春近距離搧了獵豹一個耳光，陳霄則用關羽、張飛的連動將對方好幾張牌全部打死！

雙方的牌差又變成十六比十六。

三秒昏睡結束，兩邊各自打一波強控，再次打成平手。

接下來又陷入僵持時間，雙方控制技能冷卻，只能靠攻擊硬碰硬，裁決火力確實猛，但涅槃奇奇怪怪的技能太多，比如巧姐的「遇難成祥」可以把對面的輸出轉化為我方治療，一旦邵東陽開群攻，秦軒直接用巧姐的轉移大招反而把友方卡牌的血量回滿。

相對來說，裁決的治療壓力會更大，白孔雀的大招冷卻很久，靈活的鴛鴦和畫眉鳥加血技能卻是單體或者連鎖加血，很難照顧全團。

這時候，小柯突然放出賈惜春的「青燈古佛」技能，三十公尺範圍沉默，裁決正好有幾張牌殘血，山嵐無法進行治療，陳霄和謝明哲立刻把握住機會。

陳霄先殺鸚鵡，再殺畫眉鳥。

謝明哲和小柯則集火殺向白孔雀——孔雀是非常難殺的卡牌，防禦高，並且有全團免控技能，

牠的免控技能很快就要冷卻結束，趁機殺了牠，只是為後續的操作做出鋪墊。

當然，涅槃在攻擊的同時裁決也沒閒著，聶遠道的普攻系猛獸牌不受沉默影響，繼續追著脆弱的水系牌咬，轉眼就咬死了史湘雲、賈惜春和賈元春！

雙方同時出手，一波強攻下去，牌量變成十二比十三，差距依舊很小。

就在這時，謝明哲突然召喚出新牌。

其實阿哲一直在操作燕青、黃忠，大家早就猜出他還留了暗牌，聶遠道當然也不會毫無防備，在謝明哲做出召喚卡牌的操作時，立即下令後撤！

裁決有大部分卡牌迅速撤出了攻擊範圍。

但是……受到冰天雪地這張地圖全場景的減速影響，讓他們後撤的速度大打折扣，依舊有一半的卡牌滯留在涅槃的攻擊範圍內。

謝明哲召喚的不是暗牌，而是明牌秦可卿。

秦可卿選中了血量低於百分之三十的獅子。

——出場碰瓷，陣亡觸發亡語技。

高大、威猛、帥氣的獅子，拿了根繩子，瞬間就把自己給吊死了。

聶遠道：「……」

看見獅子上吊自殺，現場觀眾哄堂大笑，後臺的葉竹和白旭更是笑得肚子痛。

「哈哈哈哈，可憐的獅子！」

「老聶想殺了謝明哲的心都有吧，哈哈哈！」

「聶神最威風的獅子就這麼上吊了，謝明哲真是有毒！」

其他選手也在忍笑，獅子上吊的畫面真的是很奇妙。聶遠道最珍惜他的猛獸牌，獅子的設計確實很威風，誰能想到——野獸之王、森林之主，居然會有上吊而死的這一天？

獅子如果有意識，此時估計想把謝明哲給咬成碎片！

聶遠道迅速調整好心情，發起下一波猛攻。

雙方你來我往，涅槃繼續靠治療拖節奏，但裁決殺掉賈寶玉後，涅槃很難拖太久。裁決的猛攻打法很快占據了上風，涅槃被撕開的陣容缺口越來越大……

轉眼間比賽已經進行到十分鐘，巧姐的復活技能冷卻好了。

但聶遠道不可能讓巧姐開出兩次復活技，在冷卻結束之前就強殺了她。

比賽進行到十二分鐘時，裁決還剩七張牌，涅槃只剩下四張牌。

這四張卡牌包括劉備這張沒有任何輸出能力的輔助牌，以及三張還沒召喚出來的暗牌。

涅槃的這套體系輸出少、輔助多的缺點，在賈寶玉陣亡之後徹底顯露了出來，但謝明哲老是用暗牌坑人，觀眾們也覺得涅槃或許還有希望？

後臺觀戰的大神們都在期待謝明哲要怎麼反擊。

山嵐的冰晶鳳凰控場技能即將冷卻結束，裁決要是再來一波冰凍強控，涅槃肯定會團滅。

但山嵐不會那麼傻的交出技能，他要等涅槃暗牌出場的瞬間群控對手，絕不能讓謝明哲反撲。

下一刻，謝明哲突然同時召喚三張卡牌。

——竇娥！

穿著白色囚服的柔弱女子出場後自動碰瓷，觸發亡語技，血濺白綾讓我方攻擊力群體提升百分之百，六月飛雪則讓大範圍內的對手集體被凍結三秒！

冰天雪地，竇娥冤。

六月飛雪的技能，和場景中的鵝毛大雪夾雜在一起，像是在控訴竇娥臨死時的不甘。

山嵐：「……」

他的冰晶鳳凰技能根本沒來得及開出來！

因為竇娥是亡語牌，在山嵐反應過來開技能之前竇娥就掛了，裁決被竇娥反控。

後臺觀戰的選手們都很意外。畢竟竇娥這張卡牌涅槃極少拿出來用，據說是謝明哲做給方雨的牌。很少用，但不代表不能用。卡牌的版權在謝明哲手裡，他隨時都可以拿出來使用。

後臺看比賽的方雨，唇角微微揚起。

亡語流打法很難模仿，必須全隊配合默契才可以在團戰中發揮出威力。而涅槃今天用的亡語流，風格和流霜城截然不同——謝明哲顯然是把竇娥這張卡牌當成一個節奏點來使用，接下來必定是涅槃全面爆發的時刻！

和竇娥同時出場的，還有兩張暗牌。

黃月英，諸葛連弩的大範圍掃射在加成百分之百攻擊力的情況下，造成的暴擊傷害簡直讓人心驚膽戰。謝明哲將連弩放在裁決的動物們中間，可以打出範圍傷害，將對方的卡牌血量全部打殘。

以及孫二娘！

看到這張牌出現，現場的觀眾都很困惑，大家並不知道這張卡牌的技能，直到下一刻——孫二娘用場上陣亡的人物屍體，瞬間製作出了大量的人肉包子，直接丟向對手。

——黑店老闆，三十公尺範圍土系暴擊傷害。

——人肉包子，用人物屍體做成的肉包，大範圍群攻傷害。

漫天的人肉包子砸下去，裁決的殘血牌瞬間陣亡。

觀眾們：「……」

裁決四人：「……」

猜到了謝明哲會用暗牌搞事情，卻沒想到他會這麼做。

說好的水系慢慢控場、慢慢打消耗戰呢？

打了整整十四分鐘僵持不下，結果你最後來個「爆發一波流」！

蘇洋見裁決瞬間團滅，哭笑不得，「我也沒想到涅槃會這麼打，還以為暗牌會是控場牌。畢竟從他們放出的十六張卡牌陣容來看，確實是拖著慢慢打消耗的思路。結果前期慢慢打了十幾分鐘，最後突然一波清場，畫風變得實在太快！」

這就是所謂的「猝死局」。

前期明明很平穩，雙方有來有往，僵持不下，結果突然一波清場把對手殺光。

聯賽中這樣的局並不少見，只是涅槃今天打出猝死局的方式很特別。弱不禁風的竇娥、英姿颯爽的黃月英、豪放粗獷的孫二娘——三個女人上演了一齣大戲。

竇娥加攻擊，黃月英連弩掃射，孫二娘肉包子清場。

多麼簡單的操作。

但前期的鋪墊、每一波團戰的細節，其實都是戰術上的博弈。

直播間內，此時卻刷了滿屏的問號。

「人肉包子？」

「用屍體做人肉包子，謝明哲真是變態！」

「我剛才還在吃包子，媽呀，完全沒有食欲了！」

還有比較冷靜的網友在討論合理性。

「話說，把人肉包子砸到猛獸面前，為什麼猛獸不吃包子，反而被砸死了呢？」

「一定是謝明哲的包子有毒！」

直播間內的彈幕，比起上一場的卡牌戀愛，有過之而無不及。吳月神色複雜地道：「人肉包子！謝明哲做的卡牌，技能就不能正常一點？」

劉琛無奈道：「他要是正常那才奇怪吧。」

蘇洋笑咪咪地說：「這個技能設計得很有意思，人肉包子，還好我從不吃包子！」

裴景山忍不住側頭看向好友唐牧洲。

唐牧洲為什麼這麼重口味，喜歡謝明哲這個傢伙？裴景山百思不得其解。

而此時，唐牧洲卻面帶笑容——看小師弟坑了老聶，他心情超好。

聶遠道平時總是擺出一副正直、嚴肅的樣子，估計此刻內心都在抽搐吧？獅子被勸上吊，犀牛、獵豹、牧羊犬被人肉包子給砸死。他的猛獸們，今天死得真是毫無尊嚴吶！

直播間內，網友們紛紛發表意見。

「獵豹可以吃人，人肉包子對牠來說，不是美食嗎？」

「史上最悲劇的獵豹，死於肉包子，簡直是猛獸界的恥辱！」

「你們就不奇怪謝明哲為什麼做得出這種技能嗎？他吃過人肉餡的包子？」

「原來謝明哲這麼變態啊！」

唐牧洲在後臺拿出光腦刷直播間的評論，看到這裡不由好笑——阿哲做的卡牌技能太奇葩，因此在網友們的心目中，謝明哲已經變成了魔鬼。

裴景山看向唐牧洲，欲言又止。唐牧洲猜到他的意思，在他耳邊輕聲道：「你想問我為什麼會喜歡上阿哲這麼奇怪的人，對吧？」

裴景山順著他的話問：「為什麼？」

唐牧洲聳了聳肩：「不為什麼。喜歡一個人不需要理由。」

裴景山：「……」

那你反問個屁啊？師兄弟真是一樣討厭，這就是所謂的「物以類聚」嗎？他倆在一起肯定有說不完的共同話題，兩個人真的太般配了——請你們互相禍害下去，不要再禍害別人。

旁邊，葉竹目光放空，喃喃道：「以後，謝明哲做出什麼卡牌我都不會再驚訝了。」

白旭慢悠悠道：「我從明天起戒掉早餐吃包子的習慣。」

螢幕中的畫面正好切到大舞臺，只見聶遠道神色嚴肅，面無表情，不知道內心是什麼想法，後臺觀戰的選手們都對聶神致以最誠摯的同情。

賽場上瞬息萬變，猝死局在職業聯賽中並不少見，他們在最後關頭沒能穩住局面、功虧一簣。即便輸得很不甘心，但是比賽已經結束，結局無法改變，只能迅速調整心情準備第二局。

第二局是裁決主場。

當選圖框中彈出地圖的那一刻，現場就響起了裁決粉絲們熱烈的掌聲！

——雲端漫步，裁決最經典的空戰絕殺圖。

說起空戰，裁決是當之無愧的聯盟最強。而絕殺圖更是空戰地圖中最驚險、刺激的一種地圖。這種必殺的設定，增加了比賽中的偶然性，同樣也會給選手更多的機會。哪怕是逆風局，說不定一波控場，讓對手的幾張卡牌被場景秒殺，就能瞬間追回差距。

雲端漫步，這是山嵐在個人賽奪冠時使用過的地圖，非常漂亮的場景，卡牌需要站在雲朵上面作戰，雲朵之間有很多空隙，如果不小心從空隙掉下去，即使滿血也會瞬間陣亡，根本沒有補救的機會。因此，這張地圖對選手的位移操作要求極高。

比賽開始，雙方公示卡牌。

裁決的空戰體系非常完善，主力輸出靠山嵐，輔助控場的任務交給了邵東陽。

涅槃的卡組也很有意思，牛魔王、鐵扇公主、紅孩兒這三張連動牌都有位移控場技能，聶小倩的單體牽拉、蝙蝠花的群拉……大量位移控場牌的出現，代表著涅槃對空戰的充分準備。

比賽在觀眾們的期待中正式開始。

率先搶占有利地形是空戰圖的關鍵。裁決打這種空戰圖非常熟練，因此開局就直接搶下中心點，讓聶遠道的獨角黑犀站在最中間，涅槃的卡牌自然不敢去跟獨角黑犀硬碰硬，免得被牠撞下雲端。

但謝明哲反應極快，立即找到旁邊的一塊大雲朵，讓牛魔王占位。

牛魔王的威脅並不比老聶的獨角黑犀弱，這兩張都是近戰衝擊牌，可以將目標擊退，只不過黑犀是吸收傷害的嘲諷牌，牛魔王則是近戰攻擊。

轉眼間，雙方都召喚出十張左右的卡牌，大大小小的雲朵先後被占據，形成了相對均衡的對峙。

本以為雙方會僵持一段時間，沒料就在這時，山嵐突然召喚出金鵰，隨著尖銳的鳴叫聲在耳邊響起，裁決吹響了全面進攻的號角！

山嵐的飛禽牌速度極快，金色的巨鵰張開雙翅，風馳電掣般飛向裁決的聶小倩。

只見金鵰一個俯衝，猛地撲向站在遠處雲端上的聶小倩，喻柯還沒來得及反應就被擊飛出去，身穿白衣的聶小倩從天飄落，從上帝視角看，就像是高空中飄下了一片白色的葉子。

現場觀眾大驚，完全沒想到山嵐會打得這麼凶！

開局不到十秒就直接陣亡一張卡牌，這也是本屆聯賽陣亡速度最快的紀錄。

雲端漫步地圖，如果從上帝視角來俯瞰，會發現所有的雲朵排列如同一個「回」字形。中間一圈都是大雲朵，周圍則是散落的小雲朵。

中央區域和周圍雲朵之間的距離超過三十公尺，不在遠端攻擊技能的範圍之內。而大雲朵之間的距離只有三公尺，上面的卡牌是可以彼此攻擊的，近戰牌甚至能直接跳躍過去。

此時，獨角黑犀和牛魔王各自占了一塊大雲朵，旁邊是他們的隊友。

考量到對方卡牌有可能帶群體混亂控制技能，如果把所有卡牌放在一塊大雲朵上，要是被一波

混亂，可能會傷亡慘重——這就如同雞蛋不能放在一個籃子裡，萬一籃子破了全部雞蛋都要遭殃。

因此，十平方公尺的大雲朵雖然可以容納十張牌，但雙方都很有默契地只在上面放了四到五張卡牌，其他的卡牌則在遠距離的小雲朵上，避戰的同時還可以等待時機。

喻柯把聶小倩召喚到角落最遠處的雲朵上，就是這個思路——中央雲朵上的卡牌攻擊技能搆不著它，它的位置太遠，暫時不會有危險。然而他沒想到，山嵐放著面前一大堆卡牌不管，居然讓金鵰加速衝過來秒了聶小倩！

這速度實在快如閃電。別說是喻柯，聯盟任何選手，都不一定避得開山嵐飛禽牌的突襲。

絕殺圖最煩的地方就在這裡，卡牌在滿血情況下也有可能瞬間被殺，而且還沒有復活補救的機會。

開局損失一張位移強控牌聶小倩，對涅槃來說非常不利。

謝明哲看到這裡，毫不猶豫果斷召喚王昭君——出塞曲，飛禽牌即死！

他直接用這個技能強行收掉金鵰，因為金鵰是山嵐飛禽牌中衝擊力最強、冷卻時間最短的一張牌，讓金鵰這麼肆無忌憚地飛下去，不斷地將卡牌擊落雲端，涅槃的卡牌每隔一段時間被推下去一張，很快就會崩盤。

雲端漫步地圖陣亡牌能否復活的判斷條件是——你的卡牌在不在雲朵上。

如果被擊落，掉下高空，卡牌就會粉身碎骨，連屍體都找不到，自然沒法復活。但如果是在雲朵上被對手正常殺死，還是能復活的。

每場比賽的復活次數是有限制的，但邵東陽還是毫無疑問地交了出來。

金鵰被復活後，立刻張開雙翅騰空而起，銳利的目光掃過全場，很快就選定了下一個目標——牠想撲殺鐵扇公主，破解牛魔王、鐵扇公主和紅孩兒的連動體系。

只見金色巨鵰陣亡後，突然復活並騰空而起，猝不及防地朝著鐵扇公主猛撲過去！

眼看牠就要撲殺鐵扇公主，結果鐵扇公主手中的芭蕉扇陡然揚起，一陣龍捲風經過，反將金鵰給吹飛出去——猛烈的龍捲風將金鵰直接吹下高空，一擊絕殺！

現場響起了熱烈的掌聲。

攻擊、反擊，這一波技能交換真是漂亮。

雙方你來我往，小柯的聶小倩和山嵐的金鵰先後陣亡，卡牌數量戰平。

下一刻，謝明哲出手反打。紅孩兒的三昧真火燒向裁決的大本營，這片十平方公尺的巨大雲朵上，裁決的卡牌已經達到了七張，大範圍火焰鋪開，加上牛魔王一家三口的連動，造成的持續傷害相當可觀。

同時，牛魔王一個跳躍來到裁決占領的雲朵上，開始橫衝直撞。

聶遠道經驗豐富，幾乎是牛魔王跳過來衝撞的那一瞬間他就讓獨角黑犀出馬，吸收了範圍內全部傷害的同時，黑犀的牛角也開始凶悍地頂向牛魔王。

大螢幕中，一頭獨角黑犀、一頭變身魔王的牛妖怪，互相撞來撞去，誰也不服誰。

獨角黑犀撞牛魔王一下，將他擊退五公尺。

牛魔王撞回來，又擊退黑犀五公尺。

蘇洋哈哈笑道：「獨角黑犀和牛魔王開始了纏纏綿綿的撞擊遊戲。」

觀眾們：「……」蘇洋大神，纏纏綿綿是什麼鬼？你的用詞能不能靠譜一點？

蘇洋繼續不靠譜地說：「由於兩張牌都帶擊退技能，你擊退我五公尺，我又擊退你五公尺，很公平，誰也別想占便宜，感覺就像是相愛相殺。」

觀眾們：「……」不該對他的用詞抱有任何期待。

黑犀、牛魔王都是範圍衝撞，但由於聶遠道緊盯上了牛魔王，因此，不管牛魔王走到哪裡，黑犀都是如影隨形，讓牛魔王寸步難行，沒法去撞擊其他卡牌，兩張牌只好互相撞擊。觀眾們發現，

卡牌比賽突然演變成了一場「鬥牛大會」。

兩隻牛看來真的要纏纏綿綿撞到天涯了，觀眾們紛紛無奈扶額！

牛魔王和獨角黑犀互相牽制，正好給了陳霄機會，讓蝙蝠花來到牛魔王附近。

打空戰絕殺圖，蝙蝠花這張牌太過好用，它可以拋出花瓣上的白鬚，指定範圍內的數個目標，並將目標強行拉到自己的面前。

陳霄直接指定獨角黑犀，以及大雲朵上的獅子、白狼兩張猛獸系近戰牌。這三張，正好全是聶遠道的卡牌。

他讓蝙蝠花主動走到雲朵邊緣，往下跳的同時，伸出長鬚一波群拉。這意思似乎在說：「我要自殺了，你們通通陪葬吧！」

觀眾們哭笑不得地發現，陳霄讓蝙蝠花跳下雲朵自殺的同時，居然將聶神的三張獸牌也全部拖下了雲端。一換三，果斷極了！

蘇洋笑咪咪地道：「很棒，蝙蝠花自殺，拖了對面三張野獸殉情。」

觀眾們：「……」

這殉情為免太慘烈了吧？

從仰視的角度看，剛才的畫面就像是一朵漂亮的花牽著三隻猛獸，從高空中一起掉了下來，如同下餃子一樣。

劉琛輕嘆口氣，「我不知道該怎麼評論才好。」

蘇洋笑道：「陳霄還是很果斷的，一拖三非常賺。在絕殺圖這樣的打法很有技巧，不過，二十張卡組不可能全是位移強控牌，聶小倩和蝙蝠花已經陣亡，牛魔王還在跟獨角黑犀撞來撞去，剩下的鐵扇公主技能在冷卻……接下來還得用常規打法。」

絕殺圖中，具有控位移技能的卡牌，需要擊殺的是對方的關鍵牌。

陳霄其實更想拖山嵐的飛禽牌下去，但飛禽牌的距離太遠，他搆不到，只能就近先殺了聶遠道的幾張卡牌再說。

擊殺了聶遠道的三張輸出牌後，陳霄緊跟著放出遠程攻擊卡。不遠處，謝明哲也在大雲朵上召喚出遠端攻擊牌，一波範圍群攻同時砸了下去。小柯緊跟著召喚出泰山王，在雲朵上放置油鍋，將中央區域由邵東陽操作的麋鹿直接抓過來丟進油鍋裡。

涅槃的策略很明顯，先把「回」字區域內圍的卡牌給殺光，再解決周邊小雲朵上的卡牌，由內向外地打開缺口。

這種「從內向外」的打法還真的起了效果。

轉眼間，裁決大雲朵上的卡組就被涅槃的牌團團包圍，陣亡卡牌越來越多。

但同一時間，山嵐也沒閒著。

他的飛禽牌移動速度是全聯盟最快的，空中飛行，繞地圖一圈只需要幾秒的時間。在金鵬被鐵扇公主反殺之後，他緊跟著召喚出禿鷲。

這張猛禽牌的攻擊相當強，而且技能機制也很特別，牠可以將鎖定的目標以利爪抓起，飛到高空中。目標因為恐高而眩暈三秒，同時每秒損失百分之五血量，三秒結束後，目標摔落地面，額外掉血百分之十五。

在普通的地圖上，禿鷲會對單體目標造成百分之三十血量的傷害並眩暈三秒，通常用來控制對方的核心牌。

但如今是在空戰圖上。在這裡掉落地面，就是必死。

山嵐對禿鷲的操作非常的靈活，直接過去抓了喻柯放在周邊的卡牌泰山王，在高空中盤旋三秒後，牠將泰山王丟到雲朵之間的空隙處——泰山王摔落雲朵，瞬間陣亡！

緊跟著，山嵐的飛禽牌獵鷹、白鷺同時出場。

獵鷹是單體攻擊牌，俯衝攻擊擊退目標兩公尺，爪擊疊加流血效果，牠專門挑小雲朵上的卡牌擊退，這樣一來，兩公尺的距離就足夠讓對方摔落雲端；白鷺和禿鷲類似，只不過，禿鷲是強控三秒，白鷺則會讓對手原地升天持續五秒並損失血量。

在這些飛禽牌的配合下，涅槃周邊小雲朵上的卡牌死傷慘重。

唐牧洲看到這裡，不由皺眉，「這張地圖是『回』字形布局，涅槃從中間向外打，裁決是從外向內打，雙方的牌量現在看上去差不多，就看誰先把對方打團滅。」

雙方的戰術思路都很明確。

這一場比賽無比驚險，時不時就會有卡牌被山嵐的禿鷲丟下雲朵，或者被謝明哲的鐵扇公主給吹下雲端。由於陳霄一拖三的那一波操作建立了兩張牌差，山嵐飛禽牌的攻擊技能有冷卻限制，當比賽進行到三分鐘時，雙方的剩餘卡牌都只有十張！

十比十，卡牌陣亡一半。

而細心的觀眾也發現，裁決中央雲朵上的卡牌已經被打團滅，存活的十張卡牌四處分散，涅槃在中央區域還剩五張牌，周圍也剩五張，似乎占據了陣型上的優勢。

然而下一刻，山嵐突然召喚飛禽牌——火烈鳥！

這是一種群居動物，一張火烈鳥卡牌可以召喚出五隻小火烈鳥，各自繼承主卡百分之二十的屬性，並跟隨目標造成持續火系攻擊。

謝明哲見火烈鳥出場補輸出，知道拖下去不是辦法，趁著禿鷲殘血，乾脆召喚后羿，九箭連射，直接射死了禿鷲。

繼續讓禿鷲活著，不斷地把卡牌抓起來摔死，涅槃肯定會陷入危機。

禿鷲的陣亡讓裁決的局面更加劣勢。

然而，漸漸的，蘇洋發現了不對，「等等……裁決這個走位？」

上帝視角俯視全域的吳月也察覺到了，聲音頓時激動起來，「裁決是要反包圍嗎？」

這一局，邵東陽打輔助，涅槃要優先處理的便是聶遠道的高攻擊猛獸牌，和山嵐控位移很煩人的飛禽牌，因此，新人李玖的小動物暫時被忽略。

打團戰自然要先解決最大的威脅，但打到這個時候，謝明哲也察覺到了不對。

雖然他不能以上帝視角俯視地圖察覺裁決的整體布局，但他對賽場的敏銳嗅覺在告訴他——李玖的小動物突然開始快速移動，這絕對不是好兆頭。

謝明哲警覺地下令，「散開！」

但他最終還是遲了一步。

此時，雙方卡牌已經變成九比九。涅槃有五張卡牌集中在「回」字型中間區域，因為這塊雲朵的面積有十平方公尺，山嵐的獵鷹只能將目標擊退兩公尺，沒法讓卡牌掉下雲端，相對來說比較安全。

正是這樣的站位，讓裁決抓住了機會。

小倉鼠從四面八方包圍過來，並且釋放技能，範圍內鎖足，無法移動持續五秒！

靈活的小白兔突然跳躍到大雲朵之上，用肉乎乎的兔爪拍打對手，造成持續的普攻傷害；小泰迪緊跟著出動，戰鬥力驃悍的小泰迪完全不管面前的人體積比牠大了十幾倍，狀似發狂，見人就咬，招招暴擊。

而山嵐緊跟著召喚出最後一張卡牌——白鶴。

漂亮的鳥類，張開了雪白的雙翅，從空中緩緩地飛過。

白鶴飛行路徑上的所有友方目標得到白鶴的祝福，身上出現火系護盾，可抵禦一次任何類型的控制，並持續提升攻擊力，若是普攻狀態，則每秒額外提升百分之十的攻速。

謝明哲：「……」我上了老聶的當！

聶神開局打得極快，幾波操作都在天空中連續下餃子，不少卡牌被擊落雲端，直接摔成卡牌醬，三分鐘陣亡十張卡牌的節奏快得驚人。但在殘局時，裁決卻突然穩了下來，山嵐居然帶出一張超級輔助飛禽牌白鶴，他這局帶的飛禽牌數量達到了六張。

謝明哲從中間朝外打，將中央區域的主力部隊打團滅後再對周邊逐個擊破。而裁決卻是從外往內打，當涅槃周邊的卡牌陣亡差不多的時候，裁決突然利用小動物的靈活，來了一波「反向包圍」！

回字形的戰鬥地圖，山嵐和李玖才是真正的主力。

李玖的小動物在殘局配合山嵐打消耗戰——小白兔、小倉鼠、小泰迪，看著一個比一個可愛，但是戰鬥力卻一個比一個凶悍。

涅槃中央區域的卡牌最終被耗死，雖然謝明哲儘快解決了山嵐的飛禽，但李玖的三張小動物卡牌太過靈活，很難抓死，最終堅強地活到了最後。

——誰能想到，並不起眼的新人，居然才是這一局比賽的中心人物。

聶遠道的反向包圍戰略，讓謝明哲輸得心服口服。

雖說涅槃賽前為空戰圖準備了很久，但裁決的空戰依舊很強。

想要在空戰圖戰勝他們，或許只能等下個賽季了。

謝明哲微微一笑，拍拍隊友的肩膀，「第三局是我們的主場，大家加油，搶下賽末點！」

在前兩局打平的情況下，第三局格外重要，誰先拿下，誰就能獲得賽點。

第三局是涅槃的主場，觀眾們紛紛猜測著他們會選擇哪張地圖。該不會又選其他俱樂部的地

圖，讓裁決出其不意？

但事實證明，同樣的套路，涅槃不會玩第二次。

第三局的主場選圖，是本賽季使用頻率極少的——赤壁之戰。

蘇洋開玩笑道：「第一局是冰天雪地，全地圖都是鵝毛大雪；第三局火燒赤壁，到處都是熊熊烈火，涅槃今天的兩局選圖，簡直是冰火二重天啊！」

赤壁之戰所有的船都被連鎖起來，烈火會從第一艘船開始燒，不斷地朝後蔓延。卡牌的走位也會變得格外頻繁，想避開烈火幾乎不可能，最終全場景都會被烈火點燃，如同人間煉獄。

裁決是全聯盟最暴力的隊伍。在關鍵的賽點局，涅槃決定以暴制暴，速戰速決。

從公布的卡組可以看出，涅槃在這局帶了大量遠端輸出牌和多位移輸出牌，謝明哲的東吳火系套牌重現江湖，陳霄的遠程植物牌輸出爆表，小柯的公孫九娘、聶小倩等鬼牌再次登場——涅槃派出了三選手輸出的暴力陣容。

而謝明哲在這一場比賽攜帶周瑜、陸遜，就是想讓火勢最大化。

赤壁之戰的大火，加上周瑜和陸遜的連鎖火燒，絕對能把裁決的動物牌變成烤肉。

其實涅槃選這張圖也有一定風險，火戰圖打裁決相當於正面硬剛。但謝明哲覺得這種做法也不是毫無勝算，關鍵在於赤壁之戰的地形。

當初設計地圖時，他幾乎還原了赤壁之戰的場景。

江面上的無數船隻都被鐵索連接起來，船與船之間的距離極短，卡牌可以通過鐵索在船之間移動。一旦比賽時大火燃起，火勢蔓延的速度極快，卡牌們將避無可避。

所有船的布局從高空俯視的話，很像是一個「菱形」，最前面的船是先鋒部隊，中間是曹操所率領的大軍，後面則是補給船隻。

裁決的動物牌中，除了山嵐的飛禽移速極快可以高空俯衝戰鬥，其他陸地動物有百分之八十都是近戰牌。牠們想要攻擊涅槃的卡牌，就必須儘快趕到菱形區域的中間船隻上。

這裡有一艘大船，足以同時容納近四十張卡牌，謝明哲將它設計成決戰地點，當裁決的大部分動物牌全部來到船上，涅槃就可以打出一波群攻爆發，把對方連起來放火燒。

這種策略並沒有錯。但聶遠道不傻，不可能讓所有動物聚集在一艘船上被活活燒死。

比賽開始後，裁決就展開了大規模的游擊戰術。

在菱形區域最中間的大船上，裁決留下的卡牌數不超過十張，其他的卡牌都在周圍伺機而動，尤其是李玖的小動物，跳躍起來格外靈活，兔子還給自己做了三個窩，可以在三艘船之間來回瞬移。

但涅槃既然敢用這張地圖，那就說明他們做好了充分的準備。李玖的兔子可以瞬移，小柯的聶小倩、連城等鬼牌也不是擺著好看的，它們的多段位移能力同樣很強。

由於第二局最後輸在新人李玖的小動物手裡，謝明哲在第三局讓小柯專門去留意這個李玖，陳霄的遠端植物牌專門對付山嵐的飛禽牌，將空中飛禽全部拉到船上打，謝明哲和聶遠道的猛獸牌對抗，秦軒則負責團隊治療和解控。

四個人分工合作，盯好對方的關鍵牌。即便裁決想打游擊，涅槃同樣能打游擊。

謝明哲的火系卡除了周瑜、陸遜大範圍群攻之外，還有相當靈活的收割牌——大小姐孫尚香。

孫尚香肯定是殘局時才放出來，因此前期必須讓隊友打出鋪墊。

比賽進行到七分鐘，全場景卡牌血量都在百分之五十以下。

裁決不想拖下去，開始猛烈進攻，將涅槃的遠程輸出牌迅速擊殺。

這時候，周瑜、黃蓋、陸遜同時出場——黃蓋直接自爆給周瑜加滿攻擊，周瑜一招鐵索連環把聶神的近戰猛獸牌全部連鎖起來，緊跟著——火燒赤壁，火燒連營！

本就被燒成半血的猛獸牌，幾乎瞬間殘了。

山嵐知道殘局時對方肯定會放出孫尚香，趕忙召喚白孔雀，全團無敵防禦。

但謝明哲並不著急，他也猜到對方肯定會對孫尚香有所防備，所以他故意等了幾秒，等白孔雀的全團免傷buff結束之後才召喚出孫尚香，同時，秦軒召喚出大小喬姊妹花。

長河吟！小喬彈奏樂曲，範圍內目標沉默。

沉默期間不允許治療，孫尚香在對手無法治療的三秒內果斷拉開長弓，鋒利的火箭準確地射向大船上的殘血牌，一波連射瞬間收掉裁決四張卡牌。

緊跟著，秦軒放出大喬。

孫尚香一出場果然受到裁決的重點關照，無數卡牌迅速將她包圍，大喬立刻開出隱居技能，強行收回孫尚香，被打殘的孫尚香就這樣從賽場消失，回到了謝明哲手中。

蘇洋讚道：「漂亮！秦軒和阿哲的配合非常連貫，秦軒讓小喬沉默對手，孫尚香出來收割一波吸引對手的火力。然後大喬直接將孫尚香回收，避免她被對面強殺——這一系列操作，就在短短的三秒內，技能的銜接順序簡直完美！」

三秒時間，孫尚香出場，連收對手四張牌，然後退場保命——這一連串技能快速銜接，兩人之間的默契簡直絕了！

觀眾們根本沒看清楚他們做了什麼，只見大小姐出來了，大小姐又消失了。裁決的四張猛獸牌倒在她的火箭之下，雙方牌量瞬間拉開。

吳月感慨道：「這應該是間斷性的收割打法？保護孫尚香打一波，讓孫尚香退場，等技能冷卻後再打一波，牌差就會不斷地拉開。」

謝明哲當初設計孫尚香，就是讓她在殘局觸發連射。

在一對一的單挑中，孫尚香可以收割清場。但在牌量較多的大型團賽當中，對手不可能十幾張牌排排傻站著讓妳射死，殘血牌的站位相對分散，孫尚香的連射技能不一定能被觸發。

只要她的箭射不死目標，連射機制就會中斷。

所以謝明哲才會選擇「赤壁之戰」地圖。一來，赤壁之戰的熊熊烈火，打到後期會讓雙方的殘血牌越變越多；二來，地形上的限制，讓卡牌必須局限於船隻內部，無法徹底散開。只要孫尚香出場，一次能收掉三張以上的卡牌，就能確立優勢。

孫尚香退場後，涅槃依舊有很強的輸出能力。孫尚香在這一局比賽中，可以說是作為「戰術機動牌」，用途是瞬間拉開牌差，關鍵時刻出來收一波，就能將己方的優勢擴大。

裁決在孫尚香退場後進行了一波反撲，將牌差追回。

但隨著烈火越燒越旺，殘局時孫尚香再次出現，宣告了本場比賽涅槃的勝利。

山嵐很無奈，這一局涅槃採用的「間斷收割」戰術，比「爆發一波流」更加難打，也更加高明。這種連射牌差流打法，才是孫尚香這張卡牌在團賽中最正確的用法。

涅槃在火系圖「以暴制暴」的快節奏打法，讓現場的觀眾們看得熱血沸騰。雖說涅槃的畫風一向賤兮兮的，戰術也比較討厭，但是這一局，卻能總結為一個字——帥！

正面硬拚，火箭連射，乾脆俐落！

孫尚香的出場時機，被謝明哲掌握得極為精妙。

——孫尚香第一次出場，拉開牌差。

——當她再次出場時，便是對手的末日。

第三局，涅槃勝！

謝明哲和秦軒的完美配合，讓現場的粉絲們激動無比，涅槃率先搶下了賽末點！

【第十二章】

比的不是誰打得凶，而是誰死得少

第四局，裁決主場。

由於涅槃率先搶下賽點，這一局如果涅槃獲勝，今天的比賽將被三比一終結，如果裁決追回了比分，雙方將進入決勝局。

第四局能拿下自然最好。

但第四局是裁決主場，謝明哲不知道老聶會不會又來一次空戰絕殺圖。

事實證明，同樣的套路裁決也不會用兩次。

第四局，裁決提交的地圖叫「大草原」，設計者聶遠道，地圖的名字很符合男人乾脆俐落的畫風，聶遠道很不喜歡「夢幻泡影」這種花俏的名字。

大草原的場景效果很簡單——全場景卡牌移動速度提升百分之五百，攻速提升百分之一百。

五倍移速，簡直是全場景開了高速公路，不管野獸、植物、鬼牌、人類，在這張場景圖上都可以加足馬力、肆意飛馳。

這張圖對山嵐的飛禽牌加成效果不明顯，但聶遠道的猛獸牌卻最愛大草原——獅子、老虎、狼群，在草原上狂飆起來毫無阻礙，撲咬進攻的速度和威力將會讓對手心驚膽戰！

隨著五花八門的新地圖出現，在聯盟圖庫中，大草原這種古早的地圖幾乎被冷藏，沒想到今天的比賽中，聶遠道居然會拿出第一賽季的地圖，這顯然是復古打法。

——在大草原地圖和老聶的猛獸對拚，誰能拚得過？簡直是以卵擊石！

涅槃只能防守。

謝明哲的思路很明確，用大量治療牌保命，以輸出牌單殺，慢慢地建立牌差。在抗住兩波進攻後，儘量卡對方技能冷卻的時間反擊，用八張爆發單攻牌去強殺老聶的猛獸。

但實際操作起來，謝明哲才發現，裁決在大草原地圖上的威力實在是太可怕了。

移速五倍加成的獅子、獵豹，行動快如閃電，瞬間就撲到涅槃的卡牌面前！

草原上，大批的動物在奔跑。

天空中，獵鷹、金鵰等猛禽虎視眈眈地盤旋。

而涅槃的卡牌，便是動物們眼裡最美味的獵物。

裁決速戰速決，將比賽在八分鐘內終結。

蘇洋感嘆道：「我以為自己在看動物世界。」

吳月哭笑不得地道：「老聶的猛獸，在大草原地圖上的威力真是不減當年！」

十年前，聶遠道在第一賽季的成名之戰，就是在大草原地圖用凶猛的獸群連續咬死木系、水系、金系和土系卡組，獲得了個人賽的冠軍，凶悍的打法吸粉無數，他的火系卡組也自此在聯盟擁有了穩如泰山的地位。

時隔多年，這位老選手的風采依舊不減當年。

謝明哲心裡也十分佩服，和聶神在毫無障礙的地圖打猛攻，確實很難頂得住。

搶下賽末點，卻無法終結比賽，這會影響到隊伍的士氣。但沒關係，涅槃在無盡模式同樣很強，謝明哲對接下來的決勝局信心十足。

決勝局之前，雙方同時叫了暫停，休息時間延長到十分鐘，陳千林也走上大舞臺去鼓勵四位隊員。他冷靜地說：「在裁決的卡池中，攻擊牌占據了四分之三以上，他們打無盡模式的風格依舊會以快攻為主，大家按照之前的戰術布置，防兩波、打一波，儘量減少卡牌陣亡數。只要防住幾波再反打，我們就能在牌量上建立優勢。」

無盡模式比的不是誰打得凶，而是誰死得少。

攻擊固然重要，但一旦防守做不好，己方陣亡卡牌量超過對方，那就輸了。

聶遠道一向奉行「進攻就是最好的防守」，裁決的風格也是如此，他們很少會用嘲諷牌、治療牌拖時間打消耗戰，暴力快攻就是這支隊伍的特色。

防守嚴密，可能陣亡的卡牌數會很少，但能擊殺的對手卡牌數量也很有限。

進攻凶悍，或許陣亡的牌數會很多，但能擊殺的牌數也會很多。

如何在兩者之間尋找一個平衡，才是最難的事情。

十分鐘休息時間到，比賽正式開始。

決勝局系統隨機選到的三張地圖，分別是來自鬼獄的「亡靈小鎮」、來自暗夜之都的「蜘蛛洞穴」，以及來自流霜城的「海洋館」。

聶遠道優先禁用「海洋館」，他最煩的便是全圖減速。

接下來的選擇權自然落到了謝明哲的手上。

蜘蛛洞穴是裴景山製作的地圖，場景效果非常複雜，隨著比賽的進行，會有不同類型的蜘蛛不斷地從洞穴深處出現，黑蜘蛛是全場景恐懼、毒蜘蛛是全場景中毒、花蜘蛛是全場景幻覺……裴景山十分鍾愛這張地圖，但謝明哲一點也不喜歡。

無盡模式本來就有大量的卡牌，還得關注對手的卡牌和陣亡數，指揮本就忙不過來，再加上不斷干擾的蜘蛛，打到後面肯定會亂套。

因此謝明哲毫不猶豫地禁用了蜘蛛洞穴，留下最終的決勝地圖——亡靈小鎮。

亡靈小鎮的效果相對來說比較簡單，設定背景是原本熱鬧祥和的小鎮因為一場變故，鎮上的居民全部死光並且變成了亡靈。亡靈在小鎮的周圍飄來飄去，會對進入小鎮的卡牌施加「亡靈的詛咒」。詛咒效果：全場景卡牌每秒降低防禦力百分之一、攻擊力百分之一——也就是說，卡牌召喚出來一百秒之後，就會變成一張無攻擊、無防禦的廢卡。

場景效果不能解除，不管是多強的卡牌，被場景詛咒影響，一百秒後攻擊、防禦必然降到零。

這張地圖由於每隔一百秒會有一批卡牌被廢，需要消耗的牌量會比普通的地圖更多，也很適合打無盡模式。顯然，鬼獄在本賽季做出這張地圖，正是為了季後賽的無盡模式做打算。

可惜，鬼獄在昨天輸給風華，沒能用上這張地圖。他們設計的地圖反而出現在裁決VS.涅槃的決勝局當中，也是巧合。

再厲害的卡牌也躲不過場景詛咒，所以在安排卡組時，指揮需要綜合考慮十分鐘內的輸出、防禦節奏，可不能把主力卡全部放在前期出場。

歸思睿看著自己設計的地圖倍感親切，摸了摸下巴道：「師父更看好誰？」

鄭峰道：「我看好裁決，聶嵐師徒大賽經驗豐富，隨機應變的能力應該會比謝明哲更強。」

事實上，這張地圖出現的時候，大部分職業選手都更看好裁決。

畢竟每一百秒廢掉一批卡牌的設定，要求選手必須頻繁地補充、替換陣容，地圖效果雖然簡單，但需要考慮的東西太多，一旦節奏接不上，或者召喚卡牌的時機不對，很可能就被對手反打。

隨機應變——這才是亡靈小鎮真正的主題。

比賽開始，地圖載入。

地處偏遠的小鎮早已荒無人煙，進入小鎮的所有活物哪怕被路燈照射，也不會看到任何投射到地面上的影子。空氣裡安靜得可怕，路邊有不少早已腐爛的屍體，有些屍體張開嘴巴詭異地笑著，有些屍體的四肢殘破不全，有些屍體甚至被割掉了頭顱……

重口味的歸思睿，設計的地圖也將恐怖氛圍營造到了極致。

小鎮的最中心有一片廣場，廣場的四個角落立著四盞忽閃忽滅的路燈，周圍有一些虛影不時飄浮，那便是鎮上的居民死去後化成的亡靈。

中心廣場是比賽時的戰鬥地點，視野相對開闊——如果忽略飄來飄去的鬼魂和陰森的燈光，這張地圖其實和大部分的廣場地圖差不多，卡牌的行動不會受到任何阻礙。

只是，亡靈的詛咒效果會讓選手非常頭疼。

原本涅槃打無盡模式會一口氣派出十到十五張卡牌壓場，每位選手操作三到四張卡牌，壓力不

算大，也能形成配合的默契。但這張地圖由於一百秒會廢掉一批卡牌的戰鬥力，卡牌召喚的時間越早，被廢的速度就會越快。如果前期召喚的牌量太多，很可能會讓後期陷入困境。

所以，謝明哲決定將卡牌數量縮減。他仔細考慮過後，在語音頻道說道：「開局每人只上兩張卡牌，秦軒帶無敵和嘲諷牌防守一波，先看看裁決的打法。」

不同於謝明哲的謹慎，裁決開場就打得超級凶。

比賽一開始，裁決就乾脆俐落地召喚出十二張卡牌，每人三張，二話不說就朝涅槃猛撲過來！

秦軒反應極快，連忙開啟孫策的技能連招——策馬揚鞭，大範圍吸收傷害的同時，再用江東小霸王技能為自己加無敵。

蘇洋道：「涅槃只召喚出八張牌，顯然開局是以試探為主。裁決有十二張，牌差四張，看上去優勢很大，但秦軒很冷靜，防守做得相當到位，所以裁決暫時也占不到太多便宜。」

孫策結束後還有李紈，全團無敵。

謝明哲看對方召喚出十二張牌，很快就想明白了聶神的策略——聶神是仗著裁決的卡池夠深，完全不怕召喚出來的卡牌太多會被場景廢掉。他第一批召喚十二張，只要速戰速決殺掉涅槃更多的卡牌，他們就能贏。

——用卡池砸死你，牌多就是這麼任性。

秦軒的十秒無敵技能銜接，讓裁決暫時沒法打出傷害。

謝明哲快速說道：「秦軒拖住，保護卡繼續上，技能無縫銜接！」

秦軒會意，在李紈無敵結束的那一刻，立即召喚盤古——強制停戰五秒！

再然後，劉備出場，給全團套上金系免死護盾……

涅槃有多皮厚，從秦軒一張又一張使用的團隊保護牌就可以得到證明。

吳月疑惑道：「涅槃開局的打法很奇怪，其他三人只攻擊近身來打自己的動物牌，並沒有主動

出擊，一直站在秦軒的卡牌周圍，秦軒則在防守拖時間……雖說開局防守是常規打法，但涅槃的全團防守牌畢竟很有限，前期用掉這麼多防守牌，後期可怎麼辦？」

一支戰隊的嘲諷牌數量不會太多，涅槃作為新隊，嘲諷牌和無敵類保護牌更是有限。前期把這類卡牌全部用光，後期豈不是砧板上的魚肉任人宰割？

蘇洋笑著說：「接著看吧，我覺得涅槃的思路沒這麼簡單。」

——拖，儘量拖住。

這是謝明哲的命令，隊友們也很有默契地聽從他的指揮。

隨著比賽的進行，秦軒的防守漸漸變得吃力起來。

雖說裁決的卡牌受到亡靈詛咒的影響，攻擊力在不斷地削減。但是聶遠道根本不怕這些，裁決卡牌多，攻擊被削減了那就繼續召喚新卡牌，新卡牌的攻擊可是百分之百滿狀態。

在裁決的猛攻之下，涅槃的卡牌很快就陣亡了四張，包括開局出來的孫策、李紈、盧俊義三張全團防守牌，以及群體解控、免死牌劉備。

比賽現場的計時已經到了六十秒。以一分鐘的時間殺掉對手四張卡牌，這樣的節奏，對猛攻流的裁決來說已經算慢的——因為對方的秦軒太能拖，各種保護牌的技能交替使用，無縫銜接。裁決是趁著山嵐一波反控才找到機會。

此時，雙方陣亡牌量零比四，涅槃落入劣勢，依舊在被動防守。

小柯召喚的卡牌是魏徵、杜麗娘，不斷幫團隊回血；陳霄召喚的卡牌是吸血藤、美人蕉，死皮賴臉地靠吸血活著；謝明哲召喚的是擁有多段位移技能的燕青，和攻擊帶吸血的卡牌花榮，前者很靈活不容易被殺死，後者攻擊大量回血，一時半會也殺不死。

涅槃的卡牌數停留在八張，裁決卻在不斷地補充新卡牌形成場面上的壓制。

再不想辦法，涅槃這批卡牌真的有可能團滅。

賽場計時指向九十秒。

此時，雙方第一批召喚的卡牌，攻擊力、防禦力已被降低了百分之九十。老聶的猛虎一爪子拍下去本來能打掉一萬血，現在只能打一千。再過幾秒，猛虎就會變成病貓，打不出一滴血傷害。

這批卡牌可以功成身退了。

聶遠道在語音頻道說：「第一批牌全撤！」

裁決目前在現場的牌量是十八張，除了第一批十二張卡牌外，後來又補了六張群攻輸出牌，以保證輸出的持續性。

但就在裁決即將把這批卡牌撤出戰場的那一刻，涅槃突然動了。

喻柯召喚公孫九娘，在團戰的中心畫出一片三十平方公尺的區域——冥婚，場景內卡牌被隔離！公孫九娘平時都是用鬼火打傷害，出名的也是九火連發的暴力輸出能力，「冥婚」這個技能喻柯幾乎沒用過，因此粉絲們也不大關注。但這時候用出來，卻正好把裁決的八張近戰牌和我方三張人物牌全部隔離在一處。

戰場隔離技，是比鎖足、定身更強的支配型控場技能，對手無法解控。

喻柯放完冥婚後，陳霄同時召喚黑玫瑰，謝明哲召喚孫二娘。

黑玫瑰的花瓣漫天散落，正好命中冥婚區域內的卡牌。

圍著圍裙的豪爽孫二娘，緊跟著在團戰的中心畫出一片碩大的黑店區域，正好和喻柯的冥婚區域重疊在一起。

——陳霄黑玫瑰，三十平方公尺大範圍木系群攻！

——孫二娘的黑店，對處於黑店範圍內的目標造成百分之兩百的土系暴擊傷害！

此時，黑玫瑰、孫二娘都是剛剛出場，攻擊數值還沒有受到場景詛咒的影響。

而被隔離在冥婚區域內的卡牌，包括裁決八張動物牌、涅槃三張人物卡，正好都是第一批出場

後，攻擊、防禦受到詛咒下降到百分之十左右的廢卡。

十萬的防禦此時只剩一萬，黑玫瑰一招暴擊下去，冥婚區域內卡牌瞬間被打殘，孫二娘緊跟著一招黑店暴擊下去，將冥婚區域內的卡牌盡數秒殺。

雙方陣亡牌數從零比四突然變成八比七，裁決瞬間死了八張牌，而涅槃也有三張卡牌被冥婚隔絕所波及，居然被孫二娘毫不客氣地秒殺了。

是喻柯失誤了嗎？他在放冥婚技能的時候，把己方的三張牌也圈了進去。

如果冥婚場景稍微靠前一公尺，隊友就不會被圈進去。

觀眾們紛紛疑惑著。

但下一刻，孫二娘就告訴了大家答案——殺隊友，只是為了做肉包子而已。

畢竟裁決打半天，涅槃死掉的人類才四個，肉餡根本就不夠用啊，孫二娘再殺三張人物廢卡，用屍體做包子豈不是更好？

當孫二娘做出人肉包子的那一刻，全場驚呆——沒有最變態，只有更變態！

殺隊友只為做包子，這簡直就是卡牌界人性的泯滅，道德的淪喪！

孫二娘的人肉包子是遠程攻擊，在強殺三位隊友做出肉包子之後，孫二娘突然將手中的肉包子朝裁決大後方拋出。

鋪天蓋地的包子砸下來，將裁決防禦降到不剩百分之十的卡牌全部殺光。

雙方陣亡牌量，瞬間變成十四比七。

收割技能就是這麼可怕！

觀眾們：「……」

孫二娘的技能很變態，孫二娘的攻擊很凶悍！

這時候大家才知道，孫二娘在暗牌模式不算最強，因為暗牌模式限制太大，如果在隊友陣亡太

多的大後期放出孫二娘，萬一打不死對手，很可能會翻車。

而無盡模式，才是孫二娘靈活發揮的真正賽場——她可以根據陣亡友方的人數，隨時選擇要不要殺隊友做包子。無盡模式死幾張卡牌影響並不大，尤其是這一場比賽，攻擊、防禦被降到百分之十的廢牌，殺了還能廢物利用！

剛才涅槃陣亡四張牌，孫二娘出場收掉三張防禦攻擊被降到百分之十的隊友，將七張牌的屍體全部做成人肉包子，正好把人肉包子的攻擊瞬間堆到最大化。

蘇洋瞪圓了眼睛，半晌後才無比激動地道：「阿哲真是聰明，開局拖著不打，就是為了等待最佳時機，他這局抓準了地圖的特色——專門清廢牌，這才是涅槃的核心戰略！」

廢牌，攻擊力、防禦力會被降到零，但只要他們活著，就不會計入決定勝負的陣亡牌數當中。聶遠道的第一批卡牌，在打完一波攻擊後必定會撤退，謝明哲等待的就是這個時機，只要裁決一撤，便是涅槃發起暴力猛攻的時刻！

秦軒提前召喚觀世音菩薩待命，預防對方強控；小柯召喚公孫九娘，冥婚隔離戰場；陳霄召喚黑玫瑰，打第一波群攻鋪墊；謝明哲召喚孫二娘，開黑店殺隊友、做包子，再用包子殺對手！

雙方陣亡牌數從零比四變成十四比七，只在這短短的幾秒時間。

在後臺觀戰的唐牧洲忍不住坐直了身體，他發現，小師弟在遇到新地圖時的策略調整真是非常機智，抓時機、殺廢牌、建立牌差，這就是謝明哲的核心策略。

裁決即便再暴力，想追上七張牌差，肯定需要投入大量的卡牌。而裁決投入的卡牌越多，受到場景影響的卡牌就越多。

防禦降到百分之三十以下的卡牌有多好殺？

剛才這一波就是證明。

謝明哲最冷靜的地方是，他沒有等對方的卡牌防禦降到零，因為聶遠道並不傻，不可能一直把

卡牌用到防禦值、攻擊值為零的時候才撤退。所以，聶遠道什麼時候撤退，謝明哲就什麼時候出手——敵人一動，涅槃立刻跟上，四人配合得很有默契，打了裁決一個猝不及防！

裁決卡池深，因此召喚的牌量多，這反倒成了裁決最大的弱點。將對手的優勢瞬間扭轉成弱點，作為戰術型指揮，謝明哲在此刻的快速應變能力，再也沒有任何人敢質疑！

七張牌的優勢，想要追上很難，但也不是不可能。

謝明哲反應夠快，但聶遠道也不慢。在看出涅槃殺廢牌的策略後，聶遠道立即停止召喚新卡，讓山嵐用白孔雀、畫眉鳥等治療牌轉攻為守，儘量將涅槃的卡牌也拖到防禦被降低的局面。等雙方在場的牌數達到均衡，下一波團戰才能夠反敗為勝，否則就會落入涅槃的圈套——補充越多的新卡牌，就會有越多的卡牌受到亡靈詛咒的影響，涅槃一波清理掉的廢牌便會更多！

聶遠道在賽場相當冷靜，裁決攻擊強，但並不代表裁決只會無腦進攻。轉攻為守，裁決的防守能力同樣很出色，不管是白孔雀的全團免傷、畫眉鳥靈活的急救治療、鴛鴦的復活，還有獨角黑犀的大範圍嘲諷、棕熊的被動嘲諷……

裁決四人的配合十分有默契，涅槃在剛才那一波打開缺口後，很難再殺掉一張牌。而裁決在場的卡牌攻擊力降低，也很難殺掉涅槃的牌，雙方陷入僵局。

比賽進行到三分鐘，在場所有卡牌的攻擊力、防禦力都降到了零。

就是現在。

裁決突然開始行動，李玖召喚出大量靈活的小動物——小狗、小貓、小白兔、小倉鼠、以及手掌大小的超可愛狨猴，同時出動，瞬間就跳躍到涅槃的陣容當中！

由於秦軒開局用掉太多嘲諷牌，他只能迅速召喚新卡牌，靠群體治療技能強行頂住傷害。

但裁決的火系卡暴擊太可怕，轉眼間就收掉涅槃一張又一張的廢牌！

大螢幕上的卡牌陣亡數字開始飛快地變化——十四比九！

十四比十！

十四比十三！

越來越近了！

涅槃並不會坐以待斃，小柯果斷召喚出五方鬼帝——鬼界高速公路正式開啟！

在四通八達的高速公路上，喬生、連城同時出動，連城以極快的速度瞬移到裁決的動物群中，專門挑防禦降到零的卡牌擊殺。陳霄則召喚出大量群攻植物牌，幫助小柯補充傷害。

十五比十三，連城瞬秒一張牌。

十六比十六，連城殺掉了裁決的廢牌。但倉鼠、狨猴也聯手咬死了涅槃的三張廢牌。

雙方陣亡牌數居然追平，可見裁決的反攻有多猛烈！

謝明哲冷靜地縱觀全域，手中仙族牌也終於出場——土行孫。

大部分仙族牌都是飄在空中，但土行孫卻能鑽進地下。

此時，現場的牌量多得數不清，土行孫出場就立刻遁地，幾乎沒有多少人發現他，加上場景光線昏暗，就連上帝視角的觀眾們也沒怎麼注意到他。

謝明哲悄悄操控著土行孫，鑽進地下快速移動，使用「遁地術」直接繞到裁決的大後方，然後突然冒出來。

土行孫遁地後，破土而出的瞬間會對五公尺內敵對目標造成三秒恐懼，並提升自身攻擊力、攻速、暴擊百分之五十，緊跟著用手中鐵棍持續打擊近戰目標！

謝明哲讓土行孫破土而出的位置，正好有三張撤到大後方的召喚流群居動物牌——斑馬、麋鹿和金絲猴。此時三張牌防禦都降到零，並且主卡也很容易被找到。

土行孫突然冒出來，讓專心抵禦前方攻擊的邵東陽猝不及防。

三張卡牌被恐懼，無法移動，土行孫一波暴擊，直接將三張牌全部收掉！

——十九比十六，裁決瞬間陣亡三張牌。

粉絲們：「啊？」

突然掛掉三張卡牌，什麼情況？

蘇洋立刻調出賽場重播，這才看清了謝明哲的操作，道：「謝明哲趁對方不注意，召喚出土行孫，遁地進行了一次繞後暗殺，連收邵東陽的三張廢卡！」

無盡模式卡牌太多，想要注意到對手每一張牌這是不可能的，因此，選手在賽場上的隨機應變就顯得更加重要。

剛才小柯開鬼界高速公路，把對手目光全部吸引到在高速公路上移動的連城、喬生組合身上，加上陳霄開了大量植物群攻打鋪墊，裁決要優先躲避的，肯定是陳哥和小柯的卡牌。

謝明哲就在這樣的情況下，悄悄地召喚出土行孫鑽地繞後——這招誰能防得住？

聶遠道即便大賽經驗豐富，對謝明哲這一波繞後也很是頭疼。

而且土行孫是普攻卡，如果不管他，攻擊力得到加成後就會一直不斷地干擾裁決後方。聶遠道只好分出一張單控牌專門對付土行孫，中斷他的鐵棍暴擊。

但連城也很難解決。在高速公路上到處飄的連城，時而打東、時而打西，根本抓不到它。

吳月激動地說：「五方鬼帝的高速公路明顯就是專門要對付裁決的小動物卡組！第二局的空戰，涅槃吃了小動物的虧，所以他們想出了應對的策略——靈活對靈活，看誰更靈活！」

連城的靈活度和李玖的狡兔三窟相比，有過之而無不及。

小動物體積小，可以到處跳躍瞬移，但鬼界高速公路是鬼牌全團加速，喻柯的鬼牌接下來完全可以和小動物拚速度，減輕涅槃被小動物干擾的壓力。

——十九比十九！

山嵐的空襲牌突然出動，獵鷹連續爪擊，白鷺單體暴擊，世界上最小的鳥類「蜂鳥」密密麻麻地包圍過來，造成大範圍群攻，山嵐強行收掉涅槃三張牌，將雙方陣亡牌量再次追平！

現場觀眾都緊張地屏住了呼吸。

但是下一刻，牌差又被拉開。

因為謝明哲召喚出了封神系列仙族牌。

楊戩睜開了第三隻眼——英俊的天界戰神，睜開第三隻眼的瞬間，大範圍敵對目標群體僵直，無法做出任何動作持續三秒！

緊跟著，楊戩瞬移至裁決的後方，手持三尖兩刃刀，對五公尺範圍近戰目標進行多段金系暴擊，他養的萌寵哮天犬，也會跟隨主人的進攻節奏，撲倒被主人攻擊的目標，造成協戰傷害。

楊戩的暴擊非常可怕，被他繞後的裁決獸群簡直就是災難降臨。

天界戰神的攻擊力，在裁決獸群防禦為零的情況下，根本就擋不住……

裁決腹背受敵，不得不繼續召喚防守卡牌。

二十二比十九！

由謝明哲操作的楊戩輸出極為暴力，瞬間收掉對手三張牌，再次拉開牌差。

緊跟著，李靖、金吒、木吒、哪吒——封神連動牌同時出場。

只見李靖丟出手中的寶塔，連開兩個技能，寶塔鎮魔、寶塔除妖，先是寶塔陡然放大升到高空，對三十公尺大範圍造成三秒恐懼，緊跟著寶塔降落，將十平方公尺範圍內裁決獸群關進塔中，受到持續傷害。

金吒抛出法寶「七寶金蓮」，手中法寶變成三公尺高的巨大木柱，三個金色的鐵圈朝三個方向抛出，準確地套住了山嵐的三張飛禽牌。

飛禽被金色鐵圈拉回木柱上定住，每秒造成暴擊傷害持續五秒。

這「套圈圈」的技能，就像是小朋友用圈圈套禮物的遊戲，讓現場的不少觀眾驚叫出聲。

然而，更精彩的還在後面。

二弟木吒出現，用手中雌劍打出持續的普攻傷害，瞄準的正是被大哥拉回的三張飛禽牌。

哪吒最後才出場，只見一個神氣無比的少年，腳踩著風火輪，手持著火尖槍，身上綁著混天綾，他瞬移到大哥金吒的身旁，生出三頭六臂進入狂暴狀態，火尖槍持續攻擊被金色鐵圈捆綁的飛禽目標，並且給目標附加灼燒狀態，每秒損失百分之五血量。

這一家子同時出場，李靖控制、金吒拉飛禽、木吒和哪吒攻擊，瞬間收掉山嵐三張卡牌！

被綁在木柱上的卡牌動都沒法動，轉眼就被集火殺死。

二十五比十九！

裁決發現涅槃開始前後夾擊，攻擊太猛很難頂住，聶遠道只好以暴制暴，讓山嵐繼續召喚飛禽牌，配合李玖的小動物和聶遠道新召喚的猛獸正面拚一波。

涅槃防守牌較少，被裁決正面進攻強殺四張牌，雙方陣亡牌量變成了二十五比二十三！

然而下一刻，哪吒一家子突然開啟了連動。

哪吒鬧海！

在連動開啟的那一刻，現場觀眾也終於看清了四張牌的連動設定。

哪吒犯錯，不願牽連父母，在見到父親李靖後割肉剔骨，把肉身還給父親報答養育之恩，卻藉著蓮花脫胎換骨獲得新生——哪吒開啟連動後立刻陣亡，並且在腳下生出蓮花，自動重生且刷新全部技能。

李靖聽說小兒子犯錯，決定大義滅親，悲憤狀態的李靖刷新全部技能，並帶著玲瓏寶塔去捉拿哪吒，瞬移到哪吒面前。

金吒刷新七寶金蓮的法寶使用冷卻，準備去捉拿小弟。木吒跟隨父親、兄長去捉拿三弟，怕打不過，因此提升攻擊、暴擊百分之五十持續十秒。

觀眾們：「……」

所以這是父親、大哥、二哥，一起去捉拿小弟的故事？

連動開啟，一家四口的技能全部刷新。

謝明哲讓哪吒瞬移到裁決陣型側方，李靖連動後會瞬移到兒子身邊，父子配合一波控場，再加上金吒的套圈圈、木吒的雌雄劍，裁決又有三張牌慘遭哪吒殺害。

——二十八比二十三！

聶遠道：「……」

打過那麼多場比賽，今天真是有史以來最累的一場！

不但精神疲憊，而且還心累。

哪吒鬧海這套卡組真是太煩了，多段瞬移，父子聯合刷新技能，山嵐飛得老遠的百靈鳥、白鷺、飛雁，居然被金色的圈圈給強行拉回了木柱上，被哪吒一招秒殺，簡直不科學！

其實，比到現在，細心的職業選手也發現，裁決在不知不覺中陷入了被動，他們似乎在疲於追趕牌差。而涅槃卻穩穩地占據了主動權，只要對手快要把牌差給追上，涅槃就會召喚新卡牌，強行將牌差再次拉開。

在你追我趕的激烈對拚中，涅槃時刻關注著卡牌陣亡的總量，在對手快追上時，一波爆發拉開差距，這種打法讓裁決很難將牌差反超。

比賽進行到了最後的時刻。

牌差依舊只有三張，聶遠道決定發起猛攻，一口氣將牌差反超。

但就在這時，秦軒召喚出曹操。

——天下歸心。

強制吸收大範圍攻擊，並且將攻擊的一部分轉化為自身血量。吸血型嘲諷牌，對手攻擊越強，曹操吸的血就越多，加上治療卡的保護，有曹操在，隊友一時半會兒都死不掉。秦軒專門留下曹操，就是為了應對最後關頭裁決的一波爆發。

剛才在直播間吐槽涅槃用嘲諷牌太多的網友，全部閉上了嘴。

涅槃並不會毫無節制地胡亂用牌。

他們對整體的戰術胸有成竹。

用嘲諷牌開場，再用嘲諷牌完美地畫上句號。

——雙方陣亡牌量為三十五比三十二，涅槃勝！

直到大螢幕上彈出結果，裁決的粉絲們還是很不甘心，不少粉絲難過地流下眼淚，明明好幾次都差點把牌量反超，但最終還是沒能追上。

涅槃的粉絲只覺得心驚膽戰，這一場比賽，雙方派上場的卡牌數都超過了六十張，遠高於上一場和眾神殿的對決。

蘇洋感嘆道：「其實這一局，關鍵的節奏點是兩波，第一波是涅槃四人配合的完美反撲，小柯的公孫九娘開冥婚，瞬間隔絕了戰場，讓對手無法後撤也無法支援；陳霄、謝明哲的群攻牌相繼出場，孫二娘殺隊友做人肉包子，一波大節奏將陣亡牌數變成了十四比七。」

他配合回放畫面繼續分析：「第二波節奏，就是封神系列仙族牌的出場——土行孫、楊戩出其不意雙雙繞後，連收七張牌，哪吒一家連動的體系輸出也非常可怕。在裁決全面進攻的時候，涅槃立刻反擊，謝明哲的戰術決策非常果斷。如果當時他猶豫兩秒，裁決絕對可以將牌差瞬間反超！」

在陣亡牌數差了整整七張的情況下，裁決還能在中期追平差距，可見裁決的攻擊力有多凶悍，但謝明哲確實夠果斷。

看老聶猛撲，他用「速戰速決」和「以暴制暴」的策略強行繞後，殺裁決廢牌。土行孫、楊戩

的靈活高爆發，加上哪吒一家連動的強控和爆發，使裁決和涅槃兩支隊伍在比賽中期的關鍵時刻，陣亡牌量維持住了微妙的平衡。

裁決追了上來，卻無法超越。

最終，秦軒用曹操頂住裁決的反撲，涅槃有驚無險地獲得勝利。

吳月激動得聲音都在發抖：「這一場比賽雙方對拚太激烈，尤其是中期卡牌陣亡數一直非常膠著，十六比十六、十九比十九、二十八比二十八，最後確定為三十五比三十二——兩邊都打得特別精彩，只能說涅槃的戰術更加巧妙，關鍵時刻的幾次布局，讓他們最終獲得了決勝局的勝利！」

劉琛不知道該怎麼點評。當了這麼多年解說，他第一次覺得腦海中貧乏的詞彙不足以形容謝明哲今天在決勝局的表現。十九歲的少年，戰術布局的機智、抓機會時的細心、反打時的果斷——謝明哲掌控著全域的節奏，並且成功帶領隊伍走向了勝利。

能在裁決如此猛烈的攻勢下獲勝，涅槃在經過這一場大賽後，確實有了冠軍之相，也有資格進入本賽季的總決賽。

劉琛思考片刻，覺得自己誇太過分的話有吹彩虹屁的嫌疑，只好故作淡定地道：「讓我們恭喜涅槃以B組第一名的身分，進入第十一賽季團賽項目的最終決賽！」

直播間內刷了滿屏的驚嘆聲，涅槃進決賽的消息很快傳遍了全網。

只不過，比賽結束後，在討論區內漸漸地出現了不少吐槽。

「雖然涅槃贏了，但不能掩飾他們卡組的變態！」

「上一場是大型卡牌約會戀愛現場，虐待我們單身狗，這一場是大型家庭倫理劇，父親大哥二哥追殺小弟，一家子的關係混亂極了，我頭好暈！」

「還有孫二娘，從卡牌倫理學的角度來講，殺隊友，把隊友的屍體當肉餡做成包子，這是違背卡牌道德的做法，我們要堅決抵制！」

「上一場是音樂劇加戀愛偶像劇，今天變成了卡牌倫理劇嗎？」

「哲導，你什麼時候拍電影我一定捧場！」

唐牧洲看到直播間內的彈幕，哭笑不得。

哲導的戲還很多，粉絲們不要急。

能在總決賽和小師弟會師，唐牧洲的心情好極了。最終的決賽，涅槃VS.風華，他和阿哲為了鼓勵彼此做出的約定，居然真的能實現。

大舞臺上，謝明哲、陳霄、喻柯和秦軒走過去和裁決的人友好地握手，緊跟著就並肩站在一起，同時朝著觀眾們深深鞠躬。

現場響起了震耳欲聾的掌聲。

涅槃的不少粉絲激動得掉下眼淚，將各種各樣的應援海報高高地舉過了頭頂。

從常規賽的小組第四，到季後賽的小組第一。

涅槃用了很長的時間成長。

雙人賽，謝明哲和陳霄這對強勢搭檔故意拆夥，就是為了帶小柯、秦軒儘快熟悉比賽的節奏，提升自己的水準和意識——他們都遺憾地沒能打進四強，但他們從不言悔。

個人賽，謝明哲頂著巨大的輿論壓力公然棄權，成為職業聯盟史上個人賽棄權的第一人。他被無數網友罵得狗血淋頭，卻從不反駁——因為當時的他，正在爭分奪秒地製作卡牌，為涅槃的團賽做好最充分的準備。

今天，事實證明，這一切都是值得的。

涅槃從小組墊底到小組第一，成功完成了逆襲。

他們這個團隊，已經成長得堅不可摧。

四位選手以實際行動告訴粉絲們——我們四人沒有辜負大家的期待，我們打進了第十一賽季的

團戰總決賽！

次日早餐後，陳千林就組織大家來到會議室進行賽前分析。

風華的唐牧洲、徐長風、甄蔓和沈安各個都是高手，針對風華，必須從地圖、卡組入手。風華的戰術五花八門，最常用的是「冷卻流」，操控多張減全團冷卻時間的卡牌，使風華卡牌的大招冷卻時間加快，在短期內放出更多的技能來建立優勢。

第二種是「終極控場流」，以多肉卡組為主，一個接一個的團控會讓對手煩不勝煩。

第三種是「藤蔓捆綁流」，利用藤蔓捆綁的特色，定身、麻痹對手的關鍵牌，迅速擊殺，並且將對手的陣型徹底打亂；還有「花卉風箏流」和「花卉疊毒流」，主要靠花卉牌遠距離攻擊的優勢卡住對手的位置進行消耗戰。此外還有以沈安水果樹為核心的「暴力一波群攻流」，以及以甄蔓蛇牌為核心、其他三人輔助的「暗殺流」打法。

放眼整個職業聯盟，戰術最豐富的戰隊非風華莫屬。

但是，如今的涅槃，論戰術豐富程度，絕對可以和風華相媲美。而且涅槃的卡牌設計非常新穎，雙方在卡組上旗鼓相當，加上陳千林對徒弟的瞭解，涅槃作為一支新隊，對上風華這樣的強敵，也是很有希望的。

陳千林提議道：「唐牧洲對我們自己研製的地圖瞭若指掌，所以，總決賽我的想法是主場不用涅槃的地圖，用其他俱樂部的地圖，打他一個出其不意。」

陳霄聽到這裡不由問道：「上次打裁決我們就用了這一招，再用的話會有效嗎？唐牧洲肯定會防著這一點吧？」

陳千林回道：「用其他俱樂部的地圖，可選擇的地圖會非常多，他即便有所防備，也猜不到我們會用哪一張。」

陳霄贊同：「也是。」

謝明哲也是這個想法，以前的比賽他總是留暗牌坑人，但是唐牧洲對他極為瞭解，加上此時涅槃的卡池已經全部公示，用暗牌坑別人還行，坑師兄——那只會挖坑把自己給埋了。

除了暗牌模式，涅槃還準備了無盡模式的卡組。在兩週的時間內，他們必須做好最充分的戰術準備，來迎戰本賽季最後的、也是最強的一位對手。

時間過得極快，轉眼間兩週過去。

十一月十三日晚上，謝明哲和隊友們訓練結束後便抱著光腦躺在床上，明天就要跟師兄對決，他心裡有些期待又有些緊張，輾轉反側沒法入睡。畢竟在他心裡，師兄真的很強，創下了不少難以超越的神話，而且自己的基礎還是師兄教的。

他對唐牧洲很是敬佩，跟自己敬佩的師兄打比賽，說不緊張那是不可能的。結果這時候，唐牧洲突然發了條文字訊息過來：準備得怎麼樣？又有驚喜要給師兄？

謝明哲玩笑地回覆：刺探軍情，你以為我會透露嗎？

唐牧洲改用語音回覆：「明天就打完全部比賽了，等頒獎禮結束，我帶你出去玩兒。上次去海邊人太多玩得不夠盡興，這次我們單獨出去，有沒有想去的地方？」

這話題轉得太快，聽著耳邊低沉溫柔的聲音，謝明哲的嘴角忍不住揚了起來，「比賽之前討論去哪裡旅行，你還真有閒情逸致。」

唐牧洲輕笑道：「不然呢？跟你討論明天選什麼地圖？」

謝明哲嚴肅道：「我們會選『三分天下』打分割戰，優先打沈安，你信嗎？」

唐牧洲：「一個字都不信。」

謝明哲哈哈一笑，「好吧，還是說旅行不傷感情。上次已經看過海，這回去爬山怎麼樣？天天坐在轉椅上打遊戲，腰痠背痛的，爬爬山也可以順便活動筋骨。」

唐牧洲：「好，我來安排。」

其實謝明哲也沒特別想去的地方，只要和師兄一起，去哪兒都無所謂。

比賽前夕確實沒什麼好聊的，兩人針對旅遊的問題聊了半個小時，互相說了聲明天加油，這才各自睡下。

粉絲們估計做夢都想不到，明天就要打決賽的兩個人居然在商量著去哪裡爬山？

你倆之間，能不能稍微有點對手該有的火、藥、味？

週六晚上，比賽正式開始。

後臺的觀戰區比開幕式還要壯觀。顯然大家都很期待這一場對決，紛紛跑來現場助陣。

山嵐看到謝明哲後，主動走過來道：「上一場比賽我把一百五十萬競猜幣投給涅槃，想用『猜誰誰輸』的詛咒毒死你，結果，你根本就是自帶劇毒，我的詛咒完全失去了效果。」

「嵐嵐你才知道？」謝明哲不客氣地笑道：「網上都在說『謝明哲有毒』，我是百毒不侵，你的詛咒沒用。」

山嵐無奈地看他一眼，「總決賽我繼續把競猜幣投給你，看你是不是真的百毒不侵。」

謝明哲迅速算了算，道：「沒錯的話，你上次猜對賠率翻了一點五倍，你現在手裡應該有兩百二十五萬競猜幣吧？全部投給涅槃，你也不怕賠得連底褲都不剩嗎？」

山嵐笑咪咪地說：「賠掉也沒關係，師父又幫我要了兩百萬。」

謝明哲豎起大拇指，「聶神真是寵你寵上天了。」

山嵐的臉微微一紅，解釋道：「不是你想的那樣。」

謝明哲一臉莫名，「我想的哪樣？」

正好這時聶遠道從遠處走過來，問：「聊什麼呢？」

謝明哲迎上他的目光，坦率地道：「小嵐說要把競猜幣全部投給涅槃，看能不能奶死我。聶神要不要賽前預測一下？您覺得小嵐這次是賠還是賺？」

聶遠道擺了擺手，「我不想說，免得提前猜中了，你們打比賽會沒意思。」

唐牧洲的聲音在耳邊響起，「謝謝聶神嘴下留情。」

眼看比賽快開始，唐牧洲看向謝明哲道：「快準備吧，我等著你的驚喜。」

謝明哲朝師兄笑了笑，比了個加油的手勢，趕忙跑到隊伍當中，和陳霄、喻柯、秦軒一起走向大舞臺。

直播間內，吳月清了清嗓子，朗聲道：「第十一賽季的團賽專案總決賽即將開始，歡迎大家來到現場共同見證這激動人心的時刻。相信關注職業聯賽的觀眾們都知道，進入總決賽的隊伍是涅槃與風華，又是一場師門內戰！」

蘇洋笑著說：「不管誰輸誰贏，陳千林已經成了十一賽季的最大贏家。」

觀眾們仔細一想，還真是。

大徒弟拿冠軍證明他當初有眼光，小徒弟拿冠軍證明他指導有方。

直播間內開始瘋狂吐槽。

「林神這是深藏不露啊！」

「大徒弟和小徒弟在總決賽勝利會師，林神果然人生贏家。」

「蘇洋大神的四個徒弟也很牛，流霜城團賽兩屆冠軍，方雨和喬溪雙人賽年年四強！」

「老鄭的徒弟小歸也超厲害，鬼牌畫風我喜歡。」

「每次提到徒弟，凌驚堂都很心酸。」

「可憐的凌神！」

「沒有徒弟的凌神！」

「孤家寡人凌神！」

在後臺觀戰的凌驚堂很無語。

——媽的，關我什麼事?風華打涅槃，你們把我拉出來嘲諷什麼！

看到彈幕的鄭峰，拍拍老朋友的肩膀，同情道：「唉，沒徒弟真慘。」

凌驚堂笑罵：「你滾。我已經找到了一個特別可愛的小徒弟，下賽季出來嚇死你們！」

「喔？」鄭峰很意外，「周星辰嗎？」

「不是。」凌驚堂微微一笑，臉上浮起一絲驕傲，「你們都沒見過，是公會在遊戲裡發掘的新人。小傢伙才十六歲，銳氣十足，反應極快，打法風格特別適合繼承我的兵器牌，只要我好好指導，明年他肯定能給你們驚喜。」

凌驚堂經常一本正經胡說八道，但是這次，鄭峰從他的眼神中看出他並沒有說謊——眾神殿真的從遊戲裡發掘了一個天才，而凌驚堂也終於在退役之前等到了他真正的傳人。

鄭峰為老朋友感到高興，放在他肩膀上的手輕輕按了按，道：「改天等你小徒弟練得差不多了，讓他和我們家小歸打幾場，切磋切磋。」

凌驚堂爽快道：「你主動送過來當陪練，我沒有拒絕的理由。」

兩人討論到這裡，大螢幕中正好亮起比賽開始的信號，謝明哲和唐牧洲一起抽籤，謝明哲抽到後手，唐牧洲是先手。

兩人的話題立刻變了，鄭峰道：「你覺得小唐會選什麼地圖？」

凌驚堂推測，「魔鏡森林？叢林深處？這些地圖都很難打。」

話音剛落，唐牧洲就選定了地圖。

全場觀眾驚訝地張大了嘴巴——荒原石陣。

居然是來自鬼獄俱樂部的石陣圖！

老鄭看到這張圖，興奮地坐直了身體，「選了我做的地圖！」

——荒原石陣的製作者正是土系鼻祖鄭峰，出現於第一賽季。

在遼闊的荒原上，有一大片排列雜亂的石林，石林中矗立著數不清的石柱，卡牌必須在石林之間進行穿梭戰鬥，哪怕是神族牌、飛行牌，也不能到石陣的上方俯視整個地圖——因為每一根石柱都是高聳入雲，根本看不到頂端。

荒原石陣被歸類到「障礙圖」，但這張地圖最難打的地方，並不是石柱會對選手的視野造成極大的障礙，而是所有的石柱都可以被擊倒。

也就是說，這張場景的建築可以被摧毀。

石柱倒下後，如果正好有卡牌在附近被巨石給壓住，被石塊埋起來的卡牌會沒法脫身，沒法釋放任何技能，每秒掉血百分之三十五，三秒後必死。

比起空戰絕殺圖的瞬間秒殺來說，這張地圖不過是把「絕殺」變成了「慢性死亡」。

老鄭做出「荒原石陣」地圖後，在第二到第六賽季使用的頻率比較高，後來歸思睿出道，鬼牌的加入讓鬼獄的風格從防守戰轉向暗殺戰。漸漸的，這張地圖就很少拿出來了。最近幾年，這張地圖也幾乎被鬼獄俱樂部給冷藏起來。

沒想到，唐牧洲今天居然選出了這張冷門的地圖。

螢幕中正在進行三百六十度全景播放，看到地圖中石柱轟然倒塌的畫面，謝明哲只覺得頭皮發麻——師兄真是一上來就給了他一個巨大的驚喜。

在之前兩週的準備中，涅槃搭配出了兩套客場作戰的卡組，但不大適用於石陣圖。謝明哲仔細考慮過後，朝大家道：「這局我們不能團隊作戰，必須分頭行動。團隊作戰的話，大量卡牌擠在一起，被石柱壓到就完了，全面打游擊才有希望。」

陳霄贊同點頭，「有道理，阿哲你說怎麼調整，大家跟上。」

謝明哲道：「四人游擊戰，減少配合，自己照顧自己。陳哥迅速遊走回報對方關鍵牌位置，我和小柯負責擊殺，秦軒負責吸引對方火力到我們三個的包圍圈……」

時間有限，謝明哲語速飛快，並且在地圖上迅速找到了幾個包圍點。

游擊戰散開打游擊，再從外形成一個包圍圈，慢慢蠶食對手的卡牌，這是謝明哲能想到的唯一勝算。

觀戰區，凌驚堂看到這裡忍不住道：「這張圖非常難打，你覺得涅槃有戲嗎？」

「很難。」老鄭輕嘆口氣，說：「唐牧洲肯定做好了充分的準備，而且在這張地圖上練習過很多次，涅槃在新地圖上的配合不如風華那麼有默契。再說，這張地圖打法有兩種，謝明哲能不能在短時間內掌握到關鍵，很考驗他的意識。」

凌驚堂道：「你說的兩種打法，是絕殺打法和游擊戰法？」

鄭峰笑：「沒想到你記得這麼清楚。」

凌驚堂送給他一個白眼，淡淡地道：「我當然記得清楚。第三賽季的總決賽，我們眾神殿就是被你在荒原石陣用絕殺打法給轟死的！」

——絕殺打法：充分利用石陣地圖的特點，攻擊周圍的建築物，讓倒塌的石柱壓死對方的卡牌，壓死的卡牌越多就越容易獲勝。

——游擊戰法：全團分開打游擊，靠靈活的卡牌快速走位，在石陣中繞路，暗殺對手關鍵牌，慢慢累積卡牌上的優勢。

凌驚堂所說的這兩種打法，謝明哲選擇了後者為主、前者為輔的戰略。涅槃的四人在這張圖上很難達成有默契的配合，那怎麼辦？

減少配合，自然會減少失誤。

游擊戰，就是涅槃打這張圖的最合適的戰術。

三十秒倒數計時結束後，雙方開始公布卡組。

唐牧洲和徐長風帶出大量花卉牌，花卉牌遠程攻擊力強，移動速度快，還有中毒、幻覺等多種控制效果；沈安帶的水果樹，帶了單攻能力強的紅棗樹、檸檬樹、椰子樹和榴槤樹，甄蔓的蛇牌移動靈活，在這張地圖上當然也會有很好的發揮。

涅槃這邊帶的卡組有些奇怪，小柯依舊是位移靈活的單攻鬼牌加孟婆輔助，陳霄的植物牌各個帶吸血能力，謝明哲帶了幾張單攻人物牌，秦軒帶了幾張單體保護類輔助卡。

蘇洋分析道：「單攻牌在多障礙的地圖比較好打，因為視野的影響，群攻牌的大招放出去不一定能打得到對手。兩邊都是以單攻牌為主，只是風華這邊帶了不少中毒效果的花卉……是要用中毒拖死對手嗎？」

劉琛道：「有個這可能。荒原石陣地圖就像是無數石柱組成的迷宮，遇見之後給對方的卡牌疊毒，然後迅速位移從對方視野消失，靠中毒疊加拖死對手也是一種游擊戰的打法。陳霄的植物牌帶吸血、出血效果，也是一個道理。」

唐牧洲放出的卡組，看上去很像中毒流打法，如蘇洋所說的那樣，相遇之後疊五層毒，然後走位放風箏，讓對手的卡牌被中毒拖死。可是，唐牧洲的計畫真的只有這麼簡單嗎？以陳千林對大徒弟的瞭解，這個徒弟心眼壞得很，才不會對阿哲如此客氣。

唐牧洲到底在打什麼主意？

謝明哲其實也很懷疑，但卡組公布後只有三十秒的倒數計時，思考時間有限，謝明哲只好深吸

口氣保持著冷靜，道：「比賽開始後迅速散開，別被對手包圍，隨機應變！」

荒原石陣是一張不適合四對四團戰的地圖。

石柱太過密集，有些石柱之間的狹窄通道，只允許一到兩張卡牌通過，想要大量卡牌站在一起放群攻是不可能的，而游擊戰不但考驗指揮的大局觀，還很考驗每個選手的個人技巧。

三分天下，是把戰場分成三份。

而荒原石陣，則是把整個團隊徹底打散。

唐牧洲今天選這個地圖，大家真的是一頭霧水。明明正面團戰優勢會很大，為什麼反倒把雙方的團隊都打散了呢？這一點，大概只有唐牧洲自己才能解釋。

隨著倒數計時結束，地圖載入，比賽正式開始！

謝明哲在這一局帶上了兩張出人意料的功能牌，全部放在暗牌當中——第一張是石秀，第一技能「探路」可以曝光陷阱和對手隱身目標，第二技能「臥底」可以隱身潛伏到敵對陣營，並獲得對方的視野；第二張卡牌是神行太保戴宗，範圍加速百分之五百。

涅槃以前總是在關鍵時刻召喚暗牌，殺對手個猝不及防。這次謝明哲居然一開局就召喚出兩張暗牌，讓蘇洋大為意外，道：「謝明哲帶了兩張功能牌，石秀和戴宗的作用一個是偵查，一個是加速……看來他這局是要打靈活游擊戰了。」

吳月道：「涅槃的四人徹底散開了，陳霄走東，小柯走西，秦軒走向正北，謝明哲則是從外圍繞大圈，這陣型就像是一把徹底散開的扇子！」

扇形走位，平時的訓練中沒少做。隊友看上去散開成扇形，卻保持著能夠互相照應的距離，秦軒的輔助牌在最中線上，誰的卡牌需要治療他也可以迅速反應。

風華也同樣散開，而且從上帝視角俯視可以發現，陳霄即將對上徐長風，喻柯即將對上甄蔓的蛇牌，秦軒會對上正面過來的唐牧洲、沈安師徒。

唐沈兩人並沒有分開，而是保持五公尺左右的距離一起朝正南方向走，距離秦軒越來越近。謝明哲一個人在外圍繞大圈，走的都是視野死角。

由於石秀、戴宗開局就召喚出來，在戴宗的範圍加速下，他的卡牌獲得了短暫飛一般的速度，而石秀開啟臥底技能迅速潛伏到石陣的中間，只要對方卡牌現身，他就可以獲得對方卡牌的視野。

很快，隱身的石秀就看到了唐牧洲、沈安的卡牌來到石陣中間。

謝明哲立刻提醒道：「唐沈兩人一組，陳哥和小柯只會遇到單人，遇見了直接開打。秦軒在中間頂住壓力，等我繞後包夾。」

他這段話說得非常冷靜。雖然他沒有上帝視角，但有石秀的存在，給了他一定的上帝視角判斷——視野，才是障礙圖的關鍵。

此時，地圖西邊，甄蔓的竹葉青小蛇走過一個轉角，突然和一身白衣、長髮飄飄的聶小倩相遇。

蘇洋忍不住吐槽，「真是轉角遇到鬼！」

觀眾席一陣哄笑。

喻柯呆了一秒，立刻發起進攻，甄蔓也毫不客氣，召喚蛇群包圍過來。

而東邊，陳霄和徐長風在經過彎彎繞繞的石柱後，正面相遇。

雙方幾乎是毫不猶豫展開一場激戰。

陳霄VS.徐長風，暗黑植物對戰毒攻花卉。

這一局陳霄帶的植物牌「黑接骨木」具有染色疊加出血的效果，「血薔薇」也具有疊加出血的功能，兩張卡牌配合之下，出血效果一下子就疊到了五層。

陳霄操作極快，但徐長風也不是吃素的，反手一招曇花的幻覺，三十公尺範圍幻覺控場，讓陳

霄暫時失去視野，他迅速繞過一塊石柱，從側翼拋出花瓣——毒素疊加轉眼也疊到五層！

一邊是出血，一邊是劇毒，雙方卡牌都在迅速掉血。

而幻覺控制結束後，陳霄恢復視野，他看不到徐長風的卡牌，同樣徐長風也看不到他。

兩人在石陣迷宮快速走位，上帝視角的觀眾們看見他倆正隔著巨石背靠背，都為他們捏了把汗。下一刻，雙方同時轉身——驀然回首，對手居然就在我身後？兩人顯然都愣了一下。

但陳霄反應極快，吸血藤轉眼間就爬過來，單攻牌緊隨其上，迅速集火強殺掉徐長風帶有劇毒的虎刺梅。徐長風不甘落後，直接毒爆加單體爆發殺掉陳霄的美人蕉。

看到大螢幕上雙方剩餘牌量變成十九比十九，謝明哲知道這麼快解決掉對方，肯定是陳哥開了爆發。果然，語音頻道也傳來陳霄的聲音：「徐長風陣亡一張卡牌，我跟他在單挑。」

小柯也在旁邊報數，「蔓姐帶了五張蛇牌，我正面打不過，但能跟她周旋一陣。」

謝明哲想了想，道：「陳哥速戰速決，殺掉三張牌以後就來中間幫秦軒。小柯儘量拖住，別讓蔓姐支援中路。」

喻柯乾脆道：「沒問題！」

【第十三章】

是的，我們已經輸了

東、西方向同時展開單挑戰。

陳霄的暗黑植物爆發能力確實比徐長風的花卉慢慢疊毒要強，他以極快的速度殺掉了徐長風的三張卡，然後讓自己剩餘的卡牌從石陣中斜插過來找秦軒。

此時，秦軒正面臨唐牧洲、沈安師徒的圍攻。

秦軒也夠皮厚，帶了幾張治療牌互相加血，雖然被打殘但一時也死不掉，見陳哥過來，他立即清除了陳霄植物牌身上的中毒狀態，並且開了個群體治療大招，把陳哥植物牌的血量回上來。

此時，風華陣亡四張卡牌、涅槃陣亡五張，雙方牌量十六比十五。

但是下一刻，雙方牌量就變成了十四比十五——風華共陣亡六張牌，涅槃反超一張。

蘇洋激動地道：「謝明哲在抄對方後路！」

謝明哲開局靠戴宗的加速，操控人物牌繞大圈，從石陣迷宮的最周邊走死角路線，依靠石秀的視野優勢，一路繞過去，直接包抄到徐長風的後方，殺了徐長風一個措手不及！

陳霄忍不住喊道：「漂亮！」

秦軒這邊被唐、沈師徒集火，有些頂不住，所以謝明哲讓陳霄去支援。徐長風跟陳霄本來在正面對打，打了一半陳霄跑路，徐長風自然要追。而他一旦追擊，就會暴露在謝明哲利用石秀布好的視野位置。

謝明哲本就繞到了附近，這樣一來他便能清楚看到徐長風的卡牌位置。他用石柱做掩護，快速走位，靈活的燕青瞬移過去，簫聲響起，浪子回頭直接秒了徐長風兩張殘血牌。

徐長風差點罵娘，「我去，你這小師弟神出鬼沒啊！」他都沒看到謝明哲在哪裡，就被對方出其不意地秒殺，徐長風很不甘心，但也沒辦法。

唐牧洲淡定地道：「報他位置。」

徐長風立刻報了座標。

唐牧洲留下一張攻擊牌配合沈安，自己則操控四張植物牌迅速從側面殺過來。

謝明哲本來想繼續繞去後方，跟小柯合力擊殺甄蔓的蛇牌，結果剛繞過一個石柱……

蘇洋：「哈哈哈，轉角遇到愛啊！」

甄蔓遇到小柯，是轉角遇到鬼。謝明哲遇到唐牧洲，蘇洋就說是轉角遇到愛，觀眾們都覺得前輩你這也太差別待遇了吧？蘇洋沒想到他這句話居然說出了真相——確實是轉角遇到愛。

謝明哲想偷襲，結果迎面撞上師兄，這就尷尬了。

繞過石柱的那一刻，看見師兄漂亮的鳶尾花，謝明哲愣了一下，立即撤退。

跟唐牧洲拚正面？開玩笑！這是團戰，他還要照顧隊友，可不能被師兄給拖住。

見小師弟腳底抹油迅速開溜，唐牧洲自然不會放過他，果斷追了上來。

然而，謝明哲有戴宗的團隊加速，這時候戴宗作為加速功能牌的優勢就顯現出來了——唐牧洲根本追不上加速跑的小師弟，追了幾步便失去了視野。

眼看甩掉師兄，謝明哲心中竊喜，迅速繞路到大後方和喻柯匯合。兩個人前後夾擊，喻柯被甄蔓蛇牌壓制的局面瞬間逆轉。甄蔓本來想一換二，犧牲竹葉青殺小柯的兩張鬼牌，原本局面大優，結果謝明哲一加入，她的蛇牌立刻潰不成軍，連死四張！

但甄蔓也是一位非常果決的女選手，蛇牌團滅之前，強行帶走了謝明哲的加速牌戴宗。

——十比十二！

在謝明哲和小柯殺掉甄蔓四張卡牌的這段時間裡，地圖中心位置的沈安水果樹一番轟炸，也解決掉了秦軒的兩張輔助牌。此時風華剩餘十張牌，涅槃剩餘十二牌，涅槃在牌量上多出兩張，風華這邊，徐長風和甄蔓的牌全部陣亡。

涅槃看上去占據了絕對的優勢。

下一刻，謝明哲召喚出第三張暗牌——楊戩。

楊戩在這張地圖上，不但戰力很強，更關鍵的還是他的第三技能「劈山救母」可以劈開一切地形障礙。正好這張地圖有大量的石柱，只要對手有大量卡牌集中在一起，楊戩劈開石柱，石柱轟然倒塌，就可以將對方的卡牌活活壓死，打一波小團滅。

充分利用地形，這是謝明哲身為指揮的第一反應。

游擊戰是本場比賽的基礎，但誰說關鍵時刻就不能來一次地圖絕殺？

謝明哲在指揮頻道冷靜地說：「倒數計時三秒，準備散！」

楊戩出場，只見他掄起手中巨大的劈山斧，一招「劈山救母」直接劈斷了中心位置最大的一根石柱，觀眾們聽到耳邊傳來「轟」的一聲巨響——擎天石柱陡然倒塌，無數巨大的碎石塊從空中落下，中心位置的卡牌瞬間被碎石給掩埋，只要三秒就會全部陣亡！

陳霄、秦軒提前接到謝明哲的命令讓卡牌散開，如果沈安和唐牧洲留在中間的卡牌被壓死，那這局涅槃就穩贏了。

然而……三秒倒數計時結束，螢幕中的卡牌剩餘數量從十比十二，變成了十比十一。

風華一張牌都沒死，反倒是涅槃死了一張？

什麼情況？觀眾們集體懵逼。

蘇洋也懵了，摸摸鼻子道：「我們還是看重播吧！」

導播很貼心地重播了剛才的那一幕——楊戩出場，劈山救母，在巨斧劈斷石柱的那一刻，風華還有五張牌留在石陣中心，分別是沈安的四張水果樹和唐牧洲的一張攻擊花卉。

但就在石柱倒下的前零點三秒，風華留在石陣中心的卡牌，突然全部消失不見！

蘇洋立刻道：「用上帝視角看看風華的卡牌在哪裡！」

切換上帝視角俯瞰整個石陣，觀眾們震驚地發現，風華的所有卡牌，居然反過來繞到謝明哲和喻柯卡牌的側後方，就隔著一根石柱。

石柱倒塌後，巨石塊會將倒塌方向的十平方公尺區域全部淹沒，因此，謝明哲看不清風華有多少卡牌被壓在了碎石下面。

但是，螢幕中的卡牌數變成十比十一的那一刻他就知道不對勁——風華沒有任何卡牌被壓死？涅槃被壓死的那張牌，是放在中間偵查視野來不及撤退的石秀！

這說明了什麼？

說明唐牧洲猜到他要用楊戩劈斷石柱，埋掉中心位置的卡牌，提前預判並提前撤退了！

風華是怎麼撤的？

——園藝師！

謝明哲猜到這張牌，脊背頓時湧起一陣寒意，他立刻說道：「小柯，快散！」

然而已經來不及了。

耳邊傳來「轟」的一聲巨響，謝明哲和小柯卡牌所在的區域，一根石柱轟然倒塌，落石如同暴雨一般砸下來，將兩人的卡牌全部淹沒。

唐牧洲在被謝明哲埋掉之前，一波預判傳送，反向繞後埋了謝明哲。

這樣出人意料的反轉，讓現場觀眾都沒回過神來。

本來，看見楊戩劈開石柱埋掉風華的卡牌，涅槃的粉絲準備鼓掌。結果等了三秒，螢幕上卡牌比數是十比十一，涅槃粉絲舉起的手僵硬地停在空中。而風華的粉絲根本沒想到唐神會這樣反殺，也沒準備鼓掌，於是雙方粉絲都呆呆地坐著。

後臺觀戰區，鄭峰笑得上氣不接下氣，「看師兄弟你坑我、我坑你，真是太有意思了，千林你帶出來的都是些什麼徒弟！」

陳千林：「……」

由於唐牧洲出人意料的一波反殺，雙方拉開的牌差太大，涅槃無法追回差距，風華先拿下

一局。謝明哲看到螢幕中彈出的失敗，無奈地摘下了頭盔。

師兄這也太壞了吧？

這是猜到他要派出石秀和楊戩，反而利用了石秀的視野？

觀眾們或許看不大懂，但蘇洋前輩卻立刻看明白了，笑道：「這一局，其實是唐牧洲給涅槃挖了個大坑，他猜到小師弟要用石秀偵查視野，出其不意地打斷巨石埋掉他們，所以，他故意漏了一個破綻，讓謝明哲以為自己抓到了機會。他去追謝明哲也是故意給阿哲造成這種錯覺。事實上，他追不上謝明哲不僅是因為謝明哲開了加速，而是因為唐牧洲追殺小師弟只是表象，真正的目的是趁機讓自己的卡牌反向繞後，布置園藝師的傳送，同時側面攻擊石柱，準備埋掉喻柯的鬼牌。」

「沈安的水果樹是假象弱點，甄蔓被前後包抄，才是風華的誘餌。唐牧洲的戰術布局真的太壞了！」蘇洋最後得出了結論。

陳千林也是這麼認為的。簡單來說，謝明哲想埋掉師兄，結果師兄一波傳送繞後，反埋了謝明哲。唐牧洲這個戰術布局，前提是謝明哲會派出石秀偵查，並利用楊戩摧毀石柱——而想到這一切的謝明哲，對這張地圖一定是有清晰的理解。

作為師兄，唐牧洲相信阿哲能在最短的時間內想到關鍵的應對牌和勝率最高的戰術，然後針對謝明哲的這種戰術，再進行戰術布局。

如果謝明哲反應不夠快，想不到這些牌，唐牧洲的布局反倒會失去效果。

事實上，謝明哲確實做出了最好的應對策略。

他沒想到的只是師兄給他設了這麼大的一個圈套——功虧一簣，棋差一招！

唐牧洲對謝明哲太過瞭解。換成一般人，哪有「我利用你想到的戰術來對付你」的道理？萬一對手掉鏈子，一時半刻沒想到，豈不是自己的布局全部都沒用了？

——確定阿哲不會掉鏈子，唐牧洲對小師弟真是信心十足。

雙方粉絲懵逼了很久，直到大螢幕上彈出一比零的比分，現場才響起掌聲。

直播間內的畫風突然變了。

「看師兄弟互坑，我為啥這麼激動呢？」

「作為阿哲死忠粉，看他被師兄埋掉我一點都不難過，因為我相信阿哲肯定會坑回去！」

「阿哲打得不錯，就是沒想到唐神會這麼壞……簡直壞透了。」

「他們師門還有好人嗎？」

「小安是好人！」

「對了，我們單純善良的沈小安，絕對不能被師祖、師父、師叔給污染。」

沈安連續打了好幾個噴嚏，疑惑地揉揉鼻子。唐牧洲看了眼徒弟茫然的表情，微笑著道：「打得很好，第二局繼續保持。」

沈安用力點頭，「知道了師父。」

他不懂什麼高深的戰術，他只知道，師父讓他幹什麼他就幹什麼。

導播正好把鏡頭切到大舞臺上。涅槃雖然輸掉了第一局比賽，但四位選手臉上的表情並沒有明顯的沮喪，尤其是謝明哲，反而面帶笑意，很開心的樣子。畢竟這一局輸得很意外，不是涅槃打得不好，而是風華太坑人，所以沒什麼好難過的。

蘇洋欣慰地道：「第一局其實阿哲打得已經很好了，只能說唐牧洲的主場布局安排得更細緻。輸了也沒什麼大不了。我相信，第二局的涅槃主場，肯定也會有亮眼的發揮！」

在舞臺下觀戰的陳千林本想叫暫停，可看見阿哲他們狀態都還好，他又坐了回去。

第二局，主動權在涅槃手裡，應該能拿下。陳千林對大家很有信心。

雙方都沒叫暫停，第二局比賽很快地開始。

由涅槃主場選地圖。

謝明哲在地圖框彈出來的那一瞬間，立刻提交了選圖——荒漠遺跡。也是來自鬼獄的地圖，背景、色調和荒原石陣非常相似，沒想到謝明哲在選圖上和唐牧洲如此心有靈犀，全選了鬼獄的早期地圖。

「今天，這對師兄弟對我們鬼獄很是青睞嘛！」鄭峰笑著摸下巴，「都選我做的土系地圖，真是讓我受寵若驚。」

「荒漠遺跡打法也很複雜。」凌驚堂分析道：「涅槃這是要充分利用地圖中的掩體，打防守反擊戰，大概是他們覺得正面拚風華風險太大。」

「嗯，荒漠遺跡是非常經典的防守反擊戰地圖，這局涅槃的卡組中可能會出現諸葛亮、孫策、華佗、曹操這些防守能力極強的卡牌。至於風華那邊，對手想要打防守反擊，唐牧洲要麼上花卉強攻陣容直接把涅槃打崩，要麼也上防守陣容跟對手耗下去。不過，以唐牧洲的風格，我覺得他更傾向於用最強的進攻破掉對方的防守。」

鄭峰對卡組的分析頭頭是道，可怕的是，地圖播放結束、雙方公布卡組時，涅槃、風華的卡牌陣容，居然讓鄭峰猜對了百分之七十以上。

「不愧是戰術大師。」在旁邊聽到對話的聶遠道隨口讚了一句。

「哈哈，誰叫我對這張地圖太瞭解。」鄭峰笑咪咪地收下讚美，緊跟著問：「風華出的是花卉攻擊陣容，涅槃防守能力很強，老聶覺得誰贏面大？」

「不一定。」聶遠道不想猜，老是猜對也挺沒意思。

「小嵐競猜幣投的是誰？」鄭峰繼續問。

「這局我沒投。」山嵐很有禮貌地朝前輩微笑。

「你們師徒兩個真是學精了。」鄭峰本想套點話出來，結果聶嵐師徒很有默契地不想說，倒是凌驚堂插話道：「我看好風華。」

「喔？怎麼說？」

「唐牧洲狀態很好，風華的爆發涅槃不一定防得住。」凌驚堂頓了頓，補充道：「至於荒漠遺跡的地圖效果，雙方對這種地圖都很熟悉，不會傻到在出反傷的時候進攻，一旦涅槃被打開缺口，會很難翻盤。」

「嗯，你說的有道理。」鄭峰非要唱反調：「但我覺得涅槃更有希望，我看好涅槃。」

凌驚堂看他一眼，沒再說話。

比賽開始，觀戰區立刻安靜下來，大家都認真地看著大螢幕。

荒漠遺跡地圖載入。這張地圖的效果是每隔三十秒地圖上會出現一面土牆，土牆會反擊雙方朝向它攻擊的一切傷害。第二賽季鄭峰用這種「土牆反擊流」打法打得其他戰隊狼狽不堪，荒漠遺跡也成了第二賽季最受歡迎的地圖。後來，大家摸清這張圖的打法後，各大戰隊的指揮才學會了卡節奏的進攻方式。

涅槃選這張防守反擊地圖是陳千林的意思，他覺得風華的木系植物牌攻擊強，控制還特別多，尤其是多肉強控打法和藤蔓捆綁打法都很難破解，用這種反擊流的地圖可以極大地降低風華的殺傷力，並且中斷風華的節奏。

在風華連續被斷節奏的情況下，謝明哲更容易找到機會。

謝明哲就是一位非常擅長抓機會的指揮，主場圖，自然要把優勢擴大。

然而，理想很美滿，現實卻很殘酷。

唐牧洲對謝明哲的瞭解不但是師兄對師弟的瞭解，還有在長時間相處當中對阿哲風格、個性，甚至想法的瞭解。在某些方面，唐牧洲對謝明哲的瞭解，比師父陳千林還要深。

出奇制勝，是謝明哲指揮時的最大特色。擅長創造奇跡，是涅槃整個戰隊的風格。但是，擅長抓機會的前提是對手給你機會，防守反擊的前提是——你要守得住！

所以，唐牧洲面對師弟這套極難對付的防守陣容，直接上了簡單粗暴的攻擊陣。我就讓你守不住！

即死牌的出現極大地加快了比賽節奏，唐牧洲開局就直接用即死牌處理掉華佗。華佗的陣亡逼出了秦軒的復活，同時，謝明哲也用林黛玉秒殺了對方攻擊最強的花卉。

雙方開局，兩張即死牌一換一，打得很凶。

涅槃的防守能力真的強，秦軒帶了四張治療類卡牌和一張全團無敵的李紈，小柯帶了魏徵、杜麗娘的加血體系，以及秦廣王這張反傷牌，謝明哲帶了諸葛亮這張能隱身、控制、吸收傷害的人物卡，而陳霄帶的所有卡牌都有吸血功能。

難殺，太難殺！觀眾們看到這套卡組的直觀感受就是這個。

當然，防守達到極致的缺陷就是輸出不夠，所以謝明哲在暗牌中肯定會留一些暴力輸出。

雙方的卡牌數量差距一直咬得很緊，在華佗復活並交出了全部技能後，風華開始全力集火強殺兩張嘲諷牌，導致用掉的技能太多。在風華一波關鍵的進攻中，喻柯開出了秦廣王的孽鏡臺——群體反傷！

小柯這個反傷開得很巧妙，讓風華的攻擊全部被反彈回去。但唐牧洲居然硬吃了下來，甚至沒開加血。

沈安的水果亂射被謝明哲恰到好處的草船借箭攔下，又全部反彈回去！

連續兩個大範圍反彈，將風華的卡牌全部打殘。

這時候隔開雙方的場景土牆出現，打向土牆的技能會被反回來，但是，謝明哲召喚了土行孫。這張牌是荒漠遺跡的關鍵——他可以遁地，不受土牆的影響。

遁地過去的土行孫，揮出手中的棍子，一波爆發連殺風華三張殘血牌，觀眾席響起了熱烈的掌聲。謝明哲操控的土行孫氣勢洶洶地連殺三張牌，為涅槃打開局面！

土牆消失的那一瞬間，秦軒立刻開李紈的全團無敵，防止對面強控。

秦軒的意識很到位，風華果然放棄了控制，謝明哲再召林沖、燕青配合，瞬移過去再收掉三張牌，牌差一下子拉開了六張。

蘇洋讚道：「漂亮！涅槃這一局算是經典的節奏流反擊打法，對方進攻的時候，用各種反傷、吸收、嘲諷類技能頂住；等對方殘血了，立刻放輸出牌去收割。」

話音剛落，螢幕上就彈出擊殺提示。

——黑曼巴蛇擊殺了燕青。

蛇牌繞後，瞬間秒殺，是甄蔓動手了！

謝明哲看到提示的時候也覺得脊背一涼。他作為指揮要縱觀全域，但是他沒看到甄蔓是什麼時候放的蛇，因為風華這局輸出牌太多，師兄和徐長風的花卉一直在遠距離火力壓制，沈安的水果樹動不動就鋪天蓋地的撒下一串水果亂炸……

涅槃想要防守的點太多，不可能面面俱到。

因此，他漏掉了甄蔓！

蔓姐在風華並不是核心選手，但別忘了，這位在個人賽拿過亞軍的選手隨時都可以站出來當核心——風華從來都不是只有唐牧洲一位核心人物，而是四位選手都可以當核心。

甄蔓的蛇牌，是利用荒漠遺跡的複雜地形，從牆壁之下悄悄繞後的。

土牆出現的時候她沒有動，涅槃放出土行孫的時候她依舊在等機會，直到謝明哲召喚燕青，瞬移過去連收三牌又瞬移回大後方的時候，她的蛇牌突然出動，猝不及防瞬秒殺燕青！

如果甄蔓是一位獵人，那她真是非常優秀的獵人。

——懂得忍耐，也懂得在最恰當的時機抓住最關鍵的獵物。

唐牧洲的策略很冷靜，「正面重火力壓制，讓對方沒法分心，蔓蔓繞後秒殺他們輸出主力。他們這個陣容防守很強，但關鍵的幾張輸出牌一死，不攻自破。」

蛇牌的繞後確實讓謝明哲防不勝防。

但他反應極快，強開諸葛亮的隱身讓己方卡牌全部散開。甄蔓畢竟大賽經驗豐富，同樣可以多線操控，靈活的小蛇在她的操作下很快地也跟著散開，利用荒漠遺跡大量的殘垣斷壁掩蓋住自己的身形。

第二波土牆反擊的節奏點，風華正面進攻的卡組突然往三個方向散開。沈安繼續用水果樹正面壓制以吸引對方的注意力；唐牧洲和徐長風，配合甄蔓進行三路遊走。這三位操控能力極高的選手在「荒漠遺跡」這種擁有大量土牆的地形遊走，即便他們的卡牌殘血，一時也很難擊殺。涅槃這邊開局拉開的卡牌差距被迅速追回。

雙方剩餘的卡牌從十四比十四一路打到六比六，局面相當膠著。

各剩六張牌，後臺觀戰的鄭峰嘆了口氣，「涅槃要頂不住了。」

因為涅槃剩下的是五張輔助、一張輸出，風華剩下的則全是輸出卡，其中包括甄蔓的三張蛇牌和唐牧洲的三張花卉卡。而涅槃的輔助牌由於對方火力壓制太狠，治療技能也全部陷入了冷卻。

徐長風和沈安的牌全滅，但唐牧洲和甄蔓最靈活的六張輸出牌全部活到了最後。

謝明哲剩下的輸出牌在隊友保護下拚命殺死對方兩張牌，但唐、蔓兩人配合也殺掉了他的輸出牌。半分鐘後，風華以四張卡牌的優勢鎖定了勝局！

蘇洋迅速解讀了全場比賽的關鍵節奏點，向觀眾們道：「涅槃開局打得很好，只是風華的打法更加靈活，從甄蔓悄無聲息地繞後，到唐牧洲、徐長風、甄蔓三人分開打游擊，涅槃防得住一人，卻不能同時防住三人。」

劉琛感慨道：「唐牧洲的打法很極端，加上暗牌，這局總共帶了十五張輸出牌。輔助方面他只帶了三張控場和兩張治療，風華在防守上看似不堪一擊，可陣容徹底散開後，也就不在乎防守了，

風華三位選手純靠個人操作來走位，對手很難抓得住他們。」

蘇洋點頭，「沒錯，唐牧洲幾乎捨棄了防守，只在關鍵時刻丟個治療保命。風華用多向攻擊的模式撕開涅槃的陣容缺口——唐牧洲似乎在告訴小師弟，最凌厲的進攻，就是最好的防守！」

平時比完賽總是帶著燦爛笑容的謝明哲，這一刻卻沉默下來。

他的臉色是從未有過的嚴肅。第一局，唐牧洲主場戰術棋高一著，讓他在穩贏的時候掉進了師兄挖好的坑裡。但第二局是涅槃主場，原本信心十足的防守反擊戰並沒有徹底施展開來，讓唐牧洲用最簡單粗暴的方式擊敗了涅槃——以鋒利的矛，刺破了堅實的盾！

風華確實可怕。小安、唐牧洲、徐長風、甄蔓，每一個人都可以站出來當核心，自己重點關注師兄，卻被甄蔓繞後強殺；重點關注甄蔓，卻被唐牧洲趁機逃脫……

多核陣容，殺不完的輸出牌。

防守有什麼用？不過是慢性死亡罷了。

這一屆聯賽期間，謝明哲遇到過很多困境，常規賽階段涅槃最初成績不好，也經常大比分落後，但他總能穩住局面。季後賽，第一場遇到眾神殿突然換人，涅槃打得很狼狽，但他還是迅速找回了狀態。

但是今天，謝明哲卻感受到一種前所未有的巨大壓力。

因為，坐在對面的那個人，不僅是他的師兄，還是最瞭解他的戀人。從他還是個新手，剛做出「林黛玉」這張即死牌開始，唐牧洲就走進他的生活當中，指導他做出即死牌坑遍全聯盟，還教會他即死牌的使用方法，引導他學會卡牌資料的分配。認識師父後，唐牧洲更是以師兄的身分，帶謝明哲和風華二隊的隊員們多次訓練，讓謝明哲飛快地進步提升。

可以說，他的每一步成長，唐牧洲都看在眼裡。

唐牧洲是職業聯盟的神話，個人賽獲得「三冠王」無人能超越的成就；親手創建風華俱樂部，

由他帶起來的選手甄蔓、徐長風也都獲得過個人賽的亞軍，徒弟沈安更是最佳新人獎的得主。唐牧洲的個人實力、製卡天賦、反應速度、指揮能力、戰術布局——無一不是職業聯盟中的佼佼者。加上他還有整整六年的大賽經驗累積。

這樣的師兄，要怎麼戰勝？

謝明哲每次遇到艱難的局面都可以找到生機，可是這一次，他真的不知道什麼戰術是師兄想不到的？唐牧洲甚至可以在第一局用他的戰術思路反過來給他下圈套！

遇到瞭解自己的戀人，是幸運的。但遇到如此瞭解自己的對手，卻是最大的不幸。

謝明哲的腦子有些亂，他也是人，也會有情緒，在連續兩局落後的情況下，輸給最瞭解自己的人，謝明哲一時陷入了茫然。就是這時，賽場亮起紅燈。

裁判道：「涅槃教練陳千林請求暫停。」

一隻修長的手落在謝明哲的肩膀上，緊跟著，清澈如山泉的聲音滑過耳畔，陳千林用一向沒什麼情緒的聲音，緩緩地跟謝明哲說道：「阿哲，你給自己的壓力太大了，快醒過來。」

謝明哲抬起頭，對上師父平靜的目光，他在那裡看見了自己的小小縮影。他猛然驚醒，「我……我剛才走神了。」

陳千林朝他點點頭，溫言道：「很正常，指揮都會有茫然的時候。但別忘了，我們是一個團隊。風華不僅唐牧洲一個核心，而我們涅槃也不只有你一個人在戰鬥。」

師父的話很平靜，但謝明哲卻一下子回過神來！

連輸兩局，涅槃已經到了最艱難的時刻。

總決賽打五局，風華如今率先搶下了賽點——也就是說，唐牧洲想贏，只需要再贏一局。而涅槃想贏，卻需要連扳三局！

從唐牧洲的手裡連扳三局，這可能嗎？

到了這個時候，涅槃的粉絲們也幾乎要絕望了。輸掉第一局，大家還嘻嘻哈哈地開著玩笑，但第二局輸掉後，粉絲們心急如焚，因為大家都知道讓二追三有多難。在直播間不少粉絲甚至已經放棄了。

「新隊第一年拿下亞軍也不錯……」

「我覺得涅槃今天還沒打開，別被零封就行。」

「至少拿下一局吧，一比三輸比零比三輸要好看！」

不被零封，粉絲們的要求已經降低。但也有一些死忠粉依舊滿懷希望，他們眼眶發熱，幾乎要落淚，卻死咬著牙關等待涅槃扳回比分。第三局是風華的主場，多難扳回來大家心裡都懂，但說不定有奇蹟呢？涅槃不就是一支最擅長創造奇蹟的隊伍嗎？

然而，這一切期待都只是理論——理論而已。

謝明哲心裡也很清楚想贏有多難，但是，師父上臺後對他說的這段話，卻讓他瞬間清醒過來——這一場比賽，不是他和唐牧洲的個人賽，而是風華和涅槃的團隊戰。

唐牧洲對他極為瞭解，但他還有隊友。

風華能讓甄蔓出來繞後暗殺，隨時轉換戰術核心，他們涅槃為什麼就不能呢？

謝明哲深吸口氣，迅速冷靜下來看向師父道：「第二局本該拿下，是我的錯，我在指揮的時候太在意師兄的動向，忽略了蔓姐。現在我們零比二落後，想連扳三局太難了。」

陳千林淡淡地道：「是的，一比三是輸，二比三是輸，零比三也是輸，反正都是輸，就當已經輸了吧。」

謝明哲：「……」

師父這句話，連續說了五個「輸」字。

簡直是劇毒啊，這是要用毒奶來奶活涅槃戰隊的節奏？

其實，經驗豐富的陳千林，這麼說是為了減輕隊員們的壓力。打過很多次總決賽的他最為清楚，即便是他、聶遠道、鄭峰這些經歷過大賽的選手，遇到落後的比分也可能在心態上出問題。零比二，第三局必須拿下，不然就完蛋了——越是這樣想，越容易犯錯。

相反地，這時候只有在心態上徹底釋放壓力，才能有一線生機。立刻叫暫停上臺幫隊員調整心態，也是他身為教練的職責。

陳千林對上四人震驚的眼神，繼續說：「是的，我們已經輸了。不然呢？你們覺得還能從風華的手裡連扳三局？」

眾人無法反駁。陳千林的話就像是當頭一盆冷水，把大家全部澆醒。

陳千林繼續說：「下一局，就當成練習賽來打，輸贏無所謂。陳霄，你指揮。」

謝明哲怔了怔，「師父是覺得我指揮失誤太多嗎？」

陳千林搖頭，「不是，你的指揮沒問題，但你的打法節奏被唐牧洲研究得太透徹，你師兄對你太瞭解，這時候我們不能再一成不變，需要找一個新的突破口。陳霄的風格和你完全不同，讓他試試不同的思路，或許會有效果。」

陳霄本想拒絕，但聽哥哥這麼一說，他一時也說不出反駁的話來。

這段時間的訓練以阿哲指揮為主，但他也一直在練習指揮，上半年多次指揮過團賽。他對隊友們的節奏、個人風格都非常清楚，打無盡模式時還是協助阿哲的副指揮。所以，陳千林突然讓他指揮，並不是隨便亂來，而是有充分的依據。

陳千林瞄了弟弟一眼，「陳霄，之前的比賽，每次遇到困境都是阿哲站出來抗住壓力，這局，你必須站出來——不論輸贏，打出我們涅槃的氣勢！」

聽著哥哥堅決的命令，陳霄的心頭猛地一顫。

在關鍵的賽點局換指揮，他的壓力不是一般地大，輸了肯定要他揹鍋。可是……他等待了五

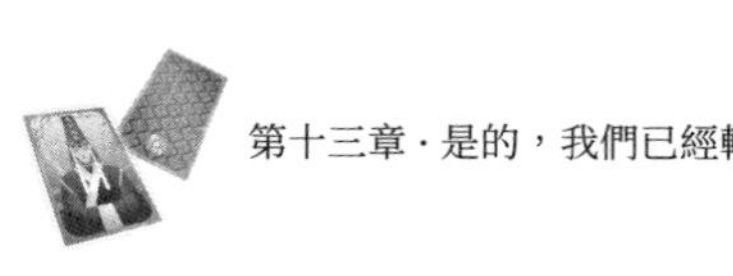

年、隱忍了五年，組建涅槃戰隊，不就是等著這一刻嗎？

如今已經走到了總決賽，難道他還認慫？

他和唐牧洲又不是沒交過手。五年前單挑勝負各半。這次回來，個人賽半決賽輸給唐牧洲，但也不是毫無勝算。如今是團隊的碰撞，唐牧洲身邊都是特別強力的隊友，而自己的身邊……看看阿哲、看看小柯、看看一直不說話卻格外專注的秦軒。

他的隊友難道就差嗎？完全不差！

所以，正面剛也不一定會輸！

陳霄的眼眶猛地一陣發熱，他知道，哥哥這時候讓他站出來，已經是對他實力的最大肯定，他不想讓哥哥失望，更不想讓自己和隊友們失望。

阿哲壓力太大又被唐牧洲專門針對，作為涅槃的副指揮，他還不站出來真的說不過去。憑什麼每次都讓阿哲一個人扛？他們作為團隊，贏了一起開心、輸了一起承擔，都已經做好輸的準備了，還怕什麼？

陳霄深吸口氣，看向哥哥的目光格外堅定，「好，第三局交給我！」

陳千林拍拍弟弟的肩膀，道：「第三局，我只需要你們打出氣勢，陳霄帶著阿哲直接攻正面，阿哲先調整狀態，如果有第四局，阿哲再繼續指揮。」

謝明哲的臉上也恢復了笑容，「好，我跟陳哥輪流上，打崩唐牧洲。」

眾人：「……」打崩唐牧洲？說得輕鬆，你這大師兄明明是個妖怪，能輕易打崩他？

但阿哲的笑容卻讓大家心裡一鬆——反正都到這個地步了，拚吧！零比三、一比三和二比三有區別嗎？大不了都是輸。

坐在對面隔音房裡的唐牧洲，突然狂打了好幾個噴嚏。

他無奈地揉著鼻子，又一個噴嚏之後，徐長風忍不住吐槽，「你小師弟肯定在罵你。」

唐牧洲聳肩，「沒事。大家加油，儘量在第三局結束戰鬥。」

他這意思是要三比零直接拿下。

甄蔓、沈安的士氣也被鼓舞，四人將手疊在一起，「加油！」

在二比零獲得賽末點的時候，很多戰隊都可以一鼓作氣以三比零拿下比賽，主要還是對方的選手心態容易崩，但涅槃的心態會崩嗎？

看到阿哲、陳哥、喻柯的臉上恢復了笑容，粉絲們稍微放下心來。

涅槃就算團戰被打崩，心態也絕對不會崩。

畢竟涅槃有很凶、很暴力的陳哥，很賤很皮的阿哲，還有個沒心沒肺的小柯！

至於秦軒……

笑容是什麼？秦軒的臉上一向看不到。

第三局，風華主場，手握賽末點！

蘇洋激動地道：「風華戰隊已經拿下了賽末點，涅槃能不能有翻盤的機會，就看這一局了！」

賽末點的緊張其實是互相的，一方想儘快拿下，一方想扳回一局，當然理論上來說領先的一方心理上占據優勢，但誰規定了背水一戰的一方不能火力全開、超常發揮？

人在逆境中，有時候反而會被逼出最大的潛力。

陳千林就是想逼出這支隊伍最強的爆發力，才在第三局換陳霄指揮硬剛正面。

粉絲們還沒徹底放棄希望。

比賽一開始，「涅槃加油」的聲音就喊遍了全場，陳千林依舊站在舞臺下方，他沒回後臺——

他要在這裡陪著自己的隊員們，不論輸贏。

比賽開始，風華提交主場地圖。

叢林迷陣。

涅槃四人看到這樣的地圖似乎一點都不驚訝，因為剛才陳千林上場後給了大家戰術上的提示：

「以我對小唐的瞭解，他在賽點局不會用意外因素太大的地圖和卡組，而是穩紮穩打不給你們任何翻盤的機會。所以，最大的可能，他會用一張好打的風華主場圖，然後上我們很難破解的藤蔓捆綁卡組或者無限控場卡組。應對他的穩紮穩打，我們只有一種獲勝的希望——暴力強攻。」

跟風華慢慢耗，細節上的失誤只會越來越多。

而且陳霄的指揮風格本來就是暴力硬拚，所以這一局，陳千林需要陳霄把他的風格發揮到極致，達到聶遠道和凌驚堂對拚的那種程度。

叢林迷陣是風華的經典主場圖之一。這張圖有三種場景負面效果，全圖飛揚的白色花瓣造成三秒失明、枯葉造成的百分之三十血量暴擊、場景內升起的毒霧會使全場景卡牌中毒。

陳霄和謝明哲沒有換位置，謝明哲依舊坐在一號位，陳霄坐二號位。

但在實戰時，語音頻道統一指揮的人換成了陳霄。

大家都不知道涅槃內部有了這樣的調整，因為涅槃放出的卡組看上去也沒什麼特殊——陳霄帶四張單體攻擊很強的輸出植物牌；喻柯帶二群攻、二單攻，共四張輸出鬼牌；謝明哲帶四張人物卡；秦軒四張輔助，只不過，秦軒的輔助不是以治療牌為主，而是強控、嘲諷為主。

四張暗牌中可能會有輸出牌，也可能是特殊戰術牌，但涅槃這局毫無疑問是以輸出打法為主，和上局的防守戰完全不同。

風華這邊則是藤蔓捆綁流打法，大量藤蔓牌的出戰會讓涅槃束手束腳根本施展不開，加上地圖的負面狀態很多，涅槃這邊反覆斷節奏，很可能就被風華慢慢地耗死。

估計涅槃今天要被三比零——很多人這樣認為。

但是，涅槃四人此時卻極為冷靜——反正就當練習賽打了，不要命地跟你拚，用我一張牌換你一張牌，就當扯平，多殺一張都是賺的。

比賽一開始，涅槃就打得特別凶。

在陳霄的帶領下，植物牌、鬼牌、人物卡同時出動！

陳霄、謝明哲和喻柯擺出三角陣型，以極快速度朝風華的藤蔓陣衝過去。

唐牧洲的藤蔓可以捆綁對手，但他的藤蔓總不能一口氣綁住所有卡牌吧？爬山虎綁三個，綠藤一個，珍珠吊蘭最多綁兩個，他就算會高超的多線操作，一旦對手的卡牌數量瞬間壓倒他藤蔓的可控數量呢？

看著瘋了一樣地朝藤蔓陣衝過來的九張卡牌，唐牧洲不由一愣。

這打法未免太拚了吧，不怕被團滅？

事實證明，涅槃雖然打得很拚，但也不是無腦拚，三人往前衝的同時，秦軒提前預判隊友們即將到達的位置，開了李紈的海棠詩社——五秒免控免傷。

涅槃這是要搶節奏！

觀眾們意外地看著明明比分落後卻打得特別凶的涅槃，心裡很是不解。

直到陳霄以極快的速度，和喻柯聯手強殺掉了唐牧洲的控場藤蔓「爬山虎」，緊跟著立刻去殺下一個目標「綠藤」，謝明哲則操控靈活的金系騎兵團四處干擾。

趙雲的七進七出干擾能力極強，在藤蔓陣裡反覆直線瞬移，攪亂對方的陣型。

陳霄和喻柯則拚了命一樣繼續強殺綠藤！

風華也不傻，看見他們衝過來，徐長風、甄蔓和沈安立刻發起進攻。

李紈的無敵保他們五秒，但五秒之後，即便有嘲諷牌出場，也只能保三十公尺範圍內的隊友。

此時雙方陣型已經散開，總有一些照顧不到的，甄蔓的蛇牌和徐長風的藤本花卉攻擊力極強，轉眼就殺掉涅槃沒被照顧到的四張脆皮輸出。

四換二，涅槃看上去打得凶，卡牌反倒落後兩張。

這一切就發生在開局十秒內，可見雙方開局有多激烈！

劉琛冷靜地道：「涅槃這麼打很危險，大量輸出牌來到藤蔓陣中，雖然迅速擊殺了兩張藤蔓控場牌，但自己也被對方集火打殘，待會兒地圖負面效果一出，秦軒沒帶治療牌，涅槃的持續作戰能力會大打折扣。」

吳月道：「打這種負面效果多的地圖，秦軒不帶治療牌，真的太極端了！」

蘇洋一直沒說話，因為他敏銳地察覺到了一絲不對——直接和唐牧洲的藤蔓陣剛正面的凶悍風格，似乎不大像謝明哲？難道是兩局落後，導致涅槃的全員心態有些崩了？

但仔細看的話，其實他們集火的目標非常明確，首殺爬山虎，緊跟著強殺綠蘿，殺的都是唐牧洲的藤蔓控制牌，雖然自己死了四張卡牌，換掉對面的兩張似乎有點吃虧，但從大局上來說，其實也不虧。沒了唐牧洲的藤蔓捆綁干擾，正面進攻會好打很多。

果然，下一刻，在最初的十二張牌之後，三人又繼續召喚了一波輸出牌。

蘇洋道：「涅槃這一局，應該是自殺式衝擊打法？」

吳月愣了愣，總算反應過來，「第一批卡牌衝上去強殺對手關鍵牌，自己死了也不管，第二批卡牌繼續上，再打死對方幾張關鍵牌，這種自殺式衝擊打法也太凶殘了……」

衝擊戰術，是裁決喜歡用的正面硬剛打法，一批猛獸上去打一波，第二批再來打一波，直接打得對手心態崩潰。如今放在涅槃身上，感覺真是相當違和。

轉眼間，雙方卡牌的剩餘比例變成了十六比十四，風華被殺四張牌，涅槃陣亡六張。觀眾們一頭霧水——這麼打，涅槃還是虧！因為風華有治療，涅槃不帶治療的話後續輸出不夠，打到五分鐘

以後，就會被風華給耗死。

但涅槃完全沒有改變風格的打算。

陳霄冷銳的目光掃過螢幕，道：「小柯群攻鋪開！」

「秦軒控場準備。」

「阿哲，九點鐘方向，殺藤本月季！」

連續三道指令。

喻柯立刻開兩張鬼牌大範圍群攻，將風華植物牌的血量一口氣壓了下去。

此時，正好雪一樣的白色花瓣從天空中大量飄落，地圖出現了第一波失明幻覺，所有選手眼前的視野全部消失，徐長風立刻趁著全場景幻覺為殘血牌加血，然而……

就在這幻覺中，秦軒開了三十公尺大範圍的控制技：諸葛亮舌戰群儒，群體混亂！

陳霄和謝明哲立刻聯手，操作卡牌同時轉身攻向九點鐘方向的藤本月季。

這是由徐長風操作的藤本類輸出牌，遠距離攻擊，利用月季的刺打出大量木系暴擊輸出。

此時全場景失明，徐長風的藤本月季殘血。由於開局涅槃的火力一直瞄準唐牧洲的藤蔓控場牌，全團殘血，徐長風的首要思路就是加血。他完全沒想到，陳霄和謝明哲會突然轉移目標強殺他的月季。

講道理，全場景失明的時候不是應該暫時撤退，恢復一下狀態嗎？

涅槃別說是撤退，居然直接衝了上來！三秒失明效果消失，藤本月季陣亡。徐長風簡直想罵娘——這是吃了補品嗎？突然這麼剛！

觀眾們也目瞪口呆。

涅槃的牌在秦軒的諸葛亮保護下群體隱身，陳霄立刻調整策略，「十一點方向，殺蛇！」

謝明哲反應極快，跟上陳哥立刻轉火。

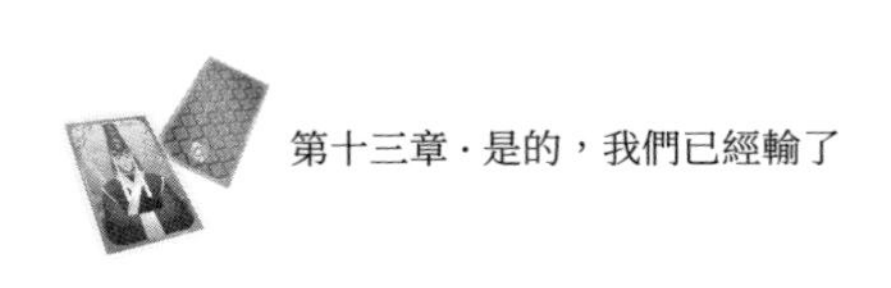

等諸葛亮的隱身效果一結束，大家就發現兩人的卡牌從攻擊徐長風轉向攻擊甄蔓，轉眼間甄蔓的一條竹葉青也被秒殺了。

雙方卡牌比數十三比十四，涅槃突然反超。

觀眾們：「……什麼情況？」

「涅槃全員吃了什麼這麼猛？」

「打得好凶啊！我的天！」

一直在觀察的蘇洋，眉頭終於舒展開來，笑道：「陳霄和謝明哲兩人聯手，做出了一波漂亮的盲打轉火操作。他們用喻柯的群攻逼得對面防守治療，自己卻在失明的三秒內，靠著對方向的判斷，出其不意地秒了徐長風距離最遠的藤本月季！」

唐牧洲這時候也終於反應過來──換指揮了。

他總覺得怪異，阿哲也有打得凶的時候，但像現在這樣完全不顧防守，直接硬著頭皮正面跟你拚命的打法，確實不是謝明哲的風格。

四換二、二換二、零換二……

涅槃以毫不講理的猛攻將雙方卡牌追平。

但唐牧洲很快冷靜下來，他知道涅槃沒帶太多治療，爆發也不過是一陣子，等下一波場景負面狀態疊加，他們根本就撐不下去，掉血都能掉死。

然而，沒等地圖效果出來，陳霄和謝明哲又聯手殺了沈安的兩棵水果樹。

坐在後臺的凌鷩堂微微一笑，「是亂刀流打法。」

鄭峰一怔，很快就回過神，一臉的不敢相信，「我的天！還真是這種復古的打法！」

聶遠道平靜地說：「對付風華很管用，不是嗎？」

部分年輕選手沒聽懂，各個茫然臉。

白旭一臉懵逼地看向身邊的易天揚，紅著臉小聲問：「亂刀流是什麼打法？」

易天揚低聲解釋：「這是一種理論上存在的打法，操作起來非常難。跟對手正面剛，以血換血、以命換命，即便我方陣亡牌量多於對方，只要能集火殺掉對方的關鍵牌，就有勝算。這種打法的核心是，幾個輸出位默契配合，迅速轉火，東邊打一下、西邊打一下，操控靈活的輸出牌打亂刀流，讓對手根本捉不到你的套路，很難防禦。」

他看一眼螢幕繼續分析：「前面兩局涅槃之所以輸，最關鍵的原因不是他們打得不好，而是唐牧洲太清楚謝明哲的節奏點和戰術思路，反向布局坑了他們。第三局，涅槃直接上亂刀流，讓唐牧洲完全無法猜透他們的思路，這應該是陳千林安排的，這一局的指揮應該是陳霄。」

「……」白旭無比膜拜！易天揚果然是戰術型輔助，對比賽的解讀遠勝於他。

「打亂刀流，雖然會一時攪亂風華的節奏，但唐牧洲的大賽經驗豐富，涅槃現在占據上風，卻無法長久地占據上風。」裴景山很理智地提醒道。

「這是當然。」易天揚微微一笑，回頭看向老隊友說：「亂刀打法只適用於比賽開始時打開局面，想把開局的優勢轉化為最後的勝勢，並不容易，要看陳霄能不能頂住。」

後臺這麼多人分析出的戰術，唐牧洲也察覺到了。

亂刀破陣！

陳霄指揮得還不錯，連殺徐長風、甄蔓、沈安好幾張輸出牌，他和阿哲操控的靈活輸出牌神出鬼沒，很難控住。但是，在負面效果很多的場景圖，這樣打太過激進，也太冒險。

下一刻，全地圖掉落的枯葉一次百分之三十的暴擊，就讓涅槃的卡牌瞬間殘血。

陳霄直接放出吸血藤，攻擊的同時將部分血量轉化為治療，可吸血藤半攻擊、半治療的加血能力，肯定比不上專業的治療牌。徐長風一個群療將風華卡牌血量全部加滿，涅槃這邊的卡牌反倒陷入血量低於百分之六十的危機。

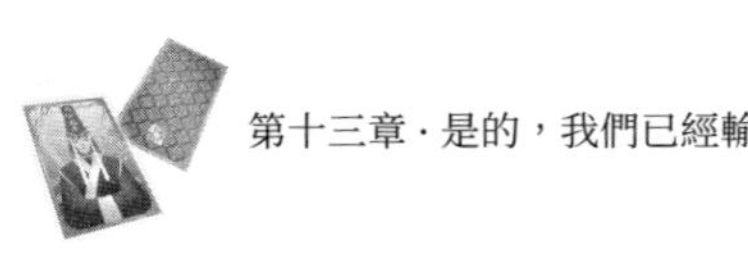

唐牧洲道：「打！先殺陳霄的牌！」

風華的團隊執行力一流，轉眼間，陳霄的卡牌就被連殺三張。但同時，喻柯的單攻鬼牌出動，和謝明哲的人物牌形成配合，轉向一點鐘方位，迅速清掉沈安的站樁輸出牌水果樹。

風華反擊很強。

涅槃也不慫，依舊很拚。

十比十。雙方牌量還是沒拉開，秦軒緊跟著召喚荀彧又是一波控場——驅虎吞狼，指定甄蔓的蛇牌和徐長風的花卉PK，強殺徐長風一張牌。

緊接著，荀令留香，大範圍群控。

關鍵時刻用荀彧強行拉牌差讓對手內鬥，風華的內鬥不但損失了徐長風的輸出牌，甄蔓的蛇牌大招也陷入冷卻，牌量九比十，風華落後一張牌。

但唐牧洲迅速解控，並且用珍珠吊蘭一波鋪場，強殺掉喻柯三張鬼牌，瞬間反超。

九比七！

比賽已經進行到最關鍵的時刻。

場景負面效果再次觸發，毒霧，全體中毒！

涅槃面臨的壓力更大，但他們依舊沒有退縮。陳霄此時的卡牌已經死光了，他盯著螢幕，目光無比冷靜：「三點鐘方向，殺珍珠吊蘭。」

喻柯和謝明哲立刻跟上。

「十點方向，金銀花！」

「十二點方向，殺治療！」

陣亡後無牌可控的陳霄，反而能將全部的注意力集中到對賽場局勢的觀察上，他就像一把長弓，而阿哲和小柯就是利箭，陳霄拉開長弓指向哪裡，哪裡就會有卡牌陣亡。

三人的配合，默契到了極致。而三人的節奏也快到了極致。

他們在搶攻，跟對手賽跑。他們也是在搶命，跟死神賽跑！

秦軒需要做的就是保護小柯和阿哲的牌不被殺光，並且儘量保證自己的存活。

轉眼間，雙方卡牌已經拚到了最後時刻。

謝明哲果斷操控殘血的趙雲衝進植物群中自爆。

趙雲的七進七出，位移相當靈活，當他殘血時不但能提升攻擊力，陣亡還會產生範圍傷害，也正是這次自爆，做到了最後關頭的一換二！

謝明哲的自殺襲擊太過突然，使最終大螢幕上的卡牌比數變成了——零比一。

涅槃只剩最後一張牌，是秦軒防禦較高的輔助牌荀彧。

荀彧出場放完技能後就沒有用了。

但是他活著。

有時候，活著，就是勝利！

涅槃剩一張牌，風華的卡牌居然被拚命一般的亂刀打法給殺光了！涅槃的粉絲們還處於茫然狀態，這一局打得太奇怪，混亂無比，毫無章法，一會兒是陳霄和小柯聯手打唐牧洲，轉眼又是陳霄和謝明哲聯手打徐長風，一會兒又是喻柯和謝明哲聯手打沈安……上帝視角的觀眾們只能看到涅槃的卡牌如同吃了補藥的瘋子一樣全場到處跑。

很剛，簡直不要命。

很亂，簡直就是一場大亂鬥。

隊友陣亡，沒有絲毫停頓，繼續輸出。

卡牌數量落後，也沒有任何猶豫，還是瘋狂輸出。

哪怕最後殘血自殺，也要拖對面的兩張牌一起死，以命換命！

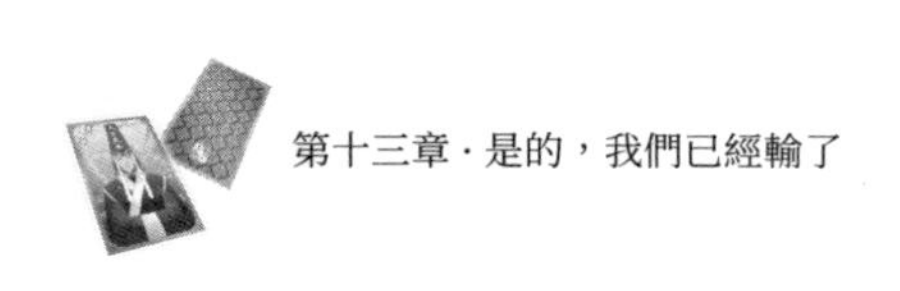

就是這毫無章法的亂打……居然，贏了？

觀眾們不敢相信，粉絲們目瞪口呆，解說席鴉雀無聲，觀戰區集體沉默。

不知過了多久，直到大螢幕上的比分變成二比一的時候，蘇洋才回過神來，笑著說：「這一局整體來看，其實是難得一見的『亂刀流戰術』。這種戰法在理論上可行，但實際上能操作出來的隊伍太少了，對指揮和隊友的考驗都極為嚴格。」

他詳細分析道：「什麼時間點調動哪些輸出牌集火哪張卡牌，指揮需要極快的制定出最佳方案。表面上看，這局涅槃打得很拚，很亂，簡直瘋了……可實際上亂刀流的打法處處都是細節。第一波集火唐牧洲的藤蔓，讓藤蔓捆綁對陣型的影響降低到最小；趁對面殘血徐長風開治療，盲打強殺他照顧不到的輸出牌；打完徐長風立刻轉火殺甄蔓，讓對方措手不及……每一步都需要隊員們完美的配合，只要一個人跟不上，涅槃自己就先徹底亂套了！這種高風險、高難度的打法，卻獲得了極高的收益。二比零的情況下唐牧洲肯定想穩住局面拿下賽末點，但就是涅槃的亂刀流正面硬剛戰術，讓風華的節奏徹底被打亂，最後，涅槃以驚險的一張卡牌之差拿下了第三局！這一局真是打出了氣勢，我想，不論輸贏，大家都該給涅槃這支頑強隊伍最熱烈的掌聲！」

蘇洋的話讓全場掌聲雷動。

二比零，看上去已經沒戲了。但涅槃的心態沒有崩，他們很頑強。他們依舊敢拚、敢打，敢用一切力量去換取這一絲勝利的機會。

此刻，不但現場的觀眾們瘋狂地站起來鼓掌，後臺觀戰區也響起職業選手們的掌聲。

而在臺下看比賽的陳千林，唇角微微揚起了笑容。

——好樣的。

早就知道，陳霄的潛力，有時候真的需要把他逼到極限。今天的背水一戰，讓陳霄打出了完美的亂刀流教學。恐怕連這種戰術的提出者凌驚堂都要甘拜下風——因為當年，眾神殿的亂刀流其實

是沒能打起來的，因為淩驚堂的身邊並沒有能跟得上他快節奏的隊友。

但是陳霄的身邊有阿哲，還有小柯。

三個擅長快攻的選手交叉配合、交換走位，無比默契，在零比二的絕境中，用「亂刀破陣」的暴力方式，為涅槃求來一線生機！

不破不立。

涅槃經過第三局的熱血打法，已經徹底打開了局面。

陳千林相信，第四局，自然就有拿下來的希望！

第三局結束後，唐牧洲立刻叫了暫停。

他看出涅槃換了指揮、換了風格，這時候他叫暫停，也是想讓涅槃選手們的熱血降降溫，同時也讓風華冷靜地思考第四局的策略。

暫停後，唐牧洲主動在比賽房間的公共頻道發來一排大拇指，說：「陳霄，指揮得很好。」

陳霄發來個笑臉，回道：「謝謝。」

兩人的簡短交流讓觀眾大驚，直播間內刷出一排問號，涅槃的粉絲這時候才反應過來。

「臥槽，剛才那局亂刀流是陳哥指揮嗎？」

「我就說不大像阿哲的風格，陳哥真的凶！」

「強啊，差點忘了涅槃一直都是兩個指揮！」

「打得太棒了，陳哥一波亂打居然把風華給打亂！」

「陳哥收下我的膝蓋，我已經跪著看比賽了！」

直播間內，蘇洋道：「我申請了一下，導播在精彩重播的時候會順便播出團隊語音頻道的一些對話，大家可以聽一下剛才涅槃這局是怎麼打的。」

伴隨著精彩重播，語音頻道的聲音也在場館被放大。

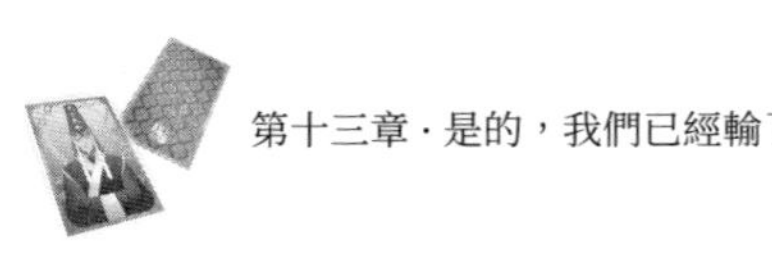

觀眾們只聽見陳霄低沉冷靜的聲音不斷響起。

「集火爬山虎！」

「殺綠藤！」

「小柯群攻鋪開，秦軒控場準備。」

「阿哲，九點鐘方向，藤本月季！」

「十一點方向，集火蛇牌——漂亮！」

每次指令都非常簡短，但隊員卻能跟隨他的指令瞬間跟上節奏。觀眾們都要驚呆了——大家顯然低估了陳霄，他在第三局的打法冷靜得可怕，每一次選擇的集火目標都非常的合理，調動全隊的亂刀流，打出了本賽季最經典的以命換命戰術。

最後，語音頻道響起陳霄的聲音：「我的牌死光，交給你了阿哲。」

謝明哲微笑著說：「放心。」

簡單的兩個字，也果然讓隊友們放心——阿哲最後一換二，乾脆俐落地拿下勝利。

勝負只在一念之間，但他們做到了。

蘇洋感嘆道：「陳霄的指揮非常聰明，他用了『時鐘標準』的指揮模式，直接說幾點鐘方向集火什麼牌，隊友們就能迅速跟上他的節奏，說明涅槃在平時的練習中陳霄也經常用時鐘式指揮，這種方式正好能加快全隊的節奏，把亂刀流的打法發揮到極致。」

他頓了頓，緊跟著道：「我想，凌驚堂現在的心情肯定很複雜，凌神提出的理論上可以實現卻一直很難實踐的戰術。今天，終於完整地展現在了大家的面前！」

凌驚堂確實心情複雜，陳霄的快節奏出乎他的意料，在指揮上的冷靜也讓他刮目相看。周圍的鄭峰、聶遠道等人也是神色嚴肅。

凌驚堂笑道：「後生可畏啊！以後的涅槃戰隊更不好對付了，除了謝明哲出人意料的技巧戰術外，陳霄的亂刀流打法也會讓人頭疼。」

老鄭道：「涅槃從來都不讓人省心。我倒是好奇，第四局他們還讓陳霄指揮？」

聶遠道平靜地說：「不會。第三局讓陳霄指揮打亂刀流應該是陳千林的應急策略，第四局再來同樣的戰術，唐牧洲不會毫無準備，而且唐牧洲還叫了暫停，這麼做就是送對面贏。」

凌驚堂點頭贊同：「這麼說，第四局還是阿哲指揮。」

老鄭嘆口氣，「你們眾神殿是換選手，涅槃他媽的直接換指揮啊！」

眾人：「……」

老鄭爆粗口，顯然他現在的心情很凌亂。

涅槃有謝明哲和陳霄兩位指揮能力出色的選手，這才是最大的bug吧？總共四個人的團戰，兩個指揮輪流上，風格大變樣，別人還怎麼玩？

山嵐小聲說：「阿哲指揮的話，唐牧洲對他的針對太可怕，涅槃能不能翻盤不一定吧。」

聶遠道看向徒弟，淡淡地道：「我覺得第四局涅槃應該會放大招。」

眾人好奇地看向老聶，「什麼大招？」

聶遠道聳肩，「具體我不知道，但他們肯定準備了在劣勢局翻盤用的主場大招。」

第四局又回到了涅槃的主場，大家聽到這裡不由得更期待了。

【第十四章】
人海戰術的正確使用方式

十分鐘的休息時間有點長，觀戰區討論得很激烈。

解說間內，精彩重播過後，吳月便友情提示道：「大家想去洗手間、想喝水的、吃宵夜的，可以抓緊時間去了，因為接下來的第四局肯定會很激烈，我相信你們的眼睛根本離不開大螢幕！」話音剛落，現場就有不少人飛快地跑去上廁所，洗手間的門口排了條長隊。

大舞臺上，唐牧洲神色嚴肅地和隊友說著什麼，陳千林也走上去和隊員們商議。

謝明哲笑容燦爛，「第四局交給我吧，我有信心拿下！」

陳千林沒有反對，直接伸出手道：「我相信你能做到，大家加油。」

眾人的手疊放在一起，大聲喊：「加油！」

這一聲加油，喊出了氣勢，也讓四人信心倍增。謝明哲坐到迴旋轉椅上，清了清嗓子，乾脆地說：「大家準備，接下來就讓我們一起給風華一份真正的驚喜！」

十分鐘休息時間到，比賽正式開始。

第四局，涅槃主場，地圖選擇——城市廣場。

寬闊的廣場沒有任何的障礙物，也沒有任何負面效果，也就是網友們常說的「新手圖」，最適合打練習賽或者測驗卡牌資料。涅槃主場不選對自己有利的地圖，反而選城市廣場，沒毛病吧？阿哲難道要放棄第四局？

然而下一刻，全場觀眾都驚掉了眼珠子。

比賽模式——無盡模式。

吳月瞪大眼睛，「沒看錯吧？第四局選無盡模式？」

劉琛揉揉眼睛仔細一看，隨後聲音不由激動起來：「我的天，今天涅槃真的是拚了！第四局上無盡模式，一旦輸了他們就要出局，但一旦贏了決勝局還有一局無盡模式，他們的卡池夠用嗎？」

蘇洋：「……」涅槃今天真的是拚了。

聯盟有規定，無盡模式不限卡牌，如果俱樂部有兩百張卡牌，在無盡模式中可以從卡池中任意召喚，但還有一個規定——已經在無盡模式召喚過的卡牌，不能重複上場！

這也是為什麼前面的季後賽，各大戰隊在決勝局之前，都不愛選無盡模式的原因。

因為一旦你在前幾局的比賽中選了無盡模式，用掉太多的卡牌，比賽贏了還好，萬一輸了，那決勝局就會面臨卡池中強勢牌不夠用的尷尬。很簡單的道理，你用掉了五十張超強的卡牌，沒能打贏對手，在損失了這麼多強將的情況下還能贏嗎？

涅槃在第四局選無盡模式，顯然是孤注一擲的做法——必須贏下。

但即便贏了，第五局的決勝局，第四局上場的卡牌都不能再用，涅槃依舊很危險。

後臺觀戰區，葉竹、白旭等人都興奮地坐直了身體。

葉竹道：「要是第四局能贏，那今天就是兩局無盡模式，涅槃的卡池要拚光了吧！」

白旭點點頭，「兩局無盡模式對涅槃來說壓力更大，他一方面要保證贏下第四局，另一方面還要留牌應對第五局，真的好難啊！」

哪些卡牌上第四局？又要留哪些卡牌給可能到來的第五局？第四局的卡牌不能太弱，弱了容易輸。但又不能把所有的強勢牌都放出來，這樣第五局就沒牌可用了。選擇無盡模式是一把雙刃劍，割傷對手的同時，己方也是大傷元氣。

鄭峰很感興趣地道：「這一局才是對指揮意識最可怕的考驗，希望阿哲能給我們驚喜。」

陳千林站在臺下，神色平靜。

他知道，阿哲在經歷了師兄的壓制之後，一定會奮起反擊。畢竟，這位可是粉絲們口中打不死的皮皮哲。

比賽開始，雙方同時召喚卡牌。

無盡模式不限牌量，所以第一波的對拚雙方都不會太過吝嗇，卡牌數會保持在八至十五張牌之

間，太多容易亂、太少容易團滅，這也是一個比較合理的數值。

觀眾們意外的是，涅槃這邊第一波直接上了十張人物卡。

秦軒操作的李紈、巧姐，喻柯操作的賈探春、史湘雲、王熙鳳，陳霄操作的賈元春、賈迎春、賈惜春、賈元春，以及謝明哲操作的賈寶玉。

蘇洋迅速看出了關鍵，「無盡模式的指揮，比普通的暗牌模式複雜得多。不但要關注隊友的卡牌、對手的卡牌，還要反覆排兵布陣，調動卡組。對自家的卡池哪些卡牌可用，哪些不能用，關鍵時刻應該上什麼牌，都必須有清晰的思路。所以謝明哲這一局不能操作太多太複雜的卡牌，會忙不過來！」

同樣，風華那邊唐牧洲也把大部分輸出牌交到徐長風的手裡，自己操作控場牌。

涅槃的這套水系卡組很難打，主要的點在兩個，一是賈寶玉皮太厚，二是賈迎春是嘲諷型亡語牌，如同帶刺的刺蝟，打死她還會被反控。

唐牧洲非常果斷——食人花即死牌，瞄準賈迎春！

這個操作讓觀眾們很是意外，畢竟即死牌一場比賽只能上一張，秒掉賈寶玉不是更好？

蘇洋很快解釋，「唐牧洲的做法非常聰明，賈迎春陣亡會觸發範圍沉默，並且增強己方治療量，但開局就陣亡的話，增強治療的效果相當於沒用，涅槃的節奏會被打亂！」

對亡語牌，方雨最有發言權，聽到這裡不由贊同點頭。亡語牌的操作，主動權要掌握在自己的手裡。我想讓它什麼時候死它就什麼時候死，這樣才能配合隊友。而一旦亡語牌意外陣亡，很可能亡語效果觸發了，但隊友反應不過來，跟不上節奏。

這就是打亡語流的「亂節奏戰術」，唐牧洲開局瞬秒殺賈迎春，確實給涅槃帶來一些麻煩。

但無所謂。無盡模式牌太多，死掉一張不算大損失，而且賈迎春的範圍沉默也給了涅槃機會，謝明哲反應極快，立即在語音頻道說：「小柯，輸出跟上！」

喻柯點點頭，王熙鳳的哈哈哈笑聲響起，賈探春一個耳光就抽向了甄蔓潛伏過來的小蛇——自從第二局被蔓姐放蛇咬死後，喻柯一直盯著她的蛇，可不敢再大意了。

雙方開局一波對拚，各自陣亡一張牌。

這時候大家發現局面陷入了僵持，因為賈寶玉有被動嘲諷，林黛玉給他加血、薛寶釵給他護盾，本就很難殺。再加上李紈無敵、巧姐和妙玉治療、史湘雲和賈惜春群控、賈迎春加輸出buff還能給全團冷卻縮減……最強拖節奏水系陣容。

涅槃靠這套陣容把戰局拖到兩分鐘，居然沒有任何一張牌陣亡。

同樣，風華那邊開局被殺一張牌後，唐牧洲調用治療牌保護，涅槃防守強，但輸出偏弱，只靠王熙鳳哈哈哈和賈探春搧耳光，也很難強殺對方卡牌。

現場觀眾看兩邊打來打去都沒有新卡牌陣亡，一時有些茫然。

「這是無盡模式？」

「兩邊陷入僵局，不召喚新牌？」

「由皮皮哲操作的賈寶玉，才是真打不死的小強！」

「為什麼唐神不上新卡牌，集火秒了賈寶玉？」

觀眾們很不解。

但唐牧洲不召新卡牌的原因很簡單——如果他召喚新卡，謝明哲肯定也會召喚新卡來應對。賈寶玉有那麼好殺？賈寶玉防禦高，集火他需要很長時間，好不容易打殘，謝明哲召喚華佗再來個刮骨療傷滿血。就算打死了，巧姐再放個復活技。那不是白打？

其實，賈寶玉這套體系，攻擊的核心點並不是賈寶玉。

唐牧洲早就看穿了師弟的意圖——用賈寶玉拖時間。

無盡模式限時十分鐘，一套卡組能拖的時間越久，後面的卡組就會越加輕鬆。如果把重點放在

賈寶玉身上，涅槃的水系套牌就會越來越難打死。必須抓住時機打一波大節奏，一口氣將賈寶玉體系給打崩。

唐牧洲很快就抓住了機會。

賈探春是近戰輸出牌，此時風華有一張牌殘血，喻柯放賈探春過來搧耳光，她和賈寶玉距離二十公尺左右，唐牧洲秒召綠藤，一個捆綁將賈探春直接綁去風華大後方，讓她和賈寶玉的距離超過三十五公尺，賈寶玉來不及保護，探春迅速被擊殺！

賈寶玉可以保護隊友，但一旦脫離了範圍呢？賈寶玉也沒辦法！

後臺觀戰的老鄭忍不住一拍大腿，「漂亮！對付涅槃這套打不死體系，寶玉並不是關鍵，應該無視寶玉，將其他的卡牌給拉走，逐個擊破！」

坐在旁邊被拍了一巴掌大腿的歸思睿：「……」

——師父你拍別人的腿能不能輕點？

賈探春的陣亡終於撕開了陣容的突破口。

風華迅速召喚出藤蔓卡組，用藤蔓捆綁的打法將水系牌一張一張地拉到賈寶玉保護範圍之外再擊殺。賈寶玉的嘲諷範圍是三十公尺，隊友被藤蔓強制拉走，他就沒辦法保護了。轉眼間，涅槃又陣亡兩張牌，雙方陣亡比例從開局一直不變的一比一，迅速變成了一比四。

蘇洋激動地道：「唐牧洲抓到了關鍵點，開始全面反擊，涅槃這套極為難打的賈寶玉帶水系美女體系被打崩了，不知道涅槃……我操，涅槃突然上了火系！」

大神，你怎麼在直播時爆粗口了大神！

蘇洋一時沒控制住，因為他完全沒想到謝明哲會這麼果斷。涅槃陣亡賈探春等三張牌後，他直接召喚了大批火系卡。這是謝明哲最初用來打競技場爬星卡大師段位的卡組，孫策、周瑜、陸遜、呂蒙、黃蓋、大小喬……

——師兄你不是用藤蔓綁走我的水系妹子嗎？

藤蔓一出來，就是周瑜和陸遜的天下。

周瑜一個鐵索連環，順著藤蔓一路連過去，瞬間就將風華的卡牌大部分連在了一起，黃蓋直接自爆給周瑜加滿攻擊，小喬一個群體沉默讓對手沒法加血，緊跟著，周瑜和陸遜聯手——火燒赤壁，火燒連營！

熊熊烈火瞬間燃起，風華被綁起來的植物牌血量嘩啦啦地往下掉，簡直血崩。

秦可卿出場，碰瓷陣亡。

攻擊加給王熙鳳，小柯的王熙鳳立刻哈哈哈哈一通狂笑，緊跟著秦可卿勸綠藤上吊自殺，陳霄召喚孫尚香，大小姐火箭一通連射，全部射向殘血藤蔓陣——轉瞬間，涅槃連收五牌！

吳月這時候也想喊一句「臥槽」。

開局拖著慢慢耗，一直耗到兩分鐘，唐牧洲抓機會用「拖走擊殺」的方式破掉涅槃賈寶玉體系。誰能想到謝明哲已經算到了師兄會如此針對寶玉體系，二話不說直接上火攻！

一波火攻打下去，雙方陣亡牌量從四比一瞬間變成五比六！

秦可卿收一牌，孫尚香收四牌，不到三秒，連殺五牌。

觀眾們的心臟病都要犯了——真是看得太刺激了。

唐牧洲發現自己上當，很快就穩住節奏，「花卉打混亂！」

白罌粟出場，群體混亂。

但下一刻，秦軒這邊及時召喚出劉備——全團解控。

他召劉備召得特別及時，白罌粟的混亂原本是三秒控制，結果不到零點五秒就被解掉。但風華的混亂牌不只一張，下一刻徐長風緊跟著召喚生石花——又一個群體混亂。

然而涅槃這邊也不會坐以待斃，秦軒又召諸葛亮——舌戰群儒，就算我們混亂了，也要讓你們一起混亂！

觀眾們：「……」

於是大家目瞪口呆地看著雙方卡牌集體被混亂，在賽場上如同無頭蒼蠅一樣亂撞。

但是，風華的控場牌實在太多。三秒混亂結束後又來幻覺，幻覺完了又是僵直，僵直完了再接著麻痹……風華的連續控場戰術很讓人頭疼，秦軒解控牌有限，不可能每次都化解，而且解控牌他不能全部用完，不然下局沒法打。

唐牧洲搶回主動權，趁著一波控制連殺對方五張牌。

周瑜、陸遜、王熙鳳等輸出牌全部倒下，控場牌史湘雲被殺，衝在前面的孫策也沒能頂住，只有孫尚香被大喬及時回收。

這一波節奏瞬間將牌差給拉了回來，十比六，涅槃陣亡十牌，風華六牌。

但孫尚香很快又出來了，連殺兩牌，十比八！

戰況越來越緊張，但謝明哲一點都不緊張。

孫尚香一死，他立刻說：「騎兵團上！」

劉備和諸葛亮已經出來了，由他們帶出來的還有龐大的蜀國騎兵團。

諸葛亮群體隱身，馬超群體加速，由陳哥和小柯操控的關羽、張飛、馬超、趙雲二話不說就往對面衝，黃忠留在後方遠距離射擊，帶連弩機關的黃月英被謝明哲放在場地正中央以弩箭掃射，前陣子新製作的劉禪被謝明哲放去了風華的大後方。

劉禪出場後，直接來到風華的大後方投降。

觀眾們：「啊？」

「要不要臉，還有投降這種操作？」

「阿哲的節操已經碎了，放一張牌去投降，什麼鬼！」

劉禪投降，劉禪說「此間樂，不思蜀」，讓風華的卡牌把攻擊力交給他。

這張莫名其妙來投降的卡牌，讓風華的攻擊大幅削減，唐牧洲頭疼欲裂，立刻讓隊友處理劉禪。

這時，諸葛亮一波群體隱身讓涅槃迅速布置好陣型，關羽、張飛這些金系暴擊牌在陳霄的操作下無比凶殘，小柯對趙雲這張牌也很熟，七進七出反覆干擾，黃忠在謝明哲的手裡遠距離放冷箭，加上諸葛亮草船借箭一開，沈安的水果樹根本就不敢亂射。

一時間，風華居然被涅槃給壓住了。

十一比十四，涅槃靠劉備、關羽、張飛的連動連收六牌，風華卻只處理了投降的劉禪。

唐牧洲皺眉，「退，準備樹陣！」

下一刻，他便召喚出大榕樹，大範圍的綠色防禦罩籠罩住風華全隊，三位隊友撤退得很及時，全部撤到防禦罩的保護之下。

風華需要調整節奏，在榕樹的無敵範圍內，所有友方卡牌不會被控制和攻擊所影響，唐牧洲趁著這個機會，又來了一波樹木卡組暴擊打法。

柳絮紛飛，從柳樹上飄落的白絮鋪天蓋地襲捲過來，造成木系群攻暴擊。

沈安的水果樹終於等草船消失，毫無顧忌地一通掃射。

千年神樹，死亡絞殺！

大量群攻的暴力壓制，配合遠端花卉牌的單體暴擊，關羽、張飛、馬超等牌全被殺死，劉備、諸葛亮、黃月英也沒能倖免，涅槃這邊的主力輸出陣容迅速被瓦解。

風華用連召十牌的碾壓打法將涅槃的金系卡全部殺光。

雖然這一波進攻節奏看上去很漂亮，但風華的代價也非常大——因為他們用掉的樹木牌太多了，一旦進入第五局，卡組方面將陷入不利。

謝明哲完全不慌。無盡模式，你一口氣殺我十牌我都不怕，只要我下一波能殺回來就行。

此時，涅槃和風華的陣亡比是十八比十四，風華一口氣收了七牌。能從落後狀態反超，正是唐牧洲的強壓策略起了效果。但是下一刻，涅槃又上了一批新陣容。

盧俊義出現，召喚小兵保護己方隊友；宋江、李師師同時出來加血，戴宗再次群體加速，軍師吳用的蒙汗藥讓對方群體暈眩，燕青、花榮、林沖、魯智深、李逵等五張輸出牌強勢衝擊對方陣型。

魯智深毫不猶豫地把大榕樹給拔了起來，趁著榕樹的無敵結束，直接拔起來讓榕樹乾枯而亡，扛著榕樹四處亂撞的魯智深簡直擋不住。

觀眾席響起一陣笑聲，謝明哲的粉絲忍不住吐槽。

「又來了！」

「心疼師兄……」

「師兄表示，拔樹什麼的我已經習慣了，有本事你再拔一棵，師兄樹超多！」

這時候，突然有觀眾刷屏：「你們有沒有發現涅槃這一局一張鬼牌都沒上？」

「全是人物卡？」

也不知是誰提出了這一點，直播間頓時爆了。

而解說席，蘇洋也微笑著指出關鍵，「如果我沒猜錯的話，第四局，涅槃將用全人物卡組來打無盡模式，或許這就是謝明哲準備了很久的大招——人海戰術！」

後臺觀戰的大神們表情很複雜。人海戰術，確實是人海戰術。

死了一批再上一批，死完第二批再上第三批。目前涅槃出場的有寶玉體系的水系套牌、周瑜陸遜火系套牌、宋江盧俊義等土系牌，以及燕青花榮等輸出牌。

還有大量人物牌沒用。

這時候觀眾們才反應過來——擔心涅槃第四局打無盡模式，第五局會沒法處理？開玩笑啊！

涅槃光用人物卡就夠打第四局，還有大量鬼牌、仙族牌、植物牌沒上，第五局絕對夠用！

粉絲們神色複雜——沒想到，我們粉的隊伍這麼強？第四局直接玩起了人海戰術！

人物卡是謝明哲重點製作的主力卡牌，這一局，謝明哲確實準備以人海戰術應戰。

以賈寶玉體系開局出場拖住師兄，以他對唐牧洲的瞭解，師兄肯定早就看出了這套體系的破解方法，不會集火寶玉而是隔離寶玉的保護範圍，迅速擊殺其他脆皮水系牌。

金陵十二釵只要能拖兩分鐘以上、殺兩張牌，就算完成任務。

師兄想要隔開寶玉去殺其他卡牌，最好的方式就是上藤蔓牌，而一旦藤蔓出場，便是周瑜、陸遜大顯身手的時候。

火系套牌攻擊爆表，只要保護好孫尚香這張收割牌，就可以迅速拉回牌差。

等火系卡組被滅，再上金系，靠騎兵團的靈活度繼續拉牌差。

金系滅了，就上水滸系列套牌。是否要上魯智深，就看對方的樹木牌多不多。盧俊義、宋江、李師師的組合可以扛很久，燕青、花榮等靈活的輸出牌繼續以命換命，儘量多換掉對手幾張牌，給後續的一波流打法做鋪墊，宋江和李逵死了還能連動打控場。

十八比十四。水滸系列牌出場時，涅槃暫時落後。

但沒關係，人海戰術不怕死，死了一批還有一批，可以做到真正的前仆後繼。

燕青的靈活在這樣的混戰中依舊被謝明哲操控得極為出色，浪子回頭一波標記打下去，將對方五張牌的血量瞬間壓低；陳霄操作林沖過去一波收割，喻柯操作花榮、李逵等配合近戰，涅槃一口氣又把卡牌數量追了回來——

十八比二十！

二十比二十！

風華緊咬不放，大量樹木牌的暴擊依舊對涅槃產生了可怕的影響。

燕青和林沖被甄蔓靈活的蛇牌收掉，雙方卡牌數量第一次戰平！

觀眾席都快屏住了呼吸。

蘇洋道：「如果真是人海戰術，這時候雙方都殘血，孫二娘、潘金蓮這些收割牌很可能就要出來了吧！」

吳月緊張得聲音都在發抖：「別忘了，還有曹丕、曹植體系的木系一波流，不管是孫二娘收割，還是木系曹丕一波收割，在殘局都非常可怕！」

孫二娘要做人肉包子，此時場上的人物卡陣亡數量已經有二十張了，她做包子的肉餡根本不缺。潘金蓮是強拉對手的卡牌餵藥，此時風華很多卡牌都殘血，潘金蓮餵一張、死一張，成效也很恐怖。

風華要怎麼應對？粉絲們的心都提到了嗓子眼。

唐牧洲可不是一般人，解說能想到的事情他會想不到？何況他對涅槃的卡組極為瞭解，風華全面殘血，那就是涅槃來一波流的時刻。

唐牧洲果斷召喚出常春藤——藤蔓連接。

全團卡牌全部被藤蔓連在一起，分擔傷害，同時，群體治療能力最強的花卉牌出場，一個群加大招讓所有卡牌血線都拉到百分之五十以上。

——孫二娘，人肉包子！

謝明哲這一通包子砸下去，由於唐牧洲提前用常春藤分擔了傷害，居然一張牌都沒打死。

鄭峰又一巴掌拍向大腿，「漂亮！唐牧洲預判到了涅槃的爆發時間點，幾乎是謝明哲召孫二娘的同時，他就藤蔓連接加群體大加血，把全團的血量給回起來了！」

歸思睿苦著臉，「師父……您拍的是我的大腿，兩次了。」

鄭峰低頭一看，發現剛才激動之下一巴掌把小歸的腿差點拍腫。老鄭摸了摸鼻子，低聲道：「你去那邊坐，把葉竹換過來。」

葉竹聽說老鄭要跟自己坐，開心地跑過來，「前輩怎麼了？」

鄭峰笑道：「沒什麼，就覺得新人裡你最機靈，想跟你聊聊戰術。」

旁邊的凌驚堂：「……」

可憐的小竹子，估計要被鄭峰當拍腿道具。

果然，下一刻，老鄭又一拍大腿，「漂亮！謝明哲反應太快了。」

葉竹被一巴掌打得懵逼，疼得直抽氣，欲哭無淚地跑開。歸思睿在旁邊笑得快要岔氣，後臺觀戰區因為這段插曲一陣哄笑。但早就知道老鄭看比賽習慣的凌驚堂、聶遠道等老選手，目光一直沒從大螢幕上移開。

常春藤，是一張極難處理的卡牌。

均攤傷害之後，不管對方火力多可怕，被常春藤連起來的卡牌都不會被秒殺——畢竟你就算打出二十萬的傷害，被我二十張牌平攤下來，一張也就一萬傷害，隨便一張治療牌就能奶起來。

——均攤，再群奶。這種極強的抗壓打法是唐牧洲首創的。

而且常春藤屬於藤蔓牌，不能被林黛玉秒殺，也不能被魯智深拔掉。只要常春藤一直存在，接下來涅槃就會很難打開突破口。

靠著這一波防守反擊，風華再次把牌差拉開。

二十四比二十！

但鄭峰激動地差點把小竹的腿給拍斷，可見謝明哲的應對有多漂亮。

謝明哲召喚出了賈詡。

賈詡給常春藤寫了封信，告訴風華的人，常春藤是叛徒。

收到信的常春藤：「……」

——這個鍋我不背！

被賈詡寫信的目標，無法受到治療、增益效果所影響。

均攤傷害也屬於增益效果。

擒賊先擒王，常春藤體系不就是厲害在常春藤的連接均攤嗎？只要沒了常春藤，這個體系不攻自破。

謝明哲用賈詡隔離常春藤，涅槃的隊友們迅速跟上，用剩下的輸出牌集火強殺常春藤——這一時間，所有單攻牌的目標都切換成常春藤，被重點照顧的常春藤由於被賈詡的信給孤立，不能受到任何增益效果幫助，轉眼間就被秒殺了。

常春藤一死，風華的傷害均攤打法自然被破解。

謝明哲抓關鍵的能力確實強。怎麼殺掉常春藤，是各大戰隊的隊長都很頭疼的問題，卻在謝明哲面前迎刃而解。賈詡的一封信讓常春藤體系崩盤。涅槃乘勝追擊，再次將陣亡卡牌比數給拉了回來——二十四比二十四！

風華當然不會坐以待斃，立即開始反擊，唐牧洲連召花卉卡，瞬間秒掉涅槃兩張輸出牌。

二十六比二十四。

而涅槃這邊，木系套牌終於出場——曹操，天下歸心！

秦軒留著這張嘲諷牌，就等對方爆發的時候使用。一波傷害吸收讓曹操瞬間倒下，但他卻保住了其他的木系牌。

荀彧、荀攸、甄宓、曹丕、曹植、郭嘉、司馬懿……

這套木系體系卡組，唐牧洲並不是第一次看見，自然不會等著被殺一波。

唐牧洲冷靜地道：「蔓蔓和長風繞後，強殺司馬懿，不計代價！」

兩人聽到指令，立刻召喚新卡牌，甄蔓的變色蛇依靠偽裝技能和土地融為一體，徐長風帶著一批花卉在園藝師幫助下瞬間轉移，司馬懿沒憋出大招就被兩人聯手強殺。

蘇洋遺憾地道：「看來，這次看不見司馬懿聯合曹丕清場的畫面了，司馬懿被強殺，顯然唐牧洲對涅槃的這套體系很熟悉，已經有了應對的策略。」

「郭嘉一直在掉血，他陣亡的時機就是涅槃大爆發的時刻。」

「唐牧洲肯定有所防備，郭嘉陣亡後的涅槃這一波爆發，風華應該能防得住吧？」

導播將鏡頭集中在郭嘉的身上。

手持摺扇，風度翩翩的英俊男子，在這一刻變成全場的焦點。

郭嘉血量百分之二十、百分之十、百分之五……

郭嘉要掛了。郭嘉一死涅槃就要爆發了。

所有人都知道這一點，唐牧洲立刻召喚防守牌——大葉蟻塔！

這是一張很特殊的植物牌，防守模式和榕樹的無敵護盾不大一樣，據說，它是世界上葉片最大的一種植物，一片葉子的直徑可以有兩公尺寬。

大葉蟻塔出現後，巨大的葉片猛地張開，在風華植物群的前方形成一片綠色的牆壁。葉片構成的牆壁會在接下來五秒內吸收一切傷害。

老鄭旁邊沒人敢坐了，只好一巴掌拍向凳子，「漂亮……欸？等等？」

這次他的「漂亮」沒喊到點上。

因為，大葉蟻塔的葉片牆防禦並沒有擋住涅槃的攻擊——觀眾們哭笑不得地發現，在郭嘉只剩一絲血皮、即將陣亡的那一刻，謝明哲突然讓宋江給他加了一口血。

觀眾們：「……」

這一刻相信不只是唐牧洲，全體觀眾都想把謝明哲拖出來打一頓。

說好的郭嘉陣亡爆發呢？你給郭嘉加血？你給亡語牌加血？謝明哲笑咪咪地表示：都讓你們猜到了，我還玩什麼？我就是故意的！

他相信師兄的反應，也知道師兄肯定會在郭嘉陣亡的時候迅速防守，所以他表面上做出要讓郭嘉陣亡、全團爆發的樣子，實際上卻在郭嘉即將陣亡的那一瞬間奶了一口，拖慢郭嘉陣亡的時間，騙掉師兄的全團保護大招。

唐牧洲：「……」

大葉蟻塔這張牌的全團保護能力很強，結果居然放空了。唐牧洲打了這麼多年比賽，從沒放空過這張牌的技能，今天居然被自家小師弟給騙掉大招，唐牧洲內心的帳本上謝明哲的劣跡又多記下一筆。

郭嘉被奶了一口血，陣亡時間推遲，讓風華沒法精確預判。

唐牧洲乾脆地道：「打！」

防禦技能放空，但風華還有大量攻擊技能，大家迅速開技能強壓涅槃，一時間，涅槃的殘血牌死的死、傷的傷，爆發的唐牧洲一口氣將卡牌拉到三十比二十四，連收六牌！

但葉片消失的那一刻，曹丕和曹植的連動就開了。

曹丕根本沒等郭嘉陣亡，提前集權來了一波爆發群攻。

觀眾們都很意外，但蘇洋卻立刻給出解釋，「郭嘉陣亡會給全體隊友加攻擊，但現在由於場上卡牌太多，曹丕的攻擊已經吸滿，達到了官方規定的上限，所以郭嘉的增益對他無效！」

司馬懿被提前擊殺，曹丕提前開大，曹植已經被兄長無情地砍死……那麼，郭嘉陣亡是在等誰？不知不覺中，比賽已經進行到大後期。

由於曹丕集權開大招，風華又陣亡幾張牌，但唐牧洲顯然也在搶節奏，葉片技能放空後他迅速

調整過來，仗著風華卡池夠深，連續召喚新牌打出牌量上的壓制——

三十二比二十八！

三十四比三十！

雙方牌量咬得很緊，風華火力太猛，暫時占據了四張牌的優勢。

這時候，郭嘉突然掛了——他故意跑去撞了一個群攻，提前陣亡。

亡語牌的陣亡時機一定要掌握在自己的手裡，謝明哲顯然知道操控亡語牌的精髓，在郭嘉碰瓷殺死自己之前，涅槃已經召喚出了大批卡牌。

張角、董卓、呂布、貂蟬、劉協、蔡文姬、袁紹！

郭嘉陣亡，並不是和曹丕配合。

這一局，郭嘉真正在等的人是張角和呂布！

直到這一刻觀戰區的大神們才反應過來，謝明哲是利用了「慣性思維」。因為郭嘉在之前的比賽中都是和曹丕、司馬懿配合清場，所以在郭嘉、曹丕、司馬懿同時出來的時候，對手會出於慣性思維，一直想著郭嘉陣亡會配合司馬懿曹丕爆發。

唐牧洲迅速解決司馬懿，並在郭嘉陣亡之前開啟大葉蟻塔的防守，這就是證明。

不能說唐牧洲做錯了，換成任何一個指揮，在看見郭嘉的時候肯定要弄死司馬懿，不然司馬懿憋出大招就太可怕了。

然而，謝明哲卻反其道而行——誰說郭嘉必須配曹丕和司馬懿？

這局郭嘉要配合的是張角和呂布。

——黃巾起義。

張角的群體增益，加上郭嘉的群體增益，瞬間就將涅槃全團的爆發力堆到了最高值。

——貂蟬拜月。

範圍內卡牌被貂蟬美貌影響，不好意思和貂蟬比美，因此對手在三秒內不允許召喚卡牌。

貂蟬這一張強控牌的出場，直接斷掉了風華的節奏。別的控場技能暈眩、冰凍都可以解控。但貂蟬拜月的控場卻是最霸道的——三秒不能召喚卡牌！

唐牧洲無法繼續靠牌量來壓制，因為他們三秒內不能召喚新卡牌。

獲得雙增益buff加成的呂布，此時的攻擊力有多可怕？

謝明哲控制著手持方天畫戟的戰神呂布，衝入植物群中就是一通收割！呂布在收割的同時還抓了劉協做傀儡君主，讓劉協遠程協戰。

一殺、二殺、三殺、四殺！

呂布擊殺卡牌時會刷新技能，根本停不下來。

陳霄操控的潘金蓮也在這時候及時出場，瞄準的都是血量特別低的植物牌，「大郎喝藥」的音效在場館內響起，潘金蓮也開始瘋狂收割。

兩張單體收割牌同時出場，瞬間就將局面掌控在了涅槃的手裡——

三十五比四十！

涅槃這一波，居然連殺風華整整十張牌！

貂蟬拜月的三秒「不許召喚」結束，比賽已經進行到最後的十幾秒，唐牧洲沒辦法，只能強行召喚更多卡牌暴擊。

但董卓的存在，卻硬是頂住了這一波爆發。

董卓身上帶著護盾，強行吸收傷害，在即將陣亡的時候貂蟬開連動，董卓擋完關鍵傷害後，呂布毫不客氣強殺董卓，再次觸發技能刷新機制。

化身戰神的呂布，攻擊力極為恐怖。何況還有劉協輔助，蔡文姬加血……

比賽還剩最後十秒！

雙方陣亡卡牌比數已經飆到了四十比四十二，涅槃只有兩張牌的優勢，但唐牧洲緊跟著一波爆發集火強殺呂布，四十二比四十二迅速追平。

觀眾們都緊張地屏住呼吸，就連後臺觀戰區都鴉雀無聲。

眼看唐牧洲和徐長風一波花卉群攻砸過來，就在這時，一聲清脆的音效響起——蔡文姬，琴音，連續降低範圍內敵對目標攻擊力持續十秒，斷弦，集體降防百分之五十！

秦軒出手了。

蔡文姬，琴音斷弦同時發動，關鍵時刻降低對手的攻擊和防禦。

孫權，制衡結盟，直接把我方殘血牌和對方的攻擊牌框在同一個區域，強制範圍內血量平攤——涅槃的治療牌這時候技能全冷卻，但是孫權的制衡卻讓殘血的涅槃卡牌血量瞬間拉到安全線以上。

唐牧洲和徐長風召喚大量植物牌的聯手群攻爆發被大打折扣，本來能收掉涅槃至少五張牌，結果只殺掉了血量最低的三張牌。

而這時候，袁紹的伏兵突然出現。

袁紹在無盡模式的亂局中很好用，因為涅槃討人厭的卡牌太多，呂布不斷地方天畫戟收割，對手肯定要優先擊殺呂布，袁紹就可以趁機布置伏兵。

他布置了三批伏兵，此時，所有的伏兵同時出現，一波亂箭齊發，無數箭雨從天而降。被蔡文姬降防、被孫權拉平血線，風華的卡牌遭受三波箭雨襲擊，瞬間陣亡了六張牌——

四十五比四十八！

比賽倒數計時變成零，涅槃以三牌之差贏下第四局的勝利！

現場的掌聲震耳欲聾，觀眾們久久都無法平靜——謝明哲指揮得太好了，一批又一批的人物卡出場，每一批都有他們的作用。

開局先讓紅樓水系卡組拖節奏，緊跟著以東吳火系卡組周瑜、陸遜、孫尚香拉牌差；金系牌諸葛亮、黃月英、劉關張連動打出一波爆發；再然後，《水滸傳》卡組出場，靠靈活的位移穩住局面；木系牌緊隨其後，郭嘉吸引視線給對方製造烏龍，逼著對手先殺司馬懿，曹丕再一波暴擊打下基礎，而郭嘉陣亡後，便是涅槃全面收割的大節奏。

張角、呂布，這些新人物卡的出現，徹底打開了局面！

貂蟬拜月的三秒強控太關鍵，不允許召喚新卡牌的強勢控場讓風華的節奏瞬間斷掉，雙buff加成的呂布簡直攔不住，配合劉協、潘金蓮的收割，徹底拉開了牌差。

最後關頭時風華的反撲，謝明哲以蔡文姬的控制、孫權的拉血線，硬是頂住了反撲。反倒讓袁紹早已布置好的伏兵，直接拿下了第四局的勝利。

涅槃的人海戰術真是可怕！

蘇洋讚不絕口，「謝明哲對每一張人物卡的掌握，已經到了爐火純青的地步。什麼時候召喚什麼卡牌，真是信手拈來……他真是無盡模式最可怕的指揮！」

大螢幕上的比分很快變成了二比二，涅槃居然扳平了比分？粉絲們在經過幾秒鐘的呆滯之後，終於反應過來這意味著什麼。

直播間內的彈幕排山倒海地刷了起來。

「臥槽，這是扳平了？」

「什麼？我以為涅槃會輸，都不敢看了，結果這都能追平！」

「第四局無盡模式居然上全人物陣容，幾十張人物卡，人海戰術太強了！」

由於比賽太激烈，卡牌一波又一波地出場，觀眾們的眼睛都看不過來。

直到比賽結束後慢鏡頭重播，大家才發現呂布、貂蟬和董卓居然有連動技，而且這連動技設計得特別奇怪。

貂蟬先跟董卓告狀說呂布欺負她，董卓跑來保護貂蟬，刷新技能一波護盾擋住風華的爆發；緊跟著貂蟬又告訴呂布董卓要強娶她，呂布立刻狂暴過來秒了董卓，觸發收割機制。

蘇洋道：「董卓、貂蟬和呂布的連動非常複雜，但實戰當中，謝明哲開連動的速度太快了，大家根本沒來得及看清楚，只發現呂布突然爆發連收對手數張牌，現在慢鏡頭重播，大家應該清楚了吧？其實是貂蟬先跟董卓告狀，然後跟呂布告狀，讓董卓的保護和呂布的爆發一前一後開出來，貂蟬是一張特別有意思的卡牌對不對？」

觀眾們：「……」貂蟬戲真多啊！所以妳到底是喜歡董卓還是喜歡呂布？

果然，拋開激烈的對局和精彩的指揮，謝明哲本質上還是那個皮皮哲，人物牌的設計還是熟悉的配方、熟悉的風格！

吳月也笑道：「貂蟬、董卓、呂布這三張牌的愛恨糾纏，結果到底會怎麼樣？這要問我們哲導。至於黃巾起義，卡牌都學會起義了，我真的好奇，阿哲的卡牌還有什麼不能做的？」

全場觀眾：「沒有！」

談戀愛、生寶寶、三角戀、父子追殺，還會去臥底、投降、背叛、給對手寫信、碰瓷自殺、勸對手上吊，現在居然還能集體發動起義？謝明哲的卡牌真的是無所不能！

本來這局人海戰術的卡組搭配、戰術布局都特別精彩，結果比賽結束後，討論風向又被歪樓，謝明哲的畫風到底能不能正常一點？

在涅槃零比二落後的時候，所有人都以為他們本屆只能拿個亞軍。就連謝明哲也是這麼想的。師父連說五個「輸」字，涅槃全隊都以為今天必輸無疑。大家反倒放下了一切壓力，用打練習賽的心態去拚第三局——反正怎麼打都是輸，那就拚一波吧，至少別被剃光頭。

沒想到，第三局由陳霄指揮的亂刀流戰術，居然真的把風華的節奏徹底打亂了！

第三局獲勝，比分一比二。第四局，二比二！

看著螢幕中彈出的比分，大家都不敢相信——居然真的追平了？

這時候，陳千林再次走上舞臺，男人的臉上難得露出一絲淺笑，他輕輕拍了拍小徒弟的肩膀，「好樣的。那麼接下來的決勝局，知道該怎麼做吧？」

喻柯呆呆地道：「決勝局？我們進決勝局了嗎？」他看向秦軒，發現秦軒一向平靜的眼裡浪潮湧動，最後卻只點點頭，說了一個字：「嗯！」

微微發顫的尾音出賣了秦軒激動的情緒。

陳霄笑道：「決勝局，距離冠軍就差一步了。」

謝明哲也笑起來，「到了這個時候，當然要拚全力——為了冠軍！」

謝明哲主動伸出手，其他三人立刻將手疊放在一起，齊聲喊道：「為了冠軍！」

涅槃是一支剛剛組建的隊伍，全隊只有四位選手，可憐巴巴的連個替補選手都沒有。卡牌也是一邊打比賽一邊做，在季後賽開始之前才剛做好無盡模式的卡組。

雖然嘴上說著我們想拿冠軍，但大家並沒有真的想到可以拿下冠軍。然而如今，冠軍獎盃距離他們只有一步之遙。這意外的驚喜，讓大家的血液都要沸騰起來。

陳千林見大家加油打氣，狀態已經提到了巔峰，這才冷靜地說：「第四局無盡模式用掉了幾乎全部的人物卡，第五局不能再用這些卡牌，阿哲你心裡要有底。」

謝明哲用力點頭，「我知道。」

總決賽，決勝局，一局定勝負！

後臺觀戰區，大神們也很激動，老鄭一邊拍凳子一邊說：「這下有意思了，第四局涅槃人物牌

全上，唐牧洲付出的代價也非常大，雙方陣亡卡牌都在四十張以上，使用掉的卡牌在五十張以上！第五局，涅槃沒人物套牌可用，謝明哲只能上鬼牌、仙族牌、妖牌！」

凌驚堂道：「八仙牌、十殿閻王這些卡組還是很強的，而且第四局用人海戰術，陳霄的暗黑植物牌一張都沒出場。」

老鄭點頭，「所以涅槃還是有勝算的！。」

決勝局前的休息時間會比一般局多一些，但也比不上暫停的十分鐘。

雙方很快就戴上頭盔做好了準備。

吳月的聲音拔高了一個分貝，「觀眾朋友們歡迎回來，這裡是星卡聯盟第十一賽季團賽項目總決賽、決勝局的現場！到底是風華會壓住涅槃的反撲順利拿下賽點，還是涅槃會連續追擊反敗為勝，就讓我們拭目以待！」

劉琛：「好的，比賽已經開始，螢幕上出現了三張決勝局隨機選圖……」

大螢幕中，地圖框同時出現三張熟悉的地圖。

來自流霜城的「海洋館」、來自鬼獄的「鬼市」，以及來自裁決的「雲霄之城」。

謝明哲和唐牧洲禁選地圖的速度相當快。唐牧洲這一局有先手優勢，所以他直接禁掉了海洋館，他不想打減速。謝明哲緊跟著禁掉鬼市，師兄弟兩人頗有默契地留下了雲霄之城。

蘇洋笑道：「最終的決戰，將在美麗的雲霄之城！」

地圖載入，比賽開始。

山嵐坐在後臺笑得很開心，「我設計的地圖。」

聶遠道淡淡地評價，「嗯，漂亮。」

葉竹在旁邊吐槽，「嵐哥，你這張圖跟廣場有什麼區別啊，不就是空中的廣場嗎！」

山嵐理直氣壯，「比廣場漂亮。」

葉竹：「……」無法反駁。

確實漂亮，卡牌旅遊勝地。

比賽很快開始，一座雲端的美麗城堡漸漸出現在大家眼前。

在飄浮的雲彩圍繞中，雲霄之城中間的鏡面廣場被導播鏡頭放大——幾乎是地圖載入的那一瞬，雙方都開始迅速召喚卡牌！

風華召喚出一批花卉牌試探，而涅槃這邊，開局就直接上了八仙。

呂洞賓、韓湘子、張果老……熟悉的八仙套牌再次出場，由謝明哲操控的曹國舅又開始敲玉板，似乎是音樂會的前奏？

吳月激動地道：「八仙套牌的輸出能力、控場能力和防守能力都不錯，呂洞賓還能人生如夢時光倒流，風華想要破八仙陣，不知道會集火哪張牌？」

張果老吃護盾還能給隊友延年益壽，鐵拐李治療超強，藍采和有群控，漢鍾離金屬化，呂洞賓、韓湘子、何仙姑等暴力輸出的同時也帶控制，更關鍵的是，曹國舅一出，對方根本不敢用大量卡牌壓場。

蘇洋微笑著說：「開局召八仙非常精妙，因為曹國舅的陰陽陣，是牌數多的陣法範圍內卡牌會不斷掉血——牌多反而更慘！曹國舅一出，對面不敢召喚太多卡牌，想破八仙陣，需要先殺曹國舅，但鐵拐李的治療和張果老的延年益壽，可以讓曹國舅堅持很長時間！」

開局先穩住，這也是謝明哲打無盡模式的風格。

八仙套牌對牌量的限制，是穩住目前局面最好的方式。

唐牧洲會怎麼破解？隨著八仙音樂會的召開，觀眾們都無比期待。

無盡模式就像你來我往地下棋，我下一顆棋，你來解；你走一步棋，我再破解，在布局和破局的過程中注意雙方陣亡的牌差，在己方盡可能減少傷亡的同時，擊殺掉敵方更多的牌！

這其實很講究排兵布陣的技巧，一旦出錯，可能對面一波大節奏直接吃掉你七到十張牌。

涅槃八仙牌是四個人分別操作的，謝明哲操作曹國舅和呂洞賓，秦軒操控張果老和鐵拐李，剩下的四牌交給陳霄和喻柯。

風華很頭疼，想一波打崩八仙不可能，然而讓八仙拖下去，風華也很難辦。

唐牧洲比大家想像的還要果斷——不計代價集火曹國舅！

打鐵拐李打半天，他還可以借屍還魂，唐牧洲懶得跟鐵拐李浪費時間，所有的輸出全部放在曹國舅身上。

觀眾們驚訝地發現，決勝局一開場就打得特別凶。

第四局謝明哲用賈寶玉體系拖了兩分鐘，但決勝局比賽開始不到三十秒就有卡牌陣亡。曹國舅被唐牧洲集火一波帶走，風華火力太強，秦軒瘋狂加血也很難撐十秒以上。

——二比零！

轉眼間八仙牌就掛了兩張，曹國舅被殺後，風華的下一個集火目標就是呂洞賓！

呂洞賓的黃粱一夢非常厲害，時光倒流可以回復血量至三秒之前，可是，如果在三秒內殺死你呢？

曹國舅一死，風華就不用顧忌卡牌數量，徐長風和甄蔓的牌量在瞬間達到十張，全是單攻牌，全部集火呂洞賓，哪怕呂洞賓倒帶也救不了自己，因為不出三秒他就掛了。

直播間內。

「呂洞賓表示，牌生如夢，失去了生命也不用難過！」

「哈哈哈，呂洞賓最強的地方是全團倒帶，血量倒退回三秒前，但風華根本不放群攻，直接單攻集火他，呂洞賓做夢也救不了自己啦。」

唐牧洲對涅槃的卡牌研究得很透，對付八仙牌顯然也有自己的戰略。謝明哲這一步棋，可以說

是被師兄徹底破了。曹國舅和呂洞賓完全沒有發揮出打眾神殿那一局的威力——但是，謝明哲召喚八仙牌，並不是衝著讓呂洞賓倒帶去的。

何仙姑、韓湘子和漢鍾離都不是擺設。

在藍采和的歌聲控場下，漢鍾離鋪天蓋地的金子砸下去，何仙姑的花瓣漫天飄撒，漢鍾離的簫聲召喚出龍女，連續的群攻技能讓風華卡牌大量殘血，緊跟著，陳霄召喚出了黑玫瑰和黑法師。

——師兄集火曹國舅，不就是想儘快多召喚一些卡牌達到壓場的效果嗎？

因此徐長風和甄蔓大批卡牌出場強殺了曹國舅和呂洞賓。但你卡牌越多，我放群攻造成的傷害就越高。八仙牌的群攻加上陳霄兩張暗黑植物暴擊，風華這時候卡牌幾乎全殘了。

喻柯召喚出黑無常、聶小倩、白無常、牛頭馬面卡組！

牛頭馬面連續群攻甩過去，聶小倩拉一張牌過來讓黑無常秒殺，黑無常瞬移到殘血牌面前繼續秒殺，轉眼間陰陽標記就疊到了五層。秦軒控場、謝明哲和陳霄群攻、小柯收割。

四人的連續配合，有默契得像是腦電波同步，這一切複雜的操作沒有超過三秒，觀眾們根本來不及看清，就聽「轟」的一聲，黑無常標記直接爆死了風華八張牌！

二比八！凶悍的群攻一波流！

八仙這回不是玩呂洞賓黃粱一夢的，而是用曹國舅引出對手大量卡牌，再與仙族、植物、鬼牌配合一波流。

蘇洋心驚膽戰，「高明！我還以為謝明哲是用八仙拖節奏，沒想到，曹國舅和呂洞賓都只是誘餌，八仙是打群攻鋪場用的，陳霄的植物和小柯的鬼牌才是後續主力！」

風華這一波死得太傷了。

場上卡牌數越多，對手開群攻造成的傷害就越高，被連續五、六個群攻砸下來，瞬間死了八張牌，徐長風都來不及加血。

好在唐牧洲足夠冷靜，果斷道：「打強控流！」

上一局涅槃用掉了李紈、孫策、曹操、劉備等大量保護牌，這一局保護能力明顯不如第四局。唐牧洲以極快的速度召喚出多肉卡組打連控，秦軒這邊被逼出觀世音菩薩的解控，雙方一波技能交換後，涅槃的解控牌明顯不夠。

唐牧洲蛇打七寸，迅速抓住涅槃的卡池弱點，瞬間掌控節奏，將卡牌差距迅速追平——十比十。開局才一分半鐘，雙方就打出了十張牌的陣亡量，節奏快得讓觀眾們目不暇接。

加上雲霄之城地圖的卡牌倒影，所有卡牌站在鏡子上腳下都有自己的影子，吳月張大嘴卻不知道怎麼解說，因為她也看不清了。

這樣的暴力對拚一直持續到三分鐘，雙方牌量十五比十八，風華用強控打法反超。

涅槃這邊突然開始變節奏。

唐僧出場，緊跟著就是豬八戒、孫悟空、白龍馬連動卡組，以及如來佛祖，白骨精、蜘蛛精、牛魔王、紅孩兒和鐵扇公主。

鐵扇公主一扇子把近身的蛇牌全部吹飛，牛魔王衝進去打亂風華陣型。不但甄蔓的蛇牌被吹飛，唐牧洲在大後方的控場牌也被豬八戒當成媳婦給揹了過來。

唐牧洲：「……」

在觀眾們看來，場面那叫一個亂！

場上卡牌數已經超過了五十張，加上密密麻麻的倒影，簡直就是「卡山卡海」卡牌大聚會，根本分不清誰是誰，在這樣的亂局中，牛魔王簡直就是bug，把對面的植物撞得東倒西歪，加上豬八戒到處揹媳婦，風華的節奏徹底被攪亂，謝明哲又掌控住了主動權。

豬八戒揹走對手的關鍵控制牌，讓隊友強殺掉，師徒再開連動、只聽耳邊響起熟悉的「大師兄，師父被妖怪抓走了」，豬八戒瞬移，唐僧念起緊箍咒，孫悟空

攻擊力瞬間爆發——齊天大聖的金箍棒，一棒一個人頭，連秒三張脆皮！

觀眾們心臟都在顫抖。太可怕了，涅槃攪混水的能力，真是聯盟一流！

豬八戒、孫悟空在迅速收人頭的同時，風華那邊也沒閒著，距離最遠的沈安用水果亂砸把小柯的黑白無常全部擊殺。徐長風的花卉靈活繞後，收掉好幾張殘血的八仙牌。

——十九比二十，比賽進行到三分鐘時，雙方陣亡牌量就已經遠超了之前幾次的無盡模式。

蘇洋感慨道：「最後一局，卡牌都沒必要再藏著，召喚也不需要太多猶豫，所以節奏才這麼快。要不是選手腦子有限，卡牌操控不過來，我看他們恨不得把一百張牌全部召出來秒了對手！」

用更多的牌量打出壓制效果，確實是無盡模式的常規打法。可問題是，牌太多了你自己都手忙腳亂沒法操控，很容易被對手抓機會反推。到底要召喚多少張卡牌是指揮需要考慮的事。

風華這邊的上限是多少，唐牧洲很清楚。其實打到現在，他一直在用牌量壓制打法按住涅槃的反撲，但效果不是很明顯，涅槃總能用奇怪的招數把牌差追上。節奏應該緩一緩，唐牧洲道：「不召輪出新牌，轉防守，加血！」

此時風華在場的卡牌多達三十張，部分血量低於百分之三十，也有部分滿血。

隊長一聲令下，大家立刻改變策略。

徐長風迅速召喚單體治療牌給殘血隊友補狀態，沈安也用山楂樹、葡萄樹開始大範圍果實拋射加血，兩人聯手將現存卡牌的血量全部抬滿。

唐牧洲冷靜地說：「上冷卻流，注意保護！」

冷卻流的關鍵牌是風鈴草、風車草、風信子，這些卡牌都有「減少團隊技能冷卻」的效果，這是徐長風在唐牧洲的指導下完成設計的卡牌。平時因為牌量的限制，風華都是打雙冷卻，今天直接上了三冷卻。

每一張牌減少百分之十的冷卻時間，三冷卻就是全團減少百分之三十的冷卻時間。當三十張牌

全部減少百分之三十技能冷卻的時候，會有多可怕？

風華全團冷卻縮減，所有植物牌技能冷卻條快速倒退，幾乎是瞬間，涅槃直接被打崩！

——二十九比二十！

風華連殺涅槃十牌，簡直如推土機一般。

謝明哲真是心驚膽戰——師兄認真了，師兄爆發了。

風華的冷卻流打法在無盡模式才是最可怕的，當所有卡牌的技能冷卻都縮減百分之三十時，風華的進攻節奏幾乎提升了三倍。

這誰能擋得住啊！

風華迅速掌控了賽場主動權，卡牌比數很快變成三十比二十。

唐牧洲一波大節奏，打得冷靜又霸氣，現場掌聲雷動！

蘇洋激動得差點站起來，「真正的冷卻流打法就在無盡模式，這才是唐牧洲留的大招，在總決賽終於不藏著了——三位選手分別操作三張冷卻卡，加快全團節奏，所有大招迅速冷卻，直接把對手給打爆！」

團隊冷卻縮減的上限就是百分之三十，如今已經達到了上限。

涅槃該怎麼辦？

再這樣下去，涅槃的卡牌會被風華不斷蠶食，牌差一旦繼續拉大，就很難追回來了。

謝明哲一咬牙，道：「十殿閻王全上，陳哥配合我，強殺風華冷卻牌！」

隊友們迅速跟上指揮的節奏。

小柯和秦軒一起召喚十殿閻王，陳霄召喚暴擊極高的單攻暗黑植物，謝明哲則直接召出了封神卡組——金吒，三個金色的圈圈突然出手，直接把藏在後方的冷卻牌風鈴草、風信子強行拉過來綁在了木柱上。

鄭峰一拍大腿，「漂亮！」發現旁邊沒人，激動之下居然拍到了自己的大腿。

他用力揉了揉腿，忍著疼道：「謝明哲反應真是快，用金吒來破對方的冷卻流，三個圈圈扔得太好了……咳，雖然只抓回來兩個，可在茫茫牌海中，能迅速定位對方被保護起來的冷卻牌，謝明哲的眼睛簡直是鐳射燈啊！」

眾人：「……」

蘇洋的解說用詞不靠譜，鄭峰前輩的場外解說特別熱血。鐳射燈？腦補一下謝明哲的雙眼變成鐳射探照燈的場景，大家都覺得那畫面太美。

但老鄭的評價很中肯。在如此混亂的局面中，謝明哲能迅速想到破解方案確實不容易。

上一局他用掉太多卡牌，這一局要從剩下的卡池中選擇，原本就有很大的局限。金吒三個圈拋出去把對方冷卻牌強制拉過來殺掉，這無疑是最好的解決方案。

當然，將近五十張牌的亂局，能找到那三張牌已經很難了，何況是準確命中！

謝明哲能拉過來兩張，這已經是惡夢難度的操作。

凌驚堂輕嘆口氣，「謝明哲確實適合打無盡模式。」

聶遠道點頭，「嗯，涅槃的無盡很強，今天也是被逼到了極限。」

都說強大的對手會讓你變得更強——唐牧洲和謝明哲顯然就是這樣宿命的對手。

這一局無盡模式，唐神的爆發讓粉絲們目瞪口呆。

而謝明哲的精巧布局和細緻操作，也讓粉絲們熱淚盈眶！

不管誰輸誰贏，他們給大家帶來的無盡模式決勝局，才是本賽季最精彩的卡牌大戰，是團隊默契的強勢碰撞，也是兩位指揮戰術、操作、細節、反應速度的全面對拚！

唐牧洲也沒想到小師弟的反應會這麼快。

金吒出人意料地拉走冷卻牌讓哪吒擊殺，風華全團植物的冷卻只能增加百分之十，唐牧洲當然

留了復活技能，可是這時候，他發現——涅槃的十殿閻王居然全部出來了。

直播間內。

「臥槽，十殿閻王同時上場？」

「快截圖，歷史性的畫面！」

「十張閻王牌總算集齊了，涅槃這是要搶節奏！」

此時，陣亡牌量三十比二十二，涅槃依舊落後八牌。但封神套牌和十殿閻王的出場，立刻挽救了局勢。對方的冷卻牌被殺後，唐牧洲肯定會立刻復活。但對不起，十殿閻王中的卞城王會在場上建造一個枉死城，全場景陣亡卡牌都被關入枉死城，不允許復活……五分鐘後，卞城王才可以選擇開啟或者不開啟城門，要不要放出你的冤魂。

想復活？門兒都沒有！

唐牧洲這一刻簡直想把小師弟抓過來揍一頓——十殿閻王出場太及時了。

不但卞城王用枉死城把陣亡牌關了起來，還有平等王給大範圍隊友套上了「眾生平等」的護盾，均攤傷害——上局常春藤均攤傷害拖時間，這局，涅槃也可以用平等王均攤傷害！

風華的火力再猛，被均攤之後就很難擊殺涅槃的單張牌。

緊跟著，謝明哲道：「鬼牌節奏！」

這話一出，秦軒立刻召喚了五方鬼帝。

其實五方鬼帝一直是喻柯在用，但謝明哲發現真到了團戰中，小柯要操控的鬼牌太多，很難兼顧五方鬼帝的高速公路，因此他將這張牌交給了秦軒，讓秦軒分出一部分精力搭建高速公路，小柯只管操控鬼牌利用高速公路的靈活性遊走擊殺。

喻柯緊跟著召喚公孫九娘、喬生、連城等鬼牌，他利用高速公路的靈活性四處穿梭，連城移速太高，對手很難針對，而且連城是普攻牌，不靠技能吃飯，只要給她足夠的發揮空間，她能打出恐怖的持續傷害！

除了連城，其他鬼牌也享受高速通路的加成。

鬼帝——酆都大帝出場。

大範圍黑暗降臨，鬼帝召喚的五隻小鬼迅速跟上五個殘血目標開始糾纏。

喻柯這時候手心裡全是汗水，他有些懵逼地道：「對方的牌太多了，先殺哪張啊？」

謝明哲很乾脆，「哪張好殺就殺哪張！」

小柯很喜歡這個指令，乾脆見誰殺誰！他從鬼界高速公路的西邊一路殺到東邊，喬生和連城簡直像長了翅膀，移速、攻速飛快。

而同時，陳霄也操控著泰山王、五官王等輸出鬼牌，依靠鬼界高速公路直接殺到風華正後方——油鍋、悶鍋、血池地獄、寒冰地獄！

一大堆技能砸下來，不但讓風華卡牌殘血，還極大地削減了風華主力陣容的攻擊力。

何況謝明哲手上的哪吒一家子、姜子牙、楊戩、土行孫也在見縫插針地攻擊。

涅槃依靠鬼牌加速的大節奏，看得觀眾們眼睛都要暈了。

唐牧洲必須打破高速公路體系，他直接集火殺五方鬼帝中央的那個，斷掉高速連接點。但是，等風華斷掉鬼界高速的時候，鬼牌們已經發揮出了自己應有的作用。

涅槃的牌差居然追了上來。

三十一比三十一，雙方戰平！

現場再次響起熱烈的掌聲。為這一波鬼牌節奏鼓掌，也為謝明哲及時破解對手的冷卻流而鼓掌。

【第十五章】

涅槃重生

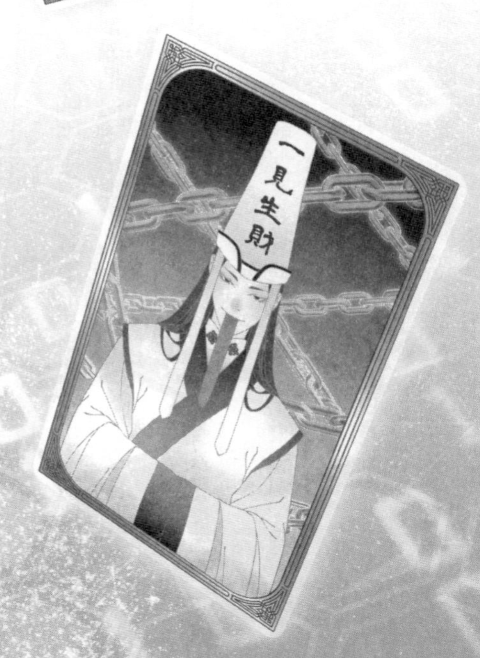

被涅槃追平比數，風華就沒轍了嗎？

唐牧洲除了冷卻流外，還有中毒流打法！

轉眼間，風華又召出大量花卉牌，一波疊毒，讓涅槃的全體卡牌中毒都疊到了五層。

中毒流打法的效果並不是立竿見影，因為卡牌中毒後不會馬上死，而是緩慢地掉血。但是，一旦二十幾張牌全部中毒，再強的治療牌都很難把血給抬上來。

此時，比賽已經進行到大後期，計時條來到八分鐘。

再這麼毒下去，涅槃的卡牌會一張接一張地倒下，死亡速度完全超過了輸出速度，最後贏的是誰還用問嗎？

謝明哲迅速召喚嫦娥后羿、七仙女董永、《白蛇傳》系列、牛郎織女出來控場，還有兩張鬼牌上來緩解壓力——魏徵和杜麗娘。

牛郎織女相會七秒期間雙方無法進攻，涅槃趁機抬血，玉兔跳躍加血的機制加上杜麗娘的大招群加，讓全團的血線暫時回到安全線以上，不至於徹底崩掉。

牛郎織女鵲橋相會結束，便是雙方爆發進攻的時刻。

但秦軒突然召喚盤古，停戰五秒！

神農緊跟著開治療陣，繼續給全團回血。

盤古停戰結束後，北斗七星君出場，貪狼星君降世，停戰三秒！巨門星君問話，對方卡牌停止攻擊五秒。

觀眾們看到無語。

「……這也太賴皮了吧！」

「看牛郎織女約會，不能戰鬥，盤古斧頭劈開不能戰鬥，貪狼降世依舊不能戰鬥，涅槃這打法真的是無賴！」

「謝明哲說：師兄你先看會兒卡牌故事片，等我加個血。」

最後的這句話讓粉絲們直接笑翻了。

不少粉絲開始複製刷屏。

「師兄你先看會兒卡牌故事片，等我加個血！」

觀戰區，葉竹忍不住吐槽：「我要是他師兄，我打完比賽先揍他一頓！」

鄭峰哈哈笑道：「小謝一直這麼皮，風華這波毒攻流的節奏要是不打斷，涅槃真的會血崩。涅槃所有帶停戰效果的卡牌全部出來了，治療上的壓力立刻緩解。」

關鍵是，在如此緊張的對局中，能迅速想到緩解壓力的方法，這才是最難的。換成意識一般的選手，可能看到全團中毒掉血，都懵了。哪裡還能想到用什麼卡牌來化解？

涅槃死皮賴臉的「你看動畫片我加血」方式，硬生生拖過了風華的毒攻流節奏，但是他們雖然拖了十幾秒把血量給回滿，但風華的毒攻牌技能冷卻也快要好了。

第一波被你拖住？

沒關係，師兄還有第二波。

風華又來毒攻，涅槃如果繼續被動防守，在治療技能還在冷卻的情況下很難頂得住。

謝明哲咬牙道：「打！要是治療壓力太大就讓神農自爆。」

此時，雙方陣亡卡牌比已經變成了三十六比三十五，涅槃落後一張。

最初出場的那些牌都死光了，鬼界高速攻速被全部打斷，涅槃這邊又被疊了一堆中毒狀態，比賽進行到最後的一分鐘，再不拚一波，一旦頂不住中毒而陣亡太多卡牌，師兄就贏了。

伏羲，陰陽八卦陣混亂群控。

三聖母，大範圍友方負面效果清除。

水神、火神同時開群攻，白素貞水漫金山，謝明哲的北斗七星君仙族牌也全部登場！

早在卡組公示的時候，粉絲們就注意到了北斗七星君，剛才貪狼星君和巨門星君露了個臉，接下來的破軍星君、廉貞星君攻擊力也極為可怕。

文曲星君的筆墨紙硯更是讓觀眾們耳目一新——只見文曲星鋪開一張巨大的紙，紙面上隊友全體加速，同時用手中的墨糊掉了對方的視野。

等對方視野恢復後，玉皇大帝降臨——炫目的光效讓全場閃瞎眼。

觀眾們驚嘆。

「剛才是文曲星糊了對手一臉墨水，畫面一團黑。現在是玉皇大帝降臨，一片炫目的白光，跟涅槃打比賽真是眼睛的災難！」

「從漆黑一片到光明刺眼，我的眼睛也要瞎了……」

玉皇大帝降臨後的強行斷節奏，又為涅槃爭取到兩秒的時間。天兵天將大範圍群攻打出了暴擊傷害。金童玉女專門去救我方重點輸出。

北斗七星君、玉皇大帝的出場讓涅槃搶回節奏點打了一波反攻。

但是，風華有三張毒攻牌是靠普攻來疊毒的。

其中還包括甄蔓一張靈活的毒蛇。

普攻疊毒的速度雖然慢，卻不受冷卻的影響，而且被解控之後還能繼續疊毒，涅槃的危機依舊沒有徹底解除——雙方牌差三十八比三十七，涅槃還是落後一張。而且涅槃大量卡牌又被疊了五層的毒，治療技能都用光了。

謝明哲瞄了一眼比賽計時條。

九分三十秒，還剩最後的三十秒！

謝明哲不再猶豫，快速說道：「卞城王開枉死城允許復活，輪轉王找一張牌輪迴轉世，重生的時候選風信子！」

隊友們都是一愣——這是什麼打法？

謝明哲臉色無比嚴肅，繼續說：「小柯召畫皮，複製風信子技能。」

陳霄很快回過神來，語氣極為驚訝：「你要打冷卻流？」

謝明哲點頭：「只剩三十秒，這是我們唯一的翻盤點！」

對手一直疊毒，我方大批卡牌中毒，哪怕神農自爆，也只能緩解十秒的危機。十秒之後，我方將會有大量卡牌陣亡，而且如大廈傾塌，根本攔不住。

唐牧洲對血量的計算極為可怕。這一波中毒，就是給涅槃的死刑，只不過增加了幾秒的執行期，時期一到，涅槃全崩。

第四局用掉的卡牌太多，第五局治療牌不夠，當現存的二十張牌全部中毒時該怎麼翻盤？只有一種辦法。

——最暴力的輸出，便是最好的防禦！

這也是第二局唐牧洲教他的。

只要我方擊殺掉的卡牌，比中毒而死的卡牌多，那就行了。

但是，拚到殘局，不管是風華還是涅槃，剩下的輸出牌都不多，輸出能力有限，很多卡牌的技能也用掉了，謝明哲也是靈機一動才想到這個辦法。

因為畫皮有複製功能。

輪轉王也有輪迴轉世功能！

輪迴轉世可以自由選擇六道，完全可以轉世成一張冷卻牌，再用畫皮來複製冷卻技能，我方就會變成雙冷卻，縮減冷卻時間百分之二十。

三十秒時間，不少大招都可以刷新兩次，一波爆發打下去，或許會有勝算。

謝明哲這也是拚死一搏——不成功便成仁。

好在隊友們對他有足夠的信任，秦軒二話不說開了枉死城，果斷讓輪轉王復活一張卡牌，並且在輪迴轉世時進行選擇。

輪轉王轉世，可以選擇在場的任何一張牌。

秦軒直接懵逼了。

這重生清單裡有幾十個選項，真嚇死人。

一向沒表情的秦軒嘴角狠狠地抽了一下，他集中精神，用三秒時間迅速掃過列表，從大量卡牌列表中選出了風華的冷卻牌——風信子。

輪轉王復活的是剛才陣亡的卡牌小青，操控者謝明哲。秦軒下意識地復活阿哲的牌，是因為他相信，阿哲會操控好復活後的轉世牌！果然，謝明哲完全沒有意外。小青復活變成了風信子，他迅速操控風信子退到大後方。

喻柯立刻召喚畫皮，複製了風信子的技能。

謝明哲道：「開冷卻。」

雙冷卻一開，涅槃全體卡牌冷卻時間迅速縮減，部分卡牌的群攻大招冷卻倒數計時轉到零。

謝明哲：「打！」

比賽還剩十秒，涅槃開始全面反撲。

唐牧洲意外地發現，涅槃很多卡牌居然同時放出大招。

原本涅槃的卡牌被毒死六張，陣亡比分為四十四比三十七。

結果這一刻陡然被反超，四十五比四十六！

唐牧洲心頭一緊，比賽還剩最後幾秒，這點差距只要放一兩個技能就可以追回來。

但是來不及了。

盤古，開天闢地，強行停戰！

涅槃的卡牌全部退回到巨斧後方，雙方必須停止戰鬥。

倒數計時五、四、三、二、一。

比分定格在四十五比四十六。

——比賽結束。

當這四個字出現在大螢幕上時，觀眾們還處於茫然狀態，涅槃最後這一波操作大家都沒看懂，在大量卡牌中毒的情況下，莫名其妙地卡牌數反超一張？什麼情況？

蘇洋也沒看懂。

但是最後的慢鏡頭重播卻給了大家答案。

蘇洋：「涅槃有一張卡牌轉世重生，變成了唐牧洲的冷卻牌？」

觀眾們：「……」

謝明哲你真是夠了，你的卡牌談戀愛生寶寶，死了還要轉世重生？而且還重生成你師兄的卡牌！唐牧洲會不會活活被你氣死？

蘇洋哭笑不得，「最後這一波，謝明哲是用師兄的冷卻流戰術，驚險地擊敗了師兄。」用你的戰術打敗你，這何嘗不是對對手的一種認可？

唐牧洲輸得也不算冤枉。

這一局涅槃和風華打得有來有往，唐牧洲的控場一波、冷卻爆發和最後的中毒流節奏都打得非常好，一度將涅槃壓在七牌以上的差距。

但是，謝明哲兵來將擋、水來土掩，見招拆招的應對也打得很漂亮。

如果說第四局是謝明哲布局坑師兄，那麼第五局，就是謝明哲破解了師兄的布局！好幾次，都有驚無險地破解掉了。

第五局唐牧洲的壓制幾乎壓得人喘不過氣來，但謝明哲硬是頂住了，還在最後關頭靠卡牌的轉

世重生反敗為勝。

唐牧洲也是服了——重生成我的卡牌？這什麼操作！

突然開枉死城復活，唐牧洲這邊也沒反應過來，因為枉死城的開放時機掌握在秦軒的手裡，雲霄之城這張華而不實的地圖，倒影太多眼睛都花了，怎麼可能注意到每一張牌的動向？

轉世重生，畫皮複製，強行打一波冷卻節奏，阿哲最後的思路確實很靈活。

蘇洋笑咪咪道：「卡牌都可以轉世重生，真不愧是涅槃戰隊啊！」

劉琛則嚴肅地道：「但我相信，對涅槃的選手來說，今天的比賽也是一次真正的涅槃！」

吳月很快反應過來搭檔的意思，聲音激動得發抖，「沒錯！能在零比二落後的局面下，頂住巨大的心理壓力，連扳三局拿下最後的勝利，這是隊員們在心態上的一次涅槃，也是這支稚嫩的隊伍，從新隊變成強隊的一次——涅槃重生！」

現場的觀眾激動地站了起來，粉絲們聽到這裡，更是瘋了一樣地舉起手中的應援牌，很多女孩子眼淚控制不住地流，有些粉絲抱在一起哭花了妝。

是的，這才是真正的涅槃。

對陳霄來說，從五年前那個灰溜溜離開的逃兵，到總決賽的賽點局亂刀流翻盤的指揮，他在今天，終於完成了徹底的重生。他不再是那個青澀倔強的少年，他已經是涅槃有擔當、有實力的副指揮。

對小柯和秦軒來說，從沒人關注的小透明，到如今冠軍隊的選手，他們在身分上也完成了重生。從沒想過自己會變成職業選手，如今，居然成了冠軍隊的職業選手。

而謝明哲，本身就是重生到這個世界的。

接觸這個遊戲的時候，他沒想過自己能走多久，只想賺點小錢養活自己。走到這一步，整個星卡聯盟，已經沒有人不知道謝明哲——第十一屆職業聯賽團賽冠軍隊指揮。

他用自己特色的風格、堅定的意志、靈活的指揮思路，完成了一次破繭成蝶一樣的涅槃！

誰說比賽只能按固定模式打？對手的優勢也可以借用變成我方的優勢，實力只是基礎，戰術和發揮才是關鍵。

不管什麼戰術，能贏的就是好戰術。精密布局，見招拆招，謝明哲在團戰指揮上的領悟，經過這一場比賽，已經毫無疑問地達到職業聯盟的一流水準。本賽季剛出道的他，甚至不比聶遠道、凌驚堂、鄭峰這些老選手遜色。

涅槃戰隊，在這一刻，才是真正的涅槃重生了！

粉絲們和職業選手們都相信，經過這樣磨礪的一支隊伍，從此以後，再也不會懼怕任何的挫折——涅槃戰隊，一定會乘風破浪，勇往直前！

比賽結束時，涅槃戰隊的四人還處於和風華對拚的熱血狀態，他們不知道輸贏，哪怕陳霄即時統計著雙方的陣亡牌量，但在混亂的團戰中他也不能確定自己的統計就完全沒有錯。

四十五比四十六，是這個數嗎？

陳霄心裡也很懷疑，直到他看見螢幕中彈出「勝利」的字樣！

陳霄猛地一個激靈，俐落地摘下頭盔，轉身問謝明哲：「我們贏了嗎？」

謝明哲也摘下頭盔站了起來，抬頭看向賽場大螢幕——

三比二，涅槃勝。他們真的贏了。

謝明哲緊緊攥住拳頭，聲音激動得發抖：「陳哥，我們贏了！是真的！」

陳霄聽到這話，眼眶中頓時湧起一股熱淚。當初離開星卡舞臺時，他就發誓將來一定要回來，一定要捧起冠軍獎盃。他憋著一股勁兒咬牙忍了整整五年，拿冠軍是他做夢都無法忘記的心願，如今，這個心願居然實現了。

居然他媽的實現了！

陳霄很想大哭一場，再大笑一場。

冠軍，屬於涅槃！

陳霄轉身緊緊地抱住謝明哲，半晌說不出話來。

察覺到這個要強的男人居然在哭，謝明哲也有些想哭，他對冠軍的渴望沒有陳哥那麼強烈，但他這段時間壓力確實太大，尤其是個人賽棄權之後，網上罵他的人大排長龍，評論要多難聽有多難聽。他頂著輿論的壓力，肩負著隊友和粉絲的期待，在季後賽的每一場比賽，他都像是走在鋼絲上，一步踏錯便粉身碎骨。

如今，他終於證明——自己的選擇沒有錯。

他放棄個人賽，專注於卡牌製作，他花費那麼多的日日夜夜和師父一起探討無盡模式的打法，他將全部的賭注都押在涅槃的團戰——他賭贏了。

他沒有辜負自己辛苦製作的卡牌，也沒有辜負隊友們的信任和期待！

謝明哲的鼻子一陣發酸，強忍住眼淚，拍拍陳霄的肩膀道：「陳哥，我們是冠軍！」

陳霄哽咽道：「嗯，我們是冠軍。」

喻柯和秦軒這時候才回過神來，小柯直接撲過來和陳霄、謝明哲抱在一起，一邊激動大笑，一邊大聲喊：「哈哈哈！贏了贏了！我們是冠軍！大家好帥，太酷了，涅槃強強強，涅槃強無敵，涅槃超猛的……」這一串不帶喘氣的自誇，簡直就是直播間粉絲彈幕現場。

喻柯上躥下跳，還把秦軒也拉過去一起抱住，秦軒一向沒表情的臉上不由露出了一個笑容——他不喜歡跟其他人走得太近，但是這一刻，他發現自己一點也不排斥隊友們的擁抱。

那麼的溫暖，似乎連呼吸都是熱的。

四人抱在一起激動很久，直到陳千林走上大舞臺，大家才稍微冷靜下來恢復了理智。

大舞臺炫目的燈光下，陳千林的神色依舊平靜如常，但眼中的微笑卻怎麼也藏不住。陳霄動了動嘴唇，他有很多話想跟哥哥說，但這時候卻一句都說不出來。直到陳千林走到他面前站定，他才開口道：「哥……我們贏了。」

開口的聲音沙啞得像是重感冒病人，還帶著哭過之後的鼻音。

陳霄狼狽地抹了一把淚，感覺自己有些丟人，好在陳千林並不在意，拍拍他的肩膀，聲音難得溫柔，「好樣的，哥哥為你驕傲。」

哥哥居然說，他為自己驕傲？陳霄真想原地起飛、原地爆炸！就跟小迷弟得到偶像的簽名一樣的心情。

陳千林看向謝明哲道：「去對面握個手，現場觀眾都看著呢。」

謝明哲立刻調整好表情，帶著隊友們一起走到風華戰隊的隔音房握手。

唐牧洲見師弟朝自己走過來，玩笑道：「你坑掉我兩次冠軍。」

謝明哲立刻賴皮，「哪有，不就今天一次？」

唐牧洲挑眉，「上一屆的總決賽，你給流霜城做了亡語牌竇娥，間接幫流霜城拿下冠軍。」

好像真的有些對不起師兄？害風華連拿兩屆亞軍，咳，他不是故意的。

對上謝明哲無辜的眼神，唐牧洲微微一笑，張開雙臂給了他一個溫柔的擁抱，在他耳邊說：「但是今天，能親眼見證你奪下冠軍，師兄也很開心……我的阿哲，真帥。」

他說「我的阿哲」這句話聽著真是甜到了心坎裡。

謝明哲立刻回抱師兄，在他耳邊道：「我師兄也特別帥。反正肥水不流外人田，你贏，我贏，冠軍都是自家的。」

唐牧洲輕笑一聲，「嗯。」

見陳霄走過來，唐牧洲放開謝明哲，拍拍老朋友的肩膀道：「涅槃這個隊名取得挺好，你今天也算是真的涅槃了，歡迎回來。」

陳霄毫不掩飾眼裡的笑意，「我確實找回了當年和你對決的狀態。謝了，兄弟。」

唐牧洲朝他點點頭，「以後我們對決的機會還有很多。」

涅槃今年拿下冠軍，但下個賽季呢？對他們來說這並不是終點，而是涅槃征戰職業聯盟的開始。以後還會有很多激烈的對決，但陳霄相信，涅槃再也不會懼怕任何強敵。

他和唐牧洲友好地擁抱了一下，就像五年前初次見面時一樣。

小柯也跑來握手，本來小柯只是打打醬油，例行走一下賽後握手的程序，沒想到唐牧洲居然會主動開口跟他說話，「小柯，你今天反應很快，跟雙人賽相比判若兩人，進步非常大。」

喻柯被誇懵了，回過神後立刻激動得紅了臉，「嘿嘿嘿，這段時間訓練比較多，我也覺得我進步很大，哈哈哈哈！謝謝唐神誇獎！」

這傢伙誇一句就飄上天，跟小孩兒似的，完全沒法把他和「阿哲的同齡人」連結起來，感覺這傢伙的心理年齡比阿哲小了起碼五歲。

喻柯還在旁邊傻樂，走在最後的秦軒面無表情地和風華的選手們依次握過手，唐牧洲也知道秦軒不喜歡跟人交流，便簡單說道：「恭喜，以後你就是冠軍隊的輔助了。」

秦軒認真點頭，「謝謝。」

謝明哲帶著隊員們握完手，就和大家一起走到舞臺的正中間，四人並肩向觀眾鞠躬。

現場響起了震耳欲聾的掌聲和尖叫，很多女孩子甚至喊破了喉嚨。

穿著涅槃隊服的粉絲們將這裡變成了一片銀白色的海洋，畫著涅槃四人的各種海報被高高舉起，起初的尖叫聲漸漸彙聚成一樣的頻率，所有粉絲齊喊著：「涅槃！涅槃！涅槃！」

這聲音越來越大，如同巨浪撲面而來。

舞臺上的四人被粉絲的熱情嚇到，只好再次鞠躬感謝。然而現場的祝賀聲依舊沒有降低的趨勢，反而越喊越大，幾乎要衝破屋頂、衝上雲霄。

謝明哲只好帶著隊友們再次鞠躬。

吳月笑道：「粉絲們的熱情我想涅槃的全員已經感覺到了——讓我們再次恭喜涅槃戰隊獲得第十一賽季的總冠軍！」

掌聲雷動，劉琛緊跟著道：「除了恭喜獲勝者，我們也要感謝涅槃的對手——請大家用熱烈的掌聲感謝風華戰隊！沒有他們，總決賽就不會打得這麼精彩，雖然風華沒有拿下冠軍，但風華的實力依舊毋庸置疑，感謝他們給大家帶來的精彩！」

雙方隊員在熱烈的掌聲中離開大舞臺。

決賽後的採訪間果然擠滿了記者。

涅槃四位先接受採訪，見他們進來，記者席中也響起了掌聲，緊跟著就有位女生激動地站起來道：「恭喜涅槃拿下冠軍！我想問一下陳哥，第三局在零比二落後的情況下突然換指揮，你當時壓力會不會很大？在這種情況下，你怎麼敢大膽採用配合要求極高的亂刀流打法？」

陳霄的心情已經平復，眼中的淚也擦了乾淨，此時的他正是涅槃最可靠的大哥。

陳霄坦然面對鏡頭，微笑著說：「當時大比分落後，我們壓力都很大，教練及時上臺讓我們調整了心態，換指揮只是想嘗試新的打法，我是帶著必輸的心情去拚這一局的。」他頓了頓，看向身邊的隊友，接著說：「我個人很喜歡亂刀流戰術，敢於在這時候拿出來，是因為——我相信我的隊友，他們絕對能跟上我的節奏！」

這句話說得鏗鏘有力，也讓三位隊友心頭微震。

——對隊友的信任，就是陳霄敢於背水一戰的最大底氣。

記者也被他的話所打動，激動地鼓掌道：「陳哥在第三局的指揮確實很漂亮，三位隊友的配合默契驚人，我想，這次比賽讓很多人重新認識了你，今天打得真帥。恭喜陳哥！」

陳霄禮貌地朝她點頭，「謝謝！」

緊跟著又有記者站起來問：「無盡模式對卡池的要求很高，用過的卡牌不能再用，連續打兩局無盡模式，阿哲你對涅槃的卡池很有信心嗎？」

謝明哲直率地說：「當然，我們所有的卡牌都是本賽季剛製作的新卡，適合當前的競技版本，沒有一張是廢卡。卡牌數量肯定足夠，關鍵在於出場順序的問題。」

記者緊跟著道：「給郭嘉加血騙掉你師兄的大招，是你早就計畫好的策略嗎？」

謝明哲笑著點頭，「他能反向利用我的視野埋掉我那麼多卡，我當然也要騙騙他的大招。」

記者道：「決勝局最後用輪迴轉世複製風華的冷卻流，這一波操作確實讓人意外，你是臨時起意，還是早就計畫好了？」

謝明哲認真答道：「是我臨時想到的，當時被風華壓得很慘，時間只剩三十秒，輸出完全不夠，想要爆發拿下比賽只能賭全團冷卻縮減重新放一波大招，靠一點運氣，我賭贏了。」

賽前想好的戰術策略能順利實施，這只是一位合格的指揮。但是，比賽中瞬息萬變，臨場隨機應變，才是一個指揮該有的「靈性」。

今天的比賽中，不論是陳霄的亂刀流，還是謝明哲最後用轉世輪迴反敗為勝，這都表現出了他們不拘泥於固定思維的「指揮靈性」。

粉絲們聽到這段採訪，更喜歡涅槃戰隊了——雙指揮坐鎮，涅槃一定會所向披靡！

有記者煽風點火道：「你如何評價唐牧洲在本場比賽的表現？作為師弟，贏了師兄，你覺得他會不會對你有意見？」

謝明哲道：「我師兄不是那麼心胸狹窄的人，才不會生我的氣。今天風華打得非常好，控場、冷卻、捆綁、中毒，師兄對各種卡組的操作都是遊刃有餘，在指揮上，他也一直很冷靜，一度壓得我喘不過氣來。師兄一直是我心目中最優秀的選手之一……」

全場記者目瞪口呆。

等等，阿哲你誇起師兄來口若懸河說個不停，這樣好嗎？

死忠粉都沒像你這麼誇唐牧洲的！

求生欲強烈的謝明哲，誇了唐牧洲整整三分鐘。

看到採訪的唐牧洲嘴角微揚，忍著笑想：誇多少都沒用，以後再跟你算總帳。

小柯和秦軒在採訪間向來透明，不過今天拿了冠軍，記者也沒忘記讓他們說幾句感想，小柯接過話筒後很是激動地道：「我太開心了！冠軍，我以前都沒想過自己能拿冠軍，就跟做夢一樣，直到現在我還感覺自己像是在夢遊！」

秦軒則言簡意賅地說：「很激動。」

但看他的表情，真是一點都沒法跟「激動」沾上邊——還是那張冰山臉。

風華那邊的採訪比較簡單，在唐牧洲的面前，記者們不敢太放肆，但還是有好奇的記者問道：「嚴格來說，風華上賽季和本賽季總決賽的失利都和謝明哲有關，被師弟坑掉兩次冠軍，最初他做的即死牌林黛玉也是針對你的，唐神有沒有覺得，你小師弟特別剋你？」

唐牧洲微微一笑，「他並不是故意針對我，只能說這是緣份吧。」

怎麼跟緣份扯上邊了？

唐牧洲緊跟著道：「他今天打得很好，拿下冠軍實至名歸，我沒什麼好介意的。」

比起謝明哲的一連串彩虹屁，唐牧洲對師弟的評價顯得很簡略——實至名歸。

雖說只有四個字，卻是唐牧洲對他最大的認可。

涅槃隊員回到俱樂部時已經晚上十一點，池瑩瑩早就準備好了慶功宴，雖是半夜，但大家都很有精神。

公會那邊，小胖，金躍、池青等人也全部停下了手頭上的工作，和隊員們一起狂歡——今晚絕對要玩個通宵才對得起這來之不易的冠軍。

小胖滿眼淚花，「當初阿哲跟我在一間宿舍住的時候，我就知道，我被幸運之光籠罩了，抱住阿哲的大腿肯定有肉吃。」

謝明哲笑著摟住他肩膀，「我包你明年一整年的雞腿。另外，我跟陳哥商量過了，下個月開始全員加薪，這次總決賽的獎金也和大家一起分成！」

回憶起來，當時以代練的身分加入涅槃工作室，和小胖同住一屋的日子好像就在昨天。那時候要不是小胖跟他提到卡牌版權的問題，他也不會果斷拒絕裁決的邀請。

金躍、池青這些曾經刷副本的固定隊隊友，還有池瑩瑩這位經理，雖然沒有和他們一起並肩走上賽場，卻是涅槃最強大的後盾。

下半年謝明哲瘋狂做卡，一批又一批的卡牌連著做出來，幾乎是卡牌完成的當天青姐就可以拿來足夠的材料瞬間把所有卡牌升到滿級——那是一筆難以計算的材料數目，如果沒有公會的長期累積，根本不可能做到。

管理一家好幾千人的公會極為複雜，但這幾人卻把公會管理得井井有條，讓謝明哲他們可以毫無後顧之憂地打比賽，所以，謝明哲和陳霄也很真誠地感謝了公會管理們的默默付出。

獎金就是最直接的感謝方式。

幾個管理都很開心，池青問道：「阿哲，你還記得你的『月半卡牌專賣店』吧？我已經把隔壁

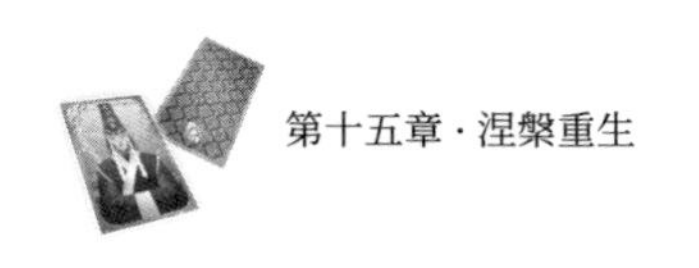

的幾家商鋪全部租了下來，比賽結束後，涅槃的卡牌不再是祕密，你想開卡牌展覽館的夢想也可以實現了——將近一千平方公尺的鋪面，全部連起來，給你做展覽用。」

謝明哲興奮無比，「太好了！」

最初他製作這些人物牌的目的，就是讓這個世界的人們喜歡這些人物，瞭解這些人物的故事。月半卡牌專賣店靠即死牌賺了涅槃的啟動資金，但後來忙於比賽，謝明哲一直沒時間打理，都是交給青姐全權負責。

沒想到青姐居然這麼細心，一直記著他的心願，提前把隔壁的幾個商鋪全部租了下來，擴充卡牌專賣店的面積，這樣一來，他所有的卡牌都可以放進去展覽了。

八仙、十殿閻王、北斗七星君、封神、白蛇系列，牛郎織女，貂蟬呂布董卓……等等。粉絲們對後來新製作的這些卡牌還不熟悉，卡牌百科也沒有全部完善，這幾天正好整理一番，將所有卡牌放進展覽館裡，讓粉絲們能更加深入地瞭解這些卡牌的故事背景和製作思路。

即便得了冠軍，謝明哲也不忘當初製卡的初衷。

謝明哲看著池青，內心很是感動，「謝謝青姐。」

池青微微一笑，「自己人，客氣什麼？整理的事情就交給我和瑩瑩吧。」

三天後，遊戲裡的「月半卡牌專賣店」重新開張，並改名為「月半卡牌陳列館」。

粉絲們意外地發現，原本只有兩層一百多平方公尺的店鋪，居然擴張了五倍之多，把隔壁的幾家店面全部合併，並且經過重新裝修，還掛上了「涅槃」的戰隊隊徽。

一樓是打通後連在一起的卡牌展示廳，三國吳、蜀、魏的卡牌按照勢力分別展示，紅樓卡組賈

寶玉和金陵十二釵放在一起，水滸系列、西遊系列、仙族牌系列……

每一張卡牌都被放在透明的卡牌陳列櫃裡，滿星卡牌不但展示出資料，還會生成相應的星卡幻象，走進這裡，就像是走進了人物故事群英會。

琳琅滿目的卡牌讓粉絲們目瞪口呆，尤其是金陵十二釵系列、十殿閻王、八仙、北斗七星君等系列套牌都是一排排地擺在一起，視覺上的震撼簡直難以形容。

卡牌陳列館不收門票錢，但為了方便管理，每天都是限時開放，今天剛開放，店鋪就被瞬間擠爆，伺服器分裂出了幾十個拷貝空間來容納不斷增加的玩家。不少玩家在和卡牌幻象合影，還有一些玩家認真地讀卡牌百科上的故事，一邊讀一邊記筆記。

謝明哲站在二樓，看著湧入展覽廳的玩家，唇角揚起了欣慰的笑容。

最初靠賣卡起家致富的他，如今已經不需要靠賣卡為生，他製作卡牌也不再是為了賺錢，以後他會繼續做人物卡、鬼牌和仙族牌，把腦海裡豐富多彩的故事重現在這個世界。

重活一世，不忘初心，這是他最大的堅持。

謝明哲開卡牌展覽館的事很快又上了熱搜，粉絲們紛紛留言。

「不看不知道，一看直接嚇尿，阿哲做的卡牌居然有這麼多！」

「一套一套的，特別壯觀。」

「我想把金陵十二釵的妹子們集體抱回家！」

「我剛才和郭嘉男神合影了！」

「哈哈哈，我和牛郎織女合影了，保佑我早日脫離單身狗行列！」

「求出卡牌周邊，寶寶抱枕，紀念書籤，出什麼買什麼！」

謝明哲的網頁上留言暴增，漸漸的，又有熱門留言被網友的點讚頂上來。

「今年的卡牌紀念牆怎麼辦啊？」

「每年聯盟都會把本賽季優質卡牌收錄到紀念牆，阿哲的卡牌這麼多，收得下嗎？」

「阿哲的牌每一張都很有特色，如果只收錄幾張的話，真的很難挑選！」

網友們的議論，聯盟主席也看在了眼裡。

他心裡倒是有個主意，不過需要開會批准。想到這裡，周主席立刻叫來祕書，叫聯盟所有高層召開一次關於卡牌收錄的緊急會議。

短暫的休息期很快過去，第十一賽季頒獎典禮在職業聯盟的總場館正式開幕！

足以容納十萬人的巨大場館，門票早已搶購一空，星卡聯盟每年的頒獎禮都是一票難求，因為這是一場星卡界的盛宴，不但可以看到所有的大神選手，還能看見很多官方準備的精彩節目，隆重程度堪比娛樂圈的電影節。

晚上八點整，頒獎禮準時開始。

官方請了一些明星來助陣表演，現場響起一陣陣歡呼，謝明哲和其他職業選手一起坐在VIP觀眾席，看節目看得津津有味。他沒想到的是，居然還有卡牌cosplay，其中就有粉絲扮演牛郎、織女、白素貞、許仙等角色人物。

現場主持吳月調侃道：「接下來又是卡牌愛情故事片現場，單身狗們壓力大嗎？」

觀眾席哄堂大笑，謝明哲也忍不住笑出聲——他發現，他設計的卡牌，在不知不覺中已經深入人心，得到了這麼多人的喜歡。

有才的粉絲將卡牌故事改編成舞臺劇，穿上自己製作的服裝，演起來有模有樣的，尤其是牛郎和織女相會的時候，現場燈光師還真用光效打出了一座3D版的鵲橋，當兩位扮演者在鵲橋上手牽

手凝望的那一刻，全場掌聲雷動，直播間內頓時被彈幕所淹沒。

「大型卡牌約會現場，祝大家早日脫單！」

「人活得不如卡牌系列，請不要傷害單身人類的尊嚴！」

「皮皮哲的粉絲，一個個的都成了導演。」

「哲導的粉絲看來以後要殺進娛樂圈了！」

這一場大型的卡牌舞臺劇，將今晚的星卡聯盟年終盛典推向了高潮。

等表演結束後，主持人吳月再次走上大舞臺，道：「精彩的表演暫時告一段落，接下來，就是我們年終盛典的重頭戲——第十一賽季頒獎典禮！」

劉琛拿起麥克風朗聲道：「首先要頒發的是個人賽的獎項。獲得第十一賽季個人賽季軍的是——涅槃俱樂部，陳霄！」

陳霄沒想到自己第一個上臺領獎，一時有些發愣。

直到謝明哲推了推他，提醒道：「陳哥，上臺領獎了！」

回過神的陳霄立刻站起來，和身邊的隊友激動擁抱。

他走上大舞臺，追光燈照出了他高大的背影，本就容貌英俊的男人，今天穿著一身黑色的修身西裝，裡面搭配乾淨的白襯衫和深藍色領帶，頭髮梳理得整整齊齊，背對著觀眾朝舞臺走上去時，一雙大長腿在西褲的包裹下顯得格外挺拔修長。

就連見慣了他的隊友們都覺得——今天的陳哥真是帥得有些過分。

陳霄在掌聲中來到舞臺中間，轉過身，微笑著接過獎盃。

主持人問道：「個人賽拿下第三名，有什麼想對大家說的嗎？」

陳霄清了清嗓子，道：「首先要感謝我的隊友，阿哲，小柯，秦軒，如果不是遇到你們，我不會這麼快回到職業聯賽的舞臺上，我能在個人賽拿下第三名，都靠大家的支持和鼓勵！」

鏡頭轉到了隊友們身上，三人都很給面子地用力給陳哥鼓掌。

陳霄微微一笑，接著道：「在這裡，還要特別感謝我哥哥陳千林——哥，謝謝你給了我重來一次的機會！」

這句話富含深意，坐在臺下的陳千林知道他說的是什麼。

如果陳千林不理陳霄，或許陳霄沒那麼容易走出過去的陰影。所以，陳霄今天在舞臺上的感謝是極為真誠的。

陳霄朝著觀眾席陳千林所在的方向深深地鞠了一躬，「謝謝哥。」

導播將鏡頭給到陳千林身上，如粉絲們意料，林神始終神色平靜，在鏡頭對過來之後，他只點了點頭表示自己聽到了。

陳霄如同小迷弟一樣認真地看了眼哥哥，這才收回目光，緊跟著道：「最後，還要感謝支持我的粉絲們，我愛你們！」

現場掌聲雷動，陳霄高高地舉起了季軍獎盃。

季軍不如冠軍那麼耀眼，但本屆職業聯賽的個人賽項目高手如雲，能拿獎，本身就是對選手實力的最好證明——五年前黯然離開的少年，終於在這裡，真正地證明了自己。

吳月微笑道：「謝謝陳霄給大家帶來的精彩比賽，歡迎陳霄的回歸！」

陳霄鞠躬退場。

掌聲落下後，劉琛才緊跟著道：「接下來要頒發的是個人賽的亞軍——凌驚堂！」

凌神粉絲很多，主持人話音剛落，現場就被尖叫所淹沒。

穿著西裝的凌驚堂也比平時帥氣了幾分，笑容滿面地走上大舞臺，簡單感謝了幾句，又說：「我知道彈幕區肯定在刷『凌驚堂沒徒弟好可憐』或『凌驚堂孤家寡人』——趕緊珍惜嘲諷我的機會吧。因為，下個賽季，我也是有徒弟的人了。」

現場一陣哄笑，彈幕區更是刷瘋了。

「凌鷲堂沒徒弟好可憐！」

「凌鷲堂居然有徒弟了？那該怎麼嘲諷他呢！」

吳月很是詫異，「凌神真的收了徒弟？能不能介紹一下？」

凌鷲堂笑得像隻狐狸，「我要先藏著，等下賽季再給大家一個驚喜。」

臺下的職業選手們也在鼓掌，相信下個賽季的眾神殿，凌鷲堂帶著兵器卡的傳人征戰職業聯賽，眾神殿將會變成大家的勁敵。

吳月無奈道：「那就讓我們期待凌神的小徒弟加入聯盟大家庭！」

劉琛道：「接下來頒發的是個人賽項目的冠軍得主，也是我們職業聯賽歷史上唯一的個人賽三冠王——唐牧洲！」

現場的尖叫達到了巔峰，謝明哲聽到身後粉絲們的尖叫如同潮水一般迅速將會場淹沒。

唐牧洲面帶微笑走上大舞臺。

他今天穿著白色西服，男人英俊的容貌、高大修長的身材，配上這一身白色，就像是氣質矜貴的王子。他來到舞臺中間，拿起麥克風，低沉溫柔的嗓音透過麥克風的放大響徹會場。

「個人賽的三冠王，並不代表我的個人實力就是最強的，每個賽季的參賽選手不同，比賽也會有太多的偶然性，職業聯盟有很多優秀的選手在激勵著我不斷進步，謝謝我的對手們——能和你們同臺競技，就是我最大的榮耀。」

現場的粉絲尖叫到破音，他們最愛的男神始終這樣有風度！

臺下坐著的職業選手也為他送上了掌聲，「能和你們同臺競技，就是我最大的榮耀」，相信唐牧洲說出的也是很多選手的心聲。

謝明哲用力地鼓掌，真是情人眼裡出西施，越看越覺得今天的師兄好帥！

個人賽獲獎的三人在臺上合影，緊跟著還有雙人賽的頒獎儀式。

今年的雙人賽獲得季軍、亞軍和冠軍的分別是方雨喬溪組合、唐牧洲徐長風組合、以及聶遠道、山嵐組合。

方雨不愛說話，上臺後只簡單說了句謝謝，喬溪則代表師兄說了一堆準備好的感言；唐牧洲和徐長風也是老搭檔，唐牧洲主動將話筒交給徐長風。

輪到聶遠道和山嵐時，主持人的聲音再次激動地拔高了分貝，「今年的比賽項目創下了很多聯賽歷史記錄，聶遠道和山嵐在雙人賽項目中連續拿下三次冠軍，獲得雙人賽的三冠王！」

唐牧洲個人賽的三冠無法複製，聶嵐組合雙人賽的三冠同樣來之不易。

這對師徒相識二十年的默契無人能及，只要是他們參加雙人賽的那一屆聯賽，就是其他組合的惡夢，說聶嵐是雙人組的Boss絕對不誇張。

大螢幕中，選手的臉被放大，山嵐依舊笑容溫柔，只是眼中閃爍著明顯的淚光，「謝謝師父，沒有師父，就不會有我今天的成就。師父對我有知遇之恩，引領我走進這個星卡世界，能和您一起拿下雙人賽的冠軍，我真的，特別開心……」

聽他聲音哽咽，聶遠道難得微笑起來，伸手拍了拍徒弟的肩膀，把山嵐攬進懷裡，低聲說：「能收你當徒弟，師父也很開心。」

這個溫柔的擁抱讓全場粉絲們激動尖叫，山嵐被師父猝不及防地抱住，臉立刻紅了，伸出微微發顫的手回抱住師父。

在粉絲看來，這兩人的師徒之情特別感人，強大可靠的師父，性格很軟又特別聽話的徒弟，擁抱在一起的畫面怎麼看都覺得溫馨。

謝明哲回頭看了眼自家師父——陳千林依舊面無表情，在VIP觀眾席坐成了一尊漂亮的雕像，讓他主動去抱徒弟？估計唐牧洲和謝明哲會嚇死。徒弟主動擁抱他，他還不樂意呢！

雙人賽獎項頒發結束，緊跟著就是團隊獎項。

團戰第三名由鬼獄獲得，老鄭很爽快地道：「聯賽競爭激烈，強隊如雲，能拿下季軍我們很滿足，當然，下個賽季還會繼續朝冠軍發起衝擊——我們鬼獄，從來不知道放棄怎麼寫！」

粉絲們表示：老鄭純爺們，只用行動說話。

第二名是風華，唐牧洲的聲音很平靜，「風華連拿兩屆團戰亞軍，雖然最後只差一步就能奪冠，但我們並沒有留下遺憾。風華的每一位選手都盡了自己最大的努力，以後，我們會繼續打好每一場比賽，不辜負粉絲們對風華的支持。」

粉絲們也相信，只要有唐神在，風華的比賽就會一直精彩好看。

頒完這兩個獎項之後，現場突然靜默下來，吳月款步走到舞臺中間，笑容燦爛，朗聲說：「接下來要頒發的，是本賽季團戰項目的冠軍，讓我們一起來喊出這支隊伍的名字——」

「涅槃！涅槃！」

全場粉絲激動地站了起來，高聲呼喊著涅槃的名字。

有些粉絲早已泣不成聲。

穿著銀白隊服的粉絲們，用手中的燈牌在觀眾席拼出了「涅槃」兩個大字——這壯觀的場面讓舞臺上的選手們也無比震撼。

頒獎禮的現場一票難求，涅槃的粉絲居然能大規模買到現場的門票，並且按座位用手中的燈牌拼出「涅槃」的大型字樣，可見涅槃後援會的管理們有多強大，粉絲們有多齊心！

涅槃戰隊，不但選手的實力強，粉絲們的凝聚力也是聯盟一流。

四位選手上臺之後，看到人海中用閃爍的燈牌拼出的「涅槃」字樣，鼻頭一陣發酸，謝明哲帶著隊友們給粉絲深深地鞠了一躬，迎來觀眾席更瘋狂的掌聲。

吳月道：「有請職業聯盟周主席為冠軍隊頒獎！」

聯盟主席捧著特別定製的金色獎盃來到大舞臺上，慎重地將獎盃交到謝明哲手裡，「恭喜你們拿下冠軍！」

吳月笑道：「來說說獲獎感言。」

謝明哲被隊友們推了出來，只好接過麥克風，認真說道：「最初組建涅槃戰隊的時候，我沒想過能拿到冠軍，作為一支新隊伍，我們在這個賽季一直摸索著前進，非常感謝強大的對手們讓涅槃迅速地成長！競技項目的獲勝者，雖然會贏得掌聲，但強大的對手同樣值得尊敬——如師兄所說，能和你們同臺競技，就是我們最大的榮譽！」

在領獎時感謝對手的可不多見，謝明哲和唐牧洲真是心有靈犀。

現場觀眾啪啪啪地熱烈鼓掌，謝明哲的死忠粉甚至要把手掌給拍爛，哪怕臺下的葉竹、白旭也情不自禁地鼓起掌來。

一個賽季的精彩，不是一支隊伍的獨角戲，只有對手強，自己才能更強。

獲得團賽冠軍，卻沒有驕傲自負瞧不起對手，反而感謝對手——葉竹和白旭也是服了謝明哲在公共場合的應對能力，換成自己，估計都不知道說什麼吧……

謝明哲微微一頓，等掌聲平息後才接著說：「在這裡，特別感謝我們涅槃的教練，我的師父陳千林。好多次比賽，我們四個茫然無措的時候，都是師父讓我們清醒。師父不但會嚴格監督我們的日常訓練，挖掘出我們每個人的潛力，還會把關卡牌的設計，幫忙制定戰術……師父，我們都知道您一直在默默地幫助我們，沒有您，就不會有涅槃的冠軍，辛苦了！」

導播機智地把鏡頭轉過去，坐成雕像的陳千林，在這一刻，嘴角也終於微微揚起。

他的笑容很淡，就像是輕輕拂過窗簾的微風。

他的情緒其實沒有太激烈的起伏，很多人說他是人生贏家，兩個徒弟都特別優秀，弟弟也很爭氣。可是，對他而言，獎盃、榮譽、人氣，這些都是他毫不在意的身外之物——他只是喜歡這個遊

戲，不想離開罷了。

看著大徒弟、小徒弟、弟弟一起站在領獎臺上，陳千林也有種「我家徒弟初長成」的感覺，所以他才會忍不住地微笑。比起涅槃的冠軍，他更欣慰的是，小唐、阿哲、陳霄，都能獨當一面，變成職業聯盟最優秀的選手，作為領路人，他已經非常滿足。

謝明哲緊跟著說：「感謝涅槃公會的管理員，以及遊戲裡公會成員的支持，感謝涅槃的粉絲們的支持，你們是涅槃最強大的後盾！有你們在，以後的涅槃將無所畏懼！謝謝大家！」

最後這段話鏗鏘有力，現場舉起燈牌的粉絲全部激動地站了起來。粉絲是戰隊的後盾，但粉絲們更想說——涅槃戰隊就是他們的驕傲，為了涅槃，他們心甘情願！

謝明哲和隊友們一起高高地舉起獎盃，現場的狂歡久久都無法平息。

半分鐘後，兩位主持人才出來維持秩序。吳月笑著說：「大家別激動過頭，還有獎項沒頒完——年度最受歡迎戰隊！」

現場又開始喊：「涅槃！」

這個投票的結果大家都知道，因為是網路票選，完全看人氣。

涅槃是新隊，拚人氣肯定不如老隊伍，最開始一直排在第五名開外，但隨著季後賽越打越精彩，隨著涅槃淘汰了一個又一個的對手，在總決賽經過激烈的比拚以三比二獲勝後，涅槃的人氣終於完成逆襲，穩居第一！

吳月拿出信封宣布道：「在年度最受歡迎戰隊的評選中，涅槃戰隊，最終以超過一億三千八百萬的票數，獲得了人氣榜第一名！」

這次投票是綁定ID，一個人只能投一票，破億的票數可見涅槃的人氣有多可怕。

劉琛調侃道：「阿哲，又要發表感言了。」

謝明哲再次接過獎盃，朝觀眾席鞠躬：「剛才說了那麼多，我都詞窮了……謝謝大家的喜歡，謝謝每一位給涅槃投票的朋友！」

抱著兩個獎盃的謝明哲笑得特別燦爛。

吳月道：「接下來還有重量級的獎項——第十一賽季，最佳新人獎！」

直播間內紛紛開始猜測。

「這一屆出色的新人太多，會給阿哲吧？」

「我也覺得是阿哲……」

然而，主持人念出來的名字卻讓人大為意外，「星空戰隊，白旭！」

白旭茫然地看著大舞臺，還以為自己幻聽。

直到易天揚輕輕推了推他，低聲在他耳邊說：「領獎了，別傻愣著。」

白旭猛地一個激靈，看見周圍的人都在看他，立刻脹紅臉跑上大舞臺。

聯盟主席笑咪咪地道：「白旭製作的星空牌很有新意，並且開創了宇宙蟲洞傳送流的打法，這個新人獎頒發給白旭，聯盟的評委都沒有異議！恭喜你，白旭。」

白旭激動地接過獎盃，舌頭都要打結了，「謝、謝謝聯盟的認、認可，我、我……我沒想到新人獎會頒給我，這個賽季厲害的選手特別多，我真的沒想到，完全沒想的……」他嘀嘀咕咕重複了半天沒想到，說不出別的話，急得滿臉通紅，最後只好朝觀眾席鞠躬，「謝謝！謝謝大家！」

直播間內彈幕飛起。

「小白應該跟你哥學學說話的技巧。」

「小白懵逼了，哈哈哈，真沒想到自己還能拿獎吧！」

「星空牌確實有新意，小白還不到十九歲喔，前途無量！」

白旭抱著獎盃開心地跑去唐牧洲身邊，平時翹著尾巴很傲慢的樣子，拿了獎直接懵了，領獎就跟夢遊似的，這傢伙真是會在關鍵時刻犯迷糊。

吳月道：「接下來是頒獎典禮的最後一個獎項，也是每個賽季大家最期待的獎項——賽季MVP，最佳選手獎！」

劉琛道：「最佳選手的評選包括兩個部份，一是官方製卡部門工程師及職業聯盟評委的綜合評分，另一個是全聯盟職業選手的匿名投票，兩項相加進行排名，評選的規則非常公平公正！」

吳月打開信封，看到名字後立刻激動地道：「今年獲得最佳選手大獎的這位選手，製作了大量的新牌，並且開創了全新的卡牌種族。評委團給他的平均分超過九點五分，而聯盟內部的匿名投票，他的得票率居然超過了百分之八十，創造了職業聯盟內投的歷史記錄——他是誰呢？讓我們一起喊出他的名字！」

主持說到這裡，全場觀眾都知道他是誰了。

製作出大量卡牌，並開創全新卡牌種族的選手，本賽季只有一個人。

——謝明哲！

觀眾席整齊呼喊出來的名字，足以證明這個獎項有多麼的實至名歸。

謝明哲自己反倒很意外，在他看來，最佳選手應該是個人表現最出色的選手，唐牧洲拿下了個人賽的冠軍，雙人、團賽的亞軍，而他卻在個人賽棄權，雙人賽也沒好成績，何況他是本賽季剛出道的新人，還以為自己最多拿個最佳新人獎……

結果直接拿下最佳選手，可見謝明哲在本賽季的表現有多亮眼。

尤其是聯盟內投票，由於是匿名投票，其他俱樂部的選手很可能投給自己隊友，謝明哲的得票率居然超過了百分之八十，這說明，整個職業聯盟都對他很是認可。

能獲得同行尤其是競爭對手的認可，這才是極為困難的。

百分之八十以上的得票率，顯然聶神、老鄭、凌驚堂等大神選手，也把票投給了謝明哲！

聯盟主席將獎盃發到謝明哲的手裡，微笑著鼓勵道：「阿哲，你真的特別優秀。以前我們只把

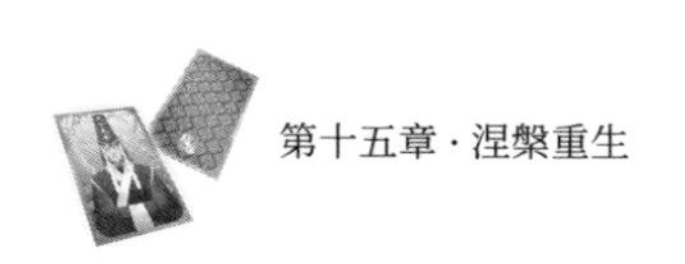

卡牌當做是隨時可以替換的道具，而你的出現，賦予了卡牌生命和靈魂！本賽季的最佳選手，非你莫屬！」

謝明哲受寵若驚，他也像白旭一樣差點卡殼不知道說什麼，但他心理素質過硬，很快就調整過來，接過獎盃，笑道：「謝謝主席，謝謝評委團的肯定，謝謝職業聯盟給我投票的選手們！」

全場的燈光匯聚在他的身上，這一刻的謝明哲，就是今晚最閃亮的明星。

他也穿上了正裝，剪裁合適的西裝襯托著勻稱的身材，雖然只有十九歲的生理年齡，但兩世的經歷讓他比同齡人多了幾分穩重，介於青澀和成熟之間的特殊氣質，配上臉上燦爛的笑容，簡直就是校園電影中暖化人心的陽光小帥哥。

謝明哲面對鏡頭，緩緩說道：「主席說，我給卡牌們賦予了靈魂，這個評價太高了，我受之有愧。但我一直認為，在星卡世界裡，卡牌並不只是我們競技的工具，而是我們最珍貴的夥伴——每一張卡牌，都應該得到主人認真的對待。」

他頓了一下繼續說道：「對很多人來說，星卡風暴只是一款遊戲；但對我們職業選手來說，這是我們的生活、我們的世界。它是虛構的，但也是真實的。能夠來到這個世界，是我謝明哲最大的幸運！」

說到最後時，謝明哲的聲音不由帶上一絲哽咽。

他自小就是個孤兒，沒有家人，沒有朋友，摸爬打滾混到二十多歲，人生一直很平淡，沒想到自己會來到星卡世界，開啟全新的精彩人生。

在這裡所經歷過的一切，都是他最寶貴的財富。

感恩上蒼能讓他來到這裡，收穫了這麼多的朋友，遇到了最好的唐牧洲。

他無比幸運能夠來到星卡世界，成為一位真正的——星卡大師。

尾聲。

頒獎禮結束後，職業聯盟宣布了本賽季被收錄到卡牌紀念牆上的卡牌名單。

白旭的空間裂隙、宇宙蟲洞、雙子座等新穎的宇宙星空卡牌毫無疑問上榜。陳霄的黑玫瑰、黑法師、巨魔芋、吸血藤等暗黑植物牌也被收錄。還有各位大神本賽季設計的新牌，如歸思睿的鬼博士，唐牧洲的園藝師系列，山嵐的鸚鵡……

最多的，當然是謝明哲製作的卡牌。

粉絲們一直在糾結——阿哲做了那麼多卡牌，真要收錄的話，該選哪幾張？

聯盟主席表示：這都不是問題！

因為職業聯盟總部原有的卡牌紀念牆後面，又新建了一面空白牆。

第十一賽季的卡牌，全部收錄到新建的卡牌紀念牆當中，謝明哲製作的鬼牌、人物牌、妖牌和仙族牌，百分之八十以上都被收錄，形形色色的卡牌占了整面牆壁，壯觀程度無人能及。

被收錄的卡牌將會在紀念牆上永久珍藏，不管過了多少年，後來的選手都可以看到這些卡牌，對製卡師來說，這絕對是至高無上的榮耀。

而有如此多的卡牌被收錄的謝明哲，是第十一賽季當之無愧的「最佳選手」！

三天後，聶遠道、鄭峰宣布退役，裁決的隊長轉交給山嵐，鬼獄的隊長由歸思睿繼承。曾經為星卡聯盟奠定基礎的「五神」只剩凌驚堂一人留在賽場，凌驚堂表示，等小徒弟繼承了他的兵器

牌，他也會離開聯盟。

從第一賽季到第十賽季，星卡聯盟經歷了整整十年的發展，這些老選手為聯盟打下了扎實的基礎，功不可沒。

而十一賽季，謝明哲和即死牌的出現，開啟了職業聯盟的全新篇章，第二面卡牌紀念牆的建立，更是星卡聯盟開啟新篇章的第一步。

以後就是年輕選手的天下了。

葉竹、白旭、小柯、謝明哲這些新一代的選手，會將星卡聯盟的精彩繼續傳承下去。

提起謝明哲，網友們說得最多的就是：「那個收錄的卡牌糊滿了整面紀念牆的牛逼選手！」

「那個可以讓卡牌戀愛、懷孕、生寶寶、轉世重生，把卡牌的一生都安排得明明白白、精彩萬分的皮皮哲！」

「每次看比賽都像看電影的哲導。」

謝明哲在網頁說：「第十一賽季已經結束了，接下來我要去旅行散心休息一段時間。下個賽季，我會製作更多好玩的卡牌和大家見面！」

星卡官方資料師們頭痛欲裂，「你可饒了我們吧！」

職業選手們無奈扶額，「能不能別說做新卡，讓我們安心地過個假期？」

聯盟主席：「謝明哲加油，一面牆不夠，聯盟再給你多建一面！」

（正文完，番外待續）

【特別收錄】

作者獨家訪談最終回，創作技巧分享

Q20：您為什麼能不斷創新，寫出這麼多有趣的故事？有沒有什麼創作心法可分享給喜歡寫作的年輕朋友？

A20：關鍵在於多讀、多寫、多想。比如《星卡大師》是卡牌流的小說，其實卡牌流的小說並不稀奇，但純粹的卡牌遊戲競技，並且把名著、神話人物和卡牌結合起來的作品卻極為少見。在現有的一些流派和套路中，添加屬於自己的新元素，寫出來就會很新穎。

Q21：您現在連載的新作也與卡牌題材有關，能否介紹一下，這本新書和《星卡大師》有什麼不同的創意？

A21：新書《卡牌密室》是一本無限流作品，將「撲克牌」和「密室逃生」結合在一起，主角和小夥伴們穿越進一個卡牌世界，每張撲克牌代表一個密室，紅桃的懸疑推理、方塊的機關迷宮、黑桃的生存冒險、梅花的挑戰對決。這本書的卡牌設計也很有意思，比如陶淵明、李白、柳永等卡牌帶的技能都來自他們的詩詞作品，但這本書的重點不是卡牌，而是不同密室的新奇劇情，以及主角和隊友之間互相支持、默契合作，經歷各種艱難險阻，最終成功逃離卡牌世界的過程。

Q22：您私底下是個怎樣的人？筆下有沒有哪部作品的角色跟您最像？

A22：我是個比較樂觀的人，平時沒皮皮哲那麼皮，說話比較溫柔，才不會像他那樣氣死人。但也沒唐牧洲那麼腹黑，書裡的人跟我都不像吧，他們只是我認真虛構、創造出來的二次元人物。

Q23：連載過程中有沒有讓您難忘（或覺得好笑）的讀者互動經驗？

A23：連載《星卡大師》期間，評論區經常會有讀者提出好玩的建議，比如後期十大閻王、八仙的設計，部分就參考了讀者們的提議，我非常喜歡看大家的留言，得到讀者們的認可是我最開心的事了，如果有人寫千字左右長評的話，我能開心好幾天！

Q24：感謝您辛苦的回答，最後請您跟讀者說幾句話吧(灬ºω º灬)♡

A24：謝謝小天使們對《星卡大師》的喜愛和支持，希望豐富精彩的星卡世界，能帶給你們愉快的閱讀體驗。也希望大家能喜歡主角謝明哲，陪伴皮皮哲在星卡世界征戰，拿下冠軍，收穫愛情，走上人生巔峰！

（完）

i 小說 018

星卡大師5

國家圖書館出版品預行編目（CIP）資料

星卡大師5/ 蝶之靈著. -- 初版. -- 臺北市 :
愛呦文創, 2020.1
　冊；　公分. --（i 小說；015）
ISBN 978-986-98493-0-2（第5冊：平裝）

857.7　　108019287

作　　者　蝶之靈
封面繪圖　Leila
責任編輯　高章敏
特約編輯　劉怡如
文字校對　劉綺文
行銷企劃　羅婷婷

發 行 人　高章敏
出　　版　愛呦文創有限公司
地　　址　10691台北市忠孝東路四段59號10-2樓
電　　話　（886）2-25287229
郵電信箱　iyao.service@gmail.com
愛呦粉絲團　https://www.facebook.com/iyao.book

總 經 銷　聯合發行股份有限公司
電　　話　（886）2-29178022
地　　址　231新北市新店區寶橋路235巷6弄6號2樓

美術設計　廖婉禎
內頁排版　洸譜創意設計股份有限公司
印　　刷　沐春行銷創意有限公司
初版一刷　2020年1月
定　　價　380元
I S B N　978-986-98493-0-2